U0717294

【传世经典 文白对照】

太平广记

九

卷三四一至卷三八二

〔宋〕李昉 等 编

高光 王小克 主编

中華書局

目录

第九册

卷第三百四十一　鬼二十六

李　俊……………………6010

李　赤……………………6014

韦　浦……………………6014

郑　驯……………………6018

魏　朋……………………6020

道政坊宅…………………6020

郑琼罗……………………6020

卷第三百四十二　鬼二十七

独孤穆……………………6024

华州参军…………………6032

赵叔牙……………………6036

周济川……………………6038

卷第三百四十三　鬼二十八

陆　乔……………………6042

庐江冯媪…………………6044

窦　玉……………………6048

李和子……………………6052

李僖伯……………………6054

卷第三百四十四　鬼二十九

王裔老……………………6056

张弘让……………………6058

寇　鄘……………………6060

呼延冀……………………6062

安　凤……………………6064

成叔弁……………………6066

襄阳选人…………………6068

祖　价……………………6068

卷第三百四十五　鬼三十

郭承嘏……………………6070

张　庾……………………6070

刘方玄……………………6074

光宅坊民…………………6074

淮西军将…………………6076

郭　翥……………………6076

裴通远……………………6078

郑　绍……………6078
孟　氏……………6080
卷第三百四十六　鬼三十一
利俗坊民……………6084
太原部将……………6086
成公逵……………6086
送书使者……………6086
臧　夏……………6088
踏歌鬼……………6088
卢　燕……………6088
李　湘……………6088
马　震……………6092
刘惟清……………6092
董　观……………6094
钱方义……………6098
卷第三百四十七　鬼三十二
吴任生……………6104
邬　涛……………6106
曾季衡……………6106
赵　合……………6110
韦安之……………6114
李佐文……………6114
胡　澋……………6118
卷第三百四十八　鬼三十三
辛神邕……………6120
唐燕士……………6120
郭　郛……………6122
李全质……………6124
沈恭礼……………6126
牛　生……………6130
韦齐休……………6134
卷第三百四十九　鬼三十四
房　陟……………6138
王　超……………6138
段　何……………6140
韦鲍生妓……………6142
梁　璟……………6148
崔御史……………6150
曹　唐……………6152
卷第三百五十　鬼三十五
许　生……………6156
颜　濬……………6160
郝惟谅……………6164
浮梁张令……………6166
欧阳敏……………6172
奉天县民……………6174
卷第三百五十一　鬼三十六
邢　群……………6176
李　重……………6176
王　坤……………6178

苏太玄……………………6182
房千里……………………6184
韦氏子……………………6184
李　浔……………………6186
段成式……………………6188
鬼　葬……………………6190
董汉勋……………………6190

卷第三百五十二　鬼三十七

牟　颖……………………6194
游氏子……………………6196
李　云……………………6198
郑　总……………………6200
王　绍……………………6200
王　鲔……………………6200
李戴仁……………………6204
刘　璪……………………6204
李　矩……………………6204
陶　福……………………6206
巴川崔令…………………6206
冯　生……………………6210

卷第三百五十三　鬼三十八

皇甫枚……………………6212
陈　璠……………………6214
豫章中官…………………6216
邵元休……………………6216
何四郎……………………6218
青州客……………………6220
周元枢……………………6220
朱延寿……………………6222
秦进忠……………………6222
望江李令…………………6224
张飞庙祝…………………6224
僧彦脩……………………6226
建康乐人…………………6226
黄延让……………………6226
张　瑗……………………6226
婺源军人妻………………6228
陈德遇……………………6228
广陵吏人…………………6230

卷第三百五十四　鬼三十九

杨　瑊……………………6232
袁继谦……………………6232
邠州士人…………………6234
王　商……………………6234
谢彦璋……………………6236
崇圣寺……………………6236
任彦思……………………6236
张仁宝……………………6238
杨蕴中……………………6238
王延镐……………………6240

僧惠进……………………6240
田达诚……………………6240
徐彦成……………………6244
郑　郊……………………6246
李　茵……………………6246
柳鹏举……………………6246
周　洁……………………6248

卷第三百五十五　鬼四十

杨副使……………………6250
僧珉楚……………………6250
陈守规……………………6252
广陵贾人…………………6254
浦城人……………………6254
刘道士……………………6256
清源都将…………………6256
王诹妻　…………………6258
林昌业……………………6258
潘　袭……………………6260
胡　澄……………………6260
王　攀……………………6260
郑守澄……………………6262
刘　鹭……………………6262

卷第三百五十六　夜叉一

哥舒翰……………………6268
章仇兼琼…………………6270
杨慎矜……………………6270
江南吴生…………………6272
朱岘女……………………6272
杜　万……………………6274
韦自东……………………6276
马　燧……………………6280

卷第三百五十七　夜叉二

东洛张生…………………6286
薛　淙……………………6288
丘　濡……………………6290
陈越石……………………6292
张　融……………………6296
蕴都师……………………6296

卷第三百五十八　神魂一

庞　阿……………………6300
马势妇……………………6302
无名夫妇…………………6302
王　宙……………………6304
郑齐婴……………………6306
柳少游……………………6306
苏　莱……………………6308
郑　生……………………6308
韦　隐……………………6310
齐推女……………………6310
郑氏女……………………6316

裴　珙……………………6318
舒州军吏………………6320

卷第三百五十九　妖怪一

武都女……………………6322
东方朔……………………6322
双头鸡……………………6324
张　辽……………………6324
翟　宣……………………6326
臧仲英……………………6326
顿丘人……………………6326
王　基……………………6328
应　壉……………………6330
公孙渊……………………6330
诸葛恪……………………6330
零陵太守女………………6330
荥阳廖氏…………………6332
陶　璜……………………6332
赵王伦……………………6332
张　骋……………………6334
怀　瑶……………………6334
裴　楷……………………6336
卫　瓘……………………6336
贾　谧……………………6336
刘　峤……………………6336
王　敦……………………6338
王　献……………………6338
刘　宠……………………6338
桓温府参军………………6338
郭　氏……………………6338

卷第三百六十　妖怪二

庾　翼……………………6342
庾　谨……………………6342
商仲堪……………………6344
寿　颁……………………6344
李　势……………………6344
郗　恢……………………6344
庾　寔……………………6346
乞佛炽盘…………………6346
姚　绍……………………6346
桓　振……………………6346
贾弼之……………………6346
江陵赵姥…………………6348
诸葛长民…………………6348
盐官张氏…………………6350
王　愉……………………6350
朱宗之……………………6350
虞定国……………………6350
丁　谇……………………6352
富阳王氏…………………6352
乐　遐……………………6354

刘　斌……………………6354
王　徵……………………6356
张仲舒……………………6356
萧思话……………………6356
傅氏女……………………6356
郭仲产……………………6356
刘　顺……………………6358
王　谭……………………6358
周登之……………………6358
黄　寻……………………6360
荆州人……………………6360
田　骚……………………6360
邓　差……………………6360
司马申……………………6362
段　晖……………………6362

卷第三百六十一　妖怪三

崔季舒……………………6364
安阳黄氏…………………6364
齐后主……………………6366
王惠照……………………6366
独孤陀……………………6366
杨　素……………………6368
滕景贞……………………6370
元　邃……………………6370
刘志言……………………6370
素　娥……………………6370
张易之……………………6372
李承嘉……………………6374
泰州人……………………6374
梁载言……………………6374
范季辅……………………6376
洛阳妇人…………………6376
裴休贞……………………6376
牛　成……………………6378
张　翰……………………6378
南郑县尉…………………6378
李　泮……………………6380
元自虚……………………6380

卷第三百六十二　妖怪四

长孙绎……………………6384
韦虚心……………………6386
裴镜微……………………6386
李　虞……………………6386
武德县妇人………………6388
怀州民……………………6388
武德县民…………………6390
张司马……………………6390
李適之……………………6390
李林甫……………………6392
杨慎矜……………………6392

姜　皎……………………6394
晁良贞……………………6394
李　氏……………………6394
张周封……………………6396
王　丰……………………6396
房　集……………………6396
张　寅……………………6396
燕凤祥……………………6398
王　生……………………6400
梁仲朋……………………6400
卷第三百六十三　妖怪五
韦　滂……………………6404
柳　氏……………………6406
王　愬……………………6406
李　哲……………………6410
卢　瑗……………………6416
庐江民……………………6416
扬州塔……………………6418
高邮寺……………………6418
刘积中……………………6420
卷第三百六十四　妖怪六
江淮士人…………………6424
李　鹄……………………6424
僧智圆……………………6426
南孝廉……………………6428
谢　翱……………………6428
僧法长……………………6432
河北村正…………………6434
僧弘济……………………6434
金友章……………………6434
于　凝……………………6438
卷第三百六十五　妖怪七
王申子……………………6440
韩　佽……………………6442
许敬　张闲………………6442
太原小儿…………………6444
李师古……………………6444
孟不疑……………………6444
戴　詧……………………6446
杜　悰……………………6448
郑　絪……………………6448
河北军将…………………6450
宫山僧……………………6450
卷第三百六十六　妖怪八
杜元颖……………………6456
朱道士……………………6456
郑　生……………………6458
赵士宗……………………6458
曹　朗……………………6460
秄　儿……………………6462

李　约……………………6464
张　缜……………………6464
马　举……………………6466
韦　琛……………………6466
张谋孙……………………6468
李　黄……………………6468
宋　洵……………………6470
张氏子……………………6470
僧十朋……………………6470
宜春人……………………6472
朱从本……………………6472
周　本……………………6472
王宗信……………………6472
薛老峰……………………6474
欧阳璨……………………6474
卷第三百六十七　妖怪九人妖附
妖怪………………………6478
东柯院……………………6478
王守贞……………………6480
彭　颙……………………6480
吕师造……………………6482
崔彦章……………………6482
润州气……………………6482
黄　极……………………6482
熊　勋……………………6484
王建封……………………6484
广陵士人…………………6484
张　镛……………………6486
宗梦徵……………………6486
黄仁濬……………………6486
孙德遵……………………6488
人妖………………………6488
东郡民……………………6488
胡　顼……………………6488
乌程县人…………………6490
李宣妻……………………6490
赵宣母……………………6490
马氏妇……………………6490
杨欢妻……………………6492
寿安男子…………………6492
崔广宗……………………6492
许州僧……………………6492
田　瞫……………………6492
元　镐……………………6494
无足妇人…………………6494
娄　逞……………………6494
孟　妪……………………6494
黄崇嘏……………………6496
白项鸦……………………6498

卷第三百六十八　精怪一

杂器用……………………6500

阳城县吏……………6500

桓　玄………………6500

徐氏婢………………6502

江淮妇人……………6502

刘　玄………………6502

游先朝………………6502

居延部落主…………6504

僧太琼………………6506

清江郡叟……………6506

韦　训………………6508

卢赞善………………6508

柳　崇………………6510

南中行者……………6510

麹秀才………………6510

虢国夫人……………6512

卷第三百六十九　精怪二

杂器用……………………6516

苏丕女………………6516

蒋惟岳………………6518

华阴村正……………6518

韦　谅………………6518

东莱客………………6520

交城里人……………6520

岑　顺………………6520

元无有………………6526

李楚宾………………6526

卷第三百七十　精怪三

杂器用……………………6530

国子监生……………6530

姚司马………………6530

崔　毂………………6532

张秀才………………6534

河东街吏……………6536

韦协律兄……………6536

石从武………………6538

姜　修………………6538

王屋薪者……………6540

卷第三百七十一　精怪四

杂器用……………………6544

独孤彦………………6544

姚康成………………6548

马　举………………6550

吉州渔者……………6552

凶器上……………………6552

梁　氏………………6552

曹　惠………………6554

窦不疑………………6556

卷第三百七十二　精怪五
凶器下……………………6562
桓彦范………………6562
蔡　四………………6562
李　华………………6566
商乡人………………6566
卢　涵………………6566
张不疑………………6570
卷第三百七十三　精怪六
火……………………………6576
贾　耽………………6576
刘希昂………………6578
范　璋………………6578
胡　荣………………6580
杨　祯………………6580
卢　郁………………6584
刘　威………………6586
土……………………………6586
马希范………………6586
卷第三百七十四　灵异
鳖　灵………………6588
玉梁观………………6588
湘　穴………………6590
耒阳水………………6590
孙坚得葬地…………6590
聂　友………………6592
八阵图………………6592
海畔石龟……………6592
钓台石………………6594
汾州女子……………6594
波斯王女……………6594
程　颜………………6596
文水县坠石…………6596
玄宗圣容……………6596
渝州莲花……………6598
玉　马………………6598
华山道侣……………6598
郑仁本弟……………6600
楚州僧………………6600
胡氏子………………6600
王蜀先主……………6602
庐山渔者……………6602
桂从义………………6604
金精山木鹤…………6604
卖饼王老……………6606
桃林禾………………6606
王延政………………6606
洪州樵人……………6608
卷第三百七十五　再生一
史　姁………………6610

范明友奴……………6610
陈　焦………………6612
崔　涵………………6612
柳　苌………………6614
刘　凯………………6614
石函中人……………6616
杜锡家婢……………6616
汉宫人………………6616
李　俄………………6616
河间女子……………6618
徐玄方女……………6618
蔡支妻………………6620
陈朗婢………………6622
干宝家奴……………6622
韦讽女奴……………6622
邺中妇人……………6626
李仲通婢……………6626
崔生妻………………6626
东莱人女……………6628
卷第三百七十六　再生二
郑　会………………6630
王　穆………………6632
邵　进………………6632
李太尉军士…………6634
五原将校……………6636
范令卿………………6636
汤氏子………………6638
士人甲………………6638
李　简………………6640
竹季贞………………6642
陆　彦………………6644
卷第三百七十七　再生三
赵　泰………………6646
袁　廓………………6650
曹宗之………………6654
孙回璞………………6654
李强友………………6658
韦广济………………6660
郄惠连………………6660
卷第三百七十八　再生四
刘　宪………………6666
张　汶………………6668
隰州佐史……………6670
邓　俨………………6672
贝　禧………………6672
干　庆………………6676
陈　良………………6676
杨大夫………………6678
李主簿妻……………6680

卷第三百七十九　再生五
刘　薛……………………6684
李　清……………………6684
郑师辩……………………6688
法　庆……………………6690
开元选人…………………6690
崔明达……………………6690
王　抡……………………6694
费子玉……………………6696
梅　先……………………6698
卷第三百八十　再生六
王　璹……………………6702
魏　靖……………………6706
杨再思……………………6708
金坛王丞…………………6708
韩朝宗……………………6710
韦延之……………………6712
张　质……………………6714
郑　洁……………………6716
卷第三百八十一　再生七
赵文若……………………6722
孔　恪……………………6724
霍有邻……………………6726
皇甫恂……………………6728
裴　龄……………………6730
六合县丞…………………6734
薛　涛……………………6736
赵　裴……………………6738
邓　成……………………6740
张　瑶……………………6742
卷第三百八十二　再生八
支法衡……………………6746
程道惠……………………6748
僧善道……………………6750
李　旦……………………6752
梁　甲……………………6754
任义方……………………6756
齐士望……………………6756
杨师操……………………6758
裴则子……………………6758
河南府史…………………6760
周　颂……………………6762
卢　弁……………………6764

卷第三百四十一　鬼二十六
卷第三百四十二　鬼二十七
卷第三百四十三　鬼二十八
卷第三百四十四　鬼二十九
卷第三百四十五　鬼三十
卷第三百四十六　鬼三十一
……

卷第三百四十一
鬼二十六

李　俊　　李　赤　　韦　浦　　郑　驯　　魏　朋
道政坊宅　郑琼罗

李　俊

岳州刺史李俊举进士，连不中第。贞元二年，有故人国子祭酒包佶者，通于主司，援成之。榜前一日，当以名闻执政。初五更，俊将候佶，里门未开，立马门侧。傍有卖糕者，其气爞爞。有一吏若外郡之邮檄者，小囊毡帽，坐于其侧，颇有欲糕之色。俊为买而食之，客甚喜，啖数片。

俄而里门开，众竞出，客独附俊马曰："愿请间。"俊下听之，曰："某乃冥之吏送进士名者。君非其徒耶？"俊曰："然。"曰："送堂之榜在此，可自寻之。"因出视。俊无名，垂泣曰："苦心笔砚，二十余年，偕计者亦十年。今复无名，岂终无成乎？"曰："君之成名，在十年之外，禄位甚盛。今欲求之，亦非难。但于本录耗半，且多屯剥，才获一郡，如何？"俊曰："所求者名，名得足矣。"客曰："能行少赂于冥吏，即于此取其同姓者易其名，可乎？"俊问："几何可？"曰："阴钱三万贯。

李 俊

岳州刺史李俊考进士，连续多次没有考中。贞元二年，有个旧友，即国子监祭酒包佶，通融于主司，帮助他考上了。发榜前一天，应当把名字通报给执政。刚五更，李俊就要去等候包佶，当时里门没开，遂停马在门旁。旁边有卖糕的，那糕热气腾腾。有一个小吏好像是外郡来投递文书的，头戴小囊毡帽，坐在他的旁边，露出很想吃糕的神色。李俊买糕让他吃，客人很高兴，吃了几片。

一会儿里门打开了，众人都走出去了，客人独自靠近李俊的马说："请私下说几句话。"李俊下马听他说："我是冥府送进士名的小吏。您也是来应举的吗?"李俊说："是的。"那人说："送堂上的榜在这里，您可自己寻找。"于是拿出来让他看。李俊的名字没在上边，他低头哭泣道："苦心读书写文章二十多年，赴京参考也有十年了。现在又落榜了，难道终身也不能成就功名吗?"客人说："君之成名，在十年之后，官位很高。现在要得到它，也并不难。只是要耗减一半官禄，而且多遭遇不幸，才能获得一郡，怎么样?"李俊说："所要追求的是功名，功名得到就满足了。"客人说："可以向冥吏稍微贿赂一下，就在这上面找同姓的换掉他的名字，可以吗?"李俊问："多少钱可以?"说："阴间的钱三万贯。

某感恩而以诚告，其钱非某敢取，将遗牍吏。来日午时送可也。”复授笔，使俊自注。从上有故太子少师李夷简名，俊欲揩之，客遽曰：“不可，此人禄重，未易动也。”又其下有李温名，客曰：“可矣。”乃揩去“温”字，注“俊”字。客遽卷而行曰：“无违约。”

既而俊诣佶，佶未冠，闻俊来怒，出曰：“吾与主司分深，一言状头可致，公何躁甚？频见问，吾其轻语者耶？”俊再拜对曰：“俊恳于名者，若恩决此一朝。今当呈榜之晨，冒责奉谒。”佶唯唯，色犹不平。俊愈忧之。乃变服伺佶出随之，经皇城东北隅，逢春官怀其榜，将赴中书。佶揖问曰：“前言遂否？”春官曰：“诚知获罪，负荆不足以谢。然迫于大权，难副高命。”佶自以交分之深，意谓无阻，闻之怒曰：“季布所以名重天下者，能立然诺。今君移妄于某，盖以某官闲也。平生交契，今日绝矣！”不揖而行，春官遽追之曰：“迫于豪权，留之不得。窃恃深顾，外于形骸，见责如此，宁得罪于权右耳。”请同寻榜，揩名填之。祭酒开榜，见李公夷简，欲揩，春官急曰：“此人宰相处分，不可去。”指其下李温曰：“可矣。”遂揩去“温”字，注“俊”字。

及榜出，俊名果在已前所指处。其日午时，随众参谢，不及赴糕客之约。迫暮将归，道逢糕客，泣示之背曰：“为君所误，得杖矣。牍吏将举勘，某更他祈，共止之。”其背实有重杖者。俊惊谢之，且曰：“当如何？”客曰：“来日午时，

我感谢您的恩惠而诚心告诉您，那钱不是我敢要的，要送给牍吏。明天午时送钱就可以。”又给他笔，让李俊自己改。上边有故太子少师李夷简的名字，李俊要擦去，客人急忙说：“不可以，这个人俸禄重，不能轻易改动。”又在他的下面有李温的名字，客人说：“这个可以。”便擦去“温”字，写上“俊”字。客人就急忙卷起名榜，边走边说：“不要失约。”

不久之后李俊来见包佶，包佶还没梳洗穿戴，听说李俊来了就生气了，出来说：“我和主司交情深，有我一句话状元都能得到，您为什么这么急躁？频频来问，我是说话不算话的人吗？”李俊拜了两拜回答说：“我一心追求功名，能不能得到您的恩德取决于今天早晨。今天早晨呈送榜文，所以冒着责怪来拜见。”包佶答应了，犹有不平之色。李俊更加担心。他就变换服饰等包佶出来后跟随着他，经过皇城东北角，遇着一个礼部官员怀揣那榜文，将要到中书省。包佶作揖问道：“以前和您说的办没办？”礼部官员说：“确实知道对不住您，负荆也不足谢罪。可是迫于大权，难于答应您的要求。”包佶自以为交情深厚，心想不会有问题，听了这话生气地说：“季布所以在天下闻名，是因为能够说话算数。现在您使我成为说话不算数的人，大概是认为我是个闲官。平生的交情，今天断绝！”不作揖就走了，礼部官忙追上他说：“迫于豪门权贵，留不得。我仗着您对我感情好，我对您随便了些，被如此责怪，只好得罪于权右了。”于是请包佶一起查看榜文，擦名填上李俊的名字。祭酒打开榜，看见李夷简，要擦，礼部官急忙说：“此人是宰相安排的，不能擦去。”指着他下边的李温说：“这个可以。”于是擦去“温”字，写上“俊”字。

等到名榜发出，李俊的名字果然在以前所指的地方。那天午时，李俊随着大家参拜谢恩，没能按照糕客的要求去办。天黑了要回去，在路上遇见了糕客，糕客哭泣着让看他的背并说道：“被您耽误，我受了杖打。牍吏将要检举调查我，我又去求了别人，才一起阻止了他。”糕客的背上确实有被重重杖打过的痕迹。李俊惊恐地谢罪，并且说：“现在该怎么办呢？”糕客说：“明天午时，

送五万缗，亦可无追勘之厄。”俊曰：“诺。”及到时焚之，遂不复见。然俊筮仕之后，追勘贬降，不绝于道。才得岳州刺史，未几而终。出《续玄怪录》。

李赤

贞元中，吴郡进士李赤者，与赵敏之同游闽。行及衢之信安，去县三十里，宿于馆厅。宵分，忽有一妇人入庭中，赤于睡中蹶起，下阶与之揖让。良久即上厅，开箧取纸笔，作一书与其亲，云：“某为郭氏所选为婿。”词旨重叠，讫，乃封于箧中。复下庭，妇人抽其巾缢之，敏之走出大叫，妇人乃收巾而走。及视其书，赤如梦中所为。明日，又偕行，南次建中驿，白昼又失赤。敏之即遽往厕，见赤坐于床，大怒敏之曰：“方当礼谢，为尔所惊。”浃日至闽，属寮有与赤游旧者，设燕饮次，又失赤。敏之疾索于厕，见赤僵仆于地，气已绝矣。出《独异志》。

韦浦

韦浦者，自寿州士曹赴选，至阌乡逆旅，方就食，忽有一人前拜曰：“客归元昶，常力鞭辔之任，愿备门下厮养卒。”浦视之，衣甚垢而神彩爽迈，因谓曰：“尔何从而至？”对曰：“某早晚冯六郎职在河中，岁月颇多，给事亦勤，甚见亲任。昨六郎、绛州轩辕四郎同至此，求下判官买腰带。某于其下丐茶酒直，遂有言语相及。六郎谓某有所欺，斥留于此。某佣贱，复尠资用，非有符牒，不能越关禁。伏知二十二郎将西去，偿因而获归，为愿足矣。或不弃顽下，终赐鞭驱，小人之分，又何幸焉？”浦许之。

送五万缗钱，亦可无追查的灾难。”李俊说：“诺。”等到时焚化了，就再没看见糕客了。可是李俊自做官以后，接连被追查贬谪降职。才做了岳州刺史，不久就死了。出自《续玄怪录》。

李赤

贞元年间，吴郡进士李赤，与赵敏之一起去闽地游览。他们走到衢州的信安，距离县城三十里，住在驿馆里。夜半时分，忽然有一个妇人进到院中，李赤从睡梦中急忙起来，走下台阶向她作揖谦让。李赤过了很久才进屋，打开书箱，拿出纸笔，写了一封信给他父母，说：“我被郭氏选作女婿了。”词意重叠。写完，就把信封在书箧中。他又下到庭院，妇人抽出巾带勒他，赵敏之跑出来大叫，妇人就收起巾带跑了。等到看那书信，觉得像是在梦中写的。第二天，又一起出行，向南走，住在建中驿，大白天的李赤又失踪了。赵敏之就急忙到茅房，看见李赤坐在凳子上，非常生气地对赵敏之说：“正要行礼，就被你惊醒了。”十天后到达闽地，属下有和李赤交游的，设宴款待，李赤又失踪了。赵敏之急忙到茅房去找，看见李赤僵硬地倒在地上，已经断气了。出自《独异志》。

韦浦

韦浦，自寿州士曹去参选官吏，到达阌乡旅馆里，正要吃饭，忽有一人上前拜见说：“我是归元昶，平常做马夫工作，希望在您门下做个马夫。”韦浦看他，衣服很脏，可是精神豪爽超逸，于是问他：“你从哪里来？”回答说：“我以前在冯六郎处任职，在河中，时间很长了，办事也勤快，很被信任。昨天六郎和绛州轩辕四郎一同到这里，求卞判官买腰带。我向他要茶酒钱，说了几句话。六郎认为我欺骗他，责备我把我留在了这里。我身份低微，又少钱物，没有符牒，不能过关禁。我知道二十二郎将向西去，倘若能跟着一起回去，就满足了。如不嫌弃我，让我为您效劳，对我这样的人来说，就是十分荣幸了！”韦浦答应了他。

食毕，乃行十数里，承顺指顾，无不先意，浦极谓得人。俄而憩于茶肆，有扁乘数十适至，方解辕纵牛，龁草路左。归趋过牛群，以手批一牛足，牛即鸣痛不能前。主初不之见，遽将求医，归谓曰："吾常为兽医，为尔疗此牛。"即于墙下捻碎土少许，傅牛脚上，因疾驱数十步，牛遂如故。众皆兴叹。其主乃赏茶二斤，即进于浦曰："庸奴幸蒙见诺，思以薄伎所获，效献芹者。"浦益怜之。次于潼关，主人有稚儿戏于门下，乃见归以手挃其背，稚儿即惊闷绝，食顷不寤。主人曰："是状为中恶。"疾呼二娘，久方至。二娘巫者也，至则以琵琶迎神，欠嚏良久，曰："三郎至矣。传语主人，此客鬼为祟，吾且录之矣。"言其状与服色，真归也。又曰："若以兰汤浴之，此患除矣。"如言而稚儿立愈。浦见归所为，已恶之。及巫者有说，呼则不至矣。

明日又行，次赤水西。路傍忽见元昶，破弊紫衫，有若负而顾步甚重，曰："某不敢以为羞耻，便不见二十二郎。某客鬼也，昨日之事，不敢复言，已见责于华岳神君。巫者所云三郎，即金天也。某为此界不果闲行，受笞至重。方见二十二郎到京当得本处县令，无足忧也。他日亦此伫还车耳。"浦云："尔前所说冯六郎等，岂皆人也？"归曰："冯六郎名夷，即河伯，轩辕天子之爱子也。下判官名和，即昔刖足者也。善别宝，地府以为荆山玉使判官，轩辕家奴客，小事不相容忍，遽令某失冯六郎意。今日迍踬，实此之由。"浦曰："冯何得第六？"曰："冯水官也，水成数六耳。故黄帝四子，轩辕四郎，即其最小者也。"浦其年选授霍丘令，如其言。及赴官至此，虽无所睹，肸蠁如有物焉。出《河东记》。

吃完饭，走了十几里路，让干什么就干什么，没有不如意的，韦浦认为得到了满意的人。不久在茶馆里休息，有几十辆小车来到这里，正解开车辕放牛在路边吃草。归元昶快步走过牛群，用手打一牛足，牛就鸣叫疼痛不能前行。主人开始没看见他，就要找兽医，归元昶对他说："我曾经当过兽医，给你治疗这头牛。"就在墙下捡少量碎土，敷在牛脚上，又让快跑几十步，牛便如从前一样。大家都赞叹不已。那主人就赏了他二斤茶叶，他送给韦浦说："我承蒙您收留，想用小小的伎俩赚点东西敬献给您。"韦浦更加喜欢他了。他们住在潼关，主人有个小儿子在门前玩，就见归元昶用手撞他的背，小孩子就惊吓没气了，过了一顿饭的时间都没醒。主人说："这状态是中邪。"赶紧去叫二娘，很久才到。二娘是巫婆，到了就用琵琶迎神，打了半天哈欠，说："三郎到了。传告主人，这是客鬼作祟，我把他记下来了。"说他的样貌和服色，真是归元昶。又说："如果用兰汤给他洗澡，这病患就消除了。"按照说的去做，小孩儿立刻就好了。韦浦见了归元昶所做的事情，已经感到厌恶了，等巫婆说完，呼叫他却不来了。

第二天又走，来到赤水西。在路旁忽然看见归元昶，穿着破紫衫，好像背负着东西脚步沉重，说："我不敢因为羞耻，便不见二十二郎。我是客鬼，昨天的事不敢再说，已被华岳神君责罚了。巫师所说的三郎，就是金天。我为在这里的邪行，挨了重笞。方才知道二十二郎到京都能担任本处县令，没有什么可以担忧的。他日还在这里伫立迎候您回还。"韦浦说："你以前所说的冯六郎等，难道都是人吗？"归元昶说："冯六郎名叫夷，就是河伯，是轩辕天子的爱子。下判官名叫和，就是从前刖足的。善于区分宝贝，地府让他做荆山玉使判官，是轩辕家奴客，因小事不能互相容忍，就令我在冯六郎那里失意了。今天如此艰难不利，实在是这缘由。"韦浦问："冯为什么得第六？"回答说："冯夷是水官，水成数是六。黄帝有四个儿子，轩辕是四子，是最小的。"韦浦那年被选作霍丘县令，与他所言相合。上任途中来到这里，虽然什么也没看见，隐隐约约好像有东西在那里。出自《河东记》。

郑驯

郑驯，贞元中进士擢第，调补门下典仪，第三十五。庄居在华阴县南五六里，为一县之胜。驯兄弟四人，曰驷，曰骥，曰駒。駒与驯，有科名时誉，县大夫洎邑客无不倾向之。驯与渭桥给纳判官高叔让中外相厚，时往求丐。高为设鲙食，其夜，暴病霍乱而卒。时方暑，不及候其家人，即为具棺椁衾遂敛之，冥器奴马，无不精备。题冥器童背，一曰鹰儿，一曰鹘子。马有青色者，题云撒豆骢。十数日，柩归华阴别墅。

时邑客李道古游虢川半月矣，未知驯之死也。回至潼关西永丰仓路，忽逢驯自北来，车仆甚盛，李曰："别来旬日，行李何盛耶？"色气忻然，谓李曰："多荷渭桥老高所致。"即呼二童鹰儿、鹘子参李大郎。戏谓曰："明时文士，乃蓄鹰鹘耶？"驯又指所乘马曰："兼请看仆撒豆骢。"李曰："仆颇有羡色如何？"驯曰："但勤修令德，致之何难。"乃相与并辔，至野狐泉，李欲留食，驯以马策过，曰："去家咫尺，何必食为。"有顷，到华阴岳庙东。驯揖李曰："自此径路归矣。"李曰："且相随至县，幸不回路。"驯曰："仆离家半月，还要早归。"固不肯过岳庙。

须臾，李至县，问吏曰："令与诸官何在？"曰："适往县南慰郑三十四郎矣。"李曰："慰何事？"吏曰："郑三十五郎，今月初向渭桥亡，神柩昨夜归庄耳。"李輾然曰："我适与郑偕自潼关来。"一县人吏皆曰不虚，李愕然，犹未之信，即策马疾驰，往郑庄。中路逢县吏崔频、县丞裴悬、主簿卢士琼、县尉庄儒，及其弟庄古，邑客韦纳、郭存中，并自郑庄回。立马叙言，李乃大惊，良久方能言，且忧身之及祸。后往来者，往往于京城中闹处即逢，行李仆马，不异李之所

郑驯

郑驯，贞元年间考中进士，调补门下典仪，排行第三十五。庄园在华阴县南五六里处，是一县的胜地。郑驯兄弟四人，其他三人叫郑驷、郑骥、郑驹。郑驹和郑驯，有科名和名望，从县大夫到邑客没有不佩服的。郑驯与渭桥给纳判官高叔让交情深厚，时常去求助。高叔让请他吃鲙鱼，那夜，突然得霍乱病死了。当时正是暑天，来不及等他家人，就给他备齐了棺椁衣被后入殓，冥器奴马无不精心准备。在冥器童子背上题字，一个叫鹰儿，一个叫鹘子。马是青色的，题名撒豆骢。十多天，灵柩运回华阴别墅。

当时邑客李道古游览虢川半月了，不知道郑驯死了。回到潼关西永丰仓路，忽然遇到郑驯从北边过来，车马仆从很盛大，李道古说："分别十来天，行李为什么这么盛大呢？"郑训神采飞扬，对李道古说："渭桥老高给操办的。"就叫两个童子鹰儿、鹘子参拜李大郎。李道古开玩笑说："盛明之时的文人学士，也养鹰和鹘呀？"郑驯又指着所乘的马说："请看看我的撒豆骢。"李道古说："我很羡慕你，怎么办？"郑训说："只要努力修炼美德，得到这些有什么困难的？"两人就骑马并行，到了野狐泉，李道古想留郑驯吃饭，郑驯打马而过，说："离家很近了，何必吃饭。"一会儿，到了华阴岳庙东边。郑驯向李道古作揖说："从这小路回去了。"李道古说："我们一起到县里去吧，正好不绕道。"郑驯说："我离家已半月，还要早点回去。"坚持不肯过岳庙。

一会儿，李道古到了县里，问小吏："县令和各位官员在哪里？"小吏说："到县南慰问郑三十四郎去了。"李道古说："因何事慰问？"小吏说："郑三十五郎，今月初去渭桥死了，灵柩昨夜回庄。"李道古笑着说："我刚才和郑驯一同从潼关来。"一县人都说郑训确实死了，李道古很吃惊，还不信他们，就策马疾驰，前往郑庄。中途遇见县吏崔频、县丞裴悬、主簿卢士琼、县尉庄儒，及其弟庄古，邑客韦纳、郭存中，一起从郑庄回来。停马叙说，李道古才大惊，很久才能说出话，担忧自己将遭灾祸。以后来往的人，往往在京城热闹地方遇见郑训，行李仆从马匹，不异于李道古所

见,而不复有言。出《河东记》。

魏　朋

建州刺史魏朋,辞满后,客居南昌。素无诗思,后遇病,迷惑失心,如有人相引接,勿索笔抄诗言:“孤坟临清江,每睹白日晚。松影摇长风,蟾光落岩甸。故乡千里余,亲戚罕相见。望望空云山,哀哀泪如霰。恨为泉台客,复此异乡县。愿言敦畴昔,勿以弃疵贱。”诗意如其亡妻以赠朋也。后十余日,朋卒。出《玄怪录》。

道政坊宅

道政里十字街东,贞元中,有小宅,怪异日见,人居者必大遭凶祸。时进士房次卿假西院住,累月无患,乃夸于众云:“仆前程事,可以自得矣。咸谓此宅凶,于次卿无何有。”李直方闻而答曰:“是先辈凶于宅。”人皆大笑。后为东平节度李师古买为进奏院。是时东平军每贺冬正常五六十人,鹰犬随之,武将军吏,烹炰屠宰,悉以为常。进士李章武初及第,亦负壮气。诘朝,访太史丞徐泽,遇早出,遂憩马于其院。此日东平军士悉归,忽见堂上有伛背衣黲绯老人,目且赤而有泪,临阶曝阳。西轩有一衣暗黄裙白褡裆老母,荷担二笼,皆盛亡人碎骸及驴马等骨,又插六七枚人肋骨于其髻为钗,似欲移徙。老人呼曰:“四娘子何为至此?”老母应曰:“高八丈万福。”遽云:“且辞八丈移去,近来此宅大蹀聒,求住不得也。”章武知姻亲说此宅本凶。或云,章武因此而粉饰耳。出《乾撰子》。

郑琼罗

段文昌从弟某者,贞元末,自信安还洛,暮达瓜洲,宿

看见的，只是不再说话。出自《河东记》。

魏　朋

建州刺史魏朋，辞官后，客居在南昌。平素没有想过吟诗作赋，后来得病，精神失常，好像有人牵引他，忽然要笔抄写诗句："孤坟临清江，每睹白日晚。松影摇长风，蟾光落岩甸。故乡千里余，亲戚罕相见。望望空云山，哀哀泪如霰。恨为泉台客，复此异乡县。愿言敦畴昔，勿以弃疵贱。"看诗意好像是他的亡妻赠送的。过了十多天，魏朋死了。出自《玄怪录》。

道政坊宅

道政里十字街东，贞元年间，有处小宅院，每天都有奇异现象，人住进去必遭大灾。当时进士房次卿租住在西院，几个月也没遭祸患，于是当众夸口说："我肯定前程无忧。都说这个宅院凶，对于我却没有什么。"李直方听了答道："这是他比宅院还凶。"众人大笑。宅子后来被东平节度李师古买去作了进奏院。这时东平军每当庆贺冬至，常常有五六十人，鹰犬相随，武将军吏，烹煮屠宰，悉以为常。进士李章武刚刚及第，很有勇气。一天早晨，去拜访太史丞徐泽，正巧他清早外出，于是在那宅院停马休息。这天东平军士都回家了，李章武忽然看见堂上有一个曲背穿着黑红色衣服的老人，眼睛发红而且有泪，靠着台阶晒太阳。西轩有一个穿着暗黄色裙白褡裆的老太太，肩上担着两个笼子，都盛着死人的碎骨和驴马等骨，又在她的发髻上插着六七个人的肋骨当发钗，好像挪动要走。老人叫道："四娘子为啥到这里？"老太太应道："高八丈万福。"又急忙说："暂且辞别八丈离去，近来这个宅院杂乱吵闹，住不下去了。"李章武听姻亲说过这是个凶宅。有人说李章武因此把这宅子说得更凶了。出自《乾𦠆子》。

郑琼罗

段文昌堂弟某，贞元末年从信安回洛阳，晚上到达瓜洲，住

于舟中。夜久弹琴，忽外有嗟叹声，止息即无。如此数四，乃缓轸还寝。梦一女年二十余，形悴衣败，前拜曰："妾姓郑名琼罗，本居丹徒。父母早亡，依于孀嫂。嫂不幸又没，遂来杨子寻姨。夜至逆旅，市吏子王惟举乘醉将逼辱，妾知不免，因以领巾绞颈自杀。市吏子乃潜埋妾于鱼行西渠中。其夕，再见梦于杨子令石义，竟不为理。复见冤气于江，石尚谓非烟之祥，图而表奏。抱恨四十年，无人为雪。妾父母俱善琴，适听君琴声，奇弄翕响，不觉来此。"寻至洛北河清县温谷，访内弟樊元则，少有异术。居数日，忽曰："兄安得一女鬼相随？请为遣之。"乃张灯焚香作法，顷之，灯后窣窣有声，元则曰："是请纸笔也。"即投纸笔于灯影中。少顷，满纸疾落，灯前视之，书盈于幅。书若杂言七字，辞甚凄恨。元则遽令录之，言鬼书不久辄漫灭。及晓，纸上若煤污，无复字也。元则复令具酒脯纸钱，乘昏焚于道。有风旋灰直上数尺，及闻悲泣声。诗凡二百六十二字，率叙幽冤之意，语不甚晓，词故不载。其中二十八字曰："痛填心兮不能语，寸断肠兮诉何处？春生万物妾不生，更恨香魂不相遇。"出《酉阳杂俎》。

在船里。夜深弹琴，忽然听到外面有叹息声，他停止弹琴，叹息声便没有了。这样几次后，他便松开琴弦回去睡觉。梦见一个二十多岁的女子，形容憔悴，衣裳破旧，上前拜见他说："我姓郑叫琼罗，原本住在丹徒。父母早亡，依靠孀嫂。嫂子不幸又死去了，便到杨子寻找姨母。晚上到了客舍，市吏子王惟举乘着酒醉要强行侮辱我，我知道不能逃脱，便用领巾缠住脖子自杀了。市吏子便偷偷地将我埋在鱼行的西渠中。那天晚上，我托梦给杨子令石义，他竟然不加理睬。我又让冤气出现在江上，石义还说那不是祥烟，画下来上奏了。怨恨存在心里四十多年了，无人替我昭雪。我父母都擅长弹琴，刚才听到您的琴声，实在太美妙了，不知不觉便来到这儿。"段某到洛北河清县温谷拜访他的内弟樊元则，元则会一些特异的法术。住了几天，樊元则忽然说："老兄你怎么有一个女鬼尾随？请让我遣走她。"于是张灯烧香作法，一会儿，灯后发出窣窣的声响。樊元则说："这是要纸笔。"立即将纸笔投在灯影中。一会儿，整张纸急速落下，在灯前观看，上面写满了字。写的像七言杂诗，措辞非常凄楚怨恨。樊元则便令人赶紧记下来，说鬼写的字不久就会漫灭。到了破晓，纸上像被煤弄污了似的，不再有字迹。樊元则又令人准备了酒菜纸钱，黄昏时在道上焚烧。有风旋转着刮走了灰，一直吹到几尺高，还听到悲切的哭泣声。诗一共二百六十二个字，表达的都是冤屈的意思，话语不太明白，所以此处不载录了。其中的二十八个字是："痛填心兮不能语，寸断肠兮诉何处？春生万物妾不生，更恨香魂不相遇。"出自《酉阳杂俎》。

卷第三百四十二
鬼二十七

独孤穆　　华州参军　赵叔牙　　周济川

独孤穆

唐贞元中，河南独孤穆者，客淮南。夜投大仪县宿，未至十里余，见一青衣乘马，颜色颇丽。穆微以词调之，青衣对答甚有风格。俄有车路北下道者，引之而去。穆遽谓曰："向者粗承颜色，谓可以终接周旋，何乃顿相舍乎？"青衣笑曰："愧耻之意，诚亦不足。但娘子少年独居，性甚严整，难以相许耳。"穆因问娘子姓氏及中外亲族，青衣曰："姓杨第六。"不答其他。

既而不觉行数里，俄至一处，门馆甚肃。青衣下马入，久之乃出，延客就馆曰："自绝宾客，已数年矣。娘子以上客至，无所为辞。勿嫌疏漏也。"于是秉烛陈榻，衾褥备具。有顷，青衣出谓穆曰："君非隋将独孤盛之后乎？"穆乃自陈，是盛八代孙。青衣曰："果如是，娘子与郎君乃有旧。"穆询其故，青衣曰："某贱人也，不知其由，娘子即当自出申达。"须臾设食，水陆毕备。食讫，青衣数十人前导曰："县主至。"见一女，年可十三四，姿色绝代。拜跪讫，就坐，

独孤穆

唐德宗贞元年间，河南独孤穆客居淮南。夜晚要到大仪县投宿，走了未到十里余，看见一乘马的侍女，姿色很美丽。独孤穆稍稍用话调戏她，侍女回答很有风格。一会儿，有一辆车从路北驶到道上，带着她离去。独孤穆于是对她说："先前粗略地看到你的姿色，认为终究可以交往，为什么要立刻离去呢？"侍女笑着说："羞愧的想法，实在也不过分。只是娘子少年独居，性情很严正，难以答应。"独孤穆于是问娘子姓氏和家庭内外亲属，侍女说："姓杨排行第六。"不回答其他事情。

不一会儿，不知不觉走了好几里，旋即到了一个处所，门馆很庄严。侍女下马入内，很久才出来，请客人入馆说："自从谢绝宾客，已好多年了。娘子认为是贵客到来，没什么可推辞的。不要嫌弃不周到之处。"于是拿着蜡烛布置床铺，被褥备办齐全。不久，侍女出来对独孤穆说："你莫非是隋将独孤盛的后代？"独孤穆就自我陈述，是独孤盛的第八代孙子。侍女说："果然是这样，娘子与你有旧交。"独孤穆问其中原因，侍女说："我是地位低下的人，不知道那缘由，娘子自然会自己说明。"片刻摆上饭食，山珍海味都很齐备。吃完饭，侍女几十人在前引导说："县主到了。"看见一女子，年龄能有十三四岁，姿色可谓举世无双。拜跪完，就座，

谓穆曰："庄居寂寞，久绝宾客，不意君子惠顾。然而与君有旧，不敢使婢仆言之，幸勿为笑。"穆曰："羁旅之人，馆谷是惠，岂意特赐相见，兼许叙故。且穆平生未离京洛，是以江淮亲故，多不识之，幸尽言也。"县主曰："欲自陈叙，窃恐惊动长者。妾离人间，已二百年矣。君亦何从而识?"初穆闻其姓杨，自称县主，意已疑之，及闻此言，乃知是鬼，亦无所惧。县主曰："以君独孤将军之贵裔，世禀忠烈，故欲奉托，勿以幽冥见疑。"穆曰："穆之先祖，为隋室将军。县主必以穆忝有祖风，欲相顾托，乃平生之乐闻也。有何疑焉?"县主曰："欲自宣泄，实增悲感。妾父齐王，隋帝第二子。隋室倾覆，妾之君父，同时遇害。大臣宿将，无不从逆，唯君先将军，力拒逆党。妾时年幼，常在左右，具见始末。及乱兵入宫，贼党有欲相逼者，妾因辱骂之，遂为所害。"因悲不自胜。穆因问其当时人物及大业末事，大约多同隋史。

久之，命酒对饮。言多悲咽，为诗以赠穆曰："江都昔丧乱，阙下多构兵。豺虎恣吞噬，戈干日纵横。逆徒自外至，半夜开重城。膏血浸宫殿，刀枪倚檐楹。今知从逆者，乃是公与卿。白刃污黄屋，邦家遂因倾。疾风知劲草，世乱识忠臣。哀哀独孤公，临死乃结缨。天地既板荡，云雷时未亨。今者二百载，幽怀犹未平。山河风月古，陵寝露烟青。君子乘祖德，方垂忠烈名。华轩一会顾，土室以为荣。丈夫立志操，存没感其情。求义若可托，谁能抱幽贞。"穆深嗟叹，以为班婕妤所不及也。因问其平生制作，对曰："妾本无才，但好读古集。常见谢家姊妹及鲍氏诸女皆善属文，私怀景慕。帝亦雅好文学，时时被命。当时薛道衡名高海内，妾每见其文，心颇鄙之。向者情发于中，

对独孤穆说:“在山庄里居住很寂寞,好久谢绝宾客,没想到你今天光临。然而与你有旧交,不敢让婢仆说明,希望不被你笑话。”独孤穆说:“作客他乡的人,供给食宿这就够优惠的,哪里想到特意相见,又答应叙谈故旧。再说我平生没离开过京洛,因此江淮的亲戚故交,大多不相识,希望详尽说明。”县主说:“想要亲自陈说,私下里担心惊吓着你。我离开人间,已经二百年了。你怎么能认识我呢?”开始独孤穆听说她姓杨,自称是县主,心里已经怀疑了,到听了这些话,就知道是鬼,也没怎么害怕。县主说:“因为你是独孤将军的后代,世代秉承忠烈,所以有事想要托付于你,不要因为幽冥两隔,就有所疑虑。”独孤穆说:“我的先祖,是隋王室的将军。县主必然因为我有祖辈的风尚,想托付于我,这是我平生的乐事。有什么疑虑呢?”县主又说:“我想要发泄心中的积郁,那实在是增加悲哀和伤感。我父亲是齐王,隋帝的二儿子。隋朝灭亡,我的父亲同时遇害。大臣、宿将,没有不顺从逆党的,只有你的父亲独孤将军,奋力抵抗逆党。我当时年幼,常常在他身边,完全看见了事情的始末。等到叛军闯入宫中,有贼党要逼迫我,我便辱骂他们,于是被杀害。”于是不胜悲痛。独孤穆趁机问她当时的人物和大业灭亡的事情,大致和隋史记载的相同。

过了一段时间,县主令摆酒对饮。谈话中不时悲伤哭泣,作了首诗赠给独孤穆道:“江都昔丧乱,阙下多构兵。豺虎恣吞噬,戈干日纵横。逆徒自外至,半夜开重城。膏血浸宫殿,刀枪倚檐楹。今知从逆者,乃是公与卿。白刃污黄屋,邦家遂因倾。疾风知劲草,世乱识忠臣。哀哀独孤公,临死乃结缨。天地既板荡,云雷时未亨。今者二百载,幽怀犹未平。山河风月古,陵寝露烟青。君子乘祖德,方垂忠烈名。华轩一会顾,土室以为荣。丈夫立志操,存没感其情。求义若可托,谁能抱幽贞。”独孤穆深深叹息,认为班婕妤也赶不上她。就问她平生的创作,回答说:“我本来没什么才气,只是喜欢读些古集。常看见谢氏姐妹和鲍氏诸女都善于写文章,心里景仰羡慕。皇帝也雅好文学,常常受命。当时薛道衡名扬天下,我每看见他的文章,心里很鄙视他。刚才情发于心中,

但直叙事耳，何足称赞？”穆曰：“县主才自天授，乃邺中七子之流，道衡安足比拟？”穆遂赋诗以答之曰：“皇天昔降祸，隋室若缀旒。患难在双阙，干戈连九州。出门皆凶竖，所向多逆谋。白日忽然暮，颓波不可收。望夷既结衅，宗社亦贻羞。温室兵始合，宫闱血已流。悯哉吹箫子，悲啼下凤楼。霜刃徒见逼，玉笄不可求。罗襦遗侍者，粉黛成仇雠。邦国已沦覆，余生誓不留。英英将军祖，独以社稷忧。丹血溅黼扆，丰肌染戈矛。今来见禾黍，尽日悲宗周。玉树已寂寞，泉台千万秋。感兹一顾重，愿以死节酬。幽显傥不昧，中焉契绸缪。”县主吟讽数四，悲不自堪者久之。

逡巡，青衣数人皆持乐器，而有一人前白县主曰：“言及旧事，但恐使人悲感，且独郎新至，岂可终夜啼泪相对乎？某请充使，召来家娘子相伴。”县主许之。既而谓穆曰：“此大将军来护儿歌人，亦当时遇害，近在于此。”俄顷即至，甚有姿色，善言笑。因作乐，纵饮甚欢。来氏歌数曲，穆唯记其一曰：“平阳县中树，久作广陵尘。不意阿郎至，黄泉重见春。”良久曰：“妾与县主居此二百余年，岂期今日忽有佳礼？”县主曰：“本以独孤公忠烈之家，愿一相见，欲豁幽愤耳，岂可以尘土之质，厚诬君子？”穆因吟县主诗落句云：“求义若可托，谁能抱幽贞。”县主微笑曰：“亦大强记。”穆因以歌讽之曰：“金闺久无主，罗袂坐生尘。愿作吹箫伴，同为骑凤人。”县主亦以歌答曰：“朱轩下长路，青草启孤坟。犹胜阳台上，空看朝暮云。”来氏曰：“曩日萧皇后欲以县主配后兄子，正见江都之乱，其事遂寝。独孤冠冕盛族，忠烈之家，今日相对，正为嘉耦。”穆问县主所封何邑，县主云：“儿以仁寿四年生于京师，时驾幸仁寿宫，因名寿儿。明年，太子即位，封清河县主。上幸江都宫，徙封

只是平铺直叙自己的经历罢了，哪里值得称赞？”独孤穆说：“县主的才能是天授给的，是邺中七子一类的，薛道衡怎么能和你比拟呢？”独孤穆于是赋诗而答谢她道：“皇天昔降祸，隋室若缀旒。患难在双阙，干戈连九州。出门皆凶竖，所向多逆谋。白日忽然暮，颓波不可收。望夷既结衅，宗社亦贻羞。温室兵始合，宫闱血已流。悯哉吹箫子，悲啼下凤楼。霜刃徒见逼，玉笄不可求。罗襦遗侍者，粉黛成仇雠。邦国已沦覆，余生誓不留。英英将军祖，独以社稷忧。丹血溅黼扆，丰肌染戈矛。今来见禾黍，尽日悲宗周。玉树已寂寞，泉台千万秋。感兹一顾重，愿以死节酬。幽显傥不昧，中焉契绸缪。”县主吟诵多遍，悲痛得不能忍受了很久。

过了一阵子，几个穿青衣的侍女，手里都拿着乐器，有一人上前劝慰县主说：“说起旧事，恐怕只能使人感到悲伤，况且独孤郎新到，怎么能整夜啼哭洒泪相对呢？我愿充当使者，招来家娘子相伴。”县主答应了她。然后对独孤穆说：“这人是大将军来护儿的歌人，也是当时遇害，就住在附近。”来氏顷刻就到了，很有姿色，善于说笑。于是鼓乐齐奏，大家举杯畅饮，很是欢乐。来氏唱了几支曲子，独孤穆只记住其中一曲：“平阳县中树，久作广陵尘。不意阿郎至，黄泉重见春。”过了很久说：“我和县主在这儿住了二百多年，哪里想到今天忽然有好礼？”县主说：“本来因为独孤公是忠烈之家，愿意与他相见，要疏散一下幽怨愤恨之事，怎能以庸俗之躯，厚损于君子呢？”独孤穆于是吟咏县主末尾两句诗道：“求义若可托，谁能抱幽贞。”县主微笑道：“真是好记性。”独孤穆于是用诗歌暗示道：“金闺久无主，罗袂坐生尘。愿作吹箫伴，同为骑凤人。”县主也用诗歌答道：“朱轩下长路，青草启孤坟。犹胜阳台上，空看朝暮云。”来氏说：“从前萧皇后想把县主许配给皇后哥哥的儿子，正遇上江都的叛乱，那事就搁置了。独孤是仕宦盛族，忠烈人家，今天相遇，可算是佳偶。”独孤穆问县主所封何地，县主说：“我于仁寿四年生于京城，当时皇帝到仁寿宫，因此叫寿儿。第二年，太子即位，封为清河县主。皇上到江都宫，改封

临淄县主。特为皇后所爱，常在宫内。”来曰：“夜已深矣，独孤郎宜且成礼，某当奉候于东阁，伺晓拜贺。”于是群婢戏谑，皆若人间之仪。

既入卧内，但觉其气奄然，其身颇冷。顷之，泣谓穆曰：“殂谢之人，久为尘灰。幸将奉事巾栉，死且不朽。”于是复召来氏，饮宴如初。因问穆曰：“承君今适江都，何日当回？有以奉托可乎？”穆曰：“死且不顾，其他有何不可乎！”县主曰：“帝既改葬，妾独居此，今为恶王墓所扰，欲聘妾为姬。妾以帝王之家，义不为凶鬼所辱。本愿相见，正为此耳。君将适江南，路出其墓下，以妾之故，必为其所困。道士王善交书符于淮南市，能制鬼神。君若求之，即免矣。”又曰：“妾居此亦终不安，君江南回日，能挈我俱去，葬我洛阳北坂上，得与君相近。永有依托，生成之惠也。”穆皆许诺，曰：“迁葬之礼，乃穆家事矣。”酒酣，倚穆而歌曰：“露草芊芊，颓茔未迁。自我居此，于今几年。与君先祖，畴昔恩波。死生契阔，忽此相过。谁谓佳期，寻当别离。俟君之北，携手同归。”因下泪沾巾。来氏亦泣语穆曰：“独孤郎勿负县主厚意。”穆因以歌答曰：“伊彼维阳，在天一方。驱马悠悠，忽来异乡。情通幽显，获此相见。义感畴昔，言存缱绻。清江桂州，可以遨游。惟子之故，不遑淹留。”县主泣谢穆曰：“一辱佳贶，永以为好。”

须臾，天将明，县主涕泣，穆亦相对而泣。凡在坐者，穆皆与辞诀。既出门，回顾无所见，地平坦，亦无坟墓之象。穆意恍惚，良久乃定，因徙柳树一株以志之。家人索穆颇甚，忽复。数日，穆乃入淮南市，果遇王善交于市，遂获一符。既至恶王墓下，为旋风所扑三四，穆因出符示之，

临淄县主。只因被皇后喜爱，常在宫内。”来氏说：“夜已深了，独孤郎应该姑且完成婚礼，我当在东阁等候，到天亮再向你们朝拜祝贺。”于是众奴婢闹起洞房来，都像人间的礼仪。

进入卧室后，独孤穆只觉得县主的气息若有若无，身体很凉。一会儿，县主哭着对独孤穆说：“死亡的人，时间久了就变成尘灰。有幸做了你的妻室，死了也不会腐朽。”便又召来氏，饮宴如初。于是问独孤穆说：“承蒙你今天来江都，什么时候回去？有件事拜托你可以吗？”独孤穆说：“死都不顾惜，其他的事有什么不可以的呢！”县主说：“皇上已改葬，我单独住在这，现在被恶王墓所骚扰，想娶我做姬妾。我因出身帝王之家，道义上不能被凶鬼所侮辱。我与你相见的本意，正是为了这件事。你将要到江都去，路过他的墓下，因为我的原因，一定被他所困扰。道士王善交在淮南市写符，能制止鬼神。你如果求他，就可免祸。”又说：“我住在这里也是终究不安心，你从江南回来的时候，能够带我一起离去，把我葬在洛阳的北坡上，能和你邻近。永远有个依靠，是让我再生的恩惠。”独孤穆都答应了，说：“迁葬的礼事，是我家的事。”喝到尽兴处，县主靠着独孤穆而歌道：“露草芊芊，颓茔未迁。自我居此，于今几年。与君先祖，畴昔恩波。死生契阔，忽此相过。谁谓佳期，寻当别离。俟君之北，携手同归。”于是滴下泪水沾湿了手巾。来氏也哭着跟独孤穆说：“独孤郎不要辜负了县主的深情厚谊。”独孤穆于是用诗歌回答说：“伊彼维阳，在天一方。驱马悠悠，忽来异乡。情通幽显，获此相见。义感畴昔，言存缱绻。清江桂州，可以遨游。惟子之故，不遑淹流。”县主哭着谢别独孤穆说：“承蒙你的恩赐，永远结为同好。”

一会儿，天要亮了，县主哭泣，独孤穆也相对哭泣。所有在座的，独孤穆都和他们一一道别。出门后，回头看，什么也看不到了，地势平坦，也没有坟墓的迹象。独孤穆精神恍惚，良久才定下神，于是移植过来一棵柳树做下标记。家里人焦急地找他，他忽然又回来了。几天后，他来到淮南市，果然遇见了王善交，于是要到一个符。他到了恶王墓下，被旋风扑了几次，就拿出符让他看，

乃止。

先是穆颇不信鬼神之事，及县主言，无不明晓，穆乃深叹讶，亦私为所亲者言之。时年正月，自江南回，发其地数尺，得骸骨一具，以衣衾敛之。穆以其死时草草，葬必有阙，既至洛阳，大具威仪，亲为祝文以祭之，葬于安善门外。其夜，独宿于村墅，县主复至，谓穆曰："迁神之德，万古不忘。幽滞之人，分不及此者久矣。幸君惠存旧好，使我永得安宅。道途之间，所不奉见者，以君见我腐秽，恐致嫌恶耳。"穆睹其车舆导从，悉光赫于当时。县主亦指之曰："皆君之赐也。岁至己卯，当遂相见。"其夕因宿穆所，至明乃去。穆既为数千里迁葬，复倡言其事，凡穆之故旧亲戚无不毕知。

贞元十五年，岁在己卯，穆晨起将出，忽见数车至其家，谓穆曰："县主有命。"穆曰："相见之期至乎？"其夕暴亡，遂合葬于杨氏。出《异闻录》。

华州参军

华州柳参军，名族之子。寡欲早孤，无兄弟。罢官，于长安闲游。上巳日，曲江见一车子，饰以金碧，半立浅水之中。后帘徐褰，见掺手如玉，指画令摘芙蕖。女之容色绝代，斜睨柳生良久。柳生鞭马从之，即见车子入永崇里。柳生访其姓崔氏，女亦有母，有青衣，字轻红。柳生不甚贫，多方赂轻红，竟不之受。

他日，崔氏母有疾，其兄执金吾王，因候其妹，且告之，请为子纳焉。崔氏不乐，其母不敢违兄之命。女曰："愿嫁得

才停止。

以前独孤穆很不信鬼神之事，等到县主所说的都一一明晰起来，独孤穆才深感惊叹，也私下里讲给了亲友听。这年正月，独孤穆从江南回来，挖地数尺，挖得骸骨一具，用衣被装殓她。独孤穆想，她死的时候草草地安葬，装殓一定有不足，到了洛阳后，准备了完备的礼仪，亲自写祝文来祭祀她，把她安葬在安善门外。那天夜里，独孤穆独自住在村庄别墅，县主又来了，对他说："迁我神魄的恩德，万古不忘。阴间滞留的人，没有享受这种厚待已很久了。幸亏你没忘旧好，使我永远得到安稳的住宅。道途之间，不与你相见的原因，是怕你见到我腐烂秽气，招致嫌弃厌恶。"独孤穆看到她的车辇和引导随从，都光彩显赫于当时。县主就指着那些说："都是你赐给的。到了己卯年，我们终究会相见。"那天晚上县主就住在独孤穆的处所，到天明才离开。独孤穆已经为她到几千里外迁葬，又四处宣扬这件事情，凡是独孤穆的朋友亲戚没有不知道的。

贞元十五年，正是己卯年，独孤穆早晨起来将要外出，忽然看见几辆车到了他家，对独孤穆说："县主有命。"独孤穆说："相见的日期到了？"晚上暴病身亡，就同杨氏合葬了。出自《异闻录》。

华州参军

华州的柳参军，是名门望族的后代。欲望淡薄而早年丧父，没有哥哥弟弟。罢官后，在长安闲游。上巳日，在曲江看见一辆车子，镶金嵌玉，半停在浅水里。后帘慢慢地揭开，露出一只纤美像白玉的手，指划着让人摘芙蕖。女子的容貌绝代，斜眼看了柳生很久。柳生策马跟随她，就看见车子驶入永崇里。柳生打听她姓崔，她还有母亲，有婢女，名字叫轻红。柳生不很穷，多方贿赂轻红，轻红始终不接受。

有一天，崔氏的母亲生了病，崔母的哥哥王氏任执金吾官，借问候自己的妹妹的机会，跟她说，要为自己的儿子娶崔氏。崔氏不高兴，她的母亲不敢违背哥哥的命令。崔氏说："希望能够嫁给

前时柳生足矣。必不允，某与外兄终恐不生全。”其母念女之深，乃命轻红于荐福寺僧道省院达意。柳生为轻红所诱，又悦轻红，轻红大怒曰：“君性正粗，奈何小娘子如此待于君。某一微贱，便忘前好，欲保岁寒，其可得乎？某且以足下事白小娘子。”柳生再拜，谢不敏然。始曰：“夫人惜小娘子情切，今小娘子不乐适王家，夫人是以偷成婚约。君可三两日内就礼事。”柳生极喜，自备数百千财礼，期内结婚。后五日，柳挈妻与轻红于金城里居。

及旬月外，金吾到永崇，其母王氏泣云：“某夫亡，子女孤独，被侄不待礼会，强窃女去矣。兄岂无教训之道？”金吾大怒，归笞其子数十。密令捕访，弥年无获。无何，王氏殂，柳生挈妻与轻红自金城里赴丧。金吾之子既见，遂告父，父擒柳生。生云：“某于外姑王氏处纳采娶妻，非越礼私诱也。家人大小皆熟知之。”王氏既殁，无所明，遂讼于官。公断王家先下财礼，合归王家。金吾子常悦慕表妹，亦不怨前横也。

经数年，轻红竟洁己处焉。金吾又亡，移其宅于崇义里。崔氏不乐事外兄，乃使轻红访柳生所在，时柳生尚居金城里。崔氏又使轻红与柳生为期，兼赉看圃竖，令积粪堆与宅垣齐，崔氏女遂与轻红蹑之，同诣柳生。柳生惊喜，又不出城，只迁群贤里。后本夫终寻崔氏女，知群贤里住，复兴讼夺之。王生情深，崔氏万途求免，托以体孕，又不责而纳焉。柳生长流江陵。二年，崔氏女与轻红相继而殁，王生送丧，哀恸之礼至矣。轻红亦葬于崔氏坟侧。

前时见到的柳生就满足了。一定不答应的话，我与表兄最终恐怕不能保全性命。"她的母亲非常顾念自己的女儿，就让轻红到荐福寺僧道省院转告崔氏的心意。柳生被轻红诱惑，又取悦轻红，轻红大怒道："你的品性确实粗俗，奈何小娘子如此待你。我一个微贱的人，就让你忘了前好，要保住长情，那是可能的吗？我将把你的事告诉小娘子。"柳生拜了又拜，谢罪说自己糊涂。轻红这才说："夫人怜惜小娘子情真意切，现在小娘子不愿意嫁王家，夫人因此要偷偷地完成婚约，你可在三两日内完成婚礼。"柳生非常高兴，自己准备了几百千的彩礼，在约定的时间里成了婚。结婚后五天，柳生携带妻子和轻红住到了金城里。

到了一个月后，执金吾到永崇里，崔氏的母亲王氏哭着说："我丈夫去世，子女孤单，遭受侄儿的无礼相待，强行窃取女儿离去。哥哥难道没有教训他的方法？"执金吾大怒，回去鞭打他的儿子几十下。密令追捕查访，一年也没有捕获。不久，王氏去世，柳生携带妻子和轻红从金城里前来奔丧。执金吾的儿子看见后，于是告诉了他的父亲，执金吾擒住柳生。柳生说："我在岳母王氏处纳采娶妻，不是越礼私自诱骗，家里人老少都是熟知此事的。"王氏已死，无人证明，于是诉讼到了官府。官府断定王家先下了财礼，应归王家。执金吾的儿子一直喜欢爱慕表妹，也不怨恨先前发生的事。

过了几年，轻红始终洁身自好。执金吾又死了，王家搬到崇义里。崔氏不乐意侍奉表兄，就让轻红寻访柳生所在，这时柳生还住在金城里。崔氏又让轻红和柳生约定时间，同时赏赐看园子的童仆，让他积粪堆与院墙一样高。崔氏就和轻红踏着粪堆翻墙出去，一起去找柳生。柳生又惊又喜，又没出城，只是搬迁到群贤里。后来本夫终于寻到崔氏，知道在群贤里居住，又告状夺回来。王生一往情深，崔氏多方祈求解除婚约，以身体怀孕进行推托，王生又不责备而宽容了她。柳生顺江漂流到江陵。过了二年，崔氏和轻红相继死去，王生送葬，哀伤悲恸达到极点。轻红也葬在了崔氏的坟旁。

柳生江陵闲居，春二月，繁花满庭，追念崔氏女，凝想形影，且不知存亡。忽闻扣门甚急，俄见轻红抱妆奁而进，乃曰："小娘子且至。"闻似车马之声，比崔氏女入门，更无他见。柳生与崔氏女叙契阔，悲欢之甚。问其由，则曰："某已与王生诀，自此可以同穴矣。人生意专，必果夙愿。"因言曰："某少习乐，箜篌中颇有功。"柳生即时买箜篌，调弄绝妙。二年间，可谓尽平生矣。

无何，王生旧使苍头过柳生之门，见轻红惊，不知其然。又疑人有相似者，未敢遽言。问闾里，又云流人柳参军，弥怪。更伺之，轻红亦知是王生家人，因具言于柳生，匿之。王生苍头却还城，具以其事言于王生。王生闻之，命驾千里而来。既至柳生之门，于隙窥之，正见柳生坦腹于临轩榻上，崔氏女新妆，轻红捧镜于其侧，崔氏匀铅黄未竟。王生门外极叫，轻红镜坠地，有声如磬。崔氏与王生无憾，遂入。柳生惊，亦待如宾礼。俄又失崔氏所在。柳生与王生从容言事，二人相看不喻，大异之。相与造长安，发崔氏所葬验之，即江陵所施铅黄如新，衣服肌肉，且无损败，轻红亦然。柳与王相誓，却葬之。二人入终南山访道，遂不返焉。出《乾𦠆子》。

赵叔牙

贞元十四年戊寅夏五月旱，徐州散将赵叔牙移入新宅。夜中，有物窗外动摇窗纸声。问之，其物自称是鬼："吴时刘得言，窟宅在公床下，往来稍难。公为我移出，城南台雨山下有双大树，是我妻墓，墓东埋之，后必相报。"叔牙

柳生在江陵闲住，初春二月，繁花满院，思念崔氏，凝思苦想她的形影，又不知道她是生是死。忽然听到急促的叩门声，一会儿看见轻红抱着妆奁进来，还说："小娘子将要到了。"听到像有车马的声音，等到崔氏进门，再没有见到别人。柳生和崔氏叙谈阔别之情，悲伤欢乐达到极点。问她缘由，就说："我已与王生诀别，从此我们可以永远在一起了。人生心意专一，夙愿一定能实现。"于是又说道："我年少就学习乐器，对箜篌很有功夫。"柳生当即买了箜篌，崔氏弹奏得非常好。两年间，可以称得上尽了平生的欢乐。

不久，王生家的一个旧家奴路过柳生家门口，看见轻红很吃惊，不知道她为何还活着。又怀疑人有相似的，未敢立刻上前去问。打听闾里，又说有个外来人柳参军，更加奇怪了。再去探察，轻红也知道是王生的家奴，于是全都告诉了柳生，柳生将她们藏了起来。王生的家奴回到城里，把这事全都告诉了王生。王生听了，令驾车千里寻来。到了柳生门前，从缝隙往里窥视，正看见柳生坦腹躺在靠窗的榻上，崔氏正着新妆，轻红捧镜在她身边，崔氏匀抹铅黄未完。王生在门外极力喊叫，轻红手中镜子掉到地上，声音像击磬一样。崔氏与王生没有怨恨，于是闯了进来。柳生吃惊，也以宾礼招待了他。一会儿崔氏不见了。柳生与王生慢慢地聊起这件事，二人相看，不能明白怎么回事，非常奇怪。一起到长安，挖掘崔氏墓葬验证，那在江陵所施用的铅黄如新，衣服肌肉尚无损坏腐败，轻红也是这样。柳生与王生互相发誓不再留念红尘，重新埋葬了她们。二人进入终南山访道求仙，就再也没有返回来。出自《乾腶子》。

赵叔牙

唐德宗贞元十四年戊寅初夏五月，天下大旱，徐州散将赵叔牙搬入新宅。夜里听到有一个东西在窗外动摇窗纸的声音。问他，那个东西自称是鬼，说："我是东吴时期的刘得言，我的墓穴在你的床下，出入有些困难。你把我移出来，城南台雨山下有两棵大树，是我妻子的坟墓，在墓东埋葬我，以后一定报答你。"赵叔牙

明旦出城，视之信。即日掘床下，深三尺，得骸骨，如其言葬之。其夜，鬼来言谢，曰："今时旱，不出三日有雨。公且告长史。"叔牙至明通状，请祈雨，期三日雨足。节度使司空张建封许之，给其所须，叔牙于石佛山设坛。至三日，且无雨，当截耳，城中观者数千人。时与寇邻，建封以为诈妄有谋，晚衙杖杀之。昏时大雨，即令致祭，补男为散骑。时人以为事君当诚实，今赵叔牙隐鬼所报雨至之期，故自当死耳。出《祥异记》。

周济川

周济川，汝南人，有别墅在扬州之西。兄弟数人俱好学。尝一夜讲授罢，可三更，各就榻将寐。忽闻窗外有格格之声，久而不已。济川于窗间窥之，乃一白骨小儿也，于庭中东西南北趋走。始则叉手，俄而摆臂，格格者，骨节相磨之声也。济川呼兄弟共觇之。良久，其弟巨川厉声呵之，一声小儿跳上阶，再声入门，三声即欲上床。巨川元呵骂转急。小儿曰："阿母与儿乳。"巨川以掌击之，随掌堕地，举即在床矣，腾趠之捷若猿玃。家人闻之意有非，遂持刀棒而至。小儿又曰："阿母与儿乳。"家人以棒击之，其中也，小儿节节解散如星，而复聚者数四。又曰："阿母与儿乳。"家人以布囊盛之，提出，远犹求乳。出郭四五里，掷一枯井。明夜又至，手擎布囊，抛掷跳跃自得。家人辈拥得，又以布囊，如前法盛之，以索括囊，悬巨石而沉诸河。欲负趋出，于囊中仍云："还同昨夜客耳。"余日又来，左手携囊，右手执断索，趋驰戏弄如前。家人先备大木，凿空其中，

第二天出城，看了确实那样。当天挖掘床下，挖了三尺深，挖得骸骨，按着他说的埋葬了。那天夜里，鬼来道谢说："现时大旱，不出三天就有雨。你可以告诉长史。"赵叔牙到天明向上通报，请求祈雨，约定三天期限雨下足。节度使司空张建封答应了他，提供给他所必要的东西，赵叔牙在石佛山设祭坛。到了三天，还没下雨，到了截止时间，城里观看的有几千人。当时与盗寇邻近，张建封认为赵叔牙是欺骗虚妄另有图谋，晚上在衙门里用棍杖打死了他。天黑时下了大雨，就令人祭奠他，补他儿子做了散骑。当时人认为事奉君上应当诚实，现在赵叔牙隐瞒鬼所报下雨的时间，所以自己应该死去。出自《祥异记》。

周济川

周济川是汝南人，在扬州的西边有座别墅。他们兄弟几人都很好学。曾有一天晚上听完讲授，大约三更天，各自躺在床上将要睡觉。忽然听到窗外有"格格"的声音，很久不停。周济川从窗缝往外看，是一个白骨小孩，在院子里东西南北地奔跑。开始叉手，一会儿又摆臂，格格声是骨节相摩擦的声音。周济川招呼兄弟们一起看。过了很久，他的弟弟周巨川厉声呵斥小孩，第一声小孩跳上台阶，第二声进了门，第三声就要上床。周巨川原先的呵骂声越来越急。小孩说："阿母给我奶吃。"周巨川用手掌打他，随着手掌落下小孩掉到地上，抬起手掌就跳到床上，跳跃敏捷像猿猴。家人听说认为非同小可，于是拿着刀棒而来。小孩又说："阿母给我奶吃。"家人用棍棒打他，那打中的，小孩的骨头一节一节地散开像流星，接着又聚集起来多次。还说："阿母给我奶吃。"家人用布袋装上他，提出很远时他还要奶。出城四五里，投到一个枯井里。第二天夜里又来了，手擎着布袋，抛掷跳跃自觉得意。家人们抓住他，又用布袋像先前的办法装上他，用绳子束紧袋口，捆上大石头沉他到河里。要背他走时，他在袋中仍然说："还同昨夜一样来做客。"几日又来，左手拿着口袋，右手拿着断绳，奔跑戏弄像从前一样。家人先准备了个大木头，其中凿空，

如鼓扑，拥小儿于内，以大铁叶冒其两端而钉之，然后镰一铁，悬巨石，流之大江。负欲趋出，云："谢以棺椁相送。"自是更不复来，时贞元十七年。出《祥异记》。

像个鼓扑，把小孩装在里面，用大铁片覆盖两头，又用钉子钉上，然后用一把铁锁锁上，捆上大石头，放到大江里。背着要走的时候，小孩说：“感谢用棺椁相送。”从此再没有回来，时间是唐德宗贞元十七年。出自《祥异记》。

卷第三百四十三

鬼二十八

陆　乔　　庐江冯媪　窦　玉　　李和子　　李僖伯

陆　乔

元和初，有进士陆乔者，好为歌诗，人颇称之。家于丹阳，所居有台沼，号为胜境。乔家富而好客。一夕，风月晴莹，有扣门者。出视之，见一丈夫，衣冠甚伟，仪状秀逸。乔延入，与生谈议朗畅，出于意表。乔重之，以为人无及者，因请其名氏，曰："我沈约也。闻君善诗，故来候耳。"乔惊起曰："某一贱士，不意君之见临也，愿得少留，以侍谈笑。"既而命酒。约曰："吾平生不饮酒，非阻君也。"又谓乔曰："吾友人范仆射云，子知之乎？"乔对曰："某常读梁史，熟范公之名久矣。"约曰："吾将邀之。"乔曰："幸甚。"约乃命侍者邀范仆射。

顷之，云至，乔即拜延坐。云谓约曰："休文安得而至是耶？"约曰："吾慕主人能诗，且好宾客，步月至此。"遂相谈谑。久之，约呼左右曰："往召青箱来。"俄有一儿至，年可十岁余，风貌明秀。约指谓乔曰："此吾爱子也，少聪敏，好

陆　乔

唐宪宗元和初年，有个叫陆乔的进士，喜欢写诗歌，人们都很称赞他。家在丹阳，所住的地方有平台和水池，号称胜地。陆乔家富有而且好客。一大晚上，风清月白，有叩门的。出去看，见是一男子，衣冠很壮美，仪态俊秀飘逸。陆乔请他进屋，和他谈论爽朗畅快，出于意想之外。陆乔很尊重他，认为一般人没有赶得上他的，于是问他的姓名，说："我是沈约。听说你善于写诗，所以来问候你。"陆乔震惊地站起说："我是一个地位卑微士人，没想到您亲自光临，请您能稍停留一会儿，以便陪你说笑。"然后令人上酒。沈约说："我平生不喝酒，不是拒绝你。"又对陆乔说："我的朋友仆射范云，你知道他吗？"陆乔回答说："我经常读梁史，熟悉范公的名字很久了。"沈约说："我要邀请他。"陆乔说："好极了。"沈约就让侍者邀请范仆射。

一会儿，范云到了，陆乔赶忙拜见延请他入座。范云对沈约说："休文你怎么到这里来呢？"沈约说："我爱慕主人能写诗，又好客，踏着月光来到这里了。"于是大家一起谈笑起来。过了好一会儿，沈约招呼左右的人说："去叫青箱过来。"一会儿有一小儿到了，年龄大约有十多岁，风采容貌清明秀气。沈约指了指他对陆乔说："这是我的爱子，小时候聪明伶俐，喜欢

读书。吾甚怜之，因以青箱名焉。欲使传吾学也，不幸先吾逝。今令谒君。”即命其子拜乔。又曰：“此子亦好为诗，近从吾与仆射同过台城。”因命为《感旧》，援笔立成，甚有可观。即讽之曰：“六代旧江川，兴亡几百年。繁华今寂寞，朝市昔喧阗。夜月琉璃水，春风卵色天。伤时与怀古，垂泪国门前。”

乔叹赏久之，因问约曰：“某常览昭明所集之选，见其编录诗句，皆不拘音律，谓之齐梁体。自唐朝沈佺期、宋之问方好为律诗。青箱之诗，乃效今体，何哉？”约曰：“今日为之，而为今体，亦何讶乎？”云又谓约曰：“昔我与君及玄晖、彦昇俱游于竟陵之门，日夕笑语卢博。此时之欢，不可追矣。及萧公禅代，吾与君俱为佐命之臣。虽位甚崇，恩愈厚，而心常忧惕，无曩日之欢矣。诸葛长民有言：‘贫贱常思富贵，富贵又践危机。’此言不虚哉！”约亦吁嗟久之。又叹曰：“自梁及今，四百年矣。江山风月，不异当时，但人物潜换耳，能不悲乎！”既而谓云曰：“吾辈为蔡公郢州记室，常梦一人告我曰：‘吾君后当至端揆，然终不及台司。’及吾为仆射尚书令，论者颇以此见许，而终不得。乃知人事无非命也。”时夜已分，云谓约曰：“可归矣。”因相与去，谓乔曰：“此地当有兵起，不过二岁。”乔送至门，行未数步，俱亡所见。

乔话于亲友。后岁余，李锜叛，又一年而乔卒。出《宣室志》。

庐江冯媪

冯媪者，庐江里中啬夫之妇，穷寡无子，为乡民贱弃。元和四年，淮楚大歉，媪逐食于舒。途经牧犊墅，暝值风雨，

读书。我非常喜爱他，于是用青箱给他起了名字。想让他传承我的学问，不幸的是死在我的前边。现在让他来见见你。”就让他的儿子拜见陆乔。又说：“这个孩子也喜欢写诗，近来跟着我和仆射同到台城。”于是让他作《感旧诗》，拿笔立刻写成，甚是可观。当场吟诵道：“六代旧江川，兴亡几百年。繁华今寂寞，朝市昔喧阗。夜月琉璃水，春风卵色天。伤时与怀古，垂泪国门前。”

陆乔赞赏了很久，于是问沈约说：“我常看昭明太子所集录的选篇，看他编录的诗句，都不拘泥于音律，称之为齐梁体。从唐朝的沈佺期、宋之问才喜欢作律诗。青箱的诗，是仿效今体，为什么呢？”沈约说：“今天写的，应为今体，还有什么奇怪的呢？”范云又对沈约说：“从前我与你及谢朓、任昉一起游历于竟陵王萧子良的门下，日夜笑说卢博。那时的欢乐，不能追回了。到萧公萧衍禅代，我与你一起做佐命之臣。虽然地位很高，恩泽优厚，可是心里常常是忧虑恐惧，没有从前的欢乐了。诸葛长民有句话：‘贫贱时常想着富贵，富贵又面临着危机。’这话不假呀！”沈约也感叹了好久。又叹息道：“从梁到现在，四百年了。江山风月，与当时没有差别，只是人物悄悄地更换了，能不悲伤吗！”不久又对范云说：“我们给蔡公做郢州记室时，曾梦见一个人告诉我说：‘你以后能当宰相，可是终究没有做到台司。’到我做仆射尚书令，谈论的人都很相信这个，可是终究不能得到。才知道人事无非是命。”当时夜已很深，范云对沈约说：“应该回去了。”于是一起离去，对陆乔曰：“此地不超过两年，应有兵祸发生。”陆乔送到门口，没走几步，全都不见了。

陆乔讲给了亲友。后来一年多，李锜叛乱，又过了一年，陆乔死去。出自《宣室志》。

庐江冯媪

冯媪，是庐江里一个啬夫的老伴儿，贫穷潦倒，寡居没有儿子，被乡里人所鄙弃。唐宪宗元和四年，淮楚一带闹灾荒，粮食颗粒无收，冯媪讨饭到了舒地。路经牧犊墅，晚上赶上刮风下雨，

止于桑下。忽见路隅一室,灯烛荧荧,媪因诣求宿。见一女子,年二十余,容服美丽,携三岁儿,倚门悲泣。前又见老叟与媪,据床而坐,神气惨戚,言语咕嗫,有若征索财物追逐之状。见冯媪至,叟媪默然舍去。女久乃止泣,入户备饩食,理床榻,邀媪食息焉。媪问其故,女复泣曰:"此儿父,我之夫也,明日别娶。"媪曰:"向者二老人,何人也?于汝何求而发怒?"女曰:"我舅姑也,今嗣子别娶,征我筐筥刀尺祭祀旧物,以授新人。我不忍与,是有斯责。"媪曰:"汝前夫何在?"女曰:"我淮阴令梁倩女,适董氏七年,有二男一女。男皆随父,女即此也。今前邑中董江,即其人也。江官为酂丞,家累巨产。"发言不胜呜咽,媪不之异,又久困寒饿,得美食甘寝,不复言。女泣至晓。

媪辞去,行二十里,至桐城县。县东有甲第,张帘帷,具羔雁,人物纷然。云:"今日有官家礼事。"媪问其郎,即董江也。媪曰:"董有妻,何更娶焉?"邑人曰:"董妻及女亡矣。"媪曰:"昨宵我遇雨,寄宿董妻梁氏舍,何得言亡?"邑人询其处,即董妻墓也。询其二老容貌,即董江之先父母也。董江本舒州人,里中之人,皆得详之。有告董江者,董以妖妄罪之,令部者迫逐媪去。媪言于邑人,邑人皆为感叹。是夕,董竟就婚焉。

元和六年,夏五月,江淮从事李公佐,使至京,回次汉南,与渤海高钺、天水赵儹、河南宇文鼎会于传舍,宵话征异,各尽见闻。钺具道其事,公佐因为之传。出《异闻录》。

冯媪在桑下歇息。忽然看见路边有一个屋子，灯烛发出微弱的光，冯媪于是前往求助住宿。看见一位女子，年龄二十多岁，容貌服饰美丽，带着一个三岁小孩，靠着门悲伤哭泣。上前又看见一老头和老太婆，靠床而坐，神情凄楚，低声耳语，好像被索要财物追逼的样子。看见冯媪进来，老头与老太婆默默地躲开了。女子好久才停止哭泣，进门准备饭食，整理床铺，邀请冯媪吃饭休息。冯媪问她原因，女子又哭泣起来说："这女儿的父亲，是我的丈夫，明天要另娶妻室。"冯媪问："先前那两位老人，是什么人？向你要什么而发怒？"女子说："是我的公公和婆婆，现在他儿子要另娶妻室，要我筐筥刀尺和祭祀用的旧物，送给新娘。我不忍心给他们，这才有那种指责。"冯媪问："你的前夫在哪里？"女子说："我是淮阳县令梁倩的女儿，嫁给董氏七年，生有二男一女。男孩都跟他父亲，女儿就是这个。现在前邑中的董江，就是那个人。董江的官位是酂丞，家里积蓄巨额财产。"说话时忍不住不断地哭泣，冯媪没有怀疑她，又因长久疲劳寒冷饥饿，吃完美食就甜美睡着了，不再说话。女子哭到了天亮。

冯媪告辞离去，走了二十里，到达桐城县。县城东边有一座豪门宅第，张挂着帘子和帐幕，备办了羔羊鹅子，人来人往非常热闹。说："今天有官家婚礼大事。"冯媪打听新郎是谁，正是董江。冯媪说："董江有妻子，为什么再娶呢？"邑人说："董妻和女儿都死了。"冯媪说："昨天晚上我遇到下雨，寄住在董妻梁氏的屋里，怎么说她死了？"邑人询问那处所，就是董妻的墓地。询问那两位老人的容貌，正是董江去世的父母。董江本是舒州人，里中的人都知悉此事。有人告诉了董江，董江以邪说不实之名怪罪她，让部下赶紧把冯媪赶走。冯媪告诉城邑里的人，城邑里的人都为此感叹。这天晚上，董江还是成了婚。

元和六年夏五月，江淮从事李公佐奉命至京城，回来时住在汉南，与渤海高钺、天水赵儹、河南宇文鼎在旅舍聚会，晚上谈话征求怪异的事，各自尽说见闻。高钺详细地讲述了这件事，李公佐于是写了这篇文章。出自《异闻录》。

窦　玉

进士王胜、盖夷，元和中，求荐于同州。时宾馆填溢，假郡功曹王翥第，以俟试。既而他室皆有客，唯正堂，以小绳系门。自牖而窥其内，独床上有褐衾，床北有破笼，此外更无有。问其邻，曰："处士窦三郎玉居也。"二客以西厢为窄，思与同居，甚嘉其无姬仆也。

及暮，窦处士者，一驴一仆，乘醉而来。夷、胜前谒，且曰："胜求解于郡，以宾馆喧，故寓于此。所得西廊，亦甚窄。君子既无姬仆，又是方外之人，愿略同此室，以俟郡试。"玉固辞，接对之色甚傲。夜深将寝，忽闻异香。惊起寻之，则见堂中垂帘帷，喧然语笑。于是夷、胜突入，其堂中，屏帷四合，奇香扑人，雕盘珍膳，不可名状。有一女，年可十八九，妖丽无比，与窦对食，侍婢十余人，亦皆端妙。银炉煮茗方熟，坐者起入西厢帷中，侍婢悉入，曰："是何儿郎，突冲人家？"窦面色如土，端坐不语。夷、胜无以致辞，啜茗而出。既下阶，闻闭户之声，曰："风狂儿郎，因何共止？古人所以卜邻者，岂虚言哉！"窦辞以非己所居，难拒异客，必虑轻侮，岂无他宅。因复欢笑。

及明，往觇之，尽复其故。窦独偃于褐衾中，拭目方起。夷、胜诘之，不对。夷、胜曰："君昼为布衣，夜会公族，苟非妖幻，何以致丽人？不言其实，即当告郡。"窦曰："此固秘事，言亦无妨。比者玉薄游太原，晚发冷泉，将宿于孝义县，阴晦失道，夜投人庄。问其主，其仆曰：'汾州崔司马

窦玉

进士王胜、盖夷唐宪宗元和年间，到同州求职举荐。当时宾馆已住满，借住在郡功曹王翥的宅第，等待应试。不久其他的屋子都住满了客人，只有正屋，用小绳拴系着门。从窗向里看，唯独床上有粗布被子，床北边有个破笼子，此外再没有什么。问他的邻人，说："处士窦三郎窦玉住在这里。"两位客人认为西厢房狭窄，想和他同住一屋，很高兴他没有姬妾奴仆。

到了晚上，窦玉骑着毛驴带着一仆人，乘着醉意回来。盖夷、王胜上前拜见，并且说："我们到郡里求取功名，因为宾馆喧闹，所以住到这里。安排在西廊屋，太狭窄。你既然没有姬妾奴仆，又是方外的人，想要与你同住一屋，等待郡试。"窦玉坚决推辞，回复的态度非常傲慢。夜深，盖夷、王胜将要睡觉，忽然闻到特殊的香味。惊起寻找，就见堂中垂挂着帘帐，里面说笑声嘈杂。于是盖夷、王胜突然闯入，那堂中，屏帷四合，奇香扑人，雕花的盘子盛着奇珍异膳，无法用言辞形容。有一个女子，年龄大约十八九，妖妍美丽无比，与窦玉对饮，侍婢十多人，也都端庄美妙。银炉的茶刚煮好，坐着的人起来散入西厢帷帐中，侍婢也都跟着躲了进去，说："是什么人，突然冲入人家？"窦玉面色如土，端坐不语。盖夷、王胜一时答不上来，喝了口茶水便退了出去。已经下了台阶，听到关门的声音，说："疯狂的儿郎，为什么住在一起？古人所以要选择邻居的原因，难道是说说而已吗！"窦玉推辞说不是自己的住处，难以拒绝怪客，一定想到轻视欺负，难道就没有其他的住宅。于是又说说笑笑起来。

天明，盖夷、王胜过去看，都恢复了原来的样子。窦玉一人仰卧在粗布被子里，擦拭眼睛才起床。盖夷、王胜问他，窦玉不回答。盖夷、王胜说："你白天是百姓，夜间会见王公诸侯，如果不是妖幻之术，凭什么招来美丽的女人？不说出实情，就告到郡里。"窦玉说："这本来是秘事，说说也无妨。从前我游历太原，晚上从冷泉出发，要到孝义县住宿，天色晦暗迷失道路，夜间投奔到一个村庄。问那庄主是谁，那仆人说：'是汾州崔司马

庄也。'令人告焉，出曰：'延入。'崔司马年可五十余，衣绯，仪貌可爱。问窦之先及伯叔昆弟，诘其中外，自言其族，乃玉亲，重其为表丈也。玉自幼亦尝闻此丈人，但不知其官。慰问殷勤，情礼优重。因令报其妻曰：'窦秀才乃是右卫将军七兄之子，是吾之重表侄，夫人亦是丈母，可见之。从宦异方，亲戚离阻，不因行李，岂得相逢？请即见。'有顷，一青衣曰：'屈三郎入。'其中堂陈设之盛，若王侯之居。盘馔珍华，味穷海陆。既食，丈人曰：'君今此游，将何所求？'曰：'求举资耳。'曰：'家在何郡？'曰：'海内无家。'丈人曰：'君生涯如此身落然，蓬游无抵，徒劳往复。丈人有侍女，年近长成，今便合奉事。衣食之给，不求于人。可乎？'玉起拜谢，夫人喜曰：'今夕甚佳，又有牢馔。亲戚中配属，何必广召宾客？吉礼既具，便取今夕。'谢讫复坐，又进食。食毕，憩玉于西厅，具浴。浴讫，授衣巾。引相者三人来，皆聪朗之士，一姓王，称郡法曹；一姓裴，称户曹；一姓韦，称郡督邮，相揖而坐。俄而礼舆香车皆具，华烛前引，自西厅至中门，展亲御之礼。因又绕庄一周，自南门入及中堂，堂中帷帐已满。成礼讫，初三更，其妻告玉曰：'此非人间，乃神道也。所言汾州，阴道汾州，非人间也。相者数子，无非冥官。妾与君宿缘，合为夫妇，故得相遇。人神路殊，不可久住，君宜即去。'玉曰：'人神既殊，安得配属？以为夫妇，便合相从，何为一夕而别也？'妻曰：'妾身奉君，固无远近。但君生人，不合久居于此，君速命驾。常令君箧中有绢百匹，用尽复满。所到，必求静室独居，少以存想，随念

的庄宅。'让那个人告诉庄主,出来说:'请进。'崔司马年龄大约有五十多岁,穿着红色衣服,仪表容貌可爱。他打听我的祖先和伯叔兄弟,问我的中外表亲。自己介绍亲族,却是我的亲戚,我应尊称他为表丈。我从小也曾经听说过这个丈人,只是不知道他做什么官。招待殷勤,感情礼遇优厚。于是让人报告了他的妻子说:'窦秀才是右卫将军七哥的儿子,是我的表侄,夫人也是丈母,可相见。我做官在外,亲戚分离阻隔,不是因为表侄远行到这里,怎么能相逢?请立刻相见。'过了一会儿,一侍女说:'请委屈三郎进去。'那中堂摆设的丰盛,像王侯的人家。盘中盛着珍奇精华食品,山珍海味无所不有。吃完饭,丈人说:'你现在到此游玩,想要什么?'我说:'要求荐举的资金呵。'丈人问:'家住在什么郡?'我说:'海内没有家。'丈人说:'你生涯如此,只身凄然像蓬一样飘零没有根柢,往返都是徒劳。我有一侍女,年近成年,今天便成婚侍奉你。以后衣食的供给,不求别人。可以吗?'我站起拜谢,夫人高兴道:'今天晚上很好,又有酒食。亲戚间匹配婚娶,何必广招宾客?吉礼已完全具备,就选取今天晚上吧。'拜谢完又坐下,又上食品。吃完,窦玉在西厅休息,准备洗浴。洗完,给我衣巾。做引相的三人来到,都是聪明开朗的人,一位姓王,称做是郡法曹;一位姓裴,称做是户曹;一位姓韦,称做是郡邮督,互相施礼而坐。片刻礼车香车都准备好了,华丽烛灯在前引路,从西厅到中门,行了迎亲的礼节。于是又绕庄一周,从南门进入到中堂,堂中帷帐已布满。成婚礼完成,三更初,我的妻子告诉我说:'这不是人间,是神道。所说的汾州,是阴间的汾州,不是人间。做相的几个人,无非都是冥府的官。我与你有宿缘,结合成夫妇,所以能相遇。人神路不一样,不能久住,你应立刻离开。'我说:'人神既然不一样,怎能匹配?已经成为夫妇,就应相随相从,怎么能一个晚上就离别呢?'妻子说:'我侍奉你,本来没什么远近。只是你是活人,不宜在此久住,你速命起驾。我会让你的箱子里总是装满绢百匹,用完再装满。所到之处,一定找安静的屋子独自住下,稍稍想念,我随着你的感念

即至。十年之外，可以同行未间，昼别宵会尔。'玉乃入辞。崔曰：'明晦虽殊，人神无二。小女得奉巾栉，盖是宿缘，勿谓异类，遂猜薄之，亦不可言于人。公法讯问，言亦无妨。'言讫，得绢百匹而别。自是每夜独宿，思之则来。供帐馔具，悉其携也。若此者五年矣。"

夷、胜开其箧，果有绢百匹，因各赠三十匹，求其秘之。言讫遁去，不知所在焉。出《玄怪录》。

李和子

元和初，上都东市恶少李和子，父名努眼。和子性忍，常偷狗及猫食之，为坊市之患。常臂鹞立于衢，见二人紫衣，呼曰："尔非李努眼子名和子乎？"和子即揖之。又曰："有故，可隙处言也。"因行数步，止于人外，言："冥司追公，可即去。"和子初不受，曰："人也，何绐言？"又曰："我即鬼。"因探怀中，出一牒，印文犹湿。见其姓名分明，为猫犬四百六十头论诉事。和子惊惧，乃弃鹞拜祈之，曰："我分死耳，必为我暂留，当具少酒。"鬼固辞，不获已。初将入毕罗四，鬼掩鼻，不肯前。乃延于旗亭杜氏，揖让独言，人以为狂也。遂索酒九碗，自饮三碗，六碗虚设于西座，且求其为方便以免。二鬼相顾："我等受一醉之恩，须为作计。"因起曰："姑迟我数刻，当返。"未移时至，曰："君办钱四十万，为君假三年命也。"和子许诺，以翌日及午为期，因酬酒直，酒且返其酒。尝之，味如水矣，冷复冰齿。和子遽归，如期备酬焚之，见二鬼挈其钱而去。及三日，和子卒。鬼言三年，人间三日也。出《酉阳杂俎》。

就会出现。十年以后，可以与你同行不离开，白天分别夜晚聚会。'我进去辞别崔司马。崔司马说：'阴阳虽然不一样，人神却没有两样。小女能做你的妻室服侍你，这是宿缘，不要认为不是同类，就猜疑轻视她，也不可以告诉别人。公法讯问，说也无妨。'说完，得到百匹绢而告别。从此每夜独自住宿，思她就来，供帐餐具，都是她带来的。像这样已经五年了。"

盖夷、王胜打开他的箱子，果然有百匹绢，于是各赠给三十匹，要他们保密。说完逃离，不知到什么地方去了。出自《玄怪录》。

李和子

唐宪宗元和初年，长安东市有一恶少名叫李和子，父亲名叫李努眼。李和子生性残忍，经常偷狗和猫吃，成为街坊的祸患。一天，李和子臂上架着一只鹞子站在街上，看见两个穿紫衣的人，喊他："你不是李努眼的儿子名叫和子吗？"李和子就作了个揖。那俩人又说："有事情，到僻静处告诉你。"于是走了几步，在人群外停下，说："冥司捕你，应立即去。"李和子开始不接受，说："你们是人，为什么说谎？"那俩人又说："我们是鬼。"于是向怀里摸取，拿出一文牒，印文还是湿的。看那上面姓名分明，是四百六十头猫狗控诉的事。李和子惊慌恐惧，就放开了鹞子跪拜央求说："我自应死了，一定让我暂留一时，应当准备点酒喝。"二鬼坚决拒绝，最后不得已只好答应了。李和子起初要进毕罗四，鬼遮掩鼻子，不肯向前。又请到旗亭杜氏店，作揖谦让独自说话，人们认为他疯了。李和子于是要了九碗酒，自己喝了三碗，六碗在西座虚设，又求他们给予方便免死。二鬼互相看看，说："我们受一醉的恩惠，应给他想个办法。"于是站起说："姑且等我们几刻，就回来。"不多时他们返了回来，说："你备办四十万钱，为你借三年命。"李和子答应，以第二天到中午为期限，于是付了酒钱，剩的酒又返给店家。尝它，味道像水一样，冷得冰牙。李和子立刻回去，按期备办筹钱焚烧，看见二鬼拿着钱离去。到了三天，李和子死了，鬼说的三年，是人间的三天。出自《酉阳杂俎》。

李僖伯

陇西李僖伯，元和九年任温县。常为予说，元和初，调选时，上都兴道里假居。早往崇仁里访同选人，忽于兴道东门北下曲，马前见一短女人，服孝衣，约长三尺已来，言语声音，若大妇人，咄咄似有所尤。即云："千忍万忍，终须决一场。我终不放伊！"弹指数下云："大奇大奇。"僖伯鼓动后出，心思异之，亦不敢问。日旰，及广衢，车马已闹，此妇女为行路所怪，不知其由。如此两日，稍稍人多，只在崇仁北街。居无何，僖伯自省门东出，及景风门，见广衢中人闹已万万，如东西隅之戏场。大围之，其间无数小儿环坐，短女人往前，布幂其首，言词转无次第，群小儿大共嗤笑。有人欲近之，则来拏攫，小儿又退。如是日中，看者转众。短女人方坐，有一小儿突前，牵其幂首布，遂落，见三尺小青竹，挂一触髅髐然。金吾以其事上闻。出《乾𦠆子》。

李僖伯

陇西的李僖伯，唐宪宗元和九年在温县任职。曾经对我说，元和初年，前去等待选官时，借居在长安兴道里。早晨前往崇仁里探访一起待选的人，忽然在兴道里东门北边的拐角处，看见一个矮女人立在马前，穿着孝服，身高大约三尺左右，说话声音像个大妇人，发出“咄咄”声，好像有所责怪。就说：“千忍耐万忍耐，终究要决战一场。我终究不放过他！”弹了几下手指说：“太奇怪太奇怪。”李僖伯晨钟敲响后离开，心里感到很奇怪，也不敢问。天色已晚，到了大街上，车马喧闹，这个妇女让行路人感到奇怪，不知是怎么回事。如此两天，围观的人渐渐多了起来，只在崇仁里北街。过了不久，李僖伯从省门东出来，到景风门，看见大街上喧闹的人已经很多很多，像东西角的戏场似的。大家围着她，那里边有无数的小孩环坐在她周围，矮女人走上前，用布遮着她的头，说话变得没有次序，小孩们一同嗤笑。有孩子要靠近她，她就来抓取，小孩又后退。像这样到了中午，看的人越来越多。矮女人才坐下，有个小孩突然上前，拽下她的遮头布，于是布落地，看见一个三尺长的小青竹，挂着一个骷髅。执金吾把这件事报知了上司。出自《乾𦠆子》。

卷第三百四十四

鬼二十九

王裔老　张弘让　寇鄘　呼延冀　安凤
成叔弁　襄阳选人　祖价

王裔老

华州下邽县东南三十余里，曰延年里。里西南有故兰若，而无僧居。

唐元和八年，翰林学士白居易丁母忧，退居下邽县。七月，其从祖兄曰皞，自华州来访居易，途出于兰若前。及门，见妇女十许人，衣黄绫衣，少长杂坐，会语于佛屋下，声闻于门。皞热行方渴，将就憩，且求饮。望其从者萧士清未至，因下马，系缰于门柱。举首，忽不见，自意其退藏于窗闼之间。从之不见，又意其退藏于屋壁之后。从之，又不见。周视其四旁，则堵墙环然无隙缺。覆视其聚谈之所，尘埃幂然，无足迹。由是知其非人，悸然大异之。上马急驱，来告居易。且闻其所言，云云甚多，不能殚记，大抵多云王裔老如此，观其词意，若相与数其过者。厥所去居易舍八九里，因同往访焉。其地果有王裔者，即其里人也。方徙居于兰若之东北百余步，葺墙屋，筑场艺树仅毕，明日而入。既入，不浃旬而裔死，不越月而妻死，

王裔老

华州下邽县东南三十余里，叫延年里。里西南有一旧庙，却没有僧人居住。

唐宪宗元和八年，翰林学士白居易母丧，返回下邽县居住。七月，他的堂兄白皞从华州来探访白居易，途经庙前。到庙门，看见十多个妇人，穿着黄绫衣，年少年长杂乱而坐，正在佛屋下说话，于门前就能听到声音。白皞走得又热又渴，要在那休息，想要点水喝。回头看，和他一起来的萧士清没到，于是下马，在门柱上系好缰绳。抬头，那些人忽然不见了，自己心想她们退藏在窗门之间。跟着进去也没看见，又想她们退藏到屋墙的后面。进去，又没看见。环视四周，墙壁环绕没有缺口。低头看她们聚集谈话的地方，尘埃密布，没有足迹。因此知道她们不是人，又惊悸又感到很奇异。上马急驰，来告诉白居易。讲了他听到的话，那些人说了很多，不能全记住，大概多数在说王裔老怎么样，听他们的口气，好像一起在数落他。那地方距离白居易的住舍有八九里，于是一同前往寻访。果然有叫王裔的，就是那里的人。才搬到庙东北百余步的地方居住，修理房屋，筑场植树刚完毕，第二天搬进去。入住后，不到十天就死了，不超过一个月妻子就死了，

不逾时而裔之二子二妇及一孙亦死。止余一子，曰明进。大恐惧，不知所为。意新居不祥，乃撤屋拔树。夜徙去，遂免。出《白居易集》。

张弘让

元和十二年，寿州小将张弘让，娶兵马使王暹女。淮西用兵方急，令狐通为刺史。弘让妻重疾累月，每思食，弘让与具。后不食，如此自夏及秋，乍进乍退，弘让心终不怠。冬十月，其妻忽思汤饼，弘让与具之。工未竟，遇军中给冬衣，弘让遂请同志王士徵妻为馔，弘让乃去。士徵妻馔熟，就床欲进，忽见弘让妻，自额鼻中分半，一手一股在床，流血殷席。士徵妻惊呼，告营中。军人妻诸邻来，共观之，竟问莫知其由。俄而吏报通，使人检视。其日又非昏暝，二妇素无嫌怨，遂为吏所录。

弘让奔归。及丧所，忽闻空中妇悲泣云："某被大家唤将看儿去。烦君多时，某不得已，君终不见弃。大家索君恳求耳。"先是弘让营居，后小圃中有一李树，妇云："君今速为某造四分食，置李树下。君则向树下哀祈，某必得再履人世也。"弘让依其言，陈馔，恳祈拜之。忽闻空中云："还汝新妇。"便闻王氏云："接我以力。"弘让如其言接之，俄觉赫然半尸薄下，弘让抱之。遽闻王氏云："速合床上半尸。"比弘让拳曲持半尸到床，王氏声声云："勘其剖处，无所参差。"弘让尽力与合之，令等其旧。王氏云："覆之以衾，无我问三日。"弘让如其教。三日后，闻呻吟，乃云："思少

不超过一个季节王裔的二子二妇和一个孙子也死了。只剩下个儿子，叫明进。他非常恐惧，不知该怎么办。心想新居不吉利，就撤屋拔树。夜间搬走，便幸免于害。出自《白居易集》。

张弘让

唐宪宗元和十二年，寿州小将张弘让，娶兵马使王暹女儿为妻。淮西用兵正危急，令狐通此时为淮西刺史。张弘让的妻子重病已有好几个月，每当想吃什么，张弘让就给她做什么。后来又不吃了，像这样从夏天到秋天，忽然好忽然坏，张弘让的心意终究不懈怠。冬十月，他的妻子忽然想吃汤饼，张弘让给她去做。还没做好，遇到军中发放冬衣，张弘让于是请同僚王士徵的妻子给继续做，张弘让才离开。王士徵的妻子做好了汤饼，靠近床要给张弘让的妻子吃，忽见张弘让的妻子，从额鼻中间分为两半，一手一大腿在床上，流血染红了床席。王士徵的妻子吃惊喊叫，报告到军营里。军人的妻子们和各位邻居前来，一起围观，争相探问，没有知道那原因的。一会儿官吏急速通报，派人检验。那天又不昏暗，两位妇人平素没有仇怨，于是那里的情形被官吏记录下来。

张弘让飞奔回家。赶到丧亡的地方，忽然听到空中妇人悲伤哭泣着说："我被大家叫去看小孩。烦劳你多时，我没有办法，你始终不抛弃我。大家要你恳求把我领回去。"先前张弘让住在营房，房后的小园中有一棵李子树，妇人告诉他："你现在赶紧给我准备四份饭，放到李子树下。你就向树下哀求祈祷，我一定能再回到人间。"张弘让按着她说的，在李子树下摆好食品，恳切地祈祷跪拜。忽然听到空中有声音说："还给你新媳妇。"就听到王氏说："用力接我。"张弘让按照她说的接她，片刻间明显的有半具尸体轻轻落下，张弘让抱住她。立刻听到王氏说："赶快与床上半具尸体合上。"等张弘让蜷曲身子把半具尸体抱到床上，王氏一声接一声地说道："看准那剖开的地方，不要有长短不齐。"张弘让尽力给合上，让她恢复原样。王氏说："用被子盖上，三日不要问我。"张弘让照她教的那样做了。三日后，听到呻吟声，说："想少

饘粥。”弘让以饮灌其喉，尽一杯，又云：“具无相问。”七日则泯如旧，但自项及脊彻尻，有痕如刀伤，前额及鼻，贯胸腹亦然。一年，平复如故。生数子。此故友庞子肃亲见其事。出《乾𦠆子》。

寇鄘

元和十二年，上都永平里西南隅，有一小宅，悬榜云：“但有人敢居，即传元契奉赠，及奉其初价。”大历年，安太清始用二百千买得，后卖与王姁，传受凡十七主，皆丧长。布施与罗汉寺，寺家赁之，悉无人敢入。

有日者寇鄘，出入于公卿门，诣寺求买，因送四十千与寺家。寺家极喜，乃传契付之。有堂屋三间，甚庳，东西厢共五间，地约三亩，榆楮数百株；门有崇屏，高八尺，基厚一尺，皆炭灰泥焉。鄘又与崇贤里法明寺僧普照为门徒。其夜，扫堂独止，一宿无事。月明，至四更，微雨，鄘忽身体拘急，毛发如磔，心恐不安。闻一人哭声，如出九泉。乃卑听之，又若在中天。其乍东乍西，无所定。欲至曙，声遂绝。鄘乃告照曰：“宅既如此，应可居焉。”命照公与作道场。至三更，又闻哭声。满七日，鄘乃作斋设僧，方欲众僧行食次，照忽起，于庭如有所见，遽厉声逐之，喝云：“这贼杀如许人。”绕庭一转，复坐曰：“见矣见矣。”遂命鄘求七家粉水解秽，俄至门崇屏，洒水一杯，以柳枝扑焉。屏之下四尺开，土忽颓圮，中有一女人，衣青罗裙红裤锦履绯衫子。其衣皆是纸灰，风拂，尽飞于庭，即枯骨籍焉。乃命织一竹笼子，又命鄘作三两事女衣盛之，送葬渭水之沙洲，仍命

喝点稠粥。”张弘让往她嘴里灌下去，喝完一碗，又说：“全都不要再问。”七日后，伤口愈合，只是从颈项经脊背到臀部，有像刀伤的痕迹，前额，鼻子到胸腹也是这样。一年后，平复得像原来一样。生了几个孩子。这是老朋友庞子肃亲眼看见的事情。出自《乾䏲子》。

寇鄘

唐宪宗元和十二年，长安永平里西南角，有一个小宅院，悬挂的榜文上写着：“只要有人敢居住，就把房契奉赠给他，只需付当初的房价。”唐代宗大历年间，安太清最初用二百千钱买到这个宅子，后来卖给王姁，传卖共十七个房主，家家都在这里死了长者。布施给罗汉寺，寺家出租它，全都无人敢入住。

有个占卜的人叫寇鄘，在公卿之家出入，到寺院要买这个宅院，于是送四十千钱给寺家。寺家非常高兴，就把房契给了他。宅院有正房三间，很低矮，东西厢房共五间，土地大约三亩，榆树、楮树几百棵；门前有高大屏风，八尺高，基厚一尺，都是用炭灰抹的。寇鄘又成为崇贤里法明寺僧普照的门徒。那天夜里，打扫了屋子独自住了进去，一宿无事。月明，到四更天，下了小雨，寇鄘忽然感到身体拘束紧张，毛发像要分裂，心里恐惧不安。听到一个人的哭声，好像出自地下。再俯身去听，又好像在半空中。那声音忽东忽西，没有固定的地方。要到天亮时，声音才断绝。寇鄘便告诉普照：“房子既然这样，还是可以居住的。”让普照给做道场。到了三更天，又听到哭声。满七天，寇鄘才设斋饭招待僧人，刚要让众僧坐定吃饭，普照忽然站起来，在院子里好像看见了什么，就厉声叫喊追逐，喝道：“这贼杀了这么多人。”在院子里绕了一圈，又坐下说：“看见了看见了。”于是让寇鄘要七家的米汤粪便，一会儿到门的高大屏风前，洒水一杯，用柳枝抽打，屏风下边裂开四尺宽的裂缝，土突然掉落，中间有一女人，穿着青罗裙、红裤子、锦鞋、红衫子。那穿的都是纸灰，风一吹，在院里飞尽，就露出了纷乱的枯骨。便让人编织了一个竹笼子，又让寇鄘做三两件侍女衣服装上，送到渭水的沙洲安葬，仍然命令

勿回头，亦与设酒馔。自后小大更无恐惧。

初，郭汾阳有堂妹，出家永平里宣化寺，汾阳王夫人之顶谒其姑，从人颇多。后买此宅，往来安置。或闻有青衣不谨，遂失青衣。夫人令高筑崇屏，此宅因有是焉。亦云，青衣不谨，泄漏游处，由是生葬此地焉。出《乾𦡱子》。

呼延冀

咸和中，呼延冀者，授忠州司户，携其妻之官。至泗水，遇盗，尽夺其财物，乃至裸形。冀遂与其妻于路傍访人烟。俄逢一翁，问其故，冀告之。老翁曰："南行之数里，即我家，可与家属暂宿也。"冀乃与老翁同至其家。入林中，得一大宅。老翁安存于一室内，设食遗衣。至深夜，亲就冀谈话。复具酒殽，曰："我家唯有老母，君若未能携妻去，欲且留之，伺到官再来迎，亦可。我见君贫，必不易相携也。"冀思之良久，遂谢而言曰："丈人既悯我如是，我即以心素托丈人。我妻本出官人也，能歌，仍薄有文艺。然好酒，多放荡，留之后，幸丈人拘束之。"老翁曰："无忧，但自赴官。"明日，冀乃留妻而去。临别，妻执冀手而言曰："我本与尔远涉川陆，赴一簿官，今不期又留我于此。君若不来迎我，我必奔出，必有纳我之人也。"泣泪而别。

冀到官，方谋远迎其妻，忽一日，有达一书者，受之，是其妻书也。其书曰："妾今自裁此书，以达心绪，唯君少览焉。妾本歌妓之女也，幼入宫禁，以清歌妙舞为称，固无妇德妇容。及宫中有命，掖庭选人，妾得放归焉。是时也，

不须回头，也给摆设了酒食。从那以后大人小孩再没有恐惧了。

当初郭汾阳有个堂妹，出家在永平里宣化寺，汾阳王夫人去摩拜她的小姑子，跟随的人很多。后来买了这个宅第，以便来往休息。有人听说有个婢女不谨慎，婢女后来失踪了。夫人让修筑了高大的屏风，此宅于是就有了这些事。也有人说，婢女不谨慎，泄漏了她们的住处，因此活埋在这里。出自《乾𦠆子》。

呼延冀

晋成帝咸和年间，呼延冀被授予忠州司户，带着他的妻子上任。到达泗水，遇到强盗，把他们的财物全都夺去，致使他们赤身露体。呼延冀就和他的妻子在路旁寻找人家。一会儿遇见一个老翁，老翁问他们怎么回事，呼延冀如实告诉了他。老翁说："向南走几里，就是我家，你可以和家属暂住。"呼延冀就和老翁一同到他家。进入林子里，看见一个大宅院。老翁把他们安排在一屋内，摆设饭食赠送衣服。到了深夜，老翁来找呼延冀聊天。又准备了酒菜，说："我家只有老母，你如果不能携妻子离去，要暂且留下她，等到任再来迎接，也是可以的。我看你贫穷，一定不适合携带家眷呀。"呼延冀想了很久，于是拜谢说道："丈人既然如此怜悯我，我就诚心诚意托付于丈人。我妻子本来出自官宦人家，能歌，还略微有些文艺才能。可是喜欢酒，放荡成性，留下她以后，希望丈人约束她。"老翁说："不用担心，你只管自己去赴任。"第二天，呼延冀就留下妻子而离开。临分别时，妻子拉着呼延冀的手说道："我本来与你远涉水陆，奔赴一小官，现在没想到又留我在这里。你如果不来接我，我一定私奔离开，一定有要我的人。"二人哭泣洒泪而别。

呼延冀到任，正想远道去接他的妻子，忽然一天，有人送来了一封信，接过来一看，是他妻子的信。那信中说："我现在亲自写这封信，来表达我的心情，希望你能看一看。我本来是个歌妓的女儿，幼时进入宫廷，凭着清歌妙舞而出名，本来就没有妇德妇容。直到宫中有了命令，掖庭选人，我才得以放出回家。那时，

君方年少，酒狂诗逸，在妾之邻。妾既不拘，君亦放荡。君不以妾不可奉蘋蘩，遽以礼娶妾。妾既与君匹偶，诸邻皆谓之才子佳人。每念花间同步，月下相对，红楼戏谑，锦闱言誓，即不期今日之事也。悲夫！一何义绝？君以妾身，弃之如屣，留于荒郊，不念孤独。自君之官，泪流莫遏。思量薄情，妾又奚守贞洁哉！老父家有一少年子，深慕妾，妾已归之矣。君其知之。"

冀览书掷书，不胜愤怒，遂抛官至泗水。本欲见老翁及其妻，皆杀之，访寻不得，但见一大冢，林木森然。冀毁其冢，见其妻已死在冢中，乃取尸祭，别葬之而去。出《潇湘录》。

安凤

安凤，寿春人，少与乡里徐侃友善，俱有才学。本约同游宦长安，侃性纯孝，别其母时，见母泣涕不止，乃不忍离。凤至长安，十年不达，耻不归。后忽逢侃，携手叙阔别，话乡里之事，悲喜俱不自胜。同寓旅舍数日，忽侃谓凤曰："我离乡一载，我母必念我，我当归。君离乡亦久，能同归乎？"凤曰："我本不勤耕凿，而志切于名宦。今日远离乡国，索米于长安，无一公卿知。十年之漂荡，大丈夫之气概，焉能以面目回见故乡之人也？"因泣谓侃曰："君自当宁亲，我誓不达不归矣！"侃留诗曰："君寄长安久，耻不还故乡。我别长安去，切在慰高堂。不意与离恨，泉下亦难忘。"凤亦以诗赠别曰："一自离乡国，十年在咸秦。泣尽卞和血，不逢一故人。今日旧友别，羞此漂泊身。离情吟诗处，麻衣掩泪频。泪别各分袂，且及来年春。"凤犹客长安。因夜梦侃，遂寄一书达寿春。首叙长安再相见，话幽抱

你正年少，喝酒纵情写诗豪放，在我的邻舍。我既然不拘谨，你也放荡不羁。你不因为我不会做家务，仓促下按照礼仪娶了我。我与你成为配偶后，各位邻里都认为我们是才子佳人。每当想起在花间共同散步，月下相对，红楼戏谑，锦闱中发誓，就没想到今天的事情，可悲呀！因何情义绝断？你把我的身体像鞋一样抛弃，留在荒郊野外，不考虑我的孤独。从你上任，眼泪流得不能制止。想到你的薄情，我又为什么坚守贞洁呢！老父家有一个少年儿子，很爱慕我，我已经嫁了他。现在让你了解这一切。”

呼延冀看完信后把信扔在地上，无比愤怒，于是弃官到泗水。本来想看见老翁和他的妻子，把他们都杀掉，却访寻不着，只见一个大坟，周围林木森然。呼延冀毁掉那坟，看见他的妻子已死在坟中，就取出尸体祭奠，安葬到别处而离开了。出自《潇湘录》。

安凤

安凤是寿春人，年少时与乡里徐侃交好，都有才学。本来约定一起到长安去做官，徐侃生性孝顺，临别时，见母亲泣涕不止，就不忍心离开。安凤到了长安，十年未得通达，认为耻辱不回家。后来忽然遇见徐侃，携手共叙阔别之情，谈论乡里的事情，悲喜之情都不能自禁。一同住在旅馆里多日，忽然徐侃对安凤说：“我离开家乡一年了，母亲一定想念我，我该回去了。你离开故乡也很久了，能和我一起回去吗？”安凤说：“我本来就不勤于耕作，热衷于功名官位。现在远离故乡，寄食于长安，没有一个公卿认我。十年的漂泊流荡，大丈夫的气概，怎能凭这面目回去见故乡的人呢？”于是哭着对徐侃说：“你自己应该回去看望亲人，我发誓不达目的决不回去！”徐侃留诗道：“君寄长安久，耻不还故乡。我别长安去，切在慰高堂。不意与离恨，泉下亦难忘。”安凤也以诗赠别道：“一自离乡国，十年在咸秦。泣尽卞和血，不逢一故人。今日旧友别，羞此漂泊身。离情吟诗处，麻衣掩泪频。泪别各分袂，且及来年春。”安凤还客居长安。因为夜梦徐侃，于是往寿春寄了一封信。先叙述长安再次相见，谈论心里抱负

之事。侃母得凤书，泣谓附书之人曰：“侃死已三年矣。”却至长安，告凤，凤垂泣叹曰：“我今日始悟侃别诗中‘泉下亦难忘’之句。”出《潇湘录》。

成叔弁

元和十三年，江陵编户成叔弁有女曰兴娘，年十七。忽有媒氏诣门云：“有田家郎君，愿结姻媛，见在门。”叔弁召其妻共窥之，人质颇不惬，即辞曰：“兴娘年小，未办资装。”门外闻之，即趋入曰：“拟田郎参丈人丈母。”叔弁不顾，遽与妻避之。田奴曰：“田四郎上界香郎，索尔女不得耶？”即笑一声，便有二人自空而下，曰：“相呼何事？”田曰：“成家见有一女，某今商量，确然不可。二郎以为何如？”二人曰：“彼固不知，安有不可？幸容言议。况小郎、娘子魂识已随足下，慕足下深矣。黎庶何知？不用苦怪。”言讫，而兴娘大叫于房中曰：“嫁与田四郎去！”叔弁既觉非人，即下阶辞曰：“贫家养女，不喜观瞩。四郎意旨，敢不从命？但且坐，与媒氏商量，无太匆匆也。”四人相顾大笑曰：“定矣。”

叔弁即令市果实，备茶饼，就堂垂帘而坐。媒氏曰：“田家意不美满，四郎亦太匆匆。今三郎君总是词人，请联句一篇然后定。”众皆大笑乐曰：“老妪但作媒，何必议他联句事。”媒氏固请，田郎良久乃吟曰：“一点红裳出翠微，秋天云静月离离。”田请叔弁继之。叔弁素不知书，固辞，往复再四。食顷，忽闻堂上有人语曰：“何不云‘天曹使者徒回首，何不从他九族卑’？”言讫，媒与三人绝倒大笑曰：“向道魔语，今欲何如？”四人一时趋出，不复更来。其女若醉

的事情。徐侃的母亲得到安凤的信，哭着对寄递书信的人说：“徐侃已死三年了。”送信人回到长安，告诉安凤，安凤垂泪叹道：“我今天才明白徐侃赠诗中‘泉下亦难忘’这句诗的含义。”出自《潇湘录》。

成叔弁

唐宪宗元和十三年，江陵编户成叔弁有个女儿叫兴娘，十七岁。忽然有个媒人登门说：“有个田家公子，愿与你家结成姻缘。现在门外。”成叔弁招呼他的妻子一起看他，长相很不满意，就推辞说：“兴娘年龄小，没有备办嫁妆。”门外的田家郎听说了，就急忙走进屋说：“田郎参拜丈人丈母。”成叔弁不看，马上与妻子回避他。田家郎说：“田四郎是上界香郎，要你的女儿还不行吗？”就笑了一声，便有两个人从空中落下来，说：“招呼我们有什么事？”田家郎说：“成家现有一女，我现在和他们商量，确实不愿意。二位公子认为如何？”二人说：“他本来不知道，怎么能不可以？希望让我和他们谈谈。况且小公子和小娘子灵魂已相识，已经跟随了你，深深地爱慕你。黎民百姓怎么能明白？不要太责备他们。”说完，兴娘在房中大叫道：“嫁给田四郎去！”成叔弁已经感觉到不是普通人，就下了台阶道歉道：“贫家养活的女儿，不喜欢观看。四公子的旨意，怎敢不从命？只是暂且坐下，和媒人商量商量，不要太匆忙。”四人相看大笑道：“定了。”

成叔弁就让人去买果品，准备茶饼，在堂上垂帘而坐。媒人说：“田家认为也不美满，四公子也太匆忙。现在三公子毕竟是个词人，请联句一篇然后再定。”众人都大笑乐道：“老太婆只是做媒，何必说让他联句的事。”媒人坚持请联句，田家郎过了很久才吟道：“一点红裳出翠微，秋天云静月离离。”田家郎请成叔弁接着联。成叔弁本来不知书，坚决推辞，往复再三。一顿饭的工夫，忽然听到堂上有人说道：“为什么不说‘天曹使者徒回首，何不从他九族卑’？”说完，媒人与三人笑得前仰后合道：“才刚说鬼话，现在要怎么办？”四人同时急忙走出，没有再来。他女儿像醉

人狂言，四人去后，亦遂醒矣。出《河东记》。

襄阳选人

于頔镇襄阳时，选人刘某入京，逢一举人，年二十许，言语明朗。同行数里，意甚相得，因藉草。刘有酒，倾数杯。日暮，举人指歧径曰："某弊止从此数里，能左顾乎？"刘辞以程期，举人因赋诗曰："流水涓涓长芹芽，织乌双飞客还家。荒村无人作寒食，殡宫空对棠梨花。"至明，刘归襄阳州，因往寻访举人，惟有殡宫存焉。出《酉阳杂俎》。

祖价

进士祖价，咏之孙也。落第后，尝游商山中。行李危困，夕至一孤驿。去驿半里已来，有一空佛寺，无僧居。价与仆夫投之而宿。秋月甚明，价独玩月，来去而行。忽有一人，自寺殿后出，揖价共坐，语笑说经史，时时自吟。价烹茶待之，此人独吟不已。又云："夫人为诗，述怀讽物，若不精不切，即不能动人。今夕偶相遇，后会难期，辄赋三两篇，以述怀也。"遂朗吟云："家住驿北路，百里无四邻。往来不相问，寂寂山家春。"又吟："南冈夜萧萧，青松与白杨。家人应有梦，远客已无肠。"又吟："白草寒路里，乱山明月中。是夕苦吟罢，寒烛与君同。"诗讫，再三吟之。夜久，遂揖而退。至明日，问邻人，云："此前后数里，并无人居，但有书生客死者，葬在佛殿后南冈上。"价度其诗，乃知是鬼，为文吊之而去。出《会昌解颐录》。

人说胡话，四人离开后，也就醒了。出自《河东记》。

襄阳选人

于頔镇守襄阳时，选人刘某进京，遇到一个举人，年龄二十岁左右，言谈明了响亮。一起走了几里，意趣很合得来，于是在草地上坐下来。刘某有酒，倒了几杯。天色渐晚，举人指着岔道说："我的住处距离这里只有几里，能够光顾吗？"刘某推辞说旅途时间紧，举人于是赋诗道："流水涓涓长芹芽，织乌双飞客还家。荒村无人作寒食，殡宫空对棠梨花。"到天亮，刘某回到襄阳州，就去寻访举人，只有殡宫在那里。出自《酉阳杂俎》。

祖价

进士祖价，是祖咏的孙子。落第后，曾游览商山。旅途窘困，晚上来到一个驿馆。距离驿站半里左右，有一空佛寺，没有僧人居住。祖价与仆人投宿那里。秋月很明亮，祖价独自欣赏月光，来回地走动。忽然有一个人，从寺殿后面出来，与祖价作揖后一起坐下，笑谈经史，时时自己吟诵。祖价煮茶招待他，这人只是吟诵不停。又说："人作诗，抒发情怀，讽咏时物，如果不精粹不确切，就不能感动人。今晚偶然相遇，以后相会就很难有日子了，就赋诗三两篇，来表达我的胸怀吧。"于是朗诵道："家住驿北路，百里无四邻。往来不相问，寂寂山家春。"又吟诵道："南冈夜萧萧，青松与白杨。家人应有梦，远客已无肠。"又吟诵道："白草寒路里，乱山明月中。是夕苦吟罢，寒烛与君同。"诗吟诵完，又再三吟诵。夜深，于是作揖而退去。到了第二天，祖价寻问邻居，回答说："这前后几里，并没有人居住，只有一个客死的书生，葬在佛殿后边的南冈上。"祖价猜度他的诗，才知道是鬼，写了祭文吊唁后离去了。出自《会昌解颐录》。

卷第三百四十五
鬼三十

郭承嘏　张　庚　刘方玄　光宅坊民　淮西军将
郭　翥　裴通远　郑　绍　孟　氏

郭承嘏

郭承嘏，尝宝惜法书一卷，每携随身。初应举，就杂文试，写毕，夜犹早，缄置箧中。及纳试而误纳所宝书帖。却归铺，于烛笼下取书帖观览，则程试宛在箧中。计无所出，来往于棘闱门外。见一老吏，询其试事，具以实告。吏曰："某能换之。然某家贫，居兴道里，倘换得，愿以钱三万见酬。"承嘏许之。逡巡，赍程试入，而书帖出，授承嘏。明日归亲仁里，自以钱送诣兴道里。款问久之，吏家人出，以姓氏质之，对曰："主父死三日，力贫，未办周身之具。"承嘏惊叹久之，方知棘闱所见，乃鬼也。遂以钱赠其家。出《尚书谈录》。

张　庚

张庚举进士，元和十三年，居长安升道里南街。十一月八日夜，仆夫他宿，独庚在月下，忽闻异香满院。方惊之，

郭承嘏

郭承嘏，曾经把一卷法书当作宝贝一样珍惜，常常随身携带。当初应举考试，应考杂文，写完，夜还早，就把试卷封好放到书箱中。到了交卷时而错交了所珍藏的书帖。回到住处，在灯烛下取书帖观看，那试卷清楚地放在书箱中。实在想不出办法，在考场的荆门外徘徊。看见一老吏，询问他考试的情况，他把事情的原委都告诉了老吏。老吏说："我能换它。可是我家贫穷，住在兴道里，如果能给你换成，希望你给三万钱作为酬劳。"郭承嘏答应了他。不一会儿，把试卷放入，把书贴换出，交给郭承嘏。第二天回到亲仁里，亲自把钱送到兴道里。打听了很久，老吏的家人出来，按姓氏问他，回答说："父亲死了三月，家里很贫穷，没有办理全身的安葬用品。"郭承嘏惊讶叹息了很久，才知道在棘闱看见的是鬼。于是把钱赠送给了他的家人。出自《尚书谈录》。

张　庚

唐宪宗元和十三年，张庚应考进士，住在长安升道里南街。十一月初八日那天夜里，仆人在其他地方住宿，只有张庚独自坐在月光下，忽然闻到院子里有一股奇异的香味。正吃惊间，

俄闻履声渐近。庾屣履听之，数青衣年十八九，艳美无敌，推门而入，曰："步月逐胜，不必乐游原，只此院小台藤架可矣。"遂引少女七八人，容色皆艳绝，服饰华丽，宛若豪贵家人。庾走避堂中，垂帘望之。诸女徐行，直诣藤下。须臾，陈设床榻，雕盘玉樽杯杓，皆奇物。八人环坐，青衣执乐者十人，执拍板立者二人，左右侍立者十人。

丝管方动，坐上一人曰："不告主人，遂欲张乐，得无慢乎？既是衣冠，邀来同欢可也。"因命一青衣传语曰："娣妹步月，偶入贵院。酒食丝竹，辄以自乐，秀才能暂出为主否？夜深，计已脱冠，纱巾而来，可称疏野。"庾闻青衣受命，畏其来也，乃闭门拒之。青衣扣门，庾不应，推不可开，遽走复命。一女曰："吾辈同欢，人不敢预。既入其门，不召亦合来谒。闭门塞户，羞见吾徒，呼既不来，何须更召？"于是一人执樽，一人纠司。酒既巡行，丝竹合奏。肴馔芳珍，音曲清亮。庾度此坊南街，尽是墟墓，绝无人住；谓从坊中出，则坊门已闭。若非妖狐，乃是鬼物。今吾尚未惑，可以逐之。少顷见迷，何能自悟？于是潜取揩床石，徐开门突出，望席而击，正中台盘，纷然而散。庾逐之，夺得一盏，以衣系之。及明视之，乃一白角盏，奇不可名。院中香气，数日不歇。盏锞于柜中，亲朋来者，莫不传视，竟不能辨其所自。后十余日，转观数次，忽堕地，遂不复见。庾明年，进士上第。出《续玄怪录》。

一会儿听到有脚步声渐渐走近。张庚拖着鞋子走近听，几个年龄十八九岁的青衣女，娇艳美丽无比，推门而入，说："踏着月光追逐胜景，不必去乐游原，只要有这个院子的小台藤架就行了。"于是带着少女七八个人，容貌都是艳丽绝妙，服装首饰非常华丽，好像豪门贵族家的人。张庚跑到堂中躲避，垂帘看她们。诸女慢慢行走，直接走到藤架下。一会儿，摆好床榻，摆置的雕盘、玉樽、杯杓都是奇异的珍品。八人围坐，青衣女中拿着乐器的有十人，拿着拍板站着的有两人，左右侍候站立的有十人。

刚要奏乐，座上一人说："不告诉主人，就要奏乐，是不是怠慢了呀？既然是这里的士绅，可以邀请来一起欢乐。"于是让一青衣女传话说："姐妹踏着月光，偶然进入贵院。酒食乐器已准备好，就在这里自行欢乐，秀才能否暂且出来做主人？夜已深了，想来已经脱掉帽子，戴上纱巾来，正和我辈粗疏相称。"张庚听到青衣女受旨承令，怕她进来，就关门拒绝她。青衣女叩门，张庚不回应，门推不开，急忙跑回去复命。一女说："和我们在一起欢乐，是人家不敢希求的。已经进了他家门，不招呼也应该来拜见。闭门关窗，害羞见我们，叫他既然不来，那何必要再招呼呢？"于是一人拿着酒杯，一人督察，行起酒令来。酒已经过了几巡，丝竹音乐一起奏响。美味佳肴摆满，音乐曲调清亮。张庚自忖这个坊的南街，都是废墟坟墓，绝对没有人住；说从坊中出来，可是坊门已经关闭。那么她们不是妖狐，就是鬼怪。现在我还没有被迷惑，可以赶跑她们。一会儿被迷惑，怎能自己醒悟呢？于是偷偷地取出支床的石头，慢慢开门，突然冲出，向宴席扔去，正好打中台上的盘子，她们纷纷逃散。张庚追赶她们，夺得一盏，用衣带绑上它。到天亮看它，是一个白角盏，稀奇不能说出它的名字。庭院中的香气，多日不尽。把盏锁放在柜中，亲朋来人，没有不传看的，竟然不能辨别出它的出处。又过了十多天，传递观赏多次，忽然掉在地上，于是就消失不见了。张庚第二年，考中了进士。出自《续玄怪录》。

刘方玄

山人刘方玄自汉南抵巴陵，夜宿江岸古馆。厅西有巴篱隔之，又有一厅，常扃鐍。云，多怪物，使客不安，已十年不开矣。中间为厅，廊崩摧。郡守完葺，至新净，而无人敢入。方玄都不知之。

二更后，月色满庭，江山清寂。唯闻篱西有妇人言语笑咏之声，不甚辨，惟一老青衣语稍重而秦音者，言曰："往年阿郎贬官时，常令老身骑偏面騧，抱阿荆郎。阿荆郎娇，不肯稳坐，或偏于左，或偏于右，坠损老身左髆。至今天欲阴，则酸疼焉。今又发矣，明日必天雨。如今阿荆郎官高也，不知有老身无。"复闻相应答者。俄而有歌者，歌音清细，若曳缕之不绝。复吟诗，吟声切切，如含酸和泪之词，不可辨其文。久而老青衣又云："昔日阿荆郎，爱念'青青河畔草'，今日亦可谓'绵绵思远道'也。"仅四更，方不闻。

明旦，果大雨。呼馆吏讯之，吏云："此西厅空无人。"方叙宾客不敢入之由。方玄因令开院视之，则秋草苍苔没阶，西则连山林，无人迹也。启其厅，厅则新净，了无所有。唯前间东柱上有诗一首，墨色甚新，其词曰："爷娘送我青枫根，不记青枫几回落。当时手刺衣上花，今日为灰不堪著。"视其言，则鬼之诗也。馆吏云："此厅成来，不曾有人居，亦先无此题诗处。"乃知夜来人也。复以此访于人，终不能知之。出《博异记》。

光宅坊民

元和中，光宅坊民失姓名，其家有病者，将困。迎僧持念，妻儿环守之。一夕，众仿佛见一人入户，众遂惊逐，乃

刘方玄

隐士刘方玄从汉南到达巴陵，夜间住在江边的古馆。厅西有篱笆隔开，还有一厅，总锁着门。据说，多有怪物，使人不安稳，已经十年不开了。中间是大厅，廊屋倒塌。郡守全部修葺，让厅堂又新又干净，可是无人敢进入。刘方玄完全不知道这些。

二更以后，月色照满庭院，江山冷清寂静。只听到篱笆西边有妇人说笑的声音，听得不很清楚，只有一老婢女说话声稍大而且是秦地腔调，说道："往年阿郎贬官的时候，常常让我骑着偏面騧，抱着阿荆郎。阿荆郎娇气，不肯稳坐，有时偏在左，有时偏在右，掉下来损伤了我的左胳膊。到现在要阴天，就酸疼。如今又复发了，明天一定下雨。如今阿荆郎官高了，不清楚他还知道有没有我。"又听到应答的。一会儿有个唱歌的，歌声清脆细腻，像拖着的线不断绝。又吟诗，吟诵声凄厉，像含着辛酸和眼泪的词，不能听清那些字。过了好久，老婢女又说："从前的阿荆郎，爱念'青青河畔草'，现在可称得上'绵绵思远道'了。"将近四更，才听不到声音了。

第二天早晨，果然下了大雨。招呼馆吏打听，馆吏说："这个西厅空着无人。"才说明宾客不敢进入的原因。刘方玄于是让打开院门看看，只见那秋草苍苔遮没了台阶，西边连着山林，没有什么人迹。打开厅门，厅里崭新干净，一无所有。只是前屋东边的柱子上有诗一首，墨迹很新，那词是："爷娘送我青枫根，不记青枫几回落。当时手刺衣上花，今日为灰不堪着。"看那文字，是鬼写的诗。馆吏说："这厅建成以来，不曾有人居住，先前也没有这题诗的地方。"才知道夜里有人来过。又就这事去寻访别人，终究没能查明。出自《博异记》。

光宅坊民

唐宪宗元和年间，有个光宅坊平民，不知道他的姓名，他家有个病人，病势渐重。请僧人诵经，妻儿环坐在病人旁边，守着他。一天晚上，众人好像看见一人进门来，于是惊起追逐，那人就

投于瓮间。其家以汤沃之，得一袋，盖鬼间取气袋也。忽听空中有声，求其袋，甚哀切，且言“我将别取人以代病者”。其家因掷还之，病者即愈。出《酉阳杂俎》。

淮西军将

元和末，有淮西军将，使于汴州，止驿中。夜久，眠将熟，忽觉一物压己。军将素健，惊起，与之角力，其物遂退，因夺得手中革囊。鬼暗中哀祈甚苦，军将谓曰：“汝语我物名，我当相还。”鬼良久曰：“此蓄气袋耳。”军将乃举甓击之，语遂绝。其囊可盛数升，绛色，如藕丝，携于日中无影。出《酉阳杂俎》。

郭翥

元和间，有郭翥者，常为鄂州武昌尉，与沛国刘执谦友善。二人每相语，常恨幽显不得通，约先没者，当来告。后执谦卒数月，翥居华阴。一夕独处，户外嗟吁，久而言曰：“闻郭君无恙。”翥聆其音，知执谦也，曰：“可一面也。”曰：“请去烛，当与子谈耳。”翥即彻烛，引其袂而入，与同榻，话旧历历然。又言冥途罪福甚明，不可欺。夜既分，翥忽觉有秽气发于左右，须臾不可受。即以手而扪之，其躯甚大，不类执谦。翥有膂力，知为他怪，因揽其袂，以身加之，牢不可动，掩鼻而卧。既而告去，翥佯与语，留之将晓。求去愈急，曰：“将曙矣，不遣我，祸且及子。”翥不答，顷之，遂不闻语。俄天晓，见一胡人，长七尺余，如卒数日者。时当暑，秽不可近，即命弃去郊外。忽有里人数辈望见，

投到瓮里。他们家用热水灌，得到一个袋子，可能是阴间取气袋。忽听空中有声音要那袋子，甚是哀切，并且说“我将取别人来代替病者”。这家人便投掷给他，病者就好了。出自《酉阳杂俎》。

淮西军将

唐宪宗元和末年，有个淮西军将，被派遣到汴州，住在驿馆里。夜深，将熟睡时，忽然觉得有一物压着自己。军将一向健壮，惊起，和那怪物较量厮打，那物于是就退却了，趁机夺得他手中的皮袋。怪物在暗中苦苦祈求，军将对他说：“你告诉我这物品的名字，我就还给你。”怪物过了很久才说：“这是蓄气袋。”军将就举起砖头击打他，话语声就消失了。那袋子可盛好几升东西，绛色，像藕丝，拿到日光下没有影子。出自《酉阳杂俎》。

郭翥

唐宪宗元和年间，有个叫郭翥的，曾经做过鄂州武昌尉，与沛国刘执谦交好。二人每每一起闲谈，总遗憾阴阳间不能相通，约定先死的应当来讲讲阴间的事。后来刘执谦死了几个月，郭翥居住在华阴。一天晚上，他独住一处，听到窗外有叹息声，过了很久说道：“听说郭君无病。”郭翥听他的声音，知道是刘执谦，就说：“可以见一面了。”刘执谦说：“请撤去蜡烛，当和你谈谈。”郭翥就撤去蜡烛，拉着他的袖子进来，与他坐在同一个床榻上，谈论历历在目的往事。又说阴间的罪福非常分明，不能欺骗。夜已深，郭翥忽然闻到有污秽的气味散发在左右，片刻都不能忍受了。就用手摸他，他的身躯很大，不像刘执谦。郭翥很有气力，知道是别的怪物，于是抓住他的衣袖，用身子压住，牢不可动，捂着鼻子躺着。那人不久说要离去，郭翥假装和他谈话，留他到天亮。那人要求离开越发着急了，说：“要天亮了，不打发我走，祸患将要累及到你。”郭翥不回答，一会儿，就没再听到言语。不久天亮了，看见是一个胡人，身长七尺多，像死了几天的样子。当时是暑天，污秽得不可接近，就让人把他扔到郊外。忽然有几个里人望见，

疾来视之，惊曰："果吾兄也。亡数日矣，昨夜忽失所在。"乃取尸而去。出《宣室志》。

裴通远

唐宪宗葬景陵，都城人士毕至。前集州司马裴通远家在崇贤里，妻女辈亦以车舆纵观于通化门。及归，日晚，驰马骤。至平康北街，有白头妪步走，随车而来，气力殆尽。至天门街，夜鼓时动，车马转速，妪亦忙遽。车中有老青衣从四小女，其中有哀其奔迫者，问其所居，对曰："崇贤。"即谓曰："与妪同里，可同载至里门耶。"妪荷愧，及至，则申重辞谢。将下车，遗一小锦囊。诸女共开之，中有白罗制为逝者面衣四焉。诸女惊骇，弃于路。不旬日，四女相次而卒。出《集异记》。

郑　绍

商人郑绍者，丧妻后，方欲再娶。行经华阴，止于逆旅。因悦华山之秀峭，乃自店南行。可数里，忽见青衣谓绍曰："有人令传意，欲暂邀君。"绍曰："何人也？"青衣曰："南宅皇尚书女也。适于宅内登台，望见君，遂令致意。"绍曰："女未适人耶？何以止于此？"青衣曰："女郎方自求佳婿，故止此。"

绍诣之，俄及一大宅，又有侍婢数人出，命绍入，延之于馆舍。逡巡，有一女子出，容质殊丽，年可初笄。从婢十余，并衣锦绣。既相见，谓绍曰："既遂披觌，当去形迹，冀稍从容。"绍唯唯随之，复入一门，见珠箔银屏，焕烂相照，闺阃之内，块然无侣。绍乃问女："是何皇尚书家？何得孤居如是耶？尊亲焉在？嘉耦为谁？虽荷宠招，幸

急忙来看,吃惊地说:"果然是我的哥哥。死了几天,昨晚忽然失踪了。"于是认领了尸体离开。出自《宣室志》。

裴通远

唐宪宗安葬到景陵时,都城人士都到了。原集州司马裴通家在稍远的崇贤里,妻子儿女们也乘车到通化门恣意观看。等返回时,天色已晚,便驱马往回快跑。到了平康北街,有个白发老太婆徒步奔跑,随车而来,快没气力了。到了天门街,夜鼓报时声响,车马转快,老太婆也加快了速度。车中有老婢女跟随四小女子,其中有个哀怜她奔跑的,问她住所,回答说:"在崇贤里。"就对她说:"和你同在一个里住,可以载你一起坐到里门口。"老太婆感到很惭愧,等到了地方,一再表示感谢。将要下车,赠送了一个小锦囊。诸女一起打开它,里面有白罗做成死人的衣服四件。诸女惊恐,弃掷到路上。不到十天,四女相继死去。出自《集异记》。

郑　绍

商人郑绍,丧妻以后,正想再娶。行路经过华阴,住在旅馆。因为喜欢华山的秀美峻峭,就从旅店往南走。大约几里地,忽然看见一婢女对郑绍说:"有人让我传话,要邀请你暂时去一趟。"郑绍问:"是什么人?"婢女说:"是南宅皇尚书的女儿。刚才在宅院内登台,看见你,于是让我来传达心意。"郑绍说:"那女子没嫁人吗?因为什么住在这里?"婢女回答说:"女郎正在自己寻找佳婿,所以住在这里。"

郑绍前往,不久到了一个大宅院,又有几个侍婢迎出,让郑绍进去,请他到馆舍。一会儿,有个女子出来,容貌非常美丽,大概刚成年。跟随的婢女十多人,都穿着锦绣衣服。相见后,对郑绍说:"既然已经开诚相见,就应去掉那些客套,希望稍稍放松些。"郑绍顺从地跟着,又进入一门,看见珠帘银屏,光彩相照,内室里没有别人与女子相伴。郑绍就问女子道:"是什么皇尚书家?怎么能如此独居呢?父母亲在哪里?佳偶是谁?虽然幸蒙宠招,希望

祛疑抱。"女曰:"妾故皇公之幼女也。少丧二亲,厌居城郭,故止此宅。方求自适,不意良人,惠然辱顾。既惬所愿,何乐如之!"女乃命绍升榻,坐定,具酒殽,出妓乐,不觉向夕。女引一金罍献绍曰:"妾求佳婿,已三年矣。今既遇君子,宁无自得?妾虽惭不称,敢以金罍合卺,愿求奉箕帚,可乎?"绍曰:"余一商耳,多游南北,惟利是求,岂敢与簪缨家为眷属也?然遭逢顾遇,谨以为荣,但恐异日为门下之辱。"女乃再献金罍,自弹筝以送之。绍闻曲音凄楚,感动于心,乃饮之交献,誓为伉俪。女笑而起。时夜已久,左右侍婢以红烛笼前导成礼。至曙,女复于前阁备芳醪美馔,与绍欢醉。

经月余,绍曰:"我当暂出,以缉理南北货财。"女郎曰:"鸳鸯配对,未闻经月而便相离也。"绍不忍。后又经月余,绍复言之曰:"我本商人也,泛江湖,涉道途,盖是常也。虽深承恋恋,然若久不出行,亦吾心之所不乐者。愿勿以此为嫌,当如期而至。"女以绍言切,乃许之。遂于家园张祖席,以送绍,乃橐囊就路。至明年春,绍复至此,但见红花翠竹,流水青山,杳无人迹。绍乃号恸,经日而返。出《潇湘录》。

孟氏

维扬万贞者,大商也,多在于外,运易财宝以为商。其妻孟氏者,先寿春之妓人也,美容质,能歌舞,薄知书,稍有词藻。孟氏独游于家园,四望而乃吟曰:"可惜春时节,依然独自游。无端两行泪,长秖对花流。"吟诗罢,泣下数行。

除去疑虑。”女子说：“我是已故皇公的幼女。年少时丧失了父母，厌烦在城里居住，所以住在这个宅院里。正在寻求自嫁，没想到承蒙君子屈身惠顾。已满足了我的心愿，什么快乐比得上这个！”女子便让郑绍上床，坐定后，备办了美酒佳肴，叫来歌妓奏乐，不知不觉天色将晚。女子拿来一个金罍献给郑绍说：“我寻找佳婿，已经三年了。今天既然遇上了你，自己怎么能不高兴呢？我虽然羞愧不能使你称心如意，敢用金罍合卺，情愿做你的妻子侍奉你，可以吗？”郑绍说：“我是一个商人，大都游南闯北，只图赚钱，怎敢与官宦人家结成眷属？但能相逢相遇，深感荣幸了，只怕他日玷污了你的门庭。”女子就再次献上金罍，亲自弹筝送给他。郑绍听那曲调凄楚，内心受到感动，就饮下了献上来的交杯酒，发誓结成夫妻。女子笑着起来。当时夜已深，左右的侍婢用红烛灯笼在前引导完成婚礼。到了天亮，女子又在前厅备办了好酒美食，与郑绍欢畅饮酒。

过了一个多月，郑绍说：“我应该暂时离开，调理南北的货物财产。”女子说：“鸳鸯配对，没听说过了一个月就离开的。”郑绍不忍心没离开。后来又过了一个多月，郑绍又对她说：“我本是商人，走江湖，闯南北，才算是正常的。虽然承蒙你的眷恋，可是如果长久地不出去，也使我的心情不痛快。希望不要因此被怨恨，我会按期回来。”女子因为郑绍说得恳切，就答应了他。于是在家园摆设饯行的酒席，送别郑绍。郑绍就带着行囊上路了。到了第二年春天，郑绍又回到这里，只见红花翠竹，流水青山，全无人迹。郑绍于是号啕大哭，过了一天才返回。出自《潇湘录》。

孟氏

扬州的万贞是大商人，经常在外，运送财宝，以这做买卖。他的妻子孟氏原来是寿春院的妓女，体态美丽，能歌善舞，略知诗书，稍有文采。孟氏在自家的花园独自游玩，四处张望后吟诵道：“可惜春时节，依然独自游。无端两行泪，长秪对花流。”吟诗完了，掉下几行眼泪。

忽有一少年，容貌甚秀美，逾垣而入，笑谓孟氏曰："何吟之大苦耶?"孟氏大惊曰："君谁家子? 何得遽至于此，而复轻言之也?"少年曰："我性落魄，不自拘检，唯爱高歌大醉。适闻吟咏之声，不觉喜动于心，所以逾垣而至。苟能容我于花下一接良谈，而我亦或可以强攀清调也。"孟氏曰："欲吟诗耶?"少年曰："浮生如寄，年少几何? 繁花正妍，黄叶又坠。人间之恨，何啻千端! 岂如且偷顷刻之欢也?"孟氏曰："妾有良人万贞者，去家已数载矣。所恨当兹丽景，远在他方。岂惟惋叹芳菲，固是伤嗟契阔。所以自吟拙句，盖道幽怀。不虞君之涉吾地也，何故?"少年曰："我向闻雅咏，今睹丽容，固死命犹拼，且责言何害!"孟氏即命笺，续赋诗曰："谁家少年儿，心中暗自欺。不道终不可，可即恐郎知。"少年得诗，乃报之曰："神女得张硕，文君遇长卿。逢时两相得，聊足慰多情。"自是孟氏遂私之，挈归己舍。

凡逾年，而夫自外至。孟氏忧且泣，少年曰："勿尔，吾固知其不久也。"言讫，腾身而去，顷之方没，竟不知其何怪也。出《潇湘录》。

忽然有一个少年，容貌很秀美，跳墙而入，笑着对孟氏说："为什么吟得这么凄苦呢？"孟氏大惊道："你是谁家的子弟？怎么突然来到这里，又说轻佻的话呢？"少年说："我性情落魄，不能自我约束，只爱高歌醉酒。刚才听到你吟咏的声音，不知不觉在内心感到喜欢，所以翻墙来到这里。如果能在花下容我好好跟你谈谈，那么我也许可以勉强攀谈诗词。"孟氏说："想要吟诗呀？"少年说："人生如寄托，年少能几何？繁花正娇妍，黄叶又坠落。人间的遗憾，何止千端！哪如暂且偷片刻的欢乐呢？"孟氏说："我有丈夫叫万贞，离家已经几年了。所遗憾的是当此美景，他人却远在他方。哪里只是感叹花草，本来是感伤离别之情。所以自己吟咏诗句，倾吐隐藏在内心的情感。没想到你跑到我这地方，是什么原因？"少年说："我从前就听过你优雅的吟咏，现在看到你美丽的容貌，本来命都可以拼上，听些责骂的话又有何妨！"孟氏就让人拿来纸张，接着赋诗道："谁家少年儿，心中暗自欺。不道终不可，可即恐郎知。"少年得到诗，又回报道："神女得张硕，文君遇长卿。逢时两相得，聊足慰多情。"从此孟氏就和他私通，领回自己的屋子。

大概过了一年，丈夫从外地回来。孟氏担心并且哭泣，少年说："你不要这样，我本来知道那是不会长久的。"说完，腾身离开，一会儿就没有了，竟然不知道他是什么怪物。出自《潇湘录》。

卷第三百四十六

鬼三十一

利俗坊民　太原部将　成公逵　送书使者　臧　夏
踏歌鬼　卢　燕　李　湘　马　震　刘惟清
董　观　钱方义

利俗坊民

长庆初，洛阳利俗坊，有民行车数两，将出长夏门。有一人负布囊，求寄囊于车中，且戒勿妄开，因返入利俗坊。才入，有哭声。受寄者因发囊视之，其口结以生绠，内有一物，其状如牛胞，及黑绳长数尺。民惊，遽敛结之。有顷，其人亦复，曰："我足痛，欲憩君车中，行数里，可乎？"民知其异，乃许之。其人登车，览囊不悦，顾谓民曰："君何无信？"民谢之。又曰："我非人，冥司俾予录五百人，明历陕、虢、晋、绛，及至此。人多虫，唯得二十五人耳。今须往徐泗。"又曰："君晓予言虫乎？患赤疮即虫耳。"车行二里，遂辞有程："不可久留，君有寿，不复忧矣。"忽负囊下车，失所在。其年夏，诸州人多患赤疮，亦有死者。出《宣室志》。

利俗坊民

唐穆宗长庆初年，洛阳利俗坊有个百姓驾着数辆车，将要出长夏门。有个人背着布袋，要把布袋寄放在车上，并且告诉说不要乱打开，于是返回利俗坊。刚进坊门，就听到有哭声。接受寄存的这百姓就打开口袋看，那口袋用绳子打着结，里面有个东西，那形状像牛的胞胎，牵扯黑绳长几尺。那百姓大惊，立刻收起打上结。不久，那放布袋的人又来了，说："我脚疼，想在你的车中休息，走几里，行吗？"那百姓知道他不寻常，就答应了他。那人上了车，看了看口袋，很不高兴，回头对那百姓说："你怎么不守信用呢？"那百姓道歉。又说："我不是人，冥司派我收录五百人，我走遍了陕、虢、晋、绛几个州，才来到这里。人多生虫，只得到二十五人，现在要到徐、泗去。"又说："你明白我说的生虫吗？患赤疮就是生虫。"车走了二里，就告辞登程，对车主说："不能久留，你有寿命，不用担忧。"忽然背着口袋下了车，不见了踪影。那年夏天，各州有很多人患赤疮，也有死的。出自《宣室志》。

太原部将

长庆中，裴度为北部留守，有部将赵姓者，病热且甚。其子煮药于室，既置药于鼎中，构火。赵见一黄衣人，自门来，止于药鼎傍。挈一囊，囊中有药屑，其色洁白，如麦粉状，已而致屑于鼎中而去。赵告其子，子曰："岂非鬼乎？是欲重吾父之疾也。"遂去药。赵见向者黄衣人再至，又致药屑于鼎中。赵恶之，亦命弃去。复一日昼寝，其子又煮药，药熟而赵寤，遂进以饮之，后数日，果卒。出《宣室志》。

成公逵

李公颜居守北都时，有部将成少仪者，其子曰公逵，常梦一白衣人曰："地府命我召汝。"逵拒之。使者曰："冥官遣召一属龙人，汝既属龙，何以逃之？"公逵绐曰："某非属龙者，君何为见诬？"使者稍解，顾曰："今舍汝归，当更召属龙者。"公逵惊寤，且以其梦白于少仪。少仪有卒十余人，常在其门下，至明日，一卒无疾而卒。少仪因讯其年，其父曰："属龙。"果公逵之所梦也。出《宣室志》。

送书使者

昔有送书使者，出兰陵坊西门，见一道士，身长二丈余，长髯危冠。领二青裙，羊髻，亦长丈余。各担二大瓮，瓮中数十小儿，啼者笑者，两两三三，自相戏乐。既见使者，道士回顾羊髻曰："庵庵。"羊髻应曰："纳纳。"瓮中小儿齐声曰："嘶嘶。"一时北走，不知所之。出《河东记》。

太原部将

唐穆宗长庆年间，裴度任北部留守，有个姓赵的部将，生病发高烧很厉害。他的儿子在屋里煮药，已经把药放到鼎里，点着了火。这个姓赵的看见一个黄衣人从门外进来，停在药鼎旁。拿出一个袋子，袋中有药末，那颜色洁白，像麦粉的样子，旋即把药末放到鼎里而离去。姓赵的告诉他的儿子，儿子说："莫非是鬼吗？这是要加重我父亲的病。"就去掉了药。姓赵的看见先前的黄衣人又来了，又把药末放到鼎里。姓赵的厌恶，又让把药扔掉。又一天，姓赵的白天睡着了，他的儿子又煮药，药煮好后，姓赵的睡醒过来，于是给他喝了，过了几天，果然死了。出自《宣室志》。

成公逵

李颜驻守北都的时候，有个部将叫成少仪，他的儿子叫成公逵，曾经梦见一个白衣人说："地府命我来召你。"成公逵拒绝前往。使者又说："冥官派遣我召一个属龙的人，你既然属龙，为什么逃脱？"成公逵哄骗说："我不属龙，你为什么胡说？"使者稍稍缓和，看着他说："现在放你回去，应该另召一个属龙的。"成公逵惊醒，并且把他的梦告诉了成少仪。成少仪有士卒十多人，常在他的门下，到了第二天，一个士卒无病而死。成少仪于是打听他的年龄，死者的父亲说："属龙。"果然是成公逵梦到的。出自《宣室志》。

送书使者

从前有个送书信的使者，出了兰陵坊西门，看见一个道士，身高二丈多，长长的胡须，戴着高高的帽子。带领两个穿黑裙子的人，梳着羊髻，也高一丈多。各挑着两个大瓮，瓮里有几十个小孩，哭的笑的，两两三三，互相戏乐。看见使者，道士就回头看着梳羊髻的人说："庵庵。"梳羊髻的回应说："纳纳。"瓮里的小孩齐声说："嘶嘶。"立刻向北跑，不知去向。出自《河东记》。

臧夏

上都安邑坊十字街东，有陆氏宅，制度古丑，人常谓凶宅。后有进士臧夏僦居其中，与其兄咸尝昼寝，忽梦魇，良久方寤，曰："始见一女人，绿裙红袖，自东街而下。弱质纤腰，如雾濛花，收泣而云：'听妾一篇幽恨之句。'其辞曰：'卜得上峡日，秋天风浪多。江陵一夜雨，肠断木兰歌。'"出《河东记》。

踏歌鬼

长庆中，有人于河中舜城北鹳鹊楼下见二鬼，各长三丈许，青衫白袴，连臂踏歌曰："河水流溷溷，山头种荞麦。两个胡孙门底来，东家阿嫂决一百。"言毕而没。出《河东记》。

卢燕

长庆四年冬，进士卢燕，新昌里居。晨出坊北街，槐影扶疏，残月犹在。见一妇人，长三丈许，衣服尽黑。驱一物，状若羝羊，亦高丈许。自东之西。燕惶骇却走。妇人呼曰："卢五，见人莫多言。"竟不知是何物也。出《河东记》。

李湘

卢从史以左仆射为泽潞节度使，坐与镇州王承宗通谋，贬驩州，赐死于康州。

宝历元年，蒙州刺史李湘，去郡归阙。自以海隅郡守，无台阁之亲，一旦造上国，若沧海泛扁舟者。闻端溪县女巫者，知未来之事，维舟召焉。巫曰："某乃见鬼者也，见之皆可召。然鬼有二等，有福德者，精神俊爽，往往自与人言；贫贱者，气劣神悴，假某以言事。尽在所遇，非某

臧 夏

长安安邑坊十字街东面，有个陆家宅院，样式古怪丑陋，人们常说是凶宅。后来有个进士臧夏租赁住在那里，和他哥哥臧咸曾在白天睡觉，忽然做噩梦，很久才醒过来，说：“方才看见一个女人，穿着绿裙红袖，从东街而来。体弱腰细，像雾濛花，停止哭泣而说道：‘听我一篇幽恨诗句吧。’那词是：‘卜得上峡日，秋天风浪多。江陵一夜雨，肠断木兰歌。’”出自《河东记》。

踏歌鬼

唐穆宗长庆年间，有人在河中舜城北鹳鹊楼下看见两个鬼，各高三丈多，穿着青衫白裤，挽着臂膊踏歌道：“河水流溷溷，山头种荞麦。两个胡孙门底来，东家阿嫂决一百。”说完就消失不见了。出自《河东记》。

卢 燕

唐穆宗长庆四年冬，进士卢燕住在新昌里。早晨到坊北街，槐树影子摇摆，残月还在。看见一个妇人，高三丈多，穿着一身黑衣。驱赶着一个东西，样子像只公羊，也高有一丈左右。从东向西去。卢燕惊恐地往回跑。妇人呼喊道：“卢五，看见人不要多说。”竟然不知道是什么东西。出自《河东记》。

李 湘

卢从史以左仆射的身份任泽潞节度使，犯了与镇州王承宗合谋的罪，贬到驩州，赐死在康州。

唐敬宗宝历元年，蒙州刺史李湘离郡返回京城。自己认为是偏远之地的郡守，台阁中没有亲近的人，一旦回到京都，就像在沧海里漂流的扁舟。他听说端溪县有个女巫，能知未来的事，便停船派人请她前来。女巫说：“我是能看见鬼，见到了都能昭示。可是鬼有两等，福德的，精神俊爽，往往自己与人说话；贫贱的，气势低靡精神憔悴，借助我说事情。全在所遇到的鬼，不是我

能知也?”湘曰:“安得鬼而问之?”曰:“厅前楸树下,有一人衣紫佩金者,自称泽潞卢仆射,可拜而请之。”湘乃公服执笏,向树而拜。女巫曰:“仆射已答拜。”湘遂揖上阶。空中曰:“从史死于此厅,为弓弦所迫,今尚恶之。使君床上弓,幸除去之。”湘命去焉。时驿厅副阶上,唯有一榻,湘偶忘其贵,将坐问之。女巫曰:“仆射官高,何不延坐,乃将吏视之?仆射大怒,去矣。急随拜谢,或肯却来。”湘匍匐下阶,问其所向,一步一拜,凡数十步。空中曰:“公之官,未敌吾军一裨将,奈何对我而自坐?”湘再三辞谢。巫曰:“仆射回矣。”于是拱揖而行,及阶,巫曰:“仆射上矣。”别置榻,设裀褥以延之。巫曰:“坐矣。”湘乃坐。空中曰:“使君何所问?”对曰:“湘远官归朝,伏知仆射神通造化,识达未然。乞赐一言,示其荣悴。”空中曰:“大有人接引,到城一月,当刺梧州。”湘又问,不复言。湘因问曰:“仆射去人寰久矣,何不还生人中,而久处冥寞?”曰:“吁!是何言哉?人世劳苦,万愁缠心,尽如灯蛾,争扑名利,愁胜而发白,神败而体羸。方寸之间,波澜万丈,相妒相贼,猛如豪兽。吾已免离,下视汤火,岂复低身而卧其间乎?且夫据其生死,明晦未殊。学仙成败,则无所异。吾已得炼形之术也。其术自无形而炼成三尺之形,则上天入地,乘云驾鹤,千变万化,无不可也。吾之形所未圆者,三寸耳。飞行自在,出幽入明,亦可也。万乘之主不及吾,况平民乎?”湘曰:“炼形之道,可得闻乎?”曰:“非使君所宜闻也。”复问梧州之后,终不言,乃去。

能知道的。”李湘说：“怎么能遇到鬼而问他呢？”女巫说：“厅前的楸树下，有个穿紫衣佩带金饰的，自称泽潞卢仆射，可以向他施礼请教。”李湘就穿着公服拿首简牍，面向大树跪拜。女巫说：“仆射已经答拜了。”李湘于是拱揖上了台阶。空中有声音说道：“从史我死在这厅里，被弓箭所杀害，现在还厌恶它。你床上的弓，希望拿掉。”李湘让人移走了弓。当时驿厅副阶上，只有一张坐榻，李湘偶然忘记那贵客，要坐下问他。女巫说：“仆射是高官，为什么不请他坐，却当做差吏对待他呢？仆射大怒，走了。你赶紧跟上去行礼道歉，或许他肯回来。”李湘匍匐下了台阶，问他去的方向，一步一拜，共计走了几十步。空中传来声音说：“你的官职赶不上我军中的一个副将，怎么能面对我而自己坐下？”李湘再三道歉。女巫说：“仆射回来了。”李湘于是拱揖而走，等到了台阶，女巫说：“仆射上来了。”另外安置了坐榻，放上坐垫请他坐下。女巫说：“坐下了。”李湘才坐下。空中的声音说：“你要问什么？”李湘回答说：“我是偏远之地的官吏回朝，知道仆射神通造化广大，通达未发生的事。乞求您恩赐一言，明示那荣升与困顿。”空中的声音说：“大有人接待引荐，到京城一个月，就能任命为梧州刺史。”李湘又问，卢仆射不再说话了。李湘于是问道：“仆射离开人间很久了，为什么不回到人间来，而长久处在寂寞的冥府？”空中的声音说：“唉！这是什么话？人世间劳苦，万愁缠心，都像飞蛾扑灯，争名夺利，愁到极点而头发变白，精神颓败而身体瘦弱。内心里，波澜万丈，互相嫉妒互相仇视，凶猛得像巨大的野兽。我已经幸免脱离，向下看如汤似火的人间，难道再低身而生活在那里吗？再说根据那生与死，阴间阳间没有什么两样。学仙成败，就没有什么差别。我已得到炼形之术。那法术从无形而炼成三尺之形，那么上天入地，乘云驾鹤，千变万化，没有不可以的。我的形还没有炼圆满，只差三寸了。飞行自由自在，出入阴阳之间，是可以的。君王也赶不上我，何况平民呢？”李湘问：“炼形之道，可以听听吗？”卢仆射回答说：“不是你应该听的。”又问梧州之后的事情，终究没说，就离去了。

湘至京，以奇货求助，助者数人。未一月，拜梧州刺史。竟终于梧州，卢所以不复言其后事也欤？出《续玄怪录》。

马 震

扶风马震，居长安平康坊。正昼，闻扣门，往看，见一赁驴小儿云："适有一夫人，自东市赁某驴，至此入宅，未还赁价。"其家实无人来，且付钱遣之。经数日，又闻扣门，亦又如此。前后数四，疑其有异，乃置人于门左右，日日候之。是日，果有一妇人，从东乘驴来，渐近识之，乃是震母，亡十一年矣。葬于南山，其衣服尚是葬时者。震惊号奔出，已见下驴，被人觉，不暇隐灭。震逐之，环屏而走，既而穷迫，入马厩中，匿身后墙而立。马生连呼，竟不动。遂牵其裾，卒然而倒，乃白骨耳。衣服俨然，而体骨具足。细视之，有赤脉如红线，贯穿骨间。马生号哭，举扶易之，往南山，验其坟域如故。发视，棺中已空矣。马生遂别卜，迁窆之，而竟不究其理。出《续玄怪录》。

刘惟清

平阴北把关，南御并山滨济，空阔百里，无人居。地势险厄，用兵者先据此为胜。迄今天阴日暮，鬼怪往往而出。

长庆三年春，平卢节度使薛苹遣衙门将刘惟清使于东平，途出于此。时日已落，忽于野次，遥见幕幄营伍，旌旗人马甚众，烟火极远。惟清少在戎旅，计其部分，可五六万人也。惟清不知，甚骇之。俄有辎重鼓角，部队纷纭，或歌或

李湘到了京城，用奇货求人帮助，帮助他的有几个人。不到一个月，官拜梧州刺史。最后死在梧州，这就是卢从史不再说他后事的原因吗？出自《续玄怪录》。

马震

扶风的马震，居住在长安平康坊。正在白天，听到叩门声，上前去看，见一租驴的小孩说："刚才有位夫人，从东市租了我的驴，到这进入宅院，没给租驴的钱。"他家确实没有人来，暂且付钱打发小孩走了。过了几天，又听到叩门声，也是如此。这样前后多次，怀疑这里有特殊情况，就安排人在门的左右，天天候着。这一天，果然有一位妇人，从东乘驴来，渐渐走近，认出了她，是马震的母亲，死了已经十一年了。葬在南山，她的衣服还是安葬时穿的。马震吃惊地哭着跑出来，已经看见她下了驴，被人发觉，没有时间隐身。马震追她，绕着屏风跑，不久实在没法，进到马厩里，藏身在后墙站立着。马震连声喊叫，竟然不动。于是拽她的衣襟，突然倒地，是堆白骨。衣服依然如故，而尸骨完整无缺。细看它，有像红线的赤脉，贯穿在骨骼间。马震号啕痛哭，抬扶整理好尸骨，到南山查验那坟如旧。打开看，棺材里已经空了。马震就另外选了块墓地，把坟迁到那里落葬，可最终也不明白其中的奥妙。出自《续玄怪录》。

刘惟清

平阴北把关，南边挨着泰山，濒临济水，空旷开阔百里，无人居住。地势险要，用兵打仗先占据这里就能取胜。到现在天阴日晚时，鬼怪常常出来。

唐穆宗长庆三年春，平卢节度使薛苹派衙门将刘惟清出使到东平，途经这里。当时太阳已经落山，忽然在野地里远远看见军营帐篷，旌旗人马很多，烟火很远。刘惟清年少时就在军旅中，估计那片人马，大约有五六万。刘惟清不明白是怎么回事，很害怕。一会儿有辎重鼓角响起，部队纷纷行动，有的唱歌有的

语，喧然竞进。惟清乃缓辔出于其中。忽有衣缞者徒行叩惟清，将夺马。惟清与之力争，因跃马绝道，而缞者执之愈急。惟清有膂力，以所执铁鞭连棰其背。缞者不甚拒，良久舍去。惟清复路，则向之军旅已过矣。夜阑，方及前驿，会同列将浑钊。自滑使还，亦馆于此。闻惟清至，迎之，则惟清冥然无所知。众扶持环视，久之乃寤，遂话此事。

不二三日，至东平，既就馆，亦不为他人道。先是东平有术士皇甫嚐者，落魄不仕，衣屦蓝缕，众甚鄙之。一日，惟清出游，嚐于途中遥指曰："刘押衙。"惟清素衣未识，因与相款。嚐曰："本恐他人取马，故牵公避道，奈何却以铁鞭相苦？赖我金铠在身，不迩，巨力坚策，岂易当哉！"笑而竟去。惟清从人辞谢，将问其故，嚐跃入稠人中，不可复见。后四年，李同捷反于沧景，时天下兵皆由平阴以入贼境，岂阴兵先致讨欤？出《异闻录》。

董观

董观，太原人，善阴阳占候之术。唐元和中，与僧灵习善。偕适吴楚间，习道卒，观亦归并州。宝历中，观游汾泾，至泥阳郡。会于龙兴寺，堂宇宏丽，有经数千百编，观遂留止，期尽阅乃还。先是院之东庑北室，空而扃镭，观因请居。寺僧不可，曰："居是室者，多病或死，且多妖异。"观少年恃气力，曰："某愿得之。"遂居焉。

旬余，夜寐，辄有胡人十数，挈乐持酒来，歌笑其中，

说话，喧闹着竞相前进。刘惟清就拉着缰绳缓慢地走在队伍之中。忽然有个穿丧服的步行过来向刘惟清叩首，要夺他的马。刘惟清和他用力争夺，于是跃马跑出道外，而穿丧服的抓着缰绳更紧了。刘惟清有体力，用拿的铁鞭连打他的背部。穿丧服的不怎么抵抗，很久才松手离去。刘惟清重新上路，前面的那些军马已经走过去了。夜深，才到达前边的驿站，会见同列将浑钊。浑钊从滑地出使回来，也住在这里。听说刘惟清到来，去迎接他，可是刘惟清恍惚什么也不知道。大家扶持环视他，很久才醒，于是讲起路上的事。

没过两三天，刘惟清到达东平，住在馆舍里之后，也没对别人提及此事。从前东平有个术士叫皇甫喈，落魄不当官，穿着草鞋破衣服，大家都很鄙视他。一天，刘惟清出去游玩，皇甫喈在路上遥遥指着他说："刘押衙。"刘惟清一向不认识他，就和他应答。皇甫喈说："本来怕别人夺取你的马，所以引你躲避道边，你怎么却用铁鞭打我？靠我金铠在身，不然的话，巨大的力气、坚硬的鞭子，难道容易抵挡吗！"笑着最后离开了。刘惟清跟着那人道歉，要问那缘故，皇甫喈跑到稠密的人群中，不能再寻见了。过了四年，李同捷在沧景反叛，当时天下的兵卒都由平阴关而进入贼境，难道是阴兵先来讨伐了吗？出自《异闻录》。

董观

董观是太原人，擅长阴阳占卜之术。唐宪宗元和年间，与僧人灵习交好。一同到吴楚一带去，灵习死在路上，董观也回到并州。唐敬宗宝历年间，董观到汾泾一带游览，到了泥阳郡。在龙兴寺会见僧人，龙兴寺堂宇宏伟壮丽，有经书数千百编，董观就停留在这里，打算都阅读完再回去。先前这院的东边廊房的北屋，空着而且上着门锁，董观于是请求居住。寺僧不同意，说："住在这个屋子，多生病或者死去了，又有很多妖异。"董观凭着年少气壮，说："我想住进去。"于是住了进去。

十多天，夜间睡觉，就有十几个胡人，携乐器持酒，歌笑其中，

若无人。如是数夕，观虽惧，尚不言于寺僧。一日经罢，时已曛黑，观怠甚，闭室而寝。未熟，忽见灵习在榻前，谓观曰："师行矣。"观惊且恚曰："师鬼也，何为而至?"习笑曰："子运穷数尽，故我得以候子。"即牵观袂去榻，观回视，见其身尚偃，如寝熟，乃叹曰："嗟乎！我家远，父母尚在，今死此，谁蔽吾尸耶?"习曰："何子之言失而忧之深乎？夫所以为人者，以其能运手足，善视听而已。此精魂扶之使然，非自然也。精魂离身故曰死，是以手足不能为，视听不能施，虽六尺之躯，尚安用乎？子宁足念！"观谢之，因问习："常闻我教中有阴去身者，谁为耶?"习曰："吾与子谓死而未更生也。"遂相与行。其所向，虽关键甚严，辄不碍，于是出泥阳城西去。其地多草，茸密红碧，如毳毯状。

行十余里，一水广不数尺，流而西南。观问习，习曰："此俗所谓奈河，其源出于地府耶?"观即视其水，皆血，而腥秽不可近。又见岸上有冠带裤襦凡数百。习曰："此逝者之衣，由此趋冥道耳。"又望水西有二城，南北可一里余，草树蒙蔽，庐舍骈接。习与观曰："与子俱往彼，君生南城徐氏，为次子。我生北城侯氏，为长子。生十年，当重与君舍家归佛氏。"观曰："吾闻人死当为冥官追捕，案籍罪福。苟平生事行无大过，然后更生人间。今我死未尽夕，遂能如是耶?"曰："不然，冥途与世人无异。脱不为不道，宁桎梏可及身哉！"言已，习即牵衣跃而过。

好像没有别人。像这样几个晚上，董观虽然害怕，还没有对寺僧说。一天念完经，天已经昏黑，董观疲劳到极点，关门睡觉。尚未睡熟，忽然看见灵习在床前，对董观说："师傅走吧。"董观吃惊并且愤怒地说："你是鬼，为什么到这来？"灵习笑着说："你的运数已到尽头，所以我来侍候你。"就拽着董观的袖子离开床，董观回头看，看见他的身体还躺在床上，像睡熟了，就叹息道："唉！我家离这儿很远，父母还在，现在死在这里，谁来掩埋我的尸体呢？"灵习说："为什么你说这样的糊涂话，担忧得这么深重呢？人之所以成为人，是因为能运动手脚，善于看和听罢了。这都是精魂扶植使它这样，不是天然的。精魂离开身体所以叫死，因此手脚不能运动，看和听不能实施，即使是六尺的躯体，还有什么用呢？你还值得惦念吗！"董观感谢他，于是问灵习道："曾经听说我教中有能隐去形体的，谁能够这样做呢？"灵习说："像你我这样死了但尚未托生的就是。"于是就和灵习一块动身。他们一路上，关卡虽然很严，但对他们也并无阻碍，于是出了泥阳城向西走去。那地方有很多的草，重叠繁密，花红碧绿，像毳毯铺开的样子。

走了十多里，看到一条河宽不到几尺，向西南方向流去。董观问灵习，灵习说："这就是俗话所说的奈河，它的源头出在地府。"董观便细看那河水，都是血，散发着腥臭味不可接近。又看见岸上有冠带裤襦共几百件。灵习说："这是死人的衣服，由这就奔向去地府的道路了。"又看到河西有两座城，南北距离约有一里，被草木遮蔽，房屋相互连接。灵习对董观说："和你一起往那里去，你降生到南城的徐氏家，为次子。我降生到北城的侯氏家，做长子。降生十年后，应该重新和你舍弃家园皈依佛门。"董观说："我听说人死应当被冥官追捕，考察登记他的罪福。如果平生做事行为没有大的过错，然后再降生到人间。现在我死不到一个夜晚，就能如此吗？"灵习说："不是这样，冥府和人间没有差别。倘或不做不说，难道手铐脚镣能到你的身上吗！"说完，灵习就提着衣襟跳过了河。

观方攀岸将下，水豁然而开，广丈余。观惊眙惶惑，忽有牵观者，观回视一人，尽体皆毛，状若狮子，其貌即人也。良久谓观曰："师何往?"曰："往此南城耳。"其人曰："吾命汝阅《大藏经》，宜疾还，不可久留。"遂持观臂，急东西指郡城而归。未至数里，又见一人，状如前召观者，大呼曰："可持去，将无籍。"顷之，遂至寺。时天以曙，见所居室有僧数十，拥其门，视己身在榻。二人排观入门，忽有水自上沃其体，遂寤。寺僧曰："观卒一夕矣。"于是具以事语僧。后数日，于佛宇中见二土偶人像，为左右侍，乃观前所见者。观因誓心精思，留阅《藏经》，虽寒暑无少堕。凡数年而归，时宝历二年五月十五也。

会昌中，诏除天下佛寺，观亦斥去。后至长安，以占候游公卿门，言事往往而中。常为沂州临沂县尉。余在京师，闻其事于观也。出《宣室志》。

钱方义

殿中侍御史钱方义，故华州刺史、礼部尚书徽之子。宝历初，独居长乐第。夜如厕，僮仆从者，忽见蓬头青衣数尺来逼。方义初惧，欲走，又以鬼神之来，走亦何益，乃强谓曰："君非郭登耶?"曰："然。"曰："与君殊路，何必相见?常闻人若见君，莫不致死，岂方义命当死而见耶?方义家居华州，女兄衣佛者亦在此。一旦溘死君手，命不敢惜，顾人弟之情不足，能相容面辞乎?"蓬头者复曰："登非害人，出亦有限。人之见者，正气不胜，自致夭横，非登杀之。

董观正攀附河岸要下去，河水豁然而开，宽有一丈多。董观惊恐惶惑，忽然有人拽他，回头看见一人，整个身体都是毛，样子像狮子，面貌却是人。好久才对董观说："师傅要到哪里去？"董观回答说："往南城去。"那人说："我让你阅读《大藏经》，应该赶紧回去，不可长久停留。"于是抓住董观的胳膊，急忙向着郡城的方向往回走。没走几里，又看见一人，样子像先前招呼董观的，大叫道："可以带回去，还没有注册。"一会儿，就到了寺院。当时天已经亮了，看见所住的屋里有几十个僧人，拥塞着他的房门；又见自己的身体躺在床上。二人推董观进门，忽然感到有水从上浇灌他的身体，于是就醒了。寺僧说："你死了一夜了。"董观于是把这事详细地告诉了寺僧。过了几天，在佛殿上看见两个土制偶像，是左右的侍者，是董观先前看见的。于是董观发誓专心致志阅读《大藏经》，即使是严寒酷暑也没有稍微地懈怠。几年后才返家，当时是唐敬宗宝历二年五月十五日。

唐武宗会昌年间，皇帝诏令清除天下的佛寺，董观也被排斥离去。后来到了长安，以占卜游说于公卿人家，说的事情往往能说中。曾经做过沂州临沂县尉。我在京城，听到了关于董观的这些事情。出自《宣室志》。

钱方义

殿中侍御史钱方义，是原华州刺史、礼部尚书钱徽的儿子。唐敬宗宝历初年，独自住在长乐坊的府第里。晚上上厕所，童仆跟随，忽然看见一个头发散乱、穿青衣、身高几尺的人逼近。钱方义开始害怕，想要跑，又认为鬼神来了，跑又有什么用，就勉强对他说道："你莫非是厕神郭登吗？"回答说："是。"钱方义说："和你是阴阳不同路，何必相见？曾听人说如果看见你，没有不死的，难道是我命该死才看见你吗？我家住华州，姐姐出家也在这里。我一天突然死在你的手里，命不敢吝惜，想到做弟弟的情谊还不完备，能容许我与她当面告辞吗？"蓬头的人又说："我不害人，出来也有限。人看见我，正气不足，自己招致横死，不是我杀的。

然有心曲,欲以托人,以此久不敢出。惟贵人福禄无疆,正气充溢,见亦无患,故敢出相求耳。"方义曰:"何求?"对曰:"登久任此职,积效当迁,但以福薄,须人助。贵人能为写金字《金刚经》一卷,一心表白,回付与登,即登之职,遂乃小转。必有后报,不敢虚言。"方义曰:"诺。"蓬头者又曰:"登以阴气侵阳,贵人虽福力正强,不成疾病,亦当有少不安。宜急服生犀角、生玳瑁,麝香塞鼻则无苦。"方义至中堂,闷绝欲倒,遽服麝香等并塞鼻,则无苦。父门人王直方者,居同里,久于江岭从事。飞书求得生犀角,又服之,良久方定。明旦,选经工,令写金字《金刚经》三卷,令早毕功。功毕饭僧,回付郭登。

后月余,归同州别墅。下马方憩,丈人有姓裴者,家寄鄂渚,别已十年,忽自门入,径至方义阶下。方义遂遽拜之。丈人曰:"有客,且出门。"遂前行,方义从之,及门失之矣。见一紫袍象笏,导从绯紫吏数十人,俟于门外。俯视其貌,乃郭登也。敛笏前拜曰:"弊职当迁,只消《金刚经》一卷。贵人仁念,特致三卷。今功德极多,超转数等,职位崇重,爵位贵豪,无非贵人之力。虽职已骤迁,其厨仍旧。顷者当任,实如鲍肆之人。今既别司,复求就食,方知前苦,殆不可堪。贵人量察,更为转《金刚经》七遍,即改厨矣。终身铭德,何时敢忘!"方义曰:"诺。"因问丈人安在,曰:"贤丈江夏寝疾,今夕方困。神道求人,非其亲导,不可自己,适诣先归耳。"又曰:"厕神每月六日例当出巡。

然而我有心事，想托付于人，因为这个好久不敢出来。只有你福禄无边，充满正气，看见我也没有祸患，所以才敢出来向你求助。”钱方义说：“有什么相求？”回答说：“我担任这个职务很久了，积累的业绩应该升迁，只是因为福气浅薄，必须有人帮助。你如果能用金字给我抄写《金刚经》一卷，诚心表白，回向给我，那么我的职务就能小小的转迁。以后一定报答你，不敢说空话。”钱方义说：“好吧。”蓬头的人又说：“我用阴气侵夺了你的阳气，你虽然福分体力正强盛，不会得病，也会有稍微地不舒适。应该立刻服用生犀角、生玳瑁，用麝香堵塞鼻子，就没有痛苦了。”钱方义回到中堂，烦闷得要倒地，立刻服用了麝香等药物并堵塞鼻子，就没有痛苦了。父亲的弟子王直方，与钱方义住在同一个里，长时间在江岭做事。钱方义飞信向他求得生犀角，又服了下去，很久才安定下来。第二天早晨，选择经工，让他们用金字抄写《金刚经》三卷，让他们早点抄完。抄完后招待僧人，回向郭登。

一个多月后，钱方义回到他的同州别墅。下马后正在休息，有个姓裴的老人，寄住在鄂渚，分别已经十年，忽然从门口进入，直接走到钱方义的堂阶之下。钱方义就立刻向他行拜礼。老人说：“有客人，你暂且跟我出门看看。”丈人便在前边走，钱方义跟在后面，到了门口老人就不见了。看见一人身穿紫袍，拿着象笏，穿红紫色衣服的差役几十人前呼后拥，等候在门外。低头看那人相貌，是郭登。郭登收起笏板上前行拜礼道：“卑职要升迁，只需《金刚经》一卷。你的仁义想法，特意抄送给三卷。现在功德极高，越级升迁了几等，职位崇高重要，爵位高贵豪迈，无不是你的大力相助。虽然职位已经迅速升迁，那厨房依旧。短时间还对付，实际像咸鱼店的人。现在离开旧司，再去就餐，才知道以前的痛苦，几乎不能忍受。你能体谅明察，再给反复念《金刚经》七遍，就能换个厨师。终身铭记你的恩德，什么时候敢忘记！”钱方义说：“行。”于是又问老人在哪里。回答说：“那老人在江夏生病，今晚正病危。神道求人，不是他亲自引导，不能自己前来，刚才先回去了。”又说：“厕神每月六日照例应该出去巡查。

此日人逢，必致灾难，人见即死，见人即病。前者八座抱病六旬，盖言登巡毕将归，瞥见半面耳。亲戚之中，递宜相戒避之也。”又曰：“幽冥吏人，薄福者众，无所得食，率常受饿。必能食推食，泛祭一切鬼神，此心不忘。咸见斯众暗中陈力，必救灾厄。”方义曰：“晦明路殊，偶得相遇，每一奉见，数日不平。意欲所言，幸于梦寐。转经之请，天曙为期。”唯唯而去。

及明，因召行敬僧念《金刚经》四十九遍，及明祝付与郭登。功毕，梦曰：“本请一七，数又六之，累计其功，食天厨矣。贵人有难，当先奉白，不尔，不来黩也。泛祭之请，记无忘焉。”出《续玄怪录》。

这一天人遇见他，一定招致灾难，人看见他就死，他看见人就生病。先前的八座有病已六旬，说我巡行完将要回去时，瞥见过半面。亲戚之间，应该传递互相回避的。”又说：“冥府的差役，福分薄得多，没有地方得到吃食，经常挨饿。一定能吃的慷慨施舍给他们，广泛祭祀一切鬼神，这心意我不会忘记。所见的这众鬼神都会暗中出力，一定能救你灾祸。”钱方义说：“阴阳路不同，偶然相遇，每次相见，我会多日不平静。心里想说的，希望在梦中告知。反复念经的请求，天亮就开始。”郭登恭敬地答应后离去。

等到天亮，钱方义就召集行敬僧人持念《金刚经》四十九遍，又明确地祝告给郭登。念完经，梦见郭登说：“本来请念一个七遍，你又将数量增加了六倍，累计那功德，可以享用天厨了。你要有难，应先奉告，不然的话，不来骚扰。广泛祭祀的请求，记住不要忘了。”出自《续玄怪录》。

卷第三百四十七
鬼三十二

吴任生　鄔　涛　曾季衡　赵　合　韦安之
李佐文　胡　澧

吴任生

吴郡任生者，善视鬼，庐于洞庭山。貌常若童儿，吴楚之俗，莫能究其甲子。宝历中，有前昆山尉杨氏子，侨居吴郡。常一日，里中三数辈，相与泛舟，俱游虎丘寺。时任生在舟中，且语及鬼神事。杨生曰："人鬼殊迹，故鬼卒不可见矣。"任生笑曰："鬼甚多，人不能识耳，我独识之。"然顾一妇人，衣青衣，拥竖儿，步于岸。生指语曰："此鬼也。其拥者乃婴儿之生魂耳。"杨曰："然则何以辨其鬼耶?"生曰："君第观我与语。"即厉声呼曰："尔鬼也，窃生人之子乎?"其妇人闻而惊慑，遂疾回去。步未十数，遽亡见矣。杨生且叹且异。及晚还，去郭数里，岸傍一家，陈筵席，有女巫，鼓舞于其左，乃醮神也。杨生与任生俱问之，巫曰："今日里中人有婴儿暴卒，今则寤矣。故设筵以谢。"遂命出婴儿以视，则真妇人所拥者。诸客惊叹之，谢任生曰："先生真道术者，吾不得而知也。出《宣室志》。

吴任生

吴郡的任生，善于看鬼，住在洞庭山。他的面貌总像个孩童，按照吴楚的风俗，不能算出他的岁数。唐敬宗宝历年间，有个前昆山尉杨氏的儿子，侨居在吴郡。曾经有一天，里中几个人，共同荡着小船，一起游览虎丘寺。当时任生在船里，又说到鬼神的事情。杨生说："人和鬼的踪迹不一样，所以鬼的踪迹不能看见。"任生笑着说："鬼很多，人不能识别罢了，我单单能识别。"这样，他们看到一个妇人，穿着青色衣服，抱着个小孩，在岸边走。任生指着说："这是鬼。她抱的是婴儿的灵魂。"杨生说："那么凭什么辨别她是鬼呢？"任生说："你只管看我和他说话。"就大声叫道："你是鬼，偷活人的孩子吗？"那妇人听后很惊惧，就快步往回走。走了不到十几步，就立刻不见了。杨生又赞叹又惊异。到晚上回家，离城有几里，岸边有一人家，摆设宴席，有个女巫，在那左边鼓动挥舞，是祈祷神灵。杨生和任生一起问他，女巫说："今天里中人有个婴儿突然死去，现在又醒过来了。所以设宴谢神。"就让把婴儿抱出来看，正是妇人所抱的那个。各位客人震惊叹服，感谢任生说："先生是真正有道术的人，我们是不能知道的。"出自《宣室志》。

邬　涛

邬涛者，汝南人，精习坟典，好道术。旅泊婺州义乌县馆。月余，忽有一女子，侍二婢夜至。一婢进曰："此王氏小娘子也，今夕顾降于君。"涛视之，乃绝色也。谓是豪贵之女，不敢答。王氏笑曰："秀才不以酒色于怀，妾何以奉托？"涛乃起拜曰："凡陋之士，非敢是望。"王氏令侍婢施服玩于涛寝室，炳以银烛，又备酒食。饮数巡，王氏起谓涛曰："妾少孤无托，今愿事君子枕席，将为可乎？"涛逊辞而许，恩意款洽。而王氏晓去夕至，如此数月。涛所知道士杨景霄至馆访之，见涛色有异，曰："公为鬼魅所惑，宜断之，不然死矣。"涛闻之惊，以其事具告，景霄曰："此乃鬼也。"乃与符二道，一施衣带，一置门上，曰："此鬼来，当有怨恨，慎勿与语。"涛依法受之。女子是夕至，见符门上，大骂而去，曰："来日速除之，不然生祸！"涛明日访景霄，具言之。景霄曰："今夜再来，可以吾咒水洒之，此必绝矣。"涛持水归。至夜，女子复至，悲恚之甚。涛乃以景霄咒水洒之，于是遂绝。出《集异记》。

曾季衡

大和四年春，监州防御使曾孝安有孙曰季衡，居使宅西偏院。室屋壮丽，而季衡独处之。有仆夫告曰："昔王使君女暴终于此，乃国色也。昼日其魂或见于此，郎君慎之。"季衡少年好色，愿睹其灵异，终不以人鬼为间。频注名香，颇疏凡俗，步游闲处，恍然凝思。

邬涛

邬涛是汝南人，精习三坟五典，喜欢道术。出游住在婺州义乌县馆。住了一个多月，忽然有个女子，由两个婢女奉侍着夜晚来到。一个婢女进前说："这是王氏小娘子，今天晚上特意前来看望你。"邬涛看她，是绝色佳人。认为这是豪门权贵家的女子，不敢答话。王氏笑着说："秀才不把酒色放在心上，我用什么奉献托付？"邬涛就站起拜谢道："我是平凡鄙陋的人，不敢有这种奢望。"王氏让侍婢解下外衣在邬涛的寝室里玩，点燃银色的蜡烛，又备办了酒饭。喝了几巡，王氏站起对邬涛说："我年少丧失父母没有依靠，现在愿意侍奉你枕席，可以吗？"邬涛恭顺地答应，恩爱亲密。王氏早晨离去晚上回来，如此几个月。邬涛所认识的道士杨景霄到县馆拜访他，看见邬涛的脸色异常，说："你被鬼魅所迷惑，应该断绝她，不然的话就死了。"邬涛听说很吃惊，把整个事情全都告诉了杨景霄。杨景霄说："这是鬼呀！"就给了他两道符，一道放在衣带上，一道放在门上。说："这鬼来，会怨恨你，千万不要和她说话。"邬涛按照方法接受了。女子这天晚上来到，看见符在门上，大骂而去，说："明天赶紧去掉它，不然要造成祸患！"邬涛第二天拜访杨景霄，把全部情况告诉了他。杨景霄说："今晚再来，可以用我的咒水泼洒她，这一定能断绝了。"邬涛拿着水回去。到了晚上，女子又来了，悲愤到了极点。邬涛就用杨景霄的咒水泼洒她，于是就绝迹了。出自《集异记》。

曾季衡

唐文宗太和四年春，监州防御使曾孝安有个孙子叫曾季衡，住防御使宅院的西偏院。堂屋壮丽，曾季衡单独住在这里。有个仆人告诉他说："从前王使君的女儿在这里突然死去，王家女儿有着倾国的容貌。她的灵魂白天在这里有时能看见，你要谨镇小心。"曾季衡少年好女色，想要看她的灵魂，终究不把人和鬼当作隔阂。他频频点上名香，与凡俗很疏远，无论步游还是闲处，都在领悟和沉思。

一日晡时，有双鬟前揖曰："王家小娘子遣某传达厚意，欲面拜郎君。"言讫，瞥然而没。俄顷，有异香袭衣，季衡乃束带伺之。见向双鬟，引一女而至，乃神仙中人也。季衡揖之，问其姓氏，曰："某姓王氏，字丽真。父今为重镇，昔侍从大人牧此城，据此室，无何物故。感君思深杳冥，情激幽壤，所以不间存没，颇思神会。其来久矣，但非吉日良时。今方契愿，幸垂留意。"季衡留之款会，移时乃去。握季衡手曰："翌日此时再会，慎勿泄于人。"遂与侍婢俱不见。

自此每及晡一至，近六十余日。季衡不疑，因与大父麾下将校，说及艳丽，误言之。将校惊惧，欲实其事，曰："郎君将及此时，愿一扣壁，某当与二三辈潜窥焉。"季衡亦终不能扣壁。是日，女郎一见季衡，容色惨怛，语声嘶咽，握季衡手曰："何为负约而泄于人？自此不可更接欢笑矣。"季衡惭悔，无词以应。女曰："殆非君之过，亦冥数尽耳。"乃留诗曰："五原分袂真吴越，燕拆莺离芳草竭。年少烟花处处春，北邙空恨清秋月。"季衡不能诗，耻无以酬，乃强为一篇曰："莎草青青雁欲归，玉腮珠泪洒临歧。云鬟飘去香风尽，愁见莺啼红树枝。"女遂于襦带解蹙金结花合子，又抽翠玉双凤翘一只，赠季衡曰："望异日睹物思人，无以幽冥为隔。"季衡搜书箧中，得小金缕花如意，酬之。季衡曰："此物虽非珍异，但贵其名如意，愿长在玉手操持耳。"又曰："此别何时更会？"女曰："非一甲子，无相见期。"言讫，呜咽而没。

季衡自此寝寐求思，形体羸瘵。故旧丈人王回，推其方术，疗以药石，数月方愈。乃询五原纫针妇人，曰：

一天黄昏时分，有一个梳着双鬟的婢女上前作揖道："王家小娘子派我传达她的深厚情意，要当面拜访你。"说完，一转眼就不见了。一会儿，有奇异的香味袭来，曾季衡就束上带子等候她。看见先前的那梳着双鬟的婢女，领着一女子而来，真是像神仙中的人。曾季衡向她拱手，问她的姓氏，回答说："我姓王，名字叫丽真。父亲现在做重镇，从前跟随父亲来到这个城邑，住在这屋里，不久死去。感谢你幽思深远，情意激烈达到地下深处，所以我不顾生死隔阂，很想与你相会。过来已很久了，只是没有吉日良辰。现在才合心愿，希望有留我的心意。"曾季衡留下她亲切私会，过了很长时间才离去。她握着曾季衡的手说："明天这个时间再相会，千万不要泄露给别人。"就与侍婢都不见了。

从此每到黄昏时就过来，这样将近六十多天。曾季衡没有疑虑。和祖父部下的将校说到她的艳丽，不慎失言了。将校惊惧，想要查清那事，说："你等她来到这里的时候，希望你敲下墙壁，我和两三个人偷偷地看看。"曾季衡终究也没敲墙壁。这天，女子一见曾季衡，面色忧伤，声音嘶哑，握着曾季衡的手说："为什么违背约定泄露给别人？从此不能够再继续欢乐了。"曾季衡感到惭愧悔恨，无话回答。女子说："大概不是你的过错，也是冥数尽了。"就留给他诗道："五原分袂真吴越，燕折莺离芳草竭。年少烟花处处春，北邙空恨清秋月。"曾季衡不能写诗，羞愧没有什么酬谢，就勉强写了一篇道："莎草青青雁欲归，玉腮珠泪洒临歧。云鬟飘去香风尽，愁见莺啼红树枝。"女子于是从衣带上解下蹙金结花盒子，又抽出翠玉双凤翘一只，赠给曾季衡说："希望他日睹物思人，不要因为幽冥成为阻隔。"曾季衡在书箱中寻找，找得小金缕花如意酬谢她。曾季衡说："这东西虽然不是珍奇，但是贵在它叫如意，希望长在你的手里操持着。"又说："这次分别什么时候再相会？"女子说："不是一甲子年，没有相见的日期。"说完，哭着就不见了。

曾季衡从此日夜思念，身体瘦弱憔悴。旧友前辈王回用他的方术，药物治疗，几个月才治好。向五原的一位缝纫妇人询问，她说：

"王使君之爱女,不疾而终于此院。今已归葬北邙山,或阴晦而魂游于此,人多见之。"则女诗云"北邙空恨清秋月"也。出《传奇》。

赵 合

进士赵合,貌温气直,行义甚高。大和初,游五原,路经沙碛,睹物悲叹,遂饮酒,与仆使并醉,因寝于沙碛。中宵半醒,月色皎然,闻沙中有女子悲吟曰:"云鬟消尽转蓬稀,埋骨穷荒无所依。牧马不嘶沙月白,孤魂空逐雁南飞。"合遂起而访焉。果有一女子,年犹未笄,色绝代。语合曰:"某姓李氏,居于奉天。有姊嫁洛源镇帅,因往省焉,道遭党羌所虏,至此挝杀,劫其首饰而去。后为路人所悲,掩于沙内,经今三载。知君颇有义心,傥能为归骨于奉天城南小李村,即某家枌榆耳,当有奉报。"合许之。请示其掩骼处,女子感泣告之。合遂收其骨,包于橐中。

伺旦,俄有紫衣丈夫,跃骑而至,揖合曰:"知子仁而义,信而廉。女子启祈,尚有感激。我李文悦尚书也。元和十三年,曾守五原。为犬戎三十万围逼城池之四隅,兵各厚十数里,连弩洒雨,飞梯排云,穿壁决濠,昼夜攻击。城中负户而汲者,矢如猬毛。当其时,御捍之兵,才三千。激厉其居人,妇女老幼负土而立者,不知寒馁。犬戎于城北造独脚楼,高数十丈,城中巨细,咸得窥之。某遂设奇计,定中其楼立碎。羌酋愕然,以为神功。又语城中人曰:'慎勿拆屋烧,吾且为汝取薪。积于城下,许人钓上。'又太阴稍晦,即闻城之四隅,多有人物行动,声言云:'夜攻城耳!'城中慑栗,不敢暂安。某曰:'不然!'潜以铁索下

"王使君的爱女，没病而死在这个院里。现在已安葬在北邙山，有时阴暗时魂灵就在这里游荡，很多人都看见过她。"这就是那女子在诗里所说的"北邙空恨清秋月"。出自《传奇》。

赵　合

进士赵合，容貌温和，性情直爽，品行高尚。唐文宗太和初年，游历五原，路过沙碛，睹物悲叹，于是喝酒，和仆人都喝醉了，就睡在了沙碛中。半夜醒来，月色明亮，听到沙碛中有个女子悲吟道："云鬟消尽转蓬稀，埋骨穷荒无所依。牧马不嘶沙月白，孤魂空逐雁南飞。"赵合于是起身寻访她。果然有一个女子，年纪还未到十六岁，容貌绝代。她告诉赵合说："我姓李，住在奉天。有个姐姐嫁给洛源镇帅，我便前往探视，在路上遭到羌人俘获，到这儿被打死了，抢去了我的首饰逃离。后来被过路人哀怜，掩埋在沙中，到现在已经三年了。听说你颇有仁义之心，倘能把我的尸骨送回到奉天城南的小李村，就是我的故乡，一定会报答你。"赵合答应了。让她指明掩埋尸骨的地方，女子感激得哭着告诉了他。赵合于是收起她的尸骨，包在口袋里。

等到早晨，不久有个穿紫衣的男子骑马而来，向赵合作揖道："知道你仁义，守信廉洁。女子的请求，尚有感动。我是李文悦尚书。元和十三年，曾驻守五原。被犬戎三十万大军包围，逼近城池的四角，包围的士兵各厚十几里，连续发出的箭像下雨，飞梯密集地排列像云一般，穿墙掘沟，昼夜攻击。城中人背着门板汲水的，被箭射得像刺猬。那时，守军才三千人。我激励那里的居民，妇女老幼背土而立，不知道冷饿。犬戎在城北建造了独脚楼，高几十丈，城里的详细情况，他们都能看见。我于是设下奇计，射那楼立刻射得粉碎。羌的头领非常吃惊，认为是神功。我又对城中人说：'千万别拆房子当柴烧，我将给你们寻柴火。柴火堆在城下，允许把柴火钓上城。'有一天特别阴暗，就听到城的四角有很多人行动，敌军声言说：'夜间攻城！'城中震慑战栗，不敢暂且安歇。我说：'不是这样！'偷偷地用铁索缀下

烛而照之，乃空驱牛羊行胁其城，兵士稍安。又西北隅被攻，摧十余丈。将遇昏晦，群胡大喜，纵酒狂歌，云：‘候明晨而入。’某以马弩五百张而拟之，遂下皮墙障之。一夕，并工暗筑，不使有声，涤之以水。时寒，来日冰坚，城之莹如银，不可攻击。又羌酋建大将之旗，乃赞普所赐，立之于五花营内。某夜穿壁而夺之如飞，众羌号泣，誓请还前掳掠之人，而赎其旗。纵其长幼妇女百余人，得其尽归。然后掷旗而还之。时邠泾救兵二万人临其境，股栗不进。如此相持三十七日。羌酋乃遥拜曰：‘此城内有神将，吾今不敢欺。’遂卷甲而去。不信宿，达宥州，一昼而攻破其城。老少三万人，尽遭掳去。以此利害，则余之功及斯城不细。但当时时相，使余不得仗节出此城，空加一貂蝉耳。余闻锺陵韦夫人，旧筑一堤，将防水潦，后三十年，尚有百姓及廉问周公，感其功而奏立德政碑峨然。若余当时守壁不坚，城中之人，尽为羌胡之贱隶，岂存今日子孙乎？知子有心，请白其百姓，讽其州尊，与立德政碑足矣。”言讫，长揖而退。

合既受教，就五原，以语百姓及刺史。俱以为妖，不听，惆怅而返。至沙中，又逢昔日神人，谢合曰：“君为言，五原无知之俗，刺史不明，此城当有火灾。方与祈求幽府，吾言于五原之事，不谐，此意亦息。其祸不三旬而及矣。”言讫而没。果如期灾生，五原城僅死万人，老幼相食。

合挈女骸骨至奉天，访得小李村而葬之。明日道侧，合遇昔日之女子来谢而言曰：“感君之义，吾大父乃

烛光照视，是敌军空赶着牛羊逼近城池，兵士稍微心安。又一天西北城角被攻，城墙被摧毁十多丈。将要天黑时，群胡非常高兴，纵情喝酒，狂歌乱舞，说：‘等到明天早晨就攻进城。’我用马弩五百张瞄准，全部放下皮墙遮挡。一夜之间，同时用人暗地修筑，不让有声音，用水浇上。当时天寒，第二天凝成坚冰，城墙莹白像银子一样晶莹，不可攻击。又一天，羌的头领竖起大将的旗帜，是赞普所赐给的，立在五花营内。我夜里像飞一样穿墙夺取了它，众羌兵号啕痛哭，宣称用以前掳去的人，换回那大旗。他们释放那长幼妇女一百多人，全部放回。然后我把旗掷还给他们。当时邠泾救兵两万人临境，两腿发抖不敢进军。如此相持了三十七天。羌的头领遥遥拜道：‘这城内有神将，我现在不敢欺侮他们。’于是收兵离去。不到两夜，到达宥州，一个白天就攻破了那城。老少三万人都被掳去。根据这种利益和害处的比较，那么我对这个城的功劳是不小的。但是当时的宰相，让我不能拿着符节离开这城，只是空加了一幅貂蝉而已。我所说锺陵的韦夫人，从前修筑了一个大堤，要防水灾，三十年后，还有百姓和观察使周公，感念她的功德奏请立了巍峨的德政碑。如果我那时守城不牢固，城中的百姓都将成为羌胡的卑贱的奴隶，哪能有现在的子孙呢？我知道你是有心的人，请告诉那里百姓，委婉劝说那州官，为我立个德政碑，我就心满意足了。”说完，长揖而离去。

赵合应承后，到了五原，把这事告诉了百姓和刺史。大家都认为是妖言惑众，不听信，赵合失望地返回。到了沙漠，又遇见先前的神灵，感谢赵合说：“你已经为我说了，五原百姓无知，刺史不贤明，这个城当有火灾。我正想祈求于幽府，我所说的五原的事不能随心，这种想法也就停止了。那灾祸不超过三旬就要发生了。”说完就不见了。果然按期发生了灾祸，五原城里饿死的有一万多人，老少相食。

赵合带着女子的尸骨到达奉天，找到小李村葬了她。第二天在道边，遇到先前的女子来拜谢，说：“感谢你的恩义，我祖父是

贞元中得道之士,有《演参同契》《续混元经》。子能穷之,龙虎之丹,不日而成矣。"合受之,女子已没。合遂舍举,究其玄微,居于少室,烧之一年,皆使瓦砾为金宝;二年,能起毙者;三年,饵之能度世。今时有人遇之于嵩岭耳。出《传奇》。

韦安之

韦安之者,河阳人,时至阳翟,拟往少室寻师。至登封,逢一人,问欲何往,曰:"吾姓张名道,家金乡,欲往少室山读书。"安之亦通姓字。所往一志,乃约为兄弟,安之年长,为兄。同入少室,师李潜。经一年,张道博学精通,为学流之首。一日,语安之曰:"兄事业全未,从今去五载,方成名,官亦不过县佐。"安之惊异曰:"弟何以知之?"道曰:"余非人,乃冥司主典也。泰岳主者欲重用,为以才识尚寡,给一年假于人间学。今年限已满,功业稍成,将辞君去。慎勿泄于人。"言讫,辞其师。安之送道下山,涕泣而别。道曰:"君成名之后,有急,当呼道,必可救矣。"安之五年乃赴举,其年擢第,授杭州於潜县尉,被州遣部物。将抵河阴,至淇泽浦,为淮盗来劫。安之遂虔启于道,俄而雷雨暴至,群盗皆溺。安之为龙兴县丞卒。出《灵异录》。

李佐文

南阳临湍县北界,秘书郎袁测、襄阳掾王汧皆立别业。大和六年,客有李佐文者,旅食二庄。佐文琴棋之流,颇为袁、王之所爱。佐文一日向暮,将止袁庄。仆夫抱衾前去,不一二里,阴风骤起,寒埃昏晦。俄而夜黑,劣乘独行,迷误

贞元年间得道的人，有《演参同契》《续混元经》。你能读完，龙虎丹药，不久就能成功。”赵合接受了它，女子就不见了。赵合就放弃了求举之事，研究那部经书的玄妙，住在少室山，炼了一年龙虎丹，都能使瓦砾变成金宝；两年，能让死者回生；三年，吃了丹药就能度世。现在还常有人在嵩山遇见他。出自《传奇》。

韦安之

韦安之是河阳人，当时到了阳翟，打算到少室山寻访老师。到达登封，遇见一人，问要到哪里去，说：“我姓张名字叫道，家在金乡，想要到少室山读书。”韦安之也报了姓名。前往的志向是一样的，于是结为兄弟，韦安之年龄大，做哥哥。一起到了少室山，拜李潜为师。经过一年，张道学识广博学业精进，是学生中的第一。一天，他告诉韦安之说：“兄长的事业还没有完成，从现在开始还得五年，才能成名，做官也不过是个县佐。”韦安之惊异道：“弟弟凭什么知道？”张道说：“我不是人，是冥司的主典。泰山神要重用我，认为我才识还少，给一年的假，到人间学习。现在年限已满，功业稍有成就，将要辞别你而去。千万不要泄露给别人。”说完，辞别他的老师。韦安之送张道下山，二人哭泣分别。张道说：“你成名以后，有急难，要呼唤我，一定能够救你。”韦安之五年后才去应考，那年考中，授杭州於潜县尉，被州派遣到外地。将要到河阴，到达淇泽浦，被淮盗抢劫。韦安之就虔诚地呼唤张道，一会儿雷雨突然到来，群盗都被淹没。韦安之任龙兴县丞时去世。出自《灵异录》。

李佐文

南阳临湍县北边，秘书郎袁测、襄阳掾王汧都建了别墅。唐文宗太和六年，有个客人李佐文寄食二庄。李佐文是个擅长琴棋的人，颇受袁、王二人喜爱。李佐文一天将晚时，要到袁庄休息。仆夫抱着被先走了。没走到一二里，冷风突然刮起，风沙刮得天昏地暗。一会儿夜变得漆黑，李佐文乘着劣马独自行进，迷失道路

甚远。约三更，晦稍息，数里之外，遥见火烛。佐文向明而至，至则野中迴室，卑狭颇甚。中有田叟，织芒屝。佐文逊辞请托，久之，方延入户。叟云："此多豺狼，客马不宜远絷。"佐文因移檐下，迫火而憩。叟曰："客本何诣而来此？"佐文告之。叟哂曰："此去袁庄，乖于极矣。然必俟晓，方可南归。"而叟之坐后，纬萧障下，时闻稚儿啼号甚痛。每发声，叟即曰："儿可止，事已如此，悲哭奈何？"俄则复啼，叟辄以前语解之。佐文不谕，从而诘之。叟则低回他说。佐文因曰："孩幼苦寒，何不携之近火？"如此数四，叟则携致就炉，乃八九岁村女子耳。见客初无羞骇，但以物画灰，若抱沉恨。忽而怨咽惊号，叟则又以前语解之。佐文问之，终不得其情。

须臾平晓，叟即遥指东南乔木曰："彼袁庄也，去此十里而近。"佐文上马四顾，乃穷荒大野，曾无人迹，独田叟一室耳。行三数里，逢村妇，携酒一壶，纸钱副焉。见佐文曰："此是巨泽，道无人。客凌晨何自来也？"佐文具白其事。妇乃附膺长号曰："孰为人鬼之遇途耶？"佐文细询之，其妇曰："若客云去夜所寄宿之室，则我亡夫之殡闾耳。我佣居袁庄七年矣。前春，夫暴疾而卒。翌日，始龀之女又亡。贫穷无力，父子同瘞焉。守制嫠居，官不免税，孤穷无托，遂意再行。今夕将适他门，故来夫女之瘞告诀耳。"佐文则与同往。比至昨暮之室，乃殡宫也，历历踪由，分明可复。妇乃号恸，泪如绠縻。因弃生业，剪发于临湍佛寺，

很远。大约三更天时分，昏黑稍微止息，几里地外，远远看见了灯光。李佐文向着光亮处走去，到了眼前却是荒野中几间陋室，很低矮狭窄。屋里有个年老的种田翁，正在编织草鞋。李佐文恭顺地请求投宿，很久才请进门。种田翁说："这里豺狼很多，客人的马不应系缚在远处。"李佐文于是将马移到檐下，靠近火休息。种田翁说："客人因为什么来到这里？"李佐文告诉了他。种田翁哂笑道："这里距离袁庄，相隔很远。这样必须等到天亮，向南去才能到达。"种田翁坐下后，草帘子屏障下边不时传出小孩非常痛苦的啼哭声。每当发出哭声，种田翁就说："孩儿应该停止，事已如此，悲哭能怎么样？"一会儿又哭，种田翁还用前边的话劝说。李佐文不明白，就问种田翁。种田翁就迂回曲折说其他的事情。李佐文于是说："孩子小怕冷，为什么不领他靠近火？"如此多次，种田翁才把她带到火炉边，是个八九岁的农村女孩。看见客人开始没有害羞和惊怕，只是用东西画灰，像怀着深深的怨恨。忽然悲哭惊号，种田翁就又用前边的话劝她。李佐文问他，终究没能问到那实情。

不久天亮，种田翁就远远指着东南的乔木说："那就是袁庄，离这有十里远近。"李佐文上马环顾四周，是片很大的荒野，不曾有人的痕迹，只有种田翁一座房子。走了三里多，遇到一个村妇，带着一壶酒、纸钱和一些附带的东西。看见李佐文说："这是巨泽，路上没人。客人一清早从哪里来的？"李佐文把经历的事全告诉了她。村妇就拍胸大哭道："为什么人和鬼能在路上相遇呢？"李佐文细问她，那村妇道："像客人说的昨晚寄宿的房子，是我亡夫的坟墓。我受人雇用住在袁庄七年了。前年春天，丈夫得急病死去。第二天，才七岁的女儿又死了。因为贫穷没有能力，将父女一起埋葬。我遵守丧规寡居，官府不给免税，孤独穷困没有依托，就想再嫁。今天晚上将要嫁到别人家，所以来丈夫女儿的埋葬之地告别。"李佐文就和她一同前往。等到了昨晚的房子，是个殡宫，经由的踪迹历历在目，分明可以踏着再走。村妇就号啕大哭，泪如绳索。于是她放弃了谋生之业，在临淄佛寺剪发修行，

役力誓死焉。其妇姓王，开成四年，客有见者。出《集异记》。

胡滢

安定胡滢，家于河东郡，以文学知名。大和七年春登进士第，时贾悚为礼部侍郎。后二年，文宗皇帝擢悚相国事。是岁冬十月，京兆乱，悚与宰臣涯已下，俱遁去。有诏捕甚急。时中贵人仇士良，护左禁军，命部将执兵以穷其迹。部将谓士良曰："胡滢受贾悚恩，今当匿在滢所。愿骁健士五百，环其居以取之。"士良可其请。于是部将拥兵至滢门，召滢出，厉声道："贾悚在君家，君宜立出！不然，与悚同罪。"滢度其势不可以理屈，抗辞拒之。部将怒，执滢诣士良，戮于辕门之外。时滢弟湘在河东郡，是日，湘及家人，见一人无首，衣绿衣，衣有血濡之迹，自门而入，步至庭。湘大怒，命家人逐之，遽不见。后三日，而滢之凶闻至。出《宣室志》。

劳苦出力发誓到死。那个妇女姓王，唐文宗开成四年，有人看见过她。出自《集异记》。

胡潆

安定的胡潆，家在河东郡，以文章学问出名。唐文宗太和七年春考中进士，当时贾悚任礼部侍郎。两年后，文宗皇帝提拔贾悚做相国。这年冬天十月份，京城叛乱，贾悚和王涯以下朝臣一起逃走。皇上有诏书捉拿很紧急。当时宦官仇士良监领左禁军，命令部将拿着兵器极力寻找他们踪迹。部将对仇士良说："胡潆承受贾悚的恩惠，现在应该藏在胡潆家中。愿带领五百名勇猛矫健的士兵，包围他的住所捉拿他。"仇士良允许了他的请求。于是部将率领士兵到达胡潆家门，召唤胡潆出来，厉声叫道："贾悚在你家中，你应当立刻把他交出来！不这样，与贾悚同罪！"胡潆考虑他的来势不能用道理说服，就严词拒绝。部将大怒，捉拿胡潆到仇士良处，杀死在辕门外。当时胡潆的弟弟胡湘在河东郡，这天，胡湘和家人看见一个人没有头，穿着绿衣，衣服上有血染的痕迹，从门进入，走到庭院。胡湘大怒，命令家人驱逐他，立刻就不见了。三天后，胡潆的死讯就到了。出自《宣室志》。

卷第三百四十八

鬼三十三

辛神邕　唐燕士　郭　鄩　李全质　沈恭礼
牛　生　韦齐休

辛神邕

平卢从事御史辛神邕，太和五年冬，以前白水尉调集于京师。时有佣者刘万金，与家僮自勤，同室而居。自勤病数月，将死。一日，万金他出，自勤偃于榻。忽有一人，紫衣危冠广袂，貌枯形瘠，巨准修髯，自门而入。至榻前，谓自勤曰："汝强起，疾当间矣。"于是扶自勤负壁而坐。先是室之东垣下，有食案，列数器。紫衣人探袖中，出一掬物，状若稻实而色青，即以十余粒置食器中，谓自勤曰："吾非人间人，今奉命召万金，万金当食而死。食尔勿泄吾语，不然，则祸及矣。"言讫遂去。是日，万金归，脸赤而喘，且曰："我以腹虚热上，殆不可治。"即就其器而食，食且尽，自勤疾愈，万金果卒。出《宣室志》。

唐燕士

晋昌唐燕士，好读书，隐于九华山。常日晚，天雨霁，

辛神邕

平卢从事御史辛神邕，在唐文宗太和五年冬，从原白水尉调到京城任职。当时京城里有个靠做工谋生的人叫刘万金，与辛神邕的家童自勤同住一间屋子。自勤一连病了几个月，病重将死。有一天，刘万金出门在外，自勤躺在床上。忽然有个穿着紫色衣服，戴着高高的帽子，衣袖肥大，面容枯槁，高高的鼻子，长长的胡须的人从门外进来。到了床前，对自勤说："你勉强支撑着起来，病一会儿就好了。"于是扶自勤靠墙坐着。先前这屋子的东墙下有餐桌，上面摆着各种餐具。紫衣人从袖中取出一把东西，样子像稻粒，青色，就把十多粒放在食器中，对自勤说："我不是人间的人，现在奉命来召刘万金，刘万金吃了这个就会死。他吃的时候，不要把我的话告诉他，不然，就要大祸临头了。"说完就走了。这天刘万金回来，脸红而又气喘，并且说："我因肚子空而发热，大概不能治了。"于是拿起食器就吃，将吃完的时候，自勤的病好了，刘万金果然死了。出自《宣室志》。

唐燕士

晋昌唐燕士好读书，隐居在九华山。曾有天傍晚，雨过天晴，

燕士步月上山。夜既深，有群狼拥其道，不得归。惧既甚，遂匿于深林中。俄有白衣丈夫，戴纱巾，貌孤俊，年近五十，循涧而来，吟步自若。伫立且久，乃吟曰："涧水潺潺声不绝，溪垄茫茫野花发。自去自来人不归，长时唯对空山月。"燕士常好为七言诗，颇称于时人。闻此惊叹，将与之言，未及而没。明日，燕士归，以貌问里人，有识者曰："是吴氏子，举进士，善为诗，卒数年矣。"出《宣室志》。

郭　鄩

郭鄩罢栎阳县尉，久不得调，穷居京华，困甚。肸蠁间，常有二物，如猿玃，衣青碧，出入寝兴，无不相逐。凡欲举意求索，必与鄩俱往。所造诣，如碍枳棘。亲友见之，俱若仇隙。或厌之以符术，或避之于山林，数年竟莫能绝。一夕，忽来告别，云："某等承君厄运，不相别者久，今则候晓而行，无复至矣。"鄩既喜其去，遂问所诣，云："世路如某者甚多，但人不见耳。今之所诣，乃胜业坊富人王氏，将往散之。"鄩曰："彼之聚敛丰盈，何以遽散？"云："先得计于安品子矣。"晓鼓忽鸣，遂失所在。鄩既兴盥栉，便觉愁愤开豁。试诣亲友，无不改观相接。未旬，见宰相面白，遂除通事舍人。鄩有表弟张生者，为金吾卫佐，交游皆豪侠。少年好奇，闻之，未信之也。知胜业王氏隶左军，自是常往伺之。

他踏着月光上山。夜已经很深，有群狼把他围在路上不能回家。他非常恐惧，就藏在林子深处。不一会儿，有一个穿白衣服的男子，头戴纱巾，相貌孤傲、俊俏，年纪将近五十岁，顺着山涧走过来，边走边吟，样子泰然自若。然后站了许久，又吟诵道："涧水潺潺声不绝，溪垄茫茫野花发。自去自来人不归，长时唯对空山月。"唐燕士一向喜好作七言诗，很受当时人称赞。听到这人的吟诵惊叹不已，正要跟他搭话，还没等开口，那人就消失了。第二天，唐燕士回来，拿他的相貌向乡里人打听，有从前认识他的人说："是个姓吴的，中了进士，擅长写诗，已经死了许多年了。"

出自《宣室志》。

郭鄩

郭鄩的栎阳县县尉任期结束以后，很久不能得到调任，穷困潦倒住在京城，日子很窘迫。他隐约之间感觉，常有二物，像猿玃，穿着青碧色衣服，自己不论出入起卧，这二物无时无刻不跟随着。凡是郭鄩打主意想去请求索讨什么，必跟着他一块去。所到之处，没有不像遇到榛针、荆棘一样妨碍着他。亲友看到他，像见到仇人一样。郭鄩或者用咒符驱赶，或者逃往山林躲避，这种情况几年都没有间断。一天晚上，这二物忽来告别，说："我俩趁你遭厄运，相随已经很久了，如今等明早我们就要走了，不再回来了。"郭鄩很高兴他们离开，就问他们到哪里去，那二物说："世间像我俩这样的很多，只是世人看不见罢了。现在我们要到胜业坊姓王的富人那里，将去败坏他的家财。"郭鄩说："他家聚敛的财物丰厚、殷实，怎么能很快耗尽呢？"那二物回答说："得先从安品子那想办法了。"五鼓忽然击响，那二物就不知去向了。郭鄩起来洗漱之后，便觉心胸开阔，愁闷全无。试着去拜访亲友，亲友也无不改观相迎。未到十天，去拜见宰相，当面讲述了上述情况，于是又被授予通事舍人的官职。郭鄩有个表弟姓张，做金吾卫佐，交往的都是豪侠之人。这人年轻好奇，听到这件事不大相信。他知道胜业坊的王氏隶属左军管辖，从此就常常去那里察看。

王氏性俭约，所费未常过分。家有妓乐，端丽者至多，外之袨服冶容，造次莫回其意。一日，与宾朋过鸣珂曲，有妇人靓妆立于门首，王生驻马迟留，喜动颜色。因召同列者，置酒为欢，张生预焉。访之，即安品子之弟也。品子善歌，是日歌数曲，王生悉以金彩赠之，众皆讶其广费。自此舆辇资货，日输其门。未经数年，遂至贫匮耳。出《剧谈录》。

李全质

陇西李全质，少在沂州，尝一日欲大蹴踘，昧爽之交，假寐于沂州城横门东庭前。忽有一衣紫衣，首戴圆笠，直造其前，曰："奉追。"全质曰："何人相追？"紫衣人曰："非某之追，别有人来奉追也。"须臾，一绿衣人来，曰："奉追。"其言忽遽，势不可遏。全质曰："公莫有所须否？"绿衣人曰："奉命令追，敢言其所须。"紫衣人谓绿衣人曰："不用追。"以手麾出横门，紫衣人承间谓全质曰："适蒙问所须，岂不能终诺乎？"全质曰："所须何物？"答曰："犀佩带一条耳。"全质曰："唯。"言毕失所在。主者报"蹴踘"，遂令画犀带。日晚，具酒脯，并纸钱、佩带，于横门外焚之。是夜，全质才寐，即见戴圆笠紫衣人来拜谢曰："蒙赐佩带，惭愧之至，无以奉答。然公平生水厄，但危困处，某则必至焉。"

洎太和岁初大水，全质已为天平军裨将，兼监察。有切务，自中都抵梁郡城，西走百歇桥二十里，水深而冰薄。素不谙委，程命峻速，片时不可驻，行从等面如死灰，信辔

王氏生性节俭，消费也很少有过分之处。家中有歌舞艺妓，其中长相端庄秀丽的很多，她们外穿华丽衣服，着意打扮，也不会轻易改变王氏的心志。有一天，他和宾朋经过鸣珂曲，有个妇人浓妆艳抹站在门口，王生勒马停留，心动于她的相貌。于是召宾朋摆酒寻欢，张生也参与其间。打听这个人，就是安品子的府第。安品子善于唱歌，这天唱了几支曲子，王氏都拿出财物馈赠，在座的人都感到惊讶。从此经常看到车马载着财货往安品子家里运，没过几年，王家就贫困不堪了。出自《剧谈录》。

李全质

陇西的李全质，年少时在沂州，曾经有一天要踢蹴鞠，天快亮时，在沂州城的横门东庭前闭目休息。忽然有个穿紫色衣服、头戴圆斗笠的人直奔他面前来，说："奉命拘拿。"李全质问："什么人拘拿我？"紫衣人说："不是我拘拿你，是另外有人奉命来拘拿你。"一会儿，一个穿绿色衣服的人过来，说："奉命拘拿。"那人说话时神色急促，看情势是无法抗拒得了。李全质说："你难道没有什么需要吗？"绿衣人说："奉命拘拿，怎敢说有什么需要。"紫衣人对绿衣人说："不用拘拿他。"用手一挥，让绿衣人离开横门，紫衣人趁机对李全质说："刚才蒙您问起我们的所需，难道您最后能兑现您的许诺吗？"李全质问："你需要什么？"那人回答说："一条犀牛佩带罢了。"李全质回答说："行。"说完那人就不见了。主持踢球的人报说"开始踢球"，李全质就派人置办犀牛佩带。当天晚上，备办了酒肉、纸钱和佩带，在横门外焚烧了。这天夜里，李全质刚刚入睡，就梦见戴圆斗笠、穿紫色衣服的人来拜谢说："承蒙您赐给我佩带，惭愧极了，无以报答。然而您平生将要遭水难，只要您遇有危难，我就一定前来相助。"

等到唐文宗太和初年发大水，李全质已经做了太平军副将，兼做监察。一次有紧急军务，要从中都到梁郡城，向西走到离百歇桥二十里的地方，水深而冰薄。李全质向来又不熟悉水运，军命严厉紧急，片刻不可停留，随从都吓得面如冷灰，只好信马由缰，

委命而行。才三数十步，有一人后来，大呼之曰："勿过彼而来此！吾知其径，安而且捷。"全质荷之，反辔而从焉。才不三里，止泥泞，而曾无寸尺之阻，得达本土。以财物酬其人，人固让不取。固与之，答曰："若仗我而来，则或不让；今因我而行，亦何所苦？"终不肯受。全质意其鲜焉，乃益之。须臾复来，已失所在。却思其人，衣紫衣，戴圆笠，岂非横门之人欤？

开成初，衔命入关，回宿寿安县。夜未央而情迫，时复昏晦，不得已而出逆旅。三数里而大雨，回亦不可。须臾，马旁见一人，全质诘之："谁欤？"对曰："邮牒者。"更于马前行。寸步不可睹，其人每以其前路物导之，或曰树，或曰桩，或曰险，或曰培塿，或曰穷，全质皆得免咎。久而至三泉驿，憩焉。才下马，访邮牒者欲酬之，已不见矣。问从者，形状衣服，固紫衣而首戴笠，复非横门之人欤？

会昌壬戌岁，济阴大水，谷神子与全质同舟，讶全质何惧水之甚，询其由，全质乃语此。又云："本性无惧水，紫衣屡有应，故兢栗之转切也。"出《传异记》。

沈恭礼

阌乡县主簿沈恭礼，太和中，摄湖城尉。离阌乡日，小疾。暮至湖城，堂前卧。忽有人绕床数匝，意谓从行厅吏雷

听天由命地向前走。才走了三十几步远,有一个人从后面追上来,大声呼喊着:“不要到那里去,往这边走!我知道有条路,安全而且便捷。”李全质让那人上了马,把缰绳交给他,自己跟从那人而行。走了不到三里,道路只是有点泥泞,竟没有半点阻碍,就到达了驻地。李全质用财物去酬谢那人,那人坚决推辞不要。李全质又坚持要酬谢,那人回答说:“您依靠我来到这,我也许不该谦让;现在您跟着我来到这里,我又有什么劳苦呢?”始终不肯接受。李全质认为那人觉得少,便回去多取些。不一会儿,再来找那人,那人已经不知去向了。回来后仔细回想,那人穿紫衣,头戴圆斗笠,岂不是横门外遇见的那个人?

唐文宗开成初年,李全质奉命入关,回来后投宿到寿安县。未到半夜,情况紧迫,当时天又非常昏暗,不得已走出旅馆。走了三里多地,天下起大雨,回旅馆已不可能。不一会儿,马旁边出现一人,李全质问他:“是谁?”回答说:“驿站传递文书的邮牒。”那人改在马前行走。那天夜里,前边寸步远的地方都看不清,那人常用前边路上的景物来引路,有时说有树,有时说有树桩,有的地方说危险,有的地方说是小土丘,有的地方说是绝路,路上一切危险可能造成的伤害,李全质全都避免了。又过了很长时间,到了三泉驿站,要休息一下。李全质刚刚下马,去找刚才那个邮牒想酬谢他,那人已经不见了。问随行的人说起那人的衣着打扮,还是穿紫色衣服,头戴圆斗笠,莫非又是横门外的那个人?

唐武宗会昌壬戌年,济阴发大水,谷神子与李全质同坐一条船,他对水给李全质造成的恐惧非常惊讶,打听原因,李全质讲述了这些事。并且又说:“我本来不怕水,紫衣人屡次有应验,所以一遇到水情,就越来越恐惧了。”出自《传异记》。

沈恭礼

阌乡县主簿沈恭礼,在唐文宗太和年间代理湖城尉。离开阌乡的那天,他的身体有点不适。晚上到了湖城,就在前堂睡下了。忽然觉得有人围床绕了几圈,沈恭礼以为是随行厅吏雷

忠顺。恭礼问之,对曰:“非雷忠顺,李忠义也。”问曰:“何得来此?”对曰:“某本江淮人,因饥寒佣于人,前月至此县,卒于逆旅。然饥寒甚,今投君,祈一食,兼丐一小帽,可乎?”恭礼许之,曰:“遣我何处送与汝?”对曰:“来暮,遣驿中厅子张朝来取。”语毕,立于堂之西楹。恭礼起坐,忠义进曰:“君初止此,更有事,辄敢裨补。”恭礼曰:“可。”遂言:“此厅人居多不安。少间,有一女子,年可十七八,强来参谒,名曰‘蜜陀僧’,君慎不可与之言。或托是县尹家人,或假四邻为附,辄不可交言,言则中此物矣。”

忠义语毕,却立西楹未定,堂东果有一女子,峨鬟垂鬓,肌肤悦泽,微笑转盼,谓恭礼曰:“秋室寂寥,蛩啼夜月。更深风动,梧叶堕阶。如何罪责,羁囚如此耶?”恭礼不动。又曰:“珍簟床空,明月满室,不饮美酒,虚称少年。”恭礼又不顾。又吟曰:“黄帝上天时,鼎湖元在兹。七十二玉女,化作黄金芝。”恭礼又不顾,逡巡而去。

忠义又进曰:“此物已去,少间,东廊下有敬寡妇、王家阿嫂,虽不敢同蜜陀僧,然亦不得与语。”少顷,果有一女郎,自东庑下,衣白衣,簪白簪,手整披袍,回命曰:“王家阿嫂,何不出来?”俄然有曳红裙,紫袖银帔而来,步庭月数匝,却立于东庑下。忠义又进曰:“此两物已去,可高枕矣。少间,纵有他媚来,亦不足畏也。”忠义辞去,恭礼止之:“为我更驻,候怪物尽即去。”忠义应唯。

忠顺。沈恭礼询问时，那人回答说："不是雷忠顺，是李忠义。"沈恭礼问他："怎么来到这里？"回答说："我是江淮人，因为冻饿给别人干活，上个月来到这个县，死在旅馆里。然而冻饿得厉害，现在投奔你，要讨点吃的，再要一顶小帽，可以吗？"沈恭礼答应了，并问道："让我到哪里送给你？"回答说："明天晚上，让驿中厅子张朝来取。"说完，站在了堂上西边的柱子下。沈恭礼坐起身，李忠义上前说："你刚到这个地方，另外还有事，我斗胆告诉你。"沈恭礼说："行。"那人于是说："这厅里的人住在这大多不安宁。一会儿，将有一女子，年龄大约十七八岁，硬要来见你，她的名字叫'蜜陀僧'，你要谨慎不能与她讲话。她有时假托是本县县官的家人，有时又以四邻为依靠，你则一定不要同她搭话，一搭话，就会正中她的奸计。"

李忠义说完，就又站回到堂上西边的柱子下面，还没等站稳，堂东果然有一女子，高高的发髻，青丝垂鬓，皮肤细腻而有光泽，面带笑容，顾盼含情，对沈恭礼说："秋室寂寥，明月当空，蟋蟀唧唧。夜深风动，梧叶落阶。怎奈这等寂寞清苦，囚犯也不过如此吧？"沈恭礼不动声色。那女子又说："铺着精美竹席的床榻空虚，明朗的月光装满了屋子，不饮美酒，真是虚度了青春时光。"沈恭礼又不动。那女子又吟道："黄帝上天时，鼎湖元在兹。七十二玉女，化作黄金芝。"沈恭礼又置之不理，那女人徘徊一阵，然后离开了。

李忠义又上前说："此物已去，一会儿，东廊下还有敬寡妇、王家阿嫂，她们虽然不敢像蜜陀僧那样，然而也不能同她们搭话。"不一会儿，果然有一女郎，从东厢房出来，穿白衣服，头上插着白簪，一面用手整理着披袍，回头叫着："王家阿嫂，为什么还不出来？"顷刻有个拖着红色长裙，穿着紫色上衣，披着银色披肩的女人，在院子里踏月转了几圈，回身站在东厅下。李忠义又上前说："这两物已去，可以高枕无忧了。一会儿，即使有别的女妖来，也不值得害怕了。"说完李忠义就要辞去，沈恭礼阻止他说："为了我再待一会儿，等着妖怪全部没了你再走。"李忠义答应了。

而四更已，有一物，长二丈余，手持三数髑髅，若跃丸者，渐近厅檐。忠义谓恭礼曰："可以枕击之。"应声而击，擽然而中手，堕下髑髅。俯身掇之，忠义跳下，以棒乱殴，出门而去。恭礼连呼"忠义"，不复见，而东方已明。与从者具语之，遂令具食及市帽子。召厅子张朝诘之。曰："某本巫人也，近者假食为厅吏，具知有新客死客鬼李忠义。"恭礼便付帽子及盘餐等去。

其夜，梦李忠义辞谢曰："蜜陀僧大须防备，犹二三年奉扰耳。"言毕而去。恭礼两月在湖城，夜夜蜜陀僧来，终不敢对。后即归阌乡，即隔夜而至，然终亦不能为患。半年后，或三夜五夜一来。一年余，方渐稀。有僧令断肉及荤辛，此后更不复来矣。出《博异志》。

牛生

牛生自河东赴举，行至华州，去三十里，宿一村店。其日，雪甚，令主人造汤饼。昏时，有一人穷寒，衣服蓝缕，亦来投店。牛生见而念之，要与同食。此人曰："某穷寒，不办得钱，今朝已空腹行百余里矣。"遂食四五碗，便卧于床前地上，其声如牛。至五更，此人至牛生床前曰："请公略至门外，有事要言之。"连催出门。曰："某非人，冥使耳。深愧昨夜一餐，今有少相报。公为置三幅纸及笔砚来。"牛生与之。此人令牛生远立，自坐树下，袖中出一卷书，牒之，看数张，即书两行，如此三度讫。求纸封之，书云第一封，第二封，第三封。谓牛生曰："公若遇灾难危笃不可免者，

四更已过，有一物，长两丈多，手拿几块死人的头骨，像扔球一样，慢慢地走近厅檐下。李忠义对沈恭礼说："可以用枕头打它。"沈恭礼应声把枕头扔出去，"扑"的一声正打在那物的手上，头骨落在地上。那物俯下身子去拾，李忠义跳下，用棍棒乱打一阵，然后出门而去。沈恭礼连喊"忠义"，再也没有了踪影，这时东方已发亮。沈恭礼向随从详细讲了昨晚的经历，就让他们准备酒席并买来帽子。招来厅子张朝向他打听。张朝说："我本是巫人，最近为生计所迫而做了厅吏，我清楚有一个新客死在这里，叫李忠义。"沈恭礼就赙赠给他了帽子和饭食，然后离开了。

这天夜里，沈恭礼梦见李忠义来辞别说："蜜陀僧大需防备，大约在二三年内还会打扰你。"说完就走了。沈恭礼两个月来，在湖城，每晚蜜陀僧都来，沈恭礼始终不敢与她搭话。后来回到阌乡，就隔夜来一次，然而始终未能得逞。半年后，有时三夜、五夜来一次。一年多以后，就逐渐少了。有僧人让他断肉及荤腥，此后就再也不来了。出自《博异志》。

牛生

牛生从河东进京应考，走到距华州三十里的地方，住在一个乡村小店里。那天雪下得很大，牛生让店主人做汤饼。傍晚，有个贫寒、衣裳破烂的人也来住店。牛生见了很怜悯他，要跟他一块吃。这人说："我很穷，弄不到钱，今早已空着肚子走了一百多里路了。"于是吃了四五碗，就躺在牛生床前的地上睡着了，鼾声像牛一样。到五更时，这人走到牛生床前说："请你暂时到门外一下，我有事要跟你说。"那人连连催促牛生出门。牛生出门后，那人说："我不是人，是阴司里的一个差役罢了。很惭愧昨晚吃了你一顿饭，现在要稍有报答。请你给我拿三张纸及笔砚来。"牛生给了他。这人让牛生远远地站着，自己坐在树下，从袖中取出一卷书来，翻开书页，看几页，就写两行，像这样反复进行了三次，写完了。然后要纸封上它，在上面写上第一封、第二封、第三封的字样。对牛生说："你如果遇到灾难危险非常危急无法解脱时，

即焚香以次开之视。若或可免，即不须开。”言讫，行数步不见矣。牛生缄置书囊中，不甚信也。

及至京，止客户坊，饥贫甚，绝食。忽忆此书，故开第一封，题云：“可于菩提寺门前坐。”自客户坊至菩提寺，可三十余里。饥困，且雨雪，乘驴而往。自辰至鼓声欲绝方至寺门。坐未定，有一僧自寺内出，叱牛生曰：“雨雪如此，君为何人而至此？若冻死，岂不见累耶？”牛生曰：“某是举人，至此值夜，略借寺门前一宿，明日自去耳。”

僧曰：“不知是秀才，可止贫道院也。”既入，僧乃为设火具食。会语久之，曰：“贤宗晋阳长官，与秀才远近？”牛生曰：“是叔父也。”僧乃取晋阳手书，令识之，皆不谬。僧喜曰：“晋阳常寄钱三千贯文在此，绝不复来取。某年老，一朝溘至，便无所付，今尽以相与。”

牛生先取将钱千贯，买宅，置车马，纳仆妾，遂为富人。又以求名失路，复开第二封书，题云：“西市食店张家楼上坐。”牛生如言，诣张氏，独止于一室，下帘而坐。有数人少年上楼来，中有一人白衫，坐定，忽曰：“某本只有五百千，令请添至七百千，此外即力不及也。”一人又曰：“进士及第，何惜千缗？”牛生知其货及第矣。及出揖之，白衫少年即主司之子。生曰：“某以千贯奉郎君，别有二百千，奉诸公酒食之费，不烦他议也。”少年许之，果登上第。历任台省，后为河中节度副使。经一年，疾困，遂开第三封，题云：“可处置家事。”乃沐浴，修遗书，才讫而遂终焉。出《会昌解颐录》。

就烧香，依次打开信看。如果可以免灾，就无须打开了。”说完，走了几步不见了。牛生封好信放在书袋里，不大相信他的话。

等到了京城，住在客户坊，贫困饥饿得厉害，没有一点吃的。忽然想起那三封信，于是打开第一封，上面写着：“可于菩提寺门前坐。”从客户坊到菩提寺，大约三十多里。牛生又饿又乏，天又下着雪，就骑着驴前往。从早晨辰时开始走，直到晚上鼓声将尽时才赶到寺门前。还没等坐稳，有一个僧人从寺里出来，呵斥牛生说：“下这样大雪，你是什么人而来此地？如果冻死了，我们岂不被你连累？”牛生说：“我是参加科考的举人，到这里正好天黑了，姑且借寺门前住一夜，明日自然就离开了。”

僧人说：“不知你是秀才，可住在贫道院里。”牛生进去了，僧人给他生火、准备饭食。跟他交谈了很久，说：“贤宗晋阳长官与秀才关系远近？”牛生说：“那是我叔叔。”僧人让人拿出晋阳长官的手书，让他辨认，他说得都分毫不差。僧人高兴地说：“晋阳长官曾寄存三千贯文在这，一定不会再来取。我年老了，一旦突然死去，就没有地方交付这笔钱了，现在全把它交给你吧。”

牛生先拿出千贯钱买了住宅，办置车马，雇用奴仆，娶妻纳妾，于是成为富户。后来又因为求功名没有门路，于是打开第二封信，上面写着：“西市食店张家楼上坐。”牛生按信中说的找到张家，独自在一间屋中垂下帘子坐下。有几个年轻人上楼来，其中有一个穿白衫的坐下，忽然说：“我本只有五百千，如果再向家里要，可以添到七百千，其余的我就力所不及了。”一个人又说：“进士及第，还吝借千缗钱吗？”牛生从他们的谈话中得知他们在买卖进士及第。等追到外面向他拱手见礼，才知那人就是省试主考官的儿子。牛生说：“我把千贯钱送给你，另外二百千钱送给诸位做酒食之费，你们不用再麻烦地找别人了。”那年轻人答应了他，后来果然考中了头几名。他历任台省，以后又做了河中节度副使。又过了一年，牛生病得很重，就打开第三封信，上面写着：“可以处理好家事。”等他洗完澡，写完遗书，刚写完就死去了。出自《会昌解颐录》。

韦齐休

韦齐休，擢进士第，累官至员外郎，为王璠浙西团练副使。太和八年，卒于润州之官舍。三更后，将小敛，忽于西壁下大声曰："传语娘子，且止哭，当有处分。"其妻大惊，仆地不苏。齐休于衾下厉声曰："娘子今为鬼妻，闻鬼语，忽惊悸耶？"妻即起曰："非为畏悸，但不合与君遽隔幽明。孤惶无所依怙，不意神识有知，忽通言语，不觉惛绝。诚俟明教，岂敢有违？"齐休曰："死生之期，涉于真宰；夫妇之道，重在人伦。某与娘子，情义至深，他生亦未相舍。今某尸骸且在，足宽襟抱。家事大小，且须商量。不可空为儿女悲泣，使某幽冥间更忧妻孥也。夜来诸事，并自劳心，总无失脱，可助仆喜。"妻曰："何也？"齐休曰："昨日湖州庾七寄买口钱，苍遑之际，不免专心部署。今则一文不欠，亦足为慰。"良久语绝，即各营丧事。才曙，复闻呼："适到张清家，近造得三间草堂。前屋舍自足，不烦劳他人，更借下处矣。"其夕，张清似梦中，忽见齐休曰："我昨日已死，先令买茔三亩地，可速支关布置。"一一分明，张清悉依其命。

及将归，自择发日，呼唤一如常时。婢仆将有私窃，无不发摘，随事捶挞。及至京，便之茔所，张清准拟皆毕。十数日，向三更，忽呼其下曰："速起，报堂前，萧三郎来相看。可随事具食，款待如法，妨他忙也。"二人语，历历可听。

韦齐休

韦齐休考取了进士及第，不断升迁最后做了员外郎，担任王璠管辖下的浙西团练副使。唐文宗太和八年，死在润州的官舍中。三更后，准备小殓时，他忽然站在西墙下大声说："转告我娘子，不要哭，我定有安排处理。"他的妻子非常惊慌，倒在地上昏死过去。韦齐休又在尸布下面大声说："娘子现在成为鬼妻，听到鬼说话，忽然害怕了呀？"他的妻子苏醒过来，从地上爬起来说："不是我害怕，只是不忍心与你骤然间分居阴阳两地。我以后的生活将孤苦凄楚没依靠，没想到你魂神有灵，忽能跟我讲话，我不觉地昏死过去。现在我真诚地期待着你的教诲，哪里敢违背你的心愿呢？"韦齐休说："生死的期限，是上帝决定的；夫妻的情分，主要决定于人间的伦理道德。我与娘子间情意深重，来生也不会舍弃你。现在我的尸骸尚且在，足以使你宽心。家里大大小小的事，还需商量。不要白白地做小儿女般悲伤哭泣，使我在阴司里再为妻儿担忧。今夜以来大大小小的事情，我都亲自用心操劳，到底还是没有疏忽和遗漏，更让我高兴。"他的妻子说："你说的是什么事？"韦齐休说："昨天湖州庾七托付的人头税钱，仓促遑急之中，免不了专心去安排布置。现在已一文不欠，也足以宽慰了。"很长时间韦齐休不再说话了，家里人便各自办理丧事。才亮天，又听他大叫："刚才到张清家，他最近盖了三间草屋。前边的一间就足够了，不必去麻烦别人，再寻找别处下葬。"那天晚上，张清好像在梦中，忽然看见韦齐休来说："我昨天已死，先让你给买三亩坟地，可以赶快去安排布置。"一样一样地都非常清楚，张清都按他的吩咐办了。

等灵柩要归乡，韦齐休又自己选择了发丧日期，吩咐做什么事，都像平时一样。奴仆有隐情，没有不被他发现，然后依事给以处治的。到了京城，便下葬到墓地，张清都安排妥当了。又过了十多天，快到三更时，忽然听到韦齐休在下面大声招呼说："快起来，告诉前堂的人，萧三郎来看我了。可根据情况准备饭食，像从前一样款待，以免他着急。"两个人说话，听得清清楚楚。

萧三郎者，即职方郎中萧彻。是日卒于兴化里，其夕遂来。俄闻萧呼叹曰："死生之理，仆不敢恨，但可异者，仆数日前，因至少陵别墅，偶题一首诗，今思之，乃是生作鬼诗。"因吟曰："新构茅斋野涧东，松楸交影足悲风。人间岁月如流水，何事频行此路中。"齐休亦悲咤曰："足下此诗，盖是自谶。仆生前忝有科名，粗亦为人所知。死未数日，便有一无名小鬼赠一篇，殊为著钝，然虽细思之，已是落他芜境。"乃咏曰："涧水溅溅流不绝，芳草绵绵野花发。自去自来人不知，黄昏惟有青山月。"萧亦叹羡之曰："韦四公死已多时，犹不甘此事。仆乃适来人也，遽为游岱之魂，何以堪处？"即闻相别而去。

又数日，亭午间，呼曰："裴二十一郎来慰，可具食，我自迎去。"其日，裴氏昆季果来。至启夏门外，瘁然神耸，又素闻其事，遂不敢行吊而回。裴即长安县令，名观，齐休之妻兄也。其部曲子弟，动即罪责，不堪其惧，及今未已，不知竟如之何。出《河东记》。

萧三郎，就是职方郎中萧彻。这一天死在兴化里，当天晚上就来了。一会儿听到萧三郎叹息说："死生的理数，我不敢抱怨，只是使我感到奇怪的是，我几天前，到少陵别墅去，偶尔写了一首诗，现在想起来，竟是活人写鬼诗。"于是吟诵道："新构茅斋野涧东，松楸交影足悲风。人间岁月如流水，何事频行此路中。"韦齐休也悲叹惊诧地说："先生的诗，是预知后事的先兆啊。我生前小有科第和名气，也略为人所知。死后没过几天，就有一个无名小鬼赠我一首诗，我的和诗虽然非常拙劣，然而仔细想来，已是落入他人的荒芜之境。"于是吟道："涧水溅溅流不绝，芳草绵绵野花发。自去自来人不知，黄昏惟有青山月。"萧三郎也赞叹而羡慕地说道："韦四公死已多时，还不甘心吟诗作赋这类事。我是刚刚来的，马上成为泰山的游魂，怎能忍受得了呢？"接着听到二人相别而去。

又过了几天，正午时分，又听到韦齐休喊："裴二十一郎来看我，可准备酒食，我亲自去迎他。"那一天，裴氏兄弟果然来了。到了启夏门外，突然悲伤恐惧，加之平素又听说有关韦齐休的事，于是不敢来悼念而中途返回了。裴二十一郎就是长安县令，名叫裴观，是韦齐休妻子的哥哥。他的府衙里的子弟，动辄受到责罚，受不了他的淫威，到现在也还没有终止，不知裴公后来怎么样呢？出自《河东记》。

卷第三百四十九

鬼三十四

房　陟　　王　超　　段　何　　韦鲍生妓　梁　璟
崔御史　　曹　唐

房　陟

房陟任清河县尉，妻荥阳郑氏，有容色。时村中有一老妪，将诣谒禅师。未至，而中路荒野间，见一白衣妇人，于蓁棘中行，哭极哀。绕一丘阜，数十步间，若见经营之状者。妪怪而往问，及渐逼，妇人即远，妪适回，而妇人复故处。如是数四。妪度非人，天昏黑，遂舍之。及至禅师处，说所见，兼述妇人形状、衣服。禅师异之，因书记屋壁。后月余日，房陟妻暴亡，果葬于前所哭绕丘阜间，而容貌衣服，一如老妪前见者。出《通幽录》。

王　超

太和五年，复州医人王超，善用针，病无不差。死经宿而苏，言如梦：至一处，城壁台阁，如王者居。见一人卧，

房　陟

房陟任清河县尉，妻子是荥阳人，姓郑，很有姿色。当时村子中有个老妇人，要去拜见一位禅师。还没到，中途路过一片荒野，看见一个穿白衣服的妇人，在荆棘草丛间行走，哭得非常悲哀。又见她围绕着一个小土丘，在距离自己几十步远的地方，好像在干什么。老妇人感到很奇怪，走过去想问她，等稍稍靠近了，那妇人就远离了她；老妇人走回来，那妇人就又在原来的地方。像这样有很多次。老妇人估计她不是人间人，天黑下来，就丢开她自去赶路了。等到了禅师那里，叙述路上所见，又说了那妇人的样子及装束。禅师认为很奇怪，于是就把这事写在墙壁上。一个多月后的一天，房陟的妻子突然死了，果然埋葬在那妇人哭和徘徊的小土丘一带，而容貌、衣服，全像老妇人先前见到的一样。出自《通幽录》。

王　超

唐文宗太和五年，复州医士王超，擅长针灸。经他医治的病人，没有治不好的。王超死了一夜又苏醒过来。醒后说像做了场梦：梦中他来到一处，高墙台阁，像王侯所居。见一人躺在那里，

召前脉视，右膊有肿，大如杯，令超治之。即为针出脓升余。顾黄衣吏曰："可领视毕也。"超随入一门，门署曰毕院。庭中有人眼数千，聚成山，视内迭瞬明灭。黄衣曰："此即'毕'也。"俄有二人，形甚奇伟，分处左右，鼓巨箑，吹激聚眼。扇而起，或飞，或走，为人者，顷刻而尽。超访其故，黄衣曰："有生之类，先死为毕。"言次忽活。出《酉阳杂俎》。

段何

进士段何，赁居客户里。太和八年夏，卧疾逾月，小愈。昼日因力栉沐，凭几而坐。忽有一丈夫，自所居壁缝中出，裳而不衣，啸傲立于何前，熟顾何曰："疾病若此，胡不娶一妻，俾侍疾？忽尔病卒，则如之何？"何知其鬼物矣，曰："某举子贫寒，无意婚娶。"其人曰："请与君作媒氏。今有人家女子，容德可观，中外清显。姻属甚广，自有资从，不烦君财聘。"何曰："未成名，终无此意。"其人又曰："不以礼，亦可矣。今便与君迎来。"其人遂出门，须臾复来，曰："至矣。"俄有四人，负金璧舆，从二青衣，一云髻，一半髻，皆绝色。二苍头，持装奁衣箧，直置舆于阶前。媒者又引入阁中，垂帏掩户，复至何前曰："迎他良家子来，都不为礼，无乃不可乎？"何恶之，兼以困惫，就枕不顾。媒又曰：

那人招呼王超上前给他诊脉，病人的右臂长了一个肿瘤，像杯子一样大，让王超给他治疗。王超用针给他排出一升多浓水。那个病人回头对身穿黄衣的小吏说："可以带他去看看毕院。"王超跟随黄衣人走进一个门，门上标有"毕院"二字。庭中有数千只眼睛，眼睛聚在一起，像山一样，瞬间明灭、闪亮。黄衣人说："这就是'毕'呀。"不一会儿，有二人，身材高大，分别站在两边，挥舞着巨大的扇子，扇动着那些聚在一起的眼睛。扇子一动，那些眼睛就有的飞，有的跑，就像人一样，顷刻间那些眼睛就消失了。王超问是什么缘故，黄衣人说："有生命的物类，先死叫'毕'。"黄衣人说完王超就复活了。出自《酉阳杂俎》。

段　何

进士段何在客户里租房子住。唐文宗太和八年的夏天，他得了一场病，卧床了一个多月，稍稍有好转。白天他勉力起身梳洗后，靠几案坐着休息。忽然有一个男子，从所住地方的墙壁的夹缝中走出来，只穿下衣，光着上身，大声呼喝着站在段何面前，仔细地看着段何说："你病成这样，为什么不娶一个妻子，让她伺候你的病？如果你突然死了，那可怎么办？"段何知道他是鬼，便说："我是个举子，家境贫寒，没有心思娶妻。"那人说："让我给你做个媒人吧。现在有个人家的女儿，容貌、品德都值得一看，无论内心、外表都很纯洁、高贵。亲朋故友也很多，自有资财来源，又不麻烦你花费聘礼。"段何说："没成名，始终没有这个想法。"那人说："不举行成婚的仪式，也可以。现在我马上为你迎来。"说完，那人就出了门，不一会儿又回来了，说："到了。"一会儿，就见四个人抬着用金玉装饰的轿子，后面跟着两个婢女，一个梳着高高的发髻，另一个发鬟低垂，都是绝色美女。两个男仆拿着妆奁、衣箱，径直把轿子抬到台阶前才放下。媒人又把轿中的女子引入闺房中，放下帘子，关上门，然后又到段何面前说："迎娶她这样良家女子，连礼仪都不举行，还有什么不满足的呢？"段何听后非常厌恶，加上困乏疲惫，就躺下不理睬了。媒人又说：

"纵无意收采，第试一观。"如是说谕再三，何终不应。食顷，媒者复引出门，舆中者乃以红笺题诗一篇，置何案上而去。其诗云："乐广清羸经几年，姹娘相托不论钱。轻盈妙质归何处，惆怅碧楼红玉田。"其书迹柔媚，亦无姓名，纸末唯书一"我"字。何自此疾病日退。出《河东记》。

韦鲍生妓

酒徒鲍生，家富畜妓。开成初，行历阳道中，止定山寺，遇外弟韦生下第东归，同憩水阁。鲍置酒，酒酣，韦谓鲍曰："乐妓数辈焉在？得不有携者乎？"鲍生曰："幸各无恙，然滞维扬日，连毙数驷，后乘既阙，不果悉从，唯与梦兰、小倩俱。今亦可以佐欢矣。"顷之，二双鬟抱胡琴、方响而至，遂坐韦生、鲍生之右。纵丝击金，响亮溪谷。酒阑，鲍谓韦曰："出城得良马乎？"对曰："予春初塞游，自鄜坊历乌延，抵平夏，止灵武而回，部落驵骏获数匹。龙形凤颈，鹿胫凫膺，眼大足轻，脊平肋密者，皆有之。"鲍抚掌大悦，乃停杯命烛，阅马于轻槛前数匹。与向来夸诞，十未尽其八九。韦戏鲍曰："能以人换，任选殊尤。"鲍欲马之意颇切，密遣四弦，更衣盛妆，顷之乃至。命捧酒劝韦生，歌一曲以送之云："白露湿庭砌，皓月临前轩。此时颇留恨，含思独无言。"又歌送鲍生酒云："风飐荷珠难暂圆，多生信有短因缘。西楼今夜三更月，还照离人泣断弦。"韦乃召御者，牵

"即使你无意娶她,但是也可以试着看一看。"类似的话,那人反复说了许多遍,段何始终不答应。过了一顿饭的工夫,那自称媒人的人又带着这一行人出了门,轿子中那女人用红笺纸写了一首诗,放在段何面前的几案上走了。诗中写道:"乐广清羸经几年,姹娘相托不论钱。轻盈妙质归何处,惆怅碧楼红玉田。"那字迹轻柔漂亮,也没写姓名,唯独在纸末写了个"我"字。从此以后,段何的病也一天天好转起来。出自《河东记》。

韦鲍生妓

酒徒鲍生,家里很富有,养活着很多艺妓。唐文宗开成初年,他去历阳的途中,止歇在定山寺,遇到落榜东归的表弟韦生,二人一起在水阁休息。鲍生备办了酒席,喝到尽兴的时候,韦生对鲍生说:"那些艺妓在哪?没有带来吗?"鲍生说:"幸好都没出什么事,然而滞留扬州的那些日子,接连死了几匹马,后来车就少了,无法把她们全带来,只带着梦兰、小倩她们一起来了。今天也足可以供我们娱乐了。"一会儿,两个头上梳着双髻的艺妓抱着胡琴、方响走过来,就坐在韦生、鲍生的右边。那二人抚拭琴弦,敲击乐器,响亮的乐曲声回荡在溪谷。酒快喝完的时候,鲍生对韦生说:"出城买到良马了吗?"韦生回答说:"我初春去游历塞外,从鄜坊经过乌延,到达平夏,最后到灵武,然后返回来,买到了几匹部落的骏马。龙形凤颈,鹿胫凫胸,眼大足轻,脊平肋密,样样都有。"鲍生听后,拍着手非常高兴,就放下酒杯,让人拿着蜡烛,到马圈去看了几匹马。这些马与方才韦生所夸耀吹嘘的,还不到十分之八九。韦生对鲍生开玩笑地说:"你若肯用人来换,随便你挑选最好的马。"鲍生想要马的心情非常迫切,就暗自让人把四弦,更换衣服,浓妆打扮,一会儿就到了。鲍生让这人拿着酒杯向韦生劝酒,这人唱了一支曲子赠送给韦生,歌词是:"白露湿庭砌,皓月临前轩。此时颇留恨,含思独无言。"又唱了一首歌为鲍生助兴,歌词是:"风飐荷珠难暂圆,多生信有短因缘。西楼今夜三更月,还照离人泣断弦。"韦生便招来看管马匹的人,牵

紫叱拨以酬之。鲍意未满,往复之说,紊然无章。

有紫衣冠者二人,导从甚众,自水阁之西,升阶而来。鲍、韦以寺当星使交驰之路,疑大寮夜至,乃恐悚入室,阖户以窥之。而杯盘狼籍,不暇收拾。时紫衣即席,相顾笑曰:“此即向来闻妾换马之筵。”因命酒对饮。一人须髯甚长,质貌甚伟,持杯望月,沉吟久之,曰:“足下盛赋云:‘斜汉左界,北陆南躔。白露暧空,素月流天。’可得光前绝后矣。对月殊不见赏‘风霁地表,云敛天末。洞庭始波,木叶微脱’?”长须云:“数年来在长安,蒙乐游王引至南宫,入都堂,与刘公幹、鲍明远看试秀才,予窃入司文之室,于烛下窥能者制作。见属对颇切,而赋有蜂腰鹤膝之病,诗有重头重尾之犯。若如足下‘洞庭’‘木叶’之对,为纰缪矣。小子拙赋云‘紫台稍远,燕山无极。凉风忽起,白日西匿’,则‘稍远’‘忽起’之声,俱遭黜退矣,不亦异哉!”谓长须曰:“吾闻古之诸侯,贡士于天子,尊贤劝善者也。故一适谓之好德,再适谓之尊贤,三适谓之有功,乃加九锡。不贡士,一黜爵,再黜地,三黜爵地。夫古之求士也如此,犹恐搜山之不高,索林之不深,尚有遗漏者。乃每岁季春开府库,出币帛,周天下而礼聘之。当是时,儒墨之徒,岂尽出矣?智谋之士,岂尽举矣?山林川泽,岂无遗矣?日月照临,岂得尽其所矣?天子求之既如此,诸侯贡之又如此,聘礼

出那匹“紫叱拨”送给鲍生以表示酬谢。鲍生的心里仍未满足，反反复复地叨念着，语言杂乱而无次序。

这时有两个穿紫衣、戴紫帽子的人，前呼后拥地带着一大群人，从水阁西边登上台阶向这边走过来。鲍生、韦生二人认为定山寺当是使者频繁往来的要路，疑心是权臣夜里到此，就慌张地躲进了屋子，关上门向外偷看。外面杯盘乱七八糟，还未来得及收拾。紫衣人这时已到座位上了，两个人相顾笑了笑说：“这就是方才听到的以妾换马的宴席。”于是让人拿酒，二人对饮。其中一人长着长长的络腮胡须，身材高大魁伟，举起酒杯，遥望月亮，沉吟了好一会儿，说：“先生的大作说：‘斜汉左界，北陆南躔。白露暧空，素月流天。’可是空前绝后的佳句了。面对明月何不欣赏‘风霁地表，云敛天末。洞庭始波，木叶微脱’呢？”另一个长胡须的人说：“多年前我来在长安，承蒙乐游王把我推荐给南宫，进入了都堂，与刘公幹、鲍明远主管科举取士，我偷偷进入主考官的屋子，在烛光下观看能人的作品。见他们连缀文章、吟诗和赋对仗颇切，然而赋有‘蜂腰鹤膝’的弊病，诗有‘重头重尾’的缺点。像先生的‘洞庭’‘木叶’这类对句一样，那就错了。我的赋中‘紫台稍远，燕山无极。凉风忽起，白日西匿’，‘稍远’‘忽起’之声韵，都遭到黜退了，不也让人奇怪吗！”络腮胡须对长胡须的人说：“我听说古代的诸侯举荐人才给天子，是尊重贤才、勉励从善。所以第一次举荐适用是好德，第二次推荐适用是尊贤，第三次推荐适用就是有功了，就要加九赐了。不举荐人才的，根据情况，轻者免除爵位，其次没收封地，最重的就既免除爵位又没收封地了。古代天子这样选拔接纳人才，还担心像搜山到不了高处，又像搜索森林到不了林子深处，也还是有遗漏人才的情况。于是每年季春打开官府仓库，拿出钱物，周历天下，以礼接纳那些有才之士。那时候，儒、墨等各家的贤才，难道都选拔出来了吗？聪慧善谋的人难道都被举荐出来了吗？山林深泽没有一处遗漏了吗？日月高照，难道普遍地照到所有的地方了吗？天子这样选拔人才，诸侯这样举荐人才，选聘人才的制度

复如此，当有栖栖于岩谷，郁郁不得志者。吾闻今之求聘之礼缺，是贡举之道隳矣。贤不肖同途焉，才不才汨汨焉；隐岩冗者，自童髦穷经，至于白首焉；怀方策者，自壮岁力学，讫于没齿。虽每岁乡里荐之于州府，州府贡之于有司，有司考之诗赋。蜂腰鹤膝，谓不中度；弹声韵之清浊，谓不中律。虽有周、孔之贤圣，班、马之文章，不由此制作，靡得而达矣。然皇王帝霸之道，兴亡理乱之体，其可闻乎？今足下何乃赞扬今之小巧，而隳张古之大体？况予乃诉皓月长歌之手，岂能拘于雕文刻句者哉！今珠露既清，桂月如昼，吟咏时发，杯觞间行，能援笔联句，赋今之体调一章，以乐长夜否？"曰："何以为题？"长须云："便以妾换马为题，仍以'舍彼倾城，求其骏足'为韵。"命左右折庭前芭蕉一片，启书囊，抽毫以操之，各占一韵。长须者唱云："彼佳人兮，如琼之瑛；此良马兮，负骏之名。将有求于逐日，故何惜于倾城？香暖深闺，永厌桃花之色；风清广陌，曾怜喷玉之声。"希逸曰："原夫人以矜其容，马乃称其德。既各从其所好，谅何求而不克。长跪而别，姿容休耀其金钿；右牵而来，光彩顿生于玉勒。"文通曰："步及庭砌，效当轩墀。望新恩，惧非吾偶也；恋旧主，疑借人乘之。香散绿骏，意已忘于鬟发；汗流红颔，爱无异于凝脂。"希逸曰："是知事有兴废，用有取舍。彼以绝代之容为鲜矣，此以轶群之足为贵者。买笑之恩既尽，有类卜之；据鞍之力尚存，犹希进也。"文通赋四韵讫，芭蕉尽。

韦生发箧取红笺，跪献于庑下。二公大惊曰："幽显

又这样完备，还有隐居深山巨谷郁郁不得志的人。我听说现在求贤纳士的制度如此欠缺，这就是推荐选拔人才之道被毁坏了。贤的和不贤的同途，有才的和无才的同流；隐居在岩谷等闲散的地方的人，从孩童时候起，就竭力诵读经典，一直到白头；胸怀良策的人，从身强力壮的时候开始努力学习，一直到衰老掉牙为止。即使每年乡里把人才推荐给州府，州府又把他们举荐给有司，有司再考察他们诗文。诗赋有'蜂腰鹤膝'的毛病，认为不合乎要求；追求声韵上有清有浊，认为不合乎韵律。即使有周公、孔子那样的圣贤，班固、司马迁那样的著作，不经过诗赋考试，也无法获得并使之显达了。这样古代帝王的王道霸道，兴衰治乱的根本道理，还能听到吗？现在你为何赞扬如今诗赋的雕虫小巧之技，而损害了发扬古代圣贤的大体呢？况且我是个喜欢面对明月、高声吟咏、抒发感情的人，怎能受得了雕文刻句的束缚呢！现在露珠已散尽，桂月朗照，如同白昼，吟诗作赋的兴致即时而发，其间我们频频举杯，能否提笔联句，吟咏现在的诗体一首，以便在长夜中相娱乐呢？"长胡子说："以什么为题？"络腮胡子说："就以以妾换马为题，仍以'舍彼倾城，求其骏足'为韵。"令左右的人折下庭前的一片芭蕉叶，打开书囊，取出毛笔握在手中，各占一韵。络腮胡子就是江淹江文通，吟诵道："彼佳人兮，如琼之瑛；此良马兮，负骏之名。将有求于逐日，故何惜于倾城。香暖深闺，永厌桃花之色；风清广陌，曾怜喷玉之声。"长胡须就是谢庄谢希逸，他吟诵道："原夫人以矜其容，马乃称其德。既各从其所好，谅何求而不克。长跪而别，姿容休耀其金钿；右牵而来，光彩顿生于玉勒。"江文通道："步及庭砌，效当轩墀。望新恩，惧非吾偶也；恋旧主，疑借人乘之。香散绿骏，意已忘于鬟发；汗流红颔，爱无异于凝脂。"谢希逸道："是知事有兴废，用有取舍。彼以绝代之容为鲜矣，此以轶群之足为贵者。买笑之恩既尽，有类卜之；据鞍之力尚存，犹希进也。"江文通将四韵写完，芭蕉叶已经用完。

韦生开箱取出红笺纸，跪献于廊下。二人大惊说："阴阳隔世，

路殊，何见逼之若是？然吾子非后有爵禄，不可与鄙夫相遇。”谓生曰：“异日主文柄，较量俊秀轻重，无以小巧为意也。”言讫，二公行十余步间，忽不知其所在矣。出《纂异记》。

梁璟

有梁璟者，开成中，自长沙将举孝廉，途次商山，舍于馆亭中。时八月十五夕，天雨新霁，风月高朗。璟偃而不寐。至夜半，忽见三丈夫，衣冠甚古，皆被珠绿，徐步而来。至庭中，且吟且赏，从者数人。璟心知其鬼也，然素有胆气，因降阶揖之。三人亦无惧色，自称萧中郎、王步兵、诸葛长史，即命席坐于庭中。曰：“不意良夜遇君于此！”因呼其童曰：“玉山取酒。”酒至，环席递酌。

已而王步兵曰：“值此好风月，况佳宾在席，不可无诗也。”因举题联句，以咏秋月。步兵即首为之曰：“秋月圆如镜。”萧中郎曰：“秋风利似刀。”璟曰：“秋云轻比絮。”次至诸葛长史，嘿然久之，二人促曰：“幸以拙速为事。”长史沉吟，又食顷，乃曰：“秋草细同毛。”二人皆大笑曰：“拙则拙矣，何乃迟乎？”长史曰：“此中郎过耳，为僻韵而滞捷才。”

既而中郎又曰：“良会不可无酒佐。”命玉山召蕙娘来。玉山去，顷之，有一美人，鲜衣，自门步来，笑而拜坐客。诸葛长史戏谓女郎曰：“自赴中郎召耳，与吾何事？”美人曰：

道路不同，怎么能这样强求我们？然而你将来若不是要封爵受禄的人，就不能再与庸俗鄙陋的我们相见了。"又对韦生说："他日你如果掌握以文章取士的权柄，衡量优劣高下，不要着眼于雕虫小技上。"说完，二人走了十几步，忽然不知去向了。出自《纂异记》。

梁璟

有个叫梁璟的，唐文宗开成年间，从长沙出发要去参加选拔孝廉的考试，途中停留在商山，住宿在馆亭中。当时正好是八月十五的晚上，天下雨刚晴，空气清新，明月高悬。梁璟躺下而没有睡着。到半夜，忽然看见三个男子，衣帽装束很古朴，全都穿着绿色衣服，珠光宝气的，缓步向这边走来。到了庭院里，一边吟诵，一边观赏，后面跟着许多人。梁璟心里虽然知道他们是鬼，但是他向来有胆量，于是走下台阶向那三个人拱手见礼。那三个人也没有一点畏惧的神色，他们自称是萧中郎、王步兵、诸葛长史，随即就命在院子里设筵，各自坐下。那三个人对梁璟说："没料到良夜能跟你在这里相见！"于是招呼童仆说："玉山拿酒来。"酒拿来后，就环绕坐席依次斟酒。

一会儿，王步兵说："当着这样大好的清风朗月，况且又有嘉宾在座，不能没有诗。"于是命题联句，来歌咏中秋之月。王步兵首先诵道："秋月圆如镜。"萧中郎吟道："秋风利似刀。"梁璟吟诵道："秋云轻比絮。"最后轮到诸葛长史，诸葛长史沉默了许久，那二人催促他说："希望你虽然拙但速度快些。"诸葛长史沉吟不语，又过了一顿饭时间，才吟出："秋草细同毛。"萧中郎和王步兵都大笑说："拙是拙了些，为什么这样慢呢？"诸葛长史说："这是萧中郎的过错，搞了生僻的音韵，限制了我这敏捷之才了。"

不一会儿，萧中郎又说："良辰聚会不能没有助酒的。"就让玉山召惠娘来。玉山离开，一会儿，有个美人，穿着鲜艳的衣服，从门里出来，微笑着拜见了席间的各位。诸葛长史开玩笑地对女郎说："你自去接受萧中郎的征召罢了，与我有什么干系？"美人说：

“安知不为众人来？”步兵曰：“欲自明，无如歌以送长史酒。”蕙娘起曰：“愿歌风楼之曲。”即歌之。清吟怨慕，璟听之忘倦。久而歌阕，中郎又歌，曲既终曰：“山光渐明，愿更缀一篇，以尽欢也。”即曰：“山树高高影。”步兵曰：“山花寂寂香。”因指长史曰：“向者僻韵，信中郎过，今愿续此，以观捷才耳。”长史应曰：“山天遥历历。”一坐大笑：“迟不如速，而且拙，捷才如是耶？”长史色不能平。次至璟曰：“山水急汤汤。”中郎泛言赏之，乃问璟曰：“君非举进士者乎？”璟曰：“将举孝廉科。”中郎笑曰：“孝廉安知为诗哉？”璟因怒叱之，长史亦奋袂而起，坐客惊散，遂失所在，而杯盘亦亡见矣。

璟自是被疾恍惚，往往梦中郎、步兵来，心甚恶之。后至长安，遇术士李生辟鬼符佩之，遂绝也。出《宣室志》。

崔御史

广陵有官舍，地步数百，制置宏丽。里中传其中为鬼所宅，故居之者，一夕则暴死。鏁闭累年矣。有御史崔某，职于广陵。至，开门曰：“妖不自作，我新居之，岂能为灾耶？”即白廉使而居焉。

是夕微雨，崔君命仆者尽居他室，而独寝于堂中。惕然而寤，衣尽沾湿，即起。见己之卧榻在庭中，却寝。未食顷，其榻又迁于庭。如是者三。崔曰：“我谓天下无鬼，今

“你怎么知道我不是为了大家而来?”王步兵说:“最聪明的办法,莫过于唱一支曲子,劝诸葛长史进酒了。”惠娘起身说:“愿唱凤楼一曲。”于是就开始唱。淡淡地倾吐哀怨慕艳之情,梁璟听了之后顿时忘了疲倦。很久,唱完了,萧中郎又唱,唱完之后说:“山色天光渐亮,愿再连缀一篇,以便尽享欢乐。”即吟诵道:“山树高高影。”王步兵接着吟诵道:“山花寂寂香。”吟完便指着诸葛长史说:“方才是为了回避冷僻的音韵,确实是萧中郎错怪了你,现在该接续往下联句,以便让大家见识你敏捷的才能。”诸葛长史应和道:“山天遥历历。”满座的人都大笑,说:“吟得慢的,不如吟得快的,而且又拙笨,原来敏捷之才是这样的啊?”诸葛长史显出不平的神色。轮到梁璟,梁璟吟诵道:“山水急汤汤。”萧中郎用空洞言辞假意赞美,又问梁璟说:“你不是中了进士吗?”梁璟说:“将去考取孝廉。”萧中郎讥笑说:“孝廉怎么懂得写诗联句呢?”梁璟于是怒斥他,诸葛长史也挽起袖子愤怒地站起来,满席的坐客都惊散了,于是不知去向,就连杯盘也不见了。

梁璟从此患病,精神恍惚,常常梦见萧中郎和王步兵前来,心里很厌恶。以后到了长安,遇见一个懂法术的李生给他写了避鬼符带上,于是以上的情况就消失了。出自《宣室志》。

崔御史

广陵有座官舍,方圆几百步,建造宏伟华丽。乡里传说那里是鬼住的屋子,所以住在那里面的人,一个晚上就会突然死了。到现在已经封锁关闭多年了。有一个姓崔的御史,在广陵任职。到了这官舍,打开门说:“妖怪,不要再闹事了,我刚刚住在这儿,怎能害我呢?”于是就住在白廉使住过的那个地方。

这天晚上下起了小雨,崔御史让仆人们都住在其他房间,自己则独自睡在厅堂中。半夜他猛然惊醒,衣服全浸湿了,赶忙起身。发现自己睡的床榻移到了院子里,他把床榻搬回,又回到厅堂睡下了。没到一顿饭的工夫,他的床榻又被迁到院子里。像这样反复搬了三次。崔御史说:“我认为天下没有鬼,现在看来

则果有矣!”即具簪笏,命酒沃而祝曰:“吾闻居此者多暴死,且人神殊道,当自安其居,岂害生人耶? 虽苟以形见,以声闻者,是其负冤郁而将有诉者,或将求一饭以祭者。则见于人,而人自惊悸而死,固非神灵害之也。吾甚愚,且无畏惮,若真有所诉,直为我言,可以副汝托,虽汤火不避。”沃而祝者三,俄闻空中有言曰:“君人也,我鬼也。诚不当以鬼干人,直将以深诚奉告。”崔曰:“但言之。”鬼曰:“我女子也。女弟兄三人,俱未笄而殁,父母葬我于郡城之北久矣。其后府公于此峻城池,构城屋。工人伐我封内树且尽,又徙我于此堂之东北隅,羁魂不宁,无所栖托。不期今夕,幸遇明君子,故我得以语其冤。傥君以仁心,为我棺而葬于野,真恩之大者矣。”已而涕泣呜咽。又曰:“我在此十年矣。前后所居者,皆欲诉其事,自是居人惊悸而死。某儿女子,非有害于人也。”崔曰:“吾前言固如是矣。虽然,如何不见我耶?”鬼曰:“某鬼也,岂敢以幽晦之质而见君乎? 既诺我之请,虽处冥昧中,亦当感君子恩,岂可徒然而已?”言讫,遂告去。

明日,召工人,于堂东北隅发之,果得枯骸,葬于禅智寺隙地。里人皆祭之,谓之三女坟。自是其宅遂安。出《宣室志》。

曹唐

进士曹唐,以能诗,名闻当世,久举不第,常寓居江陵佛寺中亭沼。境甚幽胜,每自临玩赋诗,得两句曰“水底有

果然有鬼呀！”就让人准备簪和笏板，穿戴好，命人洒酒祭地祷告说：“我听说住在这儿的很多人都突然死了，况且人和神不同道，应该各自安于自己的生活，怎么能危害活人呢？即使苟且让人看到鬼的形态，听见鬼的声音，这也是他们有冤悒郁想有所申诉，或要求得世人用饭食祭祀啊。那么让人看见鬼，人自己惊吓而死，本来不是神灵害他们啊。我虽然愚笨，但我毫不畏惧，如果真有什么冤屈要说，就直截了当地对我讲，我可以帮助实现你的托付，即使赴汤蹈火也不推辞。”像这样洒酒祷告了三次，一会儿听到空中传出声音说道：“你是人，我是鬼。确实不该让鬼干扰生人，只是想真诚地把心里话告诉你。”崔御史说：“你只管说吧。”鬼说：“我是女子。我有姊妹三人，都未成年就死了，父母把我们埋在县城北已经很久了。那以后，府公在这加高城池、造城屋。做工的人把我们墓地里的树几乎砍光了，又把我们迁到这座房子的东北角，使得我们受拘束的灵魂不得安宁，无处栖身。不料今晚有幸见到你这贤明君子，我才能诉说我们的冤情。倘若能靠你的仁慈心为我们把棺木移葬到旷野，对我们真是最大的恩惠了。”说完就哭起来。一会儿又说：“我在这十年了。对于前后住在这里的人，我都想说这件事，只是那些人都惊吓而死。我是女子，并不是有意想害别人。”崔御史说：“我先前说的话就是这个意思。既然这样，为什么不让我见见你？”鬼说：“我是鬼，怎敢用阴司的形骸去见你呢？既然你答应了我的请求，我即使在幽府中，也一定感谢你的大恩，怎能白白地就此了却。”说完，就告辞而去。

第二天，崔御使招做工的人，在官舍的东北角挖掘，果然挖出骨骸，把它埋葬到禅智寺的空地里。乡里人都去祭奠她们，把这坟叫做“三女坟”。从此那座宅子就安宁了。出自《宣室志》。

曹唐

进士曹唐因为善于作诗而闻名于世，但他长期参加科举考试屡次都未考中，曾寄居在江陵佛寺的亭沼中。这地方环境很幽美，曹唐常常自己在这里游玩赋诗，吟得两句，道“水底有

天春漠漠，人间无路月茫茫”。吟之未久，自以为常制皆不及此作。

一日还坐亭沼上，方用怡咏，忽见二妇人，衣素衣，貌甚闲冶，徐步而吟，则唐前所作之二句也。唐自以制未翌日，人固未有知者，何遽而得之。因迫而讯之，不应而去。未十余步间，不见矣。唐方甚疑怪。唐素与寺僧法舟善，因言于舟。舟惊曰：“两日前，有一少年见访，怀一碧笺，示我此诗。适方欲言之。”乃出示唐，颇惘然。数日后，唐卒于佛舍中。出《灵怪集》。

天春漠漠，人间无路月茫茫”。吟咏了不长时间，自认为以前写的都不如这两句。

一天，曹唐还是坐在亭沼上，正想尽情吟诗，忽然看见两个妇人，穿着白衣裳，样子很闲适，徐步而来，口中吟诵的正是曹唐前日写的两句诗。曹唐心想，自己写的这两句诗，没过两天，别人根本不知道，她们怎么那么快就知道呢。于是追上去询问，那二人没回应就离开了。未到十几步远，就不见了。曹唐这才为此感到疑惑奇怪。曹唐平素与寺僧法舟很要好，于是把这情况告诉了法舟。法舟吃惊地说：“两天前，有一青年来访，怀中揣着蓝纸笺，让我看的就是这两句诗。我方才正要跟你说。”于是拿出来给曹唐看，曹唐很怅惘。数日后，曹唐死在佛寺中。出自《灵怪集》。

卷第三百五十
鬼三十五

许　生　　颜　濬　　郝惟谅　　浮梁张令　欧阳敏
奉天县民

许　生

会昌元年春，孝廉许生，下第东归。次寿安，将宿于甘泉店。甘棠馆西一里已来，逢白衣叟，跃青骢，自西而来。徒从极盛，醺颜怡怡，朗吟云："春草萋萋春水绿，野棠开尽飘香玉。绣岭宫前鹤发人，犹唱开元太平曲。"生策马前进，问其姓名，叟微笑不答。又吟一篇云："厌世逃名者，谁能答姓名。曾闻三乐否，看取路傍情。"生知其鬼物矣，遂不复问，但继后而行。凡二三里，日已暮矣。至喷玉泉牌堠之西，叟笑谓生曰："吾闻三四君子，今日追旧游于此泉。吾昨已被召，自此南去，吾子不可连骑也。"生固请从，叟不对而去。

生纵辔以随之。去甘棠一里余，见车马导从，填隘路歧，生麾盖而进。既至泉亭，乃下马，伏于丛棘之下，屏气以窥之。见四丈夫，有少年神貌扬扬者，有短小器宇落落者，有长大少髭髯者，有清瘦言语及瞻视疾速者。皆金紫，

许　生

唐武宗会昌元年春，孝廉许生落榜东归。住在寿安，要投宿到甘泉店。在甘棠馆西一里多地，遇到一个穿白衣服的老翁，骑着青骢马，从西边过来。后边跟着一大群随从，这老翁酒后容光焕发，精神振奋，边走边朗诵："春草萋萋春水绿，野棠开尽飘香玉。绣岭宫前鹤发人，犹唱开元太平曲。"许生策马向前，问那老翁姓名，老翁微笑不回答。又吟诵一篇道："厌世逃名者，谁能答姓名。曾闻三乐否，看取路傍情。"许生知道他是鬼，也就不再问了，只是跟在他们后面走。大约走了二三里，太阳已经落山。到了喷玉泉牌堠西边，老翁笑着对许生说："我告知三四个老朋友，由于怀念旧地，今日重来此泉游览。我昨日已被召，将从这里继续往南走，你们就不要跟随了。"许生坚持请求同去，老翁不答，默然离去。

许生执辔策马相随。离甘棠店一里多路，见前面车马随从，堵塞了一条岔路，许生举起伞盖向前走。到泉亭后，才下马，就潜伏在灌木丛中，屏住呼吸偷看。看见四个男子，一个青年英俊、神采飞扬；一个身材矮小，仪容举止潇洒大方；一个高大魁梧但胡须甚少；还有一个清瘦，而言语、眼光疾敏。都是紫绶金带高官打扮，

坐于泉之北矶。叟既至，曰："玉川来何迟？"叟曰："适傍石墨涧寻赏，憩马甘棠馆亭，于西楹偶见诗人题一章，驻而吟讽，不觉良久。"座首者曰："是何篇什？得先生赏叹之若是。"叟曰："此诗有似为席中一二公有其题，而晦其姓名，怜其终章皆有意思。乃曰：'浮云凄惨日微明，沉痛将军负罪名。白昼叫阍无近戚，缟衣饮气只门生。佳人暗泣填宫泪，厩马连嘶换主声。六合茫茫悲汉土，此身无处哭田横。'"座中闻之，皆以襟袖拥面，如欲恸哭。神貌扬扬者云："我知作诗人矣，得非伊水之上，受我推食脱衣之士乎？"

久之，白衣叟命飞杯，凡数巡巡，而座中欷歔未已。白衣叟曰："再经旧游，无以自适，宜赋篇咏，以代管弦。"命左右取笔砚，乃出题云："《喷玉泉感旧游书怀》，各七言长句。"白衣叟倡云："树色川光向晚晴，旧曾游处事分明。鼠穿月榭荆榛合，草掩花园畦垄平。迹陷黄沙仍未寤，罪标青简竟何名。伤心谷口东流水，犹喷当时寒玉声。"少年神貌扬扬者诗云："鸟啼莺语思何穷，一世荣华一梦中。李固有冤藏蠹简，邓攸无子续清风。文章高韵传流水，丝管遗音托草虫。春月不知人事改，闲垂光影照洿宫。"短小器宇落落者诗云："桃蹊李径尽荒凉，访旧寻新益自伤。虽有衣衾藏李固，终无表疏雪王章。羁魂尚觉霜风冷，朽骨徒惊月桂香。天爵竟为人爵误，谁能高叫问苍苍。"清瘦及瞻视疾速者诗云："落花寂寂草绵绵，云影山光尽宛然。坏室基摧新石鼠，潴宫水引故山泉。青云自致惭天爵，白首同归感昔贤。惆怅林间中夜月，孤光曾照读书筵。"长大少须髯者诗云："新荆棘路旧衡门，又驻高车会一樽。寒骨未沾新雨露，春风不长败兰荪。丹诚岂分埋幽壤，白日终希照覆盆。珍重昔年金谷友，共来泉际话孤魂。"

坐在泉北的一块大石头上。老翁来到之后，那四个人问："玉川为什么来得这么晚？"老翁回答说："刚才到石墨涧近旁观赏游览，停马在甘棠馆亭休息，在西边的柱子上偶然见到某诗人题写的一首诗，就停下来吟咏、诵读，不觉耽搁了很长时间。"坐首位的那个人问："是什么篇章？能博得先生这样的赞叹。"老翁说："这诗的内容跟在座的二位有相似之处，但隐去了姓名。可嘉的是篇末的几句都很有意思。是这样写的：'浮云凄惨日微明，沉痛将军负罪名。白昼叫阍无近戚，缟衣饮气只门生。佳人暗泣填宫泪，厩马连嘶换主声。六合茫茫悲汉土，此身无处哭田横。'"在座的人听了，都用衣袖掩面，像要痛哭。年轻英俊、神采飞扬的那人说："我知道作诗的人了，莫不是在伊水上接受我的食物和脱衣相赠的那个人？"

过了好一会儿，白衣老翁催促举杯畅饮，共饮过几巡，座中唏嘘慨叹之声未断。白衣老翁说："重游旧地，无以消遣，应该用吟诗作赋来代替音乐。"于是命左右取出笔砚，出题道："《喷玉泉感旧游书怀》，各写七言长句。"白衣老翁首先吟唱道："树色川光向晚晴，旧曾游处事分明。鼠穿月榭荆榛合，草掩花园畦垄平。迹陷黄沙仍未寤，罪标青简竟何名。伤心谷口东流水，犹喷当时寒玉声。"神采飞扬的年轻人吟道："鸟啼莺语思何穷，一世荣华一梦中。李固有冤藏蠹简，邓攸无子续清风。文章高韵传流水，丝管遗音托草虫。春月不知人事改，闲垂光影照洿宫。"身材矮小而又潇洒大方的人作诗道："桃蹊李径尽荒凉，访旧寻新益自伤。虽有衣衾藏李固，终无表疏雪王章。羁魂尚觉霜风冷，朽骨徒惊月桂香。天爵竟为人爵误，谁能高叫问苍苍。"清瘦、目光疾敏的人吟诵道："落花寂寂草绵绵，云影山光尽宛然。坏室基摧新石鼠，潴宫水引故山泉。青云自致惭天爵，白首同归感昔贤。惆怅林间中夜月，孤光曾照读书筵。"高大魁梧但少胡须的人吟道："新荆棘路旧衡门，又驻高车会一樽。寒骨未沾新雨露，春风不长败兰荪。丹诚岂分埋幽壤，白日终希照覆盆。珍重昔年金谷友，共来泉际话孤魂。"

诗成，各自吟讽，长号数四，响动岩谷。逡巡，怪鸟鸱枭，相率“啾唧”，大狐老狸，次第鸣叫。顷之，骡脚自东而来，金铎之声，振于坐中，各命仆马，颇甚草草，惨无言语，掩泣攀鞍，若烟雾状，自庭而散。生于是出丛棘，寻旧路，匹马龁草于涧侧，蹇童美寝于路隅。未明，达甘泉店。店媪诘冒夜，生具以对媪。媪曰：“昨夜三更，走马挈壶，就我买酒，得非此耶？”开柜视，皆纸钱也。出《纂异录》。

颜 濬

会昌中，进士颜濬，下第游广陵。遂之建业，赁小舟，抵白沙。同载有青衣，年二十许，服饰古朴，言词清丽。濬揖之，问其姓氏，对曰：“幼芳姓赵。”问其所适，其所适曰：“亦之建业。”濬甚喜，每维舟，即买酒果，与之宴饮。多说陈隋间事，濬颇异之，即正色敛衽不对。抵白沙，各迁舟航，青衣乃谢濬曰：“数日承君深顾，某陋拙，不足奉欢笑。然亦有一事，可以奉酬。中元必游瓦官阁，此时当为君会一神仙中人。况君风仪才调，亦甚相称。望不逾此约。至时，某候于彼。”言讫，各登舟而去。

濬志其言，中元日，来游瓦官阁。士女阗咽，及登阁，果有美人，从二女仆，皆双鬟而有媚态。美人倚栏独语，悲叹久之。濬注视不易，美人亦讶之。又曰：“幼芳之言不缪矣。”

诗成，各自吟咏诵读，朗朗的诵读声此起彼伏，震动山谷。刹那间，怪鸟鸱枭相继不停地“啾唧”，大狐老狸也一个接一个地嗥叫。一会儿，马蹄声从东边过来，铜铃的叮当声传入席间，于是诸人各自吩咐仆从准备车马，仓促匆忙，悲切无语，忍泣上马，像烟雾一样从庭院里散去了。许生于是从灌木丛中出来，找到原路，见马在涧旁吃草，跛脚牧童甜睡在路边。天未亮，到达甘泉店。店中老妇人问为什么冒着黑夜赶路，许生把路上经历的事告诉了她。老妇人说：“昨天夜里三更天，一伙人骑着马、带着壶，到我这里买酒，莫非就是你说的这些人。”打开柜看昨晚收的钱，都是纸钱。出自《纂异录》。

颜濬

唐武宗会昌年间，颜濬参加进士考试，落榜后去游历广陵。于是到了建业，租了条小船到白沙游玩。同船有个青衣女子，二十岁刚出头，服饰古朴，说话口齿清晰，辞藻华丽。颜濬上前拱手见礼，问她姓氏，那女子回答说：“我的名字叫幼芳，姓赵。”问她到什么地方去，回答说：“也是去建业。”颜濬很高兴，每当停船，就买些酒肉果品，跟她宴饮。她说的大都是前代陈朝、隋朝间的事，颜濬感到很奇怪，就板着脸孔、整理着衣襟不予回答。到白沙后，各自搭船上路，分别前那青衣女子上前道歉说：“几天来蒙你细心照顾，我浅陋拙笨，不能陪伴你玩乐。然而有件事，可以略表酬谢。七月十五日中元节那天，你一定要去游瓦官阁，那时我会介绍你去见一个神仙中的人物。况且你的风度、仪表和才气，与她也很相称。希望你不要错过这次约会。到那时，我在那里恭候你。”说完，各自登船而去。

颜濬记着青衣女子的话，到阴历七月十五中元节那天，去游瓦官阁。那里少男少女挤满楼台，等他登上阁楼，果然看见有个美人，后面跟从两个女仆，头上都梳有双髻，娇媚多情。那美人靠着栏杆自言自语，长吁短叹了很长时间。颜濬目不转睛地注视着她，那美人看见他也很惊讶。颜濬心想：“幼芳的话果然不错。”

使双鬟传语曰:“西廊有惠鉴阇黎院,则某旧门徒。君可至是,幼芳亦在彼。”濬甚喜,蹑其踪而去,果见同舟青衣,出而微笑。濬遂与美人叙寒暄,言语竟日。僧进茶果。至暮,谓濬曰:“今日偶此登览,为惜高阁,病兹用功,不久毁除,故来一别,幸接欢笑。某家在清溪,颇多松月,室无他人,今夕必相过。某前往,可与幼芳后来。”濬然之,遂乘轩而去。

及夜,幼芳引濬前行,可数里而至。有青衣数辈,秉独迎之。遂延入内室,与幼芳环坐。曰:“孔家娘子相邻,使邀之曰:‘今夕偶有佳宾相访,愿同倾觞,以解烦愤。’”少顷而至,遂延入,亦多说陈朝故事。濬因起白曰:“不审夫人复何姓第,颇贮疑讶。”答曰:“某即陈朝张贵妃,彼即孔贵嫔。居世之时,谬当后主采顾,宠幸之礼,有过嫔嫱。不幸国亡,为杨广所杀。然此贼不仁可甚。于刘禅、孙皓,岂无嫔御?独有斯人,行此冤暴。且一种亡国,我后主实即风流。诗酒追欢,琴樽取乐而已。不似杨广,西筑长城,东征辽海,使天下男冤女旷,父寡子孤。途穷广陵,死于匹夫之手,亦上天降鉴,为我报仇耳!”孔贵嫔曰:“莫出此言,在坐有人不欲。”美人大笑曰:“浑忘却。”濬曰:“何人不欲斯言耶?”幼芳曰:“某本江令公家嬖者,后为贵妃侍儿。国亡之后,为隋宫御女。炀帝江都,为侍汤膳者。及化及乱兵入,某以身蔽帝,遂为所害。萧后怜某尽忠于主,因使殉葬。后改葬于雷塘侧,不得从焉。时至此谒贵妃耳。”

美人派丫鬟传话给颜濬说："西廊有惠鉴高僧院，那里有我的旧门徒。你可以到那里去，幼芳也在那里。"颜濬很高兴，跟着她们到了高僧院，果然看见同船的那个青衣女子，出来对他微笑。颜濬于是就跟那美人寒暄，谈了整整一天。有僧人送来茶果。到了晚上，美人对颜濬说："今天偶尔来此登楼观览，是可惜这高大的楼阁，费了那么多的功力，不久就要毁了，所以特来告别，有幸与你们一起欢笑。我家在清溪，松多月朗，家里没有别人，今晚你一定要过去探访。我先走了，你和幼芳可随后来。"颜濬同意了，美人于是乘车而去。

到了晚上，幼芳带着颜濬前去，大约走了几里地就到了。有几个婢女拿着蜡烛出来迎接。把颜濬请到里间屋子，跟幼芳等人围成环形坐着。那美人说："孔家娘子住在隔壁，派人邀请她说：'今晚偶有嘉宾来访，希望能同斟共饮，以解烦闷忧愤。'"不一会儿，孔氏来了，就请了进来，也多说一些陈朝的往事。颜濬于是起身说："不知夫人姓什么，出身什么门第，颇存疑念。"美人回答说："我就是陈朝的张贵妃，她是孔贵嫔。活在世上的时候，被后主错爱和顾怜，宠幸的待遇，超过一般的嫔妃。不幸陈朝灭亡了，我们被杨广杀害。然而杨广这贼不仁到了极点。刘禅、孙皓难道没有嫔妃侍候？唯独这贼这样结冤暴虐。同样都是亡国，我们的后主实际上就是风流。吟诗、饮酒寻欢，抚琴、捧杯取乐罢了。不像杨广那样西筑长城，东征辽海，使天下男子屈死，女子悲亡，父寡儿孤。到广陵走到了穷途末路，死于普通人之手，也是上天明鉴，为我们报了冤仇！"孔贵嫔说："不要说这种话，在座的有人不愿意听。"美人大笑说："我全忘了。"颜濬问："什么人不愿意听这话？"幼芳说："我本是江令公家很受宠幸的人，后来做了贵妃的侍儿。亡国之后，又做了隋朝的宫女。隋炀帝在江都时，我是为他端汤送饭的人。等到宇文化及的乱兵侵入的时候，我用身体去遮挡掩护隋炀帝，于是被乱兵杀害。萧后怜惜我对主子一片忠心，于是让我陪葬。后来隋炀帝改葬于雷塘侧，我不能跟从他了。到现在我又来拜会贵妃了。"

孔贵嫔曰:“前说尽是闲事,不如命酒,略延曩日之欢耳。”遂命双鬟持乐器,洽饮久之。贵妃题诗一章曰:“秋草荒台响夜蛩,白杨声尽减悲风。彩笺曾擘欺江总,绮阁尘清玉树空。”孔贵嫔曰:“宝阁排云称望仙,五云高艳拥朝天。清溪犹有当时月,夜照琼花绽绮筵。”幼芳曰:“皓魄初圆恨翠娥,繁华浓艳竟如何?两朝唯有长江水,依旧行人逝作波。”濬亦和曰:“箫管清吟怨丽华,秋江寒月倚窗斜。惭非后主题笺客,得见临春阁上花。”俄闻叩门曰:“江修容、何婕妤、袁昭仪来谒贵妃!”曰:“窃闻今夕佳宾幽会,不免辄窥盛筵。”俱艳其衣裾,明其珰佩而入坐。及见四篇,捧而泣曰:“今夕不意再逢三阁之会,又与新狎客题诗也。”

顷之,闻鸡鸣,孔贵嫔等俱起,各辞而去。濬与贵妃就寝,欲曙而起。贵妃赠辟尘犀簪一枚,曰:“异日睹物思人。昨宵值客多,未尽欢情。别日更当一小会,然须谘祈幽府。”呜咽而别。濬翌日懵然,若有所失,信宿,更寻曩日地,则近清溪,松桧丘墟。询之于人,乃陈朝宫人墓。濬惨恻而返,数月,阁因寺废而毁。后至广陵,访得吴公台炀帝旧陵,果有宫人赵幼芳墓,因以酒奠之。出《传奇》。

郝惟谅

荆州民郝惟谅,性粗率,勇于私斗。会昌二年寒食日,与其徒游于郊外,蹴踘角力,醉卧冢间。宵分始寤,将归,道左见一人家,室绝卑陋,虽张灯而颇昏暗,遂诣乞浆。有一

孔贵妃说:“方才说的都是些闲事,不如摆上酒,略可延续一下往日的欢乐啊。”于是命丫鬟取来乐器,高高兴兴地痛饮了许久。张贵妃写诗一首吟诵道:“秋草荒台响夜蛬,白杨声尽减悲风。彩笺曾擘欺江总,绮阁尘清玉树空。”孔贵妃吟诵道:“宝阁排云称望仙,五云高艳拥朝天。清溪犹有当时月,夜照琼花绽绮筵。”幼芳吟诵道:“皓魄初圆恨翠娥,繁华浓艳竟如何?两朝唯有长江水,依旧行人逝作波。”颜濬也和道:“箫管清吟怨丽华,秋江寒月倚窗斜。惭非后主题笺客,得见临春阁上花。”一会儿,听见外面叩门报告说:“江修容、何婕妤、袁昭仪来拜见贵妃!”这三人进来后说:“我们私下听说今晚有嘉宾幽会,禁不住想见识一下盛筵。”都是换上艳丽的衣裙、佩戴珠光宝饰而入座。等见到方才四人写的诗,捧在手中,禁不住流下泪来,说:“今晚不料能再遇见三阁聚会,又与新狎客吟诗作赋。”

一会儿,听到鸡叫声,孔贵妃等都站起来,各自告辞离去。颜濬与张贵妃一起睡,天快亮了才起身。张贵妃送给他避尘犀簪一枚,说:“他日你看见这东西,就可以想起我。昨晚正赶上人多,未能尽享欢乐。他日还当相见,然而必须咨请冥府。”说完后哭着而别。第二天,颜濬迷迷糊糊地,好像丢了什么东西,睡下了,睡了两个晚上,再找前几日相聚的地方,就找到清溪,那里长满了松树桧树,到处是土丘。向人打听,竟是陈朝的宫人墓。颜濬怀着感伤哀怜之情返回来,几个月后,瓦官阁因为寺庙坍塌而被毁。后来到了广陵,寻访到吴公台隋炀帝的旧陵,果然有宫人赵幼芳的墓,于是洒酒祭奠她。出自《传奇》。

郝惟谅

荆州的百姓郝惟谅,性格鲁莽、率直,勇于打架斗殴。唐武宗会昌二年寒食节那天,他跟同伴到郊外游玩,跟大家一起蹴鞠、角力,喝醉酒后躺在坟冢之间睡着了。到了半夜才醒过来,将要回家,看到道旁有一户人家,房子十分低矮、简陋,虽然点着灯,屋里也很昏暗,于是郝惟谅进去想要讨点东西喝。那屋中有一个

妇人，容色惨悴，服装雅素，方向灯纫缝。延郝，良久谓郝曰："知君有胆气，故敢情托。妾本秦人，姓张氏，嫁与府衙健儿李自欢。自欢太和中，戍边不返，妾遘疫而殁。别无亲戚，为邻里殡于此处，已逾一纪，迁葬无因。凡死者肌骨未复于土，魂神不为阴司所籍。虽散恍惚，如梦如醉。君能使妾遗骸得归泉壤，精爽有托，斯愿毕矣。"郝曰："某生业素薄，力且不办。如何？"妇人云："某虽为鬼，不废女工。自安此，常造雨衣，与胡氏佣作，凡数年矣。所聚十三万，葬备有余也。"郝许诺而归。迟明，访之胡氏，物色皆符，乃具以告。即与偕往殡所，毁瘗视之，散钱培榇，数如其言。胡氏与郝，哀而异之。复率钱于同辈，合二十万，盛其凶仪，瘗于鹿顶原。其夕，见梦于胡、郝。出《酉阳杂俎》。

浮梁张令

浮梁张令，家业蔓延江淮间，累金积粟，不可胜计。秩满，如京师，常先一程致顿，海陆珍美毕具。至华阴，仆夫施幄幕，陈樽罍，庖人炙羊方熟，有黄衫者，据盘而坐。仆夫连叱，神色不挠。店妪曰："今五坊弋罗之辈，横行关内，此其流也。不可与竞。"仆夫方欲求其帅以责之，而张令至，具以黄衫者告。张令曰："勿叱。"召黄衫者问曰：

妇人,面色憔悴,衣服朴素,正对着灯做针线活。那妇人把郝惟谅邀请进屋,停了好一会儿,才对他说:“我知道你有胆量、有气魄,所以才敢有事情托付你。我本是秦人,姓张,嫁给府衙里的健儿李自欢。李自欢唐文宗太和年间,被派遣守边一去不返,我也得病死了。我无亲无故,后来被邻居发丧埋葬在这里,现在已经过了十二年,没有机会迁葬了。凡死人尸骨没盖上土的,魂神都不被阴司列入户籍。于是灵魂到处飘散,迷迷糊糊的,像做梦和醉酒一样。你如果能让我的遗骨回归地下,灵魂有所寄托,我的心愿也算了结了。”郝惟谅说:“我的生业财路一向薄浅,即使用力去办,恐怕也做不到。你看怎么办?”那妇人说:“我虽然是鬼,但一直没有丢开针线活。自从住在这儿,常常缝制雨衣,给一家姓胡的做雇工,总共做了许多年了。积攒的钱有十三万,安葬等一切费用还有剩余。”郝惟谅答应了她,就回去了。天亮时分,访到了姓胡的,察看一下完全与那妇人说的相符,就把事情告诉了他。就跟他一块到坟地去,打开棺木一看,钱都零散地堆在里面,数一数,果然像妇人说的那么多。姓胡的与郝惟谅又怜惜又惊讶。之后又拿着这些钱及从朋友那里筹集的钱,总共二十万,很隆重地给她举行了安葬仪式,重新葬在鹿顶原。当天晚上,那妇人就托梦给了胡、郝二人。出自《酉阳杂俎》。

浮梁张令

浮梁的张县令,家业遍布在江淮一带,积累的财宝和粮食,多得无法计算。为官期满,到京城去,常提前一程准备饮食,海陆珍奇各种美味佳肴全都具备。到了华阴,仆人搭好帐篷,摆好杯盘,厨师正好把羊也烤熟了,有个穿黄衫的对着盘子坐下来。仆人连声呵斥,那人神色不变。店主老妇人说:“现在五坊衙门追捕的不法之徒,在关内横行,这人就属于这类吧。不能跟他争执。”仆人刚想找自己的长官斥责他,张县令到了,仆人就把黄衫人的事全部告诉了他。张县令说:“别呵斥他。”把黄衫人招来问他说:

“来自何方？”黄衫但唯唯耳。促暖酒，酒至，令以大金钟饮之。虽不谢，似有愧色。饮讫，顾炙羊，著目不移，令自割以劝之。一足尽，未有饱色，令又以奁中馁十四五啖之，凡饮二斗余。

酒酣，谓令曰：“四十年前，曾于东店得一醉饱，以至今日。”令甚讶，乃勤恳问姓氏。对曰：“某非人也，盖直送关中死籍之吏耳。”令惊问其由。曰：“太山召人魂，将死之籍付诸岳，俾某部送耳。”令曰：“可得一观乎？”曰：“便窥亦无患。”于是解革囊，出一轴，其首云：“太山主者牒金天府。”其第二行云：“贪财好杀，见利忘义人，前浮梁县令张某。”即张君也。令见名，乞告使者曰：“修短有限，谁敢惜死？但某方强仕，不为死备，家业浩大，未有所付。何术得延其期？某囊橐中，计所直不下数十万，尽可以献于执事。”使者曰：“一饭之恩，诚宜报答。百万之贶，某何用焉？今有仙官刘纲，谪在莲花峰，足下宜匍匐径往，哀诉奏章，舍此则无计矣。某昨闻金天王与南岳博戏不胜，输二十万，甚被逼逐。足下可诣岳庙，厚数以许之，必能施力于仙官。纵力不及，亦得路于莲花峰下。不尔，荆榛蒙密，川谷阻绝，无能往者。”

令于是赍牲牢，驰诣岳庙，以千万许之。然后直诣莲花峰，得幽径。凡数十里，至峰下。转东南，有一茅堂，见道士隐几而坐。问令曰：“腐骨秽肉，魂亡神耗者，安得

“你从什么地方来?”黄衫人只是唯唯应诺罢了。张县令催促温酒,酒拿来了,让黄衫人用大金钟饮酒。黄衫人虽然不表示感谢,但表情好像有惭愧之色。黄衫人喝完酒,回头盯着那只烤羊,目不转睛。张县令亲自动手割羊肉给他吃。一条羊腿吃完了,好像没有吃饱,张县令又把食盒中十分之四五的食物拿出来给他吃,他一共喝了二斗多的酒。

酒喝到很尽兴的时候,黄衫人对张县令说:“我四十年前曾经在东店吃饱喝足过一次,直到现在。”张县令听后很惊讶,就殷勤恳切地打听他的姓氏。黄衫人回答说:“我不是人,只是送关中死人簿籍的小吏罢了。”张县令吃惊地向他打听缘由。黄衫人说:“太行山招募人魂,要将死去的人的名簿都交送各岳,让各岳捕送。”张县令说:“能拿来给我看看吗?”那个黄衫人回答说:“即便看了也没有什么妨害。”于是解开皮囊,拿出一卷纸笺来,打开看那上面第一行写着:“太行主者牒金天府。”第二行写着:“贪财好杀、见利忘义人,前浮梁县令张某。”就是张县令。张县令看到自己的名字,乞求黄衫使者说:“人的寿命有限,谁敢惜死呢?只是我正身强力壮,没为送终做准备,家业这样浩大,还没有托付。有什么办法能延缓我的死期呢?我的袋子里财物总计不少于几十万,都可以奉献给你。”黄衫使者说:“一顿酒饭的恩惠,我确实应该报答。百万巨款的馈赠,对我有什么用呢?现在有个仙官叫刘纲,被贬在莲花峰,你应该竭尽全力径直前往,悲伤地诉说、奏请,除此之外,再没有别的办法了。我昨天听说金天王和南岳王博戏,没取胜,输掉二十万,被催逼得很厉害。你可以到岳庙,用巨额的钱财许诺给他,他一定能在仙官那里给你出力。即使他出不了力,也可以从莲花峰下轻取登山之路。否则,荆榛遍布,密密层层,川谷阻断,你无法到达那里。”

张县令便带了牛、羊、猪三牲祭品,骑马直奔岳庙,许诺千万钱财。然后径往莲花峰,找到了登山的小路。总共走了几十里,到达峰下。折向东南,有个茅草房,见到个道士在小几案后面坐着。道士问张县令:“你这块腐骨秽肉,灵魂即将耗尽的人,怎么能

来此?”令曰:“钟鸣漏尽,露晞顷刻。窃闻仙官,能复精魂于朽骨,致肌肉于枯骸。既有好生之心,岂惜奏章之力?”道士曰:“吾顷为隋朝权臣一奏,遂谪居此峰。尔何德于予,欲陷吾为寒山之叟乎?”令哀祈愈切,仙官神色甚怒。俄有使者,赍一函而至,则金天王之书扎也。仙官览书,笑曰:“关节既到,难为不应。”召使者反报,曰:“莫又为上帝谴责否?”乃启玉函,书一通,焚香再拜以遣之。凡食顷,天符乃降,其上署“彻”字,仙官复焚香再拜以启之,云:“张某弃背祖宗,窃假名位,不顾礼法,苟窃官荣,而又鄙僻多藏,诡诈无实。百里之任,已是叨居;千乘之富,今因苟得。令按罪已实,待戮余魂。何为奏章,求延厥命?但以扶危拯溺者,大道所尚;纾刑宥过者,玄门是宗。狗尔一毗,我全弘化,希其悛恶,庶乃自新。贪生者量延五年,奏章者不能无罪。”仙官览毕,谓令曰:“大凡世人之寿,皆可致百岁。而以喜怒哀乐,汩没心源;爱恶嗜欲,伐生之根。而又扬己之能,掩彼之长,颠倒方寸,顷刻万变。神倦思怠,难全天和。如彼淡泉,汩于五味,欲致不坏,其可得乎?勉导归途,无堕吾教。”令拜辞,举首已失所在。

复寻旧路,稍觉平易。行十余里,黄衫吏迎前而贺。令曰:“将欲奉报,愿知姓字。”吏曰:“吾姓锺,生为宣城县脚力,亡于华阴,遂为幽冥所录。递符之役,劳苦如旧。”令曰:

到这里来?”张县令说:“钟已击响,漏壶已报晓,露水顷刻间就晒干了。我私下听说仙官能使朽骨复活惊魂,让白骨长出肌肉。我既然还有求生之心,怎会吝惜一切财力向仙官奏请呢?”道士说:“我曾经替隋朝权臣启奏过一次,就被贬居在这莲花峰下。你对我有什么恩德,想让我做终生孤守寒山的老翁呢?”张县令哀求之情更迫切,仙官神色上很愤怒。一会儿,来了个使者,送来一封信,就是金天王的书信。仙官看完信,笑着说:“关节既然到了,很难不回应了。”招来使者回告说:“不会又因此受上帝谴责吧?”于是打开玉函,然后又写了一阵子,烧香拜了两拜打发使者回去。共有一顿饭的工夫,上天的符命就下来了,那上面写着个“彻”字,仙官又烧香拜了两拜打开看,上面写着:“张某弃背祖宗,窃居名位,不顾礼法,苟且窃取了为官的荣耀,而又贪鄙聚敛,诡诈无实。县官百里之任,已是忝居;千乘王侯之富,现在是苟且获得。让人审查的罪状已经核实,等着问责你的灵魂。为何要上报奏章,请求延长你的性命?但以扶危拯溺者,为大道所崇尚;解除刑罚宽宥过错者,为玄门所尊重。屈从了你一人,我全了弘扬德化,希望你悔改邪恶,重新做人。过分贪婪生命的酌量延长五年之寿,上报奏章的不能视为无罪。”仙官看完,对张县令说:“大凡世人的寿命,都可活到百岁。然而人因为有喜怒哀乐之情,弄乱了人的心性;爱、憎、嗜好、欲望,残害了生命的根源。宣扬夸大自己的本领,而掩盖他人的长处,扰乱心性,顷刻万变。就会使人的精神疲乏、倦怠,难以保全天和。就像淡水之泉,投进五味,想让淡水之泉仍不改变味道,这可能吗?所以我勉励你回归正道,不要忘记我的教诲。”张县令拜别告辞,低头抬头之间,那人已不知去向。

张县令又重寻原路返了回来,心里稍觉平和宁静了。走了十多里路,黄衫小吏迎上前向他道贺。张县令说:“我想要答谢你,希望能知道你的姓名。”黄衫小吏说:“我姓锺,活着的时候做宣城县传递文书的差事,死在华阴,于是又被阴司录用,做传递文书的差事。投递文书的差役,跟生前一样劳苦。”张县令说:

"何以勉执事之困?"曰:"但酬金天王愿,曰请置子为阍人,则吾饱神盘子矣。天符已违半日,难更淹留。"便与执事别,入庙南柘林三五步而没。是夕,张令驻车华阴,决东归,计酬金天王愿,所费数逾二万,乃语其仆曰:"二万可以赡吾十舍之资粮矣,安可受祉于上帝,而私谒于土偶人乎?"明旦,遂东至偃师,止于县馆。见黄衫旧吏,赍牒排闼而进,叱张令曰:"何虚妄之若是?今祸至矣!由尔偿三峰之愿不果,俾吾答一饭之恩无始终。悒悒之怀,如痛毒螫。"言讫,失所在。顷刻,张令有疾,留书遗妻子,未讫而终。出《纂异记》。

欧阳敏

陕州东三十里,本无旅舍,行客或薄暮至此,即有人远迎安泊,及晓前进,往往有死者。扬州客欧阳敏,侵夜至,其鬼即为一老叟,迎归舍。夜半后,叟诣客问乡地,便以酒炙延待。客从容谈及阴骘之事,叟甚有惊怍之色。客问怪之,乃问曰:"鬼神能侵害人乎?人能害鬼乎?"叟曰:"鬼神之事,人不知,何能害之?鬼神必不肯无故侵害人也。或侵害人者,恐是妖鬼也,犹人间之贼盗耳。若妖鬼之害人,偶闻于明神,必不容,亦不异贼盗之抵宪法也。"叟复深有忧色,客怪之甚,遂谓叟曰:"我若知妖鬼之所处,必诉于尊神,令尽剪除。"叟不觉起拜,叩头而言曰:"我强鬼也,虑至晓,君子不容,今幸望哀恕。"仍献一卷书与客曰:

"用什么办法可以免去你这差事的辛苦?"回答说:"只要你能实现对金天王许下的愿,且请他安排我做守门人,我也就可以饱食金天王的祭品了。送天符的时间已经耽搁了半天,不便再停留了。"张县令便与黄衫小吏告别,黄衫小吏进了庙南栢林中三五步远的地方就不见了。这天晚上,张县令停车住在华阴,决定东归,实现对金天王的许愿,花费要超过二万,就对他的仆人说:"二万可以供我十天行程的物资和粮食,怎么可能受福祉于上帝,而又私自去拜谒土偶呢?"第二天早晨就向东走,到了偃师,住在县馆。只见原来那个黄衫小吏拿着天符推门进来,怒叱张县令说:"你怎么这样虚妄荒诞?现在就要大祸临头了!由于你偿还对三峰的承诺没能实现,使我对你一饭之恩的报答也有始无终。悒郁之心,像被毒虫咬了一样疼。"说完,就不见了。顷刻间,张县令得了病,要写封遗书给妻子,还没写完就死了。出自《纂异记》。

欧阳敏

陕州东边三十里处本来没有旅馆,往来旅客有时傍晚到达这里,就有人老远地去迎接住宿,到天亮出发时,常常有死的。有个扬州旅客欧阳敏,在夜色降临时来到了这里,那鬼就变成老头,把他迎到了旅馆。半夜后,老头到欧阳敏的住处,打听他的家乡,又用酒肉款待他。欧阳敏从容地说到上天默默地安定下民的事,老头显出非常吃惊和惭愧的神色。欧阳敏感到奇怪,趁机问他说:"鬼神能侵害人吗?人能害鬼吗?"老头回答说:"鬼神的事,人不了解,人怎么能害鬼?鬼神也一定不肯无缘无故地侵害人。有侵害人的,恐怕也是妖鬼,就像人间的盗贼罢了。如果妖鬼害了人,偶尔被明察之神得知,一定不能宽容,跟盗贼触犯法规也没什么不同。"老头又现出忧虑的神色,欧阳敏更感诧异,于是对老头说:"我如果知道妖鬼在什么地方,一定到尊神那去控告他,让他把妖鬼全部铲除。"老头听后,不自觉地起身下拜,叩头说:"我是强鬼,估计你知道全部真情,不会宽恕我,现在希望你能可怜我,饶恕我。"老头于是献出一卷书给欧阳敏,并说:

“此书预知帝王历数，保惜保惜。”客受之。至曙，不辞而出。回顾乃一坏坟耳。其书是篆字，后客托人译之，传于世。出《潇湘录》。

奉天县民

会昌五年，奉天县国盛村民姓刘者，病狂。发时乱走，不避井堑。其家为迎禁咒人侯公敏治之。公敏才至，刘忽起曰：“我暂出，不假尔治。”因杖薪担至田中，袒而运担，状若击物，良久而返，笑曰：“我病已矣，适打一鬼头落，埋于田中。”兄弟及咒者，犹以为狂，遂同往验焉。刘掘出一髑髅，戴赤发十余茎，其病竟愈。出《酉阳杂俎》。

“这书能预先知道帝王的历数，你要好好保存，好好爱惜。”欧阳敏接受了它。到早晨，老头不辞而去。回头再一看，却是一座颓毁的坟墓。那书是篆字书写，欧阳敏后来托人转译过来，流传于世上。出自《潇湘录》。

奉天县民

唐武宗会昌五年，奉天县国盛村有位姓刘的村民得了狂病。发病时到处乱跑，遇到水井和沟塘也不知躲避。他家给他请了禁咒人侯公敏来给他治病。侯公敏刚到，姓刘的村民忽然起身说：“我先出去，不需要你治。”于是手拄着扁担到了田里，光着膀子，挥舞着扁担，好像在打什么东西，过了很长时间才回来，笑着说：“我的病已经好了，刚才打落了一个鬼头，埋在田地里。”他的兄弟及禁咒人，还以为发了狂病，于是同去田中察看。姓刘的村民挖出一死人头骨，上面长着十多根红色头发，他的病竟然就好了。出自《酉阳杂俎》。

卷第三百五十一
鬼三十六

邢　群　　李　重　　王　坤　　苏太玄　　房千里
韦氏子　　李　浔　　段成式　　鬼　葬　　董汉勋

邢　群

刑部员外邢群，大中二年，以前歙州刺史居洛中，疾甚。群素与御史朱琯善。时琯自淮海从事罢居伊洛，病卒，而群未知。尝昼卧，忽闻扣门者。令视之，见琯骑而来，群即延入坐。先是群闻琯病，及见来，甚喜，曰："向闻君疾，亦无足忧。"琯曰："某尝病，今则愈矣。然君之疾，亦无足忧，不一二日，当间耳。"言笑久之，方去。琯访群之时，乃琯卒也。出《宣室志》。

李　重

大中五年，检校郎中、知盐铁河阴院事李重罢职，居河东郡。被疾，旬日益甚，沉然在榻。一夕，告其仆曰："我病不能起矣。"即令扃键其门。忽闻庭中窣然有声，重视之，

邢　群

刑部员外郎邢群，唐宣宗大中二年时因前任歙州刺史的关系住在洛中，得了重病。邢群向来和当御史的朱琯是好朋友。当时朱琯被免去了淮海从事的官位，居住在伊水、洛水一带，不久就病死了，可是邢群并不知道好友朱琯的死讯。有一个白天，邢群在家里躺着，忽然听见敲门声。让人开门看，看到是朱琯骑马来到门前，邢群就请朱琯进屋坐下。邢群曾听说朱琯生了病，等见他来了，很高兴地说："以前听说你生了病，看你现在这样，我也就不用担心了。"朱琯说："我是曾生过病，现在好了。你这个病也不用愁，一两天就会痊愈的。"两个人谈笑了半天，朱琯才告辞。事后才知道，朱琯来看望邢群的时候，正是他刚刚死去的时候。出自《宣室志》。

李　重

唐宣宗大中五年，李重被免去了检校郎中、知盐铁河阴院事等本、兼各职，居住在河东郡。生了病，十天以后病情更加严重，竟卧床不起。一天晚上，他对仆人说："我病得起不来床。"就让仆人去把门关好。忽然听见庭院里有"窸窣"声，李重一看，

见一人衣绯，乃河西令蔡行己也。又有一人，衣白叠衣，在其后。重与行己善，即惊曰："蔡侍御来！"因命延上，与白衣者俱坐。顷之，见行己身渐长，手足口鼻，亦随而大焉。细视之，乃非行己也。重心异之，然因以侍御呼焉，重遂觉身稍可举，即负壁而坐，问曰："某病旬月矣，今愈甚，得不中于此乎？"其人曰："君之疾当间矣。"即指白衣者："吾之季弟，善卜。"乃命卜重。白衣者于袖中出一小木猿，置榻上。既而其猿左右跳踯，数四而定。白衣者曰："卦成矣，郎中之病，固无足忧。当至六十二，然亦有灾。"重曰："侍御饮酒乎？"曰："安敢不饮？"重遂命酒，以杯置于前。朱衣者曰："吾自有饮器。"乃于衣中出一杯，初似银，及既酌，而其杯翻翻不定。细视，乃纸为者。二个各尽二杯，已而收其杯于衣中。将去，又诫重曰："君愈之后，慎无饮酒，祸且及矣。"重谢而诺之，良久遂去。至庭中，乃无所见。视其外门，扃键如旧。又见其榻前，酒在地，盖二鬼所饮也。重自是病愈，既而饮酒如初，其年，谪为杭州司马。出《宣室志》。

王坤

太原王坤，大中四年春为国子博士。有婢轻云，卒数年矣。一夕，忽梦轻云至榻前。坤甚惧，起而讯之，轻云曰："某自不为人数年矣，尝念平生时，若縈而不忘解也。

来了一位身穿红袍的官员，原来是他的好友河西县令蔡行己。还有一人，穿白叠衣，跟在他的身后。李重与蔡行己交好，就惊喜地说："原来是蔡侍御到了！"说罢忙让人请蔡行己进来，和那位白衣人一起坐下。片刻之间，只见蔡行己身材渐渐长高起来，手脚口鼻也随着长大。仔细看竟不是蔡行己。李重心里非常奇怪，但是仍以"蔡侍御"叫他，这时，李重觉得自己身体不那么沉重了，可以坐起来，就挣扎着靠墙坐了起来，向那人问道："我已经病了一个来月了，现在越来越重，是不是快死了呢？"那个高大的人说："你的病该好了。"说着指了指那个白衣人说："这是我的小弟弟，他善于算卦。"然后就让白衣人给李重算上一卦。白衣人从衣袖里拿出一个小木制猿猴放在床上。不久那小猿猴在床上又蹦又跳，半天才停下来。白衣人说："卦已算出来了，你的病不用担心。你可以活到六十二岁，但你还会有灾。"李重说："侍御喝点酒不？"那人说："哪敢不喝？"李重就让仆人备酒，将酒杯放在那人面前。那人说，"我自带着酒具呢。"说着就从身上拿出一只杯子，刚一看像是银杯，但倒上酒后，杯子晃动很厉害。再仔细看，却是一只纸杯。两个人各自喝了两盅酒后，不久那红衣人又把杯子揣回衣中。二人将要离去时，红衣人又告诫李重说："你病好之后，千万不要喝酒，否则会有祸事临头。"李重拜谢并答应一定不喝酒，过了半天，那两个人就走了。他们刚走到院子里，就消失不见了。李重察看大门，大门仍然是锁着的。再看床前，酒都泼在那里，这才知道喝酒的是两个鬼怪。李重病愈不久，照样喝酒，一年后，李重被贬为杭州司马。出自《宣室志》。

王　坤

太原人王坤在唐宣宗大中四年春任国子监博士。他有个婢女叫轻云，已经死了好几年了。有天晚上，王坤忽然梦见轻云来到床前。王坤很害怕，起身问她来意，轻云说："我离开人世好几年了，常念我活着时，就像被绳索捆系着身子和你难分难解。

今夕得奉左右，亦幸会耳。”坤懵然若醉，不寤为鬼也。轻云即引坤出门，门已扃镉，隙中导坤而过，曾无碍。行至衢中，步月徘徊，久之，坤忽饥，语于轻云。轻云曰：“里中人有与郎善者乎？可以诣而求食也。”坤素与太学博士石贯善，又同里居，坤因与偕行。至贯门，而门已键闭，轻云叩之。有顷，阍者启扉曰：“向闻扣门，今寂无睹，何也？”因阖扉。轻云又扣之，如是者三，阍者怒曰：“厉鬼安得辄扣吾门！”且唾且骂之。轻白坤云：“石生已寝，固不可诣矣，愿郎更诣他所。”

时有国子监小吏，亦同里，每出，常经其门。吏与主月俸及条报除授，坤甚委信之。因与俱至其家。方见启扉，有一人持水缶，注于衢中。轻云曰：“可偕入。”既入，见小吏与数人会食。初，坤立于庭，以为小吏必降阶迎拜。既而小吏不礼，俄见一婢捧汤饼登阶，轻云即殴婢背，遽仆于阶，汤饼尽覆。小吏与妻奴俱起，惊曰：“中恶！”即急召巫者，巫曰：“有一人，朱绂银印，立于庭前。”因祭之，坤与轻云俱就坐，食已而偕去。女巫送至门，焚纸钱于门侧。轻云谓坤曰：“郎可偕某而行。”坤即随出里中，望启夏而去。至郊野

今天晚上我能奉侍你身边，也算得上是幸会了。”王坤被她的柔情感动得如痴如醉，竟忘了她是鬼。轻云便领着王坤往外走，虽然大门紧锁，但王坤随着轻云从门缝中一下就钻出去了，竟无障碍。他们一同来到街上，在月光下徘徊游荡了很久，后来王坤忽然觉得很饿，就告诉了轻云。轻云说：“里中有和你不错的朋友吧？可以去向他们要些东西吃。”王坤平素和太学博士石贯交好，又在同里居住，就领着轻云一起前往。来到石贯家门口，大门已经锁上了，轻云上前敲门。敲了半天，守门人才打开了门，一看门外没有人，奇怪地说：“我刚才听见敲门声，现在沉寂看不见人，是怎么回事呢？”说着就又把门关上了。轻云又敲，守门人开门看还是看不见人，这样反复了好几次，守门人在里面大怒地嚷道：“恶鬼怎么能一再地敲我家大门！”一面朝地上吐唾沫一面咒骂他们。轻云就对王坤说：“你的朋友石生已经睡了，不要找他了，希望你去找别的地方吧。”

当时，国子监里有个小吏也和王坤住在同里，王坤每次出门，经常经过小吏家的门口。小吏也常常给王坤捎来每月的薪金或文件，因此王坤非常信任他。于是王坤领着轻云一同来到那小吏家。刚要开门，见门内有个人提着水罐出门往路上倒水。轻云对王坤说：“咱们趁此机会跟他一起进去吧。”二人进院以后，见那小吏正和几个朋友在一起吃饭。开始，王坤就站在庭院里，心想那小吏一定会走下台阶拜迎他。然而小吏不理睬他们，不一会儿，看见有个婢女端着汤饼登上台阶往屋里送，轻云就往婢女的背上打了一拳，婢女立刻摔倒在台阶上，汤饼洒了一地。这时那小吏带着妻子、奴仆从都站起来，惊恐地大喊：“中了邪啦！”然后马上就请来了一名巫师，巫师看了看，说：“来了一位神怪，头戴有缨穗的帽子，胸前佩着银制的官印，就站在庭院前。”于是巫师就领着大家一块祭祀祷告，王坤和轻云一起就座，趁机大吃了一顿祭品，吃完就一块走了。那女巫在后面把他们送出门外，并在大门旁烧了些纸钱。轻云对王坤说：“你现在可带着我一起走。”王坤就跟着轻云走出里中，直奔启夏门而去。他们出城在郊野

数十里，见一墓，轻云曰："此妾所居，郎可随而入焉。"坤即俯首曲躬而入，墓口曛黑不可辨。

忽悸然惊寤，背汗股栗。时天已晓，心恶其梦，不敢语于人。是日，因召石贯。既坐，贯曰："昨夕有鬼扣吾门者三，遣视之，寂无所睹。"至晓，过小吏，则有焚纸钱迹，即立召小吏，讯其事。小吏曰："某昨夕方会食，忽有婢中恶。巫云，鬼为祟，由是设祭于庭，焚纸于此。"尽与坤梦同。坤益惧，因告妻孥。是岁冬，果卒。出《宣室志》。

苏太玄

阳朔人苏太玄，农夫也，其妻徐氏，生三子而卒。既葬，忽一日还家，但闻语而不见形。云："命未合终，冥司未录。"每至，必怜抚其子，为之纫补。经旬月，邻伴乃知，或占卜吉凶，述善恶，一一符验。有乡人在府充职，被疾，其家请卜之。俄顷云："至凉风馆南，地名柘木林，遇虎当道，不敢过，遂却回。"卜者请逼，因请再往。俄顷曰："至府，见所疾已愈。"疑其不实，遂问其所居坊曲，病人形貌。徐氏先不曾至府，又未识病者，一一言之，无差异。又有人来卜，谢无物奉酬，深为不足。徐氏曰："公家三斗粟在西房，何得称无？"卜者请取之。逡巡，负致其前，众皆愕然。如

走了几十里后，看到一座坟墓，轻云说："这是我的住处，你可随我进去。"王坤就低头弯腰钻入墓穴里，墓穴内一片漆黑，不可分辨。

王坤突然就惊醒了，吓得背部出冷汗，大腿战栗。这时天已破晓，王坤心里讨厌这个梦，但是没敢把这噩梦告诉任何人。这天，王坤请来他的好友石贯。坐下后，石贯就对王坤说："昨天夜里有个鬼三次敲我家大门，我让人去看，寂静得什么也没看见。"到了早上，王坤造访那小吏家，见他家门边有一堆烧纸钱的痕迹，就立刻找他，问他为什么烧纸钱。小吏说："我昨晚和朋友们会餐时，忽然有个女婢中了邪，当即请来了巫师。巫师说是鬼在作怪，于是在院中进行了祭祀，又在门边烧了纸钱。"王坤一听，都和自己梦中的经历完全一样，心里更加恐惧，就把这件事告诉了妻子儿女。这年冬天，王坤果然死了。出自《宣室志》。

苏太玄

阳朔人苏太玄是个农夫，他的妻子徐氏生了三个儿子后死去了。埋葬后，徐氏一天忽然回家来了，人们只能听到徐氏的声音，却看不见人形。徐氏说："我不该命终，阴间不收录我。"徐氏每次回家，对她的孩子十分疼爱，为他们缝缝补补。过了一个月，邻居们才知道了，有的人向徐氏求卦或问吉凶祸福，徐氏告诉他们善恶，都能一一应验。有个在府里做事的乡人生了病，家人请徐氏占卜。不一会儿，徐氏说："我走到凉风馆以南的柘木林，遇到一只猛虎挡住了去路，不敢过去，于是就回来了。"占卜的人再三央求，于是恳求徐氏再去一趟。又过了片刻，徐氏说："到了府里，看到他的病已经好了。"家里人还担心徐氏说得不准确，就向徐氏询问他们家的住址和病人的相貌。徐氏生前根本没去过那生病的人家，也不认识病人，但一一说出来，没有一点差异。后来，又有个人来求徐氏给占卦，并事先说抱歉没有钱物答谢，请徐氏谅解。徐氏说："你们家西屋明明有三斗粟放着，你怎么说你家什么也没有呢？"那占卜的人请求去取来。不大一会儿，果然把粮食给背到了面前，大家一看都十分惊讶。像

此不一。忽一旦，言帝舜发兵讨蛮，有人求至驿，助擎熟食，更一两日当还。如期而归，将一分细食，致夫前曰："此饭曷若人间过军者？"夫尝之，倍珍于他食。又一旦，泣告曰："无端泄阴事，获罪被追。此去难再还，好看儿女。"泣别遂绝。出《桂林风土记》。

房千里

春州南门外有仙署馆，馆中有卢公亭。房千里贬官，寻医于斯州，太守馆之于是。东厢有内室，仆夫假寐，忽有朱衣人，甚魁伟，直来其前。仆辈惊走，告千里。既一二夕，又然。千里不信，然不复置于室内。后累月，徙居溪亭，复有假掾吏寄与东室。昼日，见一男子披纱裳，屣履而来，曰："若无久驻此！"掾惊出户，俱以状白于僚吏。有老牙门将陆建宗曰："元和中，诛李师道，其从事陆行俭流于是州，赐死于是。"掾所白之状，果省不谬。出《投荒杂录》。

韦氏子

京兆韦氏子，举进士，门阀甚盛。尝纳妓于洛，颜色明秀，尤善音律。韦曾令写杜工部诗，得本甚舛，妓随笔改正，文理晓然。是以韦颇惑之。年二十一而卒，韦悼痛之，甚为羸瘠。弃事而寐，意其梦见。一日，家僮有言嵩山任

这样的事不只一件。忽然有一天，徐氏突然说舜帝兴兵讨伐蛮狄，有人来求她去驿站随军做饭，过一两天就能回来。徐氏果然如期回来了，带回了一份点心放到丈夫面前说："这饭比人间犒劳军队的食物怎样？"丈夫一尝，果然比人间食物好吃。又过了一天，徐氏哭着对丈夫说，"我由于泄漏了阴间的事，问罪被追捕。这一去难再回来了，我去后，你可要好好照看儿女们。"洒泪而别以后，再也没见到她了。出自《桂林风土记》。

房千里

春州南门外有座仙署馆，馆中有个卢公亭。房千里被贬官后到这个州求医，春州太守把房千里安置在了仙署馆。东厢房有个内室，一天，仆人正在东厢房内室里休息，忽然有个穿红衣十分魁伟的人，直接来到他的面前。仆人吓得跑出来，告诉了房千里。过了一两个晚上，那红衣大汉又来了。房千里虽然不信鬼神，也不再在馆里住了。后来几个月，迁居在溪亭，又有一位代理掾吏借住在仙署馆的东厢房。一个白天，掾吏忽然看见一个男子披着纱裳、拖着鞋走进来，说："你不许在这里长住！"那掾吏吓得跑了出去，把这情形告诉了同僚们。有位老牙门将陆建宗说："唐宪宗元和年间，朝廷诛杀李师道时，将曾经给李师道当从事官的陆行俭流放到这个州，并在这里赐死。"那掾吏所说的样子，果然一点没错。出自《投荒杂录》。

韦氏子

京兆韦氏子参加进士科考，门庭十分显赫。韦氏子在洛阳时曾蓄养了一名妓女，这妓女容貌秀美，尤其精通音律。韦氏子曾经让妓女抄写一部杜甫诗集，原来的底本上错讹很多，妓女在抄录时随笔改正，文理十分晓畅明白。韦氏子因此就更迷恋她了。那妓女二十一岁时就死了，韦氏子十分悲痛，由于思念她，身体都消瘦了很多。他经常扔下要做的事就去睡觉，希望能在梦里见到她。一天，韦氏子听家里的童仆说，嵩山有位姓任的

处士者，得返魂之术。韦召而求其术。任命择日斋戒，除一室，舒帏于室，焚香。仍须一经身衣以导其魂。韦搜衣笥，尽施僧矣，惟余一金缕裙。任曰："事济矣。"是夕，绝人屏事，且以暱近悲泣为诫。燃蜡炬于香前，曰："睹烛燃寸，即复去矣。"韦洁服敛息，一禀其诲。是夜，万籁俱止，河汉澄明。任忽长叹，持裙面帏而招，如是者三，忽闻吁叹之声。俄顷，映帏微出，斜睇而立，幽芳怨态，若不自胜。韦惊起泣，任曰："无庸恐迫，以致倏回！"生忍泪揖之，无异平生。或与之言，颔首而已。逾刻，烛尽及期，欻欲逼之，纷然而灭。生乃捧帏长恸，既绝而苏。任生曰："某非猎食者，哀君情切，故来奉救。沤沫槿艳，不必置怀。"韦欲酬之，不顾而别。韦尝赋诗曰："惆怅金泥簇蝶裙，春来犹见伴行云。不教布施刚留得，浑似初逢李少君。"悼亡甚多，不备录。韦自此郁郁不怿，逾年而殁。出《唐阙史》。

李浔

咸通中，中牟尉李浔，寓居圃田别墅。性刚戾，不以鬼神为意。每见人酹酒，必怒而止之。一旦，暴得风眩，方卧

隐者,有能为死者招魂的法术。韦氏子就把任某请来,请他用法术为妓女招魂。任某让韦氏子选了个日子斋戒,安排了一个房间,在屋里挂上帐幕,燃上了香。还要一件妓女生前穿过的衣服好招她的魂灵。韦氏子翻找衣箱,妓女的衣服都已施舍给僧院了,只剩下了一件金缕裙。任某说:“这就可以了。”这天晚上,任某让韦氏子摒绝一切人事,并告诫说到时候绝不许和妓女的魂灵亲近,也不许哭。任某在香前点了一支蜡烛说:“看到蜡烛烧到一寸长时,魂灵就又返回了。”韦氏子身穿洁净的衣服,屏住呼吸,牢记着任某的告诫。这天夜里,万籁无声,星河澄明。任某忽然长长地叹了口气,手里举着那件裙子朝着帐子招魂,反复了几次后,忽然听见女子悲叹之声。一会儿,帷帐中露出了一点那女子的身影,斜着眼站立着,幽芳怨态,好像悲伤得不能自持的样子。韦氏子惊起又啼哭了起来,任某立刻提醒说:“你千万不要惊动她,会让她立刻就会回去了!”韦氏子只好强忍着哭泣向那女子拜礼,看她那模样,和活着时完全相同。韦氏子和她说话,她只是点点头而已。过了一会儿,蜡烛快要燃尽,那女子的归期很快就要到了,韦氏子忙扑上前去,女子就突然消失了。韦氏子捧着帏帐痛哭起来,哭得昏死过去,又苏醒过来。任某对韦氏子说:“我不是用招魂术挣钱的那种人,同情你的情真意切,所以前来帮你一把。其实男女之情就像水上的泡沫、树上的鲜花,转眼就会消失,你不必这样挂在心上。”韦氏子想好好酬谢任某,任某不受,头也不回地就走了。后来,韦氏子曾为这事写了一首诗:“惆怅金泥簇蝶裙,春来犹见伴行云。不教布施刚留得,浑似初逢李少君。”韦氏子悼亡的诗写了很多,这里不一一记载了。韦氏子自此一直郁郁寡欢,第二年就死去了。出自《唐阙史》。

李浔

唐懿宗咸通年间,河南中牟县的县尉李浔住在圃田的别墅里。李浔生性刚愎暴戾,从来不信鬼神。每当他看到有人向鬼神祭酒,一定生气地制止。有一天,他突然得了风眩病,正躺在

于庑下，忽有田父立于榻前，云："邻伍间欲来省疾。"见数人，形貌尪劣，服饰或紫或青。有矮仆，提酒两壶，历阶而上。左右妻子，悉无所睹。谓浔曰："尔常日负气，忽于我曹。醪醴之间，必为他人爱惜。今有醇酎数斗，众欲为君一醉！"俄以巨杯，满酌饮浔，两壶俱尽，余沥满席。谓浔曰："何以常时惜酒也耶？"自尔百骸昏悴，如宿酲惙然，数月方愈。出《剧谈录》。

段成式

太常卿段成式，相国文昌子也，与举子温庭筠亲善，咸通四年六月卒。庭筠居闲辇下，是岁十一月十三日冬至，大雪，凌晨有扣门者。仆夫视之，乃隔扉授一竹筒，云："段少常送书来。"庭筠初谓误，发筒获书，其上无字。开之，乃成式手札也。庭筠大惊，驰出户，其人已灭矣。乃焚香再拜而读，但不谕其理。辞曰："恸发幽门，哀归短数！平生已矣，后世何云？况复男紫悲黄，女青惧绿。杜陵分绝，武子成㛹。自是井障流鹦，庭钟舞鹄。交昆之故，永断私情。慨慷所深，力占难尽。不具。荆州牧段成式顿首。"自后寂无所闻。书云"㛹"字，字书所无，以意读之，当作"群"字耳。温、段二家，皆传其本。子安节，前沂王傅，乃庭筠婿也，自说之。出《南楚新闻》。

廊屋下，就见几个农夫来到床榻前说："邻居们听说你病了，想来探病。"李浔看这几个人相貌丑陋，有的穿紫有的穿青。又见一个很矮的仆人，提着两壶酒沿着庭院的台阶走上来。但这些人李浔的妻子和周围的人全都看不见。那矮个仆人对李浔说："你平时负气，不肯屈居人下，轻视我们。甜酒之间，必为他人爱惜。今天我带来几斗好酒，大家和你一起喝个醉！"一会儿，就拿来一个很大的酒杯，倒满了酒给李浔喝，把两壶酒都倒光了，席上还洒满了剩酒。那矮个仆人又对李浔说："为何平时你那么珍惜酒呢？"自那次李浔被鬼怪们灌得醉成了一摊泥，像宿醉一样困顿虚弱，过了几个月才好。出自《剧谈录》。

段成式

太常卿段成式，是相国段文昌的儿子，和举人温庭筠是好友，死于唐懿宗咸通四年六月。当时温庭筠正在京城闲住，这年十一月十三日冬至日，下起了大雪，一大早有人敲温庭筠的门。仆人去开门看，隔着门塞进一个竹筒，外面的人说："段成式送信来了。"温庭筠起初以为听错了，打开竹筒拿出信札，上面没有字。再把信札展开，果然是段成式手写的信札。温庭筠大吃一惊，飞跑出门，送信人已经不见了。温庭筠于是烧上香，拜了两拜后才把信拿来看，只是看不懂上面的意思。信上写道："我悲痛地进了阴府之门，哀叹我的寿数太短促了！我这一生是完了，后辈还有什么可说的呢？何况男紫为黄叶飘零而悲叹，女青为春深而心惊。自从在陕西杜陵分别之后，继之而来的人成群结队。真是院中井栏上流鹦飞翔，庭上的鹄鸟伴着钟声起舞。我们这样的老朋友，却永远断绝了情谊。想到这些，我真是感慨万端，写也写不尽啊。就说到这里吧。荆州牧段成式再拜。"从这次以后，就再也没听到段成式的消息了。那封信中的"㛹"字，任何字书里都没有，按照大意去读，应该是个"群"字。温家和段家一直流传着那封信的原本。儿子段安节，曾为沂王的太傅，是温庭筠的女婿，这些事都是他亲口说的。出自《南楚新闻》。

鬼葬

辰州溆浦县西四十里，有鬼葬山。黄闵《沅川记》云：其中岩有棺木，遥望可长十余丈，谓鬼葬之墟。故老云，鬼造此棺，七日昼昏，唯闻斧凿声。人家不觉失器物刀斧，七日霁，所失之物，悉还其主，锴斧皆有肥腻腥臊。见此棺俨然，横据岸畔。出《洽闻记》。

董汉勋

汝坟部将董汉勋，善骑射，力兼数人，趫捷能斗。累戍于西北边，羌人惮之。乾符丙申岁，为汝之龙兴镇将。忽一日，谓其妻曰："来日有十余故人相访，可丰备酒食。"其家以为常客也。翌日，盛设厅事。至辰巳间，汉勋束带，出镇门，向空连拜，或呼行第，或呼字，言笑揖让而登厅。其家大愕，具酒食，若陈祭焉。既罢，其妻诘之，汉勋曰："皆曩日边上阵没同侪也，久别一来耳，何异之有？"后汉勋终亦无恙。至明年秋八月晦，青土贼王仙芝数万人奄至。时承平之代，郡国悉无武备。是日，郡选锐卒五百人，令勇将爨洪主之，出郡东二十里苦慕店，尽为贼所擒，唯一骑走至郡。郡人大惊，遂闭门登陴，部分固守。汉勋以五百人据北门。九月朔旦，贼至合围，一鼓而陷南门，执太守王镣。汉勋于北门，乘城苦战，中矢者皆应弦饮羽，所杀数十人，矢尽，贼已入。汉勋运剑，复杀数十人。剑既折，乃抽屋椽

鬼 葬

辰州溆浦县城西四十里，有座鬼葬山。黄闵所著的《沅川记》中说：这山的山腰悬有一个巨大的棺木，远看大约有十几丈长，那就是葬鬼之地。所以当地老人们说，鬼们制造这口棺木时，连着七个白日都是天昏地暗，只听见斧凿声。很多人家的刀斧等器具都不翼而飞，七天后，天晴了，那些丢失的工具又都自己回到物主家里，锸、斧子上都油腻，沾上了腥臊的气味。再看此棺齐整地横放在山崖边上了。出自《洽闻记》。

董汉勋

镇守河南汝坟的部将董汉勋，擅长骑马射箭，力气和几个人的一样大，身手敏捷，勇猛善斗。他曾多次戍守西北边镇，羌族人都很忌惮他。唐僖宗乾符丙申年，董汉勋为镇守汝州龙兴的部将。忽然有一天他对妻子说："明天将有十几个老朋友来看我，你可多准备些好酒好菜。"他的家人以为是常客。第二天，董汉勋在堂屋里摆好了盛筵。到了辰、巳之间，他装束整齐，出了镇门，向空中不断地行拜礼，嘴里叫着一些人的排行或名字，说笑礼让着客人进入厅堂。家里人十分惊讶，不断地往大厅里端酒上菜，像祭祀上供一样。宴席结束后，董汉勋的妻子问他请的都是谁，他说："他们都是我以前在边疆打仗时阵亡的同辈，分别很久了，来看看我，有什么奇怪的呢？"后来董汉勋始终也没出什么事。到第二年秋天八月最后的一天，青土贼王仙芝带着数万人突然杀来。当时天下太平日久，郡、国都没有武力装备。这天，郡里挑选了五百名精兵，令一名叫爨洪的勇将率领迎敌，出郡城向东二十里至苦慕店，全部被贼寇俘获，只有一个人骑马返回郡城。城里人大惊，赶快关了城门登上了城墙，部署守城。董汉勋带着五百人把守城北门。九月初一早晨，贼寇围城，一举攻陷了南门，抓住了太守王镣。董汉勋在北门据城苦战，拉弓猛射，每射必中，杀死贼兵数十人。后来董汉勋的箭射完了，贼兵终于攻进城门。董汉勋又拔剑杀了几十名贼兵。后来剑也砍断了，就抽了一根屋椽

击之，又杀数十人。日上饥疲，为兵所殪，贼帅亦嗟异焉。出《三水小牍》。

搏斗，又杀死数十人。杀到天亮腹内饥饿，精疲力竭，被贼兵杀死，贼兵的统帅也感叹他勇力非凡。出自《三水小牍》。

卷第三百五十二

鬼三十七

牟　颖　　游氏子　　李　云　　郑　总　　王　绍
王　鲔　　李戴仁　　刘　璪　　李　矩　　陶　福
巴川崔令　冯　生

牟　颖

洛阳人牟颖，少年时，因醉，误出郊野，夜半方醒，息于路傍。见一发露骸骨，颖甚伤念之，达曙，躬身掩埋。其夕，梦一少年，可二十已来，衣白练衣，仗一剑，拜颖曰："我强寇耳，平生恣意杀害，作不平事。近与同辈争，遂为所害，埋于路傍，久经风雨，所以发露。蒙君复藏，我故来谢君。我生为凶勇人，死亦为凶勇鬼。若能容我栖托，但君每夜微奠祭我，我常应君指使。我既得托于君，不至饥渴，足得令君所求狥意也。"颖梦中许之。及觉，乃试设祭飨，暗以祀祷祈。夜又梦鬼曰："我已托君矣。君每欲使我，即呼'赤丁子'一声，轻言其事，我必应声而至也。"颖遂每潜告，令窃盗，盗人之财物，无不应声遂意，后致富有金宝。

牟颖

有个叫牟颖的洛阳人，少年时因喝醉酒误走到城郊野地，睡在路旁，半夜才醒。醒来后，发现身旁有一具裸露出坟地的尸骨，牟颖心里很可怜它，天明时就亲自用土把那尸骨掩埋了。这天夜里，牟颖梦见一个大约二十来岁的青年人，穿着一身白练衣，手拿一把剑，向牟颖行礼说："我生前是一名强盗，平生肆意杀了不少人，干了很多坏事。近来因为和同伙争斗，于是被他们杀害，把我埋在路边，久经风吹雨击，所以才暴骨坟墓之外。承蒙您把我重新掩埋，我所以来致谢。我活着时是个凶汉，死后也是个凶鬼。您如果能容我栖身，只要您每夜用点祭品祭奠我，我就随时听您的指使。我既然能寄托在您这，不至于饥渴，完全可以让您的所求得到满足。"牟颖在梦中答应了那青年鬼魂。等醒来后，他就试着摆设了祭品，暗自祈祷了一番。当天夜里，牟颖又梦见鬼来说："我已托付您了。今后您每当想指派我，就喊一声'赤丁子'，小声说您有什么事要我办，我定会应声而至的。"牟颖于是就常常暗中召唤赤丁子，让他偷盗财物，赤丁子每次都能把盗来的财物送给他，后来牟颖成了拥有金银宝物的富人。

一日,颖见邻家妇有美色,爱之,乃呼赤丁子令窃焉。邻妇至夜半,忽自外逾垣而至,颖惊起款曲,问其所由来,妇曰:"我本无心,忽夜被一人擒我至君室。忽如梦觉,我亦不知何怪也。不知何计,却得还家。"悲泣不已。颖甚闵之,潜留数日。而其妇家人求访极切,至于告官。颖知之,乃与妇人诈谋,令妇人出别墅,却自归,言不知被何妖精取去,今却得回。妇人至家后,再每三夜或五夜,依前被一人取至颖家,不至晓,即却送归。经一年,家人皆不觉。妇人深怪颖有此妖术,后因至切,问于颖曰:"若不白我,我必自发此事。"颖遂具述其实,邻妇遂告于家人,共图此患。家人乃密请一道流,洁净作禁法以伺之。赤丁子方夜至其门,见符箓甚多,却反,白于颖曰:"彼以正法拒我,但力微耳。与君力争,当恶取此妇人。此来必须不放回也!"言讫复去。须臾,邻家飘风骤起,一宅俱黑色,但是符箓禁法之物,一时如扫,复失妇人。至曙,其夫遂告官,同来颖宅擒捉。颖乃携此妇人逃,不知所之。出《潇湘录》。

游氏子

许都城西之北陬,有赵将军宅。主父既没,子孙流移,其处遂凶,莫敢居者。亲近乃榜于里门曰:"有居得者,便相奉。"乾符初,许有游氏子者,性刚悍,拳捷过人,见榜曰:

一天，牟颖看见邻家妇人很漂亮，动了心，就呼叫赤丁子，让他去把那妇人偷来。这天半夜，邻家妇人忽然从外翻墙过来，牟颖惊喜地起来，殷勤地应酬她，问她怎么来的。妇人说："我根本不想来，忽然夜里被一个人把我抓到你家里。像一场噩梦刚醒，我也不知道是什么怪物。我不知道有什么办法能回到我家去。"说罢痛哭不已。牟颖挺可怜她，偷偷留她住了几天。妇人的家里人找她极切，并最后报了官。牟颖听说后，就暗地和妇人合谋，让她走出别墅，自己回到家中，对她家里人说不知被什么妖怪抓去现在又回来了。那女人回到家后，每隔三五天，仍然夜晚被赤丁子背到牟颖家，不到天亮就送回去。这样达一年，妇人家里谁也没发现。妇人心里很奇怪牟颖有这么高明的妖术，后来好奇得厉害，就追问牟颖到底是怎么回事，并说："若不告诉我，我会自己向别人坦白这件事。"牟颖无奈，于是将全部事情都讲给了妇人。妇人于是把这事告诉了家里人，大家一起商量怎么能除掉这个祸害。家人私下里请来了一名道士，道士施了法术后等在家中。这天夜里，赤丁子刚到那妇人的家门，看见门上贴着很多符箓，就回到牟颖家对牟颖说："她家施了法术阻挡我，但法力并不大。我想为您力争，用硬手段把那妇人弄来。这次她来后，您必须不能再把她放回去了！"说罢就转回去了。不一会儿，邻家院里突然刮起了风，整个宅院都黑得什么也看不见了，贴的所有符箓禁法，一扫而光，风停后，那妇人又丢了。天亮后，妇人的丈夫就告到官府，官府立刻派人和他一起来捉拿牟颖。牟颖就带着那妇人逃了，至今也不知跑到什么地方去了。出自《潇湘录》。

游氏子

许都城西北角，有一座赵将军宅。宅子的主人死后，子孙流离四散，这座宅子就成了凶宅，没有人敢住进去。亲戚就在里门口贴了幅告示，说："有想住这府宅的，便奉送给他。"唐僖宗乾符初，许都有个游氏子，生性刚毅强悍，拳脚过人，看见告示后说：

“仆猛士也，纵奇妖异鬼，必有以制之。”时盛夏，既夕，携剑而入。室宇深邃，前庭广袤，游氏子设簟庭中，絺绤而坐。一鼓尽，阒寂无惊，游氏子倦，乃枕剑面堂而卧。再鼓将半，忽听轧然开后门声，蜡炬齐列，有役夫数十，于堂中洒扫。辟前轩，张朱帘绣幕，陈筵席宝器，异香馥于檐楹。游子心谓此小魅耳，未欲迫之，将观其终。少顷，执乐器，纡朱紫者数十辈，自东厢升阶。歌舞妓数十辈自后堂出，入于前堂。紫衣者居前，朱绿衣白衣者次之，亦二十许人。言笑自若，揖让而坐。于是丝竹合奏，飞觞举白，歌舞间作。游氏子欲前突，擒其渠魁，将起，乃觉髀间为物所压，冷且重，不能兴。欲大叫，口哆而不能声。但观堂上欢洽，直至严鼓，席方散，灯火既灭，寂尔如初。游氏子骇汗心悸，匍伏而出。至里门，良久方能语。其宅后卒无敢居者。出《三水小牍》。

李云

前南郑县尉李云，于长安求纳一姬，其母未许。云曰：“予誓不婚。”乃许之。号姬曰楚宾。数年后，姬卒。卒后经岁，遂婚前南郑令沈氏女。及婚日，云及浴于净室，见楚宾执一药来，径前，谓云曰：“誓余不婚，今又与沈家作女婿。无物奉，赠君香一贴，以资浴汤。”泻药末入浴斛中，钗子搅水讫而去。云甚觉不安，困羸不能出浴，遂卒。

"我是个勇猛的人,纵使是妖魔鬼怪我都制服得了。"当时正值盛夏,夜晚,游氏子拿着一把宝剑进了赵将军宅。只见庭院深深,前庭宽敞,游氏子就在院中放了一张竹席,铺了一块粗麻布坐在上面。一更鼓响过之后,院子里仍然安静无声,游氏子困倦了,就头枕宝剑面朝着堂屋睡下了。二更过了一半时,忽然听见后门轧然开了的声音,庭院中亮起了一排排蜡烛火把,有好几十个仆役打扫庭院。打开前门,掀起了朱帘绣幕,摆设筵席、宝器,檐楹间不时传来一阵阵奇异的香味。游氏子心想这些不过是小妖魅,不想去理它们,要看看到底能搞出什么名堂。过了一阵子,又来了几十个穿着大红大紫衣服的人,手拿着乐器从东厢登上台阶。从后堂走出来几十名歌舞伎,来到前堂。穿紫衣的在前,穿朱绿衣和白衣的跟在后面,也是二十多个人。她们谈笑自如,互相礼让着坐下。这时乐器奏响,宴会上飞觞举白,中间穿插着歌舞,十分热闹。游氏子想猛冲过去,抓住鬼怪的头子,要站起时,才觉得腿上被什么东西重重地压着,又凉又重,不能站起来。他想大声喊叫,干张嘴却喊不出声。只能看见鬼怪们在堂上兴高采烈地狂欢宴饮,一直到急促的更鼓声传来,筵席才散,灯火熄灭,和先前一样寂静。游氏子吓得浑身冷汗,心跳迅速,连滚带爬出了院门。到了里门,过了好久才能说出话来。从那以后,那座赵将军宅就再也没有人敢住进去了。出自《三水小牍》。

李　云

前南郑县尉李云,在长安时想娶一女子,他母亲不答应。李云说:"如果不能娶她,我发誓今生永不结婚。"他的母亲就应允了。他称这姬妾叫楚宾。几年后,楚宾死了。第二年,李云又娶了前任南郑县令沈氏的女儿。等结婚这天,李云在浴室里洗浴,见楚宾拿着一包药,直接走到面前,说:"你发誓说不再结婚,现在却又给沈家当女婿。我没什么好礼给你,送你一包香料,帮你洗浴吧。"说罢将药倒进澡盆中,用头钗搅了搅水,就离去了。李云心里觉得很不安,又困又乏,出不了浴盆,很快就死了。

肢体如绵，筋骨并散。出《闻奇录》。

郑总

进士郑总，以妾病，欲不赴举。妾曰："不可为一妇人而废举。"固请之，总遂入京。其春下第东归，及家妾卒。既葬旬月后，夜深，偶未寝，闻室外有人行声，开户观之，乃亡妾也。召入室而坐，问其所要，但求好茶。总自烹与之。啜讫，总以小儿女也睡，欲呼与相见。妾曰："不可，渠年小，恐惊之。"言讫辞去。才出户，不见。出《闻奇录》。

王绍

明经王绍，夜深读书，有人隔窗借笔。绍借之，于窗上题诗曰："何人窗下读书声，南斗阑干北斗横。千里思家归不得，春风肠断石头城。"诗讫，寂然无声，乃知非人也。出《闻奇录》。

王鲔

凤翔少尹王鲔，礼部侍郎凝之叔父也。年十四五，与童儿辈戏于果园竹林下，见二枯首为粪壤所没，乃令小仆择净地瘗之，祭以酒馔。其后数夕阴晦，忽闻窗外窸窣有声，良久问之，云："某等受君深恩，免在芜秽，未知所酬，聊愿驱策。尔后凡有吉凶，肸蠁间必来报。"如此数年，遂与灵物通彻。

死后肢体像棉花一样柔软，全身的筋骨都被药水泡散了。出自《闻奇录》。

郑总

有位叫郑总的进士，因为爱妾生病，不打算进京赶考。妾劝他说："不能为了一个女人而误了功名大事。"坚持让他上路，郑总于是就动身赴京。这年春天郑总落榜后回家，到家后小妾已经病死。埋葬了一个月后，有天深夜，郑总正好没有入睡，听见屋外有脚步声，开门一看，竟是死去的爱妾。郑总把爱妾召入屋里坐下，问她需要什么，她说只想喝一杯好茶。郑总亲自煮了茶端来，小妾喝完后，郑总想把她已经睡了的小儿女叫醒和她见见面。小妾说："不行，她们年纪小，会吓着她的。"说罢就告辞了。刚一出门，就不见了的踪影。出自《闻奇录》。

王绍

有一位考取了明经的书生王绍，深夜读书，有人隔着窗子向他借笔。王绍隔窗把笔递出去后，那人在窗纸上题了一首诗："何人窗下读书声，南斗阑干北斗横。千里思家归不得，春风肠断石头城。"题诗完了，便沉静下来没了声音，这才知道借笔的不是人。出自《闻奇录》。

王鲔

凤翔府的少尹王鲔，是礼部侍郎王凝之的叔父。王鲔十四五岁时，和孩童们在果园竹林里玩耍，看见粪堆里埋着两个死人头骨，就让小仆人找了块干净的地方掩埋了，并摆了酒食祭奠了一番。后来连着几个晚上阴天，王鲔忽然听见窗外有"窸窣"的声音，过了很长时间问外面是谁，只听窗外说："我们蒙受你的大恩，被你救出了污秽间，不知该怎样报答你，姑且愿意任你指使。你以后只要有什么祸事，我们感受到必会前来报答你。"这样几年之后，王鲔就和精灵们精神互通了。

崔珙为度支使，雅知于鲔。一夕，留饮家酿，酒酣稍欢，云："有妓善歌者。"令召之，良久不至，珙自入视之，云："理妆才罢，忽病心痛，请饮汤而出。"珙复坐。鲔具言歌者仪貌，珙怪问之。云："适见一人，著短绫绯衣，控马而去。"语未毕，家仆报中恶，救不返矣。珙甚悲之，鲔密言："有一事或可活之，须得白牛头及酒一斛。"因召左右，试令求觅。有度支所由甚干事，以善价取之，不逾时而至。鲔令扶歌者，置于净室榻上，前以大盆盛酒，横取板，安牛头于其上。设席焚香，密封其户，且诫曰："专伺之，晓鼓一动，闻牛吼，当急开户，可以活矣。"鲔遂去。禁鼓忽鸣，果闻牛吼，开户视之，歌者微喘，盆酒悉干，牛怒目出于外。数日方能言。云：其夕治妆既毕，有人促召，出门，乘马而行。约数里，见室宇华丽，开筵张乐。四座皆朱紫少年，见歌者至，大喜，致于妓席。欢笑方洽，忽闻有人大呼，声振庭庑，座者皆失色相视，妓乐俱罢。俄见牛头人，长丈余，执戟径趋前，无不狼狈而走，唯歌者在焉。牛头引于阶前，背负而出，行十数步，忽觉卧于室内。珙后密询其事，鲔终不言。出《剧谈录》。

当时任度支使的崔珙，和王鲔志趣相投，是很好的朋友。一天晚上，崔珙留王鲔喝家酿的酒，喝到高兴时，崔珙说："我这里有个唱得不错的歌妓。"叫人召她来唱一首助兴，但好半天那歌妓也没有来，崔珙自己到后面去看，回来对王鲔说："她梳妆刚完事，忽然犯了心痛病，要喝口水就出来。"崔珙又坐了下来。王鲔就对他描述那歌女的衣着和长相，崔珙很奇怪，就问王鲔怎么会知道。王鲔说："刚才我看见一人，穿着红绫短衣，骑着一匹马走了。"话未说完，崔珙的仆人就来报告说那歌妓中了邪，救不活了。崔珙听说后非常难过，王鲔就私下对他说："有一种方法或许可以救活她，须要一只白牛头和一斛酒来。"崔珙于是招来手下，叫他们快分头去找。恰好度支所里有，就出了高价买了来，没超过时间把白牛的头送到崔珙家。王鲔就让人扶着那死去的歌妓，把她抬到净室的床榻上，前面放了一大盆酒，盆上横了一块板子，把白牛头放在板上。摆上供桌烧上香，把门关得严严的，并告诫崔珙说："在门外专心守候，晨鼓一响，听见牛吼叫声，当立刻把门打开，歌女就可以复活。"交代完之后王鲔就走了。天亮时晨鼓忽然响了，果然听到那牛头吼叫起来，忙打开门看，见歌妓已能微弱地喘气，那盆酒全干了，牛的两只眼鼓出了很高。过了几天后那歌妓才能说话。据她说：那天晚上梳妆刚完，就有人催着召见，她出门后骑上了一匹马前行。跑了约几里地后，看见一座华丽的府宅，宅内正大摆筵席，演奏音乐。座中都是穿红衣紫衣的少年，看见她来了十分高兴，把她请到歌妓的席位上坐下。大家正在欢笑饮乐时，忽然听见有人大声呼喊，声音震得满院都起了回音，座上的人都大惊失色，互相对望，歌妓和乐队也停止了演唱。顷刻间，只见一个身高一丈多的牛头怪物，手拿着一把戟径直奔向前来，大伙吓得都狼狈而逃，只有她没动地方。那牛头怪物把她领到台阶前，背上她就走，走了十几步，她突然觉得躺在屋里床上，就醒来了。崔珙后来私下里问王鲔到底是怎么回事，王鲔始终没有说出来。出自《剧谈录》。

李戴仁

江河多伥鬼，往往呼人姓名，应之者必溺，乃死魂者诱之也。李戴仁尝维舟于枝江县曲浦中。月色皎然，忽见一妪一男子，出水面四顾，失声云："此有生人！"遽驰水面，若履平地，登岸而去。当阳令苏汭居江陵，尝夜归，月明中，见一美人被发，所著裾裾，殆似水湿。汭戏云："非江伥耶？"妇人怒曰："唤我作鬼！"奔而逐之。汭走，遇更巡方止，见妇却返所来之路。出《北梦琐言》。

刘 璪

汉江北邓州界，地名穴口，本无镇戍。有小河，南流入于汉，久为沙拥，水道甚隘。前江陵令刘璪，丙子岁，往彼州访亲知，至穴口，宿旧知韩氏家。家人曰："邻村张家新妇，卒来三日，适来却活。"主人暂往省之。至夜，韩家归云："张妇为侧近庙神召去，见其中外亲眷亡者咸在焉，为庙神造军顿，无人作饼，故令召来。见厅上门外，将士列坐。言开穴口江水，士卒蹜沙，手皆血流。供顿毕，乃放回。"乡里未之信，不久，沙壖相次摧垫，江路乃通。出《北梦琐言》。

李 矩

成汭镇荆州，有垫江县令崔令，与主簿李矩不协，邻于水火。一旦，群盗劫县，杀崔令。贼过后，矩入宅检校，

李戴仁

江河边多有伥鬼，他们往往呼叫人的名字，答应的人必然会溺水而死，这是那些伥鬼在引诱他们。李戴仁，曾经停船在湖北枝江县的曲浦游玩。月色皎洁，忽见江面上冒出一个妇人和一个男子，他俩四下看了看，吃惊地说："这里有生人！"接着就在江面上跑了起来，就像走在平地上一样，很快地登岸逃走了。当阳县令苏汭住在江陵时，有一天夜里回家，月光下见一个美女披散着头发，身上所穿的衣裙都是湿的。苏汭就开玩笑说："你莫非是江边的伥鬼？"那妇人大怒说："你凭什么把我叫做鬼！"说罢就追赶苏汭。苏汭吓得奔跑起来，直到遇见一个巡夜的更夫才停下来，回头一看，只见那妇人又顺原来的路返回江边了。出自《北梦琐言》。

刘　璪

汉江北面的邓州地界，有个叫穴口的地方，原本没有军队戍守。有一条小河向南流入汉江，小河长期被沙石堵塞，河道很窄。丙子那年，前任江陵县令刘璪前往邓州去走访亲友，到穴口以后，住在一个姓韩的朋友家。韩家的人对他说："邻村张家的新媳妇死了三天，最近又活了。"韩氏前去看望。这天夜里，韩氏回来了，说："张家媳妇被附近的庙神召去，看见她家死去的亲属都在，为庙神做军中需用的饭食，因为没人做饼，所以才让人把她召了去。去后只见院里门外都是一些将士在坐着。听他们说，他们去挖穴口的水道，挖沙子把手都抠出了血。供这些士兵吃完饭后，就把她放回来了。"乡里人不相信，不久以后，穴口河道的沙堆相继塌了，河水开始畅通无阻。出自《北梦琐言》。

李　矩

成汭镇守荆州的时候，当时垫江县的县令崔令和县里的主簿李矩不和，闹到水火不相容的程度。一天早上，群盗打劫县城，杀了崔令。匪贼们退走以后，李矩赶到崔令家去察看情况，

有一厅子方避贼，见矩，以为与贼通，明日，言镇将。众咸知矩与崔失欢，颇疑之，执送中州。推问不伏，遂解送江陵，禁右厢狱。厢吏速于具狱，推吏常某言于判官范某曰："李矩诋谰，须栲究之。"范固不许，常竟锻炼以成之。矩临刑，戒家人多烧纸笔，讼于地下。才一月，常某暴亡。后李矩主簿见身，范见矩至，曰："某受判官深恩，非感造次，但冥府只要为证耳。"及妻子以诚祈之，乞容旬月，区分家事。虽无痛苦，饮食如常，但困惫，逾月而卒。出《北梦琐言》。

陶福

蜀将陶福，少年无赖，偷狗屠牛。后立功，至郡守，屯戍兴元府之西县。暴得疾，急命从人朱军将，诣府迎医李令蔼。令蔼与朱军将连骑驰往。至夜，抵西县近郭诸葛亮庙前，见秉炬三对前导，拥一人步行。荷校絷缚，众人相从，后有陶亲叟，抱衣裘而随之。令蔼先未识陶福，朱军将指谓令蔼曰："此是我家太尉，胡为如此？"逡巡恐悚，亦疑是鬼。晓至其营，已闻家人哭声，向来执录，乃福之魂也。出《北梦琐言》。

巴川崔令

合州巴川县，乱后官舍残毁，移居塞中，稍可自固。

正赶上有一个差役在崔令家躲贼，看见了李矩，误以为他和盗匪相通，第二天就报告了镇将。人们都知道李矩和崔令不和，对这事也很怀疑，于是就把李矩抓起来送到中州。审问李矩，不服，于是又解送到江陵，关进右厢的监狱里。厢吏们急于定案，有个管刑狱的推官常某对判官范某说："李矩这人狡辩抵赖，必须动大刑拷打他。"范判官坚决不同意，常某竟然拷打折磨迫使李矩招认了罪行。李矩临刑前告诉家里人多焚烧些纸和笔，准备到了阴间继续申诉。才一个月，常某突然暴亡。后来李矩现形，范判官看到李矩来了，对他说："我生前蒙受判官的大恩，这次我请你到阴间去绝不是恩将仇报，只是冥府需要你去为我作证而已。"范判官的妻儿诚心祈求，让范某暂缓一个月再去阴间，处理下家务事。这一个月里，表面看没什么痛苦，范判官和平常一样饮食，只是感到困顿疲惫，一个月后，范某果然死去。出自《北梦琐言》。

陶福

蜀将陶福，少年时是个无赖，偷狗宰牛什么坏事都干。后来他立了功，当上了郡守，屯戍在兴元府的西县。有一次陶福突然得了急病，忙叫手下的朱军将到州府去请医生李令蔼。李令蔼与朱军将两个人骑马往回奔。到了晚上，抵达西县城郊的诸葛亮庙前，忽然看见六个人举着火把引路，押送一个犯人步行而来。那犯人扛着枷锁被绳索牢牢地捆着，很多人跟随在后面，当中有陶福的父母，抱着衣物跟着。李令蔼以前并不认识陶福，同行的朱军将指着犯人说："那犯人就是我家主人陶福，他怎么会落到这个地步呢？"两个人跟前跟后地徘徊了很久，又惊又怕，也怀疑是鬼怪。天亮时，他们赶到军营，没进大门就听见陶福家人的哭声，先前他们在路上遇见的抓捕的陶福，正是阴间捉拿陶福的魂灵。出自《北梦琐言》。

巴川崔令

合州巴川县经战乱，官舍被破坏，便移置寨子里，稍可自卫。

崔某为令，尝有健卒盗寨木，令擒送镇将斩之。卒家先事壁山神，卒死，神乃与令家为祟。或见形往来，或空中诟骂，掷火毁器。钱帛衣服，无故遗失，箱箧镤闭如初，其中衣服，率皆剪碎。求方术禳解，都不能制。令罢官还千里，鬼亦随之。又日夕饮食，与人无异，一家承事，不敢有怠。费用甚多，吏力将困。

忽一旦，举家闻大鸟鼓翼之声，止于屋，久之，空中大呼，自称大王，曰："汝比有灾，值我雍溪兄弟非理，破除汝家活计，损失财物，作诸怪异，计汝必甚畏之，今已遣去矣。汝灾尽福生，吾自来暂驻，亦将不久。且借天蓬龛子中居。此天蓬样极好，借上天上，传写一本，三五日即送来。"数日后，置天蓬于舍檐上。自此日夕常在，恒与主人语。今小大诵诗赋，作音乐，一一随声唱之。所诵文字，或有谬误，必为改正。其言多劝人为善，亦令学气术修道。或云寻常乘鹤，往来天上。初，邑中有群鹤现，神云："数内只有两只真鹤，我所骑来，其余皆常鸟矣。"又自云姓张，每日饮食，与人无异。有女名锦绣娘，及妻妾，食物所费亦不少。凡见善人君子，即肯与言，稍强暴之人，即不与语。亦云上天去，忽有醉僧健卒三人来谒之，言词无度，有所凌毁，因不语。僧去后，徐谓人曰："此僧食狗肉，凶暴无良，不欲共语。"人之所行，善恶灾福，言无不中。至于小名第行，一一皆知。

当时的县令姓崔，曾经把偷盗寨木的兵士捉拿送交镇将斩首。这个兵士家里的神龛中以前供奉着山神，兵士被处死后，山神就跑到崔某家作怪。有时山神现了原形在崔某家出出进进，有时就在空中高声辱骂，或是投火烧崔家的器物。崔家的钱财衣物无故丢失，箱子锁闭如初，但其中的衣服却全被剪碎。崔某求道士施法术驱妖，都不能制服。后来崔某罢官回到千里以外的家乡，鬼怪仍然跟着他。这鬼平日吃喝起居和人们一样，崔某全家侍奉着鬼怪，不敢有所怠慢。养这个鬼花去家中不少钱，崔某快负担不起了。

忽然有一天，崔某全家都听到有一只大鸟扇动着翅膀的声音，停在房上，过了半天，听见空中有声音大喊，自称大王，说："你们最近有灾祸，那是因为我在雍溪的兄弟对你们不客气，毁坏你家的器物，使你们损失了不少钱财，干了很多兴妖作怪的事，想必你们很怕他，现在我已把他打发走了。以后你们就祸尽福来了，我自己将到你们家暂住一段时间，也不会太久。暂且借你家屋外天棚上的神龛居住。你家的天棚式样很好，我要把它借到天上去，照样画出一个图样，三五天就还给你。"几天后，那神把天棚安放在屋檐上。从此他就每天住在那儿，常常和崔某交谈。崔家的人诵读诗赋或演奏音乐时，那神也一一随声唱和。有时读书读了错字，神必给改正。他还总劝人行善，还让崔某练气修道。那神说他经常骑着鹤往来于天上。当初，城邑中出现了一群鹤，神说："其中只有两只是真鹤，是我骑来的，其余都是平常的鸟类。"神又自己说姓张，每天的饮食和普通人一样。还说他有个女儿叫锦绣娘，还有妻妾，家中饮食花费也不小。还说，他只要遇到君子好人就愿意和他交谈，对稍强暴之人，就不跟他说话。还说有一次他在天上时，忽然有个醉和尚领着两个士兵来见他，他见那醉和尚说话无节制，有所凌辱诋毁，就一直不说话。和尚走后，他才慢慢地对人说："这和尚吃狗肉，凶暴不善，我不想理他。"这神对人们的行为和吉凶祸福都了如指掌，没有说不中的。甚至人们的小名叫什么，兄弟排行，他都一清二楚。

细问之，即以他语为对。未知是何神也。出《录异记》。

冯生

遂宁有冯生见鬼，知人吉凶。颍川陈绚，为武信军留后，而刘知俊代之。捃其旧事，冯谓绚曰："刘公虽号元戎，前无幢节，殆不久乎？幸勿忧也。"未逾岁而知俊被杀。有林泳者，闽人，常谓其僚友曰："安有生人而终日见鬼乎！无听其祆！"冯闻之，对众谓之曰："君为事多不克终，盖曾杀一女人为祟。以公禄寿未尽，莫致其便。我能言其姓名，公信之乎？"于是惭惧，言诚于冯，许为解其冤也。出《北梦琐言》。

如果仔细问他，他就避而不答说些别的，所以人们始终不知道他是一位什么神仙。出自《录异记》。

冯 生

遂宁有位冯生，能和鬼交往，所以能预知别人的吉凶祸福。颍川人陈绚曾在武信军中担任留后官，后来被刘知俊取代了。冯生和陈绚谈起旧事时说："刘知俊虽然做了统帅，出行前面并没有幢节，大概他是干不长了吧？你不用忧愁。"果然不到一年，刘知俊就被杀了。有个闽地人叫林泳，常对同僚们说："怎么会有活人能终日见到鬼的！别听那些妖惑之言！"冯生听说后，就当众对林泳说："你的所作所为多数不能善终，是因为你曾杀害过一个女人，那女人会对你作怪的。由于你的禄寿还没尽，那女人暂时还没有动手。我现在能说出那女人的姓名，你信不信？"林泳听后又害怕又惭愧，就将实情告诉了冯生，并许诺要化解她的冤情。出自《北梦琐言》。

卷第三百五十三

鬼三十八

皇甫枚　陈　璠　豫章中官　邵元休　何四郎
青州客　周元枢　朱延寿　秦进忠　望江李令
张飞庙祝　僧彦翛　建康乐人　黄延让　张　瑗
婺源军人妻　陈德遇　广陵吏人

皇甫枚

光启中，僖宗在梁州。秋九月，皇甫枚将赴调行在，与所亲裴宜城者偕行。十月，自相州西抵高平县。县西南四十里，登山越玉溪。其日行旅稍稀，烟云昼晦，日昃风劲，惑于多歧。上一长坂，下视有茅屋数间，槿篱疏散，其中有喧语声，乃延望之。少顷，有村妇出自西厢之北，著黄故衣，蓬头败屦。连呼之不顾，但俯首而复入。乃循坂东南下，得及其居，至则荆扉横葛，萦带其上，茨棘罗生于其庭，略无人踪，如涉一二年者矣。枚与裴生，愕立久之。复登坂长望，见官道有人行，乃策蹇驴赴之。至则邮吏将往端氏县者也，乃与俱焉。是夜宿端氏。出《三水小牍》。

皇甫枚

唐僖宗光启年间，僖宗巡幸梁州。秋天九月时，皇甫枚将奉调去僖宗的行宫，和他的好友裴宜城一同上路。十月，从相州到了高平县。走到县西南四十里处，翻过山又越过玉溪。这天路上的行人很少，大白天烟雾笼罩了天空，日色无光，傍晚时分，风刮得很猛，他们在岔道口上迷了路。他们登上一道高坡后，看见坡下有几间草房，草房外围着稀疏的槿木篱笆，屋里传出喧哗的人声，就站在坡上伸长脖子看。不一会儿，有个村妇从西屋出来往北走，穿着黄色的旧衣服和一双破鞋，蓬头散发的样子。皇甫枚连喊了几声，那村妇也不理，只是低着头又回屋去了。皇甫枚和裴生就顺东南坡而下，来到草屋前，却见柴门上横生了许多藤萝，像带子缠绕在上面，院子里是一片野草荆棘，根本没有人影，好像已经一两年没有住人了。皇甫枚和裴生惊讶地在院外站了很久。又回到高坡上远望，看见大道上有行人，就用鞭子催着跛脚驴追上去。原来是往端氏县送信的邮差，于是就结伴一块走。当天夜晚，他们就在端氏县住下了。出自《三水小牍》。

陈 璠

陈璠者，沛中之走卒也，与故徐帅时溥，少结军中兄弟之好。及溥为支辟所任，璠亦累迁右职。黄巢之乱，支辟简劲卒五千人，命溥总之而西，璠为次将。溥自许昌趋洛下，璠以千人反平阴。溥乃矫称支命，追兵回，于是引师与璠合，屠平阴，掠圃田而下。及沛，支虑其变，郊劳及解甲，盛设厚赂之。乃令所亲讽支曰："军前不安，民望见追，且请公解印，以厌众心。"支力不能制，乃率其孥，出居大彭馆。溥自称留后。璠谓溥曰："支尚书惠及沛人，若不杀之，将贻后悔。"溥不可，璠固请，与溥往复十余翻，溥怒曰："自看自看！"璠乃诈为溥命，谓之曰："请支行李归阙下。"支以为诚也，翌日遂发。璠伏甲于七里亭，至则无少长皆杀之。沛人莫不流涕。

其后溥受朝命，乃表璠为宿州太守。璠性惨酷喜杀，复厚敛淫刑，百姓嗟怨。五年中，赀贿山积。溥恶之，乃命都将张友代璠。璠怒，不受命。友至，处别第，以俟璠出。璠夜率麾下五百人围友，迟明，友自领骁果百余人突之。璠溃，与十余人骑走出数十里，从骑皆亡。璠弃马微服乞食于野，野人有识之者，执以送。友絷之，驰白溥，溥命斩之于郡。璠本粗悍木朴，不知书，临刑，忽索笔赋诗曰：

陈 璠

陈璠，是沛县的一个走卒，年轻时就和原徐州节度使时溥在军中结为兄弟。等到支辟启用时溥，陈璠也不断升迁任了重要的官职。黄巢造反时，支辟挑选了五千精兵，让时溥率领西去迎战，陈璠被任命为时溥的副将。时溥从许昌直奔洛邑后，陈璠却带着一千人在平阴县造反。时溥听说后，就假传支辟的军令带着队伍追赶陈璠，于是带着队伍与陈璠的队伍会合在一起，在平阴、圃田一带杀戮抢掠，然后直逼沛县。等到沛县，支辟怕陈璠、时溥搞兵变，在城郊犒赏他们的部队，趁机解除了他们的武装，并设盛宴收买他们。陈璠、时溥让他们的亲信去劝告支辟说："军心不稳，民心所向，希望你交出统帅大印来压覆众心。"支辟不能控制他们，于是带着妻子儿女离开军营住进了大彭的馆舍。时溥自称为留后官，接过了兵权。这时陈璠对时溥说："支辟对沛县老百姓有恩，如果不杀掉他，会给我们留下后患。"时溥认为不可，陈璠一再请求，和时溥争论了十几次，时溥生气地说："你自己看着办吧！"陈璠就假传时溥的军令对支辟说："请你作为军使到京城去一趟。"支辟信以为真，第二天就出发了。陈璠在七里亭埋伏了人马，支辟来到后，不分老少都被陈璠杀掉。沛县人听说后都悲痛得流下眼泪。

后来时溥接受朝廷的任命，就上表请求将陈璠任命为宿州太守。陈璠生性残酷嗜杀，又横征暴敛，滥施刑罚，百姓们怨声载道。五年中，陈璠贪赃受贿的财物堆积成山。时溥十分痛恨陈璠，就派都将张友取代陈璠。陈璠大怒，拒不接受时溥的命令。张友到宿州后，住在别的地方，等待陈璠先出动。夜晚，陈璠带着手下五百人包围张友，黎明时分，张友亲自率领一百多精兵突破了包围。陈璠被张友击溃后，带着十几个人马逃出去几十里地，这时随从们都各自逃亡。陈璠只好扔掉战马换了便衣在乡间讨饭，乡下人中有人认出了陈璠，把他扭送给张友。张友又押着他骑马去见时溥，时溥下令将陈璠带到郡里斩首。陈璠本是一名凶悍愚昧的武夫，没读过书，临斩前忽然要了一支笔写下一首诗：

"积玉堆金官又崇，祸来倏忽变成空。五年荣贵今何在？不异南柯一梦中。"时以为鬼代作也。出《三水小牍》。

豫章中官

天复甲子岁，豫率居人近市者，夜恒闻街中若数十人语声，向市而去，就视则无人。如是累夜，人家惴恐，夜不能寐。顷之，诏尽诛阉官，豫章所杀，凡五十余。驱之向市，骤语喧噪，如先所闻。出《稽神录》。

邵元休

汉左司员外郎邵元休，当天复年中，尚未冠，居兖州廨宅，宅内惟乳母婢仆。堂之西序，最南是书斋。时夜向分，举家灭烛熟寐，书斋内灯亦灭。邵枕书假寐，闻堂之西，窸窣若妇人履声，经于堂阶。先至东序，皆女仆之寝室也。每至一房门，即住少时。遂闻至南廊，有阁子门，不扃键，乃推门而入。即闻轰然，若扑破磁器声，遂西入书斋。窗外微月，见一物，形状极伟，不辨其面目，长六七尺，如以青黑帛蒙首而入，立于门扉之下。邵不惧，厉声叱之，仍问数声，都不酬答，遂却出，其势如风。邵欲扪枕击之，则已去矣。又闻行往堂西，其声遂绝。迟明，验其南房内，则茶床之上，一白磁器，已坠地破矣。后问人云，常有兵马留后居

"积玉堆金官又崇,祸来倏忽变成空。五年荣贵今何在?不异南柯一梦中。"当时的人都认为这首诗是鬼替他作的。出自《三水小牍》。

豫章中官

唐昭宗天复甲子那年,江西豫章城中临街住的人们夜里常听到街上约有几十个人说话的声音,一面说着一面向街里走去,如果开门往街上看,却一个人也看不见。这样过了好几夜,居民惊恐,夜里都不敢睡觉。过了不久,皇帝下诏杀尽太监。豫章城中就有五十多个太监被杀。当把这些太监绑赴刑场时,只听到他们疾声呼叫声喧哗吵闹,就像以前每晚听到的声音那样。出自《稽神录》。

邵元休

五代十国时的南汉朝左司员外郎邵元休,在唐昭宗天复年间还没到二十岁,住在兖州自己的府宅里,府宅里只有奶妈和仆人婢女。堂屋的西厢房,最南边是书房。一天夜里,全家都熄灯睡了,书房里的灯也熄灭了。邵元休枕在书上小睡,这时忽然听见堂屋西面有"窸窣"声,像女人的脚步声,经过堂屋的台阶。先走到东厢房的一排房里,那里都是女仆们的住处。那脚步声每到一间房门口,就停顿一会儿。后来就听到脚步走到南廊,那里有扇阁子门,没有上锁,就听推门而入。接着就听到"轰"的一声,好像是打破瓷器的声音,脚步声又往西而来进了书房。这时窗外月色迷蒙,只见一个东西,十分高大,看不清面目,有六七尺高,好像是用青黑布蒙着头走了进来,站在门边。邵元休并不害怕,先是厉声叱骂,接着又问了好几声,那东西都不回答,但退了出去,快得像一溜风。邵元休抄起枕头砸它,那东西已经不见了踪影。过了一阵子,又听见脚步声往堂屋的西面走去,渐渐听不见了。天亮后察看南房内,见茶桌上的一件白色瓷器已经摔碎在地上。后来一打听,有人说曾经有位任兵马留后官的人住过

是宅，女卒，权于堂西作殡宫。仍访左右，有近邻识其女者，云，体貌颇长，盖其魄也。出《玉堂闲话》。

何四郎

梁时，西京中州市有何四郎者，以鬻妆粉自业。尝于一日五更初，街鼓未鸣时，闻百步之外，有人极叫何四郎者，凡数声而罢，自是率以为常。约半月后，忽晨兴开肆毕，有一人若官僚之仆者，直前揖之云："官令召汝。"何意府尹之宅有取，未就路，仆又促之。何方束带，仆又不容，俄以衣牵之北行。达于东西之衢，何乃欲回归，仆执之尤急。何乃愈疑，将非人耶？尝闻所著鞋履，以之规地自围，亦可御其邪魅。某虽亟为之，即被掷之于屋，知其无能为也。且讶且行，情甚恍惚。遂正北抵徽安门，又西北约五七里，则昏冥矣。忽有朱门峻宇，若王者之府署。至更深，延入。烈炬荧煌，供帐华丽，唯妇人辈款接殷勤。云："是故将相之第，幼女方择良匹，实慕英贤，可就吉席。"何既睹妖冶，情亦惑之，婉淑之姿，亦绝代矣。比晓，则卧于丘冢之间，寂无人迹。遂望徽安门而返，草莽翳密，堕于荒井之中。又经一夕，饥渴难状，以衣襟承露而饮之。有樵者见而问之，遂报其家，缒而出之，数日方愈。出《玉堂闲话》。

这个府宅，他的女儿死在这里时，暂且将屋的西厢房做了停尸殡殓的殡宫。向邻居们打听，有位近邻认得那驰去的女子，说她身材很高，看来夜游的大概是那位女子的魂灵吧。出自《玉堂闲话》。

何四郎

梁代时，西京洛邑的中州街市上有个何四郎，靠卖胭脂粉为业。曾在一天五更刚过，街鼓没响时，他听到百步以外有人大声喊何四郎，喊了几声就不喊了，从此就经常这样。大约半个月后，何四郎早晨起来打开店门后，忽然有一个像大官的仆役模样的人一直走到他面前作了个揖说："官家让我召你去一趟。"何四郎以为是府尹的家宅里找他勒索化妆品，就没动地方，那仆役又催他。何四郎打算穿好衣服系好腰带，仆役不容许，立刻扯起他的衣服就往北而去。走到东西大街上，何四郎想回去，那仆役却抓他抓得更紧了，使他无法挣脱。何四郎心里更加疑惑，心想这家伙会不会是鬼呢？他曾听人说，如果用自己穿的鞋印画圈把自己围起来了也可以防御邪魅。这时他虽然着急这样做，可那仆役却把他的鞋给脱下扔到房上去，知道怎么做可做不成。何四郎又惊又怕地跟着走，神情开始恍惚。于是就到了正北的徽安门，出城门又向西北走了五七里时，天已黑了。忽然前面出现了一座红门大院，看样子像是王侯的府署。到半夜时，那仆役才领他进去。只见里面灯火辉煌，绸幕锦帐，有很多女人走来走去迎接款待客人。仆役说："这是以前将相的府宅，今天府上小女儿正择选良偶，府上一直仰慕你的英明贤能，现在请到贵宾席入座吧。"何四郎见那位小姐十分娇艳，心里还真有些动情了，婉约淑丽之姿，堪称是绝代佳人。天亮了，何四郎忽然发现自己则躺在一个乱坟堆里，四周没有一点人迹。就朝着徽安门往回走，然而坟地里野草茂密，何四郎失足掉近荒井里。在里面又待了一个晚上，饥渴难以形容，只好用衣襟接了露水喝。有个打柴的路过发现了询问他，何四郎于是报了家门，打柴的用绳子把他从荒井里拽上来，何四郎受了惊吓之后，过了好几天才恢复过来。出自《玉堂闲话》。

青州客

朱梁时，青州有贾客泛海遇风，飘至一处，远望有山川城郭，海师曰："自顷遭风者，未尝至此。吾闻鬼国在是，得非此耶?"顷之，舟至岸。因登岸，向城而去。其庐舍田亩，不殊中国。见人皆揖之，而人皆不见己。至城，有守门者，揖之，亦不应。入城，屋室人物甚殷。遂至王宫，正值大宴，君臣侍宴者数十。其衣冠器用丝竹陈设之类，多类中国。客因升殿，俯逼王坐以窥之。俄而王有疾，左右扶还，亟召巫者视之。巫至，"有阳地人至此，阳气逼人，故王病。其人偶来尔，无心为祟，以饮食车马谢遣之，可矣"。即具酒食，设座于别室，巫及其群臣皆来祀祝，客据按而食。俄有仆夫驭马而至，客亦乘马而归。至岸登舟，国人竟不见己。复遇便风得归。时贺德俭为青州节度，与魏博节度杨师厚有亲，因遣此客使魏，其为师厚言之。魏人范宣古，亲闻其事，为余言。出《稽神录》。

周元枢

周元枢者，睢阳人，为平卢掌书记。寄居临淄官舍。一夕将寝，忽有车马辎重甚众，扣门使报曰："李司空候谒。"元枢念亲知辈皆无此人，因自思，必乡曲之旧，吾不及知矣。即出见之，延坐，请问其所从来。曰："吾亦新家至此，未有所止，求居此宅矣。"元枢惊曰："何至是?"

青州客

五代后梁时，青州有个商人坐船在海上遇到了风暴，漂流到一个海岛边上，远望岛上有山川城郭，海师说：“以前遇到过风暴，但从来没有到过这一带。我听说鬼国就在这里，难道就是这个岛?”不一会儿，船靠了岸。他们登岸奔城郭而走。岛上的房舍田园，和中原没有什么两样。岛上的人相见也互相作揖，但他们却都看不见商人们。到了城门前，有守门的，大家向守门的人行礼，守门的人也不理。他们进城以后，见街道房宇很繁华。接着进了王宫，王宫里正在举行宴会，君、臣和侍从有好几十人。他们的衣帽穿戴、器用陈设、丝竹管乐，也很像中原的。客人们登上大殿，靠近国王的王位仔细观察。不一会儿，国王生了病，左右把他扶下去，急忙找来巫师诊视。巫师到了，说“有阳间人来到这里，他们身上的阳气逼人，才使得大王生了病。他们是偶然来到这里，并不是成心来作怪，只要给他们一些饮食车马送他们走就行了”。于是国王令摆设酒食，在另外一个厅堂里设了座位，巫师和大臣们都来祭祀祝祷，商人们就坐在桌案旁大吃起来。不一会儿，一名仆役牵着一些马来，商人们就骑上马返回。来到海岸，登船出发，岛上的人竟谁也看不见他们。这伙人又乘着顺风回到青州。当时贺德俭任青州节度使，他和魏博节度使杨师厚是亲戚，就派这些商客去了魏博，向杨师厚报告他们在海上去过鬼国的事。魏博人范宣古曾亲自听到这件事，然后又告诉了我。出自《稽神录》。

周元枢

周元枢，是睢阳人，任平卢掌书记。寄居在临淄县的官舍里。一天晚上，他刚要就寝，忽然来了一队车马，车上装载着很多东西，使者敲门说：“李司空来拜见。”周元枢暗想自己亲友中都没有李司空这个人，自己想了想，便觉得一定是故乡的故旧，自己不知道。就出门迎见，并请到堂上就座，询问他从何处来。李司空说：“我也是刚搬家到此地，还没找到住处，请你能允许我住到这宅府里。”周元枢惊讶地说：“你怎么能提出这样的要求呢?”

对曰："此吾之旧宅也。"元枢曰："吾从官至此，相传云，书寄之公署也。君何时居此？"曰："隋开皇中尝居之。"元枢曰："若尔，君定是鬼耶？"曰："然。地府许我立庙于此，故请君移去尔。"元枢不可，曰："人不当与鬼相接，岂吾将死，故君得凌我耶？虽然，理不当以此宅授君。吾虽死，必与君讼！"因召妻子曰："我死，必多置纸笔于棺中，将与李君对讼。"即具酒与之饮，相酬数百杯，词色愈厉。客将去，复留之。良久，一苍头来云："夫人传语司空，周书记木石人也，安可与之论难？自取困哉！"客于是辞谢而去。送之出门，倏忽不见。元枢竟无恙。出《稽神录》。

朱延寿

寿州刺史朱延寿，末年，浴于室中，窥见窗外有二人，皆青面朱发青衣，手执文书。一人曰："我受命来取。"一人曰："我亦受命来取。"一人又曰："我受命在前。"延寿因呼侍者，二人即灭。侍者至，问外有何人，皆云无人，俄而被杀。出《稽神录》。

秦进忠

天祐丙子岁，浙西军士周交作乱，杀大将秦进忠、张胤凡十余人。进忠少时，尝怒一小奴，刃贯心，杀而并埋之。末年，恒见此奴捧心而立，始于百步之外，稍稍而近。其日

李司空说:“因为这是我的旧宅。”周元枢说:“我做官到了这里,就听说这个宅子一直是书记官的公署。你什么时候在这里住过?”李司空回答说:“隋朝开皇年间我曾在这里住过。”周元枢说:“如果真像你说的这样,你肯定是鬼了。”李司空回答说:“是的。冥府答应给我在这里建庙,所以请你搬出去。”周元枢不答应,说:“人不应该和鬼交接办事,难道说我要死去,你才能这样欺侮我?就算真是这样,道理上我也不该把这座住宅交给你。即使我真的死了,到了阴间我也要和你打官司!”接着他叫来妻子说:“如果我死了,你一定在我的棺材里多放些纸和笔,我要和这位李先生打官司。”然后就摆了酒和李司空对饮,两人喝了有好几百杯,周元枢的言辞和声色越来越严厉。李司空要告辞离开,周元枢还挽留他。过了一会儿,李司空的一位老仆人来对他说:“夫人让我来告诉老爷,周元枢木石心肠,你怎么能和他讨论呢?真是自找难堪呀!”李司空于是告辞而去。周元枢把他送出大门,转眼之间李司空就消失不见了。周元枢竟什么灾祸也没有发生。出自《稽神录》。

朱延寿

寿州刺史朱延寿,晚年时有一天在家里洗浴,发现窗外有两个人,都是青面、红头发、黑衣裳,手里拿着公文。其中一个说:“我受命来抓朱延寿。”另一个也说:“我也是受命来抓朱延寿。”一个人又说:“我在你前面接受的使命。”朱延寿就大声呼叫仆人,两个鬼顿时消失没了踪影。仆人来了以后,朱延寿问外面有什么人,都说没有什么人,说话间,朱延寿就被杀了。出自《稽神录》。

秦进忠

唐昭宗天祐丙子年,浙西军士周交作乱,杀了大将秦进忠、张胤总共十多人。秦进忠少年时,曾一时发怒杀了一个小仆,用刀穿透了他的心,杀死后就埋葬了。秦进忠晚年时,常常看见那小仆捧着自己的心站立着,开始在百步之外,越来越近。这天

将出，乃在马前，左右皆见之。而入府，又遇乱兵，伤胃而卒。张胤前月余，每闻呼其姓名，声甚清越，亦稍稍而近。其日若在对面，入府皆毙矣。出《稽神录》。

望江李令

望江李令者，罢秩居舒州。有二子，甚聪慧。令尝饮酒暮归，去家数百步，见二子来迎，即共禽而驱之。令惊大怒，大呼，而远方人绝，竟无知者。且行且驱，将至家，二子皆却走而去。及入门，二子复迎于堂下，问之，皆云未尝出门。后月余，令复饮酒于所亲家，因具白其事，请留宿，不敢归。而其子恐其及暮归，复为所驱，即俱往迎之。及中途，见其父，怒曰："何故暮出！"即使从者击之，困而获免。明日令归，益骇其事。不数月，父子皆卒。郡人云，舒有山鬼，善为此厉，盖黎丘之徒也。出《稽神录》。

张飞庙祝

梓州去城十余里，有张飞庙，庙中有土偶，为卫士。一夕感庙祝之妻，经年，遂生一女。其发如朱，眉目手足，皆如土偶之状。至于长大，人皆畏之。凡莅职梓州者，谒庙，则呼出验之，或遗之钱帛。至今犹存。出《野人闲话》。

秦进忠要外出，一看那小仆又捧着心站在马前，周围的人都看见了。等他到了府衙，就遇见了叛军，被刺伤了胃死去。张胤死前一个多月，也常听见有人喊自己的名字，声音非常清朗，也是越来越近。到张胤被杀的那天，他听到有人就像在他面前喊他的名字，等他一追入府衙，就被乱兵杀了。出自《稽神录》。

望江李令

望江县令李某，任满后住在舒州。他有两个儿子，十分聪慧。李某曾在外喝了酒晚上回家，离家几百步远，看见两个儿子来接他，走到跟前，两个儿子就一起抓住他狠揍起来。李某又惊又怒，大喊起来，但地方偏远没有人，竟然没人知道。两个儿子一边走一边打，快到家门口，两个儿子都逃走了。等进了门，两个儿子又在堂下恭迎他，问他们，都说未曾出过门。一个多月后，李某又到亲友家喝酒，并向亲友说了上次挨打的事，请求住下，说不敢回家。这时他的两个儿子担心父亲回来晚了再挨打，就一起出门迎接。半路上遇见了父亲，父亲大怒说："你们为什么晚上出来！"说罢就让随行的人打两个儿子，两个儿子费了很大劲儿才逃脱了。第二天李某回家后听儿子们说了这事，心里更加害怕。过了没几个月，李某父子就都死了。郡里的人说，舒州有一种山鬼，专门兴妖作怪，大概是那种专门假装别人的儿子而害人的"黎丘鬼"。出自《稽神录》。

张飞庙祝

离梓州城十几里的地方有一座张飞庙，庙里有一个土塑的偶像，是个卫士。一天晚上，这个土偶卫士，和庙祝的妻子有了感应，一年后，庙祝的妻子于是生了个女儿。红头发，眉眼手脚都像那个土偶的样子。这女孩长大以后，人们都很怕她。凡是到梓州上任做官的，参拜张飞庙时都要把那红发女孩叫来看看，并给她些钱物。现在这个女孩还活着。出自《野人闲话》。

僧彦脩

草书僧文英大师彦脩，始在洛都。明宗世子秦王从荣，复厚遇之。后有故，南居江陵西湖曾口寺。一日恍惚，忽见秦王拥二十骑诣寺，访彦脩。彦脩问大王何以此来，恰未对，倏而不见。彦脩方访于人，不旬日，秦王遇害。出《北梦琐言》。

建康乐人

建康有乐人，日晚如市，见二仆夫云："陆判官召。"随之而去。至大宅，陈设甚严。宾客十余人，皆善酒，惟饮酒而不设食，酒亦不及乐人。向曙而散，乐人困甚，因卧门外床上。既寤，乃在草间，旁有大冢。问其里人，云，相传陆判官之冢，不知何时人也。出《稽神录》。

黄延让

建康吏黄延让尝饮酒于亲家，迨夜而散。不甚醉，恍然而身浮。飘飘而行，不能自制。行可十数里，至一大宅，寂然无人。堂前有一小房，房中有床，延让困甚，因寝床上。及寤，乃在蒋山前草间，逾重城复堑矣。因恍惚得疾，岁余乃愈。出《稽神录》。

张　瑗

江南内臣张瑗日暮过建康新桥，忽见一美人，袒衣猖獗而走。瑗甚讶，谛视之，妇人忽尔回头，化为旋风扑瑗。瑗马

僧彦脩

擅长草书的僧人文英大师彦脩，起初住在洛阳。后唐明宗的世子秦王从荣，对彦脩也非常好。后来彦脩因故南迁到江陵西湖的曾口寺。有一天，彦脩精神恍惚，忽然看到秦王带着二十多骑士来到寺庙见他。彦脩就问秦王为什么到这里来，秦王还没回答，就突然不见了。彦脩正打算向别人打听，没几天，就传来了秦王遇害的消息。出自《北梦琐言》。

建康乐人

建康有位乐师晚间上街，遇见两个仆役对他说："陆判官叫你去一趟。"乐师跟随前往。来到一个很大的府宅，里面摆设非常庄严华美。有十几个宾客都善喝酒，只是光有酒没有饭菜佐酒，也不让乐师喝酒。天亮时，人们散去，乐师又困又乏，就躺在门外一个床上睡去。等醒来时，发现自己却躺在草丛中，旁边有座大坟冢。问当地人，他们说，相传那是陆判官的坟，至于陆判官是什么时候的人，就不得而知了。出自《稽神录》。

黄延让

建康有个小吏黄延让有一次到亲友家喝酒，直到深夜才散去。他喝得不十分醉，恍惚间觉得自己的身子非常轻地飘了起来。在空中飘飘而行，自己也控制不住。飞行了大约十几里，来到一个大府宅，宅里寂静没有人。堂前有一间小房，房子里有张床，他十分困乏，就躺在床上睡着了。等醒来，自己则躺在蒋山前的草丛中，越过道道城墙，又掉进深沟。后来他就精神恍惚得了病，一年多病才痊愈。出自《稽神录》。

张　瑗

江南有个宦官张瑗黄昏时过建康新桥，忽然看见一个美人，敞着衣服裸露上身放肆没有忌惮地奔跑。张瑗十分惊讶，他仔细地看，那美人忽然回头，化成一股旋风扑向张瑗。张瑗的马

倒伤面，月余乃复。初马既起，乃提一足，跛行而归，自是每过此桥，马辄提一足而行，竟无他怪。出《稽神录》。

婺源军人妻

丁酉岁，婺源建威军人妻死更娶。其后妻虐遇前妻之子过甚，夫不能制。一日，忽见亡妻自门而入，大怒后妻曰："人谁无死，孰无母子之情，乃虐我儿女如是耶？吾比诉与地下所司，今与我假十日，使我诲汝。汝遂不改，必能杀君！"夫妻皆恐惧再拜，即为具酒食。遍召亲党邻里，问讯叙话如常。他人但闻其声，唯夫见之。及夜，为设榻别室，夫欲从之宿，不可。满十日，将去，复责励其后妻，言甚切至。举家亲族共送至墓，去墓百余步，曰："诸人可止矣。"复殷勤辞诀而去。将及柏林中，诸人皆见之，衣服容色如平生，及墓乃没。建威军使汪延昌言如是。出《稽神录》。

陈德遇

辛亥岁，江南伪右藏库官陈居让字德遇，直宿库中，其妻在家。五更初，忽梦二吏，手把文书，自门而入。问："此陈德遇家耶？"曰："然。""德遇何在？"曰："在库中。"吏将去，妻追呼之曰："家夫字德遇耳，有主衣库官陈德遇者，家近在东曲。"二吏相视而嘻曰："几误矣。"遂去。迩日，德遇晨

被旋风刮倒，伤了自己的脸，一个多月后才好。那时马受伤后爬起来，就抬起一只蹄子跛着走回去，从此那马只要一走上建康桥，就会抬起一只蹄子跛着走，一直也没有发生其他的怪事。出自《稽神录》。

婺源军人妻

丁酉年，婺源建威军中有个军人，妻子死后又娶了一房。他的后妻虐待前房的儿女十分厉害，军人管不了她。有一天，忽然看见亡妻从门外进来，对后妻发怒地说："人谁能不死，谁没有母子之情，你为什么这样虐待我的儿女？我已经向阴司控告了你，现在阴司给了我十天假，叫我来劝导并警告你。你若再不改过，就会杀了你！"军人和后妻都吓得跪在地上一再叩头，并为她备办了酒食。前妻让军人把亲戚邻居都请来，她和大家问好谈话和平常一样。大家只听到她的声音，只有军人能看到她。到了夜晚，军人为前妻安排在另一个房间，想要和她一起过夜，她没有答应。过了十天，前妻假期满了要回阴间，临走时又一次告诫、鼓励后妻，言辞十分恳切。军人全家的亲戚族人一起送她回墓地，离墓地几百步，前妻说："大家可以止步了。"然后又和大家殷勤地辞别离去。她走到柏树林中，众人都看到了她，她的衣服、容貌和活着时候完全一样，走到坟墓跟前就消失了。建威军军使汪延昌这样讲的。出自《稽神录》。

陈德遇

辛亥年，江南叛军的右藏库官陈居让，字德遇，在仓库里值晚班，他的妻子在家里。五更初，陈妻忽然梦见两个官吏手里拿着文书从门外进来问："这是陈德遇家吗？"他的妻子说："是。"又问："陈德遇在哪儿？"他的妻子说："在仓库里。"两名官吏转身要走，他的妻子忙追着说："我丈夫叫陈居让，德遇是他的字，有个管衣库的官，名叫陈德遇，他家住在东巷里。"两个官吏相视一笑说："差点弄错了。"说罢就走了。第二天，那个名叫陈德遇的早上

起如厕，自云有疾，还卧，良久遂卒。二人并居治城之西。出《稽神录》。

广陵吏人

广陵吏姓赵，当暑，独寝一室。中夜，忽见大黄衣人自门而入，从小黄衣七人，谓己曰："处处寻不得，乃在此耶！"叱起之，曰："可以行矣。"一黄衣前曰："天年未尽，未可遽行，宜有以记之可也。"大人即探怀，出一印，印其左臂而去。及明视之，印文著肉，字若古篆，识其下，右若"仙"字，左若"记"字，其上不可识。赵后不知所终。出《稽神录》。

起来上厕所，觉得有病，回到屋里又睡下，过了半天就死了。这两个姓陈的人都住在县城的西面。出自《稽神录》。

广陵吏人

广陵有个姓赵的官吏，盛夏时独自在屋里睡觉。半夜忽然看见一位大个子黄衣人，带着七位小个子黄衣人从门外走进屋里，对他说："我们到处找不到你，原来你在这里！"呵斥他快点起来，说："可以走了！"这时一个黄衣人上前说："他的阳寿没尽，不能马上带他走，应当给他留下个记号就行了。"大个子黄衣人就从怀里掏出一个印，在姓赵的官吏的左臂上印了一下就走了。姓赵的官吏天亮后看，印文深深印进肉里，字体像古时的篆字，看印的下面，右面像是"仙"字，左边像是"记"字，印上方的字不认识。这姓赵的官吏后来不知到什么地方去了。出自《稽神录》。

卷第三百五十四

鬼三十九

杨　瑊　　袁继谦　　邠州士人　王　商　　谢彦璋
崇圣寺　　任彦思　　张仁宝　　杨蕴中　　王延镐
僧惠进　　田达诚　　徐彦成　　郑　郊　　李　茵
柳鹏举　　周　洁

杨　瑊

兖州龙兴寺西南廊第一院，有经藏。有法宝大师者，常于灵神佛堂之前见一白衣叟，如此者数日，怪而诘之。叟曰："余非人，乃杨书记宅之土地。"僧曰："何为至此？"叟曰："彼公愎戾，兴造不辍，致其无容身之地也。"僧曰："何不祸之？"答曰："彼福寿未衰，无奈之何。"言毕不见。后数年，朱瑾弃城而遁，军乱，一家皆遇害。杨名瑊，累举不第，为朱瑾书记。出《玉堂闲话》。

袁继谦

殿中少监袁继谦尝居兖州，侍亲疾，家在子城东南隅。有仆人自外通刺者，署云"前某州长史许延年"，后云"陈慰"。

杨 瑊

兖州龙兴寺西南廊的第一个院子里，收藏着珍贵的经书。有一位法宝大师，曾经在灵神佛堂前看到一位白衣老者，连着看到了好几天，感到很奇怪，就上前询问。白衣老者说："我不是人间的人，是杨书记官宅里的土地神。"法宝大师问他："为何到庙里来？"白衣老者说："杨书记官刚愎暴戾，挖地基造房子不停止，以致我被挤得没地方住了。"法宝大师问他："您为什么不给他降灾呢？"白衣老者说："他的福寿气数未尽，我拿他没办法。"说完就不见了。过了几年，朱瑾丢下兖州逃跑了，军中大乱，杨书记全家都遭杀害。杨书记名叫杨瑊，赴考几次都没考中，给朱瑾当了书记官。出自《玉堂闲话》。

袁继谦

殿中少监袁继谦，曾住在兖州，为侍奉老人的病，当时他住在子城的东南角。有一天，有个仆人从门外拿来一个求见者的名帖，上面署名是"前某州长史许延年"，后面写着"陈慰"二字。

继谦不乐，命延入。及束带出，则已去矣。仆云，徒步，衣故皂衣，张帽而至，裁投刺入车门则去矣。其年亲卒，遂以其刺兼冥钱焚之。出《玉堂闲话》。

邠州士人

朱梁时，有士人自雍之邠，数舍，遇天晴月皎，中夜而进。行至旷野，忽闻自后有车骑声，少顷渐近。士人避于路旁草莽间，见三骑，冠带如王者，亦有徒步，徐行谈话。士人蹑之数十步，闻言曰："今奉命往邠州，取三数千人，未知以何道而取，二君试为筹之。"其一曰："当以兵取。"又一曰："兵取虽优，其如君子小人俱罹其祸何？宜以疫取。"同行者深以为然。既而车骑渐远，不复闻其言。士人至邠州，则部民大疫，死者甚众。出《玉堂闲话》。

王　商

梁贞明甲戌岁，徐州帅王殷将叛。八月二十日夜，月明如昼，居人咸闻通衢队伍之声。自门隙觇之，则皆青衣兵士而无甲胄。初谓州兵潜以捕盗耳，俄闻清啸相呼，或歌或叹，刀盾矛槊，嚣隘闾巷，怪状奇形，甚可畏惧，乃知非人也。比自府廨，出于州南之东门，扃键无阻。比至仲冬，殷乃拒诏，朝命刘鄩以兵五万致讨，凡八月而败，合境悉罹

袁继谦不想见，勉强让仆人请他进来。等到自己穿戴整齐后出来时，那人却已经走了。仆人说，那人是徒步走来的，穿着一身很旧的黑衣服，戴着帽子，刚把名帖送进大门就转身走了。这一年袁继谦的老人死了，袁继谦就把那张名帖和一些纸钱一同烧化成灰。出自《玉堂闲话》。

邠州士人

五代后梁时，有个士人从雍州到邠州来，离邠州还有百多里地时，已是晚上，赶上天气晴朗，月光皎洁，士人就趁着月光夜间赶路。走到旷野，忽然听见身后有车马声，一会儿，离得越来越近。士人躲到路边的草丛里，只见三个骑马的人，看衣冠像是君王，后面也有徒步而行的，一面走一面谈着什么。士人偷偷跟在他们后面走了几十步，听见他们说："现在咱们奉命前往邠州，取三千多人的性命，不知用什么方法夺取才妥当，请二位试着出出主意吧。"一个人回答说："应该通过打仗夺取。"另一个人说："打仗的办法虽然好，但是如果让君子和小人都遭受战祸怎么办？我看应当散布瘟疫为好。"同行的几个人都非常赞同用瘟疫的办法。不久车骑走得越来越远了，不再听到他们说什么。士人到了邠州后，邠州果然闹起了瘟疫，在瘟疫中病死的人很多。出自《玉堂闲话》。

王　商

梁末帝贞明甲戌年，徐州统帅王殷将要叛变。八月二十日夜里，月明如昼，城中居民都听见大街上军队经过的声音。从门缝往外看，只见都是穿着黑色布衣的兵士，却没有穿盔甲的兵士。起初以为是州里的兵士在偷偷地缉捕盗贼，忽然传来此起彼伏的呼啸声，还有歌声和叹息声，夹杂着刀盾矛槊的撞击声，响彻里巷，再看那些兵士一个个奇形怪状，很让人害怕，才知道都是鬼兵。他们从府衙出来，冲出州城南面的东门，城门虽然上了锁他们照样出入。等到这年仲冬，王殷果然叛变，朝廷派刘鄩带了五万大军征讨平叛，攻打了八个月叛乱才平息，徐州全境都受到

其祸。出《玉堂闲话》。

谢彦璋

梁许州节度使谢彦璋遇害，朝廷命宣和库副使郝昌遇往许昌籍其家财。别开一室，见彦璋真像之左目下，鲜血在焉，竟不知自何而有，众共异之。彦璋性嗜鳖，镇河阳，命渔者采以供膳，无虚日焉，不获则必加重罚。有渔人居于城东，其日未曙，将往取之。未至一二里，遇一人，问其所适，以实对。此人曰："子今日能且辍否？"渔人曰："否则获罪矣。"又曰："子若不临网罟，则赠子以五千钱，可乎？"渔人许之，遂获五千，肩荷而回。比及晓，唯讶其轻，顾之，其钱皆纸矣。出《玉堂闲话》。

崇圣寺

汉州崇圣寺，寒食日，忽有朱衣一人，紫衣一人，气貌甚伟，驱殿仆马极盛。寺僧谓其州官至，奔出迎接，皆非也。与僧展揖甚恭，唯少言语。命笔，各题一绝句于壁。朱衣诗曰："禁烟佳节同游此，正值酴醾夹岸香。缅想十年前往事，强吟风景乱愁肠。"紫衣诗曰："策马暂寻原上路，落花芳草尚依然。家亡国破一场梦，惆怅又逢寒食天。"题罢，上马疾去。出松径，失其所在，但觉异香经月不散。其诗于今见存。出《玉堂闲话》。

任彦思

蜀昌州牧任彦思家，忽闻空中有乐声，极雅丽悲切，

战乱的祸害。出自《玉堂闲话》。

谢彦璋

后梁的许州节度使谢彦璋遇害，朝廷派宣和库的副使郝昌遇到许昌去清理谢彦璋的家产。他打开一间偏房后，见谢彦璋的画像上左眼下边有鲜血，大家始终不清楚这鲜血是从哪儿来的，都觉得奇怪。谢彦璋天生喜欢吃鳖，他镇守河阳时，令打鱼的每天膳食必须供应他活鳖，如果渔夫捕不到鳖，就会受到重罚。有个渔夫居住在城东，有一天天还未亮，要下河捕鳖。没走出一二里地，遇见了一个人，问他到哪儿去，渔夫说要下河捉鳖。那人又说："你今天能否不去捉？"渔夫说："不行啊，捉不到鳖要挨罚的。"那人说："你如果不再下网，我就送给你五千钱，行不行？"渔夫答应了，就收了那人五千钱，背上钱往回走。等天色大亮时，渔夫奇怪背上的铜钱越来越轻，一看，原来都是些冥府纸钱。出自《玉堂闲话》。

崇圣寺

有一年的寒食节，汉州崇圣寺里忽然来了一个穿红袍的和一个穿紫袍的人，二人气度不凡，带着很多车马和仆从。寺里的和尚以为是州里的官员到了，忙跑出去迎接，一看不是。二人对和尚很恭敬地施礼，但很少说话。只是让人拿来两支笔，每人在墙上题了一首七言绝句。穿红袍的人题诗是："禁烟佳节同游此，正值酴醾夹岸香。缅想十年前往事，强吟风景乱愁肠。"穿紫袍的题诗是："策马暂寻原上路，落花芳草尚依然。家亡国破一场梦，惆怅又逢寒食天。"题完诗后，他们上马很快地离去。出了松林中的小路就不见了，只留下来一股异香一个月都不消散。到现在，庙里墙壁上还留着他们题的诗。出自《玉堂闲话》。

任彦思

蜀昌州牧任彦思居家，忽然听见空中传来音乐声极其典雅悲切，

竟日不休。空中言曰:“与吾设食。”任问是何人,竟不肯言本末。乃与静室设之,如人食无遗。或不与食,即致破什器,虫入人耳,烈火四起。彦思恶之,移去回避,亦常先至,凡七八年。忽一日不闻乐声,置食无所飱,厅舍栿上血书诗曰:“物类易迁变,我行人不见。珍重任彦思,相别日已远。”彦思尤恶其所题,以刀划之,而字已入木,终不知何鬼也。

张仁宝

校书郎张仁宝素有才学,年少而逝,自成都归葬阆中,权殡东津寺中。其家寒食日,闻扣门甚急,出视无人,唯见门上有芭蕉叶,上有题曰:“寒食家家尽禁烟,野棠风坠小花钿。为今空有孤魂梦,半在嘉陵半锦川。”举族惊异。端午日,又闻扣门声,其父于门罅伺之,乃见其子,身长三丈许,足不践地。门上题“五月午日天中节”,题未毕,其父开门,即失所在。顷之克葬,不复至矣。

杨蕴中

进士杨蕴中得罪下成都府狱。夜梦一妇人,虽形不扬,而言词甚秀。曰:“吾即薛涛也,顷幽死此室。”乃赠蕴中诗曰:“玉漏深长灯耿耿,东墙西墙时见影。月明窗外子规啼,忍使孤魂愁夜永。”

一整天也没断。后来又听见空中有人说："快给我摆设酒食。"任彦思问是谁，空中的人始终不肯回答。任彦思就在一个安静的屋子里摆好酒食，不一会儿就像人一样把它们吃光了。后来经常这样，如果不给摆酒食，家里的东西就会被毁坏，虫子会钻进人的耳朵，或无缘无故到处着起火来。任彦思十分憎恶，就搬了家躲避开，但那鬼怪仍然常来，一直闹腾了七八年。任彦思忽然一日听不到音乐声，发现摆设的食物没有被吃掉，只见厅堂的柱子上用血题着一首诗："物类易迁变，我行人不见。珍重任彦思，相别日已远。"任彦思十分厌恶房梁上鬼题的这首诗，用刀子去刮，然而那字却渗入木头里去了，到底也不知道那是个什么鬼怪。

张仁宝

校书郎张仁宝向来有才学，年纪很轻就死了，死后，他家将他的灵柩从成都运回家乡阆中下葬，没下葬前，暂时停放在东津寺里。寒食节这天，家里人听到急促的敲门声，开门看外面却没有人，只发现门上有一片芭蕉叶，上面题着一首诗："寒食家家尽禁烟，野棠风坠小花钿。为今空有孤魂梦，半在嘉陵半锦川。"全家十分惊异。端午节这天，又听见敲门声，张仁宝的父亲从门缝向外看，果然是儿子张仁宝，但身材有三丈高，双脚不沾地。当时张仁宝正在大门上题诗，题了一句"五月午日天中节"，还没题完，他父亲打开门，张仁宝就突然消失了。后来家人很快地将棺材埋葬，张仁宝就再也没来。

杨蕴中

进士杨蕴中犯了罪，被押在成都的府衙狱中。一天夜里，他梦见一个女人，虽然姿色不佳，但谈吐十分文雅。她说："我就是薛涛啊，以前就是死在这间牢房里的。"说罢赠了杨蕴中一首诗："玉漏深长灯耿耿，东墙西墙时见影。月明窗外子规啼，忍使孤魂愁夜永。"

王延镐

梓州有阳关神，即蜀车骑将军西乡侯张飞也。灵应严暴，州人敬惮之。龙州军判官王延镐纳成都美妓人霞卿，甚宠之，携之赴官。经阳关神祠前过，霞卿暴卒，唯所生一女，非延镐之息，倍哀悯之。一日传灵语，具云："为阳关神所录，辞而得解。"从此又同寝处，写其貌而凭之，至于盥漱饮食皆如生。乃曰："俟我嫁女，方与君别。"延镐将更娶，告之，鬼亦许焉，乃娶沈彦循女。自是或女客列坐，即有一黑蝴蝶，翩翻掠筵席而过，卒以为常。其后延镐为新津令，方嫁其女，资送甚备，自是无闻。

僧惠进

西蜀有僧惠进者，姓王氏，居福感寺。早出，至资福院门，见一人长，身如靛色，迫之渐急。奔走避之，至竹篑桥，驰入民家。此人亦随至，撮拽牵顿，势不可解，僧哀鸣祈之。此人问："汝姓何？"答曰："姓王。"此人曰："名同姓异。"乃舍之而去。僧战摄，投民家，移时稍定，方归寺中。是夕，有与之同名异姓者死焉。出《录异记》。

田达诚

庐陵有贾人田达诚，富于财，颇以周给为务。治第新城，有夜扣门者，就视无人，如是再三。因呼问之："为人耶？

王延镐

梓州有阳关神，就是蜀国的车骑将军西乡侯张飞。这阳关神既灵验又严厉，梓州人对他又敬又怕。龙州军判官王延镐娶了成都一个很漂亮的妓女名叫霞卿，十分宠爱她，带着她去梓州上任。他们经过阳关神的祠庙时，霞卿突然死了，只留下一个女儿，还不是王延镐亲生的，王延镐十分悲痛哀怜。有一天，霞卿传灵语说："我是被阳关神捉去了，经我一再请求才得以暂时解脱。"从此后，又和王延镐住在一起，并画了她的像以为凭证，至于梳妆打扮、饮食起居和过去活着时完全一样。她对王延镐说："等我把儿女嫁出去，就和你告别了。"王延镐打算再娶个女人，告诉霞卿，霞卿也同意，就娶了沈彦循的女儿。从此家里如果来了女客时，就会有一只黑蝴蝶在筵席上飞来飞去，大家也习以为常，知道那蝴蝶就是霞卿。后来王延镐当了新津令，才将霞卿的女儿嫁了出去，给了很丰厚的嫁妆，从此就再也没听到霞卿的消息。

僧惠进

西蜀有位和尚，俗姓王，法名惠进，住在福感寺。有一天他清晨出门，走到资福院门口时，看见有一个浑身发蓝的大个子跟在身后，而且越追越急。和尚赶快奔走躲避，到了竹篑桥，和尚一头扎进一个老百姓家。那怪物也追了进来，死死拽住和尚不放，和尚挣不脱，就哀叫求告。那怪物问："你姓什么？"和尚说："姓王。"那家伙说："名倒是对，姓却不对。"就放了和尚而去。和尚非常恐惧，投奔居民家，很长时间心神稍稍安定下来，这才回到寺里。这天夜里，果然有一个与和尚同名不同姓的人死了。

出自《录异记》。

田达诚

庐陵有个商人叫田达诚，富有钱财，但并不吝啬守财，颇以周济穷人为务。他在新城造了一所宅院，夜里有人敲大门，开门看却没有人，这样反复了好几次。田达诚就喊问道："敲门的是人呀？

鬼耶?”良久答曰:“实非人也,比居龙泉,舍为暴水所毁,求寄君家,治舍毕乃去耳。”达诚不许,曰:“人岂可与鬼同居耶?”对曰:“暂寄居耳,无害于君。且以君义气闻于乡里,故告耳。”达诚许之。因曰:“当止我何所?”达诚曰:“唯有厅事耳。”即拜辞谢而去。数日复来,曰:“家已至厅中,亦无妨君宾客。然可严整家人慎火,万一不意,或当云吾等所为也。”达诚亦虚其厅以奉之。

达诚尝为诗,鬼忽空中言曰:“君乃能诗耶? 吾亦尝好之,可唱和乎?”达诚即具酒,置纸笔于前。谈论无所不至。众目视之,酒与纸笔,俨然不动。试暂回顾,则酒已尽,字已著纸矣,前后数篇,皆有意义,笔迹劲健,作柳体。或问其姓字,曰:“吾傥言之,将不益于主人,可诗以寄言之。”乃赋诗云:“天然与我一灵通,还与人间事不同。要识吾家真姓字,天地南头一段红。”众亦不谕也。

一日复告曰:“吾有少子,婚樟树神女,将以某日成礼,复欲借君后堂三日,以终君大惠,可乎?”达诚亦虚其堂,以幕围之。三日复谢曰:“吾事讫矣,还君此堂。主人之恩,可谓至矣。然君家老婢某,可笞一百也。”达诚辞谢,召婢,笞数下,鬼曰:“使之知过,可止矣。”达诚徐问其婢,言曾穴幕窃视,见宾客男女,厨膳花烛,与人间不殊。后岁余,乃辞谢而去。

还是鬼呀?”好半天才听到回答说:“我并不是人,原住在龙泉,家里被洪水淹了,求你收留我暂住几天,等我家房子盖好我就走。”田达诚不同意,说:“人和鬼怎么能住在一起呢?”鬼说:“我只是寄宿几天,不会祸害你。而且因为你以义气闻名乡里,我才来投奔你的。”田达诚就答应了。鬼于是问:“我应当住在哪里?”田达诚说:“只有堂屋可住。”鬼拜谢了田达诚就走了。过了几天鬼又来了,说:“我的家已搬到你堂屋里了,也不会妨碍你的宾客。只是你严肃告诫家里人小心火烛,不然万一出了意外发生了火灾,有人会以为是我干的。”田达诚也把堂屋空出来供鬼自己住。

有一次,田达诚作诗,鬼忽然在空中说:“你竟能作诗? 我也曾喜欢作诗,咱俩可一起作几首诗吗?”田达诚就准备了酒,把纸、笔摆在面前。那鬼谈论起作诗的道理十分精通,无所不及,大家看着时,桌上的酒和纸笔却一点也没动。可是大家一回头的工夫,酒就被喝没了,纸上已写好了诗句,而且写了好几首,都很有新意,字是柳体,笔力遒劲。有人问鬼叫什么名字,鬼说:“我倘若说出我的名字,将会对主人不利,我还是把名字写进诗中吧。”于是鬼就写了一首诗道:“天然与我一灵通,还与人间事不同。要识吾家真姓字,天地南头一段红。”大家看后,仍不知晓鬼的名字叫什么。

又一天,鬼又告诉田达诚说:“我有个小儿子,娶樟树神的女儿为妻,将要在某日办喜事,想借你的后厅用三天,同时也报答你对我这么大的恩惠,你看行不行?”田达诚也把后厅腾出来,用布幔围上给鬼用。三天后,鬼感谢地说:“我家喜事已办完,后厅还给你。你对我的恩情,可以说到达极点了。但你家的那个老女仆,你真该打她一百板子。”田达诚忙向鬼赔礼,并把那名老女仆叫来用板子打,刚打了几下,鬼就劝道:“打她几下,让她知错也就算了。”后来田达诚慢慢地问那老女仆做了什么错事,她说她曾在后厅的幔幕缝中偷看,见里面办喜事的男女宾客礼仪、美食花烛陈设,和人间没什么不同。过了一年多,那鬼告辞走了。

达诚以事至广陵，久之不归，其家忧之。鬼复至曰："君家忧主人耶？吾将省之。"明日还曰："主人在扬子，甚无恙，行当归矣。新纳一妾，与之同寝，吾烧其帐后幅，以戏之尔。"大笑而去。达诚归，问其事皆同。后至龙泉，访其居，亦竟不获。出《稽神录》。

徐彦成

军吏徐彦成恒业市木，丁亥岁，往信州汭口场，无木可市，泊舟久之。一日晚，有少年从二仆往来岸侧，状若访人而不遇者。彦成因延入舟中，为设酒食，宾敬之。少年甚愧焉，将去，谢曰："吾家近此数里别业中，君旦日能辱顾乎？"徐彦成许诺，明日乃往。行里余，有仆马来迎，奄至一大宅，门馆甚盛。少年出延客，酒膳丰备。从容久之，彦成因言住此久，无木可市，少年曰："吾有木在山中，明当令出也。"居一二日，果有材木大至，良而价廉。市易既毕，往辞少年。少年复出大杉板四枚，曰："向之木，吾所卖，今以此赠君。至吴，当获善价。"彦成回，始至秦淮，会吴帅殂，纳杉板为棺。以为材之尤异者，获钱数十万。彦成大市珍玩，复往汭口，以酬少年。少年复与交市，如是三往，颇获其利。间一岁，复诣之，村落如故，了无所见。

后来，田达诚到广陵去办事，去了很久没回来，家里人十分担忧。这时那个鬼又来了，说："你们是不是挂念主人的安危？我可以去看看。"第二天鬼就回来了，对家人们说："主人在扬州，一切平安，快回来了。他新纳了个小妾，和他同住，我把他们帐子的后幅给烧了，和他们开了个玩笑。"说罢大笑着走了。田达诚回家后，家里人问他在外的事，他说的和鬼所报告的完全一样。后来田达诚到龙泉去打听鬼的住址，也始终没有打听到下落。出自《稽神录》。

徐彦成

军吏徐彦成以买卖木材为固定职业，丁亥年，他到江西信州的汭口场，那里没有木头可买卖，船在岸边停了很久。一天晚上，有个少年带着两名仆人在江岸上徘徊，看样子好像是找什么人没找到。徐彦成就把少年请到船上，为他摆设酒食，像对待贵宾一样恭敬地招待他。少年很惭愧，临告辞时向徐彦成道谢说："我家在离这儿数里的别墅里，您明天能否屈尊到敝舍坐坐？"徐彦成答应了少年的邀请，第二天就往少年家去。走出一里多地，少年已派仆人牵马来迎接，不一会儿来到一个大府宅院前，门楼屋舍高大华贵。少年站在门外迎接，大厅上已为徐彦成备下了丰盛的酒席。聊天聊得时间长了，徐彦成于是提到在这里住了很久也买不到木材，少年立刻说："我有很多木材在山里，我明天当让他们给您运出来就是。"徐彦成住了一两天后，果然从山里运来了大批的木材，物美而价廉。买卖完毕，就去向少年辞别。少年又叫人抬出四块大杉木板说："先前那些木材，是我卖给您的，这四块板材，是我奉送给您的。运到吴地会卖上好价钱。"徐彦成运着木材回返，才到秦淮河，正赶上吴国的国师去世了，就把那四块杉板买去，做了棺木。徐彦成因为板材独特，卖了数十万。又买了大量的珍宝古玩返回汭口酬谢少年。少年又与他买卖，如此来来往往几次，徐彦成获利很多。隔了一年，徐彦成又到汭口去访少年，村子还是原样，但少年的华丽府宅却不见了。

访其里中，竟无能知者。出《稽神录》。

郑郊

郑郊，河北人，举进士下第，游陈、蔡间。过一冢，上有竹二竿，青翠可爱，因驻马吟曰："冢上两竿竹，风吹常袅袅。……"久不能续，闻冢中言曰："何不云'下有百年人，长眠不知晓'？"郊惊问之，不复言矣。

李茵

进士李茵，襄阳人。尝游苑中，见红叶自御沟流出，上题诗云："流水何太急，深宫尽日闲。殷勤谢红叶，好去到人间。"茵收贮书囊。后僖宗幸蜀，茵奔窜南山民家，见一宫娥，自云宫中侍书，名云芳子。有才思，茵与之款接，因见红叶，叹曰："此妾所题也！"同行诣蜀，具述宫中之事。及绵州，逢内官田大人识之，曰："书家何得在此？"逼令上马，与之前去，李甚怏怅。其夕，宿逆旅，云芳复至，曰："妾已重赂中官，求得从君矣。"乃与俱归襄阳。数年，李茵疾瘠，有道士言其面有邪气。云芳子自陈："往年绵竹相遇，实已自经而死。感君之意，故相从耳。人鬼殊途，何敢贻患于君！"置酒赋诗，告辞而去矣。出《北梦琐言》。

柳鹏举

唐龙纪中，有士人柳鹏举，游杭州，避雨于伍相庙。

徐彦成在村里打听，竟没人知道有少年这个人。出自《稽神录》。

郑郊

郑郊，河北人，考进士落了榜，在陈州、蔡州一带游历。有一次路过一座坟冢，见坟上有两竿竹子长得青翠可爱，就停下马来口吟一诗："冢上两竿竹，风吹常袅袅。……"下两句想了很久也不能续出，这时忽然听见坟里有人应道："为何不作成'下有百年人，长眠不知晓'呢？"郑郊大惊，再问下去，坟里就什么声音也没有了。

李茵

进士李茵是襄阳人。他曾游御苑，看见有片红叶从宫中的御河沟流出来，上面题了一首诗："流水何太急，深宫尽日闲。殷勤谢红叶，好去到人间。"李茵把这片红叶收藏在书囊中。后来唐僖宗出逃到蜀地，李茵逃到南山一个老百姓家，遇见一个宫女，自称是宫中侍书，叫云芳子。云芳子很有才思，李茵和她交往后，云芳子发现了那片红叶，哀叹说："这红叶上的诗就是我写的啊！"云芳子和李茵一起往蜀地去，一路上云芳子讲了很多皇宫里的事。到了绵州时，遇上一个宫中的太监田大人，认出了云芳子，说："你怎么到这里来了？"强迫她上马，将她带走了，李茵非常难过。这天夜里，李茵住在旅店里，云芳子突然又回来了，说："我已用重金贿赂了田大人，求得今后跟你在一起了。"于是李茵带着云芳子一起回到襄阳。几年后，李茵得了病身体消瘦，有个道士说他脸上带有鬼气。这时云芳子才向李茵说："那年在绵竹和你相遇时，我其实已经上吊死了。为了报答你的情义，我才跟了你。然而人、鬼是两条不同的路，我怎敢害了你呢！"说罢摆下酒菜和李茵对饮，又写了诗，然后就告辞而去。出自《北梦琐言》。

柳鹏举

唐昭宗龙纪年间，读书人柳鹏举游历杭州，在伍相庙避雨。

见一女子，抱五弦，云是钱大夫家女仆。鹏举悦之，遂诱而奔。藏于舟中，为厢吏所捕，女仆自经而死。一日，却到柳处，柳亦知其物故。其仆具道其情，故留之，经时而去。出《北梦琐言》。

周　洁

霍丘令周洁，甲辰岁罢任，客游淮上。时民大饥，逆旅殆绝，投宿无所。升高而望，远见村落烟火，趋而诣之。得一村舍，扣门久之，一女子出应门。告以求宿，女子曰："家中饥饿，老幼皆病，无以延客，至中堂一榻可矣。"遂入之。女子侍立于前，少顷，其妹复出，映姊而立，不见其面。洁自具食，取饼二枚，以与二女。持之入室，闭关而寝，悄无人声。洁亦耸然而惧，向晓将去，便呼二女告之，了无声应者。因坏户而入，乃见积尸满屋，皆将枯朽，唯女子死可旬日，其妹面目已枯矣，二饼犹置胸上。洁后皆为瘗之云。出《稽神录》。

这时看见一个女子，抱着一把五弦琴，自称是钱大夫家的女仆。柳鹏举很喜爱她，就引诱她和自己私奔。将她藏在船中，后来女仆还是被厢官抓住送回去，上吊身亡。有一天，这女仆却到柳鹏举这里来了，柳鹏举知道她已经死去。女鬼说了很多想念柳鹏举的话表达她的情意，柳鹏举就把她留了下来，过了很久女鬼才离去。出自《北梦琐言》。

周洁

霍丘县令周洁，甲辰年罢官后在淮水一带游历。当时百姓正闹饥荒，哪里也没有旅店，周洁无处投宿。有一天，他登高远望，远远看见有个村庄有炊烟，就直奔村庄而去。到了一个村舍前，敲了半天门，一个女子出来应门。周洁说要投宿，女子说："家里饥饿，老少都病了，没法待客，堂屋中有一张床榻可以睡觉。"周洁就进了村舍。那女子在周洁面前侍立着，不大一会儿，女子的妹妹也出来了，躲在姐姐背后站着看不见她的面孔。周洁自己带着食物，就拿出两个饼给了两个女子。她们拿着饼进了里屋，关上门睡下，再也听不到声音了。周洁心里也有点害怕，天亮后周洁要走，招呼两个女子辞别，但喊了几次里屋没有人回应。周洁就破门而入，只见满屋都堆满了死人尸体，都将朽烂，只有那女子看来像死了十多天，她的妹妹脸部已经干枯了，两只饼还放在她们的胸口上。后来，周洁把这些尸体都掩埋了。出自《稽神录》。

卷第三百五十五

鬼四十

杨副使　僧珉楚　陈守规　广陵贾人　浦城人
刘道士　清源都将　王诩妻　林昌业　潘　袭
胡　澄　王　攀　郑守澄　刘　骘

杨副使

壬午岁，广陵瓜州市中，有人市果实甚急。或问所用，云："吾长官明日上事。"有问长官为谁，云："杨副使也。"又问官署何在，云："金山之东。"遂去，不可复问。时浙西有副使被召之扬都，明日，船至金山，无故而没。出《稽神录》。

僧珉楚

广陵法云寺僧珉楚，常与中山贾人章某者亲熟。章死，珉楚为设斋诵经。数月，忽遇章于市中。楚未食，章即延入食店，为置胡饼。既食，楚问："君已死，那得在此？"章曰："然。吾以小罪而未得解免，今配为扬州掠剩鬼。"复问："何为掠剩？"曰："凡吏人贾贩，利息皆有数常，过

杨副使

壬午年，广陵瓜州的街上，有个人急着买果子。有人问买它做什么用，回答说："我家长官明天要上任。"又有人问长官是谁，回答说："是杨副使。"又问杨副使的官府在哪里，说："在金山之东。"说罢，买水果的就走了，不能再问了。当时，浙西有一名副使被召到扬都，第二天，他坐的船走到金山时无缘无故地就沉没在江中。出自《稽神录》。

僧珉楚

广陵法云寺有个和尚叫珉楚，曾和中山县的商人章某熟识。章某死了，珉楚为他设斋念经。几个月后，珉楚突然在街上遇见了章某。当时珉楚还没吃饭，章某就请他进了饭馆，为他买了胡饼。二人吃完饭，珉楚就问道："你已经死了，怎么能出现在这里呢?"章某说："是的。我因为生前的一点不大的罪而在阴府未能解除惩罚，现在发配我到扬州当掠剩鬼。"又问他："什么叫掠剩?"鬼说："凡是官员商贩，他们的利润都有一定的数目，超过了

数得之，即为余剩，吾得掠而有之。今人间如吾辈甚多。”因指路人男女曰某人某人，皆是也。顷之，有一僧过于前，又曰：“此僧亦是也。”因召至，与语良久，僧亦不见楚也。顷之，相与南行，遇一妇人卖花，章曰：“此妇人亦鬼，所卖花，亦鬼用之，人间无所见也。”章则出数钱买之，以赠楚曰：“凡见此花而笑者，皆鬼也。”即告辞而去。其花红芳可爱而甚重，楚亦昏然而归，路人见花，颇有笑者。至寺北门，自念吾与鬼同游，复持鬼花，亦不可，即掷花沟中，溅水有声。既归，同院人觉其色甚异，以为中恶，竞持汤药以救之。良久乃复，具言其故。因相与覆视其花，乃一死人手也。楚亦无恙。出《稽神录》。

陈守规

军将陈守规者，常坐法流信州，寓止公馆。馆素凶，守规始至，即鬼物昼见，奇形怪状，变化倏忽。守规素刚猛，亲持弓矢刀杖，与之斗。久之，乃空中语曰：“吾鬼神，不欲与人杂居。君既坚正，愿以兄事，可乎？”守规许之。自是常与交言，有吉凶，辄先报。或求饮食，与之，辄得钱物。既久，颇为厌倦，因求方士，手书章疏，奏之上帝。翌日，鬼乃大骂曰：“吾与君为兄弟，奈何上章诉我？大丈夫结交，当如是耶？”守规曰：“安得有此事？”即于空中掷下章疏，纸笔宛然。又曰：“君图我居处，谓我无所止也。吾今往

这个数目就是不该得的,得了他就叫‘余剩’,我就可把这些剩余的钱物掠为己有。现在派在人间和我一样的鬼很多。”说着就指着路上的一些男女说某人某人都是掠剩鬼。不一会儿,有一个和尚走过他们面前,章某指着和尚说:“他也是个掠剩鬼。”说着就把和尚叫到跟前,和他聊了半天,那和尚也看不见珉楚。不一会儿,他们一块往南走,遇见一个卖花的妇人,章某说:“这卖花的妇人也是鬼,她卖的花也是鬼用的,人间无法看见。”章某说着就掏出一些钱买了一束花,给珉楚说:“凡是看见这花就笑的,都是鬼。”说完告辞而去。那束花红艳芳香,好看而且很重,珉楚拿着花昏昏沉沉地往回走,一路上看见花就笑的还颇有一些。到了寺庙北门,心想我和鬼在一起游了半天,手里又拿着鬼花,这怎么行,就把花扔到了水沟里,花落水溅起了声音。回来后,庙里的人都觉得他脸色很不正常,以为是中了邪,都抢着送来汤药来救他。过了很久,珉楚才恢复了常态,说了他遇见鬼的经过。大家就一起到水沟里去找那束花,捞上来一看,竟是一只死人的手。后来珉楚倒很平安,没有出什么事。出自《稽神录》。

陈守规

军将陈守规曾因犯法被流放到信州,住在公馆里。这公馆一向是个凶宅,陈守规刚住进去,大白天鬼怪就出现了,各个奇形怪状,瞬间千变万化。陈守规向来凶猛刚强,就自己抄起弓矢刀杖和鬼怪们搏斗。打了半天,听得空中说:“我们鬼神不想和人杂居。既然你为人正派刚毅,我们愿意以兄长侍奉你,可以吗?”陈守规同意了。从此陈守规和鬼怪们经常交谈,有什么吉凶,鬼怪们也先来报告。有时鬼怪们向他要东西吃,他就给,鬼怪则给他钱物。日久之后,陈守规十分厌倦和鬼怪们打交道,就求一个方士手写了一道奏章告到上帝那里。第二天,鬼怪们大骂说:“我们和你是兄弟,你为什么写状子告我们?男子汉大丈夫结交,能这么办吗?”陈守规说:“哪有这事?”鬼怪们就从空中扔下来那份奏章,还有写状子用过的纸和笔也都扔了下来。鬼怪说:“你图谋我们的住处,别以为我们离开这房子就没处去了。现在我们要去

蜀川，亦不下于此矣。”由是遂绝。出《稽神录》。

广陵贾人

广陵有贾人，以柏木造床，凡什器百余事，制作甚精。其费已二十万。载之建康，卖以求利。晚至瓜步，微有风起，因泊山下。顷之，有巨舟，其中空，惟篙工三人乘之，亦泊于其侧。贾人疑之，相与议：“此必群盗也，将伺夜而劫我。”前浦既远，风又益急，逃避无所。夜即相与登岸，深林中以避之。俄而风雨雷电，蒙覆舟所，岸上则星月了然。食顷，雨止云散，见巨舟稍稍前去，乃敢归。舟中所载柏木什器，都不复见，余物皆在。巨舟犹在东岸，有人呼曰：“尔无恨，当还尔价。”贾人所载既失，复归广陵。至家，已有人送钱三十万，置之而去。问其人，即泊瓜步之明日也。出《稽神录》。

浦城人

浦城人少死于路，家有金一斤，其妻匿之，不闻于其姑。逾年，忽夜扣门，号哭而归。其母惊骇，相与哀恸。曰：“汝真死耶？”曰：“儿实已死，有不平事，是以暂归。”因坐母膝，言语如平生，但手足冷如冰耳。因起握刀，责其妻曰：“我此有金，尔何供老母而自藏耶？”即欲杀之，其母曰：“汝已死矣，傥杀是人，必谓吾所杀也。”于是哭，辞母而去。

蜀地，那里比这儿一点也不差。”从此这里就再不闹鬼了。出自《稽神录》。

广陵贾人

广陵有个商人，用柏木制作床，总共制作了一百多件，做工十分精巧。已花去了二十万本钱。他把这些家具运到建康，打算卖了挣钱。晚上船到了瓜步山时起了微风，就被困停泊在山下。片刻间，驶来一艘大船，船里是空的，只有三个船工划着船，也停在商船的旁边。商人很怀疑，一起议论，认为：“这些人一定是强盗，将等到了夜里就会抢劫商船。”前面码头还很远，风也越来越大，没处逃避。夜里就一起上了岸，钻进深林中躲避。不一会儿，风雨大作，雷电交加，把江上的船都遮得看不见了，但岸上却非常晴朗，星星月亮清晰地挂在空中。一顿饭工夫，雨住云散，只见那大船慢慢开走，商人才敢回到自己船上。船上所载的柏木家具都不见了，其余的东西还都在。那只大船还在东岸，船上有人喊道：“你别难过，我们会给你钱的。”商人既然把货都丢了，只好又回到广陵。到家后，才知道已有人往他家送了三十万钱，扔下钱就走了。询问那人的情况，家里人说那人送钱来的时间，正是他的船停在瓜步山下的第二天。出自《稽神录》。

浦城人

有个年轻的浦城人死在了外乡，他家里有一斤金子，被他妻子偷偷藏了起来，没告诉她的婆婆。一年之后，已死的年轻人忽然夜里敲门，哭着回到家门口。他母亲大吃一惊，母子抱头一起痛哭。母亲问：“你真的死了吗？”儿子说：“我确实已经死了，因为有一件不平的事，因此暂时回来一趟。”说着就坐在母亲膝上，说话像活着一样，但手脚冷得如冰。说完就抄起一把刀责问妻子说：“我这里的一斤金子，你为什么不供养我的母亲而自己把金子藏起来？”说着就要杀了妻子。母亲说：“你已经死了，倘若你把她杀了，人们会认为她是我杀的。”于是他哭了起来，辞别了母亲而去。

复自提刀，送其妻还父家。迨晓，及门数十步，忽然不见。出《稽神录》。

刘道士

庐山道士刘某，将游南岳，路出宜春，宿一村家。其家至贫，复丧其子，未有以敛。既夕，忽有一男子，行哭而来，但抚膺而呼曰“可惜可惜”。刘出视之，见面白如雪，作两髽结，径入其家，负其尸去，莫知所之。出《稽神录》。

清源都将

清源都将杨某，为本郡防过营副将，有大第在西郭。某晨趋府未归，有人方食，忽有一鹅，负纸钱，自门而入，径诣西廊房中。家人云：“此鹅自神祠中来耶？”乃令奴逐之。奴入房，但见一双髻白髯老翁，家人莫不惊走。某归，闻之怒，持杖击之，鬼出没四隅，变化倏忽，杖莫能中。某益怒曰：“食讫，当复来击杖之。”鬼乃折腰而前曰：“诺。”杨有二女，长女入厨切肉，且食，肉落砧辄失去。女执刀向空四斫，乃露一大黑毛手，曰：“请斫！”女走气殆绝，因而成病。次女于大瓮中取盐，有一猴，自瓮突出，上女子背。女走至堂前，复失之，亦成疾。乃召巫女，坛召之。鬼亦立坛作法，愈甚于巫。巫不能制，亦惧而去。顷之，二女及妻皆卒。后有善作魔法者，名曰明教，请为持经一宿，鬼乃唾骂某而去，尔因遂绝。某其年亦卒。出《稽神录》。

又自己提着刀把妻子送回他岳父家。到了早晨，离大门几十步，忽然就消失不见了。出自《稽神录》。

刘道士

庐山道士刘某，打算去游南岳衡山，走到宜春城外时，投宿到村子一户人的家中。这家非常穷，又死了儿子，还没有入殓。晚上，忽然有个男子哭着走来，用手抚摸着胸口不断喊着“可惜可惜”。刘道士出门看，只见那人脸色像雪一样白，头发扎成两个结，直接走进门来，扛起这家儿子的尸体就走，转眼间就不知去了哪里。出自《稽神录》。

清源都将

清源有个姓杨的都将，是本郡防过营里的副将，他在城西有一座大宅院。有天早晨他到公府去没有回来，家中人正在吃饭，忽然一只大鹅背着一些纸钱从门外进来，直奔西廊房而去。家里人说：“这鹅是从神祠中来的吗？”就让家仆去驱赶它。仆人进了屋，只见屋里坐着一个双髻白胡子的老人，家里人都吓得跑了。杨某回家，听说这事后大怒，拿起棍子去追打那个老鬼，那鬼四处游走，瞬息变化万端，棍子打不着他。杨某更加恼怒，说：“等我吃完饭还会来接着揍你！”那老鬼才向杨某施礼说：“好吧。”杨某有两个女儿，大女儿进厨房切肉吃，可是肉一切到菜板上就没有了。她拿刀向空中乱砍，只见空中出现了一只很大的长黑毛的手，说：“请你随便砍！”大女儿吓得差点没了气就病倒了。二女儿在大瓮里取盐，突然从瓮中钻出一只猴子爬上了她的背。二女儿走进屋里，那猴子又不见了，二女儿也病了。杨某招来了巫师，女巫设下神坛抓鬼。但鬼也摆了坛作法，比巫师还厉害。巫师制不住鬼，也吓跑了。不久，杨某的妻子和两个女儿都死了。后来杨某请来一位善作魔法的人，叫做明教，请他在家持诵了一夜的经，那鬼才大骂着逃掉，杨家于是不再闹鬼了。杨某这年也死去。出自《稽神录》。

王诇妻

王诇者，南安县大盈村人也。妻林氏，忽病，有鬼凭之言："我陈九娘也，以香花祠我，当有益于主人。"诇许之。乃呼林为阿姐，为人言祸福多中。半余岁乃见形，自腰已下可见。人未常来者，亦不见也，但以言语相接。乡人有召者，不择远近，与林偕往。人有祭祀，但具酒食，陈氏自召神名，祝词明惠，听者忘倦。林拱坐而已，二年间，获利甚博。一旦，忽悲泣谓林曰："我累生为人女，年未及笄而夭。闻于地府，乃前生隐没阿姐钱二十万，故主者令我为神，以偿此钱讫，即生为男子而获寿。今酬已足，请置酒为别。"乃尽见其形，容质端媚，言辞婉转。殷勤致谢，呜咽云"珍重珍重"，遂不见。出《稽神录》。

林昌业

林昌业，漳浦人也。博览典籍，精究术数。性高雅，人不可干。尝为泉州军事衙推，年七十余，退居本郡龙溪县羊额山之阳，乡里宗敬之。有良田数顷，尝欲舂谷为米，载诣州货之，功力未集。忽有双髻男子，年可三十，须髯甚长，来诣林。林问何人，但微笑，唯唯不对。林知其鬼物，令家人食之，致饱而去。翌日，忽闻仓下砻谷声，视之，乃昨日男子，取谷砻之。而林问："无故辛苦耶？"鬼亦笑不言。复置丰馔，饭蔬而已。凡月余，砻谷不辍，鬼复自

王詷妻

王詷是南安县大盈村人。他的妻子林氏忽然得了病，有个鬼附在她身上说："我是陈九娘，你们必须用香花供奉我，那样对主人才会有利。"王詷答应了。从此鬼就称林氏为大姐，为别人说吉凶的事也非常灵验。半年后，鬼才现出人形，从腰以下可以看得见。但不常来的人还是看不见，只能跟鬼交谈。村里人有人请鬼去办事，鬼不管道路远近，就和林氏一同去。如果谁家有祭祀的事，只要备了酒食，鬼自己就去召唤神灵，而且念着很动听的祝祷词，使听的人都忘了疲倦。而林氏这时只是拱身坐着，两年时间，获利很多。这天，鬼忽然哭着对林氏说："我活着时也是好人家的女儿，没成年就死了。我在阴间查问，才知道是因为前世偷藏了姐姐二十万钱，所以阴曹令我为神灵，用祭祀收来的钱来偿还前世的债，还完了债，我就可以转世为男子而且还能长寿。现在我已经筹集够了钱，就要转世去了，请你备些酒为我饯别吧。"说罢完全现出了人形，这陈九娘容貌端庄美丽，言辞婉转。她向林氏殷勤致谢，呜咽着嘱咐林氏"珍重珍重"，然后就不见了。出自《稽神录》。

林昌业

林昌业，漳浦人。他博览典籍，尤其精通术数。性情高雅，谁也不敢冒犯他。他曾当过泉州军事衙门的推官，七十多岁退职回乡，住在本郡龙溪县羊额山南坡，乡间邻里都十分崇敬他。他家种着几顷良田，曾打算舂谷成米，运到州里去卖掉，但是年纪大、人手少没法办成。这天忽然有个梳着双髻、留着长胡子的三十几岁的男子来拜访林昌业。林昌业问他是谁，那人光笑不回答。林昌业知道那家伙是个鬼，就让家里人给他拿饭来，吃饱后鬼就走了。第二天，林昌业忽然听见仓房里有磨谷声，一看，竟是昨天那个鬼正在取谷子磨成米。林昌业问鬼："什么缘故那么辛苦呀？"鬼仍是笑而不语。林昌业就又给他准备丰富的饭食，不过是粗菜淡饭而已。那鬼总共一个多月不停地磨谷子，又自己

斗量，得米五十余石，拜辞而去。卒无一言，不复来矣。出《稽神录》。

潘袭

潘袭为建安令，遣一手力赍牒下乡，有所追摄。手力新受事，未尝行此路，至夕，道左有草舍，扣门求宿。其家唯一妇人膺门，云："主人不在，又将移居，无暇延客也。"手力以道远多虎，苦苦求之，妇人即召入门侧，席地而寝。妇人结束箱箧什器之类，达旦不寐。手力向晓辞去，行数里，乃觉失所赍牒，复返求之。宿处乃是一坟，方见其家人改葬。及开棺，席下得一书，即所失之牒也。出《稽神录》。

胡澄

池阳人胡澄，佣耕以自给。妻卒，官给棺以葬。其平生服饰，悉附棺中。后数年，澄偶至市，见列肆卖首饰者，熟视之，乃妻送葬物也。问其人，云："一妇人寄于此，约某日来取。"澄如期复往，果见其妻取直而去。澄因蹑其后，至郊外，及之，妻曰："我昔葬时，官给秘器，虽免暴骨，然至今为所司督责其直。计无所出，卖此以偿之尔。"言讫不见。澄遂为僧。出《稽神录》。

王攀

高邮县医工王攀，乡里推其长者，恒往来广陵城东。

用斗量，磨出了五十石，然后才拜别而去。走时这鬼也没说一句话，从那以后就再也没来过。出自《稽神录》。

潘袭

潘袭任建安县令时，曾派了一个干练的公差带着文书下乡去抓捕犯人。那差役初次接受这种差事，也未曾走过这条路，走到晚上，看见道边有一间草房，就上前敲门求宿。这家只有一个女人来应门，说："主人不在，又要搬家，没有工夫招待你。"差役说路途远又多老虎，苦苦哀求，妇人就召他进屋，让他在门边席地而睡。那妇人正在整理箱箧器具等杂物，一夜也没有睡。差役天亮后告辞那妇人上路，走了几里，才发觉把文书弄丢了，又返回去找。昨晚投宿的地方竟是一座坟冢，看到坟主的家人正在迁葬。等家人打开棺材，席下发现一文书，正是差役所丢失的那份。出自《稽神录》。

胡澄

沭阳人胡澄，受雇给别人种田为生。他妻子死了，官家给了一副棺材安葬。胡澄把妻子生前穿戴过的衣服首饰都放在棺木里埋葬了。几年后，胡澄偶然到集市上，遇见一个摆摊卖首饰的，仔细看，那人卖的则是妻子的随葬品。问那人怎么回事，那人说："一个妇人寄卖在我这里的，约定某天来取钱。"胡澄按照那个日子又前往集市，果然看到妻子来找卖首饰的人取钱，钱拿到手就走了。胡澄就偷偷跟在后面，到了郊外，胡澄追上了她，问是怎么回事，妻子说："当初我下葬时，虽然官家给了一副棺材以免我暴尸荒郊，但至今一直被所司不断催要棺材钱。我没有办法，只好卖首饰还债了。"说完就不见了。后来胡澄因此出家当了和尚。出自《稽神录》。

王攀

高邮县有位医工王攀，乡里推崇他为长者，常往来于广陵城东。

每数月，辄一直县。自念明日当赴县，今夕即欲出东水门，夜泛小舟，及明可至。既而与亲友饮于酒家，不觉大醉，误出参佐门，投一村舍宿。向晓稍醒，东壁有灯而不甚明，仰视屋室，知非常宿处，因独叹曰："吾明日须至县，今在何处也？"久之，乃闻其内躡履声，有妇人隔壁问曰："客将何之？"因起辞谢曰："欲之高邮，醉中误至于是。"妇曰："此非高邮道也，将使人奉送至城东，无忧也。"乃有一村竖至，随之而行。每历艰险，竖辄以手捧其足而过。既随至城东尝所宿店，告辞而去。攀解其襦以赠之，竖不受，固与之，乃持去。既而入店易衣，乃见其襦故在腰下。即复诣宿处寻之，但古冢耳，并无人家。出《稽神录》。

郑守澄

广陵裨将郑守澄，新买婢，旬日，有夜扣门者曰："君家买婢，其名籍在此，不可留也！"开门视之，无所见，方怪之。数日，广陵大疫，此婢亦病，遂卒，既而守澄亦病卒。而吊客数人，转相染着，皆卒。甲寅岁春也。出《稽神录》。

刘　鹭

洪州高安人刘鹭，少遇乱，有姊曰粪扫，为军将孙金所掳，有妹曰乌头，生十七年而卒。卒后三岁，孙金为常州团练副使。粪扫从其女君会宴于大将陈氏，乃见乌头在焉。

每隔几个月就要到县里去一次。这天他算着明天又该去县城了，就决定今天晚上出东水门夜乘小船，等天亮了就能到县里。接着与亲友在酒家喝酒，不觉地喝了大醉，误出了参佐门，半夜在一间村舍里投宿。天亮时稍醒了酒，睁眼看见东墙下有盏不太亮的灯，仰头看看屋里，才知道这儿不是自己向来投宿的那个旅店，不觉独自叹了口气说："我明天必须赶到县里，可现在我这是在什么地方啊？"过了半天，就听见里屋有轻轻的脚步声，接着就听到一个妇人隔墙问道："客官要去哪里呀？"王攀起来辞谢说："我要去高邮，因为喝醉酒竟走错了路来到了这里。"妇人说："这里不是去高邮的路，我找个人送你到东城，你不用担心。"就有一个村童来了，王攀跟着村童走。每次遇到艰险，村童就用手捧起王攀的脚飞一样地越过。一直跟到城东他经常投宿的旅店后，村童才告辞而去。王攀脱下身上的短袄送给村童，村童不要，王攀坚持送给他，他才拿着袄走了。王攀进了旅店换衣服，突然发现送给村童的短袄仍在自己腰上掖着。随即，王攀又到他曾误投的村舍去寻找，只有一座古冢，根本就没有人家。出自《稽神录》。

郑守澄

广陵副将郑守澄新近买了个丫鬟，十天后夜里听见有人敲门说："你买的那个丫鬟，她的户籍在我这里，你万万不可以留她！"郑守澄开门看，什么也没看见，心理非常奇怪。过了几天，广陵突然流行大瘟疫，那个婢女也得了病就死了，接着郑守澄也病死了。连前来祭吊的数人也传染了瘟疫都相继死去。这是甲寅年春天的事。出自《稽神录》。

刘　鹭

洪州高安县人刘鹭，少年时遇到战乱，他有个姐姐名叫粪扫，被一名叫孙金的军官抢掳去，他有个妹妹名叫乌头，十七岁上死了。死后三年，孙金当上了常州团练副使，粪扫跟着她的女主人参加大将陈某的宴会，突然看见妹妹乌头也在客人中间。

问其所从来，云："顷为人所掳，至岳州，与刘翁媪为女。嫁得北来军士任某，即陈所将卒也，从陈至此尔。"通信至其家，鹭时为县手力。后数年，因事至都，遂往毗陵省之。晚止逆旅，翌日，先谒孙金，即诣任营中。先遣小仆觇之，方见洒扫庭内，曰："我兄弟将至矣。"仆良久扣门，问为谁，曰："高安刘之家使。"乃曰："非二兄名鹭多髯者乎？昨日晚当至，何为迟也？"即自出营门迎之。容貌如故，相见悲泣，了无少异。顷之，孙金遣其诸甥持酒食，至任之居，宴叙良久。乌头曰："今日乃得二兄来，证我为人，向者恒为诸甥辈呼我为鬼也。"任亦言其举止轻捷，女工敏速，恒夜作至旦，若有人为同作者，饮食必待冷而后食。鹭因密问："汝昔已死，那得至是？"对曰："兄无为如此问我，将不得相见矣。"鹭乃不敢言之。久任卒，再适军士罗氏，隶江州。陈承昭为高安制置使，召鹭问其事，令发墓视之。墓在米岭，无人省视，数十年矣。伐木开路而至，见墓上有穴，大如碗，其深不测。众惧不敢发，相与退坐大树下，笔疏其事，以白承昭。是岁，乌头病，鹭往省之，乃曰："顷为乡人十余辈，持刀杖劫我，几中我面。我大责骂，力拒之，乃退坐大树下，作文书而去。至今举身犹痛。"鹭乃知恒出入墓中也，

粪扫问乌头从哪儿来，乌头说：“先前也是被人所掳，到了岳州，给了刘家老夫妇做养女。后来又嫁给从北方来的军士任某，任某是陈将军的下属，就跟着他来到此地。”于是粪扫给家里通了这个消息，刘鹭当时在县里当一名得力的杂役。几年后，刘鹭到城里办公事，就前往毗陵去看望姐妹。一天晚上住在旅店中，第二天先去拜见孙金，找到姐姐粪扫，然后领她到任某的军营里去找乌头。刘鹭先派了个童仆在门外偷看，正看见乌头在打扫庭院，一面打扫一面说：“我兄弟来看我来了。”仆人敲了半天门，乌头问门外是谁，童仆说：“我是高安县刘鹭派来的家使。”乌头说：“莫非是我那大胡子名叫刘鹭的二哥吗？昨天晚上就该来，为什么迟呢？”说着自己就出了营门迎接。刘鹭见妹妹容貌和过去完全一样，兄妹相见悲伤地哭起来，丝毫没有疑心。过了一会儿，孙金派他的几个外甥拿着酒食到任某这里来，欢宴了很久。乌头说：“今天幸亏我二哥来，才证明我是人，过去我一直被外甥们当做鬼。”任某也说乌头行动举止十分轻快，针线活也极快捷，常常夜里做活干到天亮，就像有不少人和她一起做针线活一样，还说乌头每次吃饭必须等饭凉后才能吃。刘鹭于是背后偷偷问乌头：“你当年已经死了，怎么现在到了这里呢？”乌头说：“哥哥不要再如此追问我这些事，我们将不能相见了。”刘鹭就再也不敢说什么了。不久之后，乌头的丈夫任某死了，乌头又嫁给一个姓罗的军官，罗某驻守江州。后来陈承昭当了高安县的制置使，听说乌头死而复生的事后，招来刘鹭询问，并下令挖开乌头的墓查看。墓在米岭山上，根本没人照管，已经荒芜了几十年。人们砍伐通往墓地的树木，开了条路到那里，只见墓上有个洞，像碗口大，里面深不可测。大家都很怕，不敢挖墓，一起退坐在大树下，用笔记录了墓地的情况呈报给陈承昭。这一年，乌头生了病，刘鹭去探望，乌头对刘鹭说：“前些日子有十几个乡人拿着刀杖拦劫我，差点砍伤我的脸。我大骂他们一顿，用力反抗他们，才吓得退回去坐在树下，写了一篇文书才离去了。到现在我全身还痛得要命。”这时刘鹭才知道妹妹乌头经常在坟穴里出入，

因是亦惧而疏之。罗后移隶晋王城成。显德五年,周有淮南之地,罗陷没,不知所在,时年六十二岁矣。出《稽神录》。

确实是鬼，因而对她也有些惧怕而疏远了她。姓罗的军官后来又调归山西的晋王柴荣部，周世宗显德五年，后周军占领了淮南一带，罗军官所在的部队被消灭，不知他带着乌头去了什么地方，算来乌头那年应该是六十二岁了。出自《稽神录》。

卷第三百五十六
夜叉一

哥舒翰　章仇兼琼　杨慎矜　江南吴生　朱岘女
杜万　韦自东　马燧

哥舒翰

哥舒翰少时，有志气，长安交游豪侠。宅新昌坊。有爱妾，曰裴六娘者，容范旷代，宅于崇仁，舒翰常悦之。居无何，舒翰有故，游近畿，数月方回。及至，妾已病死，舒翰甚悼之，既而日暮，因宿其舍。尚未葬，殡于堂奥。既无他室，舒翰曰："平生之爱，存没何间？"独宿缌帐中。夜半后，庭月皓然，舒翰悲叹不寐，忽见门屏间有一物，倾首而窥，进退逡巡，入庭中，乃夜叉也。长丈许，著豹皮裈，锯牙披发，更有三鬼相继进。乃拽朱索，舞于月下，相与言曰："床上贵人奈何？"又曰："寝矣。"便升阶，入殡所，拆发，舁榇于月中，破而取其尸，糜割肢体，环坐共食之，血流于庭，衣物狼藉。舒翰恐怖，且痛之，自分曰："向叫我作贵人，

哥舒翰

唐代名将哥舒翰少年时就很有志气，在京城长安结交了很多豪杰侠士。他家住在新昌坊。有个爱妾叫裴六娘，容貌绝代，家住崇仁里，哥舒翰十分宠爱她。不久，哥舒翰因公事到京郊巡视，几个月后才回来。回来后，裴六娘已经病死，哥舒翰十分悲痛，傍晚，就来到她的住所。当时裴六娘还没有埋葬，停尸在堂屋里。哥舒翰来后没有别的屋子可住，就说："裴六娘是我这一生所爱的人，她不论是活是死在我有什么顾忌呢？"因此就在灵帐里睡下了。半夜时，庭院里月光皎洁，哥舒翰悲伤哀叹不能入睡，忽然看见外面大门和影壁墙之间有一个东西在探头探脑窥看，进退徘徊，然后进到院子里，再仔细一看，原来是个夜叉。这夜叉有一丈多高，穿着豹皮裤，牙像锯齿，披散着长发，接着又有三个鬼跟着进来。他们一起扯着红色的绳子在月光下跳舞，边跳边说："床上的贵人怎么样了？"其中一个说："已经睡了。"说罢，他们就走上庭院的台阶，进入停尸的堂屋，把棺材抬到外面月光下，打开棺材盖，把尸体取出来，切割肢体，围坐着一起吃起来，尸体的血流在院子里，死者的尸衣撕扯得扔了一地。哥舒翰越看越怕，也十分痛心，暗想："这些鬼怪刚才称我为'贵人'，

我今击之，必无苦。”遂潜取帐外竿，忽于暗中掷出，大叫“击鬼”。鬼大骇走，舒翰乘势逐之西北隅，逾垣而去。有一鬼最后，不得上，舒翰击中流血，乃得去。家人闻变乱，起来救之，舒翰具道其事，将收余骸。及至堂，殡所俨然如故，而啖处亦无所见。舒翰恍忽，以为梦中，验其墙有血，其上有迹，竟不知其然。后数年，舒翰显达。出《通幽录》。

章仇兼琼

章仇兼琼镇蜀日，佛寺设大会。百戏在庭，有十岁童儿舞于竿杪，忽有一物，状如雕鹗，掠之而去。群众大骇，因罢乐。后数日，其父母见在高塔之上，梯而取之，而神形如痴。久之方语云，见如壁画飞天夜叉者，将入塔中，日饲果实饮食之味，亦不知其所自。旬日，方精神如初。出《尚书故实》。

杨慎矜

开元中，杨慎矜为御史中丞。一日，将入朝，家童开其外门，既启镤，其门噤不可解。慎矜且惊且异。洎天将晓，其导从吏自外见慎矜门有夜叉，长丈余，状极异，立于宇下，以左右手噤其门。火吻电眸，盼顾左右。从吏见之，俱惊栗四去。久而衢中舆马人物稍多，其夜叉方南向而去。

我现在如果攻击他们，一定不会吃什么苦头。”就偷偷抄起帐外的一根竿子快速从暗中掷出去，大声喊叫“打鬼”。鬼怪们惊吓得四散而逃，哥舒翰趁势追到院子西北角，鬼怪们纷纷翻墙而逃。有一个鬼跑在最后，没来得及上墙，被哥舒翰打中，这鬼勉强爬上墙，地上留下了血迹。这时家里人听见外面乱哄哄的，就跑出来救助，哥舒翰把刚才发生的事详细地说给大家听，让大家收拾被夜叉撕碎的尸体。等到了堂屋，却见里面的棺椁和原来完全一样，鬼撕咬尸体的地方也毫无痕迹。哥舒翰恍惚，以为自己在梦中，但验看墙上有夜叉留下的血，院里也有鬼走过的痕迹，竟弄不明白是怎么回事了。几年之后，哥舒翰官居显位，成了大将军。出自《通幽录》。

章仇兼琼

章仇兼琼镇守蜀郡时，有一次寺院里举行盛大的斋会。庙院里正在演百戏，有个十岁的童子正在竹竿顶上做各种惊险的动作，这时空中突然飞来一个像雕鹗的怪物将竹竿上的童子掠去。人们大惊，表演也只好停了。几天后，那孩子的父母发现孩子在高塔顶上，竖梯子爬上去把孩子抱下来，孩子变得又呆又痴。过了好久才说，他当时看见有一个像壁画上的飞天夜叉的怪物，突然把他掠到塔里，每天用果子食物喂他，也不知是从哪里来的。十天后，孩子才恢复了正常。出自《尚书故实》。

杨慎矜

唐玄宗开元年间，杨慎矜任御史中丞。一天，他准备上朝，家童去给他开大门，门锁打开后，门却怎么也打不开。杨慎矜又惊讶又奇怪。一直等到天快亮后，他的导从官来催他上朝，看见杨慎矜家的大门外有一个夜叉，一丈多高，形状极其怪异，站在大门的廊宇下，伸出两只手从外面拽住了门扇。这夜叉红嘴如火、目光似电，左顾右盼。导从官和侍卫们看见了夜叉，都吓得四处逃散。过了半天，街上车马行人渐渐多了，那夜叉才向南而去。

行者见之,咸辟易仆地。慎矜闻其事,惧甚。后月余,遂为李林甫所诬,弟兄皆诛死。出《宣室志》。

江南吴生

有吴生者,江南人。尝游会稽,娶一刘氏为妾。后数年,吴生宰县于雁门郡,与刘氏偕之官。刘氏初以柔婉闻,凡数年,其后忽旷烈自恃不可禁,往往有逆意者,即发怒。殴其婢仆,或啮其肌血且甚而怒不可解。吴生始知刘氏悍戾,心稍外之。尝一日,吴与雁门部将数辈猎于野,获狐兔甚多,致庖舍下。明日,吴生出,刘氏即潜入庖舍,取狐兔生啖之。且尽,吴生归,因诘狐兔所在,而刘氏俯然不语。吴生怒,讯其婢,婢曰:“刘氏食之尽矣。”生始疑刘氏为他怪。旬余,有县吏以一鹿献,吴生命致于庭。已而吴生始言将远适,既出门,即匿身潜伺之。见刘氏散发袒肱,目眦尽裂,状貌顿异。立庭中,左手执鹿,右手拔其脾而食之。吴生大惧,仆地不能起。久之,乃召吏卒十数辈,持兵仗而入。刘氏见吴生来,尽去襦袖,挺然立庭,乃一夜叉耳。目若电光,齿如戟刃,筋骨盘蹙,身尽青色。吏卒俱战栗不敢近。而夜叉四顾,若有所惧。仅食顷,忽东向而走,其势甚疾,竟不如所在。出《宣室志》。

朱岘女

武陵郡有浮屠祠,其高数百寻。下瞰大江,每江水泛扬,则浮屠势若摇动,故里人无敢登其上者。有贾人朱

行人见到夜叉，有的赶快躲藏，有的吓得顿时仆倒在地。杨慎矜后来听说这些情况，心里更为恐惧。一个多月后，就被奸相李林甫诬陷，兄弟们都被诛杀。出自《宣室志》。

江南吴生

有位吴生，江南人。曾宦游于会稽，娶了一个姓刘的女子为妻。几年后，吴生被任命为雁门郡的某县县令，便带着妻子刘氏同去上任。刘氏刚嫁给吴生时贤淑柔顺是出了名的，几年后忽然变得十分暴躁乖戾不可控制，往往有不如意就大怒。殴打婢女仆人，甚至用牙齿把仆人咬得鲜血直流仍不解气。吴生从知道刘氏脾气暴戾开始，心里渐渐有所厌恶。曾经有一天，吴生和雁门郡的几位部将到野外打猎，猎得不少狐狸兔子，放在厨房里。第二天，吴生外出，刘氏就偷偷钻进厨房，抓起狐兔就生啃活吞地吃了。快吃完时，吴生回来，盘问猎来的野物哪去了，刘氏只是低头不语。吴生很生气，就问丫鬟，丫鬟说："刘氏把它们吃光了。"吴生这才开始怀疑刘氏是妖怪。十多天后，有位县里的官员献给吴生一头鹿，吴生让人放在院子里。然后对刘氏谎称自己要出远门，出门后就躲在僻静处偷看。只见刘氏散发露臂，眼睛瞪得全裂了开，状貌立刻就不一样了。她站在庭院中，左手扯起鹿，右手掏出鹿的内脏就大吃起来。吴生非常害怕，吓得瘫倒在地上站不起来了。过了半天，才招来十几名吏卒，拿着刀枪冲进庭院。刘氏见吴生来了，干脆脱去了衣裳，直挺挺地站在那里，原来是个母夜叉。只见她眼睛发出的光像闪电，牙齿像戟的尖刃，身上筋骨棱嶒，全身青色。这时吏卒都吓得不敢靠前。那夜叉却四处观望着，好像也有点怕什么东西。僵持了一顿饭工夫，夜叉突然向东跑去，脚步十分急促，竟然不知去了哪里。出自《宣室志》。

朱岘女

武陵郡有座佛塔祠，高近百丈。下面俯瞰着大江，每当江水暴涨时，佛塔也像在晃动，所以当地人不敢登上塔顶。有个商人朱

岘，家极赡，有一女，无何失所在。其家寻之，仅旬余，莫穷其适。一日，天雨霁，郡民望见浮屠之颠，若有人立者，隐然纹缬衣，郡民且以为他怪。岘闻之，即往观焉。望其衣装，甚类其女，即命人登其上取之，果见女也。岘惊讯其事，女曰："某向者独处，有夜叉长丈余，甚诡异，自屋上跃而下，入某之室，谓某曰：'无惧我也。'即揽衣驰去，至浮屠上。既而兀兀然，若甚醉者，凡数日，方稍寤，因惧且甚。其夜叉率以将晓则下浮屠，行里中，取食饮某。一日，夜叉方去，某下视之，见其行里中，会遇一白衣，夜叉见，辟易退远百步，不敢窃视。及暮归，某因诘之：'何为惧白衣者乎？'夜叉曰：'向者白衣，自小不食太牢，故我不得近也。'某问何故，夜叉曰：'牛者所以耕田畴，为生人之本。人不食其肉，则上帝祐之，故我不得而近也。'某默念曰：'吾人也，去父母，与异类为伍，可不悲乎！'明日，夜叉去而祝曰：'某愿不以太牢为食！'凡三祝，其夜叉忽自郡中来，至浮屠下，望某而语曰：'何为有异志而弃我乎？使我终不得近子矣。从此别去！'词毕，即东向走，而竟不知其所往。某喜甚，由浮屠中得以归。"出《宣室志》。

杜万

杜万员外，其兄为岭南县尉，将至任，妻遇毒瘴，数日卒。时盛夏，无殡敛，权以苇席裹束，瘗于绝岩之侧。某到官，拘于吏事，不复重敛。及北归，方至岩所，欲收妻骸骨。

岘，家里极富有，有一个女儿，不久丢失了。全家到处寻找，十多天了也不知她去了什么地方。有一天，雨过天晴，郡里的人看见塔顶上好像站着个人，看上去，塔上的人隐约穿着花绸衣，郡里的人以为是个什么怪物。朱岘听说后，就跑到塔下看。看那人的衣装很像丢失的女儿，就叫人登上塔顶去接，一看果然是女儿。朱岘惊恐地问女儿是怎么回事，女儿说："那天我正一个人玩，有个奇形怪状一丈多高的夜叉，从房上跃下来，进了我的屋子，对我说：'不要怕我。'接着夜叉就用自己衣服裹上我飞奔而去，一直把我弄上塔顶。随后我痴痴呆呆像喝醉了酒，几天后才渐渐清醒了，心里也更加害怕。那夜叉一般一大早都会到塔底下的村庄里去弄来食物给我吃。这天夜叉刚走，我就从塔顶往下看，见夜叉在村子里走路时遇见一个穿白衣的人，夜叉见了吓得立刻退避于百步以外，不敢偷看那白衣人。等晚上夜叉回到塔里，我就问夜叉：'为什么怕那白衣人？'夜叉说：'那个白衣人从小就不吃牛肉，所以我不敢接近他。'我问夜叉这是什么原因，夜叉说：'牛是种地的，是人们生活的根本。人不吃牛肉，上天就保佑他，所以我不敢接近他。'我暗想：'我是个人，现在离开了父母，和一个鬼怪在一起，多么可悲啊！'第二天，夜叉走后我就暗暗祝祷说：'我也发誓不吃牛肉！'这样祷告了三次，那夜叉忽然从郡里回到塔下向我喊道：'你为什么对我变了心要抛弃我呢？让我今后再也不敢接近你了。我们从此别过！'夜叉说完，就向东飞走了，始终不知去了哪里。我心中大喜，这才从塔上得以回到您身边。"出自《宣室志》。

杜万

杜万员外郎，他的哥哥是岭南县尉，就要去上任，他的妻子染上毒瘴，没几天就死了。当时正是盛夏，一时找不到棺材装殓，暂时用一领苇席把她卷了起来埋葬在一个悬崖的边上。杜万的哥哥上任后，受官事限制，没来得及回来重新去埋葬妻子。等到他又回北方时，才再次来到那悬崖边，想要收殓妻子的骨骸。

及观坎穴，但苇尚存。某叹其至深而为所取，悲感久之。会上岩有一径，某试寻。行百余步，至石窟中，其妻裸露，容貌狰狞，不可复识。怀中抱一子，子旁亦有一子，状类罗刹。极呼方寤，妇人口不能言，以手画地，书云："我顷重生，为夜叉所得。今此二子，即我所生。"书之悲涕。顷之，亦能言，谓云："君急去，夜叉倘至，必当杀君。"某问："汝能去否？"曰："能去。"便起抱小儿，随某至船所，便发。夜叉寻抱大儿至岸，望船呼叫，以儿相示。船行既远，乃擘其儿作数十片，方去。妇人手中之子，状如罗刹，解人语。大历中，母子并存。出《广异记》。

韦自东

贞元中，有韦自东者，义烈之士也。尝游太白山，栖止段将军庄。段亦素知其壮勇者。一日，与自东眺望山谷，见一径甚微，若旧有行迹。自东问主人曰："此何诣也？"段将军曰："昔有二僧，居此山顶，殿宇宏壮，林泉甚佳。盖唐开元中，万回师弟子之所建也。似驱役鬼工，非人力所能及。或问樵者说，其僧为怪物所食，今绝踪二三年矣。又闻人说，有二夜叉于此山，亦无人敢窥焉。"自东怒曰："余操心在平侵暴，夜叉何類，而敢噬人！今夕，必挈夜叉首，至于门下。"将军止曰："暴虎凭河，死而无悔？"自东不顾，

等看那墓穴，就只剩下苇席了。他感叹自己深爱的妻子的骨骸被取走了，心里难过了很久。恰好山岩上有一条小道，他试着去找寻。走了一百多步，来到一个石洞里，果然找到了妻子，但妻子浑身裸露，面貌狰狞，不能再辨认出是他妻子。她怀中抱着一个小孩，小孩旁还有一个小孩，状貌像罗刹。杜某极力呼喊，妻子才醒来，但嘴里不能说话，只是用手在地上画字，写道："我当初已经重生了，被夜叉捉来。现在这两个孩子就是我生的。"一面写一面悲啼。过了一会儿，也能说话了，她说："你快离开吧，夜叉倘若回来，定会杀了你。"杜某问妻子："你能离开吗？"妻子说："能离开。"便站起来抱上那个小儿，随杜某上了船，便开船了。船开以后，那个公夜叉很快抱着大儿子赶到岸边，望着船大声呼叫，并把手中的孩子举在手上示意。看着船走远了，那夜叉气得把抱着的孩子撕成几十片才离去。妻子手里抱的那个小孩，形状也像夜叉，但能懂得人话，一直到唐代宗大历年间，她们母子还都活着。出自《广异记》。

韦自东

唐德宗贞元年间，有个名叫韦自东的，是个性格刚毅、讲究义气的人。他曾游历太白山，住在段将军的庄园里。段将军也向来知道韦自东的威武勇敢。有一天，段将军和韦自东眺望山谷，见有一条小路，尽管很细，却像有人走过的足迹。韦自东问段将军："这条小路通往什么地方？"段将军说："过去有两个和尚住在这个山顶上，山顶上有一座庙，殿宇宏伟壮观，附近的山林泉水也很秀美。这庙大概是唐玄宗开元年间万回大师的弟子建造的。真像是驱使鬼工，不是靠人力所能建得了的。据打柴的人说，那两个和尚后来被怪物吃掉，已经有两三年不见和尚的踪影了。又听人说有两个夜叉住在山上，所以谁也不敢到山上去了。"韦自东一听非常生气地说："我向来就愿干铲除强暴、抱打不平的事，夜叉是什么东西，竟敢吃人！今天晚上，我一定拎来夜叉的头，扔在你的门外。"段将军拦阻说："空手斗虎、徒步过河都是鲁莽人干的事，冒险丧命，难道你死也不后悔吗？"韦自东没理会，

仗剑奋衣而往，势不可遏。将军悄然曰："韦生当其咎耳。"

自东扪萝蹑石，至精舍，悄寂无人。睹二僧房，大敞其户，履锡俱全，衾枕俨然，而尘埃凝积其上。又见佛堂内，细草茸茸，似有巨物偃寝之处。四壁多挂野彘玄熊之类，或庖炙之余，亦有锅镬薪。自东乃知是樵者之言不谬耳。度其夜叉未至，遂拔柏树，径大如碗，去枝叶，为大杖。扃其户，以石佛拒之。是夜，月白如昼，夜未分，夜叉挈鹿而至，怒其扃鐍，大叫，以首触户，折其石佛，而踣于地。自东以柏树挝其脑，再举而死之。拽之入室，又阖其扉。顷之，复有夜叉继至，似怒前归者不接己，亦哮吼，触其扉，复踣于户阈，又挝之，亦死。自东知雌雄已殒，应无侪类，遂掩关烹鹿而食。及明，断二夜叉首，挈余鹿而示段，段大骇曰："真周处之俦矣！"乃烹鹿饮酒尽欢，远近观者如堵。

有道士出于稠人中，揖自东曰："某有衷恳，欲披告于长者，可乎？"自东曰："某一生济人之急，何为不可？"道士曰："某栖心道门，恳志灵药，非一朝一夕耳。三二年前，神仙为吾配合龙虎丹一炉，据其洞而修之，有日矣。今灵药将成，而数有妖魔入洞，就炉击触，药几废散。思得刚烈之士，仗剑卫之。灵药倘成，当有分惠。未知能一行否？"自东踊跃曰："乃平生所愿也！"遂仗剑从道士而去。

手持宝剑振衣直奔山上而去，其气势不可阻挡。段将军忧伤地说："韦生要自讨苦吃了。"

韦自东手拽着山上的藤萝、脚蹬着岩石上了山，进入寺庙中，寂静的没有一个人影。又见两个和尚的住处大敞着门，鞋子和传经用的锡杖都在，被褥枕头也整齐摆放在床上，但上面蒙着很厚的尘土。又见佛堂里，小草茸茸，草上似乎有巨物躺在上面睡觉的痕迹。佛堂的四壁挂了很多野猪黑熊之类，也有些是烧熟吃剩的肉，还有锅灶和柴火。韦自东于是知道砍柴人说有怪物的话是对的，心想夜叉没回来，就拔了一棵柏树，像碗口一样粗，去掉枝叶，做成一根大棍。把大门锁好，又用一个石佛堵在门口。这天夜里，月明如昼，半夜时分，那夜叉扛着一只鹿回来，生气门锁着，就吼叫起来，用头撞门，并撞断了石佛倒在地上。韦自东抡起大棍朝夜叉头上打下去，打了两棍就将夜叉打死了。然后把死夜叉拖进佛堂，又把门关上。不一会儿，又有夜叉跟着回来了，好像为前面回来的夜叉不迎接他而恼怒，也大声吼叫咆哮起来，用头撞门，又摔倒在门槛上，韦自东又用棍子猛打，也将它打死了。韦自东看雌雄两只夜叉都死了，应该没有夜叉的同类了，就关上门煮鹿肉吃。天亮后，他割下两只夜叉的头，拿着吃剩的鹿肉回来给段将军看，段将军大惊地说："你真是传说中除掉三害的那位英雄周处的同类呀！"于是就煮了鹿肉一起喝酒尽欢，远近来了很多围观的人，围成了一堵人墙。

这时人群中走出一个道士，向韦自东施礼说："贫道有个真诚的请求，想向你倾诉一下，不知行不行？"韦自东说："我一生专门救人急难，有什么不可？"道士说："我潜心于道门，一直诚心专意炼制仙丹灵药，不是一朝一夕了。两三年前，一位神仙为我配合了一炉龙虎金丹，在神仙的山洞里炼制，有些时日了。如今灵药就要炼成，可总有妖魔入洞中捣乱，撞击炼丹炉，药丹也差点报废。我想找一位勇武刚烈的人拿着刀剑守护。倘若我的仙丹能炼成，我会分给他的。不知你能不能随我去呢？"韦自东兴高采烈地说："这是我平生愿意做的！"就带着剑跟道士走了。

济险蹑峻，当太白之高峰，将半，有一石洞，可百余步，即道士烧丹之室，唯弟子一人。道士约曰："明晨五更初，请君仗剑，当洞门而立。见有怪物，但以剑击之。"自东曰："谨奉教。"久立烛于洞门外，以伺之。俄顷，果有巨虺长数丈，金目雪牙，毒气氤郁，将欲入洞。自东以剑击之，似中其首，俄顷若轻雾而化去。食顷，有一女子，颜色绝丽，执芰荷之花，缓步而至。自东又以剑拂之，若云气而灭。食顷，将欲曙，有道士，乘云驾鹤，导从甚严，劳自东曰："妖魔已尽，吾弟子丹将成矣，吾当来为证也。"盘旋候明而入，语自东曰："喜汝道士丹成，今有诗一首，汝可继和。"诗曰："三秋稽颡叩真灵，龙虎交时金液成。绛雪既凝身可度，蓬壶顶上彩云生。"自东详诗意曰："此道士之师。"遂释剑而礼之。俄而突入，药鼎爆烈，更无遗在。道士恸哭，自东悔恨自咎而已。二人因以泉涤其鼎器而饮之。

自东后更有少容。而适南岳，莫知所止。今段将军庄尚有夜叉骷髅见在，道士亦莫知所之。出《传奇》。

马燧

马燧贫贱时，寓游北京，谒府主，不见而返。寄居于园吏，吏曰："莫欲谒护戎否？若谒，即须先言，当为其歧路耳。

他们渡过险滩，翻过峻岭，来到太白山的高峰，峰的半腰有一个石洞，进洞大约百余步就是道士炼丹的屋子，只有一个弟子在里面。道士跟韦自东相约说："明天早晨五更时分，请你手持宝剑站在洞口。如果看见有怪物，你只管用剑砍杀它。"韦自东说："谨慎地奉行您的教令。"韦自东在洞口点了一支蜡，长久地站立在那，等着那怪物。不一会儿，果然有条几丈长的大蛇，金目白牙，裹着浓重的毒雾来到洞口，要进洞里。韦自东挥剑猛砍，好像砍中了它的头，迅速化成一股轻雾而去。约一顿饭工夫，洞口又来了个女子，容貌绝美，手里拿着一束荷花，慢慢走来。韦自东又砍了一剑，那女子化成云气消失了。又过了一顿饭的工夫，天要亮了，只见一个道士驾着云彩，骑着仙鹤，带着很多侍从自空中而来，慰劳韦自东说："妖魔已经除尽，我弟子炼的丹就要成功了，我特地来验一验他的丹炼成没炼成。"骑鹤的道士在空中盘旋，等天亮后进到洞中，对韦自东说："我弟子的丹炼成了，我很高兴，我现在作一首诗，你可跟着和一首。"说着就念了四句诗："三秋稽颡叩真灵，龙虎交时金液成。绛雪既凝身可度，蓬壶顶上彩云生。"韦自东揣摩了下骑鹤道士念的诗，心想："这一定是炼丹道士的师傅。"就收起宝剑向他行礼。那道士却突然冲进洞里，接着就听见炼丹炉轰隆一声爆炸，什么都没有留下来。炼丹道士失声痛哭，韦自东这才知道上了当，心中非常悔恨自责。韦自东和道士用泉水洗了炼丹的锅鼎，喝了洗鼎的水。

从此以后，韦自东面容变得年轻了。后来韦自东去了南岳衡山，谁也不知道他在什么地方。到现在，段将军的庄园里还有那两只夜叉的头骨，道士也不知道去了哪里。出自《传奇》。

马燧

马燧贫贱的时候，游历到了北京太原府，找晋身的门路，他去求见府台，府台不见他，扫兴而归。寄居在一个管园林的园吏那儿，园吏对他说："你莫不是要去拜见护戎官啊？如果想去见他，就须先跟我说，我当为你疏通下，以免走错了门找不到他。

护戎讳数字而甚切，君当在意，若犯之，无逃其死也。然若幸惬之，则所益与诸人不同。慎忽暗投也，某乃护戎先乳母子，得以详悉，而辄赞君子焉。"燧信与疑半。明晨，入谒护戎，果犯其讳，庭叱而去。畏惧之色见于面，园吏曰："是必忤护戎耳。"燧问计求脱，园吏曰："君子戾我，而恓惶如是，然败则死，不得渎我也。"遂匿燧于粪车中，载出郭而逃。于时护戎果索燧，一报不获，散铁骑者，每门十人。燧狼狈窜六十余里，日暮，度不出境，求蔽于逃民败室之中。尚未安，闻车马啼歘声，人相议言："能更三二十里否？"果护戎之使也。俄闻车马势渐远，稍安焉。未复常息，又闻有窸窣人行声，燧危栗次。忽于户牖见一女人，衣布衣，身形绝长，手携一襆曰："马燧在此否？"燧默然，不敢对。又曰："大惊怕否？胡二姊知君在此，故来安慰，无生忧疑也。"燧乃应诺而出。胡二姊曰："大厄，然已过，尚有余恐矣。君固馁，我食汝。"乃解所携襆，有熟肉一瓯，胡饼一个，燧食甚饱。却令于旧处，更不可动，胡二姊以灰数斗，放于燧前地上，横布一道，仍授之言曰："今夜半，有异物相恐劫，辄不可动。过此厄后，勋贵无双。"言毕而去。

夜半，有物闪闪照人，渐近户牖间。见一物，长丈余，乃夜叉也。赤发猬奋，金身锋铄，臂曲瘿木，甲驾兽爪，衣

护戎官忌讳几个字，忌讳得很厉害，你应当注意，不然犯了他的忌，是不能逃脱一死的。但是如果你幸运地讨得他的满意，你就会得到别的人讨不到的好处。要谨慎，不能去暗投，我是护戎官的已故奶娘的儿子，我能详细地了解他，来助你一臂之力。”马燧对园吏的话半信半疑。第二天早晨，去拜见护戎官，果然犯了护戎官所忌讳的字，当庭挨了训斥离开了。马燧脸上露出畏惧的神色，园吏说：“这一定触犯了护戎官。”马燧就向园吏讨脱身之计，园吏说：“先生你不听我的，才落得这样不安，我可以帮你一把，但是不成功，我们都得死，不能轻慢我不听我的。”于是把马燧藏在粪车里，送出城让他逃走了。这时护戎官果然到处捉拿马燧，没有抓到，就派了一些骑兵每个城门十人地搜寻追捕他。马燧狼狈逃窜了六十多里，傍晚，估计自己逃不出境，就躲藏进一家逃荒扔下的破房子里。还没安顿下来，就听见外面传来车马的隆隆声，还能听见外面人相互议论着：“还能再往前追二三十里吗？”果然是护戎官的追兵。不久听到车马声渐渐远去，马燧的心才稍稍安定了一些。还没恢复正常的喘息，又听到外面有“窸窣”的脚步声，马燧的心又恐惧战栗起来。忽然从窗口看见一个女人，身穿布衣，身材极高，手里拿着个布包袱，问道：“马燧在这里吗？”马燧没有应声，不敢说话。那女人又说：“吓坏了是不是？胡二姐知道你在这里，特地来安慰你，不要担心生疑虑。”马燧这才应声出来。胡二姐又说：“你的大难已过，还剩下点恐慌。你一定饿了，我给你送饭来了。”说着就解开手里的包袱，是一碗熟肉，一个胡饼，马燧吃得很饱。胡二姐让他还待在原地不要动，拿来几斗灰土放在马燧面前的地上，还用几斗灰在他面前的地上横着撒了一道，然后警告说：“今天半夜里可能有怪物来劫你，你千万不要动。等你过了这场小灾，以后就会富贵无双了。”胡二姐说完就走了。

半夜时，果然有个怪物光闪照人，渐渐靠近窗前。这怪物一丈多高，是个夜叉。红头发像刺猬刺似的直竖着，金色的身子闪着光，臂上的肌肉像木头疙瘩，指甲伸开像野兽的利爪，穿着

豹皮裤，携短兵，直入室来。狞目电燮，吐火喷血，跳蹋哮吼，铁石消铄。燧之惴栗，殆丧魂亡精矣。然此物终不敢越胡二姊所布之灰。久之，物乃撤一门扉，藉而熟寝。俄又闻车马来声，有人相谓曰："此乃逃人室，不妨马生匿于此乎？"时数人持兵器，下马入来。冲啼夜叉，夜叉奋起，大吼数声，裂人马啖食，血肉殆尽。夜叉食既饱，徐步而出。四更，东方月上，燧觉寂静，乃出而去，见人马骨肉狼藉，乃获免。后立大勋，官爵穹崇。询访胡二姊之由，竟不能得。思报不获，乃每春秋祠飨，别置胡二姊一座，列于庙左。出《传异记》。

豹皮裤，手执短刀，直奔屋里来。这夜叉狰狞的双目一开一合像电光，嘴里吐火喷血，又跳又吼，铁石会被它熔化似的。马燧恐惴战栗，差点吓得魂飞魄散了。然而这个夜叉始终不敢越过胡二姐撒的那道灰。那夜叉折腾了半天，后来摘下一扇门，躺在上面睡着了。不一会儿，又听见驶过来的车马声，有人在屋外说："这是逃荒人扔下的破屋子，姓马的会不会藏在这里呢？"接着几个人手持兵器下马进了屋。一看见夜叉就吓得大叫起来，夜叉被惊醒，一跃而起，大吼几声，抓住人和马，撕裂人马而食，连血带肉吃了个精光。夜叉吃饱后，慢慢走出屋去。这时已是四更天，东方还挂着月亮，马燧听听再也没有什么动静，就出了屋门，见外面人马的骨肉扔得到处都是，他竟然躲过了这场灾难。后来马燧果然立了大功，得到了很高的官位。他到处寻访当年救他的胡二姐，却一直找不到，想要报答她也无法报答，只好每到春秋祭祀神灵时，单独给胡二姐设一桌供品，放在庙旁祭祀他。

出自《传异记》。

卷第三百五十七

夜叉二

东洛张生　薛　淙　丘　濡　陈越石　张　融
蕴都师

东洛张生

牛僧孺任伊阙县尉，有东洛客张生，应进士举，携文往谒。至中路，遇暴雨雷雹，日已昏黑，去店尚远，歇于树下。逡巡，雨定微月，遂解鞍放马，张生与僮仆宿于路侧，困倦甚昏睡，良久方觉。见一物如夜叉，长数丈，拏食张生之马。张生惧甚，伏于草中，不敢动。才讫，又取其驴，驴将尽，遽以手拽其从奴，提两足裂之。张生惶骇，遂狼狈走，野叉随后，叫呼诟骂。里余，渐不闻。路抵大冢，冢畔有一女立，张生连呼救命。女人问之，具言事，女人曰："此是古冢，内空无物，后有一孔，郎君且避之。不然，不免矣。"张生遂寻冢孔，投身而入，内至深，良久亦不闻声。须臾，觉月转明，忽闻冢上有人语，推一物，便闻血腥气。视之，乃死人也，身首皆异矣。少顷，又推一人，至于数四，

东洛张生

牛僧孺任伊阙县县尉，有个从东洛来的张生去应考进士，带着自己的文章前来拜见他。张生走到半路，遇上了暴雨冰雹，这时天已昏黑，离客店还远，就在大树下歇息。过了一会儿，雨停了，月色朦胧，就卸下马鞍放开了马，和童仆睡在路旁，由于困倦睡得很熟，过了很久才醒过来。看见一个怪物像个夜叉，有好几丈高，正撕扯着张生的马吞食。张生吓坏了，伏在草丛中不敢动。夜叉才吃完了马，又去吃童仆骑的驴，驴快吃完了，又用手拽起童仆，抓着两条腿撕成两半。张生非常害怕，于是狼狈奔逃，夜叉紧跟在后面又吼又骂。张生跑出一里多地，后面夜叉的追赶声渐渐听不见了。来到一个大坟冢边上，见坟冢旁站着个女子，张生连呼救命。女子问他，他说了详情，女子说："这是个古冢，里面什么也没有，坟后有个洞口，你暂且躲进去吧。不然就没命了。"张生于是找到洞口，钻了进去，里面非常深，过了半天，也听不见外面的动静了。不久觉得有月色照了进来，想走出来，忽然听见坟冢上有人说话，接着就有个东西被推进坟冢里来，张生立刻闻到一股血腥气。一看是个死人，身子和脑袋已经分家了。片刻之间，又推进来一个死人，这样连着推进来几个，

皆死者也。既讫，闻其上分钱物衣服声，乃知是劫贼。其帅且唱曰：某色物与某乙，某衣某钱与某乙。都唱十余人姓名。又有言不平，相怨怒者，乃各罢去。张生恐惧甚，将出，复不得，乃熟念其贼姓名，记得五六人。

至明，乡村有寻贼者，至墓旁，睹其血，乃围墓掘之，睹贼所杀人，皆在其内。见生惊曰："兼有一贼堕于墓中！"乃持出缚之。张生具言其事，皆不信，曰："此是劫贼，杀人送于此，偶堕下耳。"笞击数十，乃送于县。行一二里，见其从奴驴马鞍驮悉至，张生惊问曰："何也？"从者曰："昨夜困甚，于路傍睡着。至明，不见郎君，故此寻求。"张生乃说所见，从者曰："皆不觉也。"遂送至县。牛公先识之，知必无此，乃为保明。张生又记劫贼数人姓名，言之于令。令遣捕捉，尽获之，遂得免。究其意，乃神物冤魄，假手于张生，以擒贼耳。出《逸史》。

薛淙

前进士薛淙，元和中，游河北卫州界村中古精舍。日暮欲宿，与数人同访主人僧，主人僧会不在，唯闻库西黑室中呻吟声，迫而视，见一老僧病，须发不剪，如雪，状貌可恐。淙乃呼其侣曰："异哉病僧！"僧怒曰："何异耶？少年子要闻异乎？病僧略为言之。"淙等曰唯唯。乃曰："病僧

都是死人。上面停了下来，听见上面传来分钱物衣服的声音，这才知道是一伙盗贼。盗贼头子叫着同伙的名字，说：这件东西分给你，那件衣服那些钱物分给他。陆续叫了十多人的名字。还听到因为分赃不均有的人埋怨有的人怒骂，过了好久强盗们才各自散去了。张生十分害怕，想要出去又不能，心里就熟记了五六个盗贼的姓名。

天亮后，村子里的人四处搜寻盗贼，来到坟冢旁，看见了血迹，就围着坟把坟挖开，见盗贼杀死的人都在里面。发现张生后，村里人惊讶地说："还有一个盗贼掉进坟里了！"就把张生抓出来绑上。张生说了自己的所有情况，村里人都不信，说："你就是盗贼，杀了人往坟里送时偶然自己掉了下去。"于是把张生打了几十棍子送到县里。走了一二里时，张生看见自己的童仆和驴、马全过来了，就惊问："怎么都还活着？"童仆说："昨天夜里太困了，在路旁睡着了。天亮后发现不见了你，所以来这里找你。"张生向童仆说了昨夜那夜叉吃驴马的事，童仆说："都没感觉。"村里人把张生送到县上。县尉牛僧孺本就认识张生，知道张生是个读书人，绝不会干抢劫的事，就替他作证保了下来。张生又把记在心里的几个盗贼的姓名告诉县令，县令派人捕捉，全都一一捉拿归案，张生才完全解脱出来。细细推究，其实是神灵冤魂借助于张生擒贼而已。出自《逸史》。

薛 淙

唐宪宗元和年间，有个前科进士薛淙，到河北卫州地界的一个乡村去寻访一座古庙。傍晚，想在庙里住下，和几个游客一同去拜访庙里的住持和尚，住持和尚恰巧不在，人们只听到庙中仓库西面的黑屋里传出呻吟声，近前一看，见屋里有个生病的老和尚，胡须头发都不修剪、白得像雪，形貌很可怕。薛淙就招呼同伴们说："这个得病的和尚太奇怪了！"那和尚生气地说："我有什么怪的？你们这些年轻人想听听真正的奇怪是什么样子吗？我就大概地给你们讲讲。"薛淙和朋友们说好好。和尚就说："我

年二十时，好游绝国，服药休粮。北至居延，去海三五十里。是日平明，病僧已行十数里，日欲出，忽见一枯立木，长三百余丈，数十围，而其中空心。僧因根下窥之，直上，其明通天，可容人。病僧又北行数里，遥见一女人，衣绯裙，跣足袒膊，被发而走，其疾如风。渐近，女人谓僧曰：'救命可乎？'对曰：'何也？'云：'后有人觅，但言不见，恩至极矣。'须臾，遂入枯木中。僧更行三五里，忽见一人，乘甲马，衣黄金衣，备弓剑之器，奔跳如电，每步可三十余丈，或在空，或在地，步骤如一。至僧前曰：'见某色人否？'僧曰：'不见。'又曰：'勿藏，此非人，乃飞天夜叉也。其党数千，相继诸天伤人，已八十万矣。今已并擒戮，唯此乃尤者也，未获。昨夜三奉天帝命，自沙吒天逐来，至此已八万四千里矣。如某之使八千人散捉，此乃获罪于天，师无庇之尔。'僧乃具言。须臾，便至枯木所。僧返步以观之，天使下马，入木窥之，却上马，腾空绕木而上。人马可半木已来，见木上一绯点走出，人马逐之，去七八丈许，渐入霄汉，没于空碧中。久之，雨三数十点血，意已为中矢矣。此可以为异。少年以病僧为异，无乃陋乎！"出《博异传》。

丘　濡

博士丘濡说，汝州傍县五十年前，村人失其女，数岁，忽自归。言初被物寐中牵去，倏止一处。及明，乃在古塔中，

二十岁时爱到偏僻而遥远的国度去游历，而且只服丹药不进饮食。我往北到过居延关，离西海只有三五十里路。有一天黎明时分，我已走了十多里，太阳快要出来时，忽然看见一株枯立的树，有三百丈高，好几十围粗，树心却是空的。我顺着树根往上看，这树直通云天，里面可以住人。然后我又住北走了几里地，远远看见一个女人，穿着红衣裙，光着脚，袒露着胳膊，披头散发地奔跑，其快如风。女人渐渐靠近了我，对我说：'能救我一命吗？'我问：'怎么回事？'她说：'有人在后面追我，只要对追我的人说没看见我，就感恩不尽了。'说罢，那女人很快就钻进枯树里。我又走了三五里，忽然又看见一个骑着披甲的马，穿着黄金衣，手持弓剑的人，奔跳像闪电，每一步就能跨三十多丈远，有时在半空，有时在地上，跑的步伐一样。这人来到我面前问：'看见什么人没有？'我说：'没看见。'那人说：'千万不要帮她躲藏，她不是人类，是飞天夜叉。她们一共有好几千，陆续在天界已伤害了八十万人。现在那几千飞天夜叉已经一起被抓住杀掉，只剩下这个最厉害的逃脱了。我昨夜接到天帝三次命令，从沙吒天追捕而来，跑到这里已经跑了八万四千里了。天帝已派了跟我一样的八千天使四处追捕那飞天夜叉，因为她是获罪于天界，大师不要庇护她呀。'我就说了实话。片刻间，那骑马的天使就奔到了枯树前。我跑回去看，见那天使下马进了枯树察看，又跑出来骑上马腾空绕着枯树追上去。人马大约到树的一半时，只见一个红点从树里出来，天使骑马紧追，追了大约有七八丈高后，渐渐追上云天，消失在碧空中。过了半天，空中落下几十点血，看样子那飞天夜叉已中了箭。这件事才称得上是怪事。你们这些年轻人看我这个病和尚奇怪，你们不是太少见多怪了吗！"出自《博异传》。

丘　濡

博士丘濡说，汝州邻县五十年前有个村民丢失了女儿，过了几年，那女儿忽然自己回来了。说当年她被一个怪物在熟睡中拽走，转眼来到一个地方。等到天亮，才发觉在一座古塔中，

见美丈夫，谓曰："我天人，分合得汝为妻。自有年限，勿生疑惧。"且诫其不窥外也。日两返下取食，有时炙饵犹热。经年，女伺其去，窃窥之，见其腾空如飞，火发蓝肤，磔耳如驴，至地，乃复人焉。女惊怖汗洽。其物返，觉曰："尔固窥我。我实夜叉，与尔有缘，终不害尔。"女素慧，谢曰："我既为君妻，岂有恶乎？君既灵异，何不居人间，使我时见父母乎？"其物言："我罪业，或与人杂处，则疫作。今形迹已露，任尔纵观，不久当归尔也。"其塔去人居止甚近，女常下视，其物在空中，不能化形，至地，方与人杂。或有白衣尘中者，其物敛手则避。或见枕其头唾其面者，行人悉若不见。及归，女问之："向者君街中，有敬之者，有戏狎之者，何也？"物笑曰："世有吃牛肉者，予得而欺矣。遇忠直孝养，释道守戒律法箓者，吾误犯之，当为天戮。"又经年，忽悲泣，语女："缘已尽，候风雨送尔归。"因授一青石，大如鸡卵，言至家，可磨此服之，能下毒气。后一夕风雷，其物遽持女曰："可去矣。"如释氏言，屈伸臂顷，已至其家，坠在庭中。其母因磨石饮之，下物如青泥斗余。出《酉阳杂俎》。

陈越石

颍州陈越石，初名黄石，郊居于王屋山下。有妾张氏者。

塔里有位英俊的男子，对她说："我是天神，命中注定该得到你做妻子。自然有个年限，不会永远留你在这里，你不必猜疑也不必害怕。"男子还告诫她不许向塔外偷看。这男子每天两次到塔下去取饭，有时拿来的烤熟的食物还是热的。过了一年，女子趁他外出时悄悄察看，见那男子腾空如飞，红头发，蓝皮肤，竖着两只长耳像驴耳一样，等落到地面时，就又恢复了人形。女子惊吓得浑身冷汗，才知道他是妖怪。怪物返回塔中后已有所察觉，对女子说："你到底偷看了我。我实际是夜叉，和你有缘分，终究不会伤害你的。"女子本来就很贤惠，就赔礼道："我既然已经做了你的妻子，怎会对你有恶意呢？夫君你既然灵异，为什么不到人间去居住，让我能时时见到父母呢？"怪物说："我有罪业，如果和人们住在一起，就会引发人间瘟疫。现在形迹已经暴露，就任随你看，不久我当送你回家。"那座古塔离人居住区很近，女子经常往下看，见怪物在空中腾飞时不能变化形体，一落地才能变成人形和人杂处。但怪物偶然遇见尘世间白衣人，就垂手侧身躲避。有时又见夜叉靠近人的头、吐人的脸，那人全像是看不见。夜叉回来，女子问道："刚才你在街上，对有些人尊敬而远之，对有些人戏耍捉弄，这是怎么回事？"怪物笑着说："世上有些吃牛肉的，我遇见就欺侮捉弄他们。遇见那些讲究忠诚正直孝养亲人信守戒律法箓的佛家道家人，我必须尊敬他们，如果失误冒犯了他们，当会被天帝严惩杀死我。"又过了一年，怪物忽然悲伤地哭泣，告诉那女子说："我们的缘分已经到头了，等有风雨时我就送你回家。"说着送给女子一块鸡蛋大的青石，说带回家，可磨碎了服用，能去除毒气。第二天晚上，风雨大作，雷电交加，怪物突然挟起女子说："你可以回去了。"正如佛家形容的那样，屈伸手臂的工夫，女子已到了家里，坠落在庭院中。女子的母亲把那块青石磨碎了让她喝下去，拉出了一斗多像青泥一样的脏东西。出自《酉阳杂俎》。

陈越石

颍州人陈越石，原名黄石，住在郊外的王屋山下。有个妾姓张。

元和中,越石与张氏俱夜食,忽闻烛影后,有呼吸之声甚异。已而出一手至越石前,其手青黑色,指短,爪甲纤长,有黄毛连臂,似乞食之状。越石深知其怪,恶而且惧。久之,闻烛影下有语:"我病饥,故来奉谒。愿以少肉致掌中,幸无见阻。"越石即以少肉投于地,其手即取之而去。又曰:"此肉味甚美。"食讫,又出手越石前。越石怒骂曰:"妖鬼何为辄来,宜疾去。不然,且击之,得无悔耶!"其手即引去,若有所惧。俄顷,又出其手至张氏前,谓张曰:"女郎能以少肉见惠乎?"越石谓张氏曰:"慎无与!"张氏竟不与。久之,忽于烛影旁出一面,乃一夜叉也,赤发蓬然,两目如电,四牙若锋刃之状,甚可惧。以手击张氏,遽仆于地,冥然不能动。越石有胆勇,即起而逐之,夜叉遂走,不敢回视。明日,穷其迹,于垣上有过踪。越石曰:"此物今夕将再来矣。"于是至夜,持杖立东北垣下,以伺之。仅食顷,夜叉果来,既逾墙,足未及地,越石即以杖连击数十。及夜叉去,以烛视其垣下,血甚多,有皮尺余,亦在地,盖击而堕者。自是张氏病愈。至夕,闻数里外有呼者曰:"陈黄石何为不归我皮也?"连呼不止。仅月余,每夕,尝闻呼声。越石度不可禁,且恶其见呼,于是迁居以避之,因改名越石。元和十五年,登第进士,至会昌二年,卒于蓝田令。出《宣室志》。

唐宪宗元和年间，有一天陈越石和张氏一起吃夜宵，忽然听见烛影后面有很怪的呼吸声。接着一只手伸到陈越石面前，看那手是青黑色，手指很短，指甲细长，手臂上长满了黄毛，样子像讨东西吃。陈越石一看这手就清楚是个妖怪，心里又厌恶又害怕。过了半天，又听得烛影下的妖怪说："我实在太饿了，所以来拜访。希望你往我手里少搁一点肉吧，希望不要拒绝我。"陈越石就夹了一小块肉扔到地下，那怪物用手迅速捡起来离开了。又说："这肉很美味。"吃完了，又伸手到陈越石前。陈越石怒骂道："妖魔，你怎么要起来没完了，当快离去。不然，我要揍你，你可别后悔！"那手就立刻缩回去了，好像有些害怕。但不一会儿，又把手伸到张氏面前，对张氏说："姑娘，能给我点肉吗？"陈越石对张氏说："千万别给他！"张氏到底没有给。又过了半天，怪物忽然从烛影后露出了脸，原来是一个夜叉，一头披散的红发，两眼像闪电，四个牙齿像锋利的刀刃的样子，很让人害怕。夜叉伸手就打张氏，张氏立刻仆倒在地上，昏迷过去不能动了。陈越石有胆量和勇力，立刻跳起来追打夜叉，夜叉就不回头地逃跑了。第二天陈越石寻找夜叉的脚印，见墙上有夜叉翻墙的痕迹。陈越石估计："这个夜叉今天晚上会再来。"于是到了夜里，拿着根大棍子站在东北墙根，等着那个夜叉。只有一顿饭的工夫，夜叉果然来了，翻过墙后脚还没落地，陈越石就扑上去用棍子连打了几十下。等夜叉逃走以后，陈越石举着蜡烛察看，见墙下有很多血，还有块一尺多的皮，也掉在地上，大概是用棍子打掉的夜叉的皮。从那以后，张氏的病就好了。一天晚上，陈越石听见几里地外那个挨了揍的夜叉大喊："陈黄石，为什么不把我的皮还我？"连声呼叫不止。连续一个月，每天晚上常听到夜叉的喊声。陈越石暗想不能禁止，又非常厌恶听那喊声，就迁到别处躲避开，把名字也从"黄石"改成了"越石"。唐宪宗元和十五年，陈越石考中了进士，到唐武宗会昌年间任兰田县令，后来死在任上。出自《宣室志》。

张　融

渤海张融，字眉嵎。晋咸宁中，子妇产男，初不觉有异，至七岁，聪慧过人。融曾将看射，令人拾箭还，恒苦迟。融孙云："自为公取也。"后射才发，便赴，遂与箭俱至棚，倏已捉矢而归，举坐怪愕。还经再宿，孙忽暴病而卒。将殡，呼诸沙门烧香，有一胡道人谓云："君速敛此孙，是罗刹鬼也，当啖害人家。"既见取箭之事，即狼狈阖棺，须臾，闻棺中有扑摆声，咸辍悲骇愕，遽送葬埋。后数形见，融作八关斋，于是便去。出《宣验记》。

蕴都师

经行寺僧行蕴，为其寺都僧。尝及初秋，将备盂兰会，洒扫堂殿，齐整佛事。见一佛前化生，姿容妖冶，手持莲花，向人似有意。师因戏谓所使家人曰："世间女人，有似此者，我以为妇。"其夕归院，夜未分，有款扉者曰："莲花娘子来！"蕴都师不知悟也，即应曰："官家法禁极严，今寺门已闭，夫人何从至此？"既开门，莲花及一从婢，妖姿丽质，妙绝无伦，谓蕴都师曰："多种中无量胜因，常得亲奉大圆正智。不谓今日，闻师一言，忽生俗想。今已谪为人，当奉执巾钵。朝来之意，岂遽忘耶？"蕴都师曰："某信愚昧，常获僧戒。素非省相识，何尝见夫人，遂相绐也？"

张　融

张融，字眉嵎，渤海郡人。晋武帝咸宁年间，儿媳生了个男孩，起初不觉得有异，到七岁时，就聪明过人。有一次张融带孙子去看自己射箭，箭射出后叫人去把箭拾回来，常苦恼箭拾回来得慢。这时张融的小孙子说："我亲自去给爷爷拾回来。"后来，张融刚把箭射出去，那孩子就起跑，竟和箭跑得一样快，和箭同时到达靶棚，转眼间已经捉住箭返回来了，全座的人都大感奇怪惊异。从射箭场回来第二天，孩子忽然暴病而死。将要出殡前，张融叫来些和尚烧香，这时有一个西域来的和尚对张融说："您快快把您孙子装殓埋掉吧，他是个罗刹鬼，会吃掉你们家人的。"张融见孙子取箭的事已经怀疑他不是人类，就急忙盖上棺材，一会儿，听见里面有折腾撞击的声音，家人都吓得不再悲伤，很快抬出去埋掉了。后来那罗刹鬼又几次现形，张融按佛经的要求，做出"八关斋戒"的法事，那罗刹鬼便离开了。出自《宣验记》。

蕴都师

经行寺里有个行蕴和尚，是寺里的都僧。一年初秋，寺里准备盂兰节的盛会，大家清扫庙宇殿堂，准备做佛事。行蕴和尚看见一尊佛前有个用蜡塑成的"化生"女子塑像，姿容美艳，手拿一支莲花，对人似乎有情意。行蕴和尚就和家人们开玩笑地说："世间如果有哪个女子能像她这样美貌，我就娶她为妻。"晚上回到庙院，未到半夜，听到有人敲门说："莲花娘子到了！"行蕴和尚还没想起白天开玩笑的事，就回应道："官家的法规极严，现在庙门已闭，夫人怎么到了这里呢？"开门之后，看见莲花娘子带着一个侍女，艳丽的姿容，娇美绝伦，对行蕴和尚说："万物中有着无量的殊胜善因，使得我能亲自侍奉大圆正智佛。不料今天，听到你那番话，使我忽生凡念。现在我已被贬到人世，当为你铺床叠被结为夫妻吧。你白天向我吐露的心意，难道立刻就忘了吗？"行蕴和尚说："我的确天性愚昧，然而也常记着佛家戒律。我一向不认识你，曾什么时候见过夫人，就说这些骗人的话呢？"

“即日，师朝来佛前见我，谓家人曰，侻貌类我，将以为妇。言犹在耳，我感师此言，诚愿委质。”因自袖中出化生曰：“岂相给乎？”蕴师悟非人，回惶之际，莲花即顾侍婢曰：“露仙，可备帷幄。”露仙乃陈设寝处，皆极华美。蕴虽骇异，然心亦喜之，谓莲花曰：“某便誓心矣！但以僧法不容久居寺舍，如何？”莲花大笑曰：“某天人，岂凡识所及？且终不以累师。”遂绸缪叙语，词气清婉，俄而灭烛，童子等犹潜听伺之。未食顷，忽闻蕴失声，冤楚颇极，遽引燎照之，至则拒户闼，禁不可发。但闻狺牙啮诟嚼骨之声，如胡人语音而大骂曰：“贼秃奴，遣尔辞家剃发，因何起妄想之心？假如我真女人，岂嫁与尔作妇耶！”于是驰告寺众，坏垣以窥之，乃二夜叉也，锯牙植发，长比巨人，哮叫拏获，腾踔而出。后僧见佛座壁上，有二画夜叉，正类所睹，唇吻间犹有血痕焉。原缺出处，黄本、许本、明抄本俱作“出《河东记》”。

那莲花娘子说:“今天,你早上在佛前看见我,就对家人说,倘若有容貌像我的女人,将娶为妻子。这话还在我耳边,我感于你的这番话,真心想委身于你。”说着从袖子里取出那个化生塑像说:“哪里是我骗你呢?”行蕴和尚暗想这个女子不是人类,正在眩惑恐惧之时,莲花娘子就回身对侍女说:“露仙,你可以准备床帐了。”露仙就陈设睡眠之处,都十分华丽。行蕴和尚尽管害怕诧异,但心里也喜欢上了莲花娘子,对她说:“我便立定心愿吧!只是寺里僧法不容你我久居寺里,怎么办?”莲花娘子大笑说:“我是天神,凡俗之人哪能发现我呢?我终究不会连累你的。”于是二人情意切切地交谈起来,莲花娘子言辞语气清丽温婉,不一会儿,就吹灭了蜡烛,窗外的童子等还在偷听,看他们在干什么。未到一顿饭工夫,忽然听见行蕴和尚失声惨叫,听来十分痛苦,外面的人赶快拿来火把照看,到了则门在里面闩着,打不开。只听得屋里传出恶狗争食般撕肉啃骨的声音,还听到一个像胡人的口音在大骂:“你个贼秃和尚,让你剃发出家,凭什么生出了妄想之心?如果我真是女人,哪里会嫁给你这个秃驴做妇!”外面的人于是赶快告诉寺里的僧众,推倒墙垣一看,竟是两个夜叉,牙齿像锯,头发直立,像巨人一样高,吼叫着捕捉着对方,蹦跳着逃走了。后来有些和尚在佛座后面的墙壁上看见画有两个夜叉,正像看见的那两个,它们嘴上还留有血痕。原缺出处,黄本、许本、明抄本都作“出自《河东记》”。

卷第三百五十八

神魂一

庞　阿　马势妇　无名夫妇　王　宙　郑齐婴
柳少游　苏　莱　郑　生　韦　隐　齐推女
郑氏女　裴　珙　舒州军吏

庞　阿

钜鹿有庞阿者，美容仪。同郡石氏有女，曾内睹阿，心悦之。未几，阿见此女来诣阿，阿妻极妒，闻之，使婢缚之，遂还石家。中路，遂化为烟气而灭。婢乃直诣石家，说此事。石氏之父大惊曰："我女都不出门，岂可毁谤如此！"阿妇自是常加意伺察之。居一夜，方值女在斋中，乃自拘执，以诣石氏。石氏父见之，愕眙曰："我适从内来，见女与母共作，何得在此？"即令婢仆，于内唤女出，向所缚者，奄然灭焉。父疑有异，故遣其母诘之。女曰："昔年庞阿来厅中，曾窃视之，自尔彷彿，即梦诣阿。及入户，即为妻所缚。"石曰："天下遂有如此奇事！"夫精情所感，灵神为之冥著，灭者盖其魂神也。既而女誓心不嫁。

庞阿

钜鹿县有个叫庞阿的人，容貌仪表俊美。同郡石氏有个女儿，曾偷偷看见过庞阿，心里暗暗喜欢上了他。不久，庞阿突然看见石氏女来看他，庞阿的妻子非常嫉妒，听说了，命婢女把石氏女捆了起来，送回石家。半路上，石氏女就化成一股烟气消失了。婢女便直接到石家报告这件事。石氏的父亲听后大吃一惊说，"我的女儿都不出门，你们怎能这样诽谤她！"庞阿的妻子从此常常留意观察。一天晚上，庞妻正遇上石氏女又来到庞阿的书斋里，就又把石氏女绑起来，送回石家。石氏女的父亲看见后，更加惊愕地说："我刚从后屋来，明明看见我女儿和她母亲在一起坐着，怎么能被你们绑到这里来了呢？"说罢就让仆人到内室把女儿叫出来，这时，先前被绑的那个女子顿时消失了。石氏女的父亲疑心这里一定有鬼，就让妻子问女儿到底是怎么回事。石氏女说："当年庞阿来咱家时，我曾偷偷看过他，从此我好像做梦到了庞阿家。刚一进门，就被庞阿的妻子捆了起来。"石氏女的父亲说："天下竟有这样的怪事！"为精纯至深的情所感动，灵神也会暗中附着，那幻灭的大概是魂神吧。后来石氏女发誓不嫁人。

经年，阿妻忽得邪病，医药无征，阿乃授币石氏女为妻。出《幽明录》。

马势妇

吴国富阳人马势妇，姓蒋。村人应病死者，蒋辄恍惚，熟眠经日。见人人死，然后省觉，则具说。家中不信之。语人云："某中病，我欲杀之，怒强魂难杀，未即死。我入其家内，架上有白米饭几种鲑。我暂过灶下戏，婢无故犯我，我打眷甚，使婢当时闷绝，久之乃苏。"其兄病，有乌衣人令杀之。向其请乞，终不下手。醒语兄云："当活。"出《搜神记》。

无名夫妇

有匹夫匹妇，忘其姓名。居一旦，妇先起，其夫寻亦出外。某谓夫尚寝，既还内，见其夫犹在被中。既而家童自外来云："即令我取镜。"妇以奴诈，指床上以示奴，奴云："适从郎处来也！"乃驰告其夫，夫大愕，径入示之，遂与妇共观，被中人高枕安眠，真是其形，了无一异。虑是其魂神，不敢惊动，乃徐徐抚床，遂冉冉入席而灭。夫妇惋怖不已。经少时，夫忽得疾，性理乖误，终身不愈。出《搜神记》。

过了一年,庞阿的妻子忽然得了邪病,吃什么药都没有起色,最后死了,庞阿就送了财礼娶了石氏女为妻。出自《幽明录》。

马势妇

吴国富阳县有个叫马势的,妻子姓蒋。村里只要有人得了重病要死,蒋氏就会恍恍惚惚神志不清地熟睡一天。梦中看到得重病的人死了,蒋氏然后醒过来,就向人们一一讲述那病死者的情形。家里人都不相信她的话。有一次她又对人们说:"某人得了重病,我打算去杀死他,愤怒顽强的魂灵难以杀死,没有马上死去。我进了他家,见他家厨房架上有白米饭和几种鲑鱼。我跑到炉灶前玩,他家的婢女无故冒犯我,我狠狠打了她一顿,让那婢女当时就昏过去了,很久才苏醒。"还有一次,蒋氏的哥哥病了,来了个黑衣人命令蒋氏把她哥哥杀死。蒋氏再三向黑衣人求情,终于没有下手。蒋氏苏醒后对她哥哥说:"你会活的。"出自《搜神记》。

无名夫妇

有一对普通的夫妻,忘了他们的姓名。有一天早晨,妻子先起床外出,不久丈夫也出去了。妻子回屋以后,以为丈夫还在睡觉,就进了寝室,见丈夫还在被窝里。这时他家的童仆从外面进来说:"男主人让我来取镜子。"妻子认为童仆在骗人,就指指床上的丈夫让童仆看。童仆吃惊地说:"我真是刚从主人那里来呀!"说罢就跑出去告诉男主人,丈夫一听大吃一惊,直接跑回屋里,和妻子一起往床上看,只见被窝里的人高枕安眠,真是丈夫的形貌,二人没有丝毫差别。丈夫心想这床上的大概是自己的真魂,不敢惊动,就慢慢抚摸床上的人,那人才慢慢隐没于床席消失了。夫妻俩看到这情景又惊又怕。不久以后,丈夫忽然得了病,脾气变得暴躁古怪,一生都没治好。出自《搜神记》。

王 宙

天授三年，清河张镒因官家于衡州。性简静，寡知友。无子，有女二人。其长早亡，幼女倩娘，端妍绝伦。镒外甥太原王宙，幼聪悟，美容范，镒常器重，每曰："他时当以倩娘妻之。"后各长成，宙与倩娘，常私感想于寤寐，家人莫知其状。后有宾寮之选者求之，镒许焉。女闻而郁抑，宙亦深恚恨。托以当调，请赴京，止之不可，遂厚遣之。宙阴恨悲恸，决别上船。日暮，至山郭数里，夜方半，宙不寐，忽闻岸上有一人行声甚速，须臾至船。问之，乃倩娘徒行跣足而至。宙惊喜若狂，执手问其从来，泣曰："君厚意如此，寝食相感，今将夺我此志，又知君深情不易，思将杀身奉报，是以亡命来奔。"宙非意所望，欣跃特甚，遂匿倩娘于船，连夜遁去。倍道兼行，数月至蜀。凡五年，生两子。与镒绝信，其妻常思父母，涕泣言曰："吾曩日不能相负，弃大义而来奔君，向今五年，恩慈间阻，覆载之下，胡颜独存也？"宙哀之曰："将归无苦。"遂俱归衡州。

既至，宙独身先至镒家，首谢其事。镒曰："倩娘病在闺中数年，何其诡说也？"宙曰："见在舟中。"镒大惊，促使人验之。果见倩娘在船中，颜色怡畅，讯使者曰："大人安否？"家人异之，疾走报镒。室中女闻，喜而起，饰妆更衣，

王宙

武后天授三年，清河人张镒因在衡州做官，把家也搬到了衡州。张镒性情喜好简约沉静，缺少知交。没有儿子，有两个女儿。长女早亡，次女叫倩娘，生得端丽绝代。张镒的外甥太原人王宙，从小就十分聪明有悟性，长得也很俊美，张镒对这个外甥也非常器重，常常说："将来你长大了，我把倩娘许给你当妻子。"后来，倩娘和王宙都长大成人，二人常常日夜彼此思念，但这些事家里人不知道。后来，张镒的同僚中有一个赴官选的求娶倩娘，张镒答应了。倩娘听说后，心情抑郁，王宙知道后也十分怨恨。以将调官为由请求到京城去，张镒劝阻，王宙也没听，张镒只好给了王宙很厚的礼金，送他赴京。王宙含恨忍泪告别张家上了船。傍晚时分，船行到离一个山城几里的地方，半夜，王宙睡不着觉，忽然听见岸上有一个人快步行走的声音，片刻就来到船上。王宙一问，竟是倩娘光着脚徒步从家里走到这来了。王宙惊喜若狂，拉着倩女的手问她怎么跑出来的，倩娘哭着说："你对我的深情厚谊如此，我睡觉吃饭都能感受得到，现在他们要剥夺我爱你的心意，我又知道郎君对我的深情坚定不移，我想豁出性命来报答郎君，所以就不顾性命私奔而来。"王宙出乎自己的意料之外，特别欢跃，就把倩娘藏在船中，连夜逃走。王宙带着倩娘日夜兼程，几个月后到了蜀地。五年后，他们生了两个儿子。和张镒断绝了音信，然而倩娘常常思念双亲，一日哭着对王宙说："我当年不能辜负郎君的真情，放弃父母离家投奔你。到现在五年了，和父母天涯远隔，父母的养育像天覆地载，我怎么有脸不管双亲自己独自生存呢？"王宙也悲伤地说："你别苦恼自己，我们就一同回去吧。"于是一起返回衡州。

回到家乡衡州后，王宙先独自一人来到张镒家，见到张镒后，为带着倩女出逃谢罪。张镒说："倩娘病在闺房中好几年了，你胡说些什么呀？"王宙说："倩娘现在就在船上。"张镒非常吃惊，就派人到船上去看。果然看见倩娘在船上，神色怡和舒畅，问仆人说："二老身体安康吗？"仆人十分惊异，赶快跑回家向张镒报告。闺房中生病的女儿听说后，顿时高兴地起了床，梳妆更衣，

笑而不语。出与相迎，翕然而合为一体，其衣裳皆重。其家以事不正，秘之，惟亲戚间有潜知之者。后四十年间，夫妻皆丧，二男并孝廉擢第，至丞尉。事出陈玄祐《离魂记》云。玄祐少常闻此说，而多异同，或谓其虚。大历末，遇莱芜县令张仲规，因备述其本末。镒则仲规堂叔，而说极备悉，故记之。出《离魂记》。

郑齐婴

郑齐婴，开元中，为吏部侍郎、河南黜陟使。将归，途次华州，忽见五人，衣五方色衣，诣厅再拜。齐婴问其由，答曰："是大使五藏神。"齐婴问曰："神当居身中，何故相见？"答曰："是以守气，气竭当散。"婴曰："审如是，吾其死乎？"曰："然。"婴仓卒求延晷刻，欲为表章及身后事，神言还至后衙则可。婴为设酒馔，皆拜而受。既修表，沐浴，服新衣，卧西壁下，至时而卒。出《广异记》。

柳少游

柳少游善卜筮，著名于京师。天宝中，有客持一缣，诣少游。引入问故，答曰："愿知年命。"少游为作卦，成而悲叹曰："君卦不吉，合尽今日暮。"其人伤叹久之，因求浆。家人持水至，见两少游，不知谁者是客。少游指神为客，令持与客。客乃辞去，童送出门，数步遂灭。俄闻空中有

只笑而不说话。梳妆完毕，她出门去迎接正往家来的倩娘，两个倩娘突然合成了一体，两套衣服也都重叠在一起。家中人认为这事太邪性，对外而不谈，只是亲戚中有暗中知道的。四十年后，王宙夫妻都去世，他们的两个儿子都被举为孝廉，官做到丞尉。其事见于陈玄祐的《离魂记》。陈玄祐少年时就常听说这个故事，但有很多相似和不同之处，有人说这件事是假的。唐代宗大历末年，陈玄祐遇见莱芜县令张仲觇，张仲觇详细地讲述了这个故事的始末。张镒是张仲觇的堂叔，说得特别详细，所以就记了下来。出自《离魂记》。

郑齐婴

唐玄宗开元年间，郑齐婴任吏部侍郎、河南黜陟使。回归故里，途经华州时，忽然看见五个人，穿着青、白、赤、黑、黄五色的衣服到厅堂向他拜了两拜。郑齐婴问他们缘由，回答说："我们是你身体里的五脏神。"郑齐婴问道："五脏神应该在我身体里待着，为什么出来见我？"回答说："我们为你身守气，气如果快要枯竭了，我们自然就散了。"郑齐婴说："这样仔细分析，我是不是就要死呢？"回答说："是的。"郑齐婴急忙哀求暂缓片刻，想处理下奏章，身后事也要安排下，五脏神说到后衙去办就行。郑齐婴为五脏神摆下酒宴，五脏神皆拜谢领受了。郑齐婴写好奏章，洗了澡，换上新衣服后，躺在西墙下的床上，到时辰就死去了。出自《广异记》。

柳少游

柳少游擅长算卦，在京城颇有名气。唐玄宗天宝年间，有人拿着一匹缣来见柳少游。请进来问那人有什么事，回答说："想知道天年寿数。"柳少游给客人算了一卦，卦成之后悲叹地说："您的卦不吉利，今天傍晚就会死。"那客人也悲叹了半天，要求喝口水。家人拿了水来，见屋里竟有两个柳少游，分不清楚谁是客人。柳少游指着神说他是客人，让把水端给他，客人就告辞走了，童仆送客出门，几步客人就消失不见了。这时听到空中传来

哭声，甚哀，还问少游："郎君识此人否?"具言前事，少游方知客是精神。遽使看缣，乃一纸缣尔，叹曰："神舍我去，吾其死矣。"日暮果卒。出《广异记》。

苏 莱

天宝末，长安有马二娘者，善于考召。兖州刺史苏诜，与马氏相善。初诜欲为子莱求婚卢氏，谓马氏曰："我唯有一子，为其婚娶，实要婉淑。卢氏三女，未知谁佳，幸为致之，一令其母自阅视也。"马氏乃于佛堂中，结坛考召。须臾，三女魂悉至，莱母亲自看。马云："大者非不佳，不如次者，必当为刺史妇。"苏乃娶次女。天宝末，莱至永宁令，死于禄山之难，其家惩马氏失言。洎二京收复，有诏赠莱怀州刺史焉。出《广异记》。

郑 生

郑生者，天宝末，应举之京。至郑西郊，日暮，投宿主人。主人问其姓，郑以实对。内忽使婢出云："娘子合是从姑。"须臾，见一老母，自堂而下。郑拜见，坐语久之，问其婚姻，乃曰："姑有一外孙女在此，姓柳氏，其父见任淮阴县令，与儿门地相埒。今欲将配君子，以为何如?"郑不敢辞，其夕成礼，极人世之乐。遂居之数月，姑谓郑生："可将妇

哭声，十分悲哀，回来问柳少游："你认得刚才那个客人是谁吗?"并说了刚才拜访、算卦的事，这时柳少游才知道那个来求卦的客人就是自己的精魂。柳少游赶紧派人去看客人送的缣，原来是纸做的，悲叹地说："我的神魂已经离我而去，我就要死了。"到了傍晚，柳少游果然死了。出自《广异记》。

苏莱

唐玄宗天宝末年，长安有个马二娘，擅长考召的法术。兖州刺史苏诜和马二娘交好。起初苏诜想为儿子苏莱向卢氏求婚，就对马二娘说："我只有这一个儿子，想给他婚娶，一定要娶个温婉贤淑的媳妇。卢家有三个女儿，不知哪一个好，希望你为我们把她们都招来，全让他母亲自己看看。"马二娘就在佛堂里设坛招魂。不大一会儿，卢家三个女儿的魂就都被招来了，苏莱的母亲亲自一个一个地端详。马二娘说："卢家大女儿不是不好，但不如次女，我看她将来一定能成为刺史夫人。"苏莱就娶了卢家二女儿。天宝末年，苏莱任永宁县令，死于安禄山造反的战乱中，苏家怪罪马二娘当初没说准。后来安禄山之乱平息，东、西二京收复，皇帝下诏，追授苏莱为怀州刺史，马二娘当初的话并没说错。出自《广异记》。

郑生

唐玄宗天宝末年，有一位郑生进京赶考。天将黑时，到了郑州西郊，投宿到一户人家。这家主人问他姓氏，他说姓郑。这时里屋忽然派了一个婢女出来对郑生说："我家娘子应该是你的堂姑。"片刻，就见一个老妇从堂屋里出来。郑生连忙拜见，二人坐着谈论了很久，堂姑问起郑生的婚姻，郑生说没结婚，堂姑就说："我有个外孙女在这里，姓柳，她父亲现任淮阴县令，和你门第相当。我现在想把她许给你为妻，你看如何?"郑生不敢推辞，这天晚上，郑生和柳氏就举行了婚礼，入了洞房，二人享尽了人世之乐。住了几个月后，堂姑对郑生说："你可以带着你媳妇

归柳家。"郑如其言,携其妻至淮阴。先报柳氏,柳举家惊愕。柳妻意疑令有外妇生女,怨望形言。俄顷,女家人往视之,乃与家女无异。既入门下车,冉冉行庭中,内女闻之笑,出视,相值于庭中,两女忽合,遂为一体。令即穷其事,乃是妻之母先亡,而嫁外孙女之魂焉。生复寻旧迹,都无所有。出《灵怪录》。

韦　隐

大历中,将作少匠韩晋卿女,适尚衣奉御韦隐。隐奉使新罗,行及一程,怆然有思,因就寝。乃觉其妻在帐外,惊问之,答曰:"愍君涉海,志愿奔而随之,人无知者。"隐即诈左右曰:"欲纳一妓,将侍枕席。"人无怪者。及归,已二年,妻亦随至。隐乃启舅姑,首其罪,而室中宛存焉。及相近,翕然合体,其从隐者乃魂也。出《独异记》。

齐推女

元和中,饶州刺史齐推女,适陇西李某。李举进士,妻方娠,留至州宅。至临月,迁至后东阁中。其夕,女梦丈夫,衣冠甚伟,瞋目按剑叱之曰:"此屋岂是汝腥秽之所乎?亟移去!不然,且及祸!"明日告推,推素刚烈,曰:"吾忝土地主,是何妖孽,能侵耶?"数日,女诞育,忽见所梦者,

回柳家了。”郑生听了她的话，就带着柳氏去了淮阴。到淮阴后，郑生派人先去柳家通报，柳家全家都十分惊愕。柳县令的妻子心里怀疑丈夫有和别的女人生下的女儿，怨怒之情流露在言语中。不一会儿，柳家派人出去看，见来的女子和家中的女儿一模一样。柳氏进门下车后，慢慢走进庭院中，家里那个女儿听说了也笑着走出来看，两个柳氏女在庭院中相遇，忽然合成了一个。柳县令于是追查这件事，才知道原来是自己死了很久的岳母，把她外孙女柳氏的魂魄许给了郑生。后来郑生再去寻找郑州西郊他曾投宿过的地方，那里已什么都没有了。出自《灵怪录》。

韦隐

唐代宗大历年间，将作少匠韩晋卿之女嫁给了在宫内尚衣局当奉御的韦隐为妻。后来韦隐奉诏出使新罗国，上路走了一程后，思念妻子心里觉得很难过，就睡下了。竟然发现妻子就在帐外，惊讶地询问怎么会来这里，妻子回答说：“你渡海远行我实在不放心，愿意跑来跟你一齐走，别人没有知道的。”韦隐就骗手下人说：“想收个妓女在身边奉侍。”人们都没觉得奇怪。等到返回，已经两年了，妻子也跟着回到家中。韦隐先向岳父岳母赔罪，而妻子清楚地待在屋里。两个妻子走近后忽然合成了一体，原来跟韦隐去新罗的，是妻子的魂魄。出自《独异记》。

齐推女

唐宪宗元和年间，饶州刺史齐推的女儿，嫁给了陇西的李某。李某去应考进士，齐推的女儿正好怀孕，就留在了家里。将临产时，迁到后院的东阁中。这天夜里，齐推的女儿梦见一个大汉，穿戴着很威严的衣冠，怒目圆睁，手按宝剑，呵斥她道：“这间屋子哪里是你生孩子的地方？快搬走！不然，会遭到大祸！”齐推的女儿第二天就把这梦告诉了父亲齐推，齐推一向刚毅暴烈，生气地说：“我忝为这家的地主，是什么妖孽，敢来侵扰？”几天后，齐推的女儿分娩了，忽然看见曾梦着过的那个大汉闯了进来，

即其床帐乱殴之，有顷，耳目鼻皆流血而卒。父母伤痛女冤横，追悔不及，遣遽告其夫，俟至而归葬于李族。遂于郡之西北十数里官道，权瘗之。

李生在京师，下第将归，闻丧而往。比至饶州，妻卒已半年矣。李亦粗知其死不得其终，悼恨既深，思为冥雪。至近郭，日晚，忽于旷野见一女，形状服饰，似非村妇。李即心动，驻马谛视之，乃映草树而没。李下马就之，至则真其妻也。相见悲泣，妻曰："且无涕泣，幸可复生。俟君之来，亦已久矣。大人刚正，不信鬼神，身是妇女，不能自诉，今日相见，事机校迟。"李曰："为之奈何？"女曰："从此直西五里鄱亭村，有一老人姓田，方教授村儿。此九华洞中仙官也，人莫之知。君能至心往来，或冀谐遂。"

李乃径访田先生，见之，乃膝行而前，再拜称曰："下界凡贱，敢谒大仙。"时老人方与村童授经，见李惊避曰："衰朽穷骨，旦暮溘然，郎君安有此说？"李再拜，扣头不已，老人益难之。自日晏至于夜分，终不敢就坐，拱立于前。老人俯首良久曰："足下诚恳如是，吾亦何所隐焉。"李生即顿首流涕，具云妻枉状。老人曰："吾知之久矣，但不蚤申诉？今屋宅已败，理之不及。吾向拒公，盖未有计耳。然试为足下作一处置。"

扑到床上就乱打起来，一会儿，把妻子打得耳目鼻都流出血，死在了床上。齐推夫妇为女儿的蒙冤横死极为悲痛，追悔莫及，马上派人去告诉赶考的李某，等他回来，再将女儿归葬于李家的墓地。就暂且把女儿葬在离郡城西北十几里处的官道旁。

李某在京城落了榜，正要回去，听到妻子的死讯就急忙奔丧回家。等他赶到了饶州，妻子已死去半年了。李某也大概知道他妻子横死没能享尽天年的原因，痛恨之情深埋心里，就想着为妻子到阴间昭雪冤情。他快到饶州城外时，天色已晚，忽然在旷野上看见一个女子，看外貌服饰不像是村妇。李某就心里一动，停下马来细看，那女子躲进树丛里不见了。李某下马靠过去，走到跟前一看，真是自己已死去的妻子。二人相见痛哭流涕，妻子说："你先不要哭，幸好我还能够复活。我等你回来，也已等了很久了。我父亲为人刚烈正直，不信鬼神，我身为女子也不能自己到阴间控诉，今日见到你，行事的时机稍迟。"李某问："我该做些什么呢？"妻子说："从这里一直往西走五里地有个鄱亭村，村里有个老人姓田，正在教授村童。他是天界九华洞里的仙官，人们都不知道。如果你能和他真诚交往，也许能寄希望他帮你我实现心愿。"

于是李某直接去寻访田先生，见面后，他跪地膝行到田先生面前，拜了两拜才说："我这下界的凡贱之人，斗胆来拜见大仙。"当时田先生正在教村童读经书，见李某这样，惊慌地躲在一边说："我不过是个老迈无能、早晚都会突然死掉的老头子，郎君你怎么能称我大仙呢？"李某又拜了两拜，不断地叩头，老人显出更加为难的样子。从黄昏到半夜，李某始终不敢就座，一直拱手在田先生面前站着。田先生低头沉思了很久才说："你这样诚恳，我也就不向你隐瞒身份了。"李某立刻哭着跪下叩头，详细地向他诉说了妻子冤死的遭遇。田先生说："我早就知道了，只是你为什么不早点来申诉呢？现在屋子已经毁败，受理此事已经晚了。我刚才拒绝你，也是因为我一时想不出计策来。然而试着为你作一处置吧。"

乃起从北出，可行百步余，止于桑林，长啸。倏忽见一大府署，殿宇环合，仪卫森然，拟于王者。田先生衣紫帔，据案而坐，左右解官等列侍。俄传教呼地界，须臾，十数部各拥百余骑，前后奔驰而至。其帅皆长丈余，眉目魁岸，罗列于门屏之外，整衣冠，意绪苍惶，相问今有何事。须臾，谒者通地界，庐山神、江渎神、彭蠡神等，皆趣入。田先生问曰："比者此州刺史女，因产为暴鬼所杀。事甚冤滥，尔等知否？"皆俯伏应曰："然。"又问："何故不为申理？"又皆对曰："狱讼须有其主，此不见人诉，无以发摘。"有问："知贼姓名否？"有一人对曰："是西汉鄱县王吴芮。今刺史宅，是芮昔时所居。至今犹恃雄豪，侵占土地，往往肆其暴虐，人无奈何。"田先生曰："即追来。"

俄顷，缚吴芮至。先生诘之，不伏，乃命追阿齐。良久，见李妻与吴芮庭辩。食顷，吴芮理屈，乃曰："当是产后虚弱，见某惊怖自绝，非故杀。"田先生曰："杀人以梃与刃，有以异乎？"遂令执送天曹。回谓速检李氏寿命几何，顷之，吏云："本算更合寿三十二年，生四男三女。"先生谓群官曰："李氏寿算长，若不再生，议无厌伏。公等所见何如？"有一老吏前启曰："东晋邺下有一人横死，正与此事相当。前使葛真君，断以具魂作本身，却归生路。饮食言语，嗜欲追游，一切无异，但至寿终，不见形质耳。"田先生曰：

说罢就起身从北门出屋，大约走了一百多步，在一片桑林里停下，仰天长啸了一声。顿时出现了一个很大的府署，殿宇环绕，仪仗警卫森严，很像一座王府。田先生穿着紫袍在大殿的公案后面坐下，左右站立着两排差官随从。一会儿，田先生传令，让把各方的地界神仙招来，片刻间十数部一百余名地界神仙骑着坐骑，陆续奔驰而来。领头的都是身高一丈多，魁伟英武，他们站在门外，整理衣冠，情绪上惊惶，互相打听今日有什么事。一会儿，传令者通达了地界，庐山神、江渎神、彭蠡神等都快步进入。田先生问道："现有本州刺史齐推的女儿，因分娩被暴鬼所杀。那女子死得实在冤枉，这件滥杀无辜的事，你们知道吗？"地界神仙都伏在地上回应说："知道。"田先生又问："为什么不申报也不处理？"大家又都回答说："狱讼必须有控主，此案一直不见人申诉，所以我们没法子立案处理。"田先生又问："知道那贼人的姓名吗？"有一个地界神仙回答说："杀人的是西汉年间的鄱县王，名叫吴芮。现在饶州刺史齐推的府宅就是当年吴芮所住的房子。到现在吴芮还倚恃雄豪，侵占土地，常常横行霸道，人们拿他没办法。"田先生说："马上把吴芮给我抓来！"

不一会儿，吴芮就被绑来。田先生审问，吴芮不服，田先生又让把李某的妻子传来。过了好长时间就见李妻和吴芮在大堂上辩理。过了一顿饭的时间，吴芮理屈词穷，但仍狡辩说："应当是李妻产后身子虚弱，看见我以后由于惊恐畏惧自己吓死了，不是我故意杀死的。"田先生说："用木棍与用刀杀人又有什么区别？"就令人把吴芮绑送天曹治罪。接着田先生回头又让手下人速查李妻的寿数是多少，不一会儿，吏官报告说："李妻本来还有寿命三十二年，应该生四男三女。"田先生对官员们说："李妻寿命长，如果不让她还阳，议处不能让李氏折服。你们看该怎么办？"这时一位年老的官吏上前说："东晋邺下有一个人暴亡，正与此事差不多。当时派葛真君审案，他判决那邺下暴死人以'具魂'做他的本身，返回阳间。返回后虽然饮食、言语、嗜好、游乐都和生人没什么不同，但一直到他寿终也没有成为人形。"田先生问：

"何谓具魂?"吏曰:"生人三魂七魄,死则散离,本无所依。今收合为一体,以续弦胶涂之。大王当衔发遣放回,则与本身同矣。"田先生:"善。"即顾谓李妻曰:"作此处置,可乎?"李妻曰:"幸甚。"

俄见一吏,别领七八女人来,与李妻一类,即推而合之。有一人,持一器药,状似稀饧,即于李妻身涂之。李氏妻如空中坠地,初甚迷闷。天明,尽失夜来所见,唯田先生及李氏夫妻三人,共在桑林中。田先生顾谓李生曰:"相为极力,且喜事成,便可领归。见其亲族,但言再生,慎无他说。吾亦从此逝矣。"李遂同归至州,一家惊疑,不为之信。久之,乃知实生人也。自尔生子数人。其亲表之中,颇有知者,云:"他无所异,但举止轻便,异于常人耳。"出《玄怪录》。

郑氏女

通州有王居士者,有道术。会昌中,刺史郑君有幼女,甚念之,而自幼多疾,若神魂不足者。郑君因请居士。居士曰:"此女非疾,乃生魂未归其身。"郑君讯其事,居士曰:"某县令某者,即此女前身也。当死数岁矣,以平生为善,以幽冥祐之,得过期,今年九十余矣。令殁之日,此女当愈。"郑君急发人驰访之,其令果九十余矣。后月,其女忽若醉寤,疾愈。郑君又使往验,令果以女疾愈之日,无疾卒。出《宣室志》。

"什么叫做'具魂'呢?"老吏说:"阳间的人都有三魂七魄,死后则魂魄离人而散,本来无所依托。如果把人的魂魄收集在一起,用续弦胶粘好。再由大王当街发送回阳世,那就和本身一样了。"田先生说:"很好。"转身问李妻说:"用这办法让你还阳,你看如何?"李妻说:"太好了。"

一会儿,看见一个官吏领了七八个女人上堂来,与李妻同是一类,就往一起推合成了一个。又有一个官吏拿着一罐药,好像是稀糖水,就涂抹在李妻身上。李妻突然觉得像是从半空中落到了地上,起初还迷迷糊糊,气闷。天亮后,夜里所见的全都消失没有了,只见田先生和李某加上自己三个人一起在桑树林中。田先生回头对李某说:"我为你尽了最大的力量,高兴的是事情办成了,你可以把妻子领回去啦。回去以后,见到亲族,只对人说妻子死而复活就行了,别的事千万不要说。我也要从现在消失了。"李某于是和妻子一起回到饶州家里,全家十分惊疑,不敢相信。过了很久,才相信李妻不是鬼,是真的复活了。从那以后李妻又生了好几个儿女。他们的亲戚中有些颇了解情况的,说:"李妻还阳后跟过去没什么不同,只是举止十分轻便,这一点和常人有些不同。"出自《玄怪录》。

郑氏女

通州有位王居士,会道术。唐武宗会昌年间,刺史郑某有个小女儿,他非常喜爱这个孩子,然而这个女孩从小就多病,好像先天就精气不足似的。郑某于是就把王居士请来给看看。王居士说:"这孩子不是有病,而是她的魂没有附在她的身上。"郑某问到底是怎么回事,王居士说:"某县的一个县令,就是你小女儿的前身。他几年前就该死了,但由于他平生做了很多好事,因为地府护佑他,才使他的阳寿过了期,今年他已有九十多了。这个县令去世的那天,你小女儿当会好起来。"郑某忙派人赶到王居士所说的那个县里去察访,那县令果然九十多岁了。一个月后,郑女忽像大醉后醒来,病体痊愈了。郑某又派人去看那老县令,果然在女孩病好的那天,没有任何病就死了。出自《宣室志》。

裴 珙

孝廉裴珙，家洛阳。仲夏，自郑西归，及端午以觐亲焉。日晚，方至石桥，忽有少年，骑从鹰犬甚众。顾珙笑曰："明旦节日，今当蚤归，何迟迟也？"乃以后乘借之。珙甚喜，谓二童曰："尔可缓驱，投宿于白马寺西表兄窦温之墅，明日徐归可也。"因上马疾驱，俄顷，至上东门，归其马，珍重而别。珙居水南，促步而进，及家暝矣。入门，方见其亲与珙之姊妹张灯会食。珙乃前拜，曾莫瞻顾。因俯阶高语曰："珙自外至！"即又不闻。珙即大呼弟妹之辈，亦无应者。珙心神忿惑，思又极呼，皆亦不知，但见其亲叹曰："珙那今日不至也。"遂涕下，而坐者皆泣。珙私怪曰："吾岂为异物邪？"因出至通衢，徘徊久之。有贵人导从甚盛，遥见珙，即以鞭指之曰："彼乃生者之魂也。"俄有佩橐鞬者，出于道左，曰："地界启事，裴珙孝廉，命未合终。遇昆明池神七郎子，案鹰回，借马送归，以为戏耳。今当领赴本身。"贵人微哂曰："小儿无理，将人命为戏。明日与尊父书，令笞之。"既至而橐鞬者招珙，复出上东门，度门隙中，至窦庄。方见其形僵仆，二童环泣呦呦焉。橐鞬者令其闭目，自后推之，省然而苏。其二童皆云："向者行至石桥，察郎君疾作，语言大异，惧其将甚，投于此。既至，则已绝矣。"珙惊叹久之，少顷无恙。出《集异记》。

裴珙

孝廉裴珙,家住在洛阳。这年仲夏,他从郑州西归洛阳,想赶着端午节到家看望双亲。这天黄昏时,正走到石桥,忽然有个少年带着很多随从,架着鹰带着狗,迎面而来。少年回头对裴珙笑着说:“明天就过节了,今日该早点回家,为什么走得慢吞吞的?”就把备用的快马借给裴珙。裴珙很高兴,对两个书童说:“你们可以慢点走,投宿到白马寺西面我表兄窦温的别墅,明天再慢慢回家就行了。”交代完就上马疾驱而去,不一会儿,就到了洛阳的上东门,把马还给那少年,互道珍重后告别。裴珙家在水南,快步往家赶,到家天色已黑。进门后,正看见父母姐妹们正在张灯会食。他就上前拜见,竟没有人理睬他。他又俯在台阶下高声说:“我从外地赶回来了!”然而堂上的双亲又没听见。裴珙就大声喊兄弟姐妹,也没有人答应。裴珙心里很生气,也有些怨恨,心想再大声喊他们,他们也都听不见,只是见父母叹息说:“珙儿到今天还不回来。”说着就流下眼泪,兄弟姊妹们也都跟着哭泣起来。裴珙心下奇怪:“难道我成了鬼了吗?”就走出家门来到街上,徘徊了半天。这时有一个带着很多随从的贵人远远地看见裴珙,就用鞭子指指裴珙说:“那是活人的魂灵。”接着有一个佩着箭囊的人从道旁走过来,对他说:“地界神特别通知,孝廉裴珙寿数未尽。他走路时遇见了昆明池神的七公子放鹰归来,七公子把马借给他送他的魂魄回家,那是和他开了个玩笑。现在他的魂魄当归回本体了。”那个贵人微微一笑说:“七公子太无理了,拿别人的性命当儿戏。明天我给昆明池神写封信,让他好好笞打下他那七公子。”那佩箭囊的神招了裴珙的魂魄又出了上东门,从门缝走过去,来到窦庄。裴珙才看见自己的形体僵卧在地上,两个书童正围在旁边哭。佩带箭囊的神让裴珙闭上眼睛,从身后推了他一下,裴珙的形体才复苏过来。两个书童都说:“刚才走到石桥上时,我们看见你疾病发作,说话也与平时非常不同,我们十分害怕,便赶奔这里。来到这儿,你已断了气。”裴珙惊叹了很久,过了一会儿就完全恢复正常了。出自《集异记》。

舒州军吏

王琪为舒州刺史，有军吏方某者，其家忽有鬼降。自言："姓杜，年二十，广陵富家子，居通泗桥之西。前生欠君钱十万，今地府使我为神神，偿君此债尔。"因为人占候祸福，其言多中。方以家贫告琪，求为一镇将，因问鬼："吾所求可得否？"鬼曰："诺，吾将问之。"良久乃至曰："必得之，其镇名一字正方，他不能识矣。"既而得双港镇将，以为其言无验。未及之任，忽谓方曰："适得军牒，军中令一人来为双港镇将，吾今以尔为皖口镇将。"竟如其言。凡岁余，鬼忽言曰："吾还君债足。"告别而去，遂寂然。方后至广陵，访得杜氏，问其弟子，云："吾弟二子，顷忽病，如痴人，岁余愈矣。"出《稽神录》。

舒州军吏

王琪任舒州刺史时,有个姓方的军吏家里忽然降下个鬼。鬼自称:"姓杜,二十岁,是广陵富家子弟,住在广陵通泗桥西。前生欠了你十万钱,现在地府让我到你家来设神坛施法术,还你这笔债。"后来鬼就为人占卜祸福,所说的都很准。姓方的军吏曾以家贫为理由,请求刺史王琪提升他当镇将,这时方某就问:"我当镇将的请求能不能成?"鬼说:"好吧,我去问问王琪。"过了很久鬼才回来,对方某说:"你一定会当上镇将,你镇守的地方,名字上有一字是正方的,其他的字我不认识。"不久方某被任命为双港镇将,心想鬼说的也不对呀。然而他还没去双港上任,忽然上级对方某说:"刚得到军事公文,军中已另派一个人到双港任镇将,我现在派你当皖口的镇将。"竟然像鬼所预言的那样。一年多后,鬼忽然对方某说:"我已还清你的债了。"鬼就告别而去,以后再也没来。方某后来到广陵,查访鬼说过的那个杜家,问他们家中子弟的情况,回答说:"我弟弟的次子前些时忽然得了病,像个痴儿,一年后才好。"出自《稽神录》。

卷第三百五十九

妖怪一

武都女　东方朔　双头鸡　张　辽　翟　宣
臧仲英　顿丘人　王　基　应　璩　公孙渊
诸葛恪　零陵太守女　荥阳廖氏　陶　璜　赵王伦
张　骋　怀　瑶　裴　楷　卫　瓘　贾　谧
刘　峤　王　敦　王　献　刘　宠　桓温府参军
郭　氏

武都女

武都有一丈夫，化为女子，美而艳，盖山精也。蜀王纳为妃。不习水土，欲去，王留之，乃为东平之歌以乐之。无几物故，王哀之，乃遣五丁之武都，担土为妃作冢。盖地数亩，高七丈，上有石镜。今成都北角武担是也。出《华阳国志》。

东方朔

汉武帝东游，至函谷关，有物当道。其身长数丈，其状象牛，青眼而曜精，四足入土，动而不徙。百官惊惧。东方朔乃请酒灌之，灌之数十斛而消。帝问其故，答曰："此名忧，

武都女

武都有一个男子变化成女子，十分美丽娇艳，大概是个山妖。蜀王把这女妖纳为妃子。女妖不服水土，想走，蜀王再三挽留，并让歌伎演唱东平之歌来讨她的欢心。没有多久，那女妖死了，蜀王非常悲哀，派了五名大力士，从那妃子的家乡武都担来土为她作坟。坟墓大概占了好几亩地，高七丈，上有石镜。现在成都城北角上的武担山，就是那蜀王妃的墓地。出自《华阳国志》。

东方朔

汉武帝刘彻东巡走到函谷关，被一个怪物挡住了道路。这怪物身长好几丈，形状像牛，青色的眼睛闪闪发光，四只脚深深陷进泥土中，扭动着身子却不挪地方。随行百官又惊又怕。东方朔就请求拿酒灌那怪物，灌了几十斛酒后，那怪物就消失了。汉武帝问是什么原因，东方朔回答说：“这怪物叫‘忧’，

患之所生也。此必是秦之狱地，不然，罪人徒作地聚。夫酒忘忧，故能消之也。”帝曰：“博物之士，至于此乎！”出《搜神记》。

双头鸡

汉太初二年，大月氏贡双头鸡。四足一尾，鸣则俱鸣。武帝致于甘泉馆，更有余鸡媲之，得种类也。而不能鸣，非吉祥也，帝乃送还西域。至西关，鸡返顾，望汉宫而哀鸣。言曰：“三七末，鸡不鸣，犬不吠，宫中荆棘乱相移，当有九虎争为帝。”至王莽篡位，将军九虎之号。其后丧乱弘多，宫掖中并生蒿棘，家无鸡犬。此鸡未至月支，乃飞，而声似鹍鸡，翱翔云里。出《拾遗录》。

张　辽

桂阳太守江夏张辽，字叔高，居隔陵。田中有大树，十余围，盖六亩，枝叶扶疏，蟠地不生谷草。遣客斫之。斧数下，树大血出。客惊怖，归白叔高，叔高怒曰：“老树汗出，此等何怪？”因自斫之，血大流出。叔高更斫之。又有一空处，白头发翁长四五尺，突出趁叔高。叔高以刀迎斫，杀之。四五老翁并出，左右皆惊怖伏地，叔高神虑恬然如旧。诸人徐视之，似人非人，似兽非兽，此所谓木石之怪，夔魍魉者乎？其伐树年中，叔高辟司空御史兖州刺史。出《法苑珠林》。

是‘患’所生的。此地必定是秦朝的监狱的所在地，不然就是犯人的流放地。只有酒能忘‘忧’，所以用酒能消除这怪物。”皇帝赞叹说：“博达通晓各种事物的读书人，竟然广博到了这个地步！”出自《搜神记》。

双头鸡

汉武帝太初二年，西域的大月氏国进贡了一只长着两个头的鸡。这鸡四只爪子一只尾巴，两个头如果打鸣都打鸣。武帝把它放养在甘泉馆里，让其他的母鸡和它交配，孵出了鸡种。然而双头鸡却从此不再打鸣，武帝认为不吉利，就命人送回西域。到了西关，那双头鸡回头望着汉家的宫殿哀叫起来。人们议论道：“三七末，鸡不鸣，犬不吠，宫中荆棘乱相移，当有九虎争为帝。”到王莽篡位时，他任用的将领有“九虎”之称。从那以后，战乱多起来，宫廷中并生出野草荆棘，老百姓流离失所，家中鸡犬皆无。那双头鸡没到月支就飞走了，听声音像是天上的仙鸟鹍鸡，飞到云层之间翱翔去了。出自《拾遗录》。

张 辽

桂阳郡太守张辽，是江夏人，字叔高，家住在隅陵。他家附近的田中有株大树，十几围粗，树荫能盖住六亩地，枝叶茂密，树下的土地不能长庄稼生野草。张辽就派人去把树砍掉。刚砍了几斧，树流出很多血。砍树的人大惊，跑回去告诉张辽，张辽生气地说：“这是老树出汗，有什么奇怪的？”说罢自己跑去砍，果然一砍就大量流出血来。张辽不理会继续砍。树又现出了个大洞，里面是空的，从洞里钻出一个四五尺高的白头发老翁，猛冲出来攻击张辽。张辽用刀迎面砍去，杀了他。接着四五个老头一起冲出，左右的人们吓得都伏在地上，张辽神虑淡然如旧。大家慢慢抬起头看那些老头，像人不是人，像兽不是兽，大概就是人们常说的木石之怪夔龙魍魉之类吧？张辽砍树这年，被提升为司空御史兼兖州刺史。出自《法苑珠林》。

翟　宣

王莽居摄，东郡太守翟义知其将篡也，谋举兵。兄宣，教授诸生满堂，群雁数十中庭，有狗从而啮之。皆惊，比救之，皆断头。狗走出门，求不知处。宣大恶之，数日，莽夷其三族。出《搜神记》。

臧仲英

扶风臧仲英为侍御史，家人作食，有尘垢在焉。炊熟，不知釜处。兵弩自行，火从箧中起，衣尽烧而箧簏如故。儿妇女婢使，一旦尽亡其镜，数日后，从堂下投庭中，言："还汝镜。"女孙年四岁，亡之，求之不知处。二三日，乃于圊中粪下啼。若此非一。许季山上之曰："家当有青狗。内中御者名盖喜，与共为之。"诚欲绝之，杀此狗，遣盖喜归乡里，从之遂绝。仲英迁太尉长史鲁相。出《搜神记》。

顿丘人

黄初中，顿丘界骑马夜行者，见道中有物，大如兔，两眼如镜，跳梁遮马，令不得前。人遂惊惧堕马，魅便就地犯之。人惧惊怖，良久得解，遂失魅，不知所往。乃更上马，前行数里，逢一人，相问讯，因说向者之事变如此，今相得甚欢。人曰："我独行，得君为伴，快不可言。君马行疾前，

翟 宣

王莽摄理朝政，东郡太守翟义知道他将篡位，谋划兴义兵讨伐。翟义的哥哥翟宣，当时正在教满堂学生读书，家里有几十只鹅在庭院中，接着闯进来一只狗扑咬鹅。大家都很吃惊，等着跑去救鹅，鹅的脖子已经都被狗咬断了。狗跑出门后，不知去处。翟宣越想心里越厌恶，果然几天后，王莽篡位，诛杀了翟宣、翟义的三族老少。出自《搜神记》。

臧仲英

右扶风人臧仲英曾任侍御史，他家里人做饭，饭里会被拌上灰尘和污垢。有时饭做熟了，却不知道饭锅哪去了。兵器弓弩会自发地活动起来，衣箱会起火，里面衣服全烧毁了但箱子却完好如初。有时家中女眷们用的镜子会在一个早上全都丢失，几天后那些镜子又从堂屋扔进院子里，同时空中还有声音说："还你们镜子。"这家孙女四岁时，失踪不见了，到处找不到。两三天后，竟发现孙女在厕所粪坑中啼哭。像这样的怪事不只一件。后来有个下属许季山说："大概你家里有个青狗成了精在作妖。宫内有个车夫叫盖喜，他也和那青狗一起作怪。"臧仲英实在想除掉祸患，就杀了家中的青狗，并把那个叫盖喜的车夫遣送回乡，从此才太平。后来臧仲英升任为太尉长史、兼任鲁相。出自《搜神记》。

顿丘人

魏文帝黄初年间，顿丘县有个人骑马夜行，看见大道当中有个东西，像兔子般大，两只眼像镜子一样闪光，不断地蹦跳着挡在马前，让他不能前行。那人于是吓得掉下马来，那怪物就上去扑咬他。那人又惊又怕，过了好久才得脱身，怪物也不见了，不知到哪里去了。那人又上马，向前走了几里地，遇见一个行人相互打了招呼，就向他说了刚才的事，两个人谈得很融洽。行人对顿丘人说："我独行，能和你做伴好得不能说。你骑在前面快些跑，

我在后相随也。"遂共行。乃问:"向者物何如,乃令君如此怖?"对曰:"身如兔,眼如镜,形状可恶。"人曰:"试顾我眼。"又观视之,犹复是也。魅就跳上马,人遂堕地,怖死。家人怪马独归,即行推索,于道边得之。宿昔乃苏,说事如此状。出《搜神记》。

王基

安平太守王基,家数有怪,使管辂筮之。卦成,辂曰:"君之卦,当有一贱人生一男,堕地,便走,入灶中死;又床上当有一大蛇衔笔,大小共视,须臾便去;又鸟来入室,与燕斗,燕死鸟去。有此三卦。"王基大惊曰:"精义之致,乃至于此。幸为处其吉凶。"辂曰:"非有他祸,直以官舍久远,魑魅魍魉,共为妖耳。儿生入灶,宋无忌之为也;大蛇者,老书佐也;鸟与燕斗者,老铃下也。夫神明之正者,非妖能乱也;万物之变,非道所止也;久远之浮精,必能之定数也。今卦中不见其凶,故知假托之类,非咎妖之征。昔高宗之鼎,非雉所雊;太戊之阶,非桑所生。然而妖并至,二年俱兴,安知三事不为吉祥?愿府君安神养道,勿恐于神奸也。"后卒无他,迁为安南将军。出《搜神记》。

我在后面跟着。”于是两个人一起前行。那个行人又问：“刚才你遇见什么东西把你吓成那样？”顿丘人说：“那怪物身子像兔子，眼睛像镜子，形貌非常丑恶。”那人说：“现在你试着看看我的双眼。”顿丘人回头看他，果然还是那怪物。说话间怪物就跳上马，顿丘人一下子被推跌到地下，吓死了。家里人见只有那马独自回来了，非常奇怪，立即沿路寻找，在道边找到了他。过了一夜他才复苏，说了他遇见怪物的事。出自《搜神记》。

王 基

安平太守王基家里多次发生怪事，就找来管辂，让他算算都发生过什么怪事。管辂占卜完后，对王基说：“你的这卦，应当是你们家曾有一个女仆生了个孩子，孩子一落地就跑，掉到炉灶里死了；你家床上当有过一条大蛇口里衔着笔，大小孩一起看它，大蛇就立刻不见了；还有一次一只鸟进入屋里和燕子争斗，鸟把燕子咬死，鸟也飞走了。有这样三个卦象。”王基大惊说：“你的卦算得精准，竟然到了这个地步。有幸请你算算住在这里是吉是凶？”管辂说：“没有什么祸患，只是因为你的房宅太古老了，就会有很多妖魔鬼怪一起出来兴妖作怪罢了。孩子生下来钻进了炉灶，这是火神宋无忌干的；大蛇是过去一个老书佐的精魂；鸟和燕子争斗，是一个早已死去的老门官的魂在作怪。神明如果纯正，妖物就不能作怪；万物的千变万化，不是道术能使它停止的；年代久远的精怪们，一定会出现这种情况。现在我给你算的卦中并没见什么凶卦，所以知道是这些小妖小怪依托，不是妖怪造成灾祸的征兆。当年殷高宗武丁祭祀的大鼎，不是雉鸣叫的地方；殷中宗太戊的朝堂的台阶上，不是桑树榖木长出的地方。然而如果群妖都一齐作怪，闹上两年，怎么就知道三件怪事不是吉祥的呢？唯愿大人安神养道，不要怕那些妖魔作怪干扰。”后来王基就没再发生什么事，升任为安南将军。出自《搜神记》。

应璩

朱建平善相，相应璩曰："君年六十二，位为常伯。先此一年，当独见白狗也。"璩年六十一，为侍中，直内省。忽见白狗，众人悉不见。作急游观，饮宴自娱，六十二卒。出《魏志》。

公孙渊

魏司马太傅懿平公孙渊，斩渊父子。先时，渊家有犬，著朱帻绛衣。襄平城北市生肉，有头目，无手足而动摇。占者曰："有形不成，有体无声，其国灭亡。"出《搜神记》。

诸葛恪

诸葛恪为丹阳太守，出猎，两山之间有物如小儿，伸手欲引人。恪令伸之，仍引去故地，去故地即死。既而参佐问其故，以为神明，恪曰："此事在《白泽图》内。曰：'两山之间，其精如小儿，见人则伸手欲引人，名曰傒，引去故地则死。'无谓神明而异之，诸君偶未之见耳。"出《搜神记》。

零陵太守女

零陵太守史，阙其名。有女，悦书吏，乃密使侍婢，取吏盥残水饮之。遂有孕，十月而生一子。及晬，太守令抱出门，儿匍匐入吏怀，吏推之，仆地化为水。穷问之，省前事，太守遂以女妻其吏。出《搜神记》。

应　璩

朱建平擅长相面，他给应璩看相后说："你寿命是六十二岁，那时官可以做到常伯。死的前一年，你会独自看见一只白狗。"应璩六十一岁时果然当了侍中，在内省值班，忽然看见一只白狗，别人都看不见。他知道自己只能活到六十二岁，就抓紧时间游玩观览、吃喝自娱，六十二岁时果然去世。出自《三国志·魏书》。

公孙渊

三国时，魏国的太傅司马懿平定公孙渊，杀了公孙渊父子。在这之前，公孙渊家有一只狗，扎着红头巾穿着绛红色衣服。还有人在襄平城北面集市上看见一块生肉，肉上有头有眼，没有手脚，却能晃荡。根据这些怪事，占卜的人说："有形不成，有体无声，这个国家必亡。"出自《搜神记》。

诸葛恪

诸葛恪任丹阳太守时，出去打猎。在两山之间遇见一个怪物像个小孩，伸手要拉他。诸葛恪就让他伸手来拉，拉他离开原地，怪物马上就死了。之后，参佐问缘由，认为那小孩是神灵，诸葛恪说："这事在《白泽图》里有记载。上面说'两山之间，有一种妖怪像小孩，见人就伸手来拉，名字叫'傒'，使之离开原来的地方，怪物就死。'不要把它当成什么神灵而感到惊奇，你们只是偶然没见过罢了。"出自《搜神记》。

零陵太守女

零陵太守史某缺他的名字。有个女儿，看上了府中的书吏，就偷偷派丫鬟将书吏洗漱的剩水喝了。喝了后竟怀了孕，十月后生了个孩子。孩子满周岁后，太守让把孩子抱出门，孩子一见到书吏，就爬到他的怀中，书吏把他推开，倒在地上化为一摊水。太守追问女儿，女儿说了实情，太守就把女儿嫁给了书吏。出自《搜神记》。

荥阳廖氏

荥阳郡有一家，姓廖，累世为蛊，以此致富。后取新妇，不以此语之。曾遇家人咸出，唯此妇守舍。忽见屋中有大缸，妇试发之，见有大蛇，妇乃作汤，灌杀之。及家人归，妇具白其事，举家惊惋。未几，其家疾疫，死亡略尽。又有沙门昙游，戒行清苦。时剡县有一家事蛊，人啖其食饮，无不吐血而死。昙游曾诣之，主人下食，游便咒焉。见一双蜈蚣，长尺余，于盘中走出，游因饱食而归，竟无他。出《灵鬼志》及《搜神记》。

陶璜

卢王将陶璜掘地，于土穴中得一物，白色，形似蚕，长数丈，大十围余，蠕蠕而动，莫能名。剖腹，内如猪肪，遂以为脽，甚香美。璜啖一杯，于是三军尽食之。《临海异物志》云："土肉正黑，如小儿臂大，长五寸，中有肠，无目，有三十足，如钗股。大者一头长尺余，中肉味。又有阳遂虫，其背青黑，肠下白，有五色，长短大小皆等，不知首尾所在。生时体软，死则干脆。"出《感应经》。

赵王伦

永康初，赵王伦篡位。京师得一鸟，莫能名。伦使人持出，周旋城邑以问人。积日，有一小儿见之，自言曰："鹌鹛。"

荥阳廖氏

荥阳郡有个姓廖的人家，祖祖辈辈以养殖毒虫为生，靠这个致富。后来廖家娶进来一个新媳妇，事先没告诉她家中养有毒虫。有一天，赶上家里人都外出了，只留新媳妇看家。她忽然看见屋里有个大缸，试着打开，见里面有大蛇，就跑去烧了一锅开水倒缸里把大蛇烫死了。等家里人回来，新妇说了这事，全家又吃惊又惋惜。没过多久，全家就得了瘟疫，几乎全都病死了。还有一个法名叫昙游的和尚，持戒修行清苦。当时剡县也有一家专养毒虫，凡是到他家去的客人，吃了他家的饭喝了他家的水，没有一个不吐血而死。昙游和尚听说后就到这家去看，主人给他端来食物，他就念起咒来。不一会儿，就见一双尺多长的蜈蚣从饭碗中爬出来，和尚于是吃饱了肚子回去，而且什么事也没有。出自《灵鬼志》及《搜神记》。

陶　璜

卢王的部将陶璜有一次挖地时，在地洞中挖出一样东西，这东西白色，形状像蚕，有好几丈长，十几围粗，还不断地蠕动，不知道是个什么东西。切开它的肚子，里面像猪的脂肪，就用它作了肉羹，味道很清香鲜美。陶璜吃了一碗，于是三军将士们都吃了它。《临海异物志》这本书里记载："有一种名叫'土肉'的东西，颜色纯黑，像小孩手臂那样大，五寸长，里面有肠子，没有眼睛，有三十只像女人头钗样子的脚。'土肉'最大的有一尺多长，里面有肉味。还有一种阳遂虫，背是青黑色，肠下白色，这种虫子有五种颜色，长短大小都一样，分不清头部和尾部。活着时身体是软的，死后则变得又干又脆了。"出自《感应经》。

赵王伦

晋惠帝永康初年，赵王司马伦篡位。当时京城里捕得一只怪鸟，不知叫什么。赵王伦叫人拿它出去，盘旋城邑到处询问是什么鸟。过了几天，有个小孩见了，自言自语地说："鵂鹠鸟。"

即还白伦。伦使更求，又见之，乃将入宫。密笼鸟，并闭小儿。明日视之，封闭如故，悉不见。时伦有目瘤之疾，故言鸺鹠。伦寻被诛。出《广古今五行记》。

张骋

晋大安中，江夏功曹张骋，乘车周旋，牛言曰："天下方乱，吾甚极为，乘我何之？"骋及从者数人皆惊惧，因绐之曰："令汝还，勿复言。"乃中道还。至家，未释驾，牛又言曰："归何也？"骋益忧惧，秘而不言。安陆县有善卜者，骋从之。卜之曰："大凶，非一家之祸，天下将有起兵。一郡之内，皆破亡乎！"骋还家，牛又人立而行，百姓聚观。其秋，张昌贼起，先略江夏，诳曜百姓，以汉祚复兴，有凤凰之瑞，圣人当世。从军者皆绛抹额，以彰火德之祥。百姓波荡，从乱如归。骋兄弟并为将军都尉，未期而败，于是一郡残破，死伤者半，而骋家族矣。京房《易妖》曰："牛能言，如其言，占吉凶。"出《搜神记》。

怀瑶

晋元康中，吴郡娄县怀瑶家，闻地中有犬子声隐隐。其声上有小穿，大如螾。怀以杖刺之，入数尺，觉如有物，及掘视之，得犬，雌雄各一，目犹未开，形大于常犬也。

拿鸟的人就回来告诉赵王伦。赵王伦又令人再去找那小孩,又见到了那小孩,于是将小孩带进宫里。把鸟装进笼子,把小孩也关押起来。第二天一看,笼子关着,关小孩的门也锁着,但小孩和鸟都不见了。当时赵王伦眼睛上长了个瘤子,所以叫“鵂鶹”。赵王伦不久就被杀死。出自《广古今五行记》。

张 骋

晋惠帝太安年间,江夏郡功曹张骋,乘车出游,拉车的牛说道:“天下正乱,我也卖尽了力气,你们还坐我拉的车去哪?”张骋和跟随的数人都十分惊恐害怕,就骗那牛说:“我们让你回去,你别再说话了。”于是驾着牛车半路上就返了回去。到家,还没把牛卸下来,牛又说话了:“回来干什么?”张骋更加担忧害怕,但没把这件事告诉别人。安陆县有个善于占卜的,张骋去请他给算一算。占卜的说:“这是个大凶兆,而且不是一户人家的祸,天下将有人起兵造反。全郡百姓都要家破人亡了!”张骋回家,又见那牛像人一样站起来用两条腿走路,百姓聚在一起围观。这年秋天,张昌起兵造反,先攻占了江夏,蒙骗迷惑百姓说要复兴汉朝皇室,并说有凤凰预示祥瑞,将有新王降世。造反的军队都用红色抹额,以彰显火德的吉祥。百姓人心浮动,参加叛乱都像回家一样积极。张骋兄弟一起当了叛军的将军都尉,不久就都被打败,全郡都遭到战乱的蹂躏,百姓死伤了一半,而张骋家被诛灭了九族。西汉易学的创始者京房曾在他的《易妖》中说:“如果牛说了话,就可以按它的话来预卜吉凶祸福。”出自《搜神记》。

怀 瑶

晋惠帝元康年间,吴郡娄县怀瑶家的地下,能隐隐约约听到小狗的叫声,声音是从一个小洞传上来的,洞有蚯蚓的洞穴那么大。怀瑶用棍往下插,插入几尺,觉得似乎碰到个东西,就把地挖开看,挖出了狗,一公一母两只,眼睛尚未睁开,身形比平常的狗大。

哺之而食，左右咸往观焉。长老或云："此名犀犬，得之者家富昌，宜当养活。"以为目未开，还置穿中，覆以磨砻。宿昔发视，左右无孔，而失所在。瑶家积年无他福祸也。出《搜神记》。

裴　楷

晋裴楷家中炊，黍在甑，或变为拳，或化为血，或作芜菁子。未几而卒。出《五行记》。

卫　瓘

卫瓘家人炊，饭堕地，悉化为螺，出足而行。寻为贾后所诛。出《五行记》。

贾　谧

贾谧字长渊。元康九年六月，夜暴雷电。谧斋柱陷，压毁床帐。飘风吹其服，上天数百丈，久乃下。出《异苑》。

刘　峤

永嘉末，有刘峤居晋陵。其兄蚤亡，嫂寡居。夜，嫂与婢在堂中眠，二更中，婢忽大哭，走往其房，云："嫂屋中及壁上，奇怪不可看。"刘峤便持刀然火，将妇至。见四壁上如人面，张目吐舌，或虎或龙，千变万形。视其面长丈余。嫂即亡。出《广古今五行记》。

喂它们吃食，邻居们都跑来看。其中一位年纪大的说：“这东西叫犀犬，得到它的家里就会富裕兴旺，应该好好养活它。”怀瑶看它们的眼睛还没睁开，就又放回洞里，用磨石盖上。过了一晚上揭开看，左右都没了洞，找不到犀犬在什么地方了。不过怀瑶家以后多年也没什么灾祸。出自《搜神记》。

裴　楷

晋时有个叫裴楷的，在家中做饭，把米下到甑里以后，不是变成拳头就是化成血，有时还变成芜菁的籽。过了不久，裴楷就死了。出自《五行记》。

卫　瓘

卫瓘家里人做饭，饭撒在地上全都变成了田螺，而且伸出脚来爬行。过了不久，他就被贾后杀了。出自《五行记》。

贾　谧

贾谧，字长渊。晋惠帝元康九年六月的一天夜里，天降暴雨，雷电交加。贾谧屋中的柱子坍倒，把床帐砸坏了，狂风把他的衣服吹到几百丈高的空中，过了很久才落下来。出自《异苑》。

刘　峤

晋怀帝永嘉末年，有个叫刘峤的人住在晋陵。他的哥哥早年去世了，嫂子寡居。一天夜晚，嫂子和婢女在堂屋里睡觉，二更时分，婢女忽然大哭，跑到刘峤屋里，说：“嫂子屋里和墙上有奇形怪状的东西，没法看。”刘峤便拿起刀，点上灯，跟着婢女来到嫂子屋里。只见四面墙上出现像人脸的东西，瞪眼吐舌，一会儿是虎一会儿是龙，变化各种形状。看那面孔都有一丈多长。嫂子马上就死了。出自《广古今五行记》。

王敦

元帝时，王敦在于武昌。铃下仪仗生花，如莲花，五六日而萎落。干宝曰："荣华之盛，如狂花之不可久也。"敦以逆命自死，加戮其尸焉。出《广古今五行记》。

王献

王献失镜，镜在罂中。罂才数寸，而镜尺余。以问郭璞，曰："此乃邪魅所为。"使烧车辖以拟镜，镜即出焉。出《搜神记》。

刘宠

东阳刘宠字道弘，居姑熟。每夜，门庭自有血数斗，不知所从来。如此三四日。后宠为折冲将军，见遣北征。将行而炊，饭尽变为虫，其家人蒸炒亦为虫，火愈猛而虫愈壮。宠遂北征，军败于檀丘，为徐龛之所杀。出《搜神记》。

桓温府参军

穆帝末年，桓温府参军夜坐，忽见屋梁上有伏兔，张目切齿向之。兔来转近，以刀斫之，见正中兔，而实及伤膝流血。复以刀重斫，又还自伤。幸刀不利，不至于死。出《幽明录》。

郭氏

毕修之外祖母郭氏，尝夜独寝，唤婢，应而不至。郭屡唤犹尔。后闻蹋床声甚重，郭厉声呵婢，又应诺诺不至。

王　敦

晋元帝时，王敦在武昌。他的令旗铃铛下的仪杖上长出花来，形状像莲花，过了五六天就凋谢了。干宝说："富贵荣华到极盛，像旺盛的花一样不会永不衰落。"后来王敦因违抗圣命自杀，还加了戮尸的刑罚。出自《广古今五行记》。

王　献

王献丢失了镜子，后来发现镜子在酒瓮里。瓮口才有几寸，而镜子一尺多大。王献问郭璞这是怎么回事，郭璞说："这是妖怪干的。"让王献烧了车轴上的铜闩做成一面铜镜，掉在瓮里的镜子自己就出来了。出自《搜神记》。

刘　宠

东阳人刘宠，字道弘，住在姑熟。每天夜里，他家门口都有好几斗鲜血，不知从何而来。这样连续了三四天。后来刘宠当上折冲将军，被派到北方打仗。军队要开拔时，军营中做好的饭都变成了虫子，他家人做的饭、炒的菜也变成了虫子，火越旺虫子长得越大。刘宠北征，在檀丘被打败，被徐龛之杀了。出自《搜神记》。

桓温府参军

晋穆帝末年，大司马桓温的公府中有个参军官夜里值班，忽然看见屋梁上趴着一只兔子，对他瞪着眼睛磨牙发狠。那兔子渐渐爬近了参军，参军举刀砍去，明明看见砍中了兔子，却实际把自己的膝盖砍伤血流不止。参军又举刀再砍，还是砍伤自己。幸亏刀不快，没能把自己砍死。出自《幽明录》。

郭　氏

毕修的外祖母郭氏，有一次夜晚独自睡在屋里，她召唤婢女，婢女答应了却不见过来。郭氏又喊了几声，还是如此。后来听见有很重的脚踏床板的声音，郭氏大声呵斥，婢女又是应声而不来。

俄见屏风上有一面，如方相，两目如升，光明一屋，手中如簸箕，指长数寸，又挺动其耳目。郭氏道精进，一心至念，凡物乃去。久之，婢辈悉来，云：“向欲应，如有物镇压之者，体轻便来。”出《幽明录》。

不一会儿，她突然看见屏风上有一张大脸，好像是民间送丧时举的方相神，两眼像升那么大，目光照得屋里通亮，手掌像簸箕，手指长好几寸，还不时地扇动耳朵、眨巴眼睛。郭氏向来修炼佛道的精进法，这时心中专注地默念，那怪物就消失了。不久婢女都过来说："我们刚才就想起来侍护你，但觉得有个很重的东西压着我们。现在身子轻便了我们就来了。"出自《幽明录》。

卷第三百六十

妖怪二

庾　翼	庾　谨	商仲堪	寿　颁	李　势
郗　恢	庾　寔	乞佛炽盘	姚　绍	桓　振
贾弼之	江陵赵姥	诸葛长民	盐官张氏	王　愉
朱宗之	虞定国	丁　哗	富阳王氏	乐　遐
刘　斌	王　徽	张仲舒	萧思话	傅氏女
郭仲产	刘　顺	王　谭	周登之	黄　寻
荆州人	田　骚	邓　差	司马申	段　晖

庾　翼

庾翼为南蛮校尉南郡太守，夜登厕，忽见厕中一物，头如方相，两眼大而有光，从土中出。庾乃攘袂，以拳击之，应拳有声，忽失所在。出《渚宫故事》。

庾　谨

新野庾谨母病，兄弟三人，悉在侍疾。忽闻床前狗斗声非常，举家共视，了不见狗，只见一死人头在地，犹有血，两眼尚动。其家怖惧，夜持出于后园中埋之。明旦视之，出在土上，两眼犹尔。即又埋之，后旦已复出。乃以砖著头，令埋之，不复出。后数日，其母遂亡。出《幽冥录》。

庾翼

庾翼任南蛮校尉南郡太守时，有次夜里上厕所，忽然发现厕所里有个怪物，头像出殡时纸扎的方相神，两眼很大，闪闪发光，从粪土里钻出来。庾翼捋起衣袖，挥拳向怪物打去，怪物挨打后叫了一声，顿时消失。出自《渚宫故事》。

庾谨

新野县有个庾谨，母亲生病，兄弟三人都在侍护。忽然听见床前一片很厉害的狗打架的声音，全家一起去看，根本看不见狗，只看见地上有个死人的头，头上还有血，两眼还在动。家人们害怕，趁天黑拿到后园子里埋掉了。第二天去看，那人头又钻出土来，两眼还在闪动。就又埋了，后天那人头又出来了。就用砖坯压在人头上，让人埋入土里，这回人头不再出来了。几天后，母亲病死了。出自《幽冥录》。

商仲堪

晋商仲堪曾从桓玄行，至鹤穴，逢一老公，驱一青牛。形色瑰异。堪即以所乘牛，易而取之。行至零陵溪，牛忽骏駃非常，因息驾顾之，牛乃径走入江，伺之终日不出。堪心以为怪。未几玄败，堪亦被诛戮矣。出《幽冥录》。

寿　颁

晋孝武大元十二年，吴郡寿颁道志，边水为居。渚次忽生一双物，状若青藤，而无枝叶，数日盈拱。试共伐之，即有血出。声在空中，如雄鹅叫，两音相应。腹中得一卵，形如鸭子，其根头似蛇面眼。出《异苑》。

李　势

蜀王李势宫人张氏，有妖容，势宠之。一旦，化为大斑理蛇，长丈余。送于苑中，夜复求寝床下。势惧，遂杀之。复有郑美人，势亦宠之，化为雌虎，一夕食势宠姬。未几，势为桓温所杀。出《独异志》。

郗　恢

安帝隆安初，雍州刺史高平郗恢家内，忽有一物如蜥蜴。每来，辄先扣户，则便有数枚，便灭灯火。儿女大小，莫不惊惧。以白郗，不信，须臾即来。至龙安二年，郗恢与殷仲堪谋议不同，下奔京师，道路遇害，并及诸子。出《幽冥录》。

商仲堪

晋代时有个商仲堪，曾跟随江州刺史桓玄出行，走到鹤穴时，遇见一个老人赶着一头青牛。商仲堪见那牛长得奇异，就把自己驾车的牛和老人换了。走到零陵溪，那牛忽然跑得极快，商仲堪就停下车来看，那牛一直跑进江水中，等了一天也没有出来。商仲堪感到十分奇怪。不久桓玄起兵失败，商仲堪也被诛杀。出自《幽冥录》。

寿 颁

晋孝武帝太元十二年，吴郡有个叫寿颁的，字道志，靠江边住着。看见江边忽然长出一对奇怪的东西，形状像青藤又没有枝叶，几天就长到两手合围那么粗。尝试着找人来一齐砍它们，一砍就流出血来。它们在空中发出一种怪叫声，像公鹅的声音，两个声音互相呼应。又在怪物的肚子里找到一个卵，像鸭蛋大小，它们的根顶端像蛇的面孔和眼睛。出自《异苑》。

李 势

蜀王李势宫中有个宫女张氏，有着妖艳的容貌，李势十分宠爱她。一天，张氏忽然变成一条大斑纹蛇，有一丈多长。把这蛇送到御苑里，到了夜晚张氏又来要求睡在李势的床下。李势害怕，就把她杀了。还有一个郑美人，李势也很宠爱，后来郑美人变成一只母老虎，一天晚上把李势宠爱的妃子吃了。过了不久，李势就让桓温杀死了。出自《独异志》。

郗 恢

晋安帝隆安初年，雍州刺史高平人郗恢家中，忽然发现一个像壁虎的怪物。怪物每次来都先敲门，一来就是好几只，家里人只好吹灭灯火。全家儿女大小，都十分害怕。家里人把这事告诉郗恢，郗恢不信，说话间怪物就又来了。到龙(隆)安二年，郗恢因为和殷仲堪在政见上发生了分歧，就去了京城，走到半路就被杀害，连带他的儿子们也被害。出自《幽冥录》。

庾寔

义熙中，新野庾寔妻荥阳毛氏。五月暴晒荐席，忽有三岁女在席下卧，惊怛乃灭，女真形在别床如故。不旬日而女夭。出《五行记》。

乞佛炽盘

西秦乞佛炽盘，都长安。端门外又有井，人常宿汲亭中。忽一夜闻磕磕有声，惊起照视，瓮中如血。中有丹鱼，长可三寸，而有寸光。时东羌西虏，互相攻伐，国寻灭亡。出《异苑》。

姚绍

后秦姚泓义熙十三年，遣叔父大将军绍帅众攻函谷关。厨人为绍炊饭，气蒸汗溜辄成血，腥甚。如此积日。绍心恶之，令勿复炊，乞饭于诸军。后八十日，绍病死，泓为晋将刘裕所擒，斩于建康市。出《五行记》。

桓振

桓振在淮南，夜闻人登床声。振听之，隐然有声，求火看之，见大聚血。俄为义师所灭。桓振，玄从父之弟。出《异苑》。

贾弼之

河东贾弼之，晋义熙中，为琅琊府参军。夜梦一人，面查丑甚，多须大鼻。诣之曰："爱君之貌，欲易头可乎？"

庾　寔

晋安帝义熙年间，新野县有个庾寔，娶了荥阳女子毛氏为妻。五月的一天，毛氏把草垫和床席拿到外面晒晾，忽然看见三岁的女儿在席下躺着，一受到惊吓就不见了，这时毛氏女儿的真形正在另一张床上，和往常一样。不到十天，女儿就死了。出自《五行记》。

乞佛炽盘

西秦人乞佛炽盘，建都长安。当时长安端门外有一口井，人们常在汲水亭里过夜。忽然有一天夜里听到井里有“嗑嗑”的声音，人们惊起后点上灯照视，瓮中都是如血的红水。里面还有三寸长的红鱼，而且发出一寸多长的光。当时东方、西方的一些少数民族不断地互相攻伐，后来西秦很快就灭亡了。出自《异苑》。

姚　绍

后秦人姚泓在晋安帝义熙十三年，派他的叔父、大将军姚绍率军攻打函谷关。当时，厨师为姚绍做饭，饭汤的蒸气凝结成了血，腥气很重。连着几天都是这样。姚绍心里十分厌恶，下令不再做饭，每次吃饭都到各军去讨要。八十天后，姚绍病死，姚泓也被晋军将领刘裕活捉，在建康的闹市上斩首。出自《五行记》。

桓　振

桓振在淮南时，夜里听见有人上床的声音。桓振听见隐隐约约有声音，让人点上灯去看，只见一大摊血。不久，桓振就被义军杀死。桓振是桓玄的叔伯弟弟。出自《异苑》。

贾弼之

晋安帝义熙年间，河东人贾弼之在琅琊府当参军。一天夜里，他梦见一个人，面貌非常丑陋，胡子多，鼻子大。这人到贾弼之面前，对他说：“我真喜欢你漂亮的面貌，咱俩换头怎么样？”

弼曰："人各有头面，岂容此理？"明昼又梦，意甚恶之，乃于梦中许之。明朝起，不觉，而人见悉惊走。弼取镜自看，方知怪异。还家，家人悉惊。入内，妇女走藏，曰："那得异男子。"弼自陈说良久，并遣至府检阅，方信。后能半面笑，两手各执一笔俱书，辞意皆美。俄而安帝崩，恭帝立。出《西明杂录》。

江陵赵姥

江陵赵姥，以酤酒为业。义熙中，屋内土忽自隆起，察为异，朝夕以酒酹土。尝见一物出，头似驴，而地初无孔穴。及姥死，邻人闻土下朝夕有声，如哭。后人掘宅，见一异物，蠢而动，不测大小，须臾失之。谓土龙。出《异苑》。

诸葛长民

安帝时，诸葛长民为豫州刺史。有捣衣杵相与语，如人声，不可解。令移各一处，俱遥相唤。又长民在豫州时，见屋中柱及椽梠间，悉见有如蛇头。令人以刀斫之，应刃藏隐。或一月，或数十日，辄于夜眠中，惊起跳踉，如与人相打。毛脩之尝与之同宿，骇愕不达此意。长民曰："此物奇健，非我无以制之。"毛曰："是何物？"长民曰："我正见一物甚黑，而有手足，不分明，莫知其形状。而来辄共斗，深自

贾弼之说："人各有自己的头脸，真是岂有此理！"第二天白天，贾弼之又做了同样的梦，心中十分厌恶，就在梦中答应和那人换头。第二天早晨起来，自己没发觉，但看见他的人都吓得逃走了。他取出镜子一看，才知自己的脸真的被梦中人换去。回到家里，家中的人也都大惊。进到屋里，妇女们都吓得跑掉躲起来，说："哪里来了这么个又怪又丑的男人？"贾弼之自己解释了很久，家中的人又派仆人到他供职的府衙里去查问，才相信真是贾弼之。后来，他只有半边脸会笑，还能两手各拿一支笔同时写文章，词意都很美。不久晋安帝驾崩，晋恭帝继位。出自《西明杂录》。

江陵赵姥

江陵有个姓赵的老太太以卖酒为生。晋安帝义熙年间，赵姥屋里的土地突然鼓了起来，发觉是怪异的东西，就早晚用酒祭洒土地。曾看见土里钻出一个怪物，头像驴，当时地上并没有洞穴。后来赵姥死了，邻居听到屋中地下早晚有声音像在哭。赵姥的儿女们掘开宅基地，挖出一个怪物，还蠢蠢而动，一会大一会小，不一会儿就消失不见了。有人说那怪物叫"土龙"。出自《异苑》。

诸葛长民

晋安帝时，诸葛长民任豫州刺史。有一次，几个捣衣棒槌相互之间说了话，声音和人一样，但说的是什么听不懂。让人把它们各自放置一处，隔着很远棒槌仍然互相招呼。还有一次，诸葛长民在豫州时，看见屋里的中柱和椽梁间都出现好像蛇头的东西。让人拿刀去砍，刀一到它们立刻躲起来。从那以后，有时间隔一个月，有时间隔几十天，诸葛长民常常在睡梦中惊起，又跳又蹦，好像和什么人打架。毛脩之曾和诸葛长民同住，见他梦中起来蹦跳，心里很害怕但不知是怎么回事。诸葛长民说："这怪物特别有力气，除了我别人制不住它。"毛脩之问："是什么怪物？"诸葛长民说："我只看见一怪物很黑，有手有脚，不分明，看不清它是什么形状。每次它来我就和他斗，我自己内心也挺

惧焉。”长民俄而伏诛。出《五行记》。

盐官张氏

晋末有张氏，在盐官，闲居端坐，忽闻煎食香。斯须，风吹一盘食至，酒肉肴馔毕备。有黄袍人乘舆来，上床，与张共食。问其姓，含笑不答。久之，登舆而去。后张为孙恩所害而已。出《广古今五行记》。

王愉

王愉字茂和。义熙初，愉在庭中行，帽忽自脱，仍乘空，如人所著。及愉母丧，月朝上祭，酒器在几上，酒器须臾下地，覆还登床。寻而第三儿绥怀贰伏诛。出《异苑》。

朱宗之

会稽国司理令朱宗之，常见亡人殡，去头三尺许，有一青物，状如覆瓮。人或当其处则灭，人去随复见。凡尸头无不有此青物者。又云，人殡时，鬼无不暂还临之。出《幽冥录》。

虞定国

余姚虞定国，有好仪容，同县苏氏女，亦有美色，定国尝见，悦之。后见定国来，主人留宿。中夜，告苏公曰：“贤女令色，意甚钦之，此夕宁能令暂出否？”主人以其乡里贵人，便令女出从之。往来渐数，语苏公：“无以相报，

害怕它。”过了不久，诸葛长民就被杀了。出自《五行记》。

盐官张氏

晋朝末年有个姓张的盐务官，在家中闲坐，突然闻到煎食品的香气。不一会儿，风吹来一盘食物放到他面前，盘里酒肉佳肴俱全。接着有个穿黄袍的人乘车而来，上了坐榻，和张某一同吃起来。张某问他的姓名，黄袍人笑而不答。过了很久，黄袍人才登车而去。后来姓张的盐官被孙恩杀害。出自《广古今五行记》。

王愉

王愉，字茂和。晋安帝义熙初年，有一天王愉在院子里行走，帽子忽然自行脱落，停在空中，像空中有人戴着它似的。后来王愉母亲死了，当月的初一设祭品祭奠，供桌上摆着酒具，酒具一会儿落到地上，接着又上了床。不久，王愉的三儿子王绥因对朝廷心怀反意被诛杀。出自《异苑》。

朱宗之

会稽国的司理令朱宗之，经常看到别人家死人出殡，距离尸体头部三尺多高的地方有一个青色的东西，形状像是一个倒扣着的瓮。人一来就不见了，人走了那东西就又出现。凡是死人的头上都有这个青色的东西。又有一说，每当死人入殡时，他的鬼魂都会暂时返回到场的。出自《幽冥录》。

虞定国

余姚人虞定国生得俊美潇洒，同县有位苏氏的女儿也有美色，虞定国曾见过苏氏，心里非常喜欢。后来虞定国到苏家去做客，苏家主人留他住下。半夜，虞定国对苏公说：“你家女儿十分美丽，我心里十分爱慕她，今晚能不能让她出来见一见呢？”苏公觉得虞定国是乡里的贵人，就让女儿出来相见。从此虞定国和苏家儿女来往越来越频繁，虞定国对苏公说：“我没有可报答的，

若有官事，其为君任之。”主人喜，自尔后有役召事，往造定国。定国大惊曰：“都未尝面命，何由便尔？此必有异。”具说之。定公曰：“仆宁当请人之父而淫人之女？君复见来，便斫之。”后果得怪。出《搜神记》。

丁　哗

东阳丁哗出郭，于方山亭宿。亭渚有刘散骑，遭母艰，于京葬还。夜中，忽有一妇，自通云刘女郎，“患疮，闻参军能治，故来耳”。哗使前，姿形端媚，从妇数人。命仆具肴馔。酒酣，叹曰：“今夕之会，令人无复贞白之操。”丁云：“女郎盛德，岂顾老夫？”便令妇取琵琶弹之，歌曰：“久闻忻重名，今遇方山亭。肌体虽朽老，亦足悦人情。”放琵琶，上膝抱头，又歌曰：“女形虽薄贱，愿得忻作婿。缱绻觌良宵，千载结同契。”声气婉媚，令人绝倒。便令灭火，共展好情。比晓，忽不见。吏云，此亭旧有妖魅。出《幽冥记》。

富阳王氏

宋元嘉初，富阳人姓王，于穷渎中作蟹断。旦往视之，见一材，长二尺许，在断中，而断裂开，蟹都出尽。乃修治断，出材岸上。明往视之，材复在断中，断败如前。王又治断出材，

以后你有什么公事要办,就让我为你承担吧。”苏公听后很高兴,从此以后苏公家被派给官府服徭役,就前来造访虞定国。虞定国大惊说:“我从来没跟你见过面说过话,你为什么来求我呢?这里面一定有问题。”苏公就说了虞定国和他女儿来往并答应帮忙疏通官府的事。虞定国说:“我怎么能既求人之父而又乱人之女呢?以后你只要再看见他到你家,你尽管拿刀砍他。”后来苏公家里果然捉住了那个冒充虞定国的妖怪。出自《搜神记》。

丁 哗

东阳人丁哗出城游玩,在方山亭住宿。亭下江边有位姓刘的散骑官,母亲刚去世,从京城回来安葬母亲。这天深夜,忽然有个女子,自我通报是刘女郎,说:“我身上生了疮,听说你能治,所以找你来了。”丁哗让她往前站,见这女子身姿外貌端庄秀丽,身后有几个侍女跟着。就让仆从摆上酒菜,二人对饮。酒喝得半醉时,那女子叹气说:“今天和你相会,真担心让自己失去自持丢失了贞洁的节操。”丁哗说:“像你这样德貌俱佳的女郎,还会顾虑我这个老头子会有什么失礼举动吗?”女子让身边的妇人取来了琵琶,女子边弹边唱道:“久闻忻重名,今遇方山亭。肌体虽朽老,亦足悦人情。”唱完就放下琵琶,坐在丁哗腿上,抱住他的头,又接着唱道:“女形虽薄贱,愿得忻作婿。缱绻觏良宵,千载结同契。”唱得婉转动人,令人陶醉。唱完,那女子就让熄了灯,和丁哗同床。天亮时,那女子忽然不见了。据有的官员说,这个方山亭过去就常有鬼怪出现。出自《幽冥录》。

富阳王氏

宋文帝元嘉初年,富阳人王某,在河汊里安置了捉蟹的竹栅栏。早上去看,见一块二尺长多的木头在栅栏里,栅栏却被弄断裂了,已拦在栅栏中的螃蟹全都跑了。王某就把栅栏修好,把那块木头扔到岸上。第二天去看,那块木头又在栅栏里,栅栏像先前那样又被弄坏了。王某只好又把栅栏修好,把那块木头扔出去,

晨视所见如初。王疑此材妖异，乃取内蟹笼中，束头担归，云："至家，当斧斫然之！"未至家三里，闻笼中窣窣动，转头，见向材头变成一物，人面猴身，一手一足，语王曰："我性嗜蟹，比日实入水，破君蟹断，入断食蟹，相负已尔。望君见恕，开笼出我。我是山神，当相祐助，并令断大得蟹。"王曰："汝犯暴人，前后非一，罪自应死。"此物恳告苦请乞放，王回顾不应。物曰："君何名？我欲知之。"频问不已，王遂不答。去家转近，物曰："既不放我，又不告我何姓名，当复何计？但应就死耳。"王至家，炽火焚之，后寂然无复异。土俗谓之山獠，云知人姓名，则能中伤人，所以勤勤问王，欲害人自免。出《搜神记》。

乐遐

元嘉九年，南阳乐遐尝在内坐，忽闻空中有人，呼其夫妇名甚急。半夜乃止，殊自惊惧。后数日，妇屋后还，忽举体衣服悉是血。未一月，夫妇相继病卒。出《幽冥记》。

刘斌

刘斌在吴郡时，娄县有一女，忽夜乘风雨，恍恍至郡城内。自觉去家正一炊顷，衣不沾濡。晓在门上求通，言："我天使也，府君宜起延我，当大富贵。不尔，必有凶祸。"刘问所来，不自知。后二十许日，刘被诛。出《幽冥录》。

第三天早上再去看，又和前一天一样。王某怀疑那块木头是妖物，就把它装进蟹笼里挑回去，一面走一面说：“到家，我就用斧头把你这块木头劈了烧火！”离家还有三里地时，听见笼子里有“窣窣”的响动，回头一看，看见那块木头变成了一个人面猴身、一手一脚的怪物，对王某说：“我生性爱吃蟹，前几天是我下水弄坏了你的栅栏，进去吃了蟹，实在对不起你。请你原谅我，打开笼子把我放走。我是山神，会佑助你，并让你今后栅栏中天天都抓住满满的蟹。”王某说：“你祸害人，而且前后不是一次，依罪就应该把你弄死。”这个怪物苦苦恳求放掉他，王某只回头看看不答应。怪物问：“你叫什么名字？我想知道。”不停地追问，王某就是不出声。离家不远时，怪物又说：“你不放我，又不告诉我姓名，我还有什么办法呢？只是等死罢了。”王某到家后，把那块木头烧了，以后再也没出什么怪事。当地人把这种怪物叫“山㺐”，说它如果知道人的姓名，就能加害中伤，所以它才一再问王某姓名，是为了害人来解脱自身。出自《搜神记》。

乐遐

宋文帝元嘉九年，南阳人乐遐曾经在家中闲坐，忽然听见空中有人呼叫他们夫妇的名字，呼叫声很急促。一直喊到半夜才停，乐遐自己又惊又怕。几天后，乐遐的妻子从屋后回来，忽然全身的衣服上都是血。没出一个月，夫妻俩先后病死了。出自《幽冥记》。

刘斌

刘斌在吴郡时，娄县有个女子，夜里忽然冒着风雨恍惚地进了郡城。她自己觉得离家只有一顿饭工夫，虽在风雨中，衣服却一点也没湿。这女子清晨来到刘斌家门外要求通报拜见刘斌，说：“我是天使，主人应当起身请我进去，就会大富贵。如果不见我，一定会有凶祸。”刘斌问那女子是从哪里来的，女子自己也不知道。二十多天后，刘斌被杀害。出自《幽冥录》。

王徵

元嘉中，交州刺史太原王徵，始拜，乘车出行，闻其前铮铮有声，见一辆车当路，而余人不见，至州遂亡。出《幽冥记》。

张仲舒

张仲舒，元嘉十七年，七月中，晨夕间，辄见门侧有赤气赫然。后空中忽雨绛罗于其庭，广七八寸，长五六寸，皆以笺系之。纸广长亦与罗等，纷纷甚驶。仲舒恶而焚之，信宿，暴疾而死。出《异苑》。

萧思话

萧思话在青州，常所用铜斗，覆在药厨下。忽于其下，得二死雀。思话叹曰："斗覆雀殒，其不祥乎?"既而被系。出《宋书》。

傅氏女

北地傅尚书小女，尝折荻作鼠，以狡狯，放地，荻鼠忽能行，径入户限土中。又折荻更作，咒之云："汝若为家怪者，当更行，不者不动。"放地，便复行如前。即掘限内觅，入地数尺，了无所见。后诸女相继丧亡。出《列异传》。

郭仲产

郭仲产宅在江陵枇杷寺南。宋元嘉中，起斋屋，

王　徵

宋文帝元嘉年间，太原人王徵出任交州刺史，刚拜官时，乘车出门，听见前面发出“铮铮”的声音，一看，是一辆灵车在前面挡住了去路，然而和他同行的人谁也看不见那辆灵车，结果王徵一到了交州就死了。出自《幽冥记》。

张仲舒

宋文帝元嘉十七年七月中，张仲舒晨夕之间就会看见自家门旁有一大团鲜亮的红色气体。后来空中忽然像下雨一样在庭院里降下很多红色绫罗，七八寸宽，五六寸长，都用纸带捆着。纸的长宽和绫罗一样，从天上纷纷往下落时非常快。张仲舒心里很厌恶，就把这些东西给烧了，过了两个晚上，张仲舒就得了急病突然而死。出自《异苑》。

萧思话

萧思话在青州时，常常把所用的铜斗扣在药橱下面。这天，他忽然在铜斗下发现两只死雀。他叹息道：“铜斗扣着，雀死在里面，莫非是个不祥的预兆？”不久他就被逮捕入狱。出自《宋书》。

傅氏女

北地郡傅尚书的小女儿，有一次用芦苇编了个很狡猾的小老鼠，放在地上，那芦苇编的老鼠忽然能走动起来，一直钻进门槛下的土中。她又用芦苇编了一只，编好以后念咒说：“你如果是要到我家作怪，就再跑，如果不是，你就不动。”放在地上，老鼠又像先前的那只跑了。家里人就挖开门槛下的土向里寻找，入地数尺什么也没找到。后来傅尚书家的几个女儿都先后死去。出自《列异传》。

郭仲产

郭仲产的府宅在江陵枇杷寺以南。元嘉年间，又盖了间斋屋，

竹以为窗棂。竹遂渐生枝叶，长数丈，郁然成林，仲产以为吉祥。及孝建中，被诛。出《述异记》。

刘 顺

宋大明中，顿丘令刘顺，酒酣，蚤入妾许眠。晨起，见榻上有一聚凝血，如覆盆形。刘是武人，了不惊怪，乃令作齑。亲自切血，染齑食之，弃其有余。后十许载，至元徽二年，为王道隆所害。出《述异记》。

王 谭

大明中，琅琊王谭，字思玄，为南阳太守。母丧去职，寄郡城南，设庐位于庭。有一光，大如鸭卵，黄色分明，从东来，入厅事上。俄顷，又二枚续至，其状如前，良久而去。自此夕夕来往，或单至双来，久停则灭，一夜或四五来，如此十许日不见。其年，谭二婢死，明年弟亡，谭患疾，至都而卒。出《广古今五行记》。

周登之

周登之家在都，宋明帝时，统诸灵庙，甚被恩宠。母谢氏，奉佛法。泰始三年，夏月暴雨，有物形隐烟雾，垂头，属厅事前地，头如大赤马，饮庭中水。登之惊骇，谓是善神降之，汲水益之。饮百余斗，水竭乃去。二年而谢氏亡，后半岁而明帝崩，登之自此事业衰败。出《述异记》。

用竹子做窗棂。后来竹子渐渐生出枝叶，长了好几丈长，长成了茂盛的竹林，郭仲产以为这是吉祥的预兆。但到了宋孝武帝孝建年间，郭仲产却被诛杀了。出自《述异记》。

刘 顺

宋孝武帝大明年间，顿丘县令刘顺喝酒喝高兴了，早早进入了小妾的屋里睡下。早上起来，看见床上有一摊干血，像是一个扣着的盆子的形状。刘顺是个武人，丝毫不惊怪，就让人把那块干血拿去做了菜的调味。他亲自把血切碎，拌了菜吃，剩下的就扔掉了。过了十几年，到宋后废帝元徽二年，刘顺被王道隆杀害。出自《述异记》。

王 谭

宋孝武帝大明年间，琅琊人王谭，字思玄，任南阳太守。后来因为母亲去世，王谭离职，在郡城南边母亲的坟旁盖了草庐，按当时的礼制为母亲守孝。有一天，他看见一团光，像鸭蛋一样大，黄色分明，从东面过来，进了堂屋。不一会儿，又接着来了两个，形状和前一个一样，很久才飞走。从此这怪物夜夜都来，有时是单数，有时是双数，来后停久了就灭，有时一夜来四五次，像这样十几天不再来了。这一年，王谭的两个婢女死了，第二年王谭的弟弟死了，他自己也生了病，到京城后去世。出自《广古今五行记》。

周登之

周登之的家在京城，宋明帝时，派他管理灵庙，很被宋明帝宠信。他的母亲谢氏，尊奉佛法。宋明帝泰始三年，夏天的一次暴雨，雾气中隐约有一个怪物。这怪物低着头，盯着堂屋前面的地，它的头像个大红马，饮院子里的雨水。周登之大惊，认为是个吉祥的天神下凡来了，就打了水给它喝。那怪物喝了一百多斗水，喝光就走了。两年后，周登之的母亲谢氏去世，过了半年后，宋明帝驾崩，周登之的事业也从此衰败下来。出自《述异记》。

黄寻

后魏宣武帝景明年中，海陵人黄寻，先居家单贫，忽风雨飞钱至其家，后巨富，钱至数万。其年被诛。出《五行记》。

荆州人

梁元帝天监元年，荆州刑人杀了，其人不僵，首堕于地，动口张目，血如箭，直上丈余，然后如雨细下。是岁荆州大旱，与晋愍帝督运令史淳于伯同。出《广古今五行记》。

田骚

田骚，南阳人。梁末，晚暮执弓箭，从妇家还。去舍十里，无伴畏惧。遥望前路坂头，有绯衣小儿，急逐之，及到，问曰："汝何村小儿？"小儿曰："家在树头。"骚谓欺己，谓之曰："吾长者，与尔童稚共语，何为轻薄见报？"更行百许步，至坂头，道边有极大树，小儿径上树，状如猿猴。心以为异，乃张弓绕树觅，见一物如蛇，长数丈高而灭。至家，困病几死。出《五行记》。

邓差

梁邓差，南郡临沮人，于麦城耕地，得古铜数斛，因此大富。行值雨，止于皂荚树下，遇一老公，谓差曰："君虽富，明年舍神若出，方衰耗之后，君必因火味获殃。"差以为此叟假称邪术，妄求施与，都不采录。明年，宅内见一物，青黑色，似鳖而非，可长二尺许。自出自入，或隐或见，

黄　寻

北魏宣武帝景明年间，海陵人黄寻，先前家境孤贫，有一天，忽然风雨把钱吹到他家中，吹来了数万，一下子变成了巨富。然而就在这年他就被诛杀了。出自《五行记》。

荆州人

梁元（武）帝天监元年，荆州执行一名犯人死刑，头砍去后，犯人身子不僵倒，头掉到地上，嘴动目张，血像箭似的向上冲了一丈多高，然后像细雨一样落下来。这一年荆州大旱，和晋愍帝时的督运令史淳于伯的那次一样。出自《广古今五行记》。

田　骚

田骚，南阳人。梁朝末年，有天晚上带着弓箭从妻子家往回走。离家十里地，由于没有同伴，心里有点怕。这时，他远远看见前面的坡上有一个穿红衣的小孩子，就急忙追他，追上去问："你是哪个村的孩子？"小孩说："我家在树顶上。"田骚以为小孩骗他，对他说："我是个大人，跟你小孩子说话，你为什么不好好回答呢？"又走了一百多步，到了坡上，道边有棵极大的树，只见那小孩直飞到树上，像猿猴那样敏捷。田骚心里觉得奇怪，就张起弓、搭上箭绕着树寻找，见树上有一个像蛇似的东西，长了几丈高以后就消失了。田骚回家后就得了病，差点死去。出自《五行记》。

邓　差

南朝梁时，南郡临沮人邓差在麦城耕田，挖到了好几斛古铜，因而变得非常富有。有一次他走路遇到下雨，就停在一棵皂荚树下避雨，遇见一个老者，他对邓差说："你虽然富了，可是明年你家舍神如果出来，正当衰败消耗之后，你一定会因火味而遭灾。"邓差认为这老人是借着称道邪术骗他给些钱，根本没听信老人的话。第二年，邓差的住宅里出现了一个东西，青黑色，有点像鳖但不是鳖，大约有两尺多长。自己随便爬进爬出，时隐时现，

伸缩举头。狗见，辄围绕共吠，吠则缩头，家人亦不敢触。如此者百余日。后有人种作，黄昏从外入，见之，谓是蚖，乃以镰斫之，伤其足血，曳脚入稻积下，因失所在。自后遭火，儿侄丧亡，官役连及。差又于道逢估人，先不相识，道边相对共食，罗布甘美，味皆珍味。二人呼差同饮，谓曰："观君二人，游行商估，势在不丰，何为顿尔珍羞美食？"估人曰："寸光可惜，人生在世，终止为身口耳。一朝病死，安能复进甘美乎？终不如临沮邓生，平生不用，为守钱奴耳。"差亦不告姓名，默然归。至家，宰鹅以自食，动箸咬骨，哽其喉，病而死。出《广古今五行记》。

司马申

陈后主时，幸臣司马申任右卫将军，常谮毁朝臣。后于尚书省昼寝，有鸟啄其口，流血及席。时论以谮毁之效，而陈渐微之征。后主竟降。出《广古今五行记》。

段 晖

段晖，字长祚。有一童子辞归，从晖请马，晖戏作木马与之。童子谓晖曰："吾泰山府君子，谢子厚赠。"言终，乘木马，腾空而去。出魏收《后魏书》。

伸头缩脑。狗看见后，就围着它一同狂叫，狗一叫它就缩头，家里人也不敢碰触它。像这样过了一百多天。后来有一个种田人黄昏从外面进来，看见了那怪物，说是“蚖”，就用镰刀去砍，砍伤了它的脚，流出了血，然后拎着脚把它扔到稻子堆下，就不见了。自那以后家里遭了火灾，邓差的儿子和侄子先后死去，官府又接连向邓差派劳役。后来，邓差又在路上遇见了两个商人，原先不认识，在路旁对坐着用餐，看他们罗列着甘甜鲜美的食品，都是些珍肴美味。两个人招呼邓差一起喝酒，邓差说：“我看您二位在外奔波行商，这种情况不可能丰足，怎么能这样大吃豪饮这些美味佳肴呢？”商人说：“每寸光阴都值得珍惜，人生在世，说到底是为了吃穿。一旦病死，还怎能再吃美味呢？我们终究不能像临沮的那个叫邓差的人，平生舍不得享用，甘心做守财奴。”邓差听了这番话，也没说自己的姓名，默默地往回走。到家以后，宰了鹅煮了自己吃，动筷子，咬骨头，结果让鹅骨头卡住喉咙憋气而死。出自《广古今五行记》。

司马申

陈后主时，宠臣司马申任右卫将军，常常诬毁朝中的大臣。有一天，司马申在尚书省的府衙里睡午觉，忽然飞来一只鸟啄他的嘴，血流到地上的席子上。对这件怪事，当时的人们议论说这是对诬毁他人的报应，也是朝廷逐渐衰败的征兆。果然不久陈后主投降，国家灭亡。出自《广古今五行记》。

段　晖

段晖，字长祚。有一次，他的一个童仆辞工回家，向段晖要一匹马，段晖开玩笑，做了个木马送给他。那童仆说：“我是泰山府君的儿子，谢谢你赠我这么重的礼物。”说罢，骑上木马，腾空而去。出自魏收的《后魏书》。

卷第三百六十一

妖怪三

崔季舒　安阳黄氏　齐后主　王惠照　独孤陀
杨　素　滕景贞　元　邃　刘志言　素　娥
张易之　李承嘉　泰州人　梁载言　范季辅
洛阳妇人　裴休贞　牛　成　张　翰　南郑县尉
李　泮　元自虚

崔季舒

北齐崔季舒，位至侍中特进。忽尔其家池中莲，皆化为人面，著鲜卑帽。又其妻曾昼寝，见一神人，身长丈余，遍体黑毛，前来逼己。巫曰："此是五道将军，入宅者不祥也。"又庭中忽流血，有一白物，大如斛，自天而下，当其子首，未至尺余，乃灭。季舒又见其家内厅中，有一大手，长丈余，从地而出，满室光耀，问左右，皆云不见。寻以非罪见诛。出《北史》。

安阳黄氏

北齐武成时，安阳县有黄家者，住古城南。其先累世巨富，有巫师占君家财物欲出，好自防守，若去，家即大贫。

崔季舒

北齐的崔季舒，官位做到侍中特进。忽然有一天，他家池里的莲花，全变成人脸，戴着鲜卑人的帽子。还有，他妻子曾经大白天睡觉，见到一个神人，身高一丈多，满身黑毛，向前逼近自己。巫师说："那神人是五道将军，他来到宅第里是不吉祥的。"还有，庭院里忽然间流出血水，有一个像斛那么大的白东西，从天而降，当掉到离他儿子的头还不到一尺多远的时候，那白东西就消失了。崔季舒还看到他家的内厅中，有一只大手，一丈多长，从地里伸出来，满屋光亮。他问左右的人看见了什么，左右的人都说没看见什么。不久，他以诋毁罪而被杀。出自《北史》。

安阳黄氏

北齐武成帝时，安阳县有个姓黄的人家，住在古城的南边。他家的祖先代代都巨富，有个巫师给他占卜，说他家的财物要离去，应该好好防守，如果财物离去了，他家马上就会变得非常穷。

其家每夜使人分守。夜有一队人，尽着黄衣，乘马，从北门出；一队白衣人，乘马，从西门出；一队青衣人，乘马，从东园门出。悉借问赵虞家此去近远。当时并忘，去后醒觉，抚心懊悔，不可复追。所出黄白青者，皆金银钱货。良久，复见一人，跛脚负薪而来，亦问赵虞，家人忿极，命奴击之。就视，乃家折脚铛也。自此之后，渐贫，死亡都尽。出《广古今五行记》。

齐后主

北齐后主武平五年，如晋阳，在路，兵人于幕下忽唱叫。讯之，曰："见无数人，皆骑小马如狐，争挥刀矟，故叫之。"出《广古今五行记》。

王惠照

武平末，广平都省主事王惠照，息休为郡学生。刻木作一小儿，盛衣带里，每食必食之，告云："奴啖。"方自食。自此后迷，为魍魉著之，时饷不饲，则病发垂死。渐不向菜蔬，要索酒肉。休兄窃取，以火焚之，休病转困。其家事急，顾工匠刻木，妙写形状，为置灵床之处。下语云："烧毁我如此，重刻何益？"岁余，休成狂病卒。出《广古今五行记》。

独孤陀

隋独孤陀，字黎邪，文帝时，为延州刺史，性好左道。

他家每夜都派人分别看守。夜里，有一队人全都穿黄色衣服，骑着马，从北门走出来；一队白衣人，骑着马，从西门走出来；一队青衣人，骑着马，从东园门走出来。他们都打听赵虞家离这多远。当时人们都忘了财物要离去的事，几队人马离去之后才明白过来，抚着心懊悔，但是已经不能再追回了。走出去的黄、白、青几队人，全都是金银钱货。很久以后，又见到一个瘸腿人背着柴薪走出来，也打听赵虞家，家人非常愤怒，让奴仆们打他。走近一看，原来是他家折了一条腿的锅。自此以后，他家渐渐穷了，到他死的时候就什么都没有了。出自《广古今五行记》。

齐后主

北齐后主武平五年，有一次齐后主到晋阳去，正行走在路上，兵卒们在帐下忽然高声叫喊。他问兵卒们为什么叫喊，兵卒们说："看见有许多人，都骑着狐狸那么大的小马，争相挥舞着刀枪长矛，所以就大叫起来。"出自《广古今五行记》。

王惠照

北齐后主武平末年，广平都省主事为王惠照，他的儿子王休是郡里的秀才。王休用木头刻了一个小孩儿，装在衣袋里，每顿饭都一定要给它东西吃，告诉它说："你吃。"自己才吃。从此以后，王休就变得痴迷了，被鬼怪附了体，一旦吃饭的时候忘了给木孩儿东西吃，他就病得要死。渐渐地，他不吃蔬菜，要吃肉喝酒。王休的哥哥偷偷地把小木孩儿拿出来，用火烧了，王休的病变得更重了。他家里见事情紧急，就雇工匠重新刻了那个木孩儿的形状，放在他的灵床上。木刻的小孩儿从灵床下来说道："把我烧成这个样了，重刻有什么用？"一年多之后，王休发狂病死了。出自《广古今五行记》。

独孤陀

隋朝的独孤陀，字黎邪，隋文帝时为延州刺史，生性喜欢左道。

其外家高氏，先事猫鬼，已杀其舅郭沙罗，因转入其家。帝微闻之而未信。其姊为皇后，与杨素妻郑氏俱有疾，召医视之，皆曰："此猫鬼疾。"帝以陀后之异母弟，陀妻乃杨素之异母妹也，由是疑陀所为。阴令其兄穆以情喻之，上又遣左右讽陀。言无有。上不悦，左迁陀，陀遂出怨言。上令左仆射高颎、纳言苏威、大理杨远、皇甫孝绪杂按之。而陀婢徐阿尼供言："本从陀母家来，常事猫鬼。每以子日夜祀之，言子者鼠也。猫鬼每杀人，被杀者家财遂潜移于畜猫鬼家。"帝乃以事问公卿。奇章公牛弘曰："妖由人兴，杀其人，可以绝矣。"上令犊车载陀夫妻，将死，弟诣阙哀求，于是免死除名，以其妻杨氏为尼。先是有人诉其母为猫鬼杀者，上以为妖妄，怒而遣之。及是，乃诏赦诉行猫鬼家焉。陀亦未几而卒。出《北史》。

杨素

大业五年，尚书令杨素于东都造宅，潜于宫省，遣人就卫尉少卿萧吉，请择良日入新宅。吉知其不终，乃以书一卷付之。此书专是述死丧之事。素开而恶之，乃焚于前庭。素宅内造沉香堂，甚精丽。初成，闭之三日，然后择日，始开。视之，四壁如新血所洒，流于地，腥气触人。素甚恶之，竟遇鸩而死。九年，素长子礼部尚书杨玄感，庭中无故有血洒地，玄感惧，遂举兵反，伏诛。出《广古今五行记》。

他外祖父家姓高，以前供奉的猫鬼，已经害死了他的舅父郭沙罗，于是就转到他家里来了。隋文帝暗中听说了这件事却不肯相信。独孤陀的姐姐是皇后，和杨素的妻子郑氏都有病，找来医生一看，都说："这是猫鬼病。"隋文帝因为独孤陀是皇后的异母弟弟，独孤陀的妻子是杨素的异母妹妹，因此怀疑是独孤陀所为，暗中下令让独孤陀的哥哥独孤穆用亲情开导他，又派左右的人去劝说他。独孤陀说没做过这件事。隋文帝不高兴，贬了他的官职，他于是便有了怨言。隋文帝派左仆射高颎、纳言苏威、大理杨远、皇甫孝绪一块去审查他。他的婢女徐阿尼供认说："我本来是从独孤陀的母亲家来的，经常侍奉猫鬼。常常在子日的夜间祭祀猫鬼，说'子'就是老鼠。猫鬼常常杀人，被杀者家里的财物就暗中移到养猫鬼的人家。"隋文帝就向公卿们讯问这件事应该怎么办。奇章公牛弘说："妖由于人而兴起，杀了那个人，妖也可以灭绝了。"隋文帝下令用牛车拉着独孤陀夫妻要处死刑，他的弟弟跑到宫中哀求，于是免了他一死，除了他的功名，让他妻子杨氏出家做了尼姑。在这以前，有家人说自己的母亲是被猫鬼害死的，隋文帝认为怪诞荒谬，一怒之下把他遣送到外地去了。到这时，才下诏书赦免了说猫鬼行凶的一家。独孤陀不久也死了。出自《北史》。

杨素

隋炀帝大业五年，尚书令杨素在东都营建宅院，暗中派人到宫中接近卫尉少卿萧吉，求他选个良辰吉日迁入新居。萧吉知道杨素不得善终，就把一卷书交给他。这卷书是专门讲述死丧之事的。杨素打开一看很厌恶，就在前庭把它烧了。杨素在宅内建了一个沉香堂，非常精致宏丽。刚建成时，关了三天，然后选日子，才打开。打开一看，四壁像洒了鲜血，流在地上，腥气袭人。杨素非常讨厌这事，他最后饮鸩酒而死。大业九年，杨素的长子礼部尚书杨玄感的院子里无缘无故有血洒地，杨玄感恐惧，就起兵造反，结果伏法被杀。出自《广古今五行记》。

滕景贞

滕景贞在广州七层寺，永徽中，罢职归家。婢炊，釜中忽有声如雷，米上芃芃隆起。滕就视，声转壮。甑上生花数十，长似莲花，色赤如金，俄顷萎灭。旬日，景贞卒。出《酉阳杂俎》。

元　邃

永淳初，同州司功元邃，其母白日在堂坐，忽见屏外有小人骑小马入来。人长二三尺，马亦相称，衣甲具装，光彩辉日，于庭内巡墙驰走，良久方灭。此后每常欲自杀，合家守之，经年稍怠。母夜卧，以衣置被中自代，便即走出。侍者觉之，分觅，以投于井。比及出之，殆亦绝矣。出《广古今五行记》。

刘志言

长安刘志言任华州下邽县尉，此廨素凶，遂于里内借宅，然宅内不免有怪。婢晨起理发，梳堕地，婢俯取梳，见床下有布袋，中似有数岁小儿。婢引手取之，袋内跳出。婢惊惧走出。举家就视，了无所见。志言秩满而卒。出《五行记》。

素　娥

素娥者，武三思之妓人也。三思初得乔氏青衣窈娘，能歌舞。三思晓知音律，以窈娘歌舞，天下至艺也。未几，沉于洛水，遂族乔氏之家。左右有举素娥曰：“相州凤阳门宋

滕景贞

滕景贞住在广州七层寺，唐高宗永徽年间，他罢职回到家中。一次，他的婢女做饭，锅里忽然有打雷般的声响，米眼看着就鼓起来。滕景贞走近去看，声音变得更响。甑子上生出几十朵小花，长得像莲花，颜色像金一样赤红，不一会儿就枯萎消失了。十天后，滕景贞死了。出自《酉阳杂俎》。

元 邃

唐高宗永淳初年，陕西同州司功元邃，他的母亲大白天在堂屋里坐着，忽然看见有一个小人骑着一匹小马从影壁外走进来。小人高二三尺，马也和他相称，衣服、铠甲全有，光彩映日，在庭院里顺着墙奔跑，很久才消失。自此以后她常常想自杀，全家人看守着她，过了一年，人们对她的看护稍微懈怠了。他母亲夜里睡觉，把衣服放在被子里代替她自己，就跑了出去。侍候她的人发觉之后，分头去寻找，她已经投到井里。等到把她打捞出来，几乎已经绝命了。出自《广古今五行记》。

刘志言

长安人刘志言任华州下邽县的县尉，他住的官舍一向不吉利，于是就在乡里借房住，然而宅院里不免有鬼怪。婢女早晨起来梳头，梳子掉到地上，婢女弯腰取梳，见床下有一个口袋，里边好像有一个几岁的小孩。婢女伸手去取，小孩从口袋里跳出来，婢女惊惧地跑出来。全家走近去看，什么也没见到。刘志言任期刚满就死了。出自《五行记》。

素 娥

素娥，是武三思的歌妓。武三思当初得到一个姓乔的丫鬟叫窈娘，会唱歌跳舞。武三思懂得音乐，他认为窈娘的歌舞，是天下最美妙的技艺。没过多久，窈娘淹死在洛水，于是武三思杀了乔氏全家。有人向武三思推荐素娥说："相州凤阳一个姓宋的

媪女，善弹五弦，世之殊色。”三思乃以帛三百段往聘焉。素娥既至，三思大悦，遂盛宴以出素娥。公卿大夫毕集，唯纳言狄仁杰称疾不来。三思怒，于座中有言。宴罢，有告仁杰者。明日谒谢三思曰：“某昨日宿疾暴作，不果应召。然不睹丽人，亦分也。他后或有良宴，敢不先期到门？”素娥闻之，谓三思曰：“梁公强毅之士，非款狎之人，何必固抑其性？再宴不可无，请不召梁公也。”三思曰：“傥阻我宴，必族其家！”

后数日，复宴，客未来，梁公果先至。三思特延梁公坐于内寝，徐徐饮酒，待诸宾客。请先出素娥，略观其艺。遂停杯，设榻召之。有倾，苍头出曰：“素娥藏匿，不知所在。”三思自入召之，皆不见。忽于堂奥隙中闻兰麝芬馥，乃附耳而听，即素娥语音也。细如属丝，才能认辨，曰：“请公不召梁公，今固召之，不复生也。”三思问其由，曰：“某非他怪，乃花月之妖，上帝遣来。亦以多言荡公之心，将兴李氏。今梁公乃时之正人，某固不敢见。某尝为仆妾，敢无情！愿公勉事梁公，勿萌他志。不然，武氏无遗种矣。”言迄更问，亦不应也。三思出，见仁杰，称素娥暴疾，未可出，敬事之礼。仁杰莫知其由。明日，三思密奏其事，则天叹曰：“天之所授，不可废也。”出《甘泽谣》。

张易之

张易之将败也，母韦氏，号阿藏，在宅坐，家人报云，

老太太家的女儿,善于弹奏五弦琴,是世上出众的美人。"武三思就用三百段帛去聘请她。素娥来到之后,武三思非常喜欢她,于是他举办盛大宴会让素娥出来亮相。公卿大夫全都聚集来了,只有纳言狄仁杰称病不来。武三思很生气,在席间说了些不满的话。宴会结束之后,有人告诉狄仁杰。第二天,狄仁杰去拜见武三思,道歉说:"我昨天老毛病突然发作,没能参加你召唤的宴会。然而没有见到丽人,也是我没有这福分。以后如果还有良宴,我怎敢不提前到门上来呢?"素娥听说了,对武三思说:"狄仁杰是个刚毅之士,不是个轻薄狎狭之人,何必一定固执地压抑他的性情呢?不可能不再举办宴会,请不要召他来了。"武三思说:"如果他敢拒绝我的宴请,我一定杀他全家!"

几天之后,又举办宴会,客人们还没到,狄仁杰果然先到了。武三思特意把狄仁杰迎进内室坐下,慢慢地饮酒,等待众宾客。狄仁杰请求先让素娥出来,他要领略一下素娥的技艺。于是就放下酒杯,摆好坐榻叫素娥出来。过了一会儿,奴仆出来说:"素娥藏起来了,不知她在哪里。"武三思亲自进屋去叫她,全都没见到。忽然在堂屋深处墙缝中嗅到兰麝的香气,就附耳去听,是素娥说话的声音。她的声音像丝一样细,刚刚可以辨清,她说:"我请你不要找狄仁杰,现在固执地把他请来了,我不能再活了。"武三思问为什么,她说:"我不是别的精怪,是花月之妖,上帝派来的。也是要我用言语动摇你的心志,要复兴李氏天下。如今,狄仁杰是时下的正派之人,我根本不敢见他。我曾经做过你的仆妾,哪敢无情!希望你好好对待狄仁杰,不要萌生别的想法。不然,你武氏家族就没有传人了。"她说完,武三思又问,她也不再回答。武三思出来,见到狄仁杰,说素娥突然病了,不能出来尽事奉之礼。狄仁杰不知其中原因。第二天,武三思秘密地向武则天奏明此事,武则天叹道:"上天的安排,不能废止。"出自《甘泽谣》。

张易之

张易之要败落时,他母亲韦氏阿藏,坐在家里,家人报告说,

有车马骑从甚多，至门而下，疑其内官也。藏出迎之，无所见。又野狐数擎饭瓮墙头而过。未旬日而祸及。垂拱之后，诸州多进雌鸡化为雄鸡者，则天之应也。出《朝野佥载》。

李承嘉

唐神龙中，户部尚书李承嘉，不识字，不解书，为御史大夫兼洛州长史。名判司为狗，骂御史为驴，威振朝廷。西京造一堂新成，坊人见野狐无数，直入宅。须臾堂舍四裂，瓦木一聚，判事笔管，手中直裂。别取笔，复裂如初。数日，出为藤州员外司马卒。出《朝野佥载》。

泰州人

大足年中，泰州赤水店，有郑家庄。有一儿，年二十余，日晏，于驿路上，见一青衣女子独行，姿容殊丽。问之，云："欲到郑县，待二婢未来，踌躕伺候。"此儿屈就庄宿，安置厅中，供给酒食，将衣被同寝。至晓，门久不开，呼之不应。于窗中窥之，惟有脑骨头颅在，余并食讫。家人破户入，于梁上暗处，见一大鸟，冲门飞出。或云是罗刹魅也。出《朝野佥载》。

梁载言

唐怀州刺史梁载言，昼坐厅事，忽有物如蝙蝠，从南飞来，直入口中，翕然似吞一物，腹中遂绞痛，数日而卒。出《朝野佥载》。

有很多车马和骑马的随从，来到门前就下车下马，怀疑是宫内的官员。阿藏出去迎接，什么也没看到。还有，野狐几次举着饭瓮从墙头上越过。不到十天祸事就到了。武则天垂拱年之后，各州有许多把母鸡变成的公鸡进献到宫中来的，这是武则天当政的征兆。出自《朝野佥载》。

李承嘉

唐中宗神龙年间，户部尚书李承嘉，不认识字，不懂书，却做了御史大夫兼洛阳长史。他叫判司是狗，骂御史是驴，威风振动朝廷。他在西京建造一所堂屋，刚建成，街坊有人看到无数的野狐直跳进宅中。不一会堂舍四下裂开，瓦木堆积到一起，判事的笔管，在手里直接就裂开了。他另取一管笔，又像先前的一样裂开了。几日后，他被贬为藤州员外司马而死。出自《朝野佥载》。

泰州人

武后大足年间，泰州赤水店有个郑家庄。庄里有个年轻的男子，二十多岁，一天日暮时分，他在驿道上看见一位穿青衣的女子独自走路，女子姿容特别美丽。他上前询问，女子说："要到郑县去，正在等两个婢女，婢女还没来，她便在这里徘徊等候。"这个年轻人让女子委屈一下到庄上住宿，把她安置在堂屋里，供给她酒食，拿来衣被与她同寝。到天明，门很久不开，喊他他也不应。从窗子往里一看，见他只剩下了头骨，其余的部分都被吃完了。家人破窗而入，在梁上的黑暗处，见到一只大鸟，冲着门飞出去。有的人说，这是罗刹鬼。出自《朝野佥载》。

梁载言

唐朝怀州刺史梁载言，白天坐在厅堂里，忽然有一个像蝙蝠的东西，从南边飞来，一直飞入他的口中，一张一合像吞下一个东西，肚子里于是就绞痛起来，几天后就死了。出自《朝野佥载》。

范季辅

鄎城尉范季辅，未娶。有美人崔氏，宅在永平里，常依之。开元二十八年二月，崔氏晨起下堂，有物死在阶下。身如狗，项有九头，皆如人面，面状不一，有怒者、喜者、妍者、丑者、老者、少者、蛮者、夷者，皆大如拳，尾甚长，五色。崔氏恐，以告季辅。问诸巫，巫言焚之五道，灾则消矣。乃于四达路积薪焚之。后数日，崔氏母殂。又数日，崔氏死。又数日，季辅亡。出《记闻》。

洛阳妇人

玄宗时，洛阳妇人患魔魅，前后术者治之不愈。妇人子诣叶法善道士，求为法遣。善云："此是天魔，彼自天上负罪，为帝所谴，暂在人间。然其谴已满，寻当自去，无烦遣之也。"其人意是相解之词，故求祐助。善云："诚不惜往。"乃携人深入阳翟山中。绝岭有池水，善于池边行禁。久之，水中见一头髻，如三间屋，冉冉而出，至两目，睒如电光。须臾，云雾四合，因失所在。出《广异记》。

裴休贞

金吾将军裴休贞，微时，居教业里。有客过之，休贞饮客，其弟皆预。日晚客去，休贞独卧厅事。昏后，休贞醒，绕床有声曰："哥哥去娘子。"如此不绝。休贞视呼者，状甚可畏，绕之不止。休贞惧，跳门呼奴，奴以灯来，其弟亦至。于是怪依灯影中，状若昆仑，齿大而白，长五尺。休贞弟

范季辅

郾城县尉范季辅，没有娶妻。有个姓崔的美人，家在永平里，常常依靠范季辅。唐玄宗开元二十八年二月，崔氏早晨起来走下堂来，见有个东西死在阶下。身体像狗，脖子上有九个脑袋，都像人的脸，面相各不一样，有怒的、喜的、俊的、丑的、老的、少的、野蛮的、温和的，都像拳头那么大，那东西尾巴很长，五色。崔氏害怕，把这事告诉了范季辅。范季辅向巫师询问，巫师说把它焚烧在五条道路上，就可以消灾。范季辅就在通达四方的路口堆起柴火烧了那东西。过了几天，崔氏的母亲死了。又过了几天，崔氏死了。又过了几天，范季辅死了。出自《记闻》。

洛阳妇人

唐玄宗时，洛阳有一妇人患了魔症，前后经许多术士治疗都没治好。妇人的儿子拜见叶法善道士，求他为母亲作法除邪。叶法善说："这是天魔，它在天上犯了罪，被玉帝谴责，暂时留在人间。但是它的谴责期已满，不久当自动离去，不必麻烦地去打发它。"妇人的儿子认为这是推脱的话，所以要求佑助。叶法善说："我确实不吝惜前往。"于是就带着人深入到阳翟山中。断崖上有一个水池，叶法善在池边作禁妖邪的法术。过了很久，水中出现一个头髻，像三间屋那么大，慢慢露出来，露到两眼，眨动如电光。不一会儿，云雾四起，就不知它到哪里去了。出自《广异记》。

裴休贞

金吾将军裴休贞，家境微贱时，住在教业里。有一客人来拜访他，裴休贞请那客人喝酒，他的弟弟们都参加了。天晚了客人离去，裴休贞独自躺在厅堂里。黄昏后，裴休贞醒了，听到床周围有声音说："哥哥让娘子离去。"这样的声音不断出现。裴休贞看那说话的人，样子很可怕，绕床不止。裴休贞害怕了，跳到门外喊奴婢，奴婢捧着灯来，他的弟弟们也来了。于是那怪物依在灯影中，样子像昆仑奴，牙齿很大而且白，五尺长。裴休贞的弟弟

休元，素多力，击之以拳，应手有声，如击铁石，怪形即灭。其岁，休贞母殂。出《记闻》。

牛　成

京城东南五十里，曰孝义坊。坊之西原，常有怪。开元二十九年，牛肃之弟成，因往孝义，晨至西原，遇村人任杲，与言。忽见其东五百步，有黑气如辆车，凡十余。其首者高二三丈，余各丈余。自北徂南，将至原穷，又自南还北，累累相从。日出后，行转急，或出或没。日渐高，皆失。杲曰："此处常然，盖不足怪。数月前，有飞骑者，番满南归，忽见空中有物，如角驮之像。飞骑刀刺之，角驮涌出为人，身长丈余，而逐飞骑。飞骑走，且射之，中。怪遂少留，又来踵，飞骑又射之，乃止。既明，寻所射处，地皆有血，不见怪。因遇疾，还家，数日而卒。"出《纪闻》。

张　翰

右监门卫录事参军张翰，有亲故妻，天宝初，生子，方收所生男，更有一无首孩子，在傍跳跃。揽之则不见，手去则复在左右。按《白泽图》曰，其名曰"常"。依图呼名，至三呼，奄然已灭。出《纪闻》。

南郑县尉

南郑县尉孙旻，为山南采访支使，尝推覆在途，舍于

裴休元，一向很有力气，用拳打那怪物，随着打出去的手有回声，像打在铁石之上，那怪物的身形就不见了。那年，裴休贞的母亲死了。出自《记闻》。

牛成

京城东南五十里，叫孝义坊。孝义坊西边的原野上，常常有怪物。唐玄宗开元二十九年，牛肃的弟弟牛成，因为要到孝义坊，早晨来到西原，遇到村里人任杲，就跟他说话。忽然看见在他们东面五百步的地方，有黑气像灵车似的，一共十几团。那为首的一团有两三丈高，其余的各一丈多高。从北往南走，要走到原野的尽头时，又从南回头向北来，一团一团地跟随着。日出后，行速转快，有时出现，有时隐没。太阳渐渐升高，黑气全都消失。任杲说："这地方常常这样，不足为怪吧。几个月之前，有个骑马飞奔的人，轮班休假结束，急着南归，忽然看见空中有一个东西，像长角的驮马。飞骑用刀刺它，长角的驮马涌出来，变成人，身高一丈多，反而来追飞骑。飞骑快跑，并且回头射它，射中了。那怪物就停留了一会儿，又来追赶飞骑，飞骑又射它，它才停止。天亮之后，找到射它的地方，满地都是血，没见到怪物。于是得了病，回到家里几天就死了。"出自《纪闻》。

张翰

右监门卫录事参军张翰，有一个亲友的妻子，在唐玄宗天宝初年生孩子，刚把生下的男孩抱起来，又有一个没头的孩子在旁边跳跃。用手去抓他就不见了，手离开就又出现在左右。按照《白泽图》的说法，无头的孩子叫"常"。依照图上的教法喊它的名字，喊到第三遍，就忽然消失了。出自《纪闻》。

南郑县尉

南郑县尉孙旻，任山南采访支使，曾在去办案的途中，住在

山馆。忽有美妇人面出于柱中，顾旻而笑。旻拜而祈之，良久方灭，惧不敢言也。后数年，选授桑泉尉，在京遇疾，友人问疾，旻乃言之而卒。出《记闻》。

李　泮

咸阳县尉李泮，有甥勇而顽，常对客自言，不惧神鬼，言甚夸诞。忽所居南墙，有面出焉，赤色，大尺余，趺鼻畂目，锋牙利口，殊可憎恶。甥大怒，拳殴之，应手而灭。俄又见于西壁，其色白，又见东壁，其色青。状皆如前，拳击亦灭。后黑面见于北墙，貌益恐人，其大则倍。甥滋怒，击数拳不去，拔刀刺之，乃中。面乃去墙来掩，甥手推之，不能去，黑面遂合于甥面，色如漆。甥仆地死。及殡殓，其色终不改。出《记闻》。

元自虚

开元中，元自虚为汀洲刺史。至郡部，众官皆见。有一人，年垂八十，自称萧老，"一家数口，在使君宅中累世，幸不占厅堂"，言讫而没。自后凡有吉凶，萧老为预报，无不应者。自虚刚正，常不信之。而家人每夜见怪异，或见有人坐于檐上，脚垂于地；或见人两两三三，空中而行；或抱婴儿，问人乞食；或有美人，浓妆美服，在月下言笑，多掷砖瓦。家人乃白自虚曰："常闻厨后空舍是神堂，前人皆以香火事之。今不然，故妖怪如此。"自虚怒，殊不信。

山中的旅馆里。忽然有一个美妇从柱子里露出她的脸来，看着孙旻微笑。孙旻向她行拜礼并祷告了很久，那女子才消失不见了，孙旻害怕，没敢说出去。几年之后，他被选授为桑泉县尉，在京城得了病，朋友问他是怎么病的，孙旻就说了这件事，然后死了。出自《记闻》。

李洋

咸阳县尉李洋，有个外甥勇猛顽皮，常对客人说自己不怕鬼神，说得非常夸张荒诞。忽然有一天，他的住宅的南墙，出来一张脸，红色，大小有一尺多，塌鼻子，眍瞜眼，牙齿尖利，非常让人憎恶。李洋的外甥大怒，挥拳打过去，那脸接触到拳头就消失了。不一会儿，那脸又出现在西墙上，是白色的，又出现在东墙上，是青色的。样子都像先前的那样，用拳打，也消失了。后来又有一个黑色的脸出现在北墙上，样子更吓人，大小是先前的一倍。李洋的外甥更加生气，连击几拳也没离去，就拔刀刺它，才刺中。那脸竟离开墙壁扑过来遮掩他，李洋的外甥用手推它，不能把它推开，黑脸于是就长到了他的脸上，色如黑漆。他倒地而死。一直到出殡，他的脸色始终不改。出自《记闻》。

元自虚

唐玄宗开元年间，元自虚任汀州刺史。他到郡部，众官都来拜见。有个人，年近八十，自称萧老，说"我一家几口，住在这府宅中几辈子了，还好，没有侵占厅堂"，说完就不见了。从此以后，凡是有吉凶之事，萧老一定提前来报告，没有不应验的。元自虚为人刚正，常常不信。然而家人常常在夜里见到怪事，有时看到有人坐在房檐上，脚垂到地面上来；有时看到三三两两的人，在空中行走；有的抱着孩子，向人家要东西吃；有的是美人，化着浓妆，穿着美服，在月下说笑，总是投掷砖瓦。家人就跟元自虚说："曾听说厨房后面的空屋子是神堂，以前的人都用香火敬奉。如今不这样做，所以妖怪才如此的。"元自虚很生气，更不信。

忽一日，萧老谒自虚云："今当远访亲旧，以数口为托。"言讫而去。自虚以问老吏，吏云："常闻使宅堂后枯树中，有山魈。"自虚令积柴与树齐，纵火焚之，闻树中"冤枉"之声，不可听。月余，萧老归，缟素哀哭曰："无何远出，委妻子于贼手。今四海之内，孑然一身，当令公知之耳。"乃于衣带，解一小合，大如弹丸。掷之于地，云："速去速去。"自虚俯拾开之，见有一小虎，大才如蝇。自虚欲捉之，遂跳于地，已长数寸。跳掷不已，俄成大虎，走入中门，其家大小百余人，尽为所毙，虎亦不见。自虚者，亦一身而已。出《会昌解颐录》。

忽然有一天，萧老来拜见元自虚说："我现在要出远门去访一位亲友，把数口之家托付给您了。"说完这话就走了。元自虚向老吏请教这件事，老吏说："曾听说，大人堂后的枯树中，有山怪。"元自虚让人堆积柴薪和树一般高，点火焚烧，听到树里有喊"冤枉"的声音，惨不忍闻。一个多月之后，萧老回来了，穿着白色衣服哀哭道："出远门不几天，把妻子儿女委托在贼人之手。如今四海之内，只我孑然一身了。我应该让你知道知道我啦！"于是就从衣带上解下一个小盒，像弹丸那么大。他把小盒扔到地上说："快离开，快离开！"元自虚俯身把小盒拾起来打开，见里面有一只小老虎，才苍蝇那么大。元自虚想捉到它，它就跳到地上，已经长到几寸长。它连跳不止，不多时变成一只大虎，跑到中门里，将元家大小一百多口人全都咬死，老虎也不见了。元自虚也只剩下孑然一身而已。出自《会昌解颐录》。

卷第三百六十二

妖怪四

长孙绎　韦虚心　裴镜微　李虞　武德县妇人
怀州民　武德县民　张司马　李適之　李林甫
杨慎矜　姜皎　晁良贞　李氏　张周封
王丰　房集　张寅　燕凤祥　王生
梁仲朋

长孙绎

长孙绎之亲曰郑使君，使君惟二子，甚爱之。子年十五，郑方典郡，常使苍头十余人给其役。夜中，苍头皆食，子独坐，忽闻户东有物行来，履地声甚重，每移步殷然。俄到户前，遂至床下。乃一铁小儿也，长三尺，至粗壮，朱目大口。谓使君子曰："嘻！阿母呼，令吮乳来。"子惊叫，跳入户。苍头既见，遽报使君。使君命十余人，持棒击之，如击石。徐而下阶，望门南出。至以刀斧锻，终不可伤。命举火爇之，火焚其身，则开口大叫，声如霹雳，闻者震倒。于是以火驱之，既出衙门，举足蓦一车辙，遂灭。其家亦无休咎。出《纪闻》。

长孙绎

长孙绎的亲戚郑使君，只有两个儿子，他很爱他们。儿子十五岁时，他正当郡守，平常让十几个奴仆听他差遣。夜里，奴仆们都在吃饭，儿子独自坐在那里，忽然听见门东有什么东西走来，脚踏地的声音很重，每走一步声音都很大。不一会儿，那东西来到门前，就走到床下。原来是一个小铁孩儿，三尺高，极粗壮，红眼大口。它对郑使君的儿子说："喂！你妈叫你，让你来吃奶。"儿子吓得大叫，跳到门里去。奴仆们看见以后，急忙向使君报告。使君派十多人拿大棒打那小铁孩，像敲打石头一样。它慢慢地下了台阶，朝门南走出。甚至用刀斧砍它，也到底没有砍伤它。又让人举火烧它，它就开口大叫，声像霹雳打雷一样，听到的人都震倒在地上。于是用火驱赶它，走出衙门之后，它抬脚跨过一道车辙，就消失了。他家也没发生什么福事和祸事。

出自《纪闻》。

韦虚心

户部尚书韦虚心，有三子，皆不成而死。子每将亡，则有大面出于床下，嗔目开口，貌如神鬼。子惧而走，大面则化为大鸥，以翅遮拥，令自投于井。家人觉，遽出之，已愚，犹能言其所见，数日而死。如是三子皆然，竟不知何鬼怪。出《纪闻》。

裴镜微

河东裴镜微，曾友一武人，其居相近。武人夜还庄，操弓矢，方驰骑，后闻有物近焉。顾而见之，状大，有类方相，口但称渴。将及武人，武人引弓射，中之，怪乃止。顷又来近，又射之，怪复住，斯须又至。武人遽至家，门已闭，武人逾垣而入。入后，自户窥之，怪犹在。武人不敢取马，明早启门，马鞍弃在门，马则无矣。求之数里墓林中，见马被啖已尽，唯骨在焉。出《纪闻》。

李　虞

全节李虞，好大马，少而不逞。父尝为县令，虞随之官，为诸慢游。每夜，逃出自窦，从人饮酒。后至窦中，有人背其身，以尻窒穴。虞排之不动，以剑刺之，剑没至镡，犹如故。乃知非人也，惧而归。又岁暮，野外从禽，禽入墓林。访之林中，有死人面仰，其身洪胀，甚可憎恶。巨鼻大目，挺动其眼，眼仍光起，直视于虞。虞惊怖殆死，自是不敢畋猎焉。出《纪闻》。

韦虚心

户部尚书韦虚心，有三个儿子，都不到成年就死了。每个儿子每到要死的时候，就有一张大脸从床下伸出手来，瞪眼张口，样子像鬼神。儿子害怕逃跑，大脸就变成鸱鸟，用翅膀遮拦推拥着他，让他自己投到井里去。家人发现了，立刻救出来，已经变得愚傻了，但是还能说出他看到了什么，几天后他就死了。三个孩子都这样，到底也不知是什么鬼怪。出自《纪闻》。

裴镜微

河东的裴镜微，曾经和一个练武的人交朋友。他们的住处相近。武人一天夜里回庄，拿着弓箭，正骑马前进，听到身后有什么东西靠近了。回头一看，那东西挺大，有点类似纸扎的方相神，嘴里只称口渴。要到武人眼前时，武人拉弓射它，射中了，怪物便停止了。不一会儿，它又靠过来，他又射，怪物又停住，不一会儿又靠过来。武人急忙来到家门前，但是门已经关了，他跳墙进去。进去后，从门缝往外偷看，那怪物还在。武人不敢出去取马，第二天早晨开门，见马鞍子丢在地上，马却不见了。找到几里外的墓地里，见马已经被吃光，只剩下骨头了。出自《纪闻》。

李　虞

全节的李虞，喜欢大马，年轻但是不恣意放纵。他父亲曾做过县令，李虞随父亲来到官署，为的是能够四处游历。常常在夜里，从一个洞里钻出去，跟别人去喝酒。后来他来到那个洞前，见有人背向他，用屁股堵在洞口。李虞用手推也推不开，就用剑去刺，剑没到剑首里，那东西还不动。李虞才知道不是个人，心里害怕，就返回来了。还有，在一个年末，他在野外追赶一只鸟，鸟飞到墓丛中。他追到墓丛中去找，见有个死人仰面倒在那里，身上肿胀，非常可怕。那死人大鼻子大眼睛，活动一下那死人的眼睛，他眼里仍然有光亮，直看着李虞。李虞吓得差一点死过去，从此不敢再打猎了。出自《纪闻》。

武德县妇人

开元二十八年，武德有妇娠，将生男。其姑忧之，为具，储粮。其家窭，有面数豆，有米一区。及产夕，其夫不在，姑与邻母同膳之。男既生，姑与邻母具食。食未至，妇若饥渴，求食不绝声。姑馈之，尽数人之餐，犹言馁。姑又膳升面进之，妇食食无遗，而益称不足。姑怒，更为具之。姑出后，房内饼盎在焉，妇下床，亲执器，取饼食之，饼又尽。姑还见之，怒且恐，谓邻母曰："此妇何为？"母曰："吾自幼及长，未之见也。"姑方询怒，新妇曰："姑无怒，食儿乃已。"因提其子食之，姑夺之不得，惊而走。俄却入户，妇已食其子尽，口血犹丹，因谓姑曰："新妇当卧且死，亦无遗。若侧，犹可收矣。"言终，仰眠而死。出《纪闻》。

怀州民

开元二十八年春二月，怀州武德、武陟、修武三县人，无故食土，云味美异于他土。先是，武德期城村妇人，相与采拾，聚而言曰："今米贵人饥，若为生活！"有老父，紫衣白马，从十人来过之，谓妇人曰："何忧无食？此渠水傍土甚佳，可食，汝试尝之。"妇人取食，味颇异，遂失老父。乃取其土至家，拌其面为饼，饼甚香。由是远近竞取之，渠东西五里，南北十余步，土并尽。牛肃时在怀，亲遇之。出《纪闻》。

武德县妇人

唐玄宗开元二十八年，武德县有个妇人怀了孕，将要生一个男孩。她的婆婆很担心，为她准备一些用具，储备了一些干粮。这一家很穷，有几豆面有一瓯米。临产那天晚上，她的丈夫不在家，她的婆婆和邻居的老太太为她做饭。男孩生下来之后，婆婆与邻居老太太给她端上吃的东西来。饭还没吃完，她就像很渴很饿似的，不住声地要吃的。婆婆就赶紧给她拿来，她吃了几个人的饭，还说饿。婆婆又用一升面做熟给她送来，她又吃了个一点没剩，还说不够。婆婆生气了，又去给她准备。婆婆出去后，房中装饼的器具还在，妇人走下床，亲自拿过来，打开取饼吃，饼又吃光了。婆婆回来看见了，又生气又害怕，对邻居老太太说："这媳妇是怎么了？"邻人老太太说："我从小到大，从来没见过这样的。"婆婆正生气地询问，妇人说："婆婆不要生气，我把孩子吃了就不饿了。"于是她提起孩子就吃，婆婆上去夺没夺下来，吓跑了。不一会儿返回来，妇人已把孩子吃光了，嘴上的血还通红的，妇人对婆婆说："我应该倒下去死了，也不拉屎了。如果拉屎，还可以收回去呢！"说完，仰面躺倒，睡死了。出自《纪闻》。

怀州民

唐玄宗开元二十八年春二月，怀州武德、武陟、修武三个县的人，无缘无故吃土，说土的味道很美，与别的土不同。以前这是因为武德县期城村的妇人们一块出去采拾，聚到一起说道："如今米贵人饿，怎么活呀！"有一个穿紫衣、骑白马的老父，率领着十个随从拜访她们，对妇人说："何愁没东西吃？这渠水边的土很好，可以吃，你吃吃试试。"妇人取土一吃，味道很奇异，于是老父不见了。妇人就把土带回家去，拌上面做成饼，饼非常香。从此，远近的人争相挖取，渠水的东西两边五里之内，南北十余步内，土全被取光。牛肃当时在怀州，亲自遇到过这种事。出自《纪闻》。

武德县民

武德县逆旅家，有人镤闭其室，寄物一车。如是数十日不还，主人怪之，开视囊，皆人面衣也，惧而闭之。其夕，门自开，所寄囊物，并失所在。出《纪闻》。

张司马

定州张司马，开元二十八年夏，中夜与其妻露坐，闻空中有物飞来，其声戮戮然。过至堂屋，为瓦所碍，宛转屋际，遂落檐前，因走。司马命逐之，逐者以蹴之，乃为狗音。擒得火照，则老狗也，赤而鲜毛，身甚长，足甚短，可一二寸。司马命焚之，深忧其为怪。月余，改深州长史。出《纪闻》。

李適之

李適之既贵且豪，常列鼎于前，以具膳羞。一旦，庭中鼎跃出相斗。家僮告適之，乃往其所，酹酒自誓，而斗亦不解，鼎耳及足皆落。明日，適之罢知政事，拜太子少保。时人知其祸未止也。俄为李林甫所陷，贬宜春太守。適之男霅，为卫尉少卿，亦贬巴陵郡别驾。適之至州，不旬月而终。时人以林甫迫杀之。霅乃迎丧至都，李林甫怒犹未已，令人诬告，于河南府杖杀之。適之好饮，退朝后，即速宾朋亲戚，谈话赋诗，曾不备于林甫。初，適之在相位日，曾赋诗曰："朱门长不备，亲友恣相过。今日过五十，不饮复如何。"及罢相，作诗曰："避贤初罢相，乐圣且衔杯。借问门前客，今朝几个来？"及死非其罪，时人冤叹之。出《明皇杂录》。

武德县民

武德县的一家旅店，有人锁闭了一间屋子，寄存了一车东西。这样锁了几十天也没回来，店主人感到奇怪，打开屋子，看屋里的口袋，一看，口袋里全是人皮面具，因害怕又锁了起来。那天晚上，门自己开了，里边寄放的东西都消失不见了。出自《纪闻》。

张司马

定州的张司马，唐玄宗开元二十八年夏天，半夜和妻子在屋外坐着，听到空中有什么东西飞来，那声音像翅翼飞动。那东西来到堂屋，被瓦阻碍，在屋外萦绕，于是撞到屋檐跌落下来，就跑。张司马让人去追，追赶的人用脚踢那东西，发出狗的声音。捉到后用火一照，就是一条老狗，红色，毛很少，身体很长，腿很短，有一二寸。张司马让人用火烧它，很怕它作怪。一月以后，张司马改任深州长史。出自《纪闻》。

李適之

李適之又富贵又豪爽，常把鼎摆在庭院前，用它来准备饭食。一天早晨，院中的鼎跳出来互相打斗。家童报告给李適之，李適之就来到院中，祭酒明誓，但是鼎还是打斗不止，鼎的耳和脚都打落了。第二天，李適之被罢知政事，改任太子少保。当时人们知道他的祸事还没停止。不久，他被李林甫陷害，贬为宜春太守。李適之的儿子李霅，是卫尉少卿，也被贬为巴陵郡别驾。李適之到了州上，不到十天就死了。当时人们认为是李林甫迫害死的。李霅就去把父亲的灵柩迎回京都，李林甫怒气未消，让人诬告李霅，在河南府把他用棍杖打死了。李適之好喝酒，退朝之后，就找亲戚朋友谈话赋诗，不曾防备李林甫。当初，李適之在相位上的时候，曾赋诗说："朱门长不备，亲友恣相过。今日过五十，不饮复如何？"等到他罢了相位，作诗说："避贤初罢相，乐圣且衔杯。借问门前客，今朝几个来？"他到死也不是那种罪名，当时人们都感叹他太冤枉了。出自《明皇杂录》。

李林甫

李林甫宅，亦屡有怪妖。其南北隅沟中，有火光大起，或有小儿持火出入。林甫恶之，奏于其地立嘉猷观。林甫将疾，晨起将朝，命取书囊，即常时所要事目也。忽觉书囊颇重于常。侍者开视之，即有二鼠出焉，投于地，即变为狗。苍色壮大，雄目张牙，仰视林甫。命弓射之，殷然有声，狗形即灭。林甫恶之，称疾不朝，其日遂病，不逾月而卒。出《明皇杂录》。

又

平康坊南街废蛮院，即李林甫旧第也。林甫于正寝之后，别创一堂，制度弯曲，有却月之形，名曰偃月堂。土木华丽，剞劂精巧，当时莫俦也。林甫每欲破灭人家，即入月堂，精思极虑，喜悦而出，其家不存矣。及将败，林甫于堂上，见一物如人，遍体被毛，毛如猪立，踞身钩爪，长三尺余，以手戟林甫，目如电光而怒视之。林甫连叱不动，遽命弧矢。毛人笑而跳入前堂，堂中青衣，遇而暴卒，经于厩，厩中善马亦卒。不累月而林甫败。出《开天传信记》。

杨慎矜

杨慎矜兄弟富贵，常不自安，每诘朝礼佛像，默祈冥卫。一日，像前土榻上，聚尘三堆，如冢状。慎矜恶之，且虑儿戏，命扫去。一夕如初，寻而祸作。出《酉阳杂俎》。

李林甫

李林甫的宅子里，也屡次出现妖怪。那南北角的沟壑中，起了很高的火光，时或还有小孩拿着火把出出入入。李林甫厌恶这些，奏请皇帝在那里建起嘉猷观。李林甫要病倒的时候，早晨起来将上朝，命人把书囊取来，这是平常要做的事项。他忽然觉得书囊比平常重很多。侍从打开书囊一看，就有两只老鼠跑出来。把老鼠扔到地上，立刻变成了狗。两只狗都是苍色的，又壮又大，瞪着眼，呲着牙，仰视着李林甫。李林甫让人用箭射它们，发出很响的声音，狗的形体便消失了。李林甫讨厌这件事，称病不上朝，那天他就病了，没过一个月他就死了。出自《明皇杂录》。

又

平康坊南街的废蛮院，就是李林甫的旧宅第。李林甫在正堂的后面另造一堂，结构弯弯曲曲的，有弯月的形状，命名叫“偃月堂”。土木建筑华美，雕刻精巧，当时世上无双。李林甫每次要破灭人家的时候，就进到偃月堂，精思熟虑，喜悦地走出来，那一人家便不存在了。等到他要衰败的时候，他在堂上看到一个像人的东西，遍身披着毛，毛就像猪毛那样立着，身子蹲踞着，脚爪钩曲着，三尺多高，并且用手来抓挠李林甫，目光如电怒视着他。李林甫连声呵斥它，它动也不动，就让人用箭射它。毛人笑着跳到前堂去，堂中的一位婢女，与它相遇而暴死，它经过马厩，马厩中的好马也死了。不到一个月，李林甫就败落了。出自《开天传信记》。

杨慎矜

杨慎矜兄弟二人富贵，经常心有不安，每天早晨礼佛，默默地祈求神灵保佑。一天，神像前的土榻上，聚积了三堆灰尘，样子像坟堆。杨慎矜心里嫌恶，又以为是小孩的游戏，让人扫了。一夜之后，三堆灰尘如旧，不久，祸事就发生了。出自《酉阳杂俎》。

姜皎

姜皎常游禅定寺，京兆办局甚盛。及饮酒，座上一妓绝色，献酒整鬟，未尝见手，众怪之。有客被酒，戏曰："非支指乎？"乃强牵视，妓随牵而倒，乃枯骸也。姜竟及祸焉。出《酉阳杂俎》。

晁良贞

晁良贞能判知名。性刚鸷，不惧鬼。每年，恒掘太岁地竖屋，后忽得一肉，大于食魁。良贞鞭之数百，送通衢。其夜，使人阴影听之。三更后，车骑众来至肉所，问太岁："兄何故受此屈辱？不仇报之？"太岁云："彼正荣盛，如之奈何？"明失所在。出《广异记》。

李氏

上元末，复有李氏家，不信太岁，掘之，得一块肉。相传云，得太岁者，鞭之数百，当免祸害。李氏鞭九十余，忽然腾上，因失所在。李氏家有七十二口，死亡略尽，惟小蒯公尚存。李氏兄弟恐其家灭尽，夜中，令奴悉作鬼装束，劫小蒯，便藏之。唯此子得存，其后袭封蒯公。出《广异记》。

又

宁州有人，亦掘得太岁，大如方，状类赤菌，有数千眼。其家不识，移至大路，遍问识者。有胡僧惊曰："此太岁也，宜速埋之！"其人遽送旧处。经一年，人死略尽。出《广异记》。

姜 皎

姜皎曾到禅定寺闲游，京兆尹为他举办了丰盛的饭局。等到饮酒的时候，座上有一位妓女，容貌绝美，无论献酒还是整理头发，总见不到她的手，大伙感到奇怪。有一位客人乘着酒劲儿，开玩笑说："你不是六指吧？"就硬拉过来看。那妓女随着被拉而倒下，竟是一具枯骨架子。姜皎竟因此遭及祸事。出自《酉阳杂俎》。

晁良贞

晁良贞以善于判案而知名。他性情刚烈勇猛，不怕鬼。每年，他总是挖掘太岁所在的位置盖房子，后来他忽然挖到一块肉，比食魁还大。晁良贞打了它几百鞭子，送到大道上。那天夜里，他派人在阴影里听着。三更之后，很多坐着车、骑着马的人来到放肉的地方，问道："太岁兄为什么受这样的屈辱？不报仇吗？"太岁说："他正在荣耀旺盛时期，能把他怎样？"天亮的时候，那肉就不见了。出自《广异记》。

李 氏

唐肃宗上元末年，又有一姓李的人家，不相信太岁，挖地，挖出来一块肉。相传，得到太岁的，打它几百鞭子，就能免除祸患。李氏打了它九十多鞭子，它忽然腾空而起，就不知哪儿去了。李氏家有七十二口人，差不多死光了，只有小蒯公还活着。李氏兄弟怕他家死绝，半夜让奴仆全穿上鬼的衣服，劫走小蒯公，把他藏起来。只有这个儿子活下来了，后来袭封为蒯公。出自《广异记》。

又

宁州有个人，也挖到了太岁，大小像写字的方板，样子像赤菌，有几千只眼睛。他家不认识，把它移到大道上，四处向有见识的人打听。有位胡僧吃惊地说："这是太岁，应该赶快埋起来！"那人急忙把太岁送回原处。过了一年，这一家的人几乎死光了。出自《广异记》。

张周封

工部员外张周封，言旧庄在城东狗架觜西，尝筑墙于太岁上。一夕尽崩，且意其基虚，工不至，率庄客，指挥复筑之。高未数尺，炊者惊叫曰："怪作矣！"遽视之，饭数斗，悉跃出列地著墙，匀若蚕子，无一粒重者。矗墙之半，如界焉。因谒巫，酹地谢之，亦无他。出《酉阳杂俎》。

王丰

莱州即墨县，有百姓王丰，兄弟三人。丰不信方位所忌，尝于太岁上掘坑，见一肉块，大如斗，蠕蠕而动。遂填其坑，肉随填而出。丰惧弃之。经宿肉长，塞于庭。兄弟奴婢，数日内悉暴卒，惟一女子存焉。出《酉阳杂俎》。

房集

唐肃宗朝，尚书郎房集，颇持权势。暇日，私弟独坐厅中，忽有小儿，十四五，髡发齐眉，而持一布囊，不知所从来，立于其前。房初谓是亲故家遣小儿相省。问之不应，又问囊中何物，小儿笑曰："眼睛也。"遂倾囊，中可数升眼睛，在地四散，或缘墙上屋。一家惊怪，便失小儿所在，眼睛又不复见。后集坐事诛。出《原化记》。

张寅

范阳张寅尝行洛阳故城南，日已昏暮，欲投宿故人家。经狭路中，马忽惊顾，踏局不肯行。寅疑前有异，因视路傍

张周封

工部员外郎张周封，说他的旧庄在城的东面狗架觜的西面，曾经在太岁上砌了墙。一天晚上，墙全倒了，还以为它基础不实，做工不精，就带上庄客指挥着再砌。砌了不到几尺高，做饭的人惊叫道："妖怪作怪啦！"人们急忙看去，几斗米饭，全都从锅里跳出来排在地上，附在墙上，均匀得像蚕子，没有一粒重叠的。粘了墙的一半高，就像一条分界线。于是就请来巫师，以酒洒地祭祷，致歉谢罪，也没发生别的事。出自《酉阳杂俎》。

王丰

莱州即墨县，有个叫王丰的百姓，兄弟三人。王丰不相信方位有什么禁忌，曾经在太岁上挖坑，挖见一块肉，斗那么大，蠕蠕地动着。于是就把那坑又填上了，但是那块肉随填随长而冒出坑外。王丰害怕，把它扔下不管了。经过一个晚上，肉长大了，填塞在院子里。王氏兄弟三人以及奴婢，几天内全都暴死，只剩一个女孩还活着。出自《酉阳杂俎》。

房集

唐肃宗朝，尚书郎房集很有权势。闲暇之日，独坐在自家厅堂里，忽然有一个十四五岁的小男孩，头发剪得齐眉，拿着一个布袋，不知从什么地方走来，站在他的面前。房集一开始以为是亲友故旧家打发小孩来看望他的。他问小孩话小孩不回应，又问口袋里装的什么东西，小孩笑道："是眼睛。"于是就把口袋倒过来，里边大约有几升眼睛，倒出来之后，在地上四处散开，有的顺着墙到了屋顶上。一家人又惊又怪，小孩却不知哪里去了，眼睛也不见了。后来房集因事被杀。出自《原化记》。

张寅

范阳的张寅曾经在洛阳故城的南边行走，天色已昏黑，想到朋友家投宿。经过一条狭窄的道路时，马忽然惊惧地掉转了头，戒慎畏惧，不肯前行。张寅怀疑前面有异常情况，就看向路边

坟，大柱石端有一物，若似纱笼，形大如桥柱上慈台，渐渐长大，如数斛。及地，飞如流星，其声如雷，所历林中宿鸟惊散。可百余步，堕一人家。寅窃记之，乃去。后月余，重经其家，长幼无遗矣。乃询之邻人，云：“其妇养姑无礼，姑死，遂有此祸。”出《广异记》。

燕凤祥

平阳燕凤祥，颇涉六艺，聚徒讲授。夜与其妻在家中，忽闻外间喑呜之声，以为盗，屣履视之，正见一物。白色，长丈许，在庭中，遽掩入户。渐闻登阶，呼凤祥曰：“夜未久，何为闭户？”默不敢应，明灯自守。须臾，门隙中有一面，如猴，即突入。呼其侣数百头，悉从隙中入，皆长二尺余，著豹皮犊鼻裈，鼓唇睚目，貌甚丑恶。或缘屋壁，或在梁栋间，跳踯在后，势欲相逼。凤祥左右，惟有一枕及妇琵琶，即以掷之，中者便去。至明方尽，遂得免。恍惚常见室中有衣冠大人，列在四壁，云：“我平阳尧神使者。”诸巫祝祠祷之，终不能去，乃避于精舍中。见佛榻下有大面，瞪目视之，又将逃于他所。出门，复见群鬼，悉戏巷中，直赴凤祥，不得去。既无所出，而病转笃。乃多请僧设斋，结坛持咒。亦迎六丁道士，为作符禁咒，鬼乃稍去。数日，凤祥梦有一人，朱衣墨帻，住空中，云：“还汝魂魄。”因而以物掷凤祥，有如妇人发者，有如绛衣者数十枚，凤祥悉受，明日遂愈焉。出《广异记》。

的坟地，见大石柱的一头有个东西，好像纱笼，形状大小像桥柱上的慈台，渐渐地长大，像几斛那么大。触及地上，飞起来速度快得像流星一样，发出的声音大得像雷鸣。它所经过的林子里宿鸟都惊散了。飞了大约一百步远，它坠落到一户人家。张寅暗暗地记在心里，就离开了。后来过了一个多月，张寅重又经过那户人家，一看，那家男女老少一个没剩。就向邻人打听，邻人说："那家的媳妇对婆婆不好，婆婆死了，就发生了这种祸事。"出自《广异记》。

燕凤祥

平阳人燕凤祥，广泛涉猎六艺，就召集弟子讲学。夜里他与妻子在家中，忽然听到外间屋里有"呜呜"的声音，以为是盗贼，就拖着鞋轻手轻脚去偷看，正好看到一个东西。那东西，白色，一丈多高，待在院子里，燕凤祥立刻掩上门躲进屋里来。渐渐听到怪物登上台阶，喊燕凤祥说："夜不深，为什么关了门？"燕凤祥沉默着不敢出声，点着灯守在那里。一会儿，门缝中出现一张脸，像猴，突然就冲进来。喊来它几百个同伴，都从门缝中钻进来，都二尺多高，穿着豹皮牛犊鼻子裤，鼓唇瞪眼，样子非常丑陋。有的爬到墙壁上，有的跳到梁栋之间，徘徊在他的身后，想要逼近他。燕凤祥的身边，只有一个枕头，以及妻子的一个琵琶，就立刻把枕头和琵琶扔过去，被打中的就离去了。到天亮才走光，他这才得免。他恍恍惚惚地，常常看到屋里有衣冠楚楚的大人物，出现在四面墙上，说："我们是平阳尧神的使者。"燕凤祥请巫师祭祝祷告，到底也没有除掉，就避到和尚庙里。他看到佛榻下有一张大脸，瞪眼看着他，他又要逃到别处去。刚出门，又看见一群鬼，全在胡同里嬉戏，直扑向燕凤祥，让他没法离开。已经出不去了，病就变重了。就请了许多和尚设斋，筑坛念咒。又请了六个道士，为他画符念咒，鬼才慢慢离去。几天之后，燕凤祥梦见一个红衣服、黑头巾的人，停留在空中，说："还给你魂魄。"就把什么东西扔给燕凤祥，有的像女人的头发，有的像红衣的几十枚，燕凤祥全都接受，第二天病就好了。出自《广异记》。

王生

永泰初，有王生者，住扬州孝感寺北。夏月被酒卧，手垂于床，其妻恐风射，举之。忽有巨手出于床前，牵王臂坠床，身渐入地。其妻与奴婢共曳之，不禁。地如裂状，初余衣带，顷亦不见。其家并力掘之，深二丈许，得枯骨一具，已如数百年者。竟不知何怪。出《酉阳杂俎》。

梁仲朋

叶县人梁仲朋，家在汝州西郭之街南。渠西有小庄，常朝往夕归。大历初，八月十五日，天地无氛埃。去十五六里，有豪族大墓林，皆植白杨。是时，秋景落木。仲朋跨马及此，二更。闻林间槭槭之声，忽有一物，自林飞出。仲朋初谓是惊栖鸟，俄便入仲朋怀，鞍桥上坐。月照若五斗栲栳大，毛黑色，头便似人，眼眹如珠。便呼仲朋为弟，谓仲朋曰："弟莫惧。"颇有膻羯之气，言语一如人。直至汝州郭门外，见人家未寐，有灯火光，其怪欻飞东南上去，不知所在。如此仲朋至家多日，不敢向家中说。忽一夜，更深月上，又好天色，仲朋遂召弟妹，于庭命酌，或啸或吟，因语前夕之事。其怪忽从屋脊上飞下来，谓仲朋曰："弟说老兄何事也？"于是小大走散，独留仲朋。云："为兄作主人。"索酒不已。仲朋细视之，颈下有瘿子，如生瓜大，飞翅

王　生

唐代宗永泰初年，有个姓王的年轻男子，住在扬州孝感寺北。夏天的一个月夜，他醉酒躺在床上，手垂在床下，他妻子怕他受风，把他的手抬起来。忽然有一只大手从床前伸来，抓住王生的手臂把王生拉到床下，身体渐渐地没入地里。他妻子和奴婢们一起去拽他，也不能拽住。地像裂开了似的，起初还露着衣带，一会儿也不见了。他家倾尽全力往外挖他，挖到两丈深的时候，挖到一具枯骨，已经像埋了几百年了似的。到底也不知是什么东西作怪。出自《酉阳杂俎》。

梁仲朋

叶县人梁仲朋，家住在汝州西城的街南。水渠西有个小村庄，他常常早晨去晚上回来。唐代宗大历初年，八月十五日，天地间没有云雾和尘埃。距离此处十五六里外，有一个大族的墓林，栽种的全是白杨树。这个时候，一派秋日景象，到处是落叶的树木。梁仲朋骑着马来到这里，已经是二更天。他听到林子里有"槭槭"的声音，忽然有一个东西，从林子里飞出来。梁仲朋起初以为是惊起来的栖鸟，不一会儿那东西飞到梁仲朋怀中，坐到了鞍桥上。月光照耀下，见它就像能装五斗米的箩筐那么大，毛是黑色的，头就像人，眼睛鼓起像个圆珠子。它称梁仲朋为弟，对梁仲朋说："老弟不要怕。"它身上有股很大的腥膻气，说话完全像人。一直走到汝州城门外，见城中还有人家没睡觉，还有灯火的光亮，那怪物就忽然向东南飞去，不知它飞到什么地方去了。就这样梁仲朋到家好多天，也不敢向家里人讲这件事。忽然有一天夜里，夜已深，月亮升起来，而且天色很好，梁仲朋于是召弟弟妹妹们在庭院里饮酒，他们有的长啸，有的吟诵，他就讲了前几天晚上的那件事。那怪物忽然从屋顶上飞下来，对梁仲朋说："老弟说我什么事啊？"于是老老少少都惊吓得跑散去，只有梁仲朋留下来。那怪物说："我来做东儿。"它不停地要酒。梁仲朋仔细地看了看它，见它脖子下面有个瘤，像瓜那么大，飞翅

是双耳，又是翅，鼻乌毛斗辒，大如鹅卵。饮数斗酒，醉于杯筵上，如睡着。仲朋潜起，砺阔刃，当其项而刺之，血流迸洒。便起云："大哥大哥，弟莫悔。"却映屋脊，不复见，庭中血满。三年内，仲朋一家三十口荡尽。出《乾𦠆子》。

则是它的两耳，又是它的两翅，它鼻上的黑毛交杂，鼻大如鹅蛋。它喝了几斗酒，醉倒在酒桌上，像睡着了。梁仲朋悄悄起来，磨了一把大刀，向它的脖子刺去，血流喷涌射出。它就起来说："大哥大哥，老弟别后悔。"它退出去躲上屋顶，不再出现，院子里到处是血。三年内，梁仲朋家三十口人全都死光了。出自《乾𦠆子》。

卷第三百六十三
妖怪五

韦　滂　　柳　氏　　王　愬　　李　哲　　卢　瑗
庐江民　　扬州塔　　高邮寺　　刘积中

韦　滂

唐大历中，士人韦滂，膂力过人，夜行一无所惧。善骑射，每以弓矢随行。非止取鸟兽烹炙，至于蛇蝎、蚯蚓、蜣螂、蝼蛄之类，见则食之。尝于京师暮行，鼓声向绝，主人尚远，将求宿，不知何诣，忽见市中一衣冠家，移家出宅，子弟欲鏁门。滂求寄宿，主人曰："此宅邻家有丧，俗云，妨杀入宅，当损人物。今将家口于侧近亲故家避之，明日即归。不可不以奉白也。"韦曰："但许寄宿，复何害也？杀鬼吾自当之！"主人遂引韦入宅，开堂厨，示以床榻，饮食皆备。滂令仆使歇马槽上，置烛灯于堂中，又使入厨具食。食讫，令仆夫宿于别屋，滂列床于堂，开其双扉，息烛张弓，坐以伺之。至三更欲尽，忽见一光，如大盘，自空飞下厅北门扉下，照曜如火。滂见尤喜，于暗中，引满射之，一箭正中，爆然有声，火乃掣掣如动。连射三箭，光色渐微，

韦滂

唐代宗大历年间，有个叫韦滂的读书人，体力过人，夜间走路什么都不怕。他擅长骑马射箭，常常把弓箭带在身上走路。他不仅猎取飞鸟走兽煮烤而食，就连蛇、蝎、蚯蚓、蜣螂、蝼蛄之类，见了就吃。曾经在京城里夜行，鼓声将绝，离主人家还很远，要找个地方住下，不知到何处去，忽然望见市中有一个士大夫之家，搬出宅子，子弟正要锁门。韦滂上前去求借宿，主人说："此宅邻居家有丧事，俗话说，克死人之气进宅子，是会损害人和物的。现在我带着家口在附近找亲朋故旧家避一避，明天就回来。我不能不告诉你。"韦滂说："只要你让我在这住一夜，又能有什么损害呢？克死鬼我自己去挡！"主人于是领韦滂进了宅子，打开堂屋和厨房，把床榻指给他看，吃的东西全都有。韦滂让仆人把马拴到马槽上，在堂上点上灯，又让他到厨房做饭。吃完饭，他让仆人睡在另外的屋里，自己把床摆在堂中，打开两扇门，熄了灯，拉开弓，坐在那里等着。等到三更要尽的时候，忽然看到一束亮光，像大盘子，从空中飞下，来到厅北门扇之下，像火一样照耀着。韦滂见了很高兴，在暗影中拉满了弓射过去，一箭正好射中，发出爆炸似的声来，火光一抽一抽地好像在动。他连射三箭，光亮渐渐减弱，

已不能动。携弓直往拔箭，光物堕地。滂呼奴，取火照之，乃一团肉。四向有眼，眼数开动，即光。滂笑曰："杀鬼之言，果不虚也。"乃令奴烹之，而肉味馨香极甚。煮令过熟，乃切割，为虀啖之，尤觉芳美。乃沾奴仆，留半呈主人。至明，主人归，见韦生，喜其无恙。韦乃说得杀鬼，献所留之肉，主人惊叹而已。出《原化记》。

柳氏

唐大历中，有士人，庄在渭南，遇疾卒于京。妻柳氏，因庄居。有一子，年十一二。夏夜，其子忽恐悸不眠。三更后，见一老人，白衣，两牙出吻外，熟视之，良久渐近前。有婢眠熟，因扼其喉，咬然有声。衣随手碎，攫食之。须臾骨露，乃举起，饮其五藏。见老人口大如箕，子方叫，一无所见，婢已骨矣。数月后，亦无他，士人祥斋。日暮，柳氏露坐纳凉，有胡蜂绕其首面，柳氏以扇击堕地，乃胡桃也。柳氏取置堂中，遂长。初如拳如碗，惊顾之际，已如盘矣。嚗然分为两扇，空中转轮，声如分蜂。忽合于柳氏首，柳氏碎首，齿著于树。其物飞去，竟不知何怪也。出《酉阳杂俎》。

王愬

建中三年，前杨府功曹王愬，自冬调选，至四月，寂无音书。其妻扶风窦氏，忧甚。有二女，皆国色。忽闻门有

已经不能动了。他拿着弓直接过去拔箭，发光的东西掉到地上。韦滂喊仆人拿火来照，原来是一团肉。肉的四个方向有眼，眼几次开动，就有光。韦滂笑道："克死鬼的说法，果然不是瞎说。"就让仆人把肉煮了，肉的味道极香。煮得烂熟了，才切割，蘸着酱吃它，更觉得香美无比。就分一些给仆人吃，留一半送给主人。到天明，主人回来，见到韦滂，为他的无恙感到高兴。韦滂就将克死鬼之事讲了，献上留给主人的肉，主人惊叹不已。出自《原化记》。

柳氏

唐代宗大历年间，有个读书人，他的庄园在渭南，自己生病死在京城。他的妻子柳氏，于是在庄园里住下了。有一个儿子，十一二岁。一个夏夜，他的儿子忽然恐惧惊悸，睡不着觉。三更之后，见到一位老人，穿白衣，两颗牙长出唇外，瞪眼看着他，好久，才慢慢靠近床前。有一婢女睡得正香，白衣老人就扼住她的喉咙，发出咬东西一样的声音。婢女的衣服随手被撕碎，他抓起来就吃。很快婢女便露出了骨头，他又把她举起来，吃她的五脏。只见老人的口大如簸箕，儿子一声惊叫，白衣人消失得无影无踪了，只剩下婢女的骨头了。几个月之后，也没发生别的事情。士人去世一周年的那个晚上，柳氏坐在露天地儿纳凉，有一只胡蜂绕着她的头乱飞，柳氏用扇子把胡蜂打落在地，原来是一枚胡桃。柳氏把胡桃拾起放到屋里，于是胡桃开始变大。一开始像拳、像碗那么大，惊看的时候，已经像盘子那么大了。"曝"一声响分成两扇，在空中转如飞轮，声音像纷飞的一窝蜂子。两扇胡桃忽然合到柳氏头上，柳氏的头就碎了，她的牙齿崩到了树上。那怪物便飞走了，最终也不知道那是个什么怪物。出自《酉阳杂俎》。

王 愬

唐德宗建中三年，前杨府功曹王愬，从冬季调到京城选官，一直到来年四月也杳无音信。他的妻子，扶风人窦氏，非常忧虑。他有两个女儿，都有倾国的美色。忽然听到门外有一个以

卖卜女巫包九娘者，过其巷，人皆推占事中，遂召卜焉。九娘设香水讫，俄闻空间有一人下。九娘曰："三郎来，与夫人看功曹有何事？更无音书，早晚合归？"言讫而去。经数刻，忽空中宛转而下，至九娘喉中曰："娘子酬答何物？阿郎归甚平安。今日在西市绢行举钱，共四人长行。缘选场用策子，被人告，所以不得官。见今作行李次，密书之。"五月二十三日初明，翛奄至宅，窦氏甚喜。坐讫，便问："君何故用策子，令选事不成？又于某月日西市举钱，共四人长行。"翛自以不附书，愕然惊异。妻遂话女巫之事。即令召巫来，曰："忽忧，来年必得好官。今日西北上有人牵二水牛，患脚，可勿争价买取，旬月间，应得数倍利。"至时，果有人牵跛牛过，即以四千买买。经六七日，甚肥壮，足亦无损。同曲磨家，二牛暴死，卒不可市，遂以十五千求买。

初，翛宅在庆云寺西，巫忽曰："可速卖此宅！"如言货之，得钱十五万。又令于河东，月僦一宅，贮一年已来储。然后买竹，作粗笼子，可盛五六斗者，积之不知其数。明年春，连帅陈少游议筑广陵城，取翛旧居，给以半价。又运土筑笼，每笼三十文，计资七八万，始于河东买宅。神巫不从包九娘而自至，曰："某姓孙，名思儿，寄住巴陵。欠包九娘钱，今已偿足，与之别归，故来辞耳。"吁嗟久之，不见其形。

占卜为生的女巫包九娘从这条巷子路过，人们都推崇她占卜的事情很准，于是就请她进来占卜。包九娘把香、水等准备完毕，不久听到空中有一个人降下来。包九娘说："三郎来，给夫人看看，王功曹到底有什么事？还没有音信，什么时候才能回来？"包九娘说完，三郎就离去了。数刻之后，三郎又忽然婉转地从空中降下来，到包九娘的喉咙中说："娘子用什么东西报答我？你丈夫很平安地回来了。今天他在西市的绢行里赌钱，一共四个人在玩长行这种博戏。因为他在选场上考试的时候带进书策，被人告发，所以没能选上官。现在待在西市绢行，请悄悄记下来。"五月二十三日天刚亮，王愬忽然回到家中，窦氏非常高兴。他坐定之后，窦氏便问他："您为什么故意用书策，使选官的事情没有办成？某月某日是不是在西市赌钱，是不是共有四个人玩长行？"王愬自以为没给妻子写信，妻子却知道得如此详细，愕然惊异。窦氏就说出了女巫占卜的事。王愬立即让人把女巫找来，女巫说："不要愁，来年你一定能得一个好官职。今天西北方向上有人牵着两条水牛来，牛有脚病，你可以不讲价把它买下来，十天半月就可以获取几倍的利。"到时候，果然有人牵着瘸牛路过，王愬就用四千钱买下了。经过六七天，牛长得非常肥壮，脚也不瘸了。同乡一户以推磨为业的人家，两头牛突然死了，仓促间没买到牛，于是就花十五千钱买了王愬的两头牛。

当初，王愬的宅第在庆云寺以西，女巫忽然对他说："你应该赶快把这所宅子卖了！"王愬按照她的话把宅子卖了，得钱十五万。女巫又让他在河东按月租赁了一处宅子，那卖房子的钱存了一年已经有了利息。然后买了竹子，编粗笼子，编的都是能装五六斗的笼子，编完就积攒起来，积了不知多少。第二年春，连帅陈少游提议修筑广陵城，征用了王愬的旧居，给了半价。又运土用笼子，每个笼子三十文来买，王愬算下来得钱七八万，这才在河东买了宅第。一天，神巫没有跟包九娘一起而自己来了，说："我姓孙，名思儿，寄住在巴陵。欠包九娘的钱，现在已经还清，和她告别回去，所以来辞行。"神巫叹息半天，却见不到他的身形。

窦氏感其所谋，谓曰："汝何不且住？不然，吾养汝为儿，可乎？"思儿曰："娘子既许，某更何愁？可为作一小纸屋，安于堂檐，每食时，与少食，即足矣。"窦氏依之。

月余，遇秋风飘雨，中夜长叹。窦氏乃曰："今与汝为母子，何所中外！不然，向吾床头柜上安居，可乎？"思儿又喜，是夕移入。便问拜两娣，不见形，但闻其言。愬长女好戏，因谓曰："娣与尔索一新妇。"于是纸画一女，及布彩缋，思儿曰："请如小娣装索。"其女亦戏曰："依尔意。"其夜言笑，如有所对。即云："新妇参二姑姑。"愬堂妹事韩家，住南堰，新有分娩。二女作绣鞋，欲遗之，方命青衣装。思儿笑，二女问笑何事，答曰："孙儿一足肿，难著绣鞋。"窦氏始恶之，思儿已知。更数日，乃告辞，云："且归巴陵，蒙二娣与娶新妇，便欲将去。望与令造一船子，长二尺已来。令娣监将香火，送至扬子江，为幸足矣！"窦氏从其请。二女又与一幅绢，画其夫妻相对。思儿着绿秉板，具小船上拜别。自其去也，二女皆若神不足者。二年，长女嫁外兄，亲礼夜，卒于帐门。以烛照之，其形若黄叶尔。小女适张初，初嫁亦如其娣。愬终山阳郡司马。出《乾𦠆子》。

李 哲

唐贞元四年春，常州录事参军李哲家于丹阳县东郭。去五里有庄，多茅舍，昼日无何，有火自焚。救之而灭，视地，

窦氏对他多次出谋帮助很感激，对他说："你为什么不暂且住下？要不然，我把你当儿子养着，可以吗？"思儿说："娘子既然容许，我还有什么可愁的？您可以为我做一个小纸屋，放在屋檐下，每当吃饭的时候，少给一点吃的就足够了。"窦氏照他的话做了。

一个多月之后，赶上秋风飘雨，思儿夜里长叹。窦氏就说："我现在和你是母子，为什么分里外！要不，你到我床头柜上来住，可以吗？"思儿又很高兴，当天晚上小纸屋就移入窦氏屋里。于是就拜问两位姊妹，见不到他的身形，只能听到他的声音。王愬的大女儿喜欢开玩笑，便对他说："我给你找一个新媳妇。"当时就用纸画了一位女子，等到彩绘的时候，思儿说："请按小妹的装束来画。"女儿也开玩笑道："就照你说的办。"夜里便听到说笑，像真有新妇相对。长女就说："新妇参见二位小姑。"王愬的一位堂妹嫁给了姓韩的，住在南堰，最近生了孩子。两个女儿为孩子做了绣鞋，想要送去，就让婢女把鞋包起来。思儿就笑，两个女儿问他笑什么，思儿回答说："新生的孩子一只脚肿胀，很难穿上绣鞋。"窦氏开始讨厌他了，他已经知道。又过了几天，就告辞说："我暂时回巴陵去，蒙二位妹妹给我娶了新媳妇，就想把她一块带回去。希望能让人给我做一条小船，长二尺左右。请让两位妹妹监造点燃香火，把我送到扬子江，有这样的荣幸，我也就心满意足了！"窦氏答应了他的请求。两个女儿又给了他一幅绢，画上他们夫妻相对。思儿穿着绿衣服，拿着板具，在小船上拜别。从他离去，两个女儿都像精神欠佳似的。两年后，大女儿嫁给表兄，成亲大礼的那天夜里，死在帐子前。用灯烛一照，她的脸色就像黄叶一般。小女儿嫁给张初。刚嫁过去，也像她的姐姐那样死掉了。王愬死在山阳郡司马的任上。出自《乾𦠆子》。

李哲

唐德宗贞元四年的春天，常州录事参军李哲在丹阳县的东城安家。离家五里处有个庄园，庄园里多半是茅草屋，大白天无缘无故茅草屋就自己燃烧了起来。人们把火扑灭，一看地上，

麻屦迹广尺余，意为盗，索之无状。旬时屡灾而易扑，方悟其妖异。后乃有投掷空间，家人怖悸，辄失衣物。有乳母阿万者，性通鬼神。常见一丈夫，出入随之。或为胡形，须髯伟然，羔裘貂帽，间以朱紫，倏闪出来。哲晚习《春秋》于阁，阿万见胡人窃书一卷而去，驰报哲。哲阅书，欠一卷，方祝祈之。须臾，书复帙中，亦无损污。李氏患之，意其庭竹耸茂，鬼魅可栖，潜议伐去之，以植桃。忽于庭中得一书："闻君议伐竹种桃，尽为竹筹。州下粟方贱，一船竹可贸一船粟，幸速图之。"其笔札不工，纸方数寸。哲兄子士温、士儒，并刚勇，常骂之，辄失冠履，后稍祈之，而归所失。复投书曰："惟圣罔念作狂，唯狂克念作圣。君始骂我而见祈，今并还之。"书后言"墨荻君状"。居旬，邻人盗哲犬，杀而食之。事发，又得一书曰："里仁为美，择不处仁，焉得智？"数旬之后，其家失物至多，家人意其鬼为盗，又一书言："刘长卿诗曰：'直氏偷金枉。'君谓我为盗。今既得盗，如之何？"士温、士儒竟捍御之。

是夏夜，士温醉卧，背烛床头，见一丈夫，自门直入，不虞有人，因至烛前。士温忽跃身擒之，果获，烛亦灭。于暗中捍御尽力，久之，喀喀有声，烛至坚渐，是一瓦，瓦背画作

有一尺多宽的麻鞋脚印，认为是盗贼干的，但是到处搜索也查不出线索。十天之内，多次发生这样的火灾，但很容易扑灭，这才明白是妖异所为。后来竟有东西从空中投掷下来，家人十分害怕，动不动就丢失衣物。有一位叫阿万的乳母，有通鬼神的灵性。她常常看见一位男子，跟着她出出入入。有时是胡人的打扮，络腮胡子，伟岸超群，羊皮袄，貂皮帽，间杂有红色紫色，倏地闪出来。李哲晚上在阁楼上读《春秋》，阿万看见胡人偷去一卷书，就跑去向李哲报告。李哲一看，书确实少了一卷，才祭祝祷告。片刻之间，书又恢复了编次，也没有破损弄脏。李哲害怕了，想到庭院里的竹林很高很茂盛，鬼怪可以在里边栖息，就暗中商议，要把竹林砍去，用来栽种桃树。忽然在庭院里拾到一封信，信上说："听说你决议砍竹种桃，把竹子都做成筹签。州下粮食正便宜，一船竹子可以换一船粮，希望赶快行动。"写信的字迹不工整，纸有几十见方大小。李哲的侄子李士温、李士儒都很刚勇，常常骂这妖物，动不动就丢了帽子和鞋，后来也略微祷告一番，丢失的东西便又回来了。妖物又投信来说："圣人只要被蒙蔽心念就会变成狂人，狂人只要克制自己的心念就会变成圣人。你当初骂我，如今又祈祝我，现在把东西都还给你。"信后署名是"墨荻君状"。过了十天，邻居偷去了李哲的狗杀着吃了。事发后，又得到一封书信，说："邻里有仁德风气是美好的，不选择有仁德风气的地方居住，哪里能有明智可言！"几十天之后，他家的东西丢失了许多，家人以为是那个鬼物偷走了。那鬼物又送来一封信，说："刘长卿的诗说：'直氏偷金枉。'你们认为我是盗贼，如今既然知道谁是盗贼了，你们能把盗贼怎么样呢？"李士温、李士儒竟然开始抵御起鬼物来。

这年夏天的一个夜晚，李士温醉卧在床上，背着烛光的床头，看见一位男子，从门外直接进来，不怕屋里有人，直接来到灯下。李士温忽然跳起来捉他，果然捉到了，灯烛也灭了。黑暗里李士温尽全力抵御他，过了很长时间，有一种"喀喀"的声音，有人把灯烛送来，一看，那男子渐渐变硬，是一块瓦，瓦的背面画有

眉目，以纸为头巾，衣一小儿衣，又以妇人披帛，缠头数匝，方结之。李氏遂钉于柱，碎之。数日外，有妇人丧服哭于圃，言杀我夫。明日哭于庭，乃投书曰："谚所谓'一鸡死，一鸡鸣'，吾属百户，当相报耳。"如是往来如初。尝取人衣著中庭树，扶疏莫知所由也，求而遂解之。又以大器物投小器中，出入不碍。旬时，士儒又张灯，见一妇人外来，戏烛下，复为士儒擒焉。捍力良久，杀而硬，烛之，亦瓦而衣也，遂末之。而明日复有其类哀哭。常畏二侄，呼为二郎，二郎至，即不多来。李氏潜欲徙其居，而得一书曰："闻君欲徙居，吾已先至其所矣。"李氏有二老犬，一名韩儿，一名猛子。自有此妖，不复食，常摇尾戏于空暗处，遂毙之。自后家有窃议事，魅莫能知之。一书："自无韩大、猛二，吾属无依。"又家人自郭返，至其里，见二丈夫于道侧，迎问家人曰："闻尔家有怪异，若之何？"遂以事答。及行，顾已不见。

李氏于润州迎山人韦士昌。士昌以符置诸瓦棂间，以压之。鬼书至曰："符至圣也，而置之屋上，不亦轻为？"士昌无能为，乃去。闻淮楚有卫生者，久于咒术，乃邀之。卫生至，其鬼颇惮之，其来稍疏。卫生乃设道场，以考召。置箱于坛中，宿昔箱中得一状，状件所失物，云："若干物已货讫，得钱若干；买果子及梳子等食讫，其余若干，并送还。"验

眉眼，用纸做头巾，穿了一件小孩衣裳，又用妇人的披帛，把头缠了几圈，才打了个结。李氏于是就把这块瓦钉到了柱子上，把它打碎了。几天之后，有个妇人穿着丧服在园子里哭，说杀了她的丈夫。第二天，又到庭院里哭，还投信说："谚语所说的'一鸡死，一鸡鸣'，我们同类有上百户，一定会对你们报复的。"就这样，像当初一样来往。曾经把人的衣服拿去挂到院子里的树上，随风飘动，谁也不知从哪来的，有人来找，衣服就自己落下来。她又把大器物扔到小器物之中，出入竟然没有障碍。十天之后，李士儒又在张灯时分看见一位妇人从外面进来，在灯下嬉戏，又被李士儒捉住了。扭动撕扯了半天，用侧手一打，觉得挺硬，用灯烛一照，也是一块穿了衣服的瓦，于是把它摔成粉末。第二天又有那样的哀哭。怪物常怕李哲的这两个侄子，呼他二人为"二郎"，二郎到了，妖怪就不多来。李氏暗中想要搬家到别处去，得到一封书信说："听说你要搬家，我已经先搬到那个地方了。"李氏有两条老狗，一只叫"韩儿"，一只叫"猛子"。自从有了这妖怪，狗就不再吃食，常常摇着尾巴在空暗处嬉戏，于是就把它们打死了。从此以后，家中有私下议论的事，鬼怪就不能知道了。鬼怪又投来一信说："自从没了韩大和猛二，我们没有依靠了。"还有，一位家人从城中回来，走到庄外，看见两位男子在道旁迎住家人问道："听说你们家闹鬼，怎么办呢？"家人就把事情讲给他们听。等到走的时候，回头一看，两位男子不见了。

李氏从润州请来了一个叫韦士昌的山人。韦士昌把符放到各个瓦棂之间，用来镇压鬼魅。鬼投信来说："符是最神圣的东西，而你却把它放到屋顶之上，不也太不尊重了吗？"韦士昌无能为力，就离开了。听说淮楚一带有一个姓卫的年轻人，对咒术研究了很长时间，就邀请他。姓卫的到了之后，那些鬼很害怕他，来得次数逐渐就少了。姓卫的就设道场，用考召术招引妖鬼。他在祭坛中放了一只箱子，过了一夜在箱子里得到一张状纸，状上分列所丢失的东西，说："若干东西已经卖出去了，得了若干钱；买果子和梳子等，吃了用了，其余的若干东西全部奉还。"查验

其物，悉在箱中。又言："失铛子，其实不取，请问诸水滨。"状言狐縢等状，自此更不复来。异日，于河中果得铛子，乃验水滨之说也。出《通幽记》。

卢　瑗

贞元九年，前亳州刺史卢瑗家于东都康裕坊。瑗父正病卒，后两日正昼，忽有大鸟色苍，飞于庭，巡翔空间。度其影，可阔丈四五。家人咸见。顷之，飞入西南隅井中，久而飞出。人往视之，其井水已竭，中获二卵，大如斗。将出破之，血流数斗。至明，忽闻堂西奥有一女人哭。往看，见一女子，年可十八九，乌巾帽首，哭转哀厉。问其所从来，徐徐出就东间，乃言曰："吾诞子井中，何敢取杀？"言毕，却往西间，拽其尸，如糜散之，讫，奋臂而去，出门而灭。其家大震惧，取所留卵，却送于野，使人驰问桑道茂。道茂令禳谢之。后亦无征祥，而莫测其异也。出《通幽记》。

庐江民

贞元中，有庐江都民，因采樵至山。会日暮，忽见一胡人，长丈余，自山崦中出，衣黑衣，执弓矢。民大恐，遽走匿古木中，窥之。胡人伫望良久，忽东向发一矢。民随望之，见百步外有一物，状类人，举体黄毛数寸，蒙乌巾而立。矢中其腹，辄不动。胡人笑曰："果非吾所及！"遂去。又一胡，

那些东西，全都在箱子里。状上还说："家里讲丢了铛锅，我确实没拿，请到各水边上去找一下。"状上还说了狐媵等情况，从此便不再来了。有一天，果然在河里找到了以前丢失的铛锅，这就应验了"到各水边上去找一下"的话。出自《通幽记》。

卢瑗

唐德宗贞元九年，前亳州刺史卢瑗家住东都康裕坊。卢瑗的父亲卢正病死了，两天之后正是白天，忽然有一只苍色大鸟飞到院子里来，在院子上空来回飞翔。从它的影子估量，有一丈四五尺宽。家里人全都看见了。过了一会儿，大鸟飞进西南角的一口井里，好长时间又飞出来。人们跑去一看，那井中的水已经枯竭，从井里拾到两个鸟蛋，斗那么大。把蛋弄出来打破，淌出来几斗血。到了天亮，忽然听到堂屋的西角有一位女子在哭。过去一看，见有一位年龄大约十八九岁、头戴乌巾小帽的女子，哭得更加哀伤凄厉。问她从哪来，她慢慢地来到东屋，才说道："我在井里生了儿子，你们怎么敢弄出杀死他们呢？"说完，她退往西间，拽那尸体，像糜烂了一般把它散开，弄完之后，奋臂离去，出门就消失了。卢家非常震惊恐惧，把留下的那只蛋拿出来，送到野外，派人骑马去问桑道茂。桑道茂让他们祭祀消灾。后来也没什么征兆，也没有弄清楚那是什么妖异。出自《通幽记》。

庐江民

唐德宗贞元年间，有一个家住江都的人，因为采药和打柴进到山里。正赶上天色已晚，忽然看到一个胡人，有一丈多高，从日落的山腰中走出来，穿着黑色的衣服，手里拿着弓箭。那个人很害怕，急忙跑到古树林中躲藏起来，偷偷地往外看。胡人站在那里望了很久，忽然向东射了一箭。那人随着箭望去，看见百步之外有一个东西，样子像人，全身长着几寸长的黄毛，蒙着黑头巾站在那里。箭头射中了它的肚子，它动也不动。胡人笑道："果然不是我能办到的！"于是就离开了。又来了一位胡人，

亦长丈余，魁伟愈于前者。亦执弧矢，东望而射，中其物之胸，亦不动。胡人又曰："非将军不可！"又去。俄有胡人数十，衣黑，臂弓腰矢，若前驱者。又见一巨人，长数丈，被紫衣，状貌极异，缓步而来。民见之，不觉懔然。巨胡东望，谓其前驱者曰："射其喉！"群胡欲争射之，巨胡诫曰："非雄舒莫可！"他胡皆退，有一胡前，引满一发，遂中其喉。其物亦不惧，徐以手拔去三矢，持一巨砾，西向而来。胡人皆有惧色，前白巨胡："事迫矣，不如降之！"巨胡即命呼曰："将军愿降！"其物乃投砾于地，自去其巾，状如妇人，无发。至群胡前，尽收夺所执弓矢，皆折之。遂令巨胡跪于地，以手连掌其颊。胡人哀祈，称死罪者数四，方释之。诸胡高拱而立，不敢辄动。其物徐以巾蒙首，东望而去。胡人相贺曰："赖今日甲子耳，不然，吾辈其死乎！"既而俱拜于巨胡前，巨胡颔之。良久，遂导而入山崦。时欲昏黑，民雨汗而归，竟不知其何物也。出《宣室志》。

扬州塔

谘议朱景玄，见鲍容说："陈少游在扬州时，东市塔影忽倒。"老人言："海影翻则如此。"出《酉阳杂俎》。

高邮寺

高邮县有一寺，不记名。讲堂西壁枕道，每日晚，人马车轝影，悉透壁上。衣红紫者，影中卤莽可辨。壁厚数尺，难以理究。辰午之时则无。相传如此。二十余年，

也是一丈多高，比前边那个更魁伟。也拿着弓箭，也向东射了一箭，他射中了那东西的胸部，那东西也不动。胡人又说："非将军亲自来不可！"也离开了。不一会儿，有几十个胡人，穿黑衣，手里拿着弓、腰间挎着箭，像是前导。又见有一个巨胡，高几丈，披紫衣，相貌与众人极不相同，缓步走来。那人一看，不由得感到畏惧。巨胡向东望了望，对那些前导的人说："射它的喉咙！"那些胡人争先射它，巨胡告诫说："非雄舒射它不可！"别的胡人都后退，有一个胡人上前，拉满弓一发，于是射中了那东西的喉咙。那东西也不怕，慢慢用手拔掉了三支箭，拿着一个巨大的石块，向西走来。胡人都有畏惧之色，上前报告巨胡："事情紧迫，不如投降算了！"巨胡就让大家喊："将军愿意投降！"那东西就把大石块扔到了地上，自己除去了头巾，样子像一个妇人，没有头发。它来到群胡跟前，把他们拿的弓和箭全都收夺过去折断。于是就让巨胡跪在地上，用手连连打自己的面颊。胡人哀求，一个劲儿说自己犯了死罪，才饶了他。群胡两手相抱高抬胸前站在那里，不敢乱动。那东西慢慢用头巾蒙了头，向东走去。胡人相贺说："多亏今天是好日子，不然，我们不都得死吗！"然后，都跪拜在巨胡面前，巨胡点头。很久，于是就由人引导着走进日落的山腰中。那时候天要黑了，那位江都人一身大汗地回到家中，最终也不知道那是什么东西。出自《宣室志》。

扬州塔

谘议朱景玄见了鲍容说："陈少游在扬州的时候，东市上的塔影忽然倒了。"老人说："海影翻转就如此。"出自《酉阳杂俎》。

高邮寺

高邮县有一座寺院，记不得它的名字了。寺院的讲堂西壁紧挨着大道，每天晚上，道路上的人、马、车辆的影子全映射在墙壁上。穿红戴紫的官人，在影子中都能隐约地分辨出。墙厚几尺，很难弄清其中道理。辰午之时就没了。相传是这样。二十多年，

或一年半年不见。出《酉阳杂俎》。

刘积中

刘积中，常于西京近县庄居。妻病亟。未眠，忽有妇人，白首，长才三尺，自灯影中出，谓刘曰："夫人病，唯我能理，何不祈我？"刘素刚，咄之。姥徐戟手曰："勿悔勿悔。"遂灭。妻因暴心痛，殆将卒。刘不得已，祝之。言已复出，刘揖之坐。乃索茶一瓯，向日如咒状，顾令灌夫人。茶才入口，痛愈。后时时辄出，家人亦不之惧。经年，复谓刘曰："我有女子及笄，烦主人求一佳婿。"刘笑曰："人鬼路殊，难遂所托。"姥曰："非求人也，但为刻桐木稍工者，可矣。"刘许诺，因为具之。经宿，木人失矣。又谓刘曰："兼烦主人作铺公铺母。若可，某夕，我自具车舆奉迎。"刘心计无奈之何，亦许之。

至一日，过酉，有仆马车乘至门，姥亦至曰："主人可往。"刘与妻各登其车马。天黑至一处，朱门崇墉，笼烛列迎，宾客供帐之盛，如王公家。引刘至一厅，朱紫数十，有相识者，有已殁者，各相视无言。妻至一堂，蜡炬如臂，锦翠争焕，亦有妇人数十，存殁相识各半，但相视而已。及五更，刘与妻恍惚，却还至家，如醉醒，十不记其一二。数日，姥复来拜谢曰："我小女成长，今复托主人——"刘不耐，以枕抵之曰："老魅，敢如此扰之！"姥随枕而灭，妻遂疾发。

有时候是一年半年不出现这种情况。出自《酉阳杂俎》。

刘积中

刘积中，曾住在西京长安附近县的村庄里。他的妻子病得很重。一天晚上，他还没睡，忽然有个妇人，白发，三尺来高，从灯影中走出，对刘积中说："夫人的病，只有我能治，为何不求我？"刘积中一向刚直，呵斥她。老妇人慢慢叉手说："别后悔别后悔！"于是就消失了。妻子于是突然心痛，几乎要死了。刘积中不得已，只好祭祝祷告。话刚说完，那妇人就又出现了，刘积中作揖请她坐下。老妇人就要来一盏茶，朝向太阳像念咒的样子，回头让刘积中用茶灌夫人。茶才入口，夫人的病痛就没了。后来这妇人常常出现，家人也不怕她。一年以后，她又对刘积中说："我有个女儿成年了，烦你给找个好女婿。"刘积中笑道："人鬼之路不同，我很难完成你的心愿。"老妇人说："不是要找个人，你只要用桐木为她刻个比较工细的就行了。"刘积中答应了，就为她准备了一个桐木人。经过一宿，木人不见了。妇人又对刘积中说："再麻烦你夫妇二人做铺公铺母。如果可以，那天晚上，我亲自备好车辆来迎接。"刘积中心里觉得无可奈何，也答应了。

到了那一天，过了酉时，就有仆人乘马车来到门前，老妇人也到了，她说："二位可以走了。"刘积中和妻子各自登上车马。天黑来到一处，朱红的大门，高高的院墙，仆婢挑着灯笼举着烛炬列队迎接，宾客之多，排场之大，犹如王公之家。妇人领刘积中来到一个厅堂，穿红戴紫的人有好几十，有相识的，也有已经去世的，各都相视而不说话。妻子来到一个堂屋，蜡烛像胳膊那么粗，锦翠争焕，也有几十位妇人，活着的、死去相识的各占一半，大家只相视而已。到了五更，刘积中和妻子恍恍惚惚地回到家中，就像醉了之后刚醒，晚间的事记不得十分之一二了。几天之后，那妇人又来拜谢，说："我的小女儿也长大了，今天又来拜托你——"刘积中不耐烦了，用枕头去扔她，说："老鬼，你敢如此打扰我！"老妇人碰到扔过来的枕头消失了，妻子于是旧疾发作。

刘与男女酹地祷之，不复出矣。妻竟以心痛卒。

刘妹复病心痛。刘欲徙居，一切物胶着其处，轻若履屐，亦不可举。迎道流上章，梵僧持咒，悉不禁。

刘常暇日读药方，其婢小碧自外来，垂手缓步，大言："刘四，颇忆平昔无？"既而嘶咽曰："省躬近从泰山回，路逢飞天野叉，携贤妹心肝，我已夺得。"因举袖，袖中蠕蠕有物。左顾似有所命，曰："可为安置。"又觉袖中风生，冲帘幌。婢入堂中，乃对刘坐，问存殁，叙平生事。刘与杜省躬同年及第，友善，其婢举止笑语，无不肖也。顷曰："我有事，不可久留。"执刘手呜咽，刘亦悲不自胜。婢忽倒，及觉，一无所记。其妹亦自此无恙。出《酉阳杂俎》。

刘积中和儿女们一起以酒酹地，跪着祷告，老妇人不再出来。妻子最终因心痛而死。

刘积中的妹妹又得了心痛病。刘积中想搬家，所有东西都像被胶粘在那里，即便像鞋那样轻的也拿不起来。请道士上表求神，请和尚来念咒，都不管用。

刘积中闲暇无事翻读药方，他的婢女小碧从外边进来，垂着手，慢举步，大声说："刘四，你很想念以前的事情不？"然后又呜咽着说："省躬我最近从泰山回来，路上遇到飞天夜叉，他携带着你妹妹的心肝，我已经把它夺回来了。"于是她举了举袖子，袖子里有东西在蠕动。又扭头向左看像是命令谁："可去安排一下。"又觉袖子里生风，吹动了帘帷。婢女来到堂中，面对刘积中而坐，问谁死了谁活着，叙平生的往事。刘积中和杜省躬同一年考中进士，二人是好朋友，他的婢女小碧此时的举止谈笑，无一不像杜省躬。过了一会儿，小碧说："我有事，不能久留。"握着刘积中的手哭泣，刘积中也不胜悲伤。婢女忽然倒在地上，等她醒来，刚才的事，什么也不记得了。刘积中妹妹的病也从此痊愈了。出自《酉阳杂俎》。

卷第三百六十四

妖怪六

江淮士人　李　鹄　僧智圆　南孝廉　谢　翱
僧法长　河北村正　僧弘济　金友章　于　凝

江淮士人

江淮有士人庄居，其子年二十余，尝病厌。其父一日饮茗，瓯中忽靤起如沤，高出瓯外，莹净若琉璃。有人长一寸，立于沤上，高出瓯中。细视之，衣服状貌，乃其子也。食顷爆破，一无所见，茶碗如旧，但有微璺耳。数日，其子遂著神，译神言，断人休咎不差。出《酉阳杂俎》。

李　鹄

前秀才李鹄，觐于颍川，夜至一驿。才卧，见物如猪者，突上厅阶。鹄惊走，透后门，投驿厩，潜身草积中，屏息伺之。怪亦随至，声绕草积数匝，瞪目视鹄所潜处，忽变为巨星，腾起，数道烛天。鹄左右取炬，索鹄于草积中，鹄已卒矣。半日方苏，因说所见。未旬，无疾而卒。出《酉阳杂俎》。

江淮士人

江淮地区有个读书人住在村庄里，他的儿子二十多岁，曾经长年生病。有一天，做父亲的喝茶，茶碗里忽然鼓起一个水泡，高出茶碗之外，晶莹明净像琉璃。有一个一寸高的小人站在水泡上，高出茶碗来。细看那个人，衣服模样，竟是他的儿子。一顿饭的工夫，水泡爆破，什么都看不到了，茶碗和原来一样，只有轻微的裂纹。几天之后，他的儿子就有神灵附着在身上，能翻译神的语言，判断人的祸福丝毫不差。出自《酉阳杂俎》。

李鹄

有个还未授官的进士叫李鹄，回颍川探望父母，夜间走到一家驿站。他刚躺下，看见一个猪一样的东西，冲上厅堂的台阶。李鹄吓得跑开，通过后门，来到驿站的马棚，藏在草堆里，屏住呼吸窥伺着。那怪物也随着来到，声音绕着草堆转了几圈，瞪着眼睛看李鹄藏身的地方，忽然变成一颗巨星，腾空而起，几道亮光照彻天空。李鹄手下的人取来火把，在草堆里找到了李鹄，李鹄已经昏死过去。半天才醒过来，于是他就述说他见到了什么。未到十天，李鹄无病而死。出自《酉阳杂俎》。

僧智圆

郑余庆在梁州，有龙兴寺僧智圆，善总持敕勒之术，制邪理病，多著效。日有数十人候门，智圆老，稍倦。郑颇敬之，因求住城东隙地，起草屋而居，有沙弥行者各一人。数年，暇日，智圆向阳科脚甲，有布衣妇人，甚端丽，至阶作礼，泣曰："妾不幸，夫亡子幼，老母危病。知师神咒助力，乞加救护。"智圆曰："贫道本厌城隍喧湫，兼烦于招谢。弟子母病，可就此为加持也。"妇人复再三泣请，且言母病亟，不可举扶。智圆亦哀而许之。乃言从此向北二十余里，至一村，村侧近有鲁家庄，但访韦十娘所居也。智圆诘朝如言行二十余里，历访不得，乃还。明日，妇人复至。僧责曰："贫道昨日远赴约，何差缪如此？"妇人言："只去师所止处二三里耳。师慈悲，必为再往。"僧怒曰："老僧衰暮，今誓不出。"妇人乃大声言："慈悲何在耶？今事须去。"因上阶牵僧臂。僧惊迫，亦疑其非人，恍惚以小刀刺之。妇人遂倒，乃沙弥误中刀，流血死矣。僧遽与行者瘗于饭瓮下。

沙弥本村人，家去兰若十余里。其日，家人悉在田，有人皂衣褐襆，乞浆于田中，且说其事。沙弥父母，举家号哭，诣僧。僧犹绐焉。其父及锹索而获，即诉于官。郑公大骇，俾求盗吏细按，意其必冤也。僧具陈状，复白："贫道宿债，有死而已。"按者亦以死论。僧求假七日命，持念，

僧智圆

郑余庆在梁州的时候，龙兴寺里有一个叫智圆的和尚，擅长总持敕勒的法术，驱邪治病，多有显著效果。每天都有几十人等候在他的门口，智圆老了，渐渐地倦怠了。郑余庆很敬重他，就请他到城东的空地去住，盖起一所草房子，还有小和尚和行者各一人。几年之后，一个闲暇之日，智圆晒着太阳剪脚趾甲，有一个穿布衣的妇人，容貌端庄秀丽，来到阶下行礼，哭着说："我很不幸，丈夫死了，儿子还小，老母亲病得很重。知道大师您的神咒很灵验，恳求您救护。"智圆说："贫僧一向厌恶城里的喧闹，又厌烦应酬交际。你的母亲病了，可到这儿来，我对她加以护持。"妇人又再三哭请，说母亲病情危急，不能搀扶前来。智圆也很可怜她，就答应了。妇人就说，从此向北二十多里，到一个村子，村附近有个鲁家庄，只要打听韦十娘住的地方就行了。智圆一大早就照妇人说的那样走了二十多里，到处打听也没找到，就返回来了。第二天，妇人又来了。智圆责备她说："贫僧昨天远道去赴约，为什么会有这样的差错？"妇人说："我住的地方只离大师去的地方二三里了。大师慈悲，一定要再走一趟。"智圆生气地说："贫僧年老力衰，如今坚决不出去了。"妇人就大声说："你的慈悲在哪里呢？今天你非去不可。"于是走上台阶去拽智圆的胳膊。老和尚惊慌窘迫，又怀疑她不是人，恍惚间用小刀刺了她。妇人于是便倒下了，仔细一看竟是小和尚误中了一刀，流血死了。智圆急忙和行者把小和尚埋到了盛饭的瓦器底下。

小和尚是本村人，家离寺院有十几里路。那一天，小和尚的家人都在田间劳作，有一个穿黑衣、戴粗布头巾的人到田间来讨水喝，就说了那件事。小和尚的父母和全家都放声痛哭，来见老和尚。老和尚还欺骗他们。小和尚的父亲用铁锹找到了小和尚的尸体，于是告到了官府。郑余庆非常吃惊，派捉拿盗贼的官吏细察此案，认为他一定是冤枉的。老和尚详细地陈述了事情的经过，又说："这是贫僧欠的一笔老账，只得一死了。"查案的人也说他该死。和尚请求七天后再处死他，用这七天持戒念咒，

为将来资粮。余庆哀而许之。僧沐浴设坛,急印契缚攠,考其魅。凡三夕,妇人见于坛上,言:“我类不少,所求食处,辄为师破除。沙弥且在,能为誓不持念,必相还也。”智圆恳为设誓,妇人喜曰:“沙弥在城南某村古丘中。”僧言于官吏,如其言寻之,沙弥果在,神已痴矣。发沙弥棺中,乃一苕帚也。僧自是绝其术。出《酉阳杂俎》。

南孝廉

唐南孝廉,失其名,莫知何许人。能作鲙,縠薄缕细,轻可吹起。操刀响捷,若合节奏。因会客炫伎,先起架以陈之。忽暴风雨,震一声,鲙悉化为胡蝶飞去。南惊惧,遂折刀,誓不复作。出《酉阳杂俎》。

谢 翱

陈郡谢翱者,尝举进士,好为七字诗。其先寓居长安升道里,所居庭中,多牡丹。一日晚霁,出其居,南行百步,眺终南峰。伫立久之,见一骑自西驰来,绣缋仿佛,近乃双鬟,高髻靓妆,色甚姝丽。至翱所,因驻谓翱:“郎非见待耶?”翱曰:“步此,徒望山耳。”双鬟笑,降拜曰:“愿郎归所居。”翱不测即回。望其居,见青衣三四人,偕立其门外,翱益骇异。入门,青衣俱前拜。既入,见堂中设茵毯,张帷帟,锦绣辉映,异香遍室。翱愕然且惧,不敢问。一人前曰:“郎何惧,固不为损耳。”

为来生积累一些功德。郑余庆可怜他，就答应了。老和尚沐浴净身，设下斋坛，急忙印契施法，捆绑木人当鬼魅，严加拷问。到第三晚，那妇人出现在坛上，说："我的同类有不少，求食的地方，动不动就被大师破除了。小和尚还在，如果你能发誓不念咒了，我一定把他还给你。"智圆恳切地发誓，妇人高兴地说："小和尚在城南某村的古墓里。"智圆对官吏讲了，官吏照他讲的去找，小和尚果然在那儿，但已神志不清。打开小和尚的棺材，里边装的是一把笤帚。智圆从此不再使用他的法术了。出自《酉阳杂俎》。

南孝廉

唐朝有位姓南的孝廉，不知道他的名字，也不知道他是哪里人氏。他善于切鱼片，切得像绡纱一样薄，丝丝缕缕，轻得可以吹起来。他用刀的声音响亮轻捷，好像合乎节奏。于是他就会集宾客，炫耀他的技艺，先搭起架子把鱼摆上。忽然狂风大作，暴雨倾盆，一声雷震，鱼全都变成蝴蝶飞走了。南孝廉又惊又怕，于是折断了刀，发誓不再切鱼片。出自《酉阳杂俎》。

谢翱

陈郡的谢翱，曾经去考进士，喜欢作七言诗。他以前寄居在长安城升道里，住的院子里，有许多牡丹花。一天晚上雨后天晴，他从家里出来，向南走出百步远，眺望终南山。伫立了很久，他望见一人骑马从西奔来，那人仿佛用锦绣绘制的一样，近看才发现是个婢女，高高的发髻，漂亮的妆容，姿色非常美丽。她来到谢翱跟前，停下来对他说："郎君不是在等人吧？"谢翱说："我走到这儿，只是望望山罢了。"那婢女就笑，下马行礼说："请郎君回家吧。"谢翱不明白什么意思就回来了。远望自己的住处，看见三四个婢女站在门外，谢翱更加诧异。进了门，几位婢女一齐上前来拜。进了屋，见堂中铺着地毯，挂着幔帐，锦绣交相辉映，异香满室。谢翱又惊又怕，不敢多问。一人上前说："郎君怕什么，保证不会害您。"

顷之，有金车至门。见一美人，年十六七，风貌闲丽，代所未识。降车入门，与翱相见，坐于西轩，谓翱曰："闻此地有名花，故来与君一醉耳。"翱惧稍解。美人即命设馔同食，其器用物，莫不珍丰。出玉杯，命酒递酌。翱因问曰："女郎何为者？得不为他怪乎？"美人笑不答。固请之，乃曰："君但知非人则已，安用问耶？"夜阑，谓翱曰："某家甚远，今将归，不可久留此矣。闻君善为七言诗，愿有所赠。"翱怅然，因命笔赋诗曰："阳台后会杳无期，碧树烟深玉漏迟。半夜香风满庭月，花前竟发楚王时。"美人览之，泣下数行曰："某亦尝学为诗，欲答来赠，幸不见诮。"翱喜而请。美人求绛笺，翱视笥中，唯碧笺一幅，因与之。美人题曰："相思无路莫相思，风里花开只片时。惆怅金闺却归处，晓莺啼断绿杨枝。"其笔札甚工，翱嗟赏良久。美人遂顾左右，撤帐帟，命烛登车。翱送至门，挥泪而别。未数十步，车与人马，俱亡见矣。翱异其事，因贮美人诗笥中。

明年春，下第东归，至新丰，夕舍逆旅。因步月长望，感前事，又为诗曰："一纸华笺丽碧云，余香犹在墨犹新。空添满目凄凉事，不见三山缥缈人。斜月照衣今夜梦，落花啼雨去年春。红闺更有堪愁处，窗上虫丝镜上尘。"既而朗吟之。忽闻数百步外，有车音西来甚急。俄见金闺从数骑，视其从者，乃前时双鬟也。惊问之，双鬟遽前告，即驻车，使谓翱曰："通衢中恨不得一见。"翱请其舍逆旅，固不可。又问所适，答曰："将之弘农。"翱因曰："某今亦归洛阳，

过了一会儿，有一辆金色的车子来到门前。只见一位美人，十六七岁，风度文雅，容貌秀丽，世所罕见。美人下车走进来，与谢翱相见，坐到西窗下，对谢翱说："听说这地方有名花，所以来和您饮酒赏花。"谢翱的恐惧这才稍有缓解。美人就命人摆下酒菜与谢翱一同享用，所用的器皿没有不珍贵的，所吃的食物没有不丰盛的。美人拿出一只玉杯，命人斟上酒与谢翱传递着饮酒。谢翱便问道："姑娘是干什么的？不会是别的仙怪吧？"美人笑而不答。谢翱坚持请她回答，美人才说："你只要知道我不是人就行了，何必要问呢？"夜深了，美人对谢翱说："我家很远，现在就要回去，不能久留在这儿。听说您善作七言诗，很想得到您的馈赠。"谢翱很失意的样子，就命人拿笔，赋诗道："阳台后会杳无期，碧树烟深玉漏迟。半夜香风满庭月，花前竟发楚王时。"美人读了之后，潸然泪下，说："我也曾学过作诗，想要作诗答您所赠，请不要见笑。"谢翱很高兴，请她作诗。美人想要深红色的纸笺，谢翱看那书箱里，只有一幅碧绿色的，就给了她。美人题诗道："相思无路莫相思，风里花开只片时。惆怅金闺却归处，晓莺啼断绿杨枝。"她的文笔甚精，谢翱叹赏了好久。美人于是看了看左右，撤去帐幔，命人带上灯烛上车。谢翱送到门口，挥泪而别。没走上十步，车和人马全不见了。谢翱感到这事很奇怪，就把美人的诗藏在书箱里。

第二年春天，他落榜东归，走到新丰，晚上住在客店里。他在月下散步远望，有感于以前的事，又作诗道："一纸华笺丽碧云，余香犹在墨犹新。空添满目凄凉事，不见三山缥缈人。斜月照衣今夜梦，落花啼雨去年春。红闺更有堪愁处，窗上虫丝镜上尘。"然后就朗诵这首诗。忽然听到几百步外，有车马的声音从西来得很急。不一会儿，见一位高贵女子，几个骑马的随从跟着，看那随从，原来是以前的那个婢女。他吃惊地去问，婢女急忙到车前相告，于是停了车，车中人让人对谢翱说："大道上只恨不能相见。"谢翱请她到客店住下，她坚决不肯。又问她要到哪儿去，她说："要到弘农去。"谢翱就说："我现在也要回洛阳，

愿偕东,可乎?”曰:“吾行甚迫,不可。”即褰车帘谓翱曰:“感君意勤厚,故一面耳。”言竟,呜咽不自胜。翱亦为之悲泣,因诵以所制之诗。美人曰:“不意君之不忘如是也,幸何厚焉!”又曰:“愿更酬此一篇。”翱即以纸笔与之。俄顷而成曰:“惆怅佳期一梦中,五陵春色尽成空。欲知离别偏堪恨,只为音尘两不通。愁态上眉凝浅绿,泪痕侵脸落轻红。双轮暂与王孙驻,明日西驰又向东。”翱谢之,良久别去。才百余步,又无所见。翱虽知为怪,眷然不能忘。及至陕西,遂下道至弘农,留数日,冀一再遇,竟绝影响。乃还洛阳,出二诗,话于友人。不数月,以怨结遂卒。出《宣室志》。

僧法长

河南龙门寺僧法长者,郑州原武人。宝历中,尝自龙门归原武。家有田数顷,稔而未刈。一夕,因乘马行田间,马忽屹不前,虽鞭抶,辄不动,唯瞪目东望,若有所见。时月明,随其望数百步外,有一物,如古木色,兀然而来。长惧,即回马走道左数十步,伺之。其物来渐近,乃白气,高六七尺,腥秽甚,愈于鲍肆。有声绵绵,如呻吟,西望而去。长策马随其后,常远数十步。行一里余,至里民王氏家,遂突入焉。长驻马伺之。顷之,忽闻其家呼曰:“车宇下牛将死,可偕来视之!”又顷,闻呼:“后舍驴蹶仆地,不可救!”又顷,闻惊哭。有出者,长佯过讯之,曰:“主人有子十余岁,忽卒。”语未竟,又闻哭音,或惊叫,联联不已。夜分后,声渐少,

愿意和你一起往东走,可以吗?"美人说:"我走得很急,不可以。"就挑起车帘对他说:"感谢您对我的深情厚意,所以见上一面。"说完,她放声悲泣,不能自禁。谢翱也为此悲伤哭泣,于是就念了她作的诗。美人说:"没想到您这样忘不了我,我是多么荣幸啊!"又说:"我想再酬答一首。"谢翱就把纸笔给她。不一会儿诗就写成了,诗道:"惆怅佳期一梦中,五陵春色尽成空。欲知离别偏堪恨,只为音尘两不通。愁态上眉凝浅绿,泪痕侵脸落轻红。双轮暂与王孙驻,明日西驰又向东。"谢翱向她致谢,很久才别去。才走了百余步,又不见了。谢翱虽然知道她是仙怪,却眷恋地忘不了。等到了陕西,就改道去了弘农,逗留了几天,希望再见到那美人,却始终毫无消息。于是他回到洛阳,拿出那两首诗,说给友人。不几个月,就因悲怨郁结死去了。出自《宣室志》。

僧法长

河南龙门寺的僧人法长,是郑州原武人。宝历年间,他从龙门回到原武老家。家里有几顷地的庄稼,成熟了还没有收割。一天晚上,他骑着马走到田间,马忽然停止不前,即使用鞭子抽打它,它也一动不动,只是瞪着眼睛向东望,好像看到了什么东西。当时月光很亮,法长随着它向几百步之外望去,只见有一个东西,颜色像古树,突然走来。法长害怕,就回马跑到道旁十几步远的地方,等候在那里。那东西渐渐向近处来,原来是一团白气,六七尺高,又腥又臭,比卖鲍鱼的铺子气味还难闻。那东西发出连续不断的声音,好像是在呻吟,向着西边走去。法长策马跟在它后面,总保持几十步的距离。走了一里多,来到乡民王家门前,那东西就冲了进去。法长停下马守在外边。等了一会儿,忽然听到这家人喊:"车棚里的牛要死了,大家快来看啊!"又过了一会儿,听有人喊:"后屋的驴倒在地上,不能救了!"又过了一会儿,听到有人惊哭。有人走出来,法长装作路过这里一打听,那人说:"我家主人有个十多岁的儿子,忽然死了。"话还没说完,又听到了哭声,还有人惊叫,连连不断。夜半以后,声音渐少,

迨明而绝。长骇异，即具告其邻，偕来王氏居侦之。其中悄然无闻，因开户，而其家十余人皆死，鸡犬无存焉。出《宣室志》。

河北村正

处士郑宾于言：尝客河北，有村正妻新死，未敛。日暮，其儿女忽觉有乐声渐进，至庭宇，尸已动矣。及入房，如在梁栋间，尸遂起舞。乐声复出，尸倒。旋出门，随乐声而去。其家惊惧，时月黑，亦不敢寻逐。一更，村正方归，知之，乃折一桑枝如臂，被酒大骂寻之。入墓林，约五六里，复觉乐声在一柏林上。及近树，树下有火荧荧然，尸方舞矣。村正举杖击之，尸倒，乐声亦止，遂负而还。出《酉阳杂俎》。

僧弘济

医僧行儒说：福州有僧弘济，斋戒精苦。尝于沙岸得一颅骨，遂贮衣篮中。归寺数日，忽眠中有物啮其耳，以手拨之落，声如数升物，疑其颅骨所为也。及明，果坠在床下。遂破为六片，零置瓦沟中。夜半，有火如鸡卵，次第入瓦下烛之。弘济责曰："尔不能求生人天，凭朽骨何也？"于是怪绝。出《酉阳杂俎》。

金友章

金友章者，河内人，隐于蒲州中条山，凡五载。山有

等到天亮就彻底没声了。法长又惊又怕，就都告诉了邻居，大家一块儿到王家来看。院中悄然无声，破门而入，见这家十多口人都死了，连鸡犬也没有活着的。出自《宣室志》。

河北村正

处士郑宾于说：他曾经客游河北，有一个村长刚死了妻子，还没有入殓。傍晚时分，儿女们忽然听见有音乐声越来越近，来到庭院时，那尸体就动弹了。等到音乐声进了屋，好像萦绕在房梁之间，尸体便起来跳舞。音乐声又出去，尸体就倒下了。不一会儿尸体出了门，随着音乐声而去。这一家人又惊又怕，当时天黑，也不敢出去寻找。一更时分，村长刚回来，知道了此事，就折了胳膊粗的一根桑树枝，喝得大醉，大骂着到处寻找。他走进墓地，大约走了五六里，又觉得音乐声在一棵柏树上。等走到树前，见树下有闪烁的火光，尸体正在那儿跳舞。村长抡棒就打，尸体倒下去，音乐声也停止了，于是他就背着尸体回来了。出自《酉阳杂俎》。

僧弘济

行医和尚行儒说：福州有一个叫弘济的和尚，持斋守戒，修行刻苦。他曾经在沙滩上拾到一个颅骨，就把它放在了衣篮中。回到寺里几天后，忽然在睡觉的时候有东西咬他的耳朵，他用手把那东西打落，声音像几升东西落地那样重，他怀疑是那颅骨干的。等到了天亮一看，那颅骨果然掉在床下。于是他把颅骨打碎成六片，散放在屋瓦间的泄水沟中。夜半时分，有鸡蛋大的火球，依次进入瓦下照着屋里。弘济责怪道："你不能求得托生人道或天道，凭着几块烂骨头也想作怪？"于是这怪物就消失了。出自《酉阳杂俎》。

金友章

金友章是河内人，隐居在蒲州中条山，有五年了。山中有

女子，日常挈瓶而汲溪水，容貌殊丽。友章于斋中遥见，心甚悦之。一日，女子复汲，友章蹑屣企户而调之曰："谁家丽人，频此汲耶？"女子笑曰："涧下流泉，本无常主，须则取之，岂有定限？先不相知，一何造次！然儿止居近里，少小孤遗。今且托身于姨舍，艰危受尽，无以自适。"友章曰："娘子既未适人，友章方谋婚媾，既偶夙心，无宜遐弃。未委如何耳？"女曰："君子既不以貌陋见鄙，妾焉敢拒违？然候夜而赴佳命。"言讫，女子汲水而去。是夕果至。友章迎之入室，夫妇之道，久而益敬。友章每夜读书，常至宵分，妻常坐伴之，如此半年矣。

一夕，友章如常执卷，而妻不坐，但伫立侍坐。友章诘之，以他事告。友章乃令妻就寝，妻曰："君今夜归房，慎勿执烛，妾之幸矣。"既而友章秉烛就榻，即于被下，见其妻乃一枯骨耳。友章惋叹良久，复以被覆之。须臾，乃复本形。因大悸怖，而谓友章曰："妾非人也，乃山南枯骨之精，居此山北。有恒明王者，鬼之首也，常每月一朝。妾自事金郎，半年都不至彼。向为鬼使所录，榜妾铁杖百，妾受此楚毒，不胜其苦。向以化身未得，岂意金郎视之也！事以彰矣，君宜速出，更不留恋。盖此山中，凡物总有精魅附之，恐损金郎。"言讫，涕泣呜咽，因尔不见。友章亦凄恨而去。出《集异记》。

一位女子，常带着罐子到溪边打水，容貌非常美丽。金友章在屋里远远望见那女子，心里很喜欢她。一日，女子又到溪边打水，金友章趿拉着鞋子站在门口调戏她说："这是谁家的美人，总到这里打水呀？"女子笑着说："山涧下的流水，本来没有主人，需要了就来取，哪里有什么一定之限？之前我们也不认识，你怎么这样放肆！然而我就住在这附近，从小就失去了父母。现在暂且住在姨母家里，受尽了艰难，自己也没有个归宿。"金友章说："娘子既然没有嫁人，我正在谋求婚姻，内心又一直仰慕娘子，就请不要远相抛弃。不知你意下如何呢？"女子说："您既然不嫌我长得丑，我哪敢拒绝？但是要等到夜晚我才能来与您相会。"说完，女子打了水就离开了。这天晚上，她果然来了。金友章把她迎到屋里，两个人从此做了夫妻，时间越久越是互相尊敬。金友章每天晚上读书，常读到半夜，妻子总是坐着陪伴他，就这样过了半年。

一天晚上，金友章照常捧卷阅读，而妻子却不坐下，只站在那里侍候他。金友章问她怎么了，她就用别的事来推脱。金友章就让她去睡觉，妻子说："你今晚回房的时候，千万不要拿蜡烛，这就是我的万幸啦。"后来金友章拿着蜡烛回屋上床，在被子之下，看见他的妻子竟然是一具枯骨。金友章惋惜嗟叹了好长时间，又用被子盖上了。不一会儿，她就恢复了本形。金友章特别害怕，她对金友章说："我不是人，是山南的一个枯骨精，住在这山的北面。有个恒明王，是鬼的首领，平常每月要朝见他一次。我自从嫁给你，半年都没到他那儿去了。刚才被小鬼捉去，打了我一百铁棍，我受到这样的毒打，痛苦无法忍受。刚才还没有变形完，哪想到让你看到了！事情已经暴露了，你应该马上离去，不要再留恋。这山里边，所有东西都有妖精鬼魅附身，恐怕对你有害。"说完，她呜咽哭泣，于是就不见了。金友章也含恨离开。出自《集异记》。

于　凝

岐人于凝者，性嗜酒，常往来邠泾间。故人宰宜禄，因访饮酒，涉旬乃返。既而宿醒未愈，令童仆先路，以备休憩。时孟夏，麦野韶润，缓辔而行，遥见道左嘉木美荫，因就焉。至则系马藉草，坐未定，忽见马首南顾，鼻息恐骇，若有睹焉。凝则随向观之，百步外，有枯骨如雪，箕踞于荒冢之上，五体百骸，无有不具，眼鼻皆通明，背肋玲珑，枝节可数。凝即跨马稍前，枯骨乃开口吹嘘，槁叶轻尘，纷然自出。上有乌鸢纷飞，嘲噪甚众。凝良久稍逼，枯骨乃竦然挺立，骨节绝伟。凝心悸，马亦惊走，遂驰赴旅舍。而先路童仆出迎，相顾骇曰："郎君神思，一何惨悴！"凝即说之。适有泾倅十余，各执长短兵援蕃，觇以东，皆曰："岂有是哉？"洎逆旅少年辈，集聚极众。凝即为之导前，仍与众约曰："傥或尚在，当共碎之。虽然，恐不得见矣。"俄至其处，而端坐如故。或则叫噪，曾不动摇；或则弯弓发矢，又无中者；或欲环之前进，则亦相顾莫能先焉。久之，枯骸欻然自起，徐徐南去。日势已晚，众各恐詟，稍稍遂散。凝亦鞭马而回，远望，尚见乌鹊翔集，逐去不散。自后凝屡经其地，及询左近居人，乃无复见者。出《集异记》。

于凝

岐州人于凝，生性嗜酒，常常往来于邠州、泾州之间。他有个老朋友叫宰宜禄，一次于凝去找他喝酒，过了十来天才回来。不久于凝饮酒隔夜未醒，就让童仆先上路，以提前找好休息的地方。当时正是初夏，麦田清新湿润，他骑马徐徐而行，远远望见道旁有一处很美的树荫，就走了过去。到了那里就拴上马，坐在草地上，还没坐稳，忽见马向南看，鼻子里喘着气，显得十分惊恐，好像看到了什么东西。于凝就随着它看的方向看去，见百步之外，有一具雪白的枯骨，张开两腿坐在荒坟上，身体各部位的骨骼没有不具备的，眼睛和鼻子都透明，脊背和肋条清晰可见，一枝一节都能数出来。于凝就跨上马，慢慢走上前去，枯骨竟开口吹气，枯叶和灰尘纷纷自己飘出来。上边有乌鸦和老鹰纷纷飞来，十分吵闹。于凝好久才渐渐走近，枯骨就直挺挺地站立起来，骨节非常粗大。于凝心中惊悸，马也吓跑了，于是跑到了客店。提前上路的童仆出来迎接，见了他害怕地说："公子的神情怎么这样凄惨憔悴！"于凝就说了路上的事情。碰巧有十几个泾州的兵卒，各自拿着长短兵器去换防，他们向东方侦察巡视，都说："哪有这样的事呢?"再加上客店里的年轻人，这时已聚集了很多人。于凝就为他们在前边引路，还和大伙儿约定说："如果那东西还在，就一起上去打碎它。这样虽好，只恐怕已经看不见了。"不多时来到那地方，那枯骨照旧端坐在那里。有人大叫，它居然不动不摇；有人拉弓放箭，也没有射中的；有人想要包围它，却互相看着没人先往前走。过了好久，枯骨突然自己站起来，慢慢向南而去。天色已晚，众人恐惧，慢慢就散了。于凝也打马回来了，远远望去，还看见乌鸦鸟雀飞翔聚集，赶也赶不散。此后于凝多次经过这里，又打听左右的居民，竟没有再见到的。出自《集异记》。

卷第三百六十五

妖怪七

王申子　韩　佽　许　敬　张　闲　太原小儿
李师古　孟不疑　戴　詧　杜　悰　郑　絪
河北军将　宫山僧

王申子

贞观中，望苑驿西有民王申，手植榆于路傍，成林，构茅屋。夏月，常馈浆于行人，官客即延憩具茗。有儿年十三，每令伺客。一日，白其父，路有女子求水，因令呼入。女年甚少，衣碧襦白幅巾，自言家在南十余里，夫死无儿，今服禫矣，将适马嵬访亲情，丐衣食。语言明晤，举止可爱。王申乃留食，谓曰："今日已暮，可宿此，达明去也。"女亦欣然从之。其妻内之后堂，呼为妹，倩裁衣数事。自午至戌，悉办。针指细密，殆非人工。申大惊异，妻尤爱之。乃戏曰："妹能为我作新妇乎？"女笑曰："身既无托，愿执井灶。"王申即日借衣贳酒，礼纳为新妇。其夕暑热，戒其夫："近多盗，不可辟门。"即举巨椽，捍户而寝。及夜半，

王申子

贞观年间，望苑驿西边有个百姓叫王申，他亲手在路旁栽种榆树，长成树林，盖了几间茅屋。夏天，他常送水给行人喝，遇上做官的就请到屋里歇息并献茶。他有个十三岁的儿子，常让儿子迎候客人。一日，儿子对父亲说，路上有个女子要水喝，父亲就让儿子把她叫进来。这女子特别年轻，穿着绿色短衣，戴着白色头巾，自己说家在南边十几里的地方，丈夫死了，没有孩子，如今服丧期满，要到马嵬坡去走亲戚，要点吃的穿的。她说话清楚明白，举止惹人喜爱。王申就留她吃饭，对她说："现在天已经黑了，可以住在这里，明天天亮再走。"女子也就欣然接受。王申的妻子把她安排在后堂，称她为小妹，请她帮忙裁几件衣服。从午时到戌时，她全做完了。针脚细密，几乎不是人工所能达到的。王申非常惊异，妻子也很喜欢她。王申就开玩笑说："小妹能给我做儿媳妇吗？"女子笑道："我已经没有依靠了，愿意为您操持家务。"王申当天就借新衣服、赊酒，举办婚礼娶她为儿媳妇。那天晚上很热，她告戒丈夫说："最近有许多盗贼，不能开着门睡觉。"丈夫就拿来一根大椽子，把门顶上再睡。到了半夜，

王申妻梦其子被发诉曰："被食将尽矣！"妻惊，欲省其子。王申曰："渠得好新妇，喜极呓言耶！"妻还睡，复梦如初。申与妻秉烛，呼其子及新妇，悉不应。扣其户，户牢如键。乃坏门阖，才开，有一物，圆目凿齿，体如蓝色，冲人而去。其子唯余脑骨及发而已。出《酉阳杂俎》。

韩 佽

韩佽在桂州，妖贼封盈，能为数里雾。先是，尝行野外，见黄蝶数十，因逐之，至大树下而灭。掘得石函，素书大如臂，遂成左道。归之如市。乃声言："某日收桂州，有紫气者，我必胜。"至期，果有紫气如匹帛，亘于州城上。白气直冲之，紫气遂散。忽大雾，至午稍霁。州宅诸树，滴下铜佛，大如麦，不知其数。是年韩卒。出《酉阳杂俎》。

许敬 张闲

唐贞元中，许敬、张闲同读书于偃月山。书堂两间，人据其一，中隔有丈。许西而张东，各开户牖。初敬遽相勖励，情地甚狎。自春徂冬，各秉烛而学。一夜二更，忽有一物，推许生户而入。初意其张生，而不之意。其物已在案侧立。及读书遍，乃回视。方见一物，长可五尺余，虎牙狼目，毛如猿玃，爪如鹰鹯，服豹皮裈。见许生顾盼，乃叉手端目，并足而立。许生恐甚，遂失声，连叫张生相救。如是数百声，张生灭烛，柱户佯寝，竟不应之。其物忽倒行，

王申的妻子梦见儿子披散着头发诉说道:“我要被吃光了!”妻子吃惊,要去看儿子。王申说:“他得到一个好媳妇,高兴得说梦话呢!”妻子继续睡觉,又做了同样的梦。王申和妻子就拿着蜡烛,喊他们的儿子和儿媳妇,全都不答应。去敲门,门就像上了锁一样打不开。于是就把门砸开,门刚打开,有一个瞪着圆眼、齿长如凿、遍体蓝色的怪物冲着人跑了出去。他们的儿子被吃得只剩下头骨和头发了。出自《酉阳杂俎》。

韩 佽

韩佽在桂州的时候,有个叫封盈的妖贼,能兴起几里的云雾。早先,封盈曾在野外行走,看到几十只黄色蝴蝶,于是就去追,追到大树下就不见了。他就地挖到了一个石匣,匣中有一卷粗如手臂的文书,于是他就走上了邪道。四方百姓都去归附他,使他家门庭如市。他声言道:“某天要攻打桂州,有紫气的时候,我必定胜利。”到了那时候,果然有紫气像布帛一样,横贯在州城上空。这时有一道白气直冲向紫气,紫气就散了。忽然起了大雾,到中午才略微散去。州城房宅的树上,都滴下了小铜佛,有麦粒那么大,不计其数。当年,韩佽死了。出自《酉阳杂俎》。

许敬 张闲

唐贞元年间,许敬、张闲同在偃月山读书。书堂两间,两人各占一间,中间隔了一丈远。许敬在西,张闲在东,各开各的门窗。起初二人互相敬重,互相勉励,感情亲密。从春到冬,都夜以继日地学习。一夜二更,忽然有一个怪物,推开许敬的门走进来。开始许敬以为是张闲来了,没有在意。那怪物已在书案旁边站定。等到许敬读完一遍,才回头看。这才看到那怪物,大约五尺多高,虎牙狼眼,毛像猿猴,爪子像鹰鹞,穿着豹皮裤子。它见许敬转头看,就交叉双手,目光直视,并脚站立。许敬非常害怕,就失声连连大叫张闲来救他。如此喊了几百声,张闲却熄了灯,用柱子顶上门装睡,居然没有答应。那怪物忽然倒着走,

就北壁火炉所，乃蹲踞视。许生呼张生不已。其物又起，于床下取生所用伐薪斧，却回而坐，附火复如初。良久，许生乃安心定气而言曰："余姓许名敬，辞家慕学，与张闲同到此。不早谒诸山神，深为罪耳。然浮俗浅识，幸勿责之。"言已，其物奋起，叉手鞠躬，唯唯而出。敬恨张生之甚也，翌日，乃撤书而归。于是张生亦相与俱罢，业竟不成。出《传信志》。

太原小儿

严绶镇太原，市中小儿如水际泅戏。忽见物中流流下，小儿争接。乃一瓦瓶，重帛幂之。儿就岸破之，有婴儿长尺余，遂迅走，群儿逐之。顷间，足下旋风起，婴儿已蹈空数尺。近岸舟子，遽以篙击杀之。发朱色，目在顶上。出《酉阳杂俎》。

李师古

李师古治山亭，掘得一物，类铁斧头。时李章武游东平，师古示之。武惊曰："此禁物也，可饮血三斗。"验之而信。出《酉阳杂俎》。

孟不疑

东平未用兵时，有举人孟不疑客昭义。夜至一驿，方欲濯足，有称淄青张评事者至，仆从数十。孟欲谒之，张被酒，初不顾。孟因退就西间。张连呼驿吏，索煎饼。孟默窥之，且怒其傲。良久，煎饼至。孟见一黑物如猪，

走到北墙下的火炉处，蹲在那里看着。许敬不停地喊张闲。那怪物又站起来，在床下拿起许敬砍柴的斧子，退回来坐下，像原先一样守在火炉旁。许久，许敬才安心静气地说："我姓许名敬，离家来求学，和张闲一块儿来到这里。没有早一点去拜见各位山神，实在是有罪。我见识浅薄，请不要怪罪。"说完，那怪物奋然而起，交叉两手鞠了个躬，连声答应着退出去了。许敬恨张生太过分了，第二天就收拾好书回家了。于是张闲也只好和他一起不学了，学业到底没成。出自《传信志》。

太原小儿

严绶镇守太原的时候，城里的小孩儿们到水边游泳嬉戏。忽然看见一个东西从水中顺流而下，小孩儿们争抢着去接。原来是一个瓦罐，用几层布盖着。小孩儿们把它拿到岸上打碎，里边有一个一尺多高的小婴儿，一出来就马上跑开了，小孩儿们就去追。顷刻间，脚下旋风起，婴儿已腾空几尺。靠近河岸有一个船夫，急忙用篙把婴儿打死。一看，他的头发是红的，眼睛长在头顶上。出自《酉阳杂俎》。

李师古

李师古修建山亭，挖到一个东西，类似铁斧头。当时李章武游历东平，李师古就把那东西给李章武看。李章武吃惊地说："这是禁物，能喝三斗血。"经过验证，果然如此。出自《酉阳杂俎》。

孟不疑

东平还没有战事的时候，有一位名叫孟不疑的举人客居在昭义军。一天夜里他来到一家驿站，刚要洗脚，有一个自称是淄青张评事的人来到驿站，还带着几十个仆从。孟不疑想去拜见他，张评事刚喝过酒，一开始没理睬。孟不疑于是回到西屋。张评事连喊驿站里的官吏，要煎饼。孟不疑默默地看着，对他的傲慢很生气。许久，煎饼到了。孟不疑看到一个黑东西像猪一样，

随盘，至灯影而灭。如此五六返，张竟不察。孟恐惧不睡。张寻太鼾。至三更，孟才寐。忽见一人皂衣，与张角力。久乃相捽入东偏房，拳声如杵。顷之，张被发双袒而出，还寝床上。至五更，张乃唤仆使，张烛巾栉。就孟曰："某昨醉中，都不知秀才同厅。"因命食，谈笑甚欢。时时小声曰："昨夜甚惭长者，乞不言也。"孟但唯唯。复曰："某有故，不可早发，秀才可先也。"探靴中，得金一挺，授孟曰："薄贶，乞密前事。"孟不敢辞，即前去。行数里，方听捕杀人贼。孟询诸道路，皆曰："淄青张评事，至其驿早发。及明，但空鞍，失张所在。骑吏返至驿寻索，驿西阁中有席角，发之，白骨而已，无洎一蝇肉也。地上滴血无余，唯一只履在傍。相传此驿旧凶，竟不知何怪。"举人祝元膺尝言："亲见孟不疑说，每诫夜食必须祭也。"祝又言："孟素不信释氏。颇能诗，其句云：'白日故乡远，青山佳句中。'后尝持念，溺于游览，不复应举。"出《酉阳杂俎》。

戴 詧

临川郡南城县令戴詧，初买宅于馆娃坊。暇日，与弟闲坐厅中，忽闻外有妇人聚笑声，或近或远，詧颇异之。笑声渐近，忽见妇人数十散在厅前，倏忽不见。如是累日，詧不知所为。厅际有枯梨树，大合抱，意其为祥，因伐之。根下

随着盘子进来，到灯影之下就消失了。如此往返了五六次，张评事居然没有察觉。孟不疑心中害怕没敢睡。张评事不一会儿就鼾声如雷。到了三更，孟不疑才睡下。忽然看见一个黑衣人与张评事搏斗。许久才互相扭打着进了东偏房，拳击声就像用杵舂米一样。过了一会儿，张评事披散着头发袒露着双肩出来了，回到床上睡觉。到了五更，张评事喊奴仆，吩咐点灯，洗脸梳头。他来到孟不疑这里说："我昨天喝醉了，完全不知道秀才也住在这里。"于是让人摆下酒饭，说说笑笑很高兴。张评事又不时地小声说："昨晚让您见笑了，请不要声张。"孟不疑只是一声声地答应。张评事又说："我有点事，不能早出发，您可以先走。"他伸手到靴子里，拿出来一挺金子，送给孟不疑说："一点小意思，请为昨天的事保密。"孟不疑不敢推辞，就提前离开了。走了几里，才听到官府追捕杀人凶犯。孟不疑向路上的人打听，都说："淄青张评事，在那驿站一早就出发了。到了天明，只剩下空马鞍，不知张评事哪儿去了。骑马的官吏回到驿站寻找，驿站西阁中有席子的一角，揭开一看，只见一堆白骨，上面没有一丝血肉。地上一滴血也没有留下，只有一只鞋在旁边。相传这个驿站以前就有凶事，到底也不知道是什么怪物。"举人祝元膺曾说："亲自听见孟不疑常常警告说，夜间吃饭必须祭祀。"祝元膺又说："孟不疑一向不信佛。他很能作诗，有两句诗是：'白日故乡远，青山佳句中。'这事过后，他经常持念佛经，四处游览，不再参加科举考试。"出自《酉阳杂俎》。

戴𧨳

临川郡南城县的县令戴𧨳，当初在馆娃坊买了一处宅子。闲暇之日，他和弟弟闲坐在厅堂中，忽然听到外面有妇人聚到一起哄笑的声音，忽近忽远，戴𧨳觉得很奇怪。那笑声渐渐地近了，忽然看到几十个妇人散站在厅堂前，忽地又不见了。一连几天都是这样，戴𧨳不知道该怎么办。厅堂边上有一棵枯梨树，有合抱那么粗，戴𧨳认为它是不祥之兆，于是就把它砍了。树根下

有石，露如拳，掘之转阔，势如鏊形。乃烈火其上，沃醋复凿，深五六尺，不透。忽见妇人绕坑，拊掌大笑。有顷，共牵詧入坑，投于石上。一家惊惧。妇人复还，大笑，詧亦随出。詧才出，又失其弟。家人恸哭，詧独不哭。曰："他亦甚快活，何用哭也？"詧至死，不肯言其状。出《酉阳杂俎》。

杜悰

杜悰未达时，游江湖间。值一程稍遥，昏暝方达一戍。有传舍，居者多不安，或怖惧而卒。驿将见悰骨气非凡，内思之，此或贵人，若宿而无恙，必将相也。遂请悰舍于内，供待极厚。至夜分，闻东序隙舍，汹汹如千万人声。悰取纸，大署己之名，系于瓦石，掷之喧聒之处，其声即绝。又闻西序复喧，即如前掷之，寻亦寂然，遂安寝。迟明，驿吏问安，公具述之，乃知必贵，以束素饯之。及大拜，即访吏擢用。出《玉堂闲话》。

郑絪

唐阳武侯郑絪罢相，自岭南节度入为吏部尚书，居昭国里。弟缊为太常少卿，皆在家。厨馔将备，其釜忽如物于灶中筑之，离灶尺余，连筑不已。其傍有铛十余所，并烹庖将热，皆两耳慢摇。良久悉能行，乃止灶上。每三铛负

有一块石头，露出来有拳头大小，向下挖便越来越大，样子像是平底锅的形状。就在它上面点上火，浇上醋再凿，凿了五六尺深，也没凿透。忽然看见那群妇人绕着坑，拍掌大笑。过了一会儿，她们一起拉着戴詧进到坑里，把他扔到石头上。一家人又惊又怕。妇人们又上来，放声大笑，戴詧也跟着走出来。戴詧刚走出来，他的弟弟又不见了。家人悲伤地大哭，只有戴詧不哭。他说："他现在也很快活，何必要哭呢？"戴詧一直到死，也不肯说出实情。出自《酉阳杂俎》。

杜 悰

杜悰还没有发达的时候，漫游在江湖上。正赶上一段路程比较远，黄昏的时刻才到达一个城堡。城中有驿站，客人大都感到不安，有的甚至恐惧而死。驿吏见杜悰气概不凡，心里想，这也许是个贵人，如果在这儿过夜而没有什么灾难，必定是将相之才。于是就请杜悰进去住下，对他的待遇很丰厚。到了夜半时分，听到东厢的空屋里，沸沸扬扬地好像有千万人的声音。杜悰拿出纸来，用大字写下自己的名字，系在瓦石上，扔到喧噪的地方，那声音立刻就停止了。又听到西厢屋里也很喧杂，就和东厢一样把名字扔过去，不一会儿也没声了，于是就安心睡觉。天将亮，驿吏来问安，杜悰详细述说了夜间发生的事，驿吏才知道他一定会富贵，拿出一束绢帛为他送行。等到杜悰当了宰相，就打听当年那个驿吏，把他提拔重用了。出自《玉堂闲话》。

郑 絪

唐朝阳武侯郑絪被罢免了宰相职务，又从岭南节度使入朝做了吏部尚书，住在昭国里。他的弟弟郑缊是太常少卿，一天他和弟弟都在家。厨房的饭菜将要准备好时，大锅忽然像被什么东西在灶中敲打似的，离灶一尺多高，仍被连续不停地敲打。那旁边有十几个锅，都在煮着东西，将热的时候，两耳都慢慢地摇动。过了好久，这些锅都能走路了，就停在灶上。每三个锅架起

一釜而行，其余列行引从，自厨中出。在地有足折者，有废不用者，亦跳踯而随之。出厨，东过水渠，诸铛并行，无所碍，而折足者不能过。其家大小惊异，聚而视之，不知所为。有小儿咒之曰："既能为怪，折足者何不能前？"诸铛乃弃釜于庭中，却过，每两铛负一折足者以过。往入少卿院堂前，大小排列定。乃闻空中轰然，如屋崩，其铛釜悉为黄埃黑煤，尽日方定。其家莫测其故。数日，少卿卒，相国相次而薨。出《灵怪集》。

河北军将

湖城逆旅前，尝有河北军将过。行未数里，忽有旋风如斗器，起于马前。军将以鞭击之，转大。遂旋马首，鬣起竖如植。军将惧，下马观之，觉鬣长数尺，中有细绠，如红綖。马时人立嘶鸣，军将怒，乃取佩刀拂之。因风散灭，马亦死。军将剖马腹视之，腹中已无肠，不知何怪。出《酉阳杂俎》。

宫山僧

宫山在沂州之西鄙，孤拔耸峭，迥出众峰。环三十里，皆无人居。贞元初，有二僧至山，荫木而居。精勤礼念，以昼继夜。四远村落，为构屋室。不旬日，院宇立焉。二僧尤加悫励，誓不出房，二十余载。元和中，冬夜月明，二僧各在东西廊，朗声呗唱。空中虚静，时闻山下有男子恸哭之声。稍近，须臾则及院门。二僧不动，哭声亦止，

一口大锅行走，其余的列队作引导随从，从厨房走出来。地上有折断脚的，有废弃不能用的，也一蹦一跳地跟上去。出了厨房，向东过水渠，那些锅都并排行走，没有什么阻碍，而断了脚的过不去。他家老老少少都很惊异，聚集在一起观看，不知怎么办好。有一个小男孩咒骂道："既然能作怪，断了脚的为什么不能往前走？"于是那些锅就把大锅扔在院子里，退回来，每两个锅起一个断了脚的走过去。走到少卿的堂屋前，大小排列站定。就听见空中轰轰作响，像房子崩塌，那些锅和大锅都变成了黄色的尘埃和黑色的煤屑，闹腾了一整天才安定下来。他们家谁都不知道这是因为什么。过了几天，郑缊死了，郑絪也相继死去。出自《灵怪集》。

河北军将

湖城旅店前，曾有个河北的军将经过。走了不几里，忽然有形如漏斗的旋风在马前刮起。军将用鞭子打它，它变得更大了。那旋风笼罩着马头，马的鬃毛都一根根直立了起来。军将害怕了，下马来看，觉得马的鬃毛长了几尺，中间有一根细绳犹如红线。马不时像人那样立起来嘶鸣，军将生气了，就拿佩刀砍。于是旋风散灭，马也死了。军将剖开马肚子一看，肚子里已经没有肠子了，不知道那是什么怪物。出自《酉阳杂俎》。

宫山僧

宫山在沂州西部边远的地方，它孤峰挺拔，高耸陡峭，远远超过众峰。周围三十里，全都没人居住。贞元初年，有两个和尚来到山中，在树荫下居住。他们精心勤苦地礼拜念经，夜以继日。四周村落的人，给他俩建造了屋室。不到十天，院落屋宇就建起来了。两个和尚更加勤勉，发誓不再出屋，如此二十多年。元和年间，冬夜里月光正明，两个和尚各在东西廊下高声诵经。此时空中寂静，时不时听到山下有男子痛哭的声音。那声音渐渐靠近，不多时便来到院门。两个和尚不动，哭声也停止了，

逾垣遂入。东廊僧遥见其身绝大，跃入西廊，而呗唱之声寻辍。如闻相击扑争力之状，久又闻咀嚼啖噬，啜吒甚励。东廊僧惶骇突走。久不出山，都忘途路，或仆或蹶，气力殆尽。回望，见其人踉跄将至，则又跳迸。忽逢一水，兼衣径渡毕，而追者适至。遥诟曰："不阻水，当并食之。"东廊僧且惧且行，罔知所诣。俄而大雪，咫尺昏迷。忽得人家牛坊，遂隐身于其中。

夜久，雪势稍晴。忽见一黑衣人，自外执刀枪，徐至栏下。东廊僧省息屏气，向明潜窥。黑衣踟蹰徙倚，如有所伺。有顷，忽院墙中般过两囊衣物之类。黑衣取之，束缚负担。续有一女子，攀墙而出，黑衣挈之而去。僧惧涉踪迹，则又逃窜，恍惚莫知所之。不十数里，忽坠废井。井中有死者，身首已离，血体犹暖，盖适遭杀者也。僧惊悸，不知所为。俄而天明，视之，则昨夜攀墙女子也。久之，即有捕逐者数辈偕至，下窥曰："盗在此矣！"遂以索缒人，就井縶缚，加以殴击，与死为邻。及引上，则以昨夜之事本末陈述。而村人有曾至山中，识为东廊僧者。然且与死女子俱得，未能自解，乃送之于邑。又细列其由，谓西廊僧已为异物啖噬矣。邑遣吏至山中寻验，西廊僧端居无恙。曰："初无物。但将二更，方对持念，东廊僧忽然独去。久与誓约，不出院门，惊异之际，追呼已不及矣。山下之事，我则不知。"邑吏遂以东廊僧诳妄，执为杀人之盗。榜掠薰灼，

那人就跳墙进来。东廊下的僧人远远看见来者身形非常高大，跳到西廊下，诵经之声不一会儿就停止了。好像听到互相打斗拼搏的声音，过了一会儿又听到啮咬咀嚼，以及十分猛烈的吞咽声。东廊下的僧人十分惊恐，急忙冲出去逃跑了。他很久不出山，都忘了路途，前仆后倒，气力几乎用尽。回头一望，见那人踉踉跄跄将要追来，就又跳起来逃跑。忽然遇上一条河，他穿着衣服径直渡过去，而追他的人恰好也到了。那人远远地骂道："要不是被水阻挡，我就把你一块儿吃了。"东廊僧人边走边感到恐惧，不知要到哪里去。不一会儿下大雪了，咫尺之内也看不清。忽然看到一户人家的牛棚，他就到里边藏身。

在夜里又过了很久，天气渐渐转晴。忽然看见一个黑衣人，拿着刀枪从外面慢慢来到牛棚下。东廊僧屏住呼吸，从暗处向明处偷看。黑衣人徘徊往复，好像在等候什么。一会儿，忽然院墙里扔出来两包衣物之类的东西。黑衣人拿起来，捆绑了一下背在肩上。接着有一个女子，翻墙而出，黑衣人领着她离去。僧人怕受嫌疑，就又逃窜，恍惚间不知要到什么地方去。走了不到十几里，忽然掉进一口废井里。井里有个死人，已身首异处，血淋淋的尸体还有温热，大概是刚被杀的。僧人惊惧，不知如何是好。不久天亮了，一看，是昨夜翻墙的那个女子。过了很久，就有几个追捕的人一块儿来到，往下一看说："盗贼在这儿呢！"于是用绳子往上吊他，一到井上就把他捆绑起来，加上拳打脚踢，快把他折腾死了。等到把他拉上来，他就把昨夜的事从头到尾陈述了一遍。村里有人曾经到过山中，认识他是东廊僧。然而他和死了的女子被一块儿找到，没办法自己说清楚，就把他送到县里。他又细说了事由，说西廊僧已被鬼怪吃了。县官派人到山中寻找查验，西廊僧却还在那里安然无恙。西廊僧说："一开始没什么东西。只是快到二更天，我们两人正要相对念经，东廊僧忽然独自离去。很早我们就有誓约，不出院门，正在惊异的时候，追喊他已经来不及了。山下的事，我就不知道了。"县吏于是认为东廊僧撒谎，捉拿为杀人凶手。又是拷打，又是火烤烟呛，

楚痛备施。僧冤痛诬，甘置于死。赃状无据，法吏终无以成其狱也。逾月，而杀女窃资之盗，他处发败，具得情实。僧乃冤免。出《集异记》。

备受痛苦。僧人冤枉,为受诬告而悲痛,情愿一死了之。由于告他盗窃的罪状没有证据,法官始终没办法判罪。过了一个月,杀女人偷东西的那个盗贼,在别的地方败露了,详细地供出了真实情况。僧人这才洗清了冤枉。出自《集异记》。

卷第三百六十六

妖怪八

杜元颖　朱道士　郑　生　赵士宗　曹　朗
秄　儿　李　约　张　缜　马　举　韦　琛
张谋孙　李　黄　宋　洵　张氏子　僧十朋
宜春人　朱从本　周　本　王宗信　薛老峰
欧阳璨

杜元颖

杜元颖镇蜀年，资州方丈大石走行，盘礴数亩。新都县大道观老君旁泥人须生数寸，拔之，俄顷又出。都下诸处有栗树，树叶结实，食之，味如李。鹿头寺泉水涌出，及猫鼠相乳之妖。蛮欲围城，城西门水，有人见一龙与水牛斗，俄顷皆灭。又说，李树上皆得木瓜，而空中不实。出《戎幕闲谈》。

朱道士

朱道士者，大和八年常游庐山。憩于涧石，忽见蟠蛇如堆缯锦，俄变为巨龟。访之山叟，云是玄武。朱道士又曾游青城山丈人观。至龙桥，见岩下有枯骨，背石平坐，

杜元颖

杜元颖镇守蜀地的时候，资州有一块一丈见方的大石头能自己行走，占据了好几亩地的地方。新都县大道观老君像旁边的泥人长出了几寸的胡须，把它拔了，过一会儿又长出来。城下各处有栗子树，树叶上结出果实，吃它，味道像李子。鹿头寺的泉水涌出来，还有猫给鼠喂奶的怪事。南蛮军队想要围城，城西门有一条河，有人见一条龙和水牛打斗，不一会儿全都消失了。又有人说，李子树上都结了木瓜，但是里边是空的，没有瓤。出自《戎幕闲谈》。

朱道士

朱道士太和八年曾游庐山。他在山涧的大石上休息，忽然看到一条盘曲的大蛇有如一堆锦缎，顷刻间变成了一头大龟。他向山上的老翁打听，说是玄武。朱道士还曾经游青城山丈人观。他走到龙桥，见岩下有一具枯骨，背对石头平坐在那里，

接手膝上。钩镆，附苔络蔓，色白如雪。云祖父已常见。出《酉阳杂俎》。

郑　生

俗传人之死，凡数日，当有禽自柩中而出者，曰“杀”。大和中，有郑生者，常于隰川与郡官略于野。有网得一巨鸟，色苍，高五尺余。主将命解而视之，忽无所见。生惊，即访里中民，讯之。民有对者曰：“里中有人死，且数日，卜人言，今日‘杀’当去。其家伺而视之，有巨鸟色苍，自柩中出。君之所获，果是乎？”天宝中，京兆尹崔光远因游略，常遇一妖鸟，事与此同也。出《宣室志》。

赵士宗

会昌元年，戎州水涨，浮木塞江。刺史赵士宗召水军接木段。公署卑小地窄，不复用，因并修开元寺。后月余日，有夷人，逢一人，如猴，著故青衣，亦不辨何制。云：“关将军遣来采木，被此州接去，不知为计，要须明年却来收。”夷人说于州人。至二年七月，天欲曙，忽暴水至。州城临江枕山，每大水，犹去州五十余丈。其时水高百丈，漂二十余人。州基地有陷十丈处，大石如三间屋者，积堆于州基。水黑而腥，至晚方退。知州官虞藏玘及吏，才及船投岸。旬月后，州水方干，除大石外，更无一物。唯开元寺玄宗真容，去旧处十余步，卓立沙上。其他铁石，一无有者。出《酉阳杂俎》。

两手相接放在双膝上。骨骼勾连在一起如同锁链一样，上面附着着苔藓和藤蔓，颜色白得像雪。他说他祖父已曾见过。出自《酉阳杂俎》。

郑生

民间传说人死了，过了几天，会有鸟从灵柩中飞出来，那鸟叫“杀”。太和年间，有一位郑生，曾经在隰川和郡官到野外巡视。有人网到一只大鸟，苍青色羽毛，五尺多高。主将让人把它解下来看看，忽然什么也看不见了。郑生很是吃惊，就去拜访乡里百姓，打听这件事。有百姓回答说：“乡里有个人死了几天了，占卜的人说，今天‘杀’会离去的。这家人等候在那里看着，有一只苍青色大鸟，从灵柩中飞出来。你所捕获的，就是这只鸟吧？”天宝年间，京兆尹崔光远一次外出巡游，曾经遇到一只妖鸟，情形和这相同。出自《宣室志》。

赵士宗

会昌元年，戎州江水暴涨，水上的浮木堵塞了江流。刺史赵士宗让水军把浮木段打捞上来。戎州官署低矮窄小，用不了这么多，于是剩下的木头就都用来修建开元寺。后来过了一个多月，有一个夷人碰到一个人，这个人像猴，穿一件旧的青色衣服，从衣服也辨不出是何身份。这人说：“关将军派我来采木头，被这个州收了去，没有办法，要明年再回来收了。”夷人把这事告诉给戎州人。到了第二年七月，天将亮，忽然大水来了。州城一面临江，一面靠山，每次发大水，还离州城五十多丈远。这次水高一百多丈，冲走二十多人。州城城基有陷下去十丈的地方，有大石头像三间房子那么大，堆积在州城城基。水又黑又腥，到了晚上才退。州署官员虞藏玘和其他官吏们，这时候才能够乘船靠岸。一个月后，州城里的水才干，除了大石头以外，没有别的东西了。只有开元寺唐玄宗的雕像，被冲到离旧地方十几步处，直立在沙滩上。其它铁石器物，全都没有了。出自《酉阳杂俎》。

曹朗

进士曹朗，文宗时任松江华亭令。秩将满，于吴郡置一宅。又买小青衣，名曰花红云。其价八万，貌甚美，其家皆怜之。至秋受代，令朗将其家人入吴郡宅。后逼冬至，朗缘新堂修理未毕，堂内西间，贮炭二百斤。东间窗下有一榻，新设茵席，其上有修车细芦篾十领。东行南厦，西廊之北一房，充库。一房即花红及乳母，一间充厨。至除前一日，朗姊妹乃亲，皆办奠祝之用。铛中及煎三升许油，旁堆炭火十余斤。妹作饼，家人并在左右，独花红不至。朗亲意其惰寝，遂召之至，又无所执作。朗怒，笞之，便云头痛。忽有大砖飞下，几中朗亲。俄又一大砖击油铛，于是惊散。厨中食器，乱在阶下。日已晚，俱入西舍，遂移入堂，并将小儿。及扃堂门，子母相依而坐，汗流如水，不谕其怪。朗取炭数斤燃火，俄又空中轰榻之声，火又空中上下。忽见东窗下床上，有一女子，可年十四五，作两髻，衣短黄襦裤，跪于床，似效人碾茶。朗走起擒之，绕屋不及。逡巡，匿芦篾积中。朗又踏之，啾然有声，遂失所在。坐以至旦，鸡鸣，方敢开门。乳母花红熟寝于西室。

朗召玉芝观顾道士作法。数日，有人长吁曰："吾是梁苑客枚皋。前因节日，求食于此，君家不知云何见捕？"朗具茶酒，引之与坐。皋谓朗曰："吾元和初，游上元瓦棺阁，第二层西隅壁上，题诗一首。"朗苦请，皋曰："方心事无悰，

曹朗

进士曹朗，文宗时任松江华亭县的县令。任期将满，他在吴郡购置了一处宅院。又买了一个小婢女，名叫花红。她的价钱是八万，容貌非常美，这一家人都很怜爱她。到了秋天，曹朗的官职被别人接替，他就将全家人迁入吴郡的宅子里。后来将近冬至，曹朗因为新堂的修理尚未完毕，在堂内的西间，还存放了二百斤炭。东间窗下有一张床，新铺设的席子，那上面有修车用的细芦苇编成的席子十领。往东走是南屋，西廊的北面有一间房，当库房用。一间房是花红和乳母的住处，一间房是厨房。到除夕的前一天，曹朗的姐妹和母亲，都动手置办祭奠祝祷用的东西。锅里煎着三升左右的油，旁边堆着十几斤炭火。妹妹做饼，家人都在旁边，只有花红没到。曹朗的母亲以为她在睡懒觉，就把她找了来，她又不干什么事。曹朗生气了，用鞭子打她，她便说头痛。忽然有一块大砖飞下来，差一点打中曹朗的母亲。不一会儿又有一块大砖砸到油锅里，于是大家惊散。厨房里的食器在台阶下乱作一团。天已经晚了，人们都来到西屋，又转移到堂上，还抱着小孩。等关上堂门，母子相依而坐，汗流如水，不明白是怎么回事。曹朗拿来几斤炭生上火，顷刻间空中又有轰塌的声音，火焰悬在空中上下飞动。忽然看到东窗下的床上，有个女子，年龄大约十四五岁，梳着两个发髻，穿黄色短衣裤，跪在床上，好像在模仿人碾茶。曹朗跑过去捉拿她，绕着屋子追也追不上。她迅速地藏到了芦席堆中。曹朗又上去用脚踏，里面发出啾啾的声响，于是她就消失了。大家坐着到了天明，听到鸡叫，才敢开门。乳母和花红却正在西屋熟睡。

曹朗请玉芝观的顾道士来家里做法。几天之后，有一个人长叹说："我是梁苑的宾客枚皋。之前趁着节日，到这儿来要饭吃，你家不知道为什么把我捉起来了?"曹朗准备了茶和酒，请枚皋入座。枚皋对曹朗说："我在元和初年时游览过上元瓦棺阁，在第二层西边角落的墙壁上，题有一首诗。"曹朗苦苦请求枚皋告诉他那首诗的内容，枚皋说："我正有心事不太高兴，

幸相悉。他日到金陵，可自录之。足下之祟，非吾所为。其人不远，但问他人，当自知。”朗遂白顾道士，舍之。里中有女巫朱二娘，又召令占。巫悉召家人出，唯花红头痛未起。巫强呼之出，责曰：“何故如此？娘子不知，汝何不言？”遂拽其臂，近肘有青脉寸余隆起。曰：“贤圣宅于此，夫人何故惊之？”花红拜，唯称不由己。朗惧，减价卖之。历二家，皆如此。遂放之，无所容身，常于诸寺纫针以食。

后有包山道士申屠千龄过，说花红本是洞庭山人户共买人家一女，令守洞庭山庙。后为洞庭观拓北境二百余步，其庙遂除。人户卖与曹时，庙中山魅无所依，遂与其类巢于其臂。东吴人尽知其事。出《乾𦠆子》。

秄　儿

彭城刘刺夫，会昌中进士上第。大中年，授鄠县尉卒。妻王氏，归其家，居洛阳敦化里第礼堂之后院。咸通丁亥岁，夜聚诸子侄藏钩，食煎饼。厨在西厢，小僮秄儿，持器下食。时月晦云惨，指掌莫分。秄儿者，忽失声仆地而绝。秉炬视之，则体冷面黑，口鼻流血矣。擢发灸指，少顷而苏。复令数夫束缊火循廊之北。于仓后得所持器。仓西则大厕，厕上得一煎饼，溷中复有一饼焉。出《三水小牍》。

但仍有幸与你相识。以后到了金陵,你可以自己去抄录。你家妖怪作祟,不是我干的。那人离此不远,只要问一问别人,你就会知道的。"曹朗就把这事告诉了顾道士,不让他再做法了。乡间有一个女巫叫朱二娘,曹朗又把她找来占卜。女巫让家人全都出去,只有花红头痛没起来。女巫硬把她叫出来,责备她说:"为什么这样呢?娘子不知道,你为什么不说?"于是就来拽她的胳膊,她胳膊近肘处隆起了一寸多长的青筋。花红说:"有贤圣住在这儿,夫人为什么要惊动他们?"花红又下拜,只说自己是身不由己。曹朗害怕了,就把她减价卖给了别人。她又经历了两家,都发生了同样的事。于是就把她驱逐出去了,她无处容身,常到各寺院去做些针线活维持生计。

后来有一个叫申屠千龄的包山道士来拜访曹朗,说花红本来是洞庭山的一些人家共同买的一个别家女子,让她守洞庭山庙。后来因为洞庭观向北拓展了二百多步,那座庙就废除了。那些人家把她卖给曹朗时,庙中的山妖鬼怪无所依存,就和它们的同类在她的胳膊上巢居下来。东吴的人们都知道这件事。出自《乾𦠆子》。

秄儿

彭城的刘刺夫,会昌年间考中进士。大中年间授鄠县县尉,死在任上。他的妻子王氏回到老家,住在洛阳敦化里宅第礼堂的后院。咸通丁亥年,一天夜里她聚集各位子侄来玩猜物的游戏,还吃煎饼。厨房在西厢,有个小童叫秄儿,拿着食器来送饭。当时月色昏暗乌云低垂,伸手不见五指。秄儿忽然失声摔倒而气绝。人们拿来灯烛一看,只见他身体冰冷,面色发黑,口鼻流血。人们揪他的头发,熏灼他的手指,过了一会儿他才苏醒过来。又让几个男子捆绑破麻做成火把,顺着廊檐向北去寻找。在库房后边找到了秄儿所拿的食器。库房的西头就是厕所,在厕所找到了一张煎饼,粪坑里还有一张煎饼。出自《三水小牍》。

李约

咸通丁亥岁，陇西李夷遇为邠州从事。有仆曰李约，乃夷遇登第时所使也。愿捷善行，故常令邮书入京。其年秋七月，李约自京还邠，早行数坊，鼓始绝，倦憩古槐下。时月映林杪，余光尚明。有一父皤然，伛而曳杖，亦来同止。既坐而呻吟不绝，良久谓约曰："老夫欲至咸阳，则蹒跚不能良行。若有义心，能负我乎？"约怒不应，父请之不已。约乃谓曰："可登背。"父欣然而登。约知其鬼怪也，阴以所得哥舒棒，自后束之而趋。时及开远门，东方明矣。父数请下，约谓曰："何相侮而见登？何相惮而欲舍？"束之愈急。父言语无次，求哀请命，约不答。忽觉背轻，有物坠地。视之，乃败柩板也，父已化去。掷于里垣下，后亦无咎。出《三水小牍》。

张缜

处士张缜，多能善琴。其妻早亡于江陵，纳妾甚丽。未旬日，主庖小青衣于灶下得一铜人，长可一寸，色如火。须臾渐大，长丈余，形状极异。走入缜室，取其妾食之，毛发皆尽。食讫渐小，复如旧形，入灶下而失。出《闻奇录》。

李　约

咸通丁亥年，陇西李夷遇任邠州从事。他有个仆人叫李约，是李夷遇科举及第的时候就使用的仆人。李约朴实敏捷，还善于走路，所以李夷遇经常让他到京城去送信。那年秋天七月，李约从京城回邠州，早早起来，走过几条街巷，更鼓才不响了，他因疲倦，在一棵古槐树下休息。当时月亮映在林梢，余光还比较明亮。有一个白头发老头儿，弯着腰拄着拐杖，也来到槐树下休息。他坐下之后就呻吟不止，过了好一会儿，他对李约说："老汉我想到咸阳去，但步履蹒跚不能很好地走路。你要是有义心，能背我吗？"李约很生气，没有答应，老头儿不停地请求。李约这才对他说："你可以爬到我背上来。"老头儿高兴地爬到他背上。李约知道他是鬼怪，暗中把带在身边的哥舒棒拿出来，从后边把他控制住往前跑。到了开远门的时候，东方已经放亮了。老头儿几次请求下来，李约对他说："你为什么欺侮我而骑到我身上？为什么害怕了又要离去？"说着，他控制得更紧了。老头儿语无伦次，苦苦地哀求饶命，李约就是不答应。忽然他觉得背上变轻了，有东西坠落到地上。一看，是一块烂棺材板子，老头儿已变化而去。李约把棺材板子扔到里巷的墙下，后来也没什么灾祸。出自《三水小牍》。

张　缜

处士张缜，很善于弹琴。他的妻子早年死在了江陵，于是他又纳了一个妾，长得非常美丽。不到十天，负责做饭的小丫环在灶台下拾到一个铜人，约有一寸来高，颜色像火。不一会儿，那铜人渐渐长大，长到一丈多高，形状容貌极其特别。铜人跑到李缜的屋子里，抓住李缜的爱妾就吃，连头发都吃光了。吃完了它又渐渐变小，又变回原来的样子，回到灶台下就消失了。出自《闻奇录》。

马举

马举常为山南步奏官。间道入蜀，时兵后僻路，绝无人烟。夜至一馆，闻东廊下有人语声，因往告之。有应者云："中堂有床，自往宿去。"举至中堂，唯有土榻。求火，答云："无火。"求席，隔屋掷出一席，可重十余斤。举亦壮士，殊不介意。中夜，有一物如猴，升榻而来。举以铁椎急击之，叫呼而走。及明告别，其人怒去，更云："夜来见伊独处，令儿子往伴，打得几死。"举推其门，不可开。自隙窥之，积壤而已。举后为太原大将，官至淮南节度使。出《稽神录》。

韦琛

昭义从事韦琛，幼年时尚在学院。冬节夜，捧书以归，及寝堂，绝无人，独厨中有构火烹油之所。因窥之，则铛长数尺，久而复低，如是者三四。琛大恐，奔出于门，方见其家。悉于外寝，营享奠之所矣。琛神色惨栗，且告之故。家人咸叱之，以为稚子妄语也。俄顷，厨中有主庖青衣，就铛作食，仍映小儿于怀抱间。儿踊身索哺，因误坠铛中。沸油涌溢，青衣大叫。火已及屋，长幼奔救。或沃以水，焰则转炽，盖膏水相激也。乃杂掷罂盎茵毯之类，久之方灭。火灭，儿已燋矣。阖室惊怖，为之罢节。青衣亦以此发悸而死。出《唐阙史》。

马举

马举曾经做过山南步奏官。他从小道到蜀地去，那时战乱刚过，偏僻小路上没有人烟。他夜晚来到一家旅馆，听到东廊下有人说话的声音，就过去告诉人家。有人答应说："中堂有床，你自己去睡吧。"马举来到中堂，见里边只有土炕。他要火，有人回答说："没有火。"他要席子，隔壁屋扔出来一张席子，约有十来斤重。马举也是个壮士，一点也不在意。半夜，有一个猴一样的东西跑到炕上来。马举用铁锤使劲打它，它大呼小叫地跑了。等到天明告别时，那人生气地离去，还说："夜里见你独自在那儿，让儿子去跟你作伴，你差点把他打死了。"马举去推那门，推不开。从门缝往里一看，只是土堆而已。马举后来当了太原大将，官位升至淮南节度使。出自《稽神录》。

韦琛

昭义军从事韦琛，幼年的时候还在学校读书。冬至节那天晚上，他捧着书回家，走到堂屋，一个人也没有见到，只有厨房里在架火烧油。于是他就向厨房里窥视，见到一个长了几尺高的锅，过了好久这锅又变低了，如此反复了三四次。韦琛十分害怕，就跑出门来，这时才看到全家人。家人们都集中在外屋，正在布置祭奠的场所。韦琛的神情凄惨悲痛，向家人述说了刚才的事情。家人全都呵叱他，以为是小孩子胡说八道。片刻之间，厨房里有一个负责做饭的婢女，在锅前做饭，还映现出一个小孩在她的怀抱里。小孩往上跳想要吃奶，结果不小心掉到了锅里。沸腾的油溢出来，婢女大叫。火已经烧到屋里，家中男女老少都跑来救火。有的人用水浇，火焰却变旺了，大概是油水相激的原因。于是就乱扔了一些瓶子、罐子、垫子、毯子之类的东西，老半天才把火扑灭。火灭了，那个小孩也烧焦了。全家人都吃惊恐惧，因此不再过节了。那婢女也因为这件事惊悸而死。出自《唐阙史》。

张谋孙

广州副使张谋孙，虽出于阘茸，有口辩，善心计，累为王府参佐。咸通初，从交广辟，遂为元寮。性贪侈，聚敛不倦。南海多奇货，若犀象珠贝之类，不可胜计。及府罢北归，止于汝坟。于郡西三十里，郁阳驿南，汝水之上，构别业，穷极华敞。常凿一池，欲北引官渠水涨之。或曰："此处今年太岁所在也。"谋孙诫役夫曰："掘得太岁则止。"明日及泉，获一土囊，破之，中有物升余，色白，如粟粒，忽跳跃四散而隐。谋孙遂中暴病，信宿而死。原缺出处，明抄本作出《三水小牍》。

李黄

渠州刺史李黄，夏日憩于小厅。见鼠穴中有一人，长数寸，执彗，扫穴前而入。有二人，亦长三二寸，舁一镬，添水爨薪。须臾，镬前有一夜叉，执铁扠，叉一人。披紫袍，执象笏，长三二寸，形色状貌，乃李也。黄虽惧而不敢惊之。乃咄黄脱衣，入镬中，须臾而出，黄衣服而入穴中。又见一妇人出火中，乃黄之孀姊，寓岳州久矣。主镬者扠黄姊入镬中，须臾又出。姊服衣亦入穴中。主镬者亦入，又二人舁镬入，而拥彗者又扫去其灰烬。数日如此，黄大忧，遣访其姊，亦无恙，数年方卒。黄十余年方卒。出《闻奇录》。

张谋孙

广州副使张谋孙，虽然出身贫寒，但是有口才，有心计，多次升官后担任王府参佐。咸通初年，他从岭南被征召，于是成为了重臣。他性情贪婪奢侈，聚敛无厌。南海一带奇货很多，像犀角、象牙、珍珠、贝壳之类，多得不可胜数。等到他卸任北归故里，走到古汝水堤岸处，便停了下来。他在郡西三十里，郁阳驿之南，汝水岸边，建造了一座别墅，豪华宽敞至极。他曾经凿了一个水池，想要从北面引官渠里的水灌满它。有人说："这里今年是太岁所在的地方。"张谋孙告诫为他干活的工匠们说："挖到太岁就停止。"第二天挖到了泉水，发现一个土囊，打破一看，里边有一升多东西，颜色是白的，像谷粒，忽然跳起来四散而隐没。张谋孙于是突然得了重病，过了两宿就死了。原缺出处，明抄本作出自《三水小牍》。

李　黄

渠州刺史李黄，夏天在小厅里休息。看到耗子洞里有一个小人，几寸高，拿着扫帚，扫完了洞口就回去了。又有两个人，也是二三寸高，抬着一口锅，添上水，烧上火。不一会儿，锅前有一个夜叉，拿着铁叉，叉起一个人。这个人穿着紫色袍子，拿着象牙笏板，高二三寸，看他的神色样貌，竟是李黄。李黄虽然害怕，但是也不敢惊扰。夜叉呵叱李黄脱去衣服，进到锅里去，一会儿又出来，李黄穿好衣服进入了洞中。又看见一个妇人从火中出来，此人是李黄守寡的姐姐，寄居在岳州很久了。看锅的把李黄的姐姐叉到锅里，不多时又出来了。姐姐也穿好衣服进到洞中。看锅的也进去了，又有二人抬着锅进洞里，拿扫帚的人又扫去那些灰烬。一连几天都是这样，李黄非常担心，派人打听他的姐姐，却安然无恙，几年后才死。李黄是十几年之后才死的。出自《闻奇录》。

宋洵

进士宋洵，下第南归。兄波，为金州石泉令。洵以县邑喧杂，于县东数里葺一山居。未毕，役者闻山石中有妇人语云："宋三郎来矣！"及洵居之，因月夜，于书堂侧屣步，又自闻石中云："宋三郎来矣！"驻步听之，石门忽开。见妇人数辈，再拜笑曰："请三郎入来。"洵欲走，为数辈所擒。入其室，石门遂闭。仆夫急告波，穿石求之，终不能得。出《闻奇录》。

张氏子

唐文德中，京官张，忘其名，寓苏台。子弟少年，时往文人陆评事院往来，为一美人所悦。来往多时，心疑之，寻病瘠。遇开元观道士吴守元，云有不祥之气，授一以符。果一盟器婢子，背书"红英"字，在空舍柱穴中。因焚之，其妖乃绝。闻于刘山甫。出《北梦琐言》。

僧十朋

刘建封寇豫章，僧十朋与其徒奔分宁，宿澄心僧院。初夜，见窗外有光。视之，见团火，高广数尺。中有金车子，与火俱行，呕轧有声。十朋始惧，其主人云："见之数年矣。每夜，必出于僧堂西北隅地中，绕堂数周，复没于此。以其不为祸福，故无掘视之者。"出《稽神录》。

宋洵

进士宋洵，落榜后南归故乡。他的哥哥宋波，是金州石泉县令。宋洵因为县城里喧闹嘈杂，在县东几里的山中盖一间房子居住。还没有盖完，干活的人们听到山石间有一个妇人说道："宋三郎来了！"等到宋洵住进去之后，一次他趁着月夜，在书堂旁边散步，自己又听到石中说："宋三郎来了！"他停下脚步去听，一扇石门忽然开了。他看到里边有好几位妇人，连连下拜，笑着说："请三郎进来。"宋洵想要离开，被妇人们捉住了。进到里边，石门就关上了。仆人们急忙告诉宋波，宋波凿穿石头寻找，始终没能找到。出自《闻奇录》。

张氏子

唐朝文德年间，有一个姓张的京官，忘了他叫什么名字，寄居在姑苏台。他的子侄中有位少年，时常往来于文人陆评事的家里，被一个美人喜欢上了。来往了很长时间，他心里对那美人很着迷，不久便病得消瘦了。遇上开元观道士吴守元，守元说他有不祥之气，就把一张符交给了他。后来果然发现一个制作成婢女模样的陪葬器，背面写着"红英"二字，就在空屋柱子上的洞穴里。于是他把符烧了，那妖就灭绝了。这是从刘山甫那里听来的。出自《北梦琐言》。

僧十朋

刘建封进犯豫章时，僧人十朋和他的弟子们跑到分宁，住在澄心僧院里。刚入夜，他们看见窗外有光。一看，只见一团火，高和宽各有几尺。火中有辆饰金的车子，和火一块儿移动，发出摇橹一样的响声。十朋一开始很害怕，僧院主人说："已见过多年了。每天夜里，它必定出现在僧堂西北角的地里，绕着僧堂走几圈，再在那地方隐没。因为它没有带来什么祸事，所以没有人挖开地看它是怎么回事。"出自《稽神录》。

宜春人

天祐初，有人游宜春，止空宅中。兵革之后，井邑芜没。堂西屋梁上，有小窗，窗外隙荒数十亩。日暮，窗外有一物，正方，自下而上。顷之，全蔽其窗。其人引弓射之，应弦而落。时已夕，不能即视。明旦寻之，西百余步，有方杉板，带一矢，即昨所射也。出《稽神录》。

朱从本

李遇为宣州节度使，军政委大将朱从本。本家厩中畜猴，圉人夜起秣马，见一物如驴，黑而毛，手足皆如人。据地而食此猴，见人乃去，猴已食其半。明年，遇族诛。宣城故老云："郡中常有此怪，每军城有变，此物辄出，出则满城皆臭。田頵将败，出于街中，巡夜者见之，不敢逼。旬月祸及。"出《稽神录》。

周　本

信州刺史周本入觐扬都，舍于邸第。遇私讳日，独宿外斋，张灯而寐。未熟，闻室中有声划然。视之，见火炉冉冉而上，直傅于屋，良久乃下，飞灰勃然。明日，满室浮埃覆物，亦无他怪。出《稽神录》。

王宗信

唐末，蜀人攻岐还，至于白石镇，裨将王宗信止普安

宜春人

天祐初年，有个人游宜春，住在一所空宅子里。正值战乱之后，城乡荒芜破落。堂西的房梁上，有一个小窗，窗外是几十亩空闲荒地。天黑之后，窗外有一个东西，正方形，从下边往上来。顷刻之间，把窗全挡上了。这人拉弓去射，那东西随着弓弦声落下去了。当时已是夜间，不能马上出去看。第二天早晨一找，向西走了一百多步，有一块方形杉木板，带着一支箭，就是昨夜他射中的东西。出自《稽神录》。

朱从本

李遇任宣州节度使时，军政大事都委托给大将朱从本去办。朱从本家的马厩里养着一只猴子，养马的人夜里起来喂马，看到一个像驴一样的怪物，身上是黑色的，还长着毛，手脚都像人。那东西坐在地上吃那只猴子，见有人来就离开了，猴子已被吃掉了一半。第二年，他家遭到灭族的灾难。宣城的老人们说："郡里常出现这种怪物，每当军城中有变故发生时，这东西就出现，一出现就满城都是臭的。田颙将要败落的时候，它出现在街上，巡夜的看见了，不敢走近它。一个月后灾祸就来临了。"出自《稽神录》。

周　本

信州刺史周本到扬州去朝觐，住在客店里。正赶上家中先人的忌日，他就独自住在外屋，点着灯睡觉。还没有睡熟，听到屋子里有声音一下子划过。一看，只见火炉慢慢地升了起来，一直逼近屋顶，过了很长时间才下来，飞灰纷纷扬起。第二天，满屋子的浮灰覆盖着东西，也没有发生别的什么怪事。出自《稽神录》。

王宗信

唐末，蜀人攻打岐山回来，到白石镇，副将王宗信住在普安

禅院僧房。时严冬，房中有大禅炉，炽炭甚盛。信拥妓女十余人，各据僧床寝息。信忽见一姬飞入炉中，宛转于炽炭之上。宗信忙遽救之。及离火，衣服并不燋灼。又一姬飞入如前，又救之。顷之，诸妓或出或入，各迷闷失音。有亲吏隔驿墙，告都招讨使王宗俦。宗俦至，则徐入，一一提臂而出。视之，衣裾纤毫不毁，但惊悸不寐。讯之，云被胡僧提入火中。所见皆同。宗信大怒，悉索诸僧立于前，令妓识之。有周和尚者，身长貌胡。皆曰是此也。宗信遂鞭之数百，云有幻术。此僧乃一村夫，新落发，一无所解。又缚手足，欲取炽炭爇之。宗俦知其屈，遂解之使逸。讫不知何妖怪。出《王氏见闻》。

薛老峰

福州城中有乌石山，山有峰，大凿三字，曰"薛老峰"。癸卯岁，一夕风雨，闻山上如数千人喧噪之声。及旦，则薛老峰倒立，"峰"字反向上。城中石碑，皆自转侧。其年闽亡。出《稽神录》。

欧阳璨

三传欧阳璨，住徐州南五十里。有故到城，薄晚方回。不一二里，已昏暝矣。是夕阴晦，约行三十里，则夏雨大澍，雷电震发。路之半，有山林夹道，密林邃谷，而多鸷兽。生怖惧不已。既达山路，雨势弥盛。俄见巨物出于面前，

禅院僧房里。当时正是严冬，房中有一个大禅炉，炭火烧得很旺。王宗信被十几个妓女拥簇着，都各自占好床位准备睡下。王宗信忽然看到一个妓女飞进炉里，在炭火上回旋翻滚。王宗信急忙上去救她。等到离开火一看，她的衣服并没烧焦。又有一个妓女像刚才那样飞进去，又救出来。顷刻之间，妓女们有的飞进去，有的被救出来，一个个昏迷不醒无法说话。有一位亲随的小吏隔着驿站的墙告诉了都招讨使王宗俦。王宗俦来到，慢慢进屋，一个个提着胳膊拽出来。一看，衣服裙子丝毫没烧坏，只是又惊又怕不能睡觉。问她们，说是被一个胡僧提进火里的。她们看到的都相同。王宗信大怒，把所有的僧人都找来站在眼前，让妓女们认一认。有一个周和尚，个子很高，相貌像胡人。妓女们都说是他。王宗信就打了他几百鞭子，说他有幻术。这个僧人其实是一个村民，刚落发出家，什么都不懂。王宗信又捆了他的手脚，想要拿炭火烧他。王宗俦知道他冤屈，就把他解开让他跑了。到底也不知道那是什么妖怪。出自《王氏见闻》。

薛老峰

福州城中有一座乌石山，这山有座山峰，峰上凿了三个大字，叫“薛老峰”。癸卯年，一天晚上风雨大作，人们听到山上好像有几千人喧哗吵闹的声音。等到天亮，发现薛老峰倒立着。“峰”字反过来向上了。城里的石碑，全都自己转换了方向。这一年闽国灭亡了。出自《稽神录》。

欧阳璨

考中过三传科的欧阳璨，家住在徐州城南五十里的地方。一次，他有事到城里去，傍晚时分才回来。走出不到一二里地，天就已经昏暗下来了。这天晚上是个阴天，他大约走了三十里，就夏雨滂沱，雷电大作。半路上，有山石树林在道路两旁，林密谷深，有很多猛禽野兽。欧阳璨恐惧不已。走上山路之后，雨势更大了。忽然，他看见一个庞大的东西出现在自己的面前，

裁十余步。长丈余，色正白，亦不辨首足之状，但导前而行。生恐悸尤极，口常讽《大悲神咒》，欲朗讽之。口已噤矣，遂心存念之，三数遍则能言矣。诵之不辍，俄失其妖。去家渐近，雨亦稍止。自尔，昏暝则不敢出庭户之间矣。出《玉堂闲话》。

才离他十几步远。那东西一丈多高，纯白色，也看不清手脚是什么样子，只是引导着他往前走。他害怕极了，平时嘴里常念叨着《大悲神咒》，这时他想要大声念。但嘴里已经念不出来了，只好在心里默默地念，念了三五遍就能发出声音了。于是他就不停地大声念，过了一会儿就不见了那妖物了。离家渐渐近了，雨也渐渐停了。从此，他一到黑天就不敢离开家门了。出自《玉堂闲话》。

卷第三百六十七

妖怪九人妖附

妖怪

东柯院　王守贞　彭　颙　吕师造　崔彦章

润州气　黄　极　熊　勋　王建封　广陵士人

张　镛　宗梦徵　黄仁濬　孙德遵

人妖

东郡民　胡　顼　乌程县人　李宣妻　赵宣母

马氏妇　杨欢妻　寿安男子　崔广宗　许州僧

田　瞫　元　镐　无足妇人　娄　逞　孟　妪

黄崇嘏　白项鸦

妖怪

东柯院

陇城县有东柯僧院，甚有幽致。高槛可以眺远，虚窗可以来风。游人如市。忽一日，有妖异起。空中掷下瓦砾，扇扬灰尘，人莫敢正立。居僧晚夕不安，衣装道具，有时失之复得。有道士者闻之曰："妖精安敢如是？余能去之。"院僧甚喜，促召至。道士入门，于殿上禹步，诵《天蓬咒》，其声甚厉。良久，失其冠。人见其空中掷过垣墙矣。

妖怪

东柯院

陇城县有一座东柯僧院，十分幽雅别致。站在高处的栏杆边可以眺望远处，有洞的窗纱可以迎来微风。这里的游人多如集市。忽然有一天，有妖魅出现了。空中扔下来瓦砾，飘下来纷纷扬扬的灰尘，人们没有敢端正站立的。居住在院中的僧人一到夜晚就不得安宁，他们的衣装用具有时候失而复得。有一位道士听到这里的事情后说："妖精怎敢如此？我能把它除掉。"院里的僧人非常高兴，马上就把他找来了。道士进了门，在大殿上走禹步施法，念诵《天蓬咒》，声音十分高亢。过了好长时间，他的帽子不见了。有人看见他的帽子被扔到墙外边去了。

复取之，结缨而冠，诵咒不已。逡巡，衣褫带解，裤并失。随身有小襆，贮符书法要，顷时又失之。道士遂狼狈而窜。累日后，邻村有人，于藩篱之下掘土，获其襆。县令杜延范，正直之人也，自往观之，曰："安有此事?"至则箕踞而坐。妖于空中抛小书帖，纷纷然不知其数，多成绝句，凌谑杜令。记其一二曰："虽共蒿兰伍，南朝有宗祖。莫打绿袍人，空中且歌舞。"又曰："堪怜木边土，非儿不似女。瘦马上高山，登临何自苦。"延范觉之，亦遽还。其不记者，绝句甚多。又有巡官王昭纬，恃其血气方刚，往而诟詈，至则为大石中腰而回。出《玉堂闲话》。

王守贞

徐州有寄褐道士王守贞，蓄妻子而不居宫观，行极凡鄙。常游太满宫，窃携道流所佩之箓而归，置于卧榻蓐席之下，覆以妇人之衣，亵黩尤甚。怪异数见：灯檠自行，猫儿语："莫如此，莫如此。"不旬日，夫妻皆卒。出《玉堂闲话》。

彭颙

宣州盐铁院官彭颙，常病数月，恍忽不乐。每出外厅，辄见俳优乐工数十人，皆长数寸。合奏，百戏并作，朱紫炫目。颙视之，或时欣笑，或愤懑，然无如之何，他人不见也。颙后病愈，亦无复见。后十余年，乃卒。出《稽神录》。

他又捡回来，系好帽带重新戴上，不停地念咒。很快，他的衣带解开了，衣服也脱下来了，连裤子也一起不见了。他随身带着一个小包袱，里面放的是道教符书和法术要领之类的东西，顷刻间也不见了。道士于是狼狈地逃走了。几天之后，邻村有一个人在篱笆下挖土，挖到了道士的小包袱。县令杜延范是个正直的人，亲自去看，说："怎么会有这种事？"到了以后就傲慢地坐在那里。妖怪从空中往下抛掷小书帖，乱纷纷地不计其数，书帖上写的多是绝句，侮辱取笑杜县令。记得其中一二首，一首是："虽共蒿兰伍，南朝有宗祖。莫打绿袍人，空中且歌舞。"另一首是："堪怜木边土，非儿不似女。瘦马上高山，登临何自苦。"杜延范觉察出来，也急忙回去了。那些没记住的，其中很多是绝句。还有一个叫王昭纬的巡官，依仗自己血气方刚，到东柯僧院来破口大骂，刚到就被大石头打中了腰而灰溜溜地回去了。出自《玉堂闲话》。

王守贞

徐州有个不出家的道士叫王守贞，他娶了妻子，也不住在道观里，行为十分庸俗鄙陋。他曾游太满宫，偷拿道士们佩带的符箓回来，放在床上的褥子底下，用女人的衣服盖上，亵渎得非常严重。他家里怪事屡屡出现：烛台自己会走，猫会说话，说："不要这样，不要这样。"不到十天，夫妻二人都死了。出自《玉堂闲话》。

彭颙

宣州盐铁院的官员彭颙，曾经病了几个月，精神恍惚，郁郁不乐。他每次走出外厅，就看见歌妓乐工几十人，都只有几寸高。各种乐器合奏，各种戏曲一块儿表演，五彩斑斓，炫人眼目。彭颙见了，有的时候欣然微笑，有的时候气愤烦闷，但是也没有什么办法，因为别人看不见这些。彭颙后来病好了，也没有再看见这些。后来过了十几年他才死。出自《稽神录》。

吕师造

吕师造为池州刺史，颇聚敛。常嫁女于扬都，资送甚厚。使家人送之，晚泊竹篠江岸上。忽有一道士，状若狂人，来去奔走。忽跃入舟，直穿舟中过。随其所经，火即大发。复登后船，火亦随之。凡所载之物，皆为煨烬，一老婢发亦尽。余人与船，了无所损。火灭，道士亦不复见。出《稽神录》。

崔彦章

饶州刺史崔彦章，送客于城东。方宴，忽有小车，其色如金，高尺余，巡席而行，若有求觅。至彦章前，遂止不行。彦章因即绝倒，舆归州而卒。出《稽神录》。

润州气

戊子岁，润州有气如虹，五彩夺目。有首如驴，长数十丈，环厅事而行，三周而灭。占者曰："厅中将有哭声，然非州府之咎也。"顷之，其国太后殂，发哀于此堂。出《稽神录》。

黄　极

甲午岁，江西馆驿巡官黄极子妇生子男，一首两身相背，四手四足。建昌民家生牛，每一足，更附出一足。投之江中，翌日浮于水上。南昌新义里地陷，长数十步，广者数丈，狭者七八尺。其年，节度使徐知询卒。出《稽神录》。

吕师造

吕师造任池州刺史，很能勒索百姓财物。他曾经把女儿嫁到扬州，陪嫁的东西非常多。他派仆人往扬州送这些东西，晚上停泊在竹篠江岸边。忽然有一个道士，样子像个疯子，来回地奔跑。忽然又跳到船边，直接从船中穿过。随着他经过的地方，立刻着起大火。他又登上后面一条船，火也跟过去。凡是船中装载的东西，全都化为灰烬，一位老奴婢的头发也烧光了。其余的人和船，丝毫没有损坏。火灭了，道士也不见了。出自《稽神录》。

崔彦章

饶州刺史崔彦章，在城东送客。刚开宴，忽然有一辆一尺来高的金色小车，沿着宴席而走，好像在寻找什么。小车走到崔彦章跟前，就停止不前了。崔彦章随即昏倒，用车运回州城就死了。出自《稽神录》。

润州气

戊子年，润州出现了一股像彩虹一样的气体，五彩夺目。有一颗像驴一样的头，几十丈长，环绕着官署厅堂而行，绕了三圈之后才消失。占卜的人说："这厅中将要有哭声，但不是州府内部的灾祸。"不一会儿，国中皇太后死了，在这座厅堂中发丧。出自《稽神录》。

黄　极

甲午年，江西馆驿巡官黄极的儿媳妇生了一个男孩，一个脑袋，两个身子背靠背，四只手四只脚。建昌一百姓家的牛生了一头小牛，每条腿上又长出了一条腿。把它扔到江中，第二天漂在水上。南昌新义里地陷，有几十步长，宽的地方几丈，窄的地方七八尺。这一年，节度使徐知询死了。出自《稽神录》。

熊勋

军吏熊勋，家于建康长乐漫之东。常日晚出，屋上有二物，大如卵，赤而有光，往来相驰逐。家人骇惧。有亲客壮勇，登屋捕之。得其一，乃辟缯彩包一鸡卵壳也。剉而焚之，臭闻数里。其一走去，不复来矣。家亦无恙。原缺出处，明抄本作出《稽神录》。

王建封

江南军使王建封，骄恣奢僭，筑大第于淮之南。暇日临街，坐窗下，见一老妪，携少女过于前。衣服褴褛，而姿色绝世。建封呼问之，云："孤贫无依，乞食至此。"建封曰："吾纳尔女，而给养尔终身，可乎？"妪欣然。建封即召入，命取新衣二袭以衣之。妪及女始脱故衣，皆为凝血，聚于地。旬月，建封被诛。出《稽神录》。

广陵士人

广陵有士人，常张灯独寝。一夕，中夜而寤，忽有双髻青衣女子，资质甚丽，熟寐于其足。某知其妖物也，惧不敢近，复寝如故。向晓乃失，门户犹故扃闭。自是夜夜恒至。有术士，为书符，施髻中。其夜，佯寝以伺之。果见自门而入，径诣髻中，解取符，灯下视之，微笑。讫，复入置髻中，升床而寝。甚惧。后闻玉笥山有道士，符禁神妙，乃往访之。既登舟，遂不至。途次豫章，暑夜，乘月行舟。

熊　勋

军吏熊勋，家住在建康长乐漫的东面。他曾经在天晚的时候出门，见屋上有两个东西，鸡蛋那么大，色红而有光，一来一往互相追逐。家人十分害怕。有一位强壮勇敢的客人，爬到屋上去捉那两个东西。捉到一个，原来是一个边缘用彩色丝绸装饰的包裹，里面包着一个鸡蛋壳。砍碎它后用火烧，臭味传出好几里。另外一个跑掉了，没有再来。他家也安然无恙。原缺出处，明抄本作出自《稽神录》。

王建封

江南有位军使叫王建封，骄横放纵，奢侈逾礼，在淮水南面造了一处大宅第。一日闲来无事，他面向大街坐在窗下，看见一个老太太领着一个少女从眼前走过。那少女衣服破烂，但是姿色绝世。王建封呼喊并询问老太太，她说："我们孤苦贫穷没有依靠，要饭来到这里。"王建封说："我纳你女儿为妾，供养你终身，可以吗？"老太太很高兴。王建封就让她们到家里来，让人取来两套新衣服给她们穿上。老太太和少女刚脱下旧衣服，就全都变成凝血，聚积在地上。一个月后，王建封被诛杀。出自《稽神录》。

广陵士人

广陵有位读书人，常常点着灯独自睡觉。一天晚上，他睡到半夜就醒了，忽然有一位梳着双髻的青衣女子，姿色非常美丽，熟睡在他的脚边。他知道她是妖怪，吓得不敢接近她，就又像原来一样睡了。天将亮的时候那女子才不见了，门仍然像原来一样关闭着。从此，这女子夜夜都来。有一位术士，为他写了一道符，让他放到发髻中。那天夜里，他装睡等着她。果然见她从门外进来，径直到他发髻中取出那符来，在灯下看了看，并微笑。看完了，又放回他发髻中，上床睡下。他非常害怕。后来听说玉笥山有位道士，符箓禁咒非常神妙，就前去求访。上船之后，女子就不来了。中途停在豫章，在暑天的夜晚，他借着月光行船。

时甚热，乃尽开船窗而寝。中夜，忽复见，寐于床后。某即潜起，急捉其手足，投之江中，紞然有声。因尔遂绝。出《稽神录》。

张　镛

兖州录事参军张镛者，少年时尝居淄州。第中忽多鬼怪，唯不睹其形质。家僮辈捧执食馔，皆为鬼所搏，复置空器。或以器皿掷于空中，久之方堕。或合自行于地，更相击触。又飞火块著人身，烧而不痛。若有诟詈之者，即砖石瓦砾，应声而至。常有一儒生，不信其事，仗剑入宿于舍，其剑为瓦石所击，锋刃缺折。又有称禁咒者，将入其门，倏见瓦石交下，不能复前。宾客来者，或被搏其巾帻，掷致他所，至有露顶而逸者。如是累旬方已，其家竟亦无他。出《玉堂闲话》。

宗梦徵

晋蔡州巡官宗梦徵，善医，居东京。开运二年秋，解玉巷东有病者，夜深来召，乘马而至。将及四更，去解玉巷口民家门前，有一物，立而动，其形颇伟，若黑雾亭亭然。仆者前行，愕立毛竖，马亦鼻鸣耳耸不进。宗则强定心神，策马而去。比其患者之家，则不能诊脉，尤觉恍惚矣。既归伏枕，凡六七日方愈。出《玉堂闲话》。

黄仁濬

舒州司士参军黄仁濬自言，壬子岁罢陇州汧阳主簿，

当时很热，他就把船窗都打开睡觉。睡到半夜时，那女子又出现了，就睡在床后。于是他偷偷地起来，急忙捉住她的手脚，把她扔到江里去，发出了打鼓一样的声音。于是这妖物就绝迹了。出自《稽神录》。

张　镛

兖州录事参军张镛，年轻的时候曾经住在淄州。他府中忽然出现了许多鬼怪，只是看不到鬼怪的模样。家童们捧着的饭菜，全都被鬼夺去，又把空食器放回来。有时把器皿扔到空中，很长时间才掉下来。有时器皿全都自己走在地上，还互相撞击。还把火块扔到人身上，烧而不痛。如果有诟骂鬼怪的，立即就会有砖瓦石块应声打来。曾经有一个儒生，不相信这件事，带着剑住进来，那剑被瓦石打中，锋断刃缺。又有一个自称会符咒的，刚要进这门的时候，突然看到瓦石纷纷落下，不能再往前走。来过的宾客，有的被抢去了头巾，扔到别的地方，以至有光着脑袋就逃走的。如此折腾了几十天才停止，他家最终也没有别的怪事。出自《玉堂闲话》。

宗梦徵

后晋蔡州巡官宗梦徵，擅长医术，住在东京。开运二年秋天，解玉巷东有一个病人，深夜来找他看病，是骑马来的。将近四更的时候，在解玉巷口一户人家的门前，发现一个东西，站着而且会动，形体很大，像高高立起的一团黑雾。仆人走在前面，吓得站在那里，毛发耸立，马也鼻子里发出声响，耳朵竖起，不敢前进。宗梦徵勉强镇定心神，驱马走过去。等到了患者家，他已经不能诊脉了，感到精神特别恍惚。回家之后就病倒了，六七天之后才好。出自《玉堂闲话》。

黄仁濬

舒州司士参军黄仁濬自称，壬子年他罢任陇州汧阳县主薄，

至凤翔城。有文殊寺,寺中土偶数十躯。忽自然摇动,状如醉人,食顷不止。观者如堵,官司禁止之。至今未知其应。出《稽神录》。

孙德遵

舒州都虞候孙德遵,其家寝堂中铁灯擎忽自摇动,如人撼之。至明日,有一婢偶至灯擎所,忽尔仆地,遂卒。出《稽神录》。

人妖

东郡民

汉建安中,东郡民家有怪。无故瓮器自发,訇訇作声,若有人击;盘案在前,忽然便失;鸡生辄失子。如是数岁,人共恶之。乃多作美食,覆盖著一室中,阴藏户间伺之。果复来发。闻声,便闭户周旋。室中了无所见,乃暗以杖挝之。至久,于室隅闻有呻呼之声,乃开户视之。得一老翁,可百余岁,言语状貌,颇类于兽。遂周问,及于数里外得其家。云:"失来十余年,得之哀喜。"后岁余,复失之。闻陈留界复有怪如此,时犹以为此翁。出《搜神记》。

胡　顼

夏县尉胡顼,词人也。尝至金城县界,止于人家。人为具食,顼未食,私出。及还,见一老母,长二尺,垂白寡发,

到了凤翔城。凤翔城里有一座文殊寺，寺中有几十个泥像。这些泥像忽然自发摇动起来，样子像喝醉了的人，一顿饭的工夫也没停止。围观的人像一堵墙一样多，官府出面禁止围观。至今不知是什么征兆。出自《稽神录》。

孙德遵

舒州都虞候孙德遵，他家堂屋的铁灯架忽然自己摇动，像有人用手在摇它。到了第二天，有一个婢女偶然来到灯架旁边，忽然倒在地上，于是就死了。出自《稽神录》。

人妖

东郡民

汉朝建安年间，东郡一户人家里有怪事。无缘无故坛子、罐子自己就打开了，发出轰轰的响声，就像有人击打似的；盘案本来在眼前，忽然就没了；鸡生了蛋动不动就不见了。如此好几年，人们都很讨厌。就多做了些好吃的，覆盖起来放在一个屋里，偷偷藏在门后窥视。妖怪果然又来作祟了。一听到声音，人们便关了门在屋里转来转去地追它。屋里什么也看不见，就在黑暗中用木棒打它。过了很久，听到屋角上有呻吟的声音，这才打开门来看。有一个老头儿，约有一百多岁，说话和模样，很像野兽。于是就到处打听，在几里外找到了他家。家里人说：“他走丢十多年了，找到他真是又悲又喜。”后来一年多，他又走丢了。听说陈留一带又有这样的怪物，当时人们还以为就是这个老头儿。出自《搜神记》。

胡　顼

夏县县尉胡顼，是个文人。有一次他到金城县去，住在一户人家里。人家给他准备了吃的东西，胡顼没吃，就私自跑了出去。等到回来，他看见一位老婆婆，有二尺高，垂着稀疏的白头发，

据案而食，饼果且尽。其家新妇出，见而怒之，搏其耳，曳入户。项就而窥之，纳母于槛中，窥望两目如丹。项问其故，妇人曰："此名为魅，乃七代祖姑也。寿三百余年而不死，其形转小。不须衣裳，不惧寒暑。镣之槛，终岁如常。忽得出槛，偷窃饭食得数斗。故号为魅。"项异之，所在言焉。出《记闻》。

乌程县人

吴孙休时，乌程有人，因重疾愈而能响言，音闻十数里外。所闻之处，即若座间。其邻家，有子居外，久不归省。其父假之，使为责词。子闻之，以为鬼神，颠沛而归，亦不知所以然也。出《广古今五行记》。

李宣妻

晋安帝义熙中，魏兴李宣妻樊氏有娠，过期不孕。而额上有疮，儿穿之而出。出《广古今五行记》。

赵宣母

长山赵宣母妊身，臂上生疮，儿从疮中出。出《广古今五行记》。

马氏妇

后蜀李势末年，马氏妇妊身，儿从肋下出，母子无恙。其年，势为桓温所灭。出《广古今五行记》。

靠着桌案正在吃东西，饼子、果子都要被她吃光了。那家的媳妇出来，见了她很生气，揪着她的耳朵拽进屋里。胡顼走上前去窥视，见媳妇把老婆婆装进笼子里，两只眼睛向外窥望，红如丹砂。胡顼问这是为什么，妇人说："这个怪物叫做魅，是我家上七辈的祖奶奶。活了三百多岁而不死，身形就变小了。她不需要衣服，不怕冷热。锁在笼子里，一年到头都和平常一样。偶然从笼子里跑出来，偷饭吃能吃好几斗。所以才叫做魅。"胡顼感到惊奇，就到处说这件事。出自《记闻》。

乌程县人

吴国孙休在位的时候，乌程县有一个人，得了重病痊愈后便能喊出很响亮的话，声音能传出十几里外。所能听到的地方，就像邻座的人说话一样。他的邻居，有个儿子住在外地，很长时间没回来探亲。他父亲就借助这个人来对儿子说了些责备的话。儿子听到了，以为是鬼神，就风尘仆仆地回来了，也不知究竟是怎么回事。出自《广古今五行记》。

李宣妻

晋安帝义熙年间，魏兴人李宣的妻子樊氏怀了孕，过了产期也没生。然而她额头上长了个疮，婴儿穿破疮口生了出来。出自《广古今五行记》。

赵宣母

长山人赵宣的母亲怀了孕，臂上生了个疮，婴儿从疮口生了出来。出自《广古今五行记》。

马氏妇

后蜀李势在位的末年，一个姓马的妇女怀了孕，孩子从两肋之下生出来，母子都安全无恙。那年，李势被桓温灭亡。出自《广古今五行记》。

杨欢妻

宋孝武时，荆州人杨欢妻于股中生女。及孝武崩，子业立。狂勃，被废见害。所生女，至齐犹存。出《广古今五行记》。

寿安男子

寿安男子，不知姓名。肘拍板，鼻吹笛，口唱歌。能半面笑，半面啼。一乌犬解人语，应口所作，与人无殊。出《朝野佥载》。

崔广宗

清河崔广宗者，开元中为蓟县令。犯法，张守珪致之极刑。广宗被枭首，而形体不死，家人舁归。每饥，即画地作“饥”字，家人遂屑食于颈孔中，饱即书“止”字。家人等有过犯，书令决之。如是三四岁，世情不替，更生一男。于一日书地云：“后日当死，宜备凶具。”如其言也。出《广古今五行记》。

许州僧

许州有一老僧，自四十岁已后，每寝熟，即喉声如鼓簧，若成韵节。许州伶人伺其寝，即谱其声，按之丝竹，皆合古奏。僧觉，亦不自知。二十余年如此。出《酉阳杂俎》。

田 瞫

秀才田瞫云，大和六年秋，梁州西县百姓妻产一子，四手四足，一身分两面，顶上发一穗，长至足。时朝伯峻为县令。出《酉阳杂俎》。

杨欢妻

宋孝武帝时，荆州人杨欢的妻子从大腿上生了个女儿。到孝武帝死后，刘子业登基。他狂妄背理，被废黜杀害。杨欢妻子所生的女儿，到了齐朝时还活着。出自《广古今五行记》。

寿安男子

寿安有一位男子，不知道他的姓名。他的胳膊肘能拍板，鼻子能吹笛，口能唱歌。能半张脸笑，半张脸哭。他有一只黑狗能听懂人话，它按照人说的话所做的事情，和人没什么两样。出自《朝野佥载》。

崔广宗

清河人崔广宗，开元年间是蓟县县令。他犯了法，张守珪判他死刑。崔广宗被砍了头，但是躯体没有死，被家人抬了回去。每当他饿了，就在地上写一个"饥"字，家人就从脖孔中填加碎食物，饱了就写一个"止"字。家人有犯过错的，他就写字判定怎么处置。如此三四年，他的世俗情感也没有消退，他妻子又生了一个男孩。有一天他在地上写道："后天我就会死，应该准备好丧事用的东西。"果然像他说的那样。出自《广古今五行记》。

许州僧

许州有一位老僧，从四十岁以后，每当睡熟，喉咙中就像奏乐一样发出声音，好像很合音韵节奏。许州的艺人们等他睡了，就把他发出的声音写成乐谱，用乐器一奏，都合乎古乐。老僧醒了，自己也不知道。二十多年都这样。出自《酉阳杂俎》。

田　瞫

秀才田瞫说，太和六年秋天，梁州西县一个百姓的妻子生下一个儿子，四只手四只脚，一个身子两张脸，头顶上有一绺长长的头发，发长到脚。当时朝伯峻是县令。出自《酉阳杂俎》。

元镐

故京兆少尹元镐任虢县令日，怒一狱子王行约者。命曳之，去巾，既无毛发，而有两角，长三四寸。镐曰："真牛头也。"遂舍之。出《闻奇录》。

无足妇人

晋少主之代，有妇人，仪状端严，衣服铅粉，不下美人。而无腿足，繇带以下，如截而齐，余皆具备。其父载之于独车，自邺南游浚都，乞丐于市，日聚千人。至于深坊曲巷，华屋朱门，无所不至。时人嗟异，皆掷而施之。后京城获北戎间谍，官司案之，乃此妇为奸人之领袖，所听察甚多，遂戮之。出《玉堂闲话》。

娄逞

南齐东阳女子娄逞，变服诈为丈夫。粗会棋博，解文义。游公卿门，仕至扬州从事而事泄。明帝令东还，始作妇人服。叹曰："有如此伎，还为老妪，岂不惜哉！"史臣曰："此人妖也。阴为阳，事不可。"后崔惠景举事不成应之。出《南史》。

孟妪

彭城刘颇常谓子婿进士王胜话，三原县南董店，店东壁，贞元末有孟妪，年一百余而卒。店人悉曰张大夫店。颇自渭北入城，止于媪店。见有一媪，年只可六十已来，衣黄绸大裘，乌帻，跨门而坐焉。左卫李胄曹，名士广。

元　镐

原京兆少尹元镐任虢县县令的时候，对一个叫王行约的狱卒很生气。让人上前拽他，除去他的头巾，见他没有头发，却长了两只角，角长三四寸。元镐说："真是牛头。"于是就放了他。出自《闻奇录》。

无足妇人

晋少主在位的时候，有一位妇人，仪表容貌端庄，衣服华丽，脂粉鲜艳，不比美人差。但是她没有腿和脚，从腰带以下好像切的一样整齐，其余的器官都具备。她父亲单独用一辆车载着她，从邺城南游浚都，在市上要饭，每天都聚集上千人。至于深街曲巷、豪门大家，她没有不去的地方。当时人又叹息又惊奇，都投掷钱物施舍她。后来京城抓获一个北朝的间谍，官府一查，原来这妇人是奸细的首领，她弄到的情报很多，于是就杀了她。出自《玉堂闲话》。

娄　逞

南齐东阳县有个女子叫娄逞，变换服饰扮作男子。她多少懂一些棋艺博戏，粗通文义。交游于公卿之门，做官做到扬州从事，事情就败露了。明帝让她东归，才穿上女人的服装。她叹道："我有这样的本事，回家当个老太太，岂不可惜！"史臣说："这是人事中的反常现象。阴变成阳，这样的事是不可以的。"后来崔惠景谋反不成，应了这件事。出自《南史》。

孟　妪

彭城人刘颇曾对他的女婿进士王胜说，三原县南董店东面隔壁，贞元末年有一个姓孟的老妇人，活了一百多岁才死。这个店的人们都叫它张大夫店。刘颇从渭河北面入城，住在老妇人店里。见有位老妇人，年龄大约只有六十来岁，她穿黄绸子大皮袄，戴黑头巾，跨着门槛坐在那里。左卫李胄曹，名叫李士广。

其妪问广何官，广具答之。其媪曰："此四卫耳，大好官。"广即问媪曰："何以言之？"媪曰："吾年二十六，嫁于张督为妻。督为人多力，善骑射。郭汾阳之总朔方，此皆部制之郡，灵、夏、邠、泾、岐、蒲是焉。吾夫张督，为汾阳所任，请重衣赐，常在汾阳左右。督之貌，酷相类吾。督卒，汾阳伤之。吾遂伪衣丈夫衣冠，投名为督弟，请事汾阳。汾阳大喜，令替阙。如此又寡居一十五年。自汾阳之薨，吾已年七十二。军中累奏，兼御史大夫。忽思茕独，遂嫁此店潘老为妇。迩来复诞二子，曰滔，曰渠。滔五十有四，渠年五十有二。"是二儿也，颇每心记之。与子婿王胜，话人间之异者。出《乾𦠆子》。

黄崇嘏

王蜀有伪相周庠者，初在邛南幕中，留司府事。时临邛县送失火人黄崇嘏，才下狱，便贡诗一章曰："偶离幽隐住临邛，行止坚贞比涧松。何事政清如水镜，绊他野鹤向深笼。"周览诗，遂召见。称乡贡进士，年三十许，祗对详敏，即命释放。后数日，献歌。周极奇之，召于学院与诸生侄相伴。善棋琴，妙书画。翌日，荐摄府司户参军。颇有"三语"之称，胥吏畏伏，案牍丽明。周既重其英聪，又美其风彩。在任将逾一载，遂欲以女妻之。崇嘏又袖封状谢，仍贡诗一篇曰："一辞拾翠碧江涯，贫守蓬茅但赋诗。自服蓝衫居扳椽，永抛鸾镜画蛾眉。立身卓尔青松操，挺志铿然白璧姿。幕府若容为坦腹，愿天速变作男儿。"周览诗，

那老妇人问李士广做什么官，李士广做了详细回答。那老妇人说："这是四卫之一，是个很好的官。"李士广就问老妇人："为什么这么说呢？"老妇人说："我二十六岁的时候，嫁给张詧为妻。张詧很有力气，善于骑马射箭。郭子仪统领朔方镇，这都是他所管辖的郡，灵、夏、邠、泾、岐、蒲各州郡就是。我丈夫张詧，被郭子仪任用，受到过许多赏赐，常在郭子仪的左右。张詧的相貌，和我特别相像。张詧死后，郭子仪很悲伤。我就伪装起来，穿了男子的衣服，戴了男子的帽子，用张詧弟弟的名字投递名帖，请求到郭子仪手下做事。郭子仪大喜，让我顶替了空缺。就这样又寡居了十五年。郭子仪死时，我已经七十二岁了。军中连连奏请，让我兼任御史大夫。我忽然觉得很孤独，就嫁给这个店潘老汉为妻。近来又生了两个儿子，叫潘滔、潘渠。潘滔五十有四，潘渠五十有二。"这两个儿子，刘颇常常在心中记起。他和女婿王胜，述说人间的怪异事。出自《乾𦠆子》。

黄崇嘏

王蜀政权的伪宰相叫周庠，当初在邛南幕府中，分管府中事务。当时临邛县送来一个叫黄崇嘏的纵火犯，刚刚下狱，便献诗一首说："偶离幽隐住临邛，行止坚贞比涧松。何事政清如水镜，绊他野鹤向深笼。"周庠读完诗，就召见他。他自称是乡贡进士，年龄在三十岁左右，恭敬地回答问题，详细敏捷，周庠就下令释放了他。几天后，他献来一首歌。周庠十分惊奇，把他召入学院，与各位读书的子侄为伴。黄崇嘏擅长下棋和弹琴，精于书画。第二天，他被推荐为代理司户参军。他颇有西晋王衍称赞阮修"三语掾"的风度，小官吏们敬畏他，他办的案牍文书漂亮清楚。周庠既器重他的聪明才智，又赞美他的风度神采。他在任将要超过一年，周庠想要把女儿嫁给他为妻。于是黄崇嘏又带上一封辞谢信，仍献诗一首说："一辞拾翠碧江涯，贫守蓬茅但赋诗。自服蓝衫居扳椽，永抛鸾镜画蛾眉。立身卓尔青松操，挺志铿然白璧姿。幕府若容为坦腹，愿天速变作男儿。"周庠看完诗，

惊骇不已，遂召见诘问。乃黄使君之女，幼失覆荫，唯与老奶同居，元未从人。周益仰贞洁，郡内咸皆叹异。旋乞罢，归临邛之旧隐，竟莫知存亡焉。出《玉溪编事》。

白项鸦

契丹犯阙之初，所在群盗蜂起，戎人患之。陈州有一妇人，为贼帅，号曰白项鸦。年可四十许，形质粗短，发黄体黑。来诣戎王，袭男子姓名，衣巾拜跪，皆为男子状。戎王召见，赐锦袍、银带、鞍马，署为怀化将军。委之招辑山东诸盗，赐与甚厚。伪燕王赵延寿召问之。妇人自云能左右驰射，被双鞬，日可行二百里。盘矛击剑，皆所善也。其属数千男子，皆役服之。人问有夫否，云前后有夫数十人，少不如意，皆手刃之矣。闻者无不嗟愤。旬日在都下，乘马出入。又有一男子，亦乘马从之。此人妖也。北戎乱中夏，妇人称雄，皆阴盛之应。妇人后为兖州节度使符彦卿戮之。出《玉堂闲话》。

惊骇不已，于是召见并责问他。原来黄崇嘏是黄使君的女儿，从小失去父母之爱，只和老奶妈同居，一直没有嫁人。周庠更加仰慕她的贞洁，郡城中的人全都感叹惊异。不久她请求免官，回到临邛旧居，后来竟不知生死。出自《玉溪编事》。

白项鸦

契丹进犯朝廷之初，他们所到之处盗贼蜂起，这些契丹人很是担忧。陈州有一个妇人，是盗贼首领，号称白项鸦。年龄约有四十来岁，长得又矮又胖，头发黄，身体黑。她来拜见契丹首领，用的是男子的姓名，衣服头巾，拜跪的礼节，全是男子模样。契丹首领召见她，赐给她锦袍、银带、马和马鞍，任命她为怀化将军。委派她招安山东的盗贼，赏赐非常丰厚。伪燕王赵延寿召见并询问她。这妇人自己说，她能骑着马左右开弓射箭，带着两个箭筒，一天能走二百里。舞矛击剑，都是她擅长的。她手下有几千男子，都听她使唤。有人问她有丈夫没有，她说前后有丈夫几十人，稍有不如意，就全都让她亲手杀了。听了的人没有不嗟叹气愤的。十天后在都城，她骑着马出入。还有一个男子，也骑着马跟着她。这是人事中的反常现象。北方外族人扰乱中华，妇人称英雄，都是阴盛的表现。这妇人后来被兖州节度使符彦卿杀死。出自《玉堂闲话》。

卷第三百六十八

精怪一

杂器用偶像附

阳城县吏	桓　玄	徐氏婢	江淮妇人	刘　玄
游先朝	居延部落主	僧太琼	清江郡叟	韦　训
卢赞善	柳　崇	南中行者	麹秀才	虢国夫人

杂器用

阳城县吏

魏景初中，阳城县吏家有怪。无故闻拍手相呼，伺无所见。其母夜作倦，就枕寝息。有顷，复闻灶下有呼曰："文约，何以不见？"头下应曰："我见枕，不能往，汝可就我。"至明，乃饭臿也。即聚烧之，怪遂绝。出《搜神记》。

桓　玄

东晋桓玄时，朱雀门下，忽有两小儿，通身如墨，相和作《芒笼歌》。路边小儿从而和之数十人。歌云："芒笼茵，绳缚腹。车（車）无轴，倚孤木。"声甚哀楚，听者忘归。日既夕，二小儿还入建康县，至阁下，遂成一双漆鼓槌。鼓吏刘云："槌积久，比恒失之而复得，不意作人也。"明年

杂器用

阳城县吏

魏景初年间，阳城县一个县吏家里发生了怪事。无缘无故就听到有人拍手互相呼唤，去看又什么也看不见。县吏的母亲晚上干活很疲倦，靠着枕头歇息。不一会儿，又听到灶下有人喊道："文约，为什么不露面？"她头下有声音答应说："我被枕住了，不能过去，你可以到我这儿来。"到天亮一看，原来是盛饭用的铲子。于是把它们集中起来烧了，妖怪就灭绝了。出自《搜神记》。

桓　玄

东晋桓玄当权时，在朱雀门下，忽然有两个通身黑如墨的小孩，一唱一和地唱《芒笼歌》。路边的小孩跟着唱和的有几十人。歌说："芒笼茵，绳缚腹。车（車）无轴，倚孤木。"歌声非常哀伤凄楚，听的人都流连忘返。傍晚，两个小孩回到建康县城，来到阁楼下，就变成了一对漆鼓槌。姓刘的打鼓吏说："这鼓槌年代久远，最近常常丢失了又找回来，没想到它们变成了人。"第二年

春而桓玄败。言“车(車)无轴,倚孤木”,“桓”字也。荆州送玄首,用败笼茵包裹之,又以芒绳束缚其尸,沉诸江中。悉如童谣所言尔。出《续齐谐记》。

徐氏婢

东海徐氏婢兰,晋义熙中,忽患病,而拂拭异常。共伺察之,见扫帚从壁角来,趋婢床,乃取而焚之。出《异苑》。

江淮妇人

江淮有妇人,为性多欲,存想不舍,日夜常醉。旦起,见屋后二少童,甚鲜洁,如宫小吏者。妇因欲抱持,忽成扫帚,取而焚之。出《幽明录》。

刘　玄

宋中山刘玄居越城。日暮,忽见一著乌裤褶来取火,面首无七孔,面莽党然。乃请师筮之。师曰:“此是家先代时物,久则为魅杀人。及其未有眼目,可早除之。”刘因执缚,刀断数下,乃变为一枕。此乃是祖父时枕也。出《集异记》。

游先朝

广平游先朝,丧其妻。见一人著赤裤褶,知是魅,乃以刀斫之。良久,乃是己常著履也。出《集异记》。

春天桓玄兵败。所谓“车(車)无轴,倚孤木”,是个“桓”字。荆州把桓玄的首级送回来,用破旧的竹笼草垫包裹着,又用麻绳捆绑他的尸体,沉到了大江之中。完全像童谣说的那样。出自《续齐谐记》。

徐氏婢

东海徐家有一个叫兰的婢女,晋朝义熙年间,忽然得了病,打扫灰尘的动作与平常不同。大家一起偷偷地观察她,见扫帚从墙角走来,快步走到婢女的床边,于是大家就把扫帚拿出来烧了。出自《异苑》。

江淮妇人

江淮间有一个妇人,由于性欲旺盛,总是不停地想入非非,日夜都沉醉其中。一天早晨起来,看见屋后有两个小男孩,长得洁净无瑕,像宫中的小吏。妇人于是想要抱走,小孩忽然变成了扫帚,妇人就把它们拿出来烧了。出自《幽明录》。

刘　玄

南朝宋时,中山人刘玄住在越城。一天傍晚,忽然看见一个穿着黑衣黑裤的人来取火,脸上没有七窍,脸型十分宽广。刘玄于是请巫师占卜。巫师说:“这是你家先辈时候的东西,时间久了就变成鬼魅杀人。趁它还没有长出眼睛,可以及早除掉它。”刘玄于是把那个怪物捉拿捆绑起来,用刀砍了几下,竟变成了一个枕头。这是他祖父那时候的枕头。出自《集异记》。

游先朝

广平人游先朝,死了妻子。他看见一个穿红衣红裤的人,知道是鬼怪,就用刀砍他。过了好一会儿一看,原来是自己经常穿的鞋。出自《集异记》。

居延部落主

周静帝初,居延部落主勃都骨低凌暴,奢逸好乐,居处甚盛。忽有人数十至门,一人先投刺曰:“省名部落主成多受。”因趋入。骨低问曰:“何故省名部落?”多受曰:“某等数人各殊,名字皆不别造。有姓马者,姓皮者,姓鹿者,姓熊者,姓麞者,姓卫者,姓班者,然皆名受。唯某帅名多受耳。”骨低曰:“君等悉似伶官,有何所解?”多受曰:“晓弄碗珠,性不爱俗,言皆经义。”骨低大喜曰:“目所未睹。”有一优即前曰:“某等肚饥,臈臈恰恰,皮漫绕身三匝。主人食若不充,开口终当不合。”骨低悦,更命加食。一人曰:“某请弄‘大小相成,终始相生’。”于是长人吞短人,肥人吞瘦人,相吞残两人。长者又曰:“请作‘终始相生’耳。”于是吐下一人,吐者又吐一人,递相吐出,人数复足。骨低甚惊,因重赐赉遣之。明日又至,戏弄如初。连翩半月,骨低颇烦,不能设食。诸伶皆怒曰:“主人当以某等为幻术,请借郎君娘子试之。”于是持骨低儿女弟妹甥侄妻妾等,吞之于腹中。腹中皆啼呼请命,骨低惶怖,降阶顿首,哀乞亲属。伶者皆笑曰:“此无伤,不足忧。”即吐出之,亲属完全如初。

骨低深怒,欲用衅杀之。因令密访之,见至一古宅基而灭。骨低令掘之,深数尺,于瓦砾下得一大木槛,中有皮袋数千。槛旁有谷麦,触即为灰。槛中得竹简书,文字磨灭,不可识。唯隐隐似有三数字,若是“陵”字。骨低

居延部落主

周静帝初年，居延部落主勃都骨低凶残暴虐，奢侈放逸，喜欢玩乐，居住的地方非常华丽。忽然有几十人来到门前，一个人首先上前递上名帖说："我是省名部落主成多受。"于是就快步走进门去。勃都骨低问道："省各部落是个什么部落?"成多受说："我们几十人各不一样，名字都不另起。有姓马的、姓皮的、姓鹿的、姓熊的、姓麞的、姓卫的、姓班的，但是名字都叫受。只有我这个当统帅的叫多受。"勃都骨低说："你们都像是艺人，有什么擅长的?"成多受说："通晓舞碟弄碗之戏，生性不喜欢世俗，说的话都合乎经书的要义。"勃都骨低很高兴，说："我从没见过。"有一个艺人立即上前说道："我们肚子饥饿，咕咕噜噜地响，肚皮都可以绕身体三圈儿。主人的饭食如果不充足，我们开口说笑终究也不会符合您的要求。"勃都骨低很高兴，又命人增加饭菜。一个人说："请让我表演一个'大小相成，终始相生'。"于是，一个高个子吞了一个矮个子，一个胖子吞了一个瘦子，高个子和胖子又互相吞了。高个子又说："请让我表演'终始相生'吧。"于是他吐出一个人，吐出来的人又吐出一个人，相递吐出来，人数又够了。勃都骨低非常吃惊，就重重地赏赐了他们，让他们走了。第二天他们又来了，表演的把戏和原来一样。如此一连表演了半个月，勃都骨低很烦，不再为他们准备饭食了。艺人们都生气地说："主人应该把我们的表演当成幻术，请把你的妻子、孩子借给我们试一试。"于是把勃都骨低的儿女、弟妹、甥侄、妻妾等，都吞到肚子里去。肚子里的人都哭哭啼啼大呼救命，勃都骨低恐慌害怕，走到台阶下来磕头，哀求把亲属放回来。艺人们都笑着说："这没关系，不要愁。"于是就把人吐出来，亲属们都完好如初。

勃都骨低非常生气，想找机会杀死他们。于是派人秘密查访，见他们走到一座古宅院的墙基就消失了。勃都骨低让人去挖，挖了几尺，在瓦砾下挖到一个大木笼，笼中有几千只皮袋。笼旁有谷物，用手一碰就变成灰。从笼中找到一份竹简，文字已销磨得不能辨识。只隐隐约约有几个字，像是"陵"字。勃都骨低

知是诸袋为怪,欲举出焚之。诸袋因号呼槛中曰:“某等无命,寻合化灭。缘李都尉留水银在此,故得且存。某等即都尉李少卿般粮袋,屋崩平压,绵历岁月,今已有命,见为居延山神收作伶人。伏乞存情于神,不相残毁。自此不敢复扰高居矣。”骨低利其水银,尽焚诸袋,无不为冤楚声,血流漂洒。焚讫,骨低房廊户牖,悉为冤痛之音,如焚袋时,月余日不止。其年,骨低举家病死。周岁,无复孑遗。水银后亦失所在。出《玄怪录》。

僧太琼

唐上都僧太琼者,能讲《仁王经》。开元初,讲于奉先县京遥村,遂止村寺。经两夏,于一日,持钵将上堂。阖门之次,有物坠檐前。时天才辨色,僧就视之,乃一初生儿,其襁裼甚新。僧惊异,遂袖之。将乞村人,行五六里,觉袖中轻。探之,乃一敝帚也。出《酉阳杂俎》。

清江郡叟

唐开元中,清江郡叟常牧牛于郡南田间。忽闻有异声自地中发,叟与牧童数辈,俱惊走辟易。自是叟病热且甚。仅旬余,病少愈。梦一丈夫,衣青襦,顾谓叟曰:“迁我于开元观。”叟惊而寤,然不知其旨。后数日,又适野,复闻之,即以其事白于郡守。封君怒曰:“岂非昏而妄乎?”叱遣之。是夕,叟又梦衣青襦者告曰:“吾委迹于地下久矣,

知道是这些皮袋在作怪，想要弄出来烧了它们。皮袋们就在笼子里哭喊道："我们没有好命，不久就该灭亡。因为李都尉留有水银在这里，所以我们才能暂时存活。我们是都尉李少卿的搬粮袋，屋倒了，平压下来，经过很长的时间，现在我们已经有了生命，被居延山神收为艺人。请求你看在神的情分上，不要杀我们。从此我们不敢再骚扰您的府第了。"勃都骨低认为水银有用，就把那些皮袋全烧了，他们无不发出冤枉痛楚之声，血流满地。烧完了，勃都骨低的房廊门窗，全发出冤枉痛苦的声音，和烧皮袋时一样，一个多月这种声音也没有停止。那一年，勃都骨低全家都病死了。一年以后，什么东西都没有保存下来。水银后来也不知到哪里去了。出自《玄怪录》。

僧太琼

唐朝时京城有一个僧人叫太琼，能讲《仁王经》。开元初年，他到奉先县京谣村去讲经，就住在村寺里。经过两个夏天，有一日，他拿着钵盂要到斋堂去。关门的时候，有一个东西掉到屋檐下。当时天刚蒙蒙亮，僧人靠近一看，竟是一个刚出生的孩子，那襁褓很新。僧人非常惊异，于是就放到衣袖里。他打算去求村人养活这孩子，走了五六里地，忽然觉得衣袖变得很轻。伸手一摸，原来是一把破笤帚。出自《酉阳杂俎》。

清江郡叟

唐朝开元年间，清江郡有个老头曾在郡南田间牧牛。忽然听到有怪异的声音从地下发出来，老头和几个牧童都吓得跑开了。从此老头有病发烧一天重似一天。将近十几天，病稍微好些了。他梦见一位男子，穿着青色短衣，对他说："把我迁到开元观去。"老头惊醒了，但不知道这是什么意思。几天后，又到野外去，又听到那怪异的声音，他就把这事报告给郡守。郡守生气地说："这不是胡说八道吗？"把他哄了出去。这天晚上，老头又梦见穿青色短衣的男子告诉他说："我寄身地下已经好长时间了，

汝速出我，不然得疾。”叟大惧。及晓，与其子偕往郡南，即凿其地。约丈余，得一钟，色青，乃向所梦丈夫色衣也。遂再白于郡守，郡守置于开元观。是日辰时，不击忽自鸣，声极震响。清江之人，俱异而惊叹。郡守因其事上闻，玄宗诏宰臣林甫写其钟样，告示天下。出《宣室志》。

韦　训

唐京兆韦训，暇日于其家学中读《金刚经》。忽见门外绯裙妇人，长三丈，逾墙而入，遥捉其家先生，为捽发曳下地。又以手捉训，训以手抱《金刚经》遮身，仓卒得免。先生被曳至一家，人随而呼之，乃免。其鬼走入大粪堆中，先生遍身已蓝淀色，舌出长尺余。家人扶至学中，久之方苏。率村人掘粪堆中，深数尺，乃得一绯裙白衫破帛新妇子。焚于五达衢，其怪遂绝焉。出《广异记》。

卢赞善

卢赞善家有一瓷新妇子。经数载，其妻戏谓曰：“与君为妾。”卢因尔惘惘，恒见一妇人，卧于帐中。积久，意是瓷人为祟，送往寺中供养。有童人，晓于殿中扫地，见一妇人，问其由来，云是卢赞善妾，为大妇所妒，送来在此。其后见卢家人至，因言见妾事。赞善穷核本末，所见服色，是瓷人。遂命击碎，心头有血，大如鸡子。出《广异记》。

你赶快把我弄出来，不然你就要得病。”老头特别害怕。到了天明，和他的儿子一块儿来到郡南，就挖那地。大约挖了一丈多深，挖到一口钟，青色，就是之前梦见的那个男子的衣服颜色。于是又去报告郡守，郡守把钟放到了开元观。这一天辰时，没人敲它它自己响了，声音特别响亮。清江的人们，都感到十分怪异而惊叹。郡守就把这事上奏给皇帝知道，唐玄宗让宰相李林甫去画下钟的样子，告示全天下。出自《宣室志》。

韦训

唐朝京兆人韦训，闲暇之日在家塾里读《金刚经》。忽然看见门外有一个穿红色衣裙的妇人，三丈多高，跳墙进来，远远地伸手去捉他家的教书先生，先生被她揪住头发拽下地来。又伸手来捉韦训，韦训用手抱起《金刚经》遮挡身体，仓促间躲开了。教书先生被拽到一户人家，人们跟在后面喊叫，才得以幸免。那鬼跑进大粪堆里，教书先生已经全身靛蓝色，舌头吐出来一尺多长。家人把他扶到家塾中，好长时间才醒过来。韦训领人挖那个粪堆，挖到几尺深时，竟挖到一个穿破烂红裙白衫的少妇尸体。把它在四通八达的大路上烧掉，那怪就灭绝了。出自《广异记》。

卢赞善

卢赞善家有一个陶瓷做的少妇人偶。放了几年，他的妻子开玩笑对他说：“让她给你当小老婆吧。”卢赞善因此涉想迷茫，总能看到一个妇人，躺在他的帐中。时间长了，他料到这是瓷人在作怪，就把它送到寺院里供养起来了。有一个童子，早晨在殿前扫地，看见一位妇人，问她从哪儿来，她说她是卢赞善的小老婆，被大老婆嫉妒，送到这儿来了。后来童子见卢家人来，就说起见到卢赞善小老婆的事。卢赞善详细弄清了事情的始末，根据童子见到那人的服饰，断定就是那个瓷人。就让人把它打碎，它心头流了血，心有鸡蛋那么大。出自《广异记》。

柳　崇

越州兵曹柳崇，忽疡生于头，呻吟不可忍。于是召术士夜观之，云："有一妇女绿裙，问之不应，在君窗下。急除之。"崇访窗下，止见一瓷妓女，极端正，绿瓷为饰。遂于铁臼捣碎而焚之，疮遂愈。出《朝野佥载》。

南中行者

南中有僧院，院内有九子母像，装塑甚奇。尝有一行者，年少，给事诸僧。不数年，其人渐甚羸瘠，神思恍惚。诸僧颇怪之。有一僧，见此行者至夜入九子母堂寝宿，徐见一美妇人至，晚引同寝，已近一年矣。僧知塑像为怪，即坏之。自是不复更见，行者亦愈，即落发为沙门。出《玉堂闲话》。

麹秀才

道士叶法善，精于符箓之术，上累拜为鸿胪卿，优礼特厚。法善居玄真观，常有朝客十余人诣之，解带淹留。满坐思酒，忽有人扣门，云麹秀才。法善令人谓之曰："方有朝寮，无暇晤语，幸吾子异日见临也。"语未毕，有一措大，傲睨直入，年二十许，肥白可观。笑揖诸公，居于末席，抗声谭论，援引今古。一坐不测，众耸观之。良久暂起，如风旋转。法善谓诸公曰："此子突入，词辨如此，岂非妖魅为眩惑乎？试与诸公取剑备之。"麹生复至，扼腕抵掌，论难锋起，势不可当。法善密以小剑击之，随手丧元，坠于阶下，

柳　崇

越州兵曹柳崇，忽然头上生了个疮，痛得一个劲地呻吟，难以忍受。于是找来术士夜里观察，术士说："有一个穿绿裙子的妇女，问她她也不答应，在你窗下。应该赶紧除掉她。"柳崇察看窗下，只看见一个陶瓷做的妓女，很端庄，用绿瓷为服饰。于是把它放到铁臼中捣碎之后烧了，疮就好了。出自《玉堂闲话》。

南中行者

南中地区有一座僧院，院内有一座九子母塑像，装饰雕塑得非常奇特。曾经有一个行者，很年轻，为和尚们做事。不几年，这个人渐渐变得十分瘦弱，神志恍惚不清。和尚们感到很奇怪。有一个和尚，看见这位行者到了夜间就进入九子母堂睡觉，一会儿看见一个美丽的妇人来到，拉他一块儿睡，已经将近一年了。和尚们知道是塑像在作怪，就把塑像毁坏了。从此不再能看见那妇人出现，行者也好了，就落发当了和尚。出自《玉堂闲话》。

麹秀才

道士叶法善，对使用符箓的法术很有研究，皇帝让他做官，一直做到鸿胪卿，给他的优待和礼遇特别丰厚。叶法善住在玄真观，曾经有十几个朝中官员到观中来，不拘礼节地闲坐着。满座都想喝酒，这时忽然有人敲门，说他是麹秀才。叶法善派人对他说："正有朝中的同僚们在这里，没有时间和你交谈，希望你改日再来。"叶法善话还没说完，就见一个穷书生傲慢地直闯进来，此人年龄二十岁左右，又白又胖很好看。他笑着向各位拱手行礼，然后坐到了末席，高声谈论，援引古今。满座人都不知何故，全都踮起脚来看他。很长时间后，他才起身告辞，像风一样旋转而去。叶法善对大家说："这个人突然进来，又如此能言善辩，恐怕是妖怪在迷惑人吧？我想拿出剑来为各位防备他。"说话间，那麹书生又来了，他时而扼腕，时而击掌，不断地辩论驳难，势不可当。叶法善偷偷地用小剑击他，剑起头落，掉到台阶下，

化为瓶盖。一坐惊慑惶遽，视其处所，乃盈瓶醶酝也，咸大笑。饮之，其味甚佳。坐客醉而抚其瓶曰："麴生，麴生，风味不可忘也！"出《开天传信记》。

虢国夫人

长安有一贫僧，衣甚褴缕。卖一小猿，会人言，可以驰使。虢国夫人闻之，遽命僧至宅。僧既至，夫人见之，问其由。僧曰："本住西蜀，居山二十余年。偶群猿过，遗下此小猿。怜悯收养，才半载以来。此小猿识人意，又会人言语，随指顾，无不应人使用，实不异一弟子耳。僧今昨至城郭，资用颇乏，无计保惜，得此小猿，故鬻之于市。"夫人曰："今与僧束帛，可留此猿，我当养之。"僧乃感谢，留猿而去。其小猿旦夕在夫人左右，夫人甚爱怜之。后半载，杨贵妃遗夫人芝草，夫人唤小猿令看玩。小猿对夫人面前倒地，化为一小儿，容貌端妍，年可十四五。夫人甚怪，呵而问之。小儿曰："我本姓袁，卖我僧昔在蜀山中。我偶随父入山采药，居林下三年，我父常以药苗啖我。忽一日，自不觉变身为猿。我父惧而弃我，所以被此僧收养，而至于夫人宅。我虽前日口不能言，我心中之事，略不遗忘也。自受恩育，甚欲述怀抱于夫人，恨不能言。每至深夜，唯自泣下。今不期却变人身，即不测尊意如何。"夫人奇之，遂命衣以锦衣，侍从随后，常秘密其事。又三年，小儿容貌甚美，贵妃曾屡顾之。复恐人见夺，因不令出，别安于小室。小儿唯嗜药物，夫人以侍婢常供饲药食。忽一日，小儿与

变成一个瓶盖。满座人又惊又怕,看刚才书生待的地方,竟是满满一瓶好酒,大家全都大笑。喝那酒,味道特别好。客人们醉着抚摸那瓶子说:"麹生,麹生,你的味道让人忘不了啊!"出自《开天传信记》。

虢国夫人

长安有一个穷和尚,衣服非常破旧。他到处卖一只小猿猴,这只小猿猴懂人话,可以驱使它做事。虢国夫人听说了,急忙让和尚到自己家里来。和尚到了之后,夫人见了猿猴,就问它是从哪儿来的。和尚说:"贫僧本来住在西蜀,在山中住了二十多年。偶然有一次一群猿猴路过,丢下了这小猿猴。我怜悯它,就把它收养了,才半年。这小猿猴能明白人的意思,又懂人的语言,随着你的指示,事事都可以听从人的驱使,真和一名弟子没什么两样。贫僧昨天才到城里来,很缺盘缠,没有办法生存,有这只小猿猴,所以就在市上卖它。"夫人说:"现在我给你成捆的丝帛,可以把小猿猴留下,我会喂养它的。"和尚感谢了一番,留下小猿猴就离开了。那小猿猴从早到晚在夫人左右,夫人非常喜欢它。半年后,杨贵妃赠送给虢国夫人一株灵芝草,夫人喊小猿猴,让它来看守着。小猿猴在夫人面前倒在地上,变成了一个小孩,容貌端庄秀美,年龄大约十四五岁。夫人很奇怪,呵叱着问他。小孩说:"我本姓袁,卖我的那个和尚以前在西蜀山中。一次我跟着父亲进山采药,在林中住了三年,我父亲常喂一些药草给我吃。忽然有一天,自己不知不觉变成了猿猴。我父亲害怕,就把我扔了,所以被那和尚收养,又到了夫人家。我虽然以前不能说话,但我心中的事一点也没忘。自从受到夫人的恩育,很想和夫人说说心里话,只恨自己不能说话。每到深夜,只能自己哭泣。今天没想到竟然变回人身,就不知夫人尊意如何了。"夫人很是惊奇,就命人拿来漂亮衣服给他穿,侍从随侍左右,一直保密,不说出去。又过了三年,小孩越长越好看,杨贵妃曾屡次惦记他。夫人怕被人夺走,就不让他出来,另安排他住在一个小屋里。这小孩只爱吃药物,夫人常让侍婢供给他药物。忽然一天,小孩和

此侍婢俱化为猿。夫人怪异,令人射杀之,其小儿乃木人耳。出《大唐奇事》。

这个侍婢都变成了猿猴。夫人感到怪异，让人射杀它们，那小孩原来是个木头人。出自《大唐奇事》。

卷第三百六十九

精怪二

杂器用

苏丕女　蒋惟岳　华阴村正　韦　谅　东莱客
交城里人　岑　顺　元无有　李楚宾

杂器用

苏丕女

武功苏丕，天宝中为楚丘令，女适李氏。李氏素宠婢，因与丕女情好不笃。其婢求术者行魇蛊之法，以符埋李氏宅粪土中。又缚彩妇人形七枚，长尺余，藏于东墙窟内，而泥饰之，人不知也。数岁，李氏及婢，相继死亡。女寡居四五年，魇蛊术成。彩妇人出游宅内，苏氏因尔疾发闷绝。李婢已死，莫知所由。经一载，累求术士，禁咒备至，而不能制。后伺其复出，乃率数十人掩捉，得一枚。视其眉目形体悉具，在人手中，恒动不止。以刀斫之，血流于地，遂积柴焚之。其徒皆来焚所号叫，或在空中，或在地上。烧毕，宅中作炙人气。翌日，皆白衣号哭，数日不已。其后半岁，累获六枚，悉焚之。唯一枚得而复逸，逐之，忽乃入粪土中。

杂器用

苏丕女

武功人苏丕，天宝年间是楚丘县县令，女儿嫁给了一个姓李的人。姓李的素来宠爱一个婢妾，因而和苏丕的女儿感情不那么好。那婢妾求一个术士做诅咒的巫术，把符埋在李家宅院里的粪土堆中。又用彩绢扎制了七个妇人形状的人偶，每个都是一尺多高，藏在东墙的墙洞中，又用泥伪装好，谁也不知道。几年之后，姓李的和婢妾相继死亡。苏氏女寡居了四五年，诅咒人的巫术成了。彩绢扎成的妇人偶在宅中游荡，苏氏女因而病发昏倒。李氏婢妾已经死了，没有人知道这是怎么回事。经过一年，多次请术士，什么样的禁咒都用了，就是不能制止。后来等它们再出来，就率领几十人捕捉，捉到一个。看它眉目形体全都具备，在人手中，总是不停地动。用刀砍它，血流到地上，于是就堆柴草烧它。它的同伴们都来烧它的地方嚎叫，有的在空中，有的在地下。烧完，宅院里有一股烤人肉的气味。第二天，它的同伴们都穿白衣嚎哭，几天不止。此后半年，陆陆续续捉到六个，全都烧了。只有一个捉到后又跑了，去追它，它忽然钻进粪土堆中。

苏氏率百余人掘粪，深七八尺，得桃符。符上朱书字，宛然可识。云："李氏婢魇苏氏家女，作人七枚，在东壁上土龛中。其后九年当成。"遂依破壁，又得一枚。丕女自尔无恙。出《广异记》。

蒋惟岳

蒋惟岳不惧鬼神。常独卧窗下，闻外有人声，岳祝云："汝是冤魂，可入相见。若是闲鬼，无宜相惊。"于是窣然排户，而欲升其床。见岳不惧，旋立壁下，有七人焉。问其所为，立而不对。岳以枕击之，皆走出户。因走趁，没于庭中。明日掘之，得破车辐七枚，其怪遂绝。又其兄常患重疾，岳亲自看视。夜深，又见三妇人鬼至兄床前。叱退之，三遍，鬼悉倒地，久之走出。其兄遂愈。出《广异记》。

华阴村正

华阴县七级赵村，村路因啮成谷，梁之以济往来。有村正常夜渡桥，见群小儿聚火为戏。村正知其魅，射之，若中木声，火即灭。闻啾啾曰："射著我阿连头。"村正上县回，寻之，见破车轮六七片，有头杪尚衔其箭者。出《酉阳杂俎》。

韦　谅

乾元中，江宁县令韦谅堂前忽见小鬼，以下唇掩面，来至灯所，去又来。使人逐之，没于阶下。明旦，掘其没处，

苏氏女率领一百多人挖粪，挖到七八尺深，挖到一块桃符。符上有红色字迹，依稀可以辨识。那上面写的是："李氏的婢妾用巫术诅咒苏家的女儿，做了七个人偶，在东墙上的土龛中。九年后会成功。"于是就打破东墙，又捉到仅剩下的那一个。苏丕的女儿从此就没有什么事了。出自《广异记》。

蒋惟岳

蒋惟岳不怕鬼神。他曾独自躺在窗下，听到外面有人的声音，蒋惟岳祷告说："你是冤魂，可以进来相见。如果是闲鬼，不要来惊扰我。"于是鬼魂窸窸窣窣地推开门，想要到他床上来。见蒋惟岳不怕，就又站到墙边去了，共有七个。蒋惟岳问他们要干什么，他们站着不答。蒋惟岳用枕头击打他们，他们就都跑出门去。于是他跑去追赶，见他们消失在庭院里。第二天挖掘庭院，挖到破车辐条七根，那怪就绝迹了。另外，他哥哥曾经患重病，蒋惟岳亲自照看。夜深了，又看见三个女鬼来到哥哥床前。他大声呵叱让鬼退下，喊了三遍，鬼全都倒在地上，好长时间才出去。他哥哥于是就痊愈了。出自《广异记》。

华阴村正

华阴县七级赵村，村路因为雨水冲刷而形成深沟，就在上面架了一座桥以便通行。有个村长曾夜里过桥，看见一群小孩聚在火堆旁边玩耍。村长知道他们是鬼魅，用箭射他们，声音就像射中了木头，火就灭了。听见一个声音啾啾地说："射着我阿连的头了。"村长从县里回来，找到那地方，只见六七个破车轮，其中一个的头梢上还插着他射出去的那支箭。出自《酉阳杂俎》。

韦　谅

乾元年间，江宁县县令韦谅在堂屋前忽然看见一个小鬼，用下嘴唇盖着脸，来到放灯的地方，离去之后又回来。韦谅派人去追它，它消失在了台阶下。第二天早晨，在它消失的地方挖掘，

得一故门扇，长尺余，头作卷荷状。出《广异记》。

东莱客

东莱郡有馆亭，其西轩常有怪异。客有寝其下者，夜常闻有犬吠，声甚微。以烛视之，则一无所见。如是者累年矣。其后郡守命扃键为库。尝一夕月皎，有库吏见一犬甚小，苍色，自轩下环庭而走。库吏怪其与常犬异，因投石击之。其犬吠而去，入西轩下。明日，库吏以其事白于郡守，郡守命于西轩穷其迹。见门上狗有苍毛甚多，果库吏所见苍犬之色，众方悟焉。出《宣室志》。

交城里人

交城县南十数里，常夜有怪见于人，多悸而病且死焉。里人患之久矣。其后里中人有执弧矢夜行者，县南见一魁然若巨人状，衣朱衣，以皂巾蒙其首，缓步而来，欹偃若其醉者。里人惧，即引满而发，果中焉，其怪遂退。里人惧少解，即北走至旅舍，且语其事。明日，抵县城，见郭之西丹桂，有一矢贯其上，果里人之矢。取之以归，镞有血甚多。白于县令，令命焚之。由是县南无患。出《宣室志》。

岑　顺

汝南岑顺，字孝伯，少好学有文，老大尤精武略。旅于陕州，贫无第宅。其外族吕氏，有山宅，将废之，顺请居焉。

挖到一块旧门扇，长一尺多，边缘像卷曲着的荷叶的形状。出自《广异记》。

东莱客

东莱郡有一个驿亭，它的西廊常有怪异的事发生。有睡在那里的客人，夜里常常听到有狗叫声，声音非常小。用灯烛去照，却什么也没看到。如此好几年了。后来郡守命令把此亭上锁做仓库。曾经在一个月色明亮的夜晚，有一个守库人看见一只很小的狗，是青色的，从廊下绕着庭院跑。守库人因它与平常的狗不同，感到奇怪，就扔石头打它。那小狗叫着跑开了，跑进西廊下。第二天，守库人把这事报告郡守，郡守命人在西廊下彻底寻找它的踪迹。看见门上画的狗有很多青色的毛，果然是守库人看见的青色狗的颜色，大家这才恍然大悟。出自《宣室志》。

交城里人

交城县南十几里，常常夜间有鬼怪在人前出现，见到的人大多因惊惧而病得很重。乡里人忧虑这事很久了。后来乡里有人带着弓箭夜间出行，在县南见到一个像巨人一样的庞然大物，穿红衣服，用黑头巾蒙着头，慢慢走来，斜躺着像个喝醉了的人。那乡里人害怕了，就拉满弓射箭，果真射中了，那怪就退了。那人的恐惧稍有缓解，就向北跑到旅店，并讲了这件事。第二天，他到达县城，见城西的一棵桂树上有一支箭插在上面，果然是乡里人射出的那支箭。他把它拿回了家，箭头上有许多血。他报告给县令，县令下令把桂树烧了。从此县南就没有祸患了。出自《宣室志》。

岑　顺

汝南人岑顺，字孝伯，年轻的时候好学有文才，长大之后尤其精通军事谋略。他旅居在陕州，穷得没有房子住。他的亲戚吕氏在山上有一座宅子，将要废弃，岑顺就请求住在那里去。

人有劝者，顺曰："天命有常，何所惧耳！"卒居之。后岁余，顺常独坐书阁下，虽家人莫得入。夜中闻鼓鼙之声，不知所来，及出户则无闻。而独喜，自负之，以为石勒之祥也。祝之曰："此必阴兵助我，若然，当示我以富贵期。"数夕后，梦一人被甲胄，前报曰："金象将军使我语岑君，军城夜警，有喧诤者。蒙君见嘉，敢不敬命。君甚有厚禄，幸自爱也。既负壮志，能猥顾小国乎？今敌国犯垒，侧席委贤，钦味芳声，愿执旌钺。"顺谢曰："将军天质英明，师贞以律。猥烦德音，屈顾疵贱。然犬马之志，惟欲用之。"使者复命。

顺忽然而寤，恍若自失，坐而思梦之征。俄然鼓角四起，声愈振厉。顺整巾下床，再拜祝之。须臾，户牖风生，帷帘飞扬。灯下忽有数百铁骑，飞驰左右，悉高数寸，而被坚执锐，星散遍地。倏闪之间，云阵四合。顺惊骇，定神气以观之。须臾，有卒赍书云："将军传檄。"顺受之。云："地连獯虏，戎马不息。向数十年，将老兵穷，姿霜卧甲。天设勍敌，势不可止。明公养素畜德，进业及时，屡承嘉音，愿托神契。然明公阳官，固当享大禄于圣世，今小国安敢望之？缘天那国北山贼合从，克日会战。事图子夜，否灭未期，良用惶骇。"顺谢之。室中益烛，坐观其变。夜半后，鼓角四发。先是，东面壁下有鼠穴化为城门，垒敌崔嵬。三奏金革，

有人劝他，岑顺说："天命是一定的，怕什么呢！"最后还是住进去了。后来过了一年多，一次岑顺独自坐在书阁里，即使家人也不能进入。夜间他听到军鼓的声音，不知从哪来的，等到走出门就听不到了。岑顺因而暗自高兴，自己认为自己了不起，以为自己遇到了像后赵石勒发迹那样的吉兆。他祈祷说："这一定是阴间的军队帮助我，如果真是那样，应当把富贵的日期预示给我。"几个晚上之后，他梦见一个人披甲戴盔，前来报告说："金象将军派我来告诉岑先生，军城中夜里报警，有喧哗争吵的。承蒙您的赞许，怎敢不听您的命令。您定有高官厚禄，希望您自己爱惜自己。既然心怀壮志，不知能否屈尊顾念我们小国？现在敌国侵犯城池，我们空着席位等待贤人，十分钦敬您的美名，希望您来统帅军队。"岑顺致谢说："金象将军天资聪明，军队纪律严明。烦劳将军发出命令，让您屈尊来看望我这微贱之人。那么我这效犬马之劳的志向，愿意为将军所用。"使者回去复命。

岑顺忽然醒了，恍然若失，坐在那里思考梦的征兆。忽然间鼓角声四起，声音越来越响。岑顺整理头巾下床，连连下拜进行祷告。不一会儿，门窗有风吹进，帷帘飞动。灯下忽然有几百名铁骑，飞奔左右两边，他们全都几寸高，却披着坚硬的铠甲，拿着锐利的武器，像星星那样散落在地上。刹那间，军队从四面合拢。岑顺又惊又怕，定下神来观看。不一会儿，有个小卒送来书信说："将军传下作战的檄文。"岑顺接了过来。檄文说："国土连接匈奴，战争连年不断。过去几十年，将军年老，兵力穷尽，任凭霜雪覆盖铠甲。但老天布下强敌，情势不可阻止。您有修养，又有道德，文武学业进步及时。屡次听到您的美名，愿意与您神交。但是您是阳间的官，本来应该在圣世享受高官厚禄，现在我们小国怎敢奢望用您？由于天那国北山贼联合起来，约定日期要决战。事情定在半夜，胜负不能预知，实在令人惶恐害怕。"岑顺道谢。他在屋里又点了几支蜡烛，坐在那里观看事情的变化。半夜以后，战鼓号角从四面八方响起。先前，在东边的墙下有个老鼠洞变成了城门，抗敌的堡垒高大森严。三次鸣锣击鼓，

四门出兵，连旗万计，风驰云走，两皆列阵。其东壁下是天那军，西壁下金象军，部后各定。军师进曰："天马斜飞度三止，上将横行系四方。辎车直入无回翔，六甲次第不乖行。"王曰："善。"于是鼓之。两军俱有一马，斜去三尺止。又鼓之，各有一步卒，横行一尺。又鼓之，车进。如是鼓渐急而各出物包，矢石乱交。须臾之间，天那军大败奔溃，杀伤涂地。王单马南驰，数百人投西南隅，仅而免焉。先是西南有药臼，王栖臼中，化为城堡。金象军大振，收其甲卒，舆尸横地。顺俯伏观之，于时一骑至禁，颁曰："阴阳有胥，得之者昌。亭亭天威，风驱连激，一阵而胜，明公以为何如？"顺曰："将军英贯白日，乘天用时，窃窥神化灵文，不胜庆快。"如是数日会战，胜败不常。王神貌伟然，雄姿罕俦。宴馔珍筵，与顺致宝贝明珠珠玑无限。顺遂荣于其中，所欲皆备焉。

后遂与亲朋稍绝，闭门不出。家人异之，莫究其由。而顺颜色憔悴，为鬼气所中。亲戚共意有异，诘之不言。因饮以醇醪，醉而究泄之。其亲人潜备锹锸，因顺如厕而隔之。荷锸乱作，以掘室内，八九尺忽坎陷，是古墓也。墓有砖堂，其盟器悉多，甲胄数百，前有金床戏局，列马满枰，皆金铜成形，其干戈之事备矣。乃悟军师之词，乃像戏行马之势也。既而焚之，遂平其地。多得宝贝，皆墓内所畜者。顺阅之，恍然而醒，乃大吐。自此充悦，宅亦不复凶矣。时宝应元年也。出《玄怪录》。

四门出兵，军旗相连，数以万计，迅速行军，双方都排列成阵。那东墙下的是天那军，西墙下的是金象军，部署之后各方压住阵脚。军师进诗说："天马斜飞度三止，上将横行系四方。辎车直入无回翔，六甲次第不乖行。"国王说："好。"于是击鼓。两军都有一个骑兵，斜着前进了三尺后停止。又击鼓，各方都有一个步兵，横行了一尺。又击鼓，战车前进。像这样战鼓渐渐急促，双方各自抛出装东西的包裹，炮石箭矢混杂射出。不一会儿，天那军大败，逃奔溃散，尸横遍野。国王独自骑马往南逃跑，几百人奔向西南角，才得以幸免。原先西南角有药臼，大王栖身在药臼中，变化成城堡。金象军军威大振，集合士兵，此时车辆、尸体满地都是。岑顺低身观看他们，这时一个人骑马跑到禁地，发布公文说："生杀之事都有规则，顺应它的就能昌盛。天威高耸，像刮风一样迅速，一场战役就胜利了，您认为怎么样呢？"岑顺说："将军的英明能够遮蔽太阳，秉承天意，把握战机，能识别神化灵文，我不胜愉快。"像这样会战了几天，双方各有胜负。大王相貌出众，雄姿无双。摆宴吃山珍海味，给了岑顺珍奇异宝无数。岑顺就在他们当中荣华富贵起来，想要的都得到了。

以后，岑顺就和亲戚朋友渐渐断绝来往，闭门不出。家里人觉得奇怪，谁也不知道是什么原因。岑顺面色憔悴，像是中了鬼气。亲戚都认为其中有异，盘问他，他也不说。于是，让他喝美酒，喝醉后他终于泄露了这事。他的亲人偷偷准备好铁锹，趁岑顺上厕所的时候把他隔离开。拿着铁锹在他房间乱挖一气，挖到八九尺深的时候，忽然陷落成坑，是一个古坟。坟里有砖砌的内堂，里面陪葬的器物很多，铠甲头盔有几百套，前面有金床和象棋的棋盘，棋盘上摆满了马，都是金铜做成的，行军作战的装备也非常齐全。于是明白了军师的诗，就是象棋走马的步骤。家人于是烧了它们，平整了那块地。得到了很多宝贝，都是坟内储藏的。岑顺看过这些，恍然醒悟，大吐起来。从此他精神焕发，房宅也不闹鬼了。当时是宝应元年。出自《玄怪录》。

元无有

宝应中，有元无有，常以仲春末，独行维扬郊野。值日晚，风雨大至。时兵荒后，人户多逃，遂入路旁空庄。须臾霁止，斜月方出。无有坐北窗，忽闻西廊有行人声。未几，见月中有四人，衣冠皆异，相与谈谐，吟咏甚畅。乃云："今夕如秋，风月若此，吾辈岂不为一言，以展平生之事也？"其文即曰口号联句也。吟咏既朗，无有听之具悉。其一衣冠长人即先吟曰："齐纨鲁缟如霜雪，寥亮高声予所发。"其二黑衣冠短陋人诗曰："嘉宾良会清夜时，煌煌灯烛我能持。"其三故弊黄衣冠人亦短陋，诗曰："清冷之泉候朝汲，桑绠相牵常出入。"其四故黑衣冠人诗曰："爨薪贮泉相煎熬，充他口腹我为劳。"无有亦不以四人为异，四人亦不虞无有之在堂隍也。递相褒赏，羡其自负，则虽阮嗣宗《咏怀》，亦若不能加矣。四人迟明方归旧所，无有就寻之，堂中惟有故杵、灯台、水桶、破铛，乃知四人即此物所为也。出《玄怪录》。

李楚宾

李楚宾者，楚人也。性刚傲，惟以畋猎为事。凡出猎，无不大获。时童元范家住青山，母尝染疾，昼常无苦，至夜即发。如是一载，医药备至，而绝无瘳减。时建中初，有善《易》者朱邯归豫章，路经范舍，邯为筮之。乃谓元范曰："君今日未时，可具衫服，于道侧伺之，当有执弓挟矢过者。君能求之斯人，必愈君母之疾，且究其原矣。"元范如言，果得楚宾张弓骤马至。元范拜请过舍，宾曰：

元无有

宝应年间，有个元无有，曾经在二月末，独自行走在扬州的郊外。正赶上天晚了，狂风暴雨忽至。当时正是兵荒马乱之后，百姓大多逃跑了，于是他进入道旁一座空庄院里。不久天晴了，天边的月亮渐渐升起来。元无有坐在北窗下，忽然听到西廊有行人的脚步声。不一会儿，看见月中有四个人，衣服帽子都很奇异，互相交谈说笑，吟诗咏诵十分欢畅。他们于是说："今晚像秋季，清风明月这样美，我们怎能不作作诗，以抒平生之志呢？他们作诗的形式就叫做口号联句。吟诵诗的声音很洪亮，元无有听得很清楚。其中一个穿衣戴帽的高个子就首先吟诗道："齐纨鲁缟如霜雪，寥亮高声予所发。"第二个黑衣黑帽矮小貌丑的人吟道："嘉宾良会清夜时，煌煌灯烛我能持。"第三个穿戴着破旧的黄衣黄帽，也是矮小丑陋，吟道："清冷之泉候朝汲，桑绠相牵常出入。"第四个穿戴着旧黑色衣帽的人吟道："爨薪贮泉相煎熬，充他口腹我为劳。"元无有并不认为这四个人是奇异之人，四个人也没料想到元无有就在堂下。他们四人相互褒奖欣赏，都表现出很自负的样子，就连阮籍的《咏怀》，也不能超过他们的诗。四人到天亮后才回去，元无有去寻找他们，堂屋中只有旧杵、灯台、水桶、破锅，才知道四个人就是这些物件变化的。出自《玄怪录》。

李楚宾

李楚宾，是楚地人。他性情刚强傲慢，只以打猎为事。凡是出去打猎，没有不大获而归的。当时童元范家住在青山，母亲得了病，白天常常没事，到晚间就发作。这样过了一年，医药全都用到了，但一点没有减轻。当时是建中初年，有位擅长《易经》的人朱邯回豫章，路经童元范家，朱邯为他占卜。于是他对童元范说："您今天未时，可准备一件上衣，在道边守候，会有个拿弓挟箭的过路人。您如果能求这个人，一定能治愈您母亲的病，并且能弄清病的来源。"童元范像他说的那样，果然遇到李楚宾张弓驰马而来。童元范揖拜并邀请李楚宾到家里，李楚宾说：

“今早未有所获，君何见留？”元范以其母疾告之，宾许诺。元范备饮膳，遂宿楚宾于西庑。是夜，月明如昼。楚宾乃出户，见空中有一大鸟，飞来元范堂舍上，引喙啄屋，即闻堂中叫声，痛楚难忍。楚宾揆之曰：“此其妖魅也。”乃引弓射之，两发皆中，其鸟因尔飞去，堂中哀痛之声亦止。至晓，楚宾谓元范曰：“吾昨夜已为子除母害矣。”乃与元范绕舍遍索，俱无所见。因至坏屋中，碓桯古址，有箭两只，所中箭处，皆有血光。元范遂以火燔之，精怪乃绝。母患自此平复。出《集异记》。

“今天早晨没有收获，您为什么还留我呢？”童元范把他母亲的病告诉了他，李楚宾答应了。童元范准备了吃喝，让李楚宾在西厢房住。这天晚上，月光明亮得像白昼一样。李楚宾就走出房门，看见空中有只大鸟，飞到童元范的堂屋上，伸嘴啄屋，立即听到堂屋中有叫声，痛苦难以忍受。李楚宾推测说：“这个鸟就是妖魅。”于是引满弓射它，两发都中了，那个鸟便飞走了，堂屋中哀痛的声音也停止了。到拂晓，李楚宾对童元范说：“我昨晚已为您母亲除去病害了。”于是和童元范绕着房舍遍地搜索，都没有发现什么。于是到破屋中，在原来支撑碓臼的木架上，有两只箭，中箭的地方，都有血光。童元范就用火烧了它，那妖精才灭绝。母亲的病从此痊愈了。出自《集异记》。

卷第三百七十

精怪三

杂器用
国子监生　姚司马　崔　毂　张秀才　河东街吏
韦协律兄　石从武　姜　修　王屋薪者

杂器用

国子监生

元和中，国子监学生周乙者，尝夜习业。忽见一小儿，鬅鬙头，长二尺余，满颈碎光如星，荧荧可恶。戏弄笔砚，纷纭不止。学生素有胆，叱之稍却，复傍书案。因伺其所为，渐逼近，乙因擒之。踞坐求哀，辞颇苦切。天将晓，觉如物折声，视之，乃弊木杓也，其上黏粟百余粒。出《酉阳杂俎》。

姚司马

姚司马寄居邠州，宅枕一溪。有二小女，常戏钓溪中，未尝有获。忽挠竿，各得一物，若鳣者而毛，若鳖者而鳃。其家异之，养于盆池。经夕，二女悉患精神恍惚。夜常

杂器用

国子监生

元和年间，国子监学生周乙，一次正在夜间温习功课。忽然看见一个小孩，头发散乱，有二尺多高，满脖颈有像星星一样细碎的光亮，荧荧发光，令人厌恶。他随意摆弄周乙的笔和砚，弄得乱七八糟也不停止。周乙向来有胆量，呵叱他，他稍微向后退了退，一会儿又靠到书桌旁边。周乙就等着看他要干什么，他渐渐逼近，周乙就把他捉住了。他蹲坐在那里求饶，言辞非常凄苦恳切。天要亮的时候，周乙听到好像有什么东西折断的声音，一看，原来是一把破木勺，那上面粘了一百多粒粟米粒。出自《酉阳杂俎》。

姚司马

姚司马寄居在邠州，住所紧靠一条小溪。他有两个小女儿，常在溪上钓鱼玩，不曾有什么收获。忽然钓竿抖动，二女各钓到一个东西，一个像鳝鱼而有毛，一个像鳖而长鳃。家人觉得很奇怪，把它们养在小池中。经过一夜，两个女儿都精神恍惚。夜里常

明炷，对作戏。染蓝涅皂，未尝暂息，然莫见其所取也。时杨元卿在邠州，与姚有旧，姚因从事邠州。又历半年，女病弥甚。其家尝张灯戏钱，忽见二小手出灯影下，大言曰："乞一钱。"家或唾之。又曰："我是汝家女婿，何敢无礼？"一称乌郎，一称黄郎，后常与人家狎昵。杨元卿知之，因为求上都僧瞻。瞻善鬼神部，持念治病魅者，多著效。瞻至姚家，标钉界绳，印手敕剑，召之。后设血食盆酒于界外。中夜，有物如牛，鼻于酒上。瞻乃匿剑，蹦步大言，极力刺之。其物匣刃而步，血流如注。瞻率左右，明炬索之，迹其血，至后宇角中，见若乌革囊，大可合篑，喘若鞴橐，盖乌郎也。遂毁薪焚杀之，臭闻十余里，一女即愈。自是风雨夜，门庭闻啾啾。次女犹病。瞻因立于前，举伐折罗叱之，女恐怖叩额。瞻偶见其衣带上有一皂袋子，因令侍奴婢解视之，乃小籥也。遂搜其服玩，籥勘得一篑，篑中悉是丧家搭帐衣，衣色唯黄与皂耳。瞻假将满，不能已其魅，因归京。逾年，姚罢职入京，先诣瞻，为加功治之。涉旬，其女臂上肿起如沤，大如瓜。瞻禁针刺，出血数合，竟差。出《酉阳杂俎》。

崔 瑴

元和中，博陵崔瑴者，自汝郑来，侨居长安延福里。常一日，读书牖下，忽见一童，长不尽尺，露发衣黄，自北垣下

点亮灯烛，相对玩耍嬉戏。洗洗染染，一刻也不停歇，但是也没见到她们做出什么来。当时杨元卿在邠州，和姚司马有交情，姚司马就在邠州做官。又过了半年，二女病得更厉害了。家里曾玩点灯数钱的游戏，忽然看见两只小手从灯影下伸出来，大声说："请给一枚钱。"家里有人啐它。它又说："我是你家女婿，怎么敢无礼？"一个叫乌郎，一个叫黄郎。后来就和家人混熟了。杨元卿知道了这件事，就去请京城的瞻和尚。瞻和尚擅长驱使鬼神的法术，持念禁咒治疗鬼魅作祟的病，多能见效。瞻和尚来到姚家，用灯作标，用绳划界，用手按出指印，用剑发出敕令，召引它们。后来又在界外摆设了祭祀用的酒肉。半夜，有个牛一样的东西，用鼻子去闻那酒。瞻和尚就藏起剑，趿拉着鞋大声说话，极用力地刺它。那东西带着剑就跑了，血流如注。瞻和尚率领左右的人们，举着火把追寻，循着它的血迹，来到后屋角上，看到一个东西像黑色皮口袋，有土筐那么大，喘息像风箱一样，大概是乌郎。于是燃柴把它烧死了，臭气飘出去十多里，一个女儿痊愈了。从此，风雨之夜，总听到门庭有啾啾的声音。另一个女儿还是病着。瞻和尚就站在她面前，举起金刚杵怒叱她，女儿吓得叩头。瞻和尚偶然见她衣带上有个黑袋子，就让婢女解下来看，里面装了一把小钥匙。于是就搜寻她的衣饰器物，用这把钥匙打开了一个柜子，柜子里全是死人时搭设丧帐的布，布的颜色只有黄和黑两种。瞻和尚的假期将满，不能把鬼魅整治完，于是就回京城了。过了一年，姚司马免了官职进京城，先去拜访瞻和尚，瞻和尚为他女儿加强功力治病。过了十天，他女儿胳膊上肿起来一个瓜那么大的泡。瞻和尚念咒，用针刺那泡，泡出了几次血，病终于好了。出自《酉阳杂俎》。

崔 瑴

元和年间，博陵人崔瑴，从汝州、郑州一带来，侨居在长安城的延福里。曾经有一天，崔瑴正在窗下读书，忽然看见一个小童，这小童身高还不到一尺，露着发髻，穿着黄色衣服，从北墙边

趋至榻前，且谓毂曰："幸寄君砚席，可乎？"毂不应。又曰："我尚壮，愿备指使，何见拒之深耶？"毂又不顾。已而上榻，跃然拱立。良久，于袖中出一小幅文书，致毂前，乃诗也。细字如粟，历然可辨。诗曰："昔荷蒙恬惠，寻遭仲叔投。夫君不指使，何处觅银钩？"览讫，笑而谓曰："既愿相从，无乃后悔耶？"其僮又出一诗，投于几上。诗曰："学问从君有，诗书自我传。须知王逸少，名价动千年。"又曰："吾无逸少之艺，虽得汝，安所用？"俄而又投一篇曰："能令音信通千里，解致龙蛇运八行。惆怅江生不相赏，应缘自负好文章。"毂戏曰："恨汝非五色者。"其僮笑而下榻，遂趋北垣，入一穴中。毂即命仆发其下，得一管文笔。毂因取书，锋锐如新。用之月余，亦无他怪。出《宣室志》。

张秀才

东都陶化里，有空宅。大和中，张秀才借得肄业，常忽忽不安。自念为男子，当抱慷慨之志，不宜恇怯以自软。因移入中堂以处之。夜深欹枕，乃见道士与僧徒各十五人，从堂中出，形容长短皆相似，排作六行。威仪容止，一一可敬。秀才以为灵仙所集，不敢惕息，因佯寝以窥之。良久，别有二物，展转于地。每一物各有二十一眼，内四眼，剡剡如火色。相驰逐，而目光眩转，砉剨有声。逡巡间，僧道三十人，或驰或走，或东或西，或南或北。道士一人，独立一处，则被一僧击而去之。其二物周流于僧道之中，未尝暂息。如此争相击搏，或分或聚。一人忽叫云："卓绝矣！"言竟，僧道皆默然而息。乃见二物相谓曰：

走到床前，对崔毂说："我想住在你读书的地方，可以吗？"崔毂不吱声。小童又说："我还健壮，愿意供你使唤，为什么拒绝得这样厉害呢？"崔毂还是不理睬他。不一会儿那小童上了床，迅速地拱手站好。许久，他从袖子里取出一小幅文书，送到崔毂面前，原来是诗。小字像小米粒那么大，清晰可辨。诗云："昔荷蒙恬惠，寻遭仲叔投。夫君不指使，何处觅银钩？"崔毂看完，笑着对他说："既然你愿意跟着我，可不要后悔呀？"小童又拿出来一首诗，放到几案上。诗云："学问从君有，诗书自我传。须知王逸少，名价动千年。"崔毂又说："我没有王羲之的才华，即使得到你，有什么用？"一会儿又呈上一首，说："能令音信通千里，解致龙蛇运八行。惆怅江生不相赏，应缘自负好文章。"崔毂开玩笑说："可惜你不是五色笔。"那小童笑着下了床，就走向北墙，进入一个洞中。崔毂就让仆人挖掘那下面，挖到一支毛笔。崔毂就拿起来写字，笔锋挺健如新。用了一个多月，也没有发生别的怪事。出自《宣室志》。

张秀才

东都陶化里，有处空宅院。太和年间，张秀才借住此地修习学业，常恍恍惚惚感到不安。想到自己身为男子汉，应该抱有慷慨之志，不应该怯懦自软。于是就搬到中堂去住。夜深了他躺在枕头上，就看见道士和尚各十五人，从堂中出来，模样高矮都差不多，排成六行。他们仪容举止庄重威严，都十分可敬。张秀才以为是神仙聚会，不敢大声出气，就假装睡着了偷看。许久，另有两个东西，辗转不定地来到地上。每个都有二十一只眼，内侧有四只眼，闪闪发光，颜色像火。它们互相追赶，目光转动，有唰唰的声音。突然，和尚道士三十多人，有的奔有的跑，有的东有的西，有的南有的北。一个道士独自站在一处，被一个和尚打跑了。那两个东西周旋穿梭在和尚道士之间，不曾有暂时的停歇。如此互相搏斗击打，或者分或者聚。有一个人忽然叫道："妙极啦！"说完，和尚道士们都默然而止。就见那两个东西互相说：

"向者群僧与道流，妙法绝高，然皆赖我二物，成其教行耳。不然，安得称卓绝哉？"秀才乃知必妖怪也，因以枕而掷之。僧道三十人与二物，一时惊走，曰："不速去，吾辈且为措大所使也。"遂皆不见。明日，搜寻之，于壁角中得一败囊，中有长行子三十个，并骰子一双耳。原缺出处，按见《宣室志补遗》。

河东街吏

开成中，河东郡有吏，常中夜巡警街路。一夕天晴月朗，乃至景福寺前。见一人俯而坐，交臂拥膝，身尽黑，居然不动。吏惧，因叱之，其人俯而不顾。叱且久，即朴其首。忽举视，其面貌极异，长数尺，色白而瘦，状甚可惧。吏初惊仆于地，久之，稍能起。因视之，已亡见矣。吏由是惧益甚，即驰归，具语于人。其后因重构景福寺门，发地，得一漆桶，凡深数尺，上有白泥合其首，果街吏所见。出《宣室志》。

韦协律兄

太常协律韦生，有兄甚凶，自云平生无惧惮耳，闻有凶宅，必往独宿之。其弟话于同官，同官有试之者。且闻延康东北角有马镇西宅，常多怪物，因领送其宅。具与酒肉，夜则皆去，独留之于大池之西孤亭中宿。韦生以饮酒且热，袒衣而寝。夜半方寤，乃见一小儿，长可尺余，身短脚长，其色颇黑。自池中而出，冉冉前来，循阶而上，以至生前，

“刚才和尚道士们的法术绝妙高超，然而全靠我们两个指教得法。不然，哪能称得上绝妙呢?”张秀才这才知道他们一定是妖怪，于是就把枕头扔过去打他们。和尚道士三十人和这两个东西，一时间都吓跑了，他们说：“不赶快离开，我们就要被这个穷酸秀才制住了。”于是全都不见了。第二天，一搜寻，在墙角里找到一个烂口袋，里边有博戏用的长行子三十个，还有两只骰子。原缺出处，按见《宣室志补遗》。

河东街吏

开成年间，河东郡有一个小吏，常常半夜巡察街道。一天晚上天晴月明，他来到景福寺前。看到一个人俯身坐在那里，两手交叉抱住膝盖，身上全是黑的，安然不动。小吏害怕了，就呵叱他，那人还是俯着身不理睬。呵叱了许久，小吏就击打他的头。他忽然抬头看小吏，他的面貌极特别，几尺高，肤色白而且瘦，样子非常可怕。小吏一开始吓得扑倒在地上，老半天，才渐渐能站起来。看他，他已经不见了。小吏因此怕得更厉害，就跑回去，详细地告诉了别人。后来重建景福寺门，挖地时，挖到一个漆桶，有几尺高，上边有白泥封闭桶顶，果然是巡街小吏见到的那怪物。出自《宣室志》。

韦协律兄

太常官中有个姓韦的协律郎，他有个哥哥很勇猛，自称平生没有惧怕的事物，听说哪里有凶宅，就一定会去独自住在那里。协律郎把这事说给同僚们，同僚中有一个人想试试他哥哥。又听说延康里东北角有马镇西的府第，常有许多怪物出现，就领着协律郎的哥哥，把他送到那宅子里去。人们给他准备了酒肉，天黑就全都离开了，只留他自己在大池子西边的孤亭中过夜。韦生因为喝了酒身上发热，就袒露着身体睡下了。半夜时分才醒，看到一个小男孩，约有一尺多高，身短腿长，肤色很黑。小男孩从池中出来，慢慢地向前走来，沿着台阶而上，最后来到韦生面前，

生不为之动。乃言曰："卧者恶物，直又顾我耶？"乃绕床而行。须臾，生回枕仰卧，乃觉其物上床，生亦不动。逡巡，觉有两个小脚，缘于生脚上，冷如水铁，上彻于心，行步甚迟。生不动，候其渐行上，及于肚，生乃遽以手摸之，则一古铁鼎子，已欠一脚矣。遂以衣带系之于床脚。明旦，众看之，具白其事。乃以杵碎其鼎，染染有血色。自是人皆信韦生之凶，而能绝宅之妖也。出《异怪录》。

石从武

开成中，桂林裨将石从武，少善射。家染恶疾，长幼罕有全者。每深夜，见一人自外来，体有光耀。若此物至，则疾者呼吟加甚，医莫能效。从武他夕，操弓映户，以俟其来。俄而精物复至，从武射之，一发而中，焰光星散。命烛视之，乃家中旧使樟木灯擎，已倒矣。乃劈而燔之，弃灰河中。于是患者皆愈。出《桂林风土记》。

姜　修

姜修者，并州酒家也。性不拘检，嗜酒，少有醒时，常喜与人对饮。并州人皆惧其淫于酒，或揖命，多避之，故修罕有交友。忽有一客，皂衣乌帽，身才三尺，腰阔数围，造修求酒。修饮之，甚喜，乃与促席酌。客笑而言曰："我平生好酒，然每恨腹内酒不常满。若腹满，则既安且乐。若其不满，我则甚无谓矣。君能容我久托迹乎？我尝慕君高义，

韦生却不为所动。小男孩就说:“躺着的坏东西,只是又来看我吗?”于是就绕着床走。不一会儿,韦生回过头来仰卧着,就觉得那东西上床了,但韦生还是不动。突然,他觉得有一双小脚爬到了他脚上,像水和铁那样凉,一直凉透心,迈步很慢。韦生不动,等到小男孩渐渐走到上边来,到肚子上时,他才急忙用手一摸,原来是一个古代的铁鼎,已经缺了一只脚。于是他用衣带把铁鼎系在床脚上。第二天早晨,众人来观看,他详细地说明了夜间的事。就用铁杵砸碎了鼎,鼎上微微透出血色。从此,人们都相信韦协律的哥哥很勇猛,能除掉凶宅中的妖怪。出自《异怪录》。

石从武

开成年间,桂林副将石从武,从小就擅长骑马射箭。他家里人染上恶病,男女老少很少有安全无恙的人。每到深夜,他就看见一个人从外边进来,身上闪着光亮。如果这个怪物到了,那些有病的人就呻吟得更加厉害,医生也不能医治。另一个晚上,石从武拿着弓箭藏在门后,等着那怪物来。不大一会儿那怪物又来了,石从武射它,一箭就射中了,那光亮像星星一样散灭了。让人拿来灯烛一照,原来是家里以前使用的樟木灯架,已经倒了。就把它劈碎烧了,把灰扔到河里。于是有病的人就都痊愈了。出自《桂林风土记》。

姜修

姜修,是并州一个开酒店的。他生性不拘小节,喜欢喝酒,很少有清醒的时候,平常喜欢和人对饮。并州人都害怕他沉湎于酒,有时他请人同饮,人们大多躲着他,所以姜修很少有朋友。忽然有一位客人,黑衣黑帽,身高才三尺,腰粗好几围,去拜访姜修要酒喝。姜修给他酒喝,特别高兴,就和来客坐近了一起饮酒。客人笑着说:“我平生好喝酒,但是常恨肚子里的酒总不是满的。如果肚子满了,我就安宁快乐。如果不满,我就觉得很没意思。你能让我一直寄身于此吗?我常仰慕你的高尚情义,

幸吾人有以待之。”修曰：“子能与我同好，真吾徒也，当无间耳。”遂相与席地饮酒。客饮近三石，不醉。修甚讶之，又且意其异人，起拜之，以问其乡闾姓氏焉，复问：“何道能多饮邪？”客曰：“吾姓成，名德器。其先多止郊野，偶造化之垂恩，使我效用于时耳。我今既老，复自得道，能饮酒。若满腹，可五石也。满则稍安。”修闻此语，复命酒饮之。俄至五石，客方酣醉，狂歌狂舞，自叹曰：“乐哉！乐哉！”遂仆于地。修认极醉，令家僮扶于室内。至室客忽跃起，惊走而出。家人遂因逐之，见客误抵一石，剨然有声，寻不见。至晓睹之，乃一多年酒瓮，已破矣。出《潇湘录》。

王屋薪者

王屋山有老僧，常独居一茅庵，朝夕持念，唯采药苗及松实食之。每食后，恒必自寻溪涧以澡浴。数年在山中，人稍知之。忽一日，有道士衣敝衣，坚求老僧一宵宿止。老僧性僻，复恶其尘杂甚，不允。道士再三言曰：“佛与道不相疏，混沌已来，方知有佛。师今佛弟子，我今道弟子，何不见容一宵，陪清论耳？”老僧曰：“我佛弟子也，故不知有道之可比佛也。”道士曰：“夫道者，居亿劫之前，而能生天生人生万物。使有天地，有人，有万物，则我之道也。亿劫之前，人皆知而尊之，而师今不知，即非人也。”老僧曰：“我佛恒河沙劫，皆独称世尊。大庇众生，恩普天地，又岂闻道能争衡？我且述释迦佛世尊，是国王之子。其始也，舍王位，入雪山，乘曩劫之功，证当今之果。天上天下，

希望你能好好招待我。”姜修说：“你能和我有共同的喜好，真是我的好朋友，我们应该亲密无间。”于是和他一块儿席地而坐喝了起来。客人喝了将近三石也不醉。姜修非常惊讶，料想他绝非常人，就起来参拜他，问他家住哪里，姓甚名谁，又问他：“你有什么道术能喝这么多？”客人说：“我姓成，名德器。早先多住在郊外，偶然遇上老天降恩，使我有用于当时。我现在已经老了，又自己得了道，能喝酒。要装满肚子，得喝五石。喝满了就安然无所求。”姜修听了这话，又让人取酒给他喝。不一会儿喝到五石，客人这才喝醉，就发狂地唱歌跳舞，自己叹息说：“高兴啊！高兴啊！”然后就倒在地上。姜修见他已经大醉，就让家仆扶他到屋内。到了屋内客人忽然跳起来，惊慌地跑出来。家人就去追赶他，见他误撞到一块石头上，砰的一声就找不到了。到天亮一看，原来是一个多年的酒瓮，已经破了。出自《潇湘录》。

王屋薪者

王屋山有位老僧，常独居在一个茅草庵里，朝夕念经，只采药草和松籽来吃。每次吃完饭，总要自己寻一处溪涧来洗澡。他几年来一直住在山里，人们慢慢了解他了。忽然一天，有位穿破旧衣服的道士，执意请求老僧让他在庵中住一宿。老僧性格孤僻，又讨厌道士有很多尘俗之气，不答应。道士再三地说：“佛教和道教不相排斥，开天辟地以来，才知道有佛。你现在是佛门弟子，我现在是道门弟子，为什么不能容我住一宿，陪你清谈呢？”老僧说：“我是佛门弟子，根本不知道有道家能比得上佛家的地方。”道士说：“道，产生在亿万劫之前，能生天生人生万物。使人间有了天，有了地，有了人，有了万物，这都是我们道的功劳。亿万劫之前，人们都知道它，尊崇它，而你现在还不知道，就不是人了。”老僧说：“我佛经历了多如恒河之沙的劫难后，人们都独称他为世尊。他广泛地庇护众生，恩泽遍及天地，又哪里听说道能和他抗衡？我且来说一说释迦佛世尊，他是国王的儿子。当初，他舍弃王位，进入雪山，历万劫而不灭，得成正果。天上地下，

唯我独尊。故使外道邪魔，悉皆降伏。至于今日，孰不闻之？尔之老君，是谁之子？何处修行？教迹之间，未闻有益，岂得与我佛同日而言？”道士曰：“老君降生于天，为此劫之道祖，始出于周。浮紫气，乘白鹿，人孰不闻？至于三岛之事，十州之景，三十六洞之神仙，二十四化之灵异，五尺童子，皆能知之。岂独师以庸庸之见而敢蔑耶？若以尔佛，舍父逾城，受穿膝之苦，而与外道角胜，又安足道哉？以此言之，佛只是群魔之中一强梁者耳。我天地人与万物，本不赖尔佛而生。今无佛，必不损天地人之万物也。千万勿自言世尊，自言世尊，世必不尊之，无自称尊耳。”老僧作色曰：“须要此等人，设无此等，即顿空却阿毗地狱矣！”道士大怒，伸臂而前，拟击老僧。僧但合掌闭目。须臾，有一负薪者过，见而怪之，知老僧与道士争佛道优劣。负薪者攘袂而呵曰：“二子俱父母所生而不养，处帝王之土而不臣。不耕而食，不蚕而衣，不但偷生于人间，复更以他佛道争优劣耶？无居我山，挠乱我山居之人！”遂遽焚其茅庵，仗伐薪之斧，皆欲杀之。老僧惊走入地，化为一铁铮，道士亦寻化一龟背骨。乃知其皆精怪耳。出《潇湘录》。

只有我为尊。所以让邪魔外道全都降服。直到今天，谁不知道他？你的太上老君是谁的儿子？他在什么地方修行？他的传道事迹中，没听说有什么好的地方，怎能和我佛同日而语？”道士说：“太上老君降生在天上，他作为这一劫的道祖，是从周朝开始的。他驾着紫气，骑着白鹿，谁没听说过？至于三岛之事，十州之景，三十六洞之神仙，二十四化之灵异，五尺高的儿童都知道。难道是你这个和尚凭着庸俗的见解可以蔑视的吗？至于你们佛祖，抛弃父亲丢掉城池，受穿透膝盖的痛苦，而与外道争强斗胜，又哪里值得一说呢？从这方面讲，佛只是群魔之中强横的那一个罢了。我们的天、地、人以及万物，本就不是依靠你们佛而生的。现在没有佛，一定不会给天、地、人以及万物带来什么损失。千万不要自己说自己是世尊，自己说自己是世尊，世一定不尊，不要自称尊了。”老僧变了脸色说：“需要你们这样的人，假设没有你们这样的人，那么阿毗地狱一下子就空了呀！”道士非常生气，伸臂向前，要打老僧。老僧只是合掌闭着眼睛。不一会儿，有一个背着柴的人路过，见了他二人觉得奇怪，知道是老僧和道士争佛和道的优劣。背柴人捋起袖子呵斥他们说：“你们两个都是父母生的却不奉养父母，都住在帝王的土地上却不对帝王称臣。不耕田就吃饭，不养蚕就穿衣。不但在人世间苟且偷生，还要为了什么佛道争优劣吗？不要住在我们山上，扰乱我们居住在山上的人！”于是马上烧了那茅庵，拿着砍柴的大斧，要把他们全杀了。老僧吓得跑进地里，变成一口铁钟，道士也很快变成一块龟背骨。这才知道他们都是妖怪。出自《潇湘录》。

卷第三百七十一

精怪四

杂器用
独孤彦　姚康成　马　举　吉州渔者
凶器上
梁　氏　曹　惠　窦不疑

杂器用

独孤彦

建中末，有独孤彦者，尝客于淮泗间。会天大风，舟不得进，因泊于岸。一夕步月登陆，至一佛寺中。寺僧悉赴里民会去，彦步绕于庭。俄有二丈夫来，一人身甚长，衣黑衣，称姓甲，名侵讦，第五。一人身广而短，衣青衣，称姓曾，名元。与彦揖而语，其吐论玄微，出于人表。彦素耽奇奥，常与方外士议语，且有年矣。至于玄门释氏，靡不穷其指归。乃遇二人，则自以为不能加也，窃奇之，且将师焉。因再拜请曰："某好奇者，今日幸遇先生，愿为门弟子，其可乎？"二人谢曰："何敢！"彦因征其所自。黑衣者曰："吾之先本卢氏，吾少以刚劲闻。大凡物有滞而不通者，

杂器用

独孤彦

建中末年，有个叫独孤彦的人，曾在泗水、淮水间做客。遇到大风，船无法行驶，于是停泊在岸边。一天夜晚，他趁着月光登上岸，来到一座佛寺。寺院里的和尚都去赴村民的集会了，独孤彦就漫步在庭院中。不一会儿有两个男子走来，一个人身材很高，穿着黑衣裳，自称姓甲，名侵讦，排行第五。一个人身材粗矮，穿着青色衣裳，自称姓曾，名元。两个人同独孤彦施礼，交谈起来，两个人的言谈论述深奥玄妙，十分出众。独孤彦平时就喜欢钻研奇情奥理，经常和一些世外高人高谈阔论，已经有很多年了。对于道教和佛学，无不深入钻研其妙谛。如今他遇到了这两个人，感觉到自己远远不如他们，心中暗自惊奇，打算拜他们为老师。于是连连施礼说："我是个好奇之人，今天有幸遇到两位先生，想要做你们的弟子，可以吗？"两个人辞谢说："不敢当！"独孤彦于是询问他们从何处来。黑衣人说："我的祖先原本姓卢，我年少时以刚毅强劲而闻名。大凡事物如果有滞塞不通畅的，

必侵犯以讦悟之。时皆谓我为'侵讦',因名之。其后适野,遇仇家击断,遂易姓甲氏,且逃其患。又吾素精药术,尝忝侍医之职。非不能精熟,而升降上下,即假手于人。后以年老力衰,上欲以我为折腰吏,吾固辞免,退居田间。吾有舅氏,常为同僚,其行止起居,未尝不俱。然我自摈弃,常思吾舅。直以用舍殊,致分不见矣。今夕君子问我,我得以语平生事,幸何甚哉!"语罢,曾元曰:"吾之先,陶唐氏之后也。唯陶唐之官,受姓于姚曾者,与子孙以字为氏,故为曾氏焉,我其后也。吾早从莱侯,居推署之职,职当要热。素以褊躁,又当负气以凌上,由是遭下流沸腾之谤,因而解去。盖吾忠烈之罪。我自弃置,处尘土之间,且有年矣。甘同瓦砾,岂敢他望乎?然日者与吾父遭事,吾父性坚正,虽鼎镬不避其危。赒人之急,要赴汤蹈火,人亦以此重之。今拘于旧职,窘若囚系。余以父弃掷之故,不近于父,迨今亦数岁。足下有问,又安敢默乎?"语未卒,寺僧俱归。

二人见之,若有所惧,即驰去,数十步已亡见矣。彦讯僧,僧曰:"吾居此寺且久,未尝见焉,惧为怪耳。"彦奇其才,且异之,因析其名氏。久而悟曰:"所闻曾元者,岂非'甑'乎?夫文,以'瓦'附'曾',是'甑'字也。名元者,盖以'瓦'中之画,致'瓦'字之上,其义在矣。甲侵讦者,岂非铁杵乎?且以'午木'是'杵'字。姓甲者,东方甲乙木也。第五者,亦假'午'字也。推是而辩,其'杵'字乎?名侵讦者,

必须要用侵犯刺激的方法使其醒悟。当时人们都叫我‘侵讦’，所以便以此作为自己的名字。后来到郊外，遇到仇人把我击断，就改姓甲，以逃避祸患。我还精于医药之术，曾经滥充医官。不是不能精通医术，而是升降上下，都要借助于别人。后来因为年老体衰，皇上想叫我做个小官，我坚持辞掉，退居田园。我有个舅舅，曾和我是同事，行动坐卧，常形影不离。然而我自从离开，还常常思念舅舅。只是因为做官与归隐的志向不同，致使我们一直没能再见。今晚您询问我，使我有机会把平生的事都讲出来，多么庆幸啊！”说完，曾元说：“我的祖先，是陶唐氏的后代。陶唐氏的官，有从姚曾那里接受姓氏的，就让子孙以字为姓，所以就姓曾了，我就是曾姓的后人。我早先跟随莱侯，任推署之职，职位显赫重要。我平素气量狭小，性情急躁，又好任气犯上，由此遭受小人激烈的诽谤，因此被免除官职。这都是我过于正直忠烈所导致的结果。我自从被弃置不用，处在尘世之间，已经很多年了。我甘愿像瓦石一样，哪敢有其他奢望呢？然而昔日我和父亲遭受祸事，我父亲性情坚贞正直，即使鼎镬在前也不避危险。为解除别人的急难，甘愿赴汤蹈火，人们也因此敬重他。现在他拘守原职，困窘得像监狱里的囚犯一样。因为被父亲抛弃的缘故，我不亲近父亲，已经有好几年了。你询问我，我又怎敢沉默不语呢？”话没说完，寺院里的和尚都回来了。

那两个人看见寺里的和尚，似乎很害怕，就逃跑了，跑了十几步远就看不见了。独孤彦向和尚询问那两个人的来历，一个和尚说：“我居住在这座寺院里很久了，从来没有见过这两个人，恐怕是妖怪吧。”独孤彦赞叹那两个人的才华，也感到有些怪异，就分析那两个人的姓名。许久才想明白，他说：“所谓曾元，难道不是‘甑’吗？从字的结构来说，‘瓦’字加个‘曾’字，是‘甑’字。名叫元，大概是把‘瓦’字中的一划，移动到‘瓦’字的上面，它的意义就在这儿了。甲侵讦，难道不是铁杵吗？把‘午木’合在一起是‘杵’字。姓甲，是取东方对应甲乙，对应木。排行第五，也是借‘午’字的音。由此推想，不正是个‘杵’字吗？名叫侵讦，

盖反其语为‘金截’。以‘截’附‘金’，是‘铁’字也。总而辩焉，得非甑及铁杵耶！”明日，即命穷其迹，果于朽壤中，得一杵而铁者；又一甑自中分，盖用之余者。彦大异之，尽符其解也。出《宣室志》。

姚康成

太原掌书记姚康成，奉使之汧陇。会节使交代，入蕃使回，邮馆填咽。遂假邢君牙旧宅，设中室，以为休息之所。其宅久空废，庭木森然。康成昼为公宴所牵，夜则醉归，及明复出，未尝暂歇于此。一夜，自军城归早，其属有博戏之会，故得不醉焉。而坐堂中，因命茶，又复召客，客无至者。乃命馆人取酒，遍赐仆使，以慰其道路之勤。既而皆醉，康成就寝。二更后，月色如练，因披衣而起，出于宅门，独步移时，方归入院。遥见一人，入一廊房内，寻闻数人饮乐之声。康成乃蹑履而听之，聆其言语吟啸，即非仆夫也。因坐于门侧，且窥伺之。仍闻曰：“诸公知近日时人所作，皆务一时巧丽。其于托情喻己，体物赋怀，皆失之矣。”又曰：“今三人可各赋一篇，以取乐乎？”皆曰善。乃见一人，细长而甚黑，吟曰：“昔人炎炎徒自知，今无烽灶欲何为。可怜国柄全无用，曾见人人下第时。”又见一人，亦长细而黄，面多疮孔，而吟曰：“当时得意气填心，一曲君前直万金。今日不如庭下竹，风来犹得学龙吟。”又一人肥短，鬓发垂散，而吟曰：“头焦鬓秃但心存，力尽尘埃不复论。

是因为这两个字先正切再倒切，就是'金截'。'截'附'金'字旁，是'铁'字。综合起来分析，不正是甑和铁杵吗！"第二天，他叫人寻找那两个人的踪迹，果然在腐土之中，找到一个铁杵；又找到一个从中间裂开的甑，大概是被人用剩下的。独孤彦大为惊异，完全符合其推论。出自《宣室志》。

姚康成

太原节度掌书记姚康成，奉命出使到汧水、陇山一带。正赶上节度使替换，出使外邦的使臣返回，所以驿馆十分拥挤。姚康成便借邢君牙的旧宅，把堂屋布置了一下，作为休息的地方。那个房子空废很久了，庭院中草木茂密。姚康成白天忙于应酬赴宴，晚上喝醉了才回来，到天明又出去，未曾在这里好好休息。一天晚上，他从军城回来得早了一点，他的部下赌博聚会去了，所以他没有喝醉。他坐在堂上，叫人上茶，又想招呼客人，但客人也没有来。于是他叫驿馆的侍从拿来酒，赏赐给每一个仆人，对他们一路上的辛勤侍奉表示慰劳。不一会儿大家都喝醉了，姚康成也躺下休息。二更以后，月色皎洁如同白绢，他穿衣服起来，走出宅院大门，独自散了一会儿步，才返回宅院。这时他远远看见院子里有一个人，进入一间厢房里，不久又听到几个人喝酒说笑的声音。姚康成就轻轻地走过去听，听他们说话和吟诵，知道不会是仆人。于是他坐到门边，偷偷地观察这些人。听到其中一人说："各位知道近来文人的作品，都是追求一时的辞藻华丽。在寄托情感以表达自己的见解、描写事物以抒发志向上，都有所不足。"又说："现在我们三个人可否各自赋诗一首，以助酒兴呢？"几个人都表示赞成。这时姚康成看见一个人，身材修长而皮肤黝黑，吟诵道："昔人炎炎徒自知，今无烽灶欲何为。可怜国柄全无用，曾见人人下第时。"又见一个人，也身材修长而肤色微黄，脸上还有很多疮疤，吟诵道："当时得意气填心，一曲君前直万金。今日不如庭下竹，风来犹得学龙吟。"又见一个人肥胖粗矮，鬓发垂散，他吟诵道："头焦鬓秃但心存，力尽尘埃不复论。

莫笑今来同腐草，曾经终日扫朱门。”康成不觉失声，大赞其美。因推门求之，则皆失矣。俟晓，召舒吏询之，曰：“近并无此色人。”康心疑其必魅精也，遂寻其处。方见有铁铫子一柄，破笛一管，一秃黍穰帚而已。康成不欲伤之，遂各埋于他处。出《灵怪集》。

马举

马举镇淮南日，有人携一棋局献之，皆饰以珠玉。举与钱千万而纳焉。数日，忽失其所在。举命求之，未得。而忽有一叟，策杖诣门，请见举。多言兵法，举延坐以问之。叟曰：“方今正用兵之时也，公何不求兵机战术，而将御寇仇？若不如是，又何作镇之为也？”公曰：“仆且治疲民，未暇于兵机战法也。幸先生辱顾，其何以教之？”老叟曰：“夫兵法不可废也，废则乱生，乱生则民疲，而治则非所闻。曷若先以法而治兵，兵治而后将校精，将校精而后士卒勇。且夫将校者，在乎识虚盈，明向背，冒矢石，触锋刃也。士卒者，在乎赴汤蹈火，出死入生，不旋踵而一焉。今公既为列藩连帅，当有为帅之才，不可旷职也。”举曰：“敢问为帅之事何如？”叟曰：“夫为帅也，必先取胜地，次对于敌军。用一卒，必思之于生死；见一路，必察之于出入。至于冲关入劫，虽军中之余事，亦不可忘也。仍有全小而舍大，急杀而屡逃。据其险地，张其疑兵。妙在急攻，不可持疑也。

莫笑今来同腐草，曾经终日扫朱门。”姚康成不觉失声叫好，对他们的诗十分赞美。于是推开门进去找他们，但这些人都不见了。等到天亮，姚康找来驿馆的官员询问那几个人的来历，官员回答：“近来没有这样的人。”姚康成怀疑他们一定是鬼魅，于是便寻找他们的踪迹。这才看见只是一柄小铁锅、一管破笛子和一把秃头扫帚而已。姚康成不想伤害它们，就将它们找个地方埋了。出自《灵怪集》。

马举

马举镇守淮南的时候，有一个人带着一个装饰着珍珠宝玉的棋盘献给他。马举给了那人很多钱，把棋盘收下了。过了几天，棋盘忽然不见了。马举叫人寻找，但没有找到。一天忽然有一个老头，拄着拐杖来到门前，求见马举。老头谈论的大多是兵法，马举请他入坐并询问他。老头说：“当今正是用兵的时候，你为什么不研究兵法战术，准备防御敌寇的入侵呢？若不这样，你镇守此地又有什么作为呢？”马举说：“我忙于治理疲弱的百姓，没有时间研究兵法战策。有幸让先生屈尊赶来，您有什么指教呢？”老头说：“兵法不可荒废，荒废了就会生乱，生乱就会导致百姓疲困，那时候再想治理好就是闻所未闻的事了。何不先以法来整顿军队，军队整顿好了将校才能精干，将校精干以后士兵才能勇敢。况且作为将校，重要的在于能够识别虚实，明察人心的向背，敢于冒险冲锋，拼杀格斗。作为士兵，要不怕赴汤蹈火，出生入死，遵守命令始终如一。现在您既然统领藩镇，身为节度使，就应具备帅才而不可失职。”马举说：“敢问主帅应当做些什么呢？”老头说：“做主帅的，一定要首先立足于制胜之地，其次才是对付敌军。使用一名士兵，一定要先考虑他的生死；遇见一条道路，一定要先弄清进退之路。至于破关打阵，虽然是军中的次要事情，也都不可忽视。还有为了保全一小部分，而舍弃大部分，急速杀敌而屡次逃走的情况。重要的是占据险要的地势，布置疑惑敌人的兵力。妙在急速进攻，不可疑心过重或犹豫寡断。

其或迟速未决，险易相悬，前进不能，差须求活。屡胜必败，慎在欺敌。若深测此术，则为帅之道毕矣。”举惊异之，谓叟曰：“先生何许人？何学之深耶？”叟曰：“余南山木强之人也。自幼好奇尚异，人人多以为有韬玉含珠之誉。屡经战争，故尽识兵家之事。但乾坤之内，物无不衰，况假合之体，殊不坚牢，岂得更久耶？聊得晤言，一述兵家之要耳，幸明公稍留意焉。”因遽辞，公坚留，延于客馆。至夜，令左右召之，见室内唯一棋局耳，乃是所失之者。公知其精怪，遂令左右以古镜照之。棋局忽跃起，坠地而碎，似不能变化。公甚惊异，乃令尽焚之。出《潇湘录》。

吉州渔者

吉州龙兴观有巨钟，上有文曰：“晋元康年铸。”钟顶有一窍，古老相传，则天时，钟声震长安。遂有诏凿之，其窍是也。天祐年中，忽一夜失钟所在，至旦如故。见蒲牢有血痕并蒸草。蒸草者，江南水草也，叶如薤，随水浅深而生。观前大江，数夜，居人闻江水风浪之声。至旦，有渔者见江心有一红旗，水上流下。渔者棹小舟往接取之，则见金鳞光，波涛汹涌，渔者急回。始知蒲牢斗伤江龙。出《玉堂闲话》。

凶器上

梁　氏

后魏洛阳阜财里有开善寺，京兆人韦英宅也。英早

强弱险易相差悬殊无法前进时，要寻求退路，保存力量。屡胜必败，重要的是诱敌深入。如果深刻地领会掌握了这些原则，便是具备了做主帅的条件。”马举非常惊奇，问老头说：“先生是哪里人？为什么有这么高深的学问呢？”老头说：“我是南山中质朴倔强的人。自幼好奇喜怪，人们都认为我胸怀韬略，腹有良谋。因为我屡经战事，所以尽知用兵之法。但天地之间，事物没有不衰败的，何况我这勉强凑合的身体，很不硬朗，怎么能长久呢？我们见面，就是说一说用兵打仗的要点罢了，希望能引起你的一点注意。”说完就要告辞，马举坚持挽留他，把他请到馆驿休息。到了晚上，马举叫手下人去请老头，见室内只有一个棋盘而已，就是丢失的那个。马举知道那老头是个妖怪，就命令手下人用古镜照它。那棋盘忽然跳起来，落到地上摔碎了，好像也不能变化。马举很惊异，就命人把棋盘碎块烧光了。出自《潇湘录》。

吉州渔者

吉州龙兴观有一口大钟，钟上有一行字：“晋元康年铸。”大钟顶上有一个洞，据老辈人相传，武则天的时候，这钟声震动长安。于是武则天命令凿坏它，大概就是这个洞了。天祐年间的一天晚上，大钟突然丢失，第二天早晨又回到原处。钟上所铸的神兽蒲牢身上有血迹，并挂着蕬草。蕬草是江南的一种水草，叶子像薤草，随着水的深浅而生长。龙兴观前的大江，一连几天夜里，住在那里的人都听到江水风浪的巨大响声。到天亮时，有一个打鱼的人看见江心有一面红旗，从上游漂下来。打鱼的人划着小船去取红旗，只见水中鳞光闪烁，波涛汹涌，打鱼的人急忙回转。这才知道是神兽蒲牢斗伤了江龙。出自《玉堂闲话》。

凶器上

梁　氏

北魏洛阳阜财里有座开善寺，是京兆人韦英的住宅。韦英早

卒，其妻梁，不治丧而嫁，更纳河内向子集为夫。虽云改嫁，仍居英宅。英闻梁嫁，白日来归。乘马，将数人，至于庭前，呼曰："阿梁，卿忘我也？"子集惊怖，张弓射之。应箭而倒，即变为桃人。所骑之马，亦化为茅马。从者数人，尽为蒲人。梁氏惶惧，舍宅为寺。出《洛阳伽蓝记》。

曹惠

武德初，有曹惠为江州参军。官舍有佛堂，堂中有二木偶人，长尺余，雕饰甚巧妙，丹青剥落。惠因持归与稚儿。后稚儿方食饼，木偶引手请之。儿惊报惠，惠笑曰："取木偶来。"即言曰："轻红、轻素自有名，何呼木偶？"于是转盼驰走，无异于人。惠问曰："汝何时物，颇能作怪？"轻素与轻红曰："是宣城太守谢家俑偶。当时天下工巧，皆不及沈隐侯家老苍头孝忠也。轻素、轻红，即孝忠所造。隐侯哀宣城无常，葬日故有此赠。时素圹中，方持汤与乐夫人濯足，闻外有持兵称敕声，夫人畏惧，跣足化为白蝼。少顷，二贼执炬至，尽掠财物。谢郎时颔瑟瑟环，亦为贼敲颐脱之。贼人照见轻红等曰：'二明器不恶，可与小儿为戏具。'遂持出。时天平二年也。自尔流落数家，陈末麦铁杖犹子将至此。"

惠又问曰："曾闻谢宣城婚王敬则女，尔何遽云乐夫人？"轻素曰："王氏乃生前之妻，乐氏乃冥婚耳。王氏本屠酤种，性粗率多力，至冥中，犹与宣城不睦。伺宣城严颜，则磔石拄关，以为威胁。宣城自密启于天帝，许逐之，二女

死，他的妻子梁氏没有办理丧事就改嫁了，招赘河内人向子集为丈夫。虽说是改嫁，但仍然居住在韦英的房宅里。韦英得知梁氏改嫁，在一天白天回到家中。他骑着马，带了几个人，来到庭院前，高喊："阿梁，你忘记我了吗？"向子集惊慌害怕，拉开弓射韦英。韦英中箭倒地，立刻变成了桃木人。骑的马变成了茅草马。跟随的几个人，也都变成了蒲草扎的。梁氏害怕，于是把房宅捐作寺院。出自《洛阳伽蓝记》。

曹惠

武德初年，有个叫曹惠的任江州参军。官府有一座佛堂，堂里有两个木偶人，一尺多长，雕刻装饰得十分巧妙，但涂料已经剥落。曹惠就拿回家给小孩玩。后来小孩正在吃饼，木偶也伸手要饼。小孩惊讶地告诉曹惠，曹惠笑着说："拿木偶来。"木偶立即说："轻红、轻素自有名字，为什么叫我们木偶？"于是转眼间就跑了，和人没有什么两样。曹惠问道："你们是什么时代的木偶，能如此作怪？"轻素和轻红说："我们是宣城太守谢脁陪葬的木俑。当时天下的能工巧匠，都比不上沈隐侯家的老仆人孝忠。轻素、轻红就是孝忠制造的。沈隐侯哀伤谢脁早逝，埋葬谢脁时就放入这木偶。一天轻素在墓中，正拿热水给乐夫人洗脚，忽然听到外面有人拿着武器发出告诫的声音，乐夫人很害怕，光着脚就变成了白蝼蛄。一会儿，有两个盗贼拿着火把进来，把墓中财物全部盗走了。谢脁当时嘴里含的瑟瑟环，也被盗贼敲碎下巴拿走了。盗贼用火把照着轻红和轻素说：'这两个冥器挺好，可以给小孩当玩具。'于是拿了出去。当时是天平二年。我们从此流落了几家，到陈朝末年，麦铁杖的侄子又把我们带到这里。"

曹惠又问："听说谢太守娶的是王敬则的女儿，你为什么说是乐夫人呢？"轻素说："王氏是他生前的妻子，乐氏是阴间的婚配。王氏本是低贱人的后代，性情粗鲁莽撞，到了阴曹地府，还和谢太守不和。她见谢太守面色不悦，就投掷石头、顶住门来威胁他。谢太守秘密地报告了天帝，天帝允许驱逐她，两个女儿

一男，悉随母归矣。遂再娶乐彦辅第八女，美姿质，善书，好弹琴，尤与殷东阳仲文、谢荆州晦夫人相得，日恣追寻。宣城常云：'我才方古词人，唯不及东阿耳。其余文士，皆吾机中之肉，可以宰割矣。'见为南曹典铨郎，与潘黄门同列，乘肥衣轻，贵于生前百倍。然十月一朝晋、宋、齐、梁，可以为劳，近闻亦已停矣。"

惠又问曰："汝二人灵异若此，吾欲舍汝，如何?"即皆言曰："以轻素等变化，虽无不可，君意如不放，终不能逃。庐山山神欲取轻素为舞姬久矣，今此奉辞，便当受彼荣富。然君能终恩，请命画工，便赐粉黛。"惠即令工人为图之，使擒锦绣。轻素笑曰："此度非论舞伎，亦当彼夫人。无以奉酬，请以微言留别。百代之中，但以他人会者，无不为忠臣，居大位矣。言曰：'鸡角入骨，紫鹤吃黄鼠，甲不害，五通泉室，为六代吉昌。'"

后有人祷庐山神，女巫言："神君新纳二妾，要翠钗花簪，汝宜求之，当降大福。"祷者求而焚之，遂如愿焉。惠亦不能知其微言，访之时贤，皆不悟。或云，中书令岑文本识其三句，亦不为人说。出《玄怪录》。

窦不疑

武德功臣孙窦不疑为中郎将，告老归家。家在太原，宅于北郭阳曲县。不疑为人勇，有胆力，少而任侠。常结伴十数人，斗鸡走狗，樗蒲一掷数万，皆以意气相期。而太原城东北数里，常有道鬼，身长二丈，每阴雨昏黑后，多出。人见之，或怖而死。诸少年言曰："能往射道鬼者，与钱五千。"

和一个儿子，都随母亲回娘家了。于是又娶了乐彦辅的第八个女儿，她姿容美丽，善书法，好弹琴，尤其和东阳太守殷仲文、荆州刺史谢晦的夫人相处得很好，每天形影不离。谢太守常说：‘我的才华同古代文人相比，只是不如曹植。其他文人，都是我案板上的肉，可以任意宰割。’现在谢朓任南曹典铨郎，与潘黄门地位相当，骑骏马，穿皮裘，比生前富贵百倍。然而十个月朝拜一次晋、宋、齐、梁，可能他非常辛苦，听说近来已经停止了。”

曹惠又问：“你二人如此灵异，我想放了你们，怎么样？”轻素和轻红立即回答：“虽然凭着我们的变化，没有什么做不到的，但是如果您不想放，我们也终究无法逃脱。庐山山神早就想娶轻素作舞妓，如今领命告辞，应当就可以去那里享受荣华富贵了。如果您能最终成全我们，就请您找画工，给我们化妆涂色。”曹惠就命令画工为她俩涂色，使她们色彩鲜艳美丽。轻素笑着说：“这回别说是舞妓了，都可以做庐山山神的夫人了。没有什么可以报答您的，请让我们说几句隐语作为临别赠言。百代之中，但凡有能明白这几句话的，无不是忠臣和高官。这句话是：‘鸡角入骨，紫鹤吃黄鼠，甲不害，五通泉室，为六代吉昌。’”

后来有人祭祀庐山神时，女巫说：“山神新娶了两个小妾，要翠钗花簪，你应该为他找来，山神就会降洪福给你。”祈祷的人找到后送去焚烧了，果然如愿以偿。曹惠不能理解那几句隐语的意思，求教于有学问的人，都解释不了。有人说，中书令岑文本理解其中三句话，但也不为别人解说。出自《玄怪录》。

窦不疑

武德年间的功臣子孙窦不疑曾任中郎将，后来告老还乡。他家在太原城北的阳曲县。窦不疑胆大勇敢，少年时就很侠义。常聚集十多个人斗鸡斗狗，玩樗蒲时一赌就是几万，都以意气相投。太原城东北几里远的地方，道上经常闹鬼，鬼的身高两丈，经常在阴雨天或昏黑的夜晚出现。人们看见后，有的竟被吓死了。少年们都说：“能够前去射死路上鬼的人，给赏钱五千。”

余人无言，唯不疑请行。迨昏而往，众曰："此人出城便潜藏，而夜给我以射，其可信乎？盍密随之。"不疑既至魅所，鬼正出行。不疑逐而射之，鬼被箭走。不疑追之，凡中三矢，鬼自投于岸下，不疑乃还。诸人笑而迎之，谓不疑曰："吾恐子潜而给我，故密随子，乃知子胆力若此。"因授之财，不疑尽以饮焉。明日，往寻所射岸下，得一方相，身则编荆也，今京中方相编竹，太原无竹，用荆作之。其傍仍得三矢。自是道鬼遂亡，不疑亦从此以雄勇闻。

及归老，七十余矣，而意气不衰。天宝二年冬十月，不疑往阳曲，从人饮，饮酣欲返，主苦留之。不疑尽令从者皆留，已独乘马，昏后归太原。阳曲去州三舍，不疑驰还。其间则沙场也，狐狸鬼火丛聚，更无居人。其夜，忽见道左右皆为店肆，连延不绝。时月满云薄，不疑怪之。俄而店肆转众，有诸男女，或歌或舞，饮酒作乐，或结伴踏蹄。有童子百余人，围不疑马，踏蹄且歌，马不得行。道有树，不疑折其柯，长且大，以击。歌者走，而不疑得前。又至逆旅，复见二百余人，身长且大，衣服甚盛，来绕不疑，踏蹄歌焉。不疑大怒，又以树柯击之，长人皆失。不疑恐，以所见非常，乃下道驰。将投村野，忽得一处百余家，屋宇甚盛。不疑叩门求宿，皆无人应，虽甚叫击，人犹不出。村中有庙，不疑入之，系马于柱，据阶而坐。时朗月，夜未半，有妇人

人们听了都不说话，只有窦不疑要去。黄昏时窦不疑出发，大家说："他要是出城后就藏起来，而夜里欺骗我们说已用箭射了那鬼，能让人相信吗？我们何不秘密地跟在他的后面。"窦不疑到了鬼出现的地方，正巧鬼出来。窦不疑追上去用箭射鬼，鬼中箭逃跑。窦不疑继续追赶，一共射中三箭，鬼一头栽到河岸下，窦不疑才返回。少年们笑着迎接他，对他说："我们怕你藏起来欺骗我们，所以偷偷跟踪你，这才知道你胆子竟这么大。"于是把钱给了他，他全都用来喝酒了。第二天，人们到鬼被射中的河岸下寻找，找到一个驱疫避邪的神像，是用荆条编成的，现在京城里驱疫避邪的神像是用竹子编的，太原一带没有竹子，所以用荆条编成。它的旁边又找到三支箭。从这以后，道路上的鬼就消失了，窦不疑也从此以雄猛勇敢而闻名。

等到他告老还乡的时候，已经七十多岁了，但是他的胆气依旧不衰。天宝二年冬十月，窦不疑去阳曲同别人饮酒，喝醉了想回家，主人苦苦挽留他。窦不疑命令仆从都留下，自己独自骑马，在黄昏后返回太原。阳曲距太原州城有九十里，窦不疑疾行而回。经过的道路是古战场，狐狸与鬼火聚集，更没有人居住。那天夜里，窦不疑忽然看见道两旁都是店铺，连绵不断。当时月圆云淡，窦不疑觉得很奇怪。不一会儿店铺变得更多了，有很多男女在唱歌跳舞，饮酒作乐，还有人结伴用脚打着拍子。有小童一百多人，围住了窦不疑的马，边打拍子边唱歌，马不能前进。道旁有树，窦不疑折断树上又长又大的树枝，用来击打他们。唱歌的人逃跑了，窦不疑才能往前走。又到一个旅店，又看见二百多人，身材又高又大，衣服很华丽，上前围绕着窦不疑，打着拍子唱歌。窦不疑大怒，又用树枝击打他们，那些高个子便都消失了。窦不疑有些害怕，认为看到的东西太奇怪了，就走下大道纵马疾驰。想找村庄投宿，忽然遇到一个有一百多户人家的村庄，房屋众多。窦不疑敲门投宿，全都没有人回应，即使他使劲敲门，仍然没有人出来。村中有座庙，窦不疑进来，把马拴到柱子上，坐在台阶上。这时月光明亮，快到半夜时，有一个女人

素服靓妆，突门而入，直向不疑再拜。问之，妇人曰："吾见夫婿独居，故此相偶。"不疑曰："孰为夫婿？"妇人曰："公即其人也。"不疑知是魅，击之，妇人乃去。厅房内有床，不疑息焉。忽梁间有物，坠于其腹，大如盆盎。不疑殴之，则为犬音。自投床下，化为火人，长二尺余，光明照耀，入于壁中，因尔不见。不疑又出户，乘马而去，遂得入林木中憩止，天晓不能去。会其家求而得之，已愚且丧魂矣。舁之还，犹说其所见。乃病月余卒。出《纪闻》。

穿着淡雅的服装、擦着脂粉，破门而入，径直走过来向窦不疑连连下拜。窦不疑问她，她说："我知道我的丈夫独居，所以前来相伴。"窦不疑说："谁是你的丈夫？"女人说："你就是。"窦不疑知道她是鬼魅，上前打她，她才离开。厅堂内有床，窦不疑到床上休息。忽然房梁上有个东西，掉到他的肚子上，大小像个盆。窦不疑打它，竟发出狗的叫声。那东西自己滚到床下，变成了一个火人，长二尺多，光辉照耀，进入墙壁中，就看不见了。窦不疑又走出门，骑马离开，终于找到一处树林进去休息，天亮以后已不能走路。正好这时家里人找到了他，他已经呆傻并且失魂落魄了。把他抬回家后，他还讲述了见到的事。病了一个多月就死了。

出自《纪闻》。

卷第三百七十二
精怪五

凶器下
桓彦范　蔡　四　李　华　商乡人　卢　涵
张不疑

凶器下

桓彦范

扶阳王桓彦范，少放诞，有大节，不饰细行。常与诸客游侠，饮于荒泽中。日暮，诸客罢散，范与数人大醉，遂卧泽中。二更后，忽有一物，长丈余，大十围，手持矛戟，瞋目大唤，直来趋范等。众皆俯伏不动，范有胆力，乃奋起叫呼，张拳而前，其物乃返走。遇一大柳树，范手断一枝，持以击之，其声策策，如中虚物。数下，乃匍匐而走。范逐之愈急，因入古圹中。洎明就视，乃是一败方相焉。出《广异记》。

蔡　四

颍阳蔡四者，文词之士也。天宝初，家于陈留之浚仪。吟咏之际，每有一鬼来登其榻，或问义，或赏诗。蔡问："君何

凶器下

桓彦范

扶阳王桓彦范，年轻时放荡不羁，注重大节，但不注重细小琐碎的事物。他曾经和朋友们外出行侠，在荒野中喝酒。黄昏时，大家散去，桓彦范等几个人喝得大醉，于是就睡在荒野。二更天以后，忽然有一个怪物，一丈多高，粗有十抱，手里拿着长矛，瞪着眼睛大声呼喊，直朝桓彦范等人走过来。其他人都吓得趴着不动，只有桓彦范胆大，就跳起来大喊大叫，挥动拳头向怪物冲去，那怪物便返身往回走。遇到一棵大柳树，桓彦范用手拽断一根树枝，拿着打那怪物，发出唰唰的声音，像是打中了虚空的物体。打了几下，那怪物匍匐着逃跑了。桓彦范越追越急，最后追到一座古墓之中。等到天亮后去察看，原来是一个破神像。出自《广异记》。

蔡　四

颍阳人蔡四是一个文人。天宝初年，他家住在陈留的浚仪县。每当他吟咏诗词的时候，就常有一个鬼来到他的床上，有时向他请教文义，有时一块儿欣赏诗词。蔡四问他道：“您是什么

鬼神,忽此降顾?”鬼曰:“我姓王,最大。慕君才德而来耳。”蔡初甚惊惧,后稍狎之。其鬼每至,恒以王大、蔡氏相呼,言笑欢乐。蔡氏故人有小奴,见鬼,试令观之,其奴战栗。问其形,云:“有大鬼,长丈余,余小鬼数人在后。”蔡氏后作小木屋,置宅西南隅,植诸果木其外。候鬼至,谓曰:“人神道殊,君所知也。昨与君造小舍,宜安堵。”鬼甚喜,辞谢主人。其后每言笑毕,便入此居偃息,以为常矣。久之,谓蔡氏曰:“我欲嫁女,暂借君宅。”蔡氏不许曰:“老亲在堂,若染鬼气,必不安稳。君宜别求宅也。”鬼云:“大夫人堂,但闭之,必当不入,余借七日耳。”蔡氏不得已借焉。七日之后方还住,而安稳无他事也。后数日,云设斋,凭蔡为借食器及帐幕等。蔡云:“初不识他人,唯借己物。”因问欲于何处设斋,云:“近在繁台北。世间月午,即地下斋时。”问:“至时欲往相看,得乎?”曰:“何适不可。”蔡氏以鬼,举家持《千手千眼咒》。家人清净,鬼即不来;盛食荤血,其鬼必至。欲至其斋,家人皆精心念诵,着新净衣,乘月往繁台。遥见帐幕僧徒极盛,家人并诵咒,前逼之。见鬼惶遽纷披,知其惧人,乃益前进。既至,翕然而散。其王大者,与徒侣十余人北行。蔡氏随之,可五六里,至一墓林,乃没,记其所而还。明与家人往视之,是一废墓,中有盟器数十,当圹者最大,额上作“王”字。蔡曰:“斯其王大乎!”积火焚之,其鬼遂绝。出《广异记》。

鬼神，忽然光顾至此？”鬼说：“我姓王，排行老大。因仰慕你的才华品德而来。”蔡四开始很害怕，后来渐渐同鬼亲近起来。那个鬼每次来时，他们都互相称王大、蔡四，一起言谈欢笑。蔡四的朋友有个小仆人，能看见鬼，蔡四就试着让他观察王大，小仆人看后吓得直哆嗦。蔡四问他长什么样，小仆人说：“有个大鬼，身高一丈多，还有几个小鬼跟在后面。”于是蔡四制作了一个小木屋，放到宅院的西南角，外边栽植了各种果树。等到鬼来了，蔡四对鬼说：“人鬼有别，这你是知道的。昨天给你做了一间小屋，请你到那儿去住。”鬼很高兴，感谢了主人。从那以后他们每次谈笑结束，鬼就进入那个小屋休息，形成了习惯。又过了段时间，鬼对蔡四说：“我想嫁女儿，临时借你的房子一用。”蔡四不同意，说：“老母亲还健在，假如染上鬼气，一定不会安稳。你应该去找别人的房子。”鬼说：“老夫人的房间，只要关好门，我们一定不进去，我只借七天。”蔡四不得已答应了。七天以后才回去住，倒也平安无事。过了几天，鬼说要设斋宴，想托蔡四借些食物器皿及帐幕等。蔡四说：“我不认识别的人，只能借给你自己的物品。”他又问鬼想在什么地方摆设斋宴，鬼说：“就在不远处的繁台北面。阳间的午夜，就是阴间吃斋的时候。”又问：“到时候去观看，可以吗？”鬼说：“怎么不可以。”蔡四因为有鬼，让全家人都念诵《千手千眼咒》。家里人心清意净，鬼就不来了；如果吃丰盛的荤腥食物，那么鬼一定会来。快到鬼设斋那天，蔡四家的人都认真诵经念咒，穿着新的干净衣服，踏着月色去繁台。从远处看见帐幕与和尚非常多，家里人一齐诵经，向前逼近。看见那群鬼慌乱起来，知道他们怕人，于是又往前走。走到跟前，鬼忽地一下就逃散了。那个王大和十几个同伴往北逃去。蔡四在后面跟踪，走了大约五六里，来到一处满是树木的坟地时，鬼不见了，蔡四记住鬼消失的地点就回来了。第二天他和家人去观看，那里是一个荒废的坟墓，墓中有几十件陪葬的器物，墓中间的那个最大，上面有个“王”字。蔡四说：“这个大概就是王大吧！”于是放火将培葬器物全都烧掉，鬼就灭绝了。出自《广异记》。

李 华

唐吏部员外李华，幼时与流辈五六人，在济源山庄读书。半年后，有一老人，须眉雪色，恒持一裹石，大如拳，每日至晚，即骑院墙坐，以石掷华等，当窗前后。数月，居者苦之。邻有秦别将，善射知名。华自往诣之，具说其事。秦欣然持弓，至山所伺之。及晚复来，投石不已。秦乃于隙中纵矢，一发便中，视之，乃木盟器。出《广异记》。

商乡人

近世有人，旅行商乡之郊。初与一人同行，数日，忽谓人曰："我乃是鬼，为家中明器叛逆，日夜战斗。欲假一言，以定祸乱，将如之何？"云："苟可成事，无所惮。"会日晚，道左方至一大坟。鬼指坟，言是己冢："君于冢前大呼'有敕斩金银部落'，如是毕矣。"鬼言讫，入冢中，人便宣敕。须臾间，斩决之声。有顷，鬼从中出，手持金银人马数枚，头悉斩落。谓人曰："得此足一生福，以报恩耳。"人至西京，为长安捉事人所告。县官云："此古器，当是破冢得之。"人以实对。县白尹，奏其事。发使人随开冢，得金银人马，斩头落者数百枚。出《广异记》。

卢 涵

开成中，有卢涵学究，家于洛下，有庄于万安山之阴。夏麦既登，时果又熟，遂独跨小马造其庄。去十余里，见大柏林之畔，有新洁室数间，而作店肆。时日欲沉，涵因憩马。睹一双鬟，甚有媚态。诘之，云是耿将军守茔青衣，

李　华

唐吏部员外郎李华，小时候和五六个同伴，在济源的山庄里读书。半年后，有一个胡子眉毛都白了的老人，经常拿着一袋拳头大小的石头，每到晚上，就骑在院墙上，用石头投掷李华他们，掷到窗子前后。一连几个月，大家都被他折腾得受不了。邻居有个姓秦的将军，以善于射箭闻名。李华亲自去拜见他，详细说了这事。秦将军很痛快地拿着弓箭来到山庄等候。到晚上那老人又来了，不停地投掷石头。秦将军便在乱石的空隙中射箭，一箭便射中了他，一看，原来是个木制的陪葬器。出自《广异记》。

商乡人

近代有个人，旅行到商乡的郊外。开始和一个人一同行，几天后，那人忽然对他说："我是鬼，因家中陪葬的器物叛乱，日夜战斗。想借助你一句话，用来平定祸乱，你看怎么样？"这人回答说："如果可以成事，没什么不行的。"这时正是晚上，走近道旁一座大墓。鬼指着墓，说这是自己的墓："请您在墓前大喊'有诏令斩杀金银部落'，这样就可以了。"鬼说完进入墓中，这个人就宣布诏令。一会儿，听到斩杀的声音。不久，那鬼从墓中出来，手里拿着几个金银做的人和马，头都斩掉了。对这人说："得到这些足够使您一生幸福的，用这来报答您的恩情。"这人到了长安，被长安的捕快告发。县官说："这是古器，一定是盗墓所得。"这人将实情报告县官。县官向府尹报告此事。派人跟随这个人挖开那座墓，得到被斩落头的金银人马好几百个。出自《广异记》。

卢　涵

开成年间，有个学究叫卢涵，家住洛阳，有座庄园在万安山北面。夏季麦子丰收，瓜果又成熟了，卢涵独自骑上小马去庄园。还有十几里，他看到大柏树林边上，有几间新建的洁净房舍，是作店铺的。这时太阳快落山了，卢涵于是停下来休息。他看见一个少女，容貌十分娇媚。问她是谁，她说是为耿将军看坟的侍女，

父兄不在。涵悦之，与语。言多巧丽，意甚虚襟，盼睐明眸，转资态度。谓涵曰："有少许家酝，郎君能饮三两杯否？"涵曰："不恶。"遂捧古铜樽而出，与涵饮极欢。青衣遂击席而讴，送卢生酒曰："独持巾栉掩玄关，小帐无人烛影残。昔日罗衣今化尽，白杨风起陇头寒。"涵恶其词之不称，但不晓其理。酒尽，青衣谓涵曰："更与郎君入室添杯去。"秉烛挈樽而入。涵蹑足窥之，见悬大乌蛇，以刀刺蛇之血，滴于樽中，以变为酒。涵大恐栗，方悟怪魅，遂掷出户，解小马而走。青衣连呼数声曰："今夕事须留郎君一宵，且不得去！"知势不可，又呼："东边方大，且与我趁，取遮郎君！"俄闻柏林中，有一大汉，应声甚伟。须臾回顾，有物如大枯树而趋，举足甚沉重，相去百余步。涵但疾加鞭，又经一小柏林中，有一巨物，隐隐雪白处。有人言云："今宵必须擒取此人，不然者，明晨君当受祸。"涵闻之，愈怖怯。及庄门，已三更。扃户阒然，唯有数乘空车在门外。群羊方咀草次，更无人物。涵弃马，潜跧于车箱之下。窥见大汉径抵门，墙极高，只及斯人腰跨。手持戟，瞻视庄内，遂以戟刺庄内小儿。但见小儿手足捞空，于戟之巅，只无声耳。良久而去。

涵度其已远，方能起扣门。庄客乃启关，惊涵之夜至，喘汗而不能言。及旦，忽闻庄院内客哭声，云："三岁小儿，因昨宵寐而不苏矣。"涵甚恶之，遂率家僮及庄客十余人，持刀斧弓矢而究之。但见夜来饮处，空逃户环屋数间而已，更无人物。遂搜柏林中，见一大盟器婢子，高二尺许，傍有乌蛇一条，已毙。又东畔柏林中，见一大方相骨。

父亲和哥哥都不在。卢涵很喜爱她，和她谈话。她言辞乖巧，态度谦和，眼神顾盼，姿态动人。她对卢涵说："有少量自家酿的酒，您能喝两杯吗？"卢涵说："不错。"于是她捧着一个古铜樽走出来，和卢涵畅饮。随后那侍女击打着坐席唱歌，为卢涵助兴道："独持巾栉掩玄关，小帐无人烛影残。昔日罗衣今化尽，白杨风起陇头寒。"卢涵厌恶这歌词写得不好，但又不明白其中的道理。酒喝光了，侍女对卢涵说："再为您进屋添酒去。"于是拿着蜡烛和酒樽进屋。卢涵放轻脚步偷偷观察，只见屋内悬挂着一条大黑蛇，侍女用刀刺出蛇的血，滴到酒樽中，变成酒。卢涵非常害怕，这才明白遇到鬼魅了，于是立刻纵跃出门，解开小马骑上逃走。侍女连喊数声说："今晚要留郎君住一宿，不要离去！"她知道留不住卢涵，又喊："东边的方大，快给我追，拦住郎君！"不久听见柏树林中，有一个大汉，高声答应着。卢涵回头看去，有个像大枯树一样的怪物追上来，脚步非常沉重，距离一百多步。卢涵只顾加鞭疾驰，又经过一个小柏树林，有个巨大的怪物，隐隐约约是雪白色的。只听到耳边有人说："今晚必须抓住这个人，否则，明天早晨您会遭受灾祸。"卢涵听了，越发恐惧。到了庄园门前，已经三更天了。庄门关得好好的，只有几辆空车在门外。一群羊正在吃草，没有一个人。卢涵下马，偷偷地蜷缩在车箱下边。看见那大汉一直追到门前，墙虽然很高，但只到这个人的腰胯。大汉手拿着戟，向庄内观察，然后用戟刺庄内的小孩。只见小孩手脚抓空，被挑到戟尖上，只是没有声音。大汉很久才离去。

卢涵估计他已经走远，才起来敲门。庄客开门，惊讶卢涵夜间到来，卢涵喘气冒汗不能说话。到第二天早晨，忽然听到庄院内客人的哭声，说："三岁小孩，昨晚睡觉就再没苏醒过来。"卢涵十分憎恨那鬼怪，就率领家丁和庄客十几个人，拿着刀斧弓箭去搜寻鬼怪。见昨夜饮酒的地方，只有逃走的人家剩下的几间空房子而已，一个人都没有。于是又去搜寻柏树林，看见一个很大的做成婢女模样的陪葬器物，二尺多高，旁边有一条死去的黑蛇。又在东边柏树林中，看见一个大大的除鬼驱妖的神像骨架。

遂俱毁拆而焚之。寻夜来白物而言者，即是人白骨一具，肢节筋缀，而不欠分毫。锻以铜斧，终无缺损，遂投之于堑而已。涵本有风疾，因饮蛇酒而愈焉。出《传奇》。

张不疑

南阳张不疑，开成四年宏词登科，授秘书。游京，假丐于诸侯。乃以家远无人，患其孤寂，寓官京国。欲市青衣，散耳目于闾里间。旬月内，亦累有呈告者，适憎貌未偶。月余，牙人来云："有新鬻仆者，请阅焉。"不疑与期于翌日。及所约时至，抵其家，有披朱衣牙笏者，称前浙西胡司马。揖不疑就位，与语甚爽朗，云："某少曾在名场，几及成事。曩以当家使于南海，蒙携引数年。记于岭中，偶获婢仆等三数十人，自浙右已历南荆，货鬻殆尽，今但有六七人。承牙人致君子至焉。"语毕，一青衣捧小盘，各设于宾主位，俄携银樽金盏，醪醴芳新，馨香扑鼻。不疑奉道，常御酒止肉。是日，不觉饮数杯。徐命诸青衣六七人，并列于庭，曰："唯所选耳。"不疑曰："某以乏于仆使，今唯有钱六万，愿贡其价。却望高明，度六万之直者一人以示之。"朱衣人曰："某价翔庳各有差等。"遂指一鸦鬟重耳者曰："春条可以偿耳。"不疑睹之，则果是私目者矣。即日操契付金。春条善书录，音旨清婉，所有指使，无不惬适。又好学，月余日，潜为小诗，往往自于户牖间题诗云："幽室镲妖艳，无人兰蕙芳。春风三十载，不尽罗衣香。"不疑深惜其才貌明慧。如此两月余。

于是都叫人拆毁烧掉。又去寻找昨夜那个会说话的白色怪物，原来是一具人的白骨，四肢关节联缀，一块都不少。用铜斧头砍它，怎么也没有砍开，就扔到沟里了。卢涵原来有风湿病，竟因为饮了蛇酒而好了。出自《传奇》。

张不疑

南阳张不疑，在开成四年考中宏词科，授职秘书郎。他游遍京城，拜求各位大臣多加照顾。因为远离家乡，身边无人，在京城做官，他担心会孤单寂寞。于是想买一个婢女，就派人到坊间去物色。一个月里，有很多人来推荐人选，张不疑都嫌相貌一般而拒绝。过了一个多月，有个买卖介绍人来说："刚有一个想卖婢女的，请你去看看。"张不疑和介绍人约定第二天去看。第二天去了主人家以后，有个穿红衣拿象牙笏板的人，自称是前浙西胡司马。他行礼请张不疑就座，同张不疑交谈得很爽快，他说："我年轻时在名场上混迹，几乎成名。那时因为一个本家出使南海，承蒙他提携了几年。记得在岭南，偶然得到婢女几十人，从浙西到荆南，卖得只剩下六七个人了。承蒙介绍人领您前来。"说完，一个婢女捧着小盘，摆在宾主各人的位置上，又取来金杯银杯，斟上美酒，立刻酒香扑鼻。张不疑信奉道教，平时节制酒肉。今天却不知不觉喝了好几杯。主人就命令六七个婢女并排站在院子里，然后对张不疑说："请随便选择吧。"张不疑说："我因为没有仆从，所以想买个婢女，如今只有六万钱，情愿都拿出来。请您把她们当中值六万钱的出示一个给我看看。"主人说："我这里的婢女价格高低确实有差异。"于是指着一个发髻乌黑遮住耳朵的婢女说："春条值这个价钱。"张不疑一看，正是自己暗中看中的那个。当天便写了契约付了钱。春条能书善写，语音清脆婉转，指使她干的活，没有不让张不疑满意的。她还十分好学，一个多月的时间，自己写了几首小诗，有的还题在门窗上，诗说："幽室锲妖艳，无人兰蕙芳。春风三十载，不尽罗衣香。"张不疑深深爱惜春条的才貌双全。就这样过了两个多月。

不疑素有礼奉门徒尊师，居旻天观。相见，因谓不疑曰："郎君有邪气绝多。"不疑莫知所自。尊师曰："得无新聘否？"不疑曰："聘纳则无，市一婢耳。"尊师曰："祸矣！"不疑恐，遂问计焉。尊师曰："明旦告归，慎勿令觉。"明早，尊师至，谓不疑曰："唤怪物出来。"不疑召春条，泣于屏幕间，亟呼之，终不出来。尊师曰："果怪物耳。"斥于室内，闭之。尊师焚香作法，以水向东而噀者三，谓不疑曰："可往观之，何如也？"不疑视之曰："大抵是旧貌，但短小尺寸间耳。"尊师曰："未也。"复作法禹步，又以水向门而喷者三，谓不疑："可更视之，何如也？"不疑视之，长尺余，少时，僵立不动。不疑更前视之，乃仆地，扑然作声。视之，一朽盟器，背上题曰"春条"。其衣服若蝉蜕然，系结仍旧。不疑大惊。尊师曰："此虽然腰腹间已合有异。"令不疑命刀劈之，腰颈间果有血，浸润于木矣。遂焚之。尊师曰："向使血遍体，则郎君一家，皆遭此物也。"自是不疑郁悒无已，岂有与明器同居而不之省，殆非永年。每一念至，惘然数日，如有所失，因得沉痼，遂请告归宁。明年，为江西辟。至日使淮南，中路府罢。又明年八月而卒。卒后一日，尊夫人继殁。道士之言果验。原缺出处，明抄本与下条相连，云出《博异志》。

又

一说，张不疑常与道士共辨往来。道士将他适，乃诫不疑曰："君有重厄，不宜居太夫人膝下，又不可进买婢仆之辈。某去矣，幸勉之。"不疑即启母卢氏。卢氏素奉道，

张不疑平时有位礼敬的道教师父，住在旻天观。相见后，师父对张不疑说："你身上有很多邪气。"张不疑不知道邪气是从哪儿来的。师父问："你最近有没有娶妻纳妾？"张不疑说："娶妻纳妾倒没有，只是买了一个婢女。"师父说："灾祸啊！"张不疑害怕起来，就询问解救办法。师父说："明天早上回去，不要让她知道。"第二天早晨，师父来到张不疑家，对张不疑说："召唤怪物出来。"张不疑召唤春条，她在屏风帐幕间哭泣，叫她好几次，怎么也不肯出来。师父说："果然是怪物。"于是朝屋里呵斥，并把她关在了屋里。师父焚香施法，向东喷水三次，对张不疑说："可以去看一看，她怎么样了？"张不疑看后说："大体还是原来的模样，只是身材短小了几寸。"师父说："不行。"又迈禹步施法，向门喷水三次，对张不疑说："再去看看，怎么样了？"张不疑看到春条只剩一尺多长，不一会儿，在那里僵立不动。张不疑再走上前去看，春条扑的一声倒在地上。一看，是一个已经腐坏了的陪葬器，背上题着"春条"二字。她的衣服像蝉蜕一样，还像原来那样系着。张不疑非常吃惊。师父说："这个怪物的腰腹部已有怪异的迹象了。"叫张不疑拿刀砍她，果然腰部有血，已浸到木头里了。张不疑于是将她烧了。师父说："假如使她血遍布全身，那么你们全家，都要遭受这个妖物的祸害了。"从此张不疑郁郁寡欢，他想自己怎会和陪葬器物同居却不知道，恐怕活不长了。每次一想到这事，就好几天都怅然若失，因此得了重病，只好告假回家。第二年，他被征召到江西。到任后便出使淮南，中途又罢了官。再一年的八月死去。他死后第二天，他母亲也死了。道士的话果然应验了。原缺出处，明抄本与下一条相连，称出自《博异志》。

又

还有一说，张不疑经常和一个道士一起讨论过往和将来。一天道士要到别处去，告诫张不疑说："你将有大灾，不应该居住在你母亲身边，也不可以买进婢女仆人。我走了，希望你多保重。"张不疑就向母亲卢氏讲了这件事。卢氏素来尊奉道教，

常日亦多在别所求静,因持寺院以居,不疑旦问省。数月,有牙侩言:“有崔氏孀妇甚贫,有妓女四人,皆鬻之。今有一婢曰金钉,有姿首,最其所惜者。今贫不得已,将欲货之。”不疑喜,遂令召至,即酬其价十五万而获焉。宠侍无比。金钉美言笑,明利轻便,事不疑,皆先意而知。不疑愈惑之。无几,道士诣门。及见不疑,言色惨沮,吁叹不已。不疑诘之,道士曰:“嘻! 祸已成,无奈何矣。非独于君,太夫人亦不免矣。”不疑惊怛,起曰:“别后皆如师教,尊长寓居佛寺,某守道殊不敢怠。不知何以致祸? 且如之何?”哀祈备至。道士曰:“皆无计矣,但为君辨明之。”因诘其别后有所进者,不疑曰:“家少人力,昨唯买一婢耳。”道士曰:“可见乎?”不疑即召之,金钉不肯出。不疑连促之,终不出。不疑自诟之,即至。道士曰:“即此是矣。”金钉大骂曰:“婢有过,鞭挞之可也。不要,鬻之可也。一百五十千尚在,何所忧乎? 何物道士,预人家事耶!”道士曰:“惜之乎?”不疑曰:“此事唯尊师命,敢不听德?”道士即以拄杖击其头,沓然有声,如击木。遂倒,乃一盟器女子也,背书其名。道士命焚之,掘地五六尺,得古墓,柩傍有盟器四五,制作悉类所焚者。一百五十千,在柩前俨然,即不疑买婢之资也。复瘗之,不疑惝恍发疾,累月而卒。亲卢氏,旬日继殁焉。出《博异记》,又出《灵怪集》。

平常也多在别的地方寻求清静，于是到寺院里居住，张不疑每天早晨去给母亲请安。几个月后，有买卖介绍人对张不疑说："有个崔氏寡妇很穷，家有歌妓四人，都已经卖掉。现在她有一个婢女叫金钉，容貌美丽，是她最爱惜的。如今穷得没办法，想卖掉她。"张不疑很高兴，就让介绍人将金钉找来，付了十五万买下，宠幸爱惜无比。金钉谈吐婉转动听，聪明伶俐，做事敏捷，侍奉张不疑，总是事先知道张不疑心中的想法。张不疑越发迷恋上她。没过多久，道士来访。看到张不疑后，神色凄惨沮丧，长吁短叹不停。张不疑问是什么原因，道士说："唉！灾祸已成，无可奈何了。不仅对于你，你母亲也难以幸免了。"张不疑十分惊恐，站起来说："离别以后都按师父的教诲，母亲寄居在佛寺，我遵守道规丝毫不敢懈怠。不知为什么会造成灾祸？又该怎么办呢？"他向道士苦苦哀求。道士说："都没有办法了，可还是要为你找出祸根。"于是询问他离别以后买进什么了，张不疑说："家里缺少人力，前些日子只买了一个婢女。"道士说："可以见见吗？"张不疑立即叫金钉，金钉不肯出来。张不疑连连催促她，始终不肯出来。张不疑骂她，她出来了。道士说："就是她了。"金钉大骂说："奴婢有过错，鞭打可以。不想要，卖了也可以。十五万钱还是值的，有什么可忧虑的？你这道士是个什么东西，干预别人家的事！"道士说："可惜她吗？"张不疑说："这事全听从师父的命令，怎敢不听从教诲？"道士就用手杖击打金钉的头，发出像击打木头似的声音。金钉于是倒地，原来是一个女子模样的陪葬器物，背上写着她的名字。道士命令把它烧了，挖地挖到五六尺深，有一座古墓，棺材旁边有陪葬的器物四五件，制作得都像金钉那样。十五万钱，在棺材前放得好好的，就是张不疑买婢女的钱。把墓重新掩埋好后，张不疑迷离恍惚得了病，几个月就死了。母亲卢氏十天后也相继去世。出自《博异记》，又出自《灵怪集》。

卷第三百七十三

精怪六

火
贾　耽　　刘希昂　　范　璋　　胡　荣　　杨　祯
卢　郁　　刘　威
土
马希范

火

贾　耽

唐相贾耽退归第，急令召上东门卒至，耽严戒之曰："明日当午，有异色人入门，尔必痛击之，死且无妨。"门卒禀命。自巳至午，果有二尼，自东百步，相序而至，更无他异。直至门，其尼施朱傅粉，冶容艳佚，如倡人之妇。其内服殷红，下饰亦红，二尼悉然。卒计曰："尼髡未之有也。"因以挝痛击之，伤脑流血，叫号称冤，返走，疾如奔马。旋击，又旋伤其足，殆狼籍毁裂。百步已上，落草映树，已失所在，更无踪焉。门卒报耽，具述别无异色，只遇二尼衣服容色之异。耽曰："打得死否？"具对伤脑折足，痛楚殆极，

火

贾耽

唐宰相贾耽退朝回到自己的府第，急忙下令召上东门的看门小卒来，严厉地告诫他说：“明天正午，有穿着打扮怪异的人进门，你必须狠狠地打他，打死也没关系。”门卒领命。从巳时等到午时，果然有两个尼姑，从东面百步远的地方，一前一后地走来，并无异常之处。一直到门口才看清，这两个尼姑涂脂抹粉，姿容妖冶艳丽，很像娼妓。她们的内衣是殷红色的，下身服饰也是红的，两个尼姑都是这样。门卒心想：“尼姑没有这样的。”于是便用鼓槌痛打她们，打伤脑袋直流血，连喊冤枉，转身就往回跑，跑得像马一样快。门卒很快又追上去打，打伤了她们的脚，狼狈不堪几乎把脚打断了。她们逃出百步外，在花草树木掩映下，已经失去了踪影。门卒回来向贾耽报告，详细述说了没有看见其他怪异之人，只遇见两个尼姑，衣饰姿容十分反常。贾耽问：“打死了吗？”门卒回答说，已经打得她们脑伤足折，疼痛难忍，

但打不死而失所在，无可寻之。耽叹曰："然不免小有灾矣。"翌日，东市奏失火，延袤百千家，救之得止。出《芝田录》。

刘希昂

元和中，内侍刘希昂将遇祸。家人上厕，忽闻厕中云："即来，且从容。"家人惊报希昂。希昂自往听之，又云："即出来，即出来。"昂曰："何不出来？"遂有一小人，可长尺余。一家持枪跨马，而走出迅疾，趁不可及，出门而无所见。未几而复至。七月十三日中，忽有一白衣女人，独行至门，曰："缘游看去家远，暂借后院盘旋，可乎？"希昂令借之，勒家人领过，姿质甚分明。良久不见出，遂令人觇之，已不见。希昂不信，自去观之，无所见，唯有一火柴头在厕门前。家属相谓曰："此是火灾欲起。"觅术士镇厌之，当镇厌日，火从厨上发，烧半宅且尽。至冬，希昂忤宪宗，罪族诛。出《博异志》。

范璋

宝历二年，明经范璋居梁山读书。夏中深夜，忽厅厨中有拉物声，范慵省之。至明，见束薪长五寸余，齐整可爱，积于灶上。地上危累蒸饼五枚。又一夜，有物扣门，因拊掌大笑，声如婴儿。如此经三夕。璋素有胆气，乃乘其笑，曳巨薪逐之。其物状如小犬，连却击之，变成火，满川而灭。出《酉阳杂俎》。

但没等打死便不见了踪影，无处可寻。贾耽叹息道："还是免不了要有小的灾祸。"第二天，东市发生火灾，烧了成百上千家，经过扑救才熄灭。出自《芝田录》。

刘希昂

元和年间，内侍刘希昂将要遭遇灾祸。家里人上厕所，突然听到里面说："就来，请不要着急。"家人惊恐地向希昂报告。希昂亲自去听，里面又说："就出来，就出来。"希昂便说："那你为什么还不出来？"于是走出一个小人，一尺多高。全家人跨马持枪追打起来，但那小人跑得极快，怎么也追不上，一出大门就不见了。不久他又来了。七月十三日中午，忽然有个穿白衣服的女人，独自来到门口，说："我因为外出游玩离家已远，只好暂借你家后院厕所一用，可以吗？"希昂答应了，让家人带她过去，她的身形容貌十分明艳。去了好久却不见她出来，于是希昂让家人偷偷去看，她已经不见了。希昂不信，亲自去看，什么也没看见，只有一根烧火的干柴在厕所门前。家人们议论说："这是要起火灾。"便寻找有法术的人来施法镇压，施法的那天，大火从厨房着起来，几乎烧光了半个宅院。到了冬天，希昂触怒了宪宗皇帝，遭灭族之祸。出自《博异志》。

范　璋

宝历二年，明经及第的范璋在梁山读书。夏天的一个深夜，忽然听到厨房有拉东西的声音，他懒得去看。到天亮时，只见一捆五寸多长的柴火，整整齐齐地摆在锅台上。地上还摞着五枚蒸饼。又一天夜晚，有个东西来敲门，并拍掌大笑，声音像婴儿。一连三天都是这样。范璋平时很有胆量，就趁它笑的时候，拽起一块大木柴追了出来。那东西样子像小狗，连续不断地击打，竟然变成了火，照亮了整个山谷才熄灭。出自《酉阳杂俎》。

胡荣

长庆元年春，楚州淮岸屯官胡荣家有精物，或隐或见。或作小儿，为着女人红裙，扰乱于人，或称阿姑。时复一处火发，所烧即少，皆救得之。三月，火大起，延烧河市营戍庐舍殆尽。岁中，胡云亦死。出《祥异集验》。

杨祯

进士杨祯，家于渭桥。以居处繁杂，颇妨肄业，乃诣昭应县，长借石瓮寺文殊院。居旬余，有红裳既夕而至。容色姝丽，姿华动人，祯常悦者，皆所不及。徐步于帘外，歌曰："凉风暮起骊山空，长生殿锁霜叶红。朝来试入华清宫，分明忆得开元中。"祯曰："歌者谁耶？何清苦之若是？"红裳又歌曰："金殿不胜秋，月斜石楼冷。谁是相顾人，褰帷吊孤影。"祯拜迎于门。既即席，问祯之姓氏，祯具告。祯祖父母叔兄弟中外亲族，曾游石瓮寺者，无不熟识。祯异之曰："得非鬼物乎？"对曰："吾闻魂气升于天，形魄归于地，是无质矣，何鬼之有？"曰："又非狐狸乎？"对曰："狐狸者，接人矣，一中其媚，祸必能及。某世业功德，实利生民。某虽不淑，焉能苟媚而欲奉祸乎？"祯曰："可闻姓氏乎？""某燧人氏之苗裔也，始祖有功烈于人，乃统丙丁，镇南方。复以德王神农、陶唐氏，后又王于西汉，因食采于宋。远祖无忌，以威猛暴耗，人不可亲，遂为白泽氏所执。今樵童牧竖，得以知名。汉明帝时，佛法东流，摩胜、竺法兰二罗汉，奏请某十四代祖，令显扬释教，遂封为长明公。魏武季年，灭佛法，诛道士，而长明公幽死。

胡荣

长庆元年春天，楚州淮河岸边的屯田官胡荣家中有个妖精，时隐时现。有时候变成个小孩儿，穿着女人的红裙子，袭扰家人，有人称她阿姑。当时又有一个地方发生了火灾，但烧毁的财物很少，都被扑灭了。三月，一场大火灾发生了，火势蔓延到河边集市、军营、民房，几乎烧了个干干净净。这年内，胡荣据说也死了。出自《祥异集验》。

杨祯

进士杨祯，家住在渭桥旁。因这里繁华喧杂，很妨碍他读书，他便到了昭应县，长期寄居于石瓮寺文殊院。住了十多天，有位红衣女子在一天晚上到来。她容貌美丽，姿色动人，杨祯平时喜爱的女子，都赶不上她。她在帘外漫步，唱道："凉风暮起骊山空，长生殿锁霜叶红。朝来试入华清宫，分明忆得开元中。"杨祯问："唱歌的是谁？为什么唱得如此凄凉？"那女子又唱道："金殿不胜秋，月斜石楼冷。谁是相顾人，褰帷吊孤影。"杨祯礼拜着迎到门外。就座之后，她问杨祯的姓名，杨祯全说了。杨祯的祖父母、叔伯兄弟及内外亲族，凡是游历过石瓮寺的人，她没有不熟悉的。杨祯惊异地问道："你难道是鬼吗？"那女子回答道："我听说人死后魂气升上天，形魄归入地，无形体可言，哪里有什么鬼呢？"杨祯又问："那你是狐狸吧？"女子回答道："狐狸专门媚惑人，一旦染上它的媚气，灾祸就要临头。我祖祖辈辈有功德于世，有利于民。我虽无才无德，但又怎么会媚惑别人而使人遭难呢？"杨祯说："可以告诉我你的姓氏吗？"女子说："我是燧人氏的后代，始祖对人类有大功绩，得以掌管火，镇守南方。又依靠贤德统治神农氏、陶唐氏，以后又统治西汉，承袭宋的封邑。远祖无忌，因声威猛烈，脾气暴躁，人们不能亲近他，以至于被白泽氏捉住。现在连樵夫牧童都知道他的名字。汉明帝时，佛法东传，摩胜和竺法兰二位高僧奏请我十四代祖，让他宣扬佛教，于是封为长明公。魏武帝末年，毁佛法，杀道士，长明公遭囚禁而死。

魏文嗣位，佛法重兴，复以长明世子袭之。至开元初，玄宗治骊山，起至华清宫，作朝元阁，立长生殿，以余材因修此寺。群像既立，遂设东幢。帝与妃子，自汤殿宴罢，微行佛庙，礼陁伽竟，妃子谓帝曰：'当于飞之秋，不当今东幢岿然无偶。'帝即日命立西幢，遂封某为西明夫人。因赐琥珀膏，润于肌骨；设珊瑚帐，固予形貌。于是巽生蛾郎，即不复强暴矣。"祯曰："歌舞丝竹，四者孰妙？"曰："非不能也，盖承先祖之明德，禀炎上之烈信，故奸声乱色，不入于心。某所能者，大则铄金为五兵，为鼎鼐钟镛；小则化食为百品，为炮燔烹炙。动即煨山岳而烬原野，静则烛幽暗而破昏蒙。然则抚朱弦，咀玉管，骋纤腰，矜皓齿，皆治容之末事，是不为也。昨闻足下有幽隐之志，籍甚既久，愿一款颜。由斯而来，非敢自献。然宵清月朗，喜觌良人，桑中之讥，亦不能耻。傥运与时会，少承周旋，必无累于盛德。"祯拜而纳之。

自是晨去而暮还，唯霾晦则不复至。常遇风雨，有婴儿送红裳诗，其词云："烟灭石楼空，悠悠永夜中。虚心怯秋雨，艳质畏飘风。向壁残花碎，侵阶坠叶红。还如失群鹤，饮恨在雕笼。"每侵星请归，祯追而止之。答曰："公违晨夕之养，就岩谷而居者，得非求静，专习文乎？奈何欲使采过之人，称君为亲而就偶？一被瑕玷，其能洗涤乎？非但损公之盛名，亦当速某之生命耳。"归半年，家童归，告祯乳母。母乃潜伏于佛榻，俟明以观之，果自隙而出，入西幢，澄澄一灯矣。因扑灭，后遂绝红裳者。出《慕异记》。

魏文帝继位后，重兴佛法，又让长明公世子袭位。到开元初年，唐玄宗在骊山，造华清宫，修朝元阁，建长生殿，用剩余的材料修造起这个寺院。佛像都塑好后，就设立东幢。皇帝与妃子在温泉浴室宴会过后，微服来到庙前，礼佛完毕，妃子对皇帝说：‘如今正当你我夫妻比翼双飞之时，不应当让东幢孤零零地矗立在这儿。’皇帝当天就命令设立西幢，随即封我为西明夫人。并赐给我琥珀膏，滋润我的肌骨；设立珊瑚帐，保护我的身形容貌。于是风神与飞蛾，便不再对我不敬了。”杨祯问：“歌舞丝竹，你最擅长哪一种？”女子回答说：“不是我不会这些，因为我继承祖先的明德，禀承刚烈的性情，所以那些邪声淫色，进不了我的内心。我所能做的，大的就是把金属铸成各种兵器，炼成巨鼎大钟；小的就是把五谷变成上百种食物，用各种烹饪方法进行制作。我一动就能使山岳起火并烧尽原野，一静就能照亮幽暗而冲破昏蒙。然而抚弄琴弦，吹奏玉箫，展示纤腰，炫耀皓齿，都是妖艳的女子们做的末等事，这些我不做。先前听说你有隐居的志向，入寺很久了，所以想见见尊颜。我是因为这个目的来的，不敢自荐。然而值此月明风清之良宵，喜逢良人，即使因男女私下相会而被讥笑，我也并不觉得可耻。倘若命中注定，能与你相交，一定不会影响你的盛德。”杨祯拜谢并把她留在了身边。

从此，她早晨离开晚上回来，只是阴雨天不来。曾遇到风雨，有个小孩送来红衣女子的诗，写道：“烟灭石楼空，悠悠永夜中。虚心怯秋雨，艳质畏飘风。向壁残花碎，侵阶坠叶红。还如失群鹤，饮恨在雕笼。”每到天明要回去时，杨祯都追出来挽留她。她说：“你不在家侍奉双亲，到深山居住，不是为了寻求安静，好专心温习功课吗？怎么能让那些挑毛病的人，说你娶亲成婚呢？一旦玷污了声名，怎么能洗得清呢？不但毁了你的大名，也会缩短我的生命。”杨祯回家半年，家童回家后就把此事告诉了杨祯的奶娘。奶娘就偷偷藏在佛台底下，等到天明时一看，那女子果然从门缝溜出去，进入西幢，原来是一盏清澈明亮的灯。于是把它扑灭，此后就再也见不到那红衣女子了。出自《慕异记》。

卢郁

进士卢郁者，河朔人，徙家长安。尝北游燕赵，遂客于内黄。郡守馆郁于廨舍。先是其舍无居人，及郁至，见一姥，发尽白，身庳而肥，被素衣来。谓郁曰："妾侨居于此且久矣，故相候谒。"已而告去。是夕，郁独居堂之前。夜潮寒，有风雪，其姥又至。谓郁曰："贵客独处，何以为欢耶？"命坐语谓。姥曰："妾姓石氏，家于华阴郡，后随吕御史者至此，且四十年。家苦贫，幸贵客见哀。"于是郁命食，而老姥卒不顾。郁问之曰："姑何为不食？"姥曰："妾甚饥，然不食粟。以故寿而安。"郁好奇，闻之甚喜，且以为有道术者，因问曰："姑既不食粟，何饱其腹耶？岂常饵仙药乎？"姥曰："妾家于华阴，先人好神仙，庐于太华。妾亦常隐于山中，从道士学长生法。道士教妾吞火，自是绝粒。今已年九十矣，未审一日有寒暑之疾。"郁又问曰："某早岁常遇至人，教吸气之术，自谓其妙。后以奔走名利，从都国之贡，昼趋而夜息。不意今夕遇姑，语及平生之好。然不知吞火岂神仙之旨乎？"姥曰："子不闻至人寒暑不能侵者耶？故入火，火不能焚；入水，水不能溺。如是则吞火固其宜也。"郁曰："愿观姑吞火可乎？"姥曰："有何不可哉！"于是以手采炉中火而吞之，火且尽，其色不动。郁且惊且异，遂起束带再拜，谢曰："鄙野之人，未尝闻神仙事。今夕遇仙姑，以吞火之异，实平生所未闻者。"姥曰："此小术尔，何足贵哉！"言讫，且告去，郁因降阶送之。

既别，郁遂归于寝堂。既深，有仆者告郁曰："西庑下

卢郁

进士卢郁是河北人，迁居到长安。他曾向北游历过燕赵之地，就客居在内黄县。郡守把他安置在官署。这里先前没人居住，卢郁来了之后，看见一位老妇，头发全白了，身体矮小且肥胖，披着白色的衣服而来。她对卢郁说："我在这里住了很久了，所以来拜见你。"不久就告辞而去。这天晚上，卢郁独自住在前厅。夜间寒气袭人，风雪交加，那个老妇又来了。她对卢郁说："贵客独自在此，用什么寻欢？"卢郁请她坐下说话。老妇说："我姓石，家在华阴郡，后来随吕御史来到这里，将近四十年了。我家很穷，希望贵客垂怜。"于是，卢郁让仆人拿来食物，而老妇却看都不看。卢郁问她说："你为什么不吃呢？"老妇说："我很饥饿，但不吃粮食。由于这个原因我才能长寿平安。"卢郁本就好闻奇事，听了她的话后十分高兴，并认为她是个有道术的人，于是问道："你既然不吃粮食，那用什么充饥呢？难道总吃仙药么？"老妇说："我家住华阴，祖先喜好神仙之术，在太华山搭了间草房子。我也曾隐居山中，跟道士学长生之法。道士教我吞火，从此断食。现在已经九十岁了，从没有因为寒暑变化而患过病。"卢郁又问道："我早年曾经遇到一位高人，教我吸食天地精气的功夫，自认为很玄妙。后来为了名利而奔走，进京参加科举，白天奔波夜晚而息。想不到今晚有幸遇到了你，说到我平生的喜好。可是，不知道吞火之术是不是神仙的法术？"老妇说："你没听说凡是高人，寒暑都不能侵犯他吗？因此进火，火不能烧；入水，水不能淹。这样，吞火之术对他们来讲本就是很正常的事。"卢郁说："想看看你吞火可以吗？"老妇说："有什么不可以的呢？"于是，她用手抓起炉子里的火就吞了下去，火吞光了，她仍不动声色。卢郁又惊又奇，于是起身整理衣带向她拜了又拜，惭愧地说："鄙陋粗野之人，不知道神仙的事情。今晚遇到仙姑，展示吞火的奇术，实在是我平生未闻之事。"老妇说："这是小法术，有什么值得称道呢？"说完，便告辞而去，卢郁于是走下台阶相送。

分别后，卢郁就回屋睡下。半夜，仆人告诉他说："西厢房下

有火发。"郁惊起而视之,其西庑舍已焚。于是里中人俱至,竞以水沃之,迨旦方绝。及穷火发之迹,于庑下坎中,得一石火通,中有火甚多。先是有败草积其上,故延而至烧。郁方悟老姥乃此火通耳。果所谓姓石氏,居于华山者也。郁因质问吕御史,有郡中老吏,谓郁曰:"吕御史,魏之从事也,居此宅,迨今四十年矣。"咸如老姥言也。又青州济南平陵城北石虎,一夜自移城东南善石沟上,有狼狐千余迹随之,迹皆成路。出《宣室异录记》。

刘威

丁卯岁,庐州刺史刘威移镇江西,既去任而郡中大火。庐候吏巡火甚急,而往往有持火夜行者,捕之不获。或射之殪,就视之,乃棺材板腐木败帚之类,郡人愈恐。数月,除张宗为庐州刺史,火灾乃止。出《稽神录》。

土

马希范

楚王马希范修长沙城,开濠毕,忽有一物,长十丈余,无头尾手足,状若土山。自北岸出,游泳水上。久之,入南岸而没。出入俱无踪迹,或谓之"土龙"。无几何而马氏亡。出《稽神录》。

起火了。”卢郁惊恐地跑出去观看，那西厢房已经焚烧起来。于是邻里的人都来了，竞相泼水救火，天亮时才把火扑灭。等到查找引发火灾的原因，在西厢房下的一个陷坑中，找到一个石火通，里面还有许多火。此前有枯草堆在它的上面，因此蔓延开来以至起火。这时卢郁才明白，那位老妇就是这个火通。果然如她所说的，姓石，住在华山中。卢郁于是就询问起吕御史来，郡中有个老吏，对他讲：“吕御史是魏州的属官，居住在这个房子里，到现在已四十年了。”这跟老妇讲的完全一样。又听说，青州济南平陵城北的石虎，一夜之间自己移动到城东南的善石沟上，有一千多只狼和狐狸跟随着它，走过之处竟踩出了一条路。出自《宣室异录记》。

刘威

丁卯年，庐州刺史刘威调任去镇守江西，离任后郡中发生了大火。庐州负责稽查的官员急忙巡察火情，常常看见有人举着火把趁着夜色行走，捉又捉不到。有时用箭射死一看，原来是烂棺材板子或破扫帚之类的东西，郡中人越发恐惧。几个月后，委任张宗为庐州刺史，火灾才停止发生。出自《稽神录》。

土

马希范

楚王马希范修长沙城，刚刚挖完护城河，忽然有一个怪物，十多丈长，没头没尾没手足，像座土山一样。这怪物从北岸冒出来，在水上游泳。游了半天，到南岸就不见了。它出入均无痕迹，有人叫它“土龙”。没多久，马希范就死了。出自《稽神录》。

卷第三百七十四

灵异

鳖　灵	玉梁观	湘　穴	耒阳水	孙坚得葬地
聂　友	八阵图	海畔石龟	钓台石	汾州女子
波斯王女	程　颜	文水县坠石	玄宗圣容	渝州莲花
玉　马	华山道侣	郑仁本弟	楚州僧	胡氏子
王蜀先主	庐山渔者	桂从义	金精山木鹤	卖饼王老
桃林禾	王延政	洪州樵人		

鳖　灵

鳖灵于楚死，尸乃溯流上。至汶山下，忽复更生。乃见望帝，望帝立以为相。时巫山瓮江蜀民多遭洪水，灵乃凿巫山，开三峡口，蜀江陆处。后令鳖灵为刺史，号曰西州皇帝。以功高，禅位与灵，号开明氏。出《蜀记》。

玉梁观

汉武帝时，玉笥山民感山之灵异，或愆旱灾蝗，祈之无不应。乃相谓曰："可置一观，彰表灵迹。"既构殿，阙中梁一条。邑民将选奇材，经数旬未获。忽一夜，震雷风裂，达曙乃晴。天降白玉梁一条，可以尺度，严安其上，光彩莹目，因号为玉梁观。至魏武帝时，遣使取之。

鳖　灵

鳖灵在楚地死了，尸体沿着长江逆流而上。到汶山脚下，忽然又活了。于是他去拜见望帝，望帝封他为宰相。当时巫山瓮江的蜀民常遭受洪水灾害，鳖灵就开凿巫山，打开三峡口，蜀江两岸的陆地就可以居住了。后来望帝任命鳖灵为刺史，号为西州皇帝。因为功劳高，望帝把帝位禅让给他，号称开明氏。出自《蜀记》。

玉梁观

汉武帝时，玉笥山的百姓有感于山神灵异，有时遇到旱灾虫害，祈祷它没有不灵验的。于是大家商量说："应该建一座寺观，表彰它的灵迹。"建造大殿时，缺一条主梁。百姓们要选择最好的木材，寻找几十天却未能找到。忽有一夜，风吼雷鸣，到天亮才晴。这时天空降下一条白玉梁，正合尺寸，严密地安放在大殿上，光彩夺目，因此称为玉梁观。魏武帝时，皇帝派人去取玉梁。

至其山门，去观数里。亭午之际，雷电大镇，裂殿脊，化为白龙，擘烟雾而去，没观之东山下。晋永嘉中，有戴氏，不知其谁之子，每好游岩谷。偶入郁木山下，见两座青石，揞一条白玉梁于岩下。戴氏俯近看之，以手扪摸其上，见赤书五行，皆天文云篆。试以手斧敲之，声如钟，又如隐雷之声，鳞甲张起。戴氏惊异，奔走告人。再求寻之，不知其所。唐大历初，有无瑶黄生，因猎亦见。后数数有人见之，皆隐而不闻于人。自玉梁飞去后，其处莫能居之，皆为猛兽毒蛇所逼。出《玉笥山录》。

湘穴

湘穴中有黑土，岁旱，人则共壅水，以塞此穴。穴淹则大雨立至。出干宝《搜神记》。

耒阳水

耒阳县有雨濑。此县时旱，百姓共壅塞之，则甘雨普降。若一乡独壅，雨亦遍应。随方所祈，信若符刻。出盛弘之《荆州记》。

孙坚得葬地

孙坚丧父，行葬地。忽有一人曰：“君欲百世诸侯乎？欲四世帝乎？”答曰：“欲帝。”此人因指一处，喜悦而没。坚异而从之。时富春有沙涨暴出。及坚为监丞，邻党相送于上。父老谓曰：“此沙狭而长，子后将为长沙矣。”果起义兵于长沙。出《异苑》。

那些人刚到外门，距寺观还有好几里。正午时分忽然雷电大作，将殿脊击裂，那玉梁化作一条白龙，冲破云雾而去，隐没在寺观的东山下。晋代永嘉年间，有个戴氏，不知道是谁的儿子，经常喜欢到山谷中游玩。一次，他偶然来到郁木山下，看见两块青石，在岩下支撑着一条白玉梁。戴氏走上前看去，用手一摸，见上面有五行红字，都是道家符箓。他试着用斧头敲，那玉梁发出的声音如钟，又如闷雷，并张起鳞甲。戴氏十分惊异，奔走告诉他人。等再去寻找，却不知去向。唐代大历初年，无瑶有个黄生，打猎时也看见过。后来常常有人见过它，但都隐瞒不说。自从玉梁飞走之后，那个地方人再也不能居住了，都被毒蛇猛兽逼走了。出自《玉笥山录》。

湘　穴

湘水边一处洞穴中有黑土，大旱之年，人们共同灌水，堵塞这个洞穴。洞穴被水淹没之后，大雨立刻就来了。出自干宝《搜神记》。

耒阳水

耒阳县有一段可以用来求雨的水流。这个县时常发生旱灾，老百姓共同堵塞住它，甘雨就会普降大地。假如县中一个乡单独堵它，雨也普降四处。随便在任何地方祈祷，都像符契一样灵验可信。出自盛弘之《荆州记》。

孙坚得葬地

孙坚死了父亲，要找埋葬之处。这时，忽然有个人对他说："你想百代做诸侯呢？还是想四代称帝呢？"孙坚回答说："要称帝。"那个人于是用手指出一个地方，欣然而逝。孙坚认为很奇异，就照办了。当时富春有大沙滩露出水面。等到孙坚任监丞时，邻里们前来相送，走到那片大沙滩上。父老们说："这沙滩狭窄而绵长，看来你以后要去长沙做官了。"果然，孙坚后来从长沙举兵起义。出自《异苑》。

聂 友

新淦聂友少时贫。尝猎，见一白鹿，射中后见箭著梓树。原缺出处，明抄本作出《宣室志》，今见《说郛》二五《小说》引作《怪志》。

八阵图

夔州西市，俯临江岸，沙石下有诸葛亮八阵图。箕张翼舒，鹅形鹳势，象石分布，宛然尚存。峡水大时，三蜀雪消之际，澒涌混漭，可胜道哉！大树十围，枯槎百丈，破硙巨石，随波塞川而下。水与岸齐，人奔山上，则聚石为堆者，断可知也。及乎水落川平，万物皆失故态。唯诸葛阵图，小石之堆，标聚行列，依然如是者。仅已六七百年，年年淘洒推激，迨今不动。出《嘉话录》。

海畔石龟

海畔有大石龟，俗云鲁班所作。夏则入海，冬则复止于山上。陆机诗云："石龟常怀海，我宁忘故乡？"出《述异记》。

又

临邑县北有燕公墓碑。碑寻失，唯趺龟存焉。石赵世，此龟夜常负碑入水，至晓方出。其上常有萍藻。有伺之者，果见龟将入水。因叫呼，龟乃走，坠折碑焉。出《酉阳杂俎》。

聂 友

新淦的聂友少年时很贫穷，一次打猎时，他遇见一只白鹿，射中之后见箭竟然穿进了梓树里。原缺出处，明抄本作出自《宣室志》，今见《说郛》二五《小说》引作《怪志》。

八阵图

夔州西市，下临长江江岸，沙石下面有诸葛亮留下的八阵图。它像簸箕一样伸展，像羽翼一样舒张，其势如鹅似鹳，一堆堆石头依然清清楚楚地分布在那里。三峡水涨、蜀地大雪融化的时候，大水汹涌澎湃，浩浩荡荡，那景象怎能用语言描述呢！十抱粗的大树，百丈长的枯枝，石磨般大的石头，一起随急流拥塞而下。江水和堤岸齐平，人们纷纷跑到山上，那么石头堆成的堆会被冲垮，便可想而知了。等到水落江平，万物都失去了原来的样子。只有诸葛亮的八阵图，那些小石头堆子，还有序地排列在那里，仍然和原来一样。将近六七百年了，年年被大水淘洗冲刷，推拍击打，八阵图到现在还是一动不动。出自《嘉话录》。

海畔石龟

海边有个大石龟，相传是鲁班所造。它夏季就进入大海，冬季又爬到山上。陆机有诗道："石龟常怀海，我宁忘故乡？"出自《述异记》。

又

临邑县北有燕公的墓碑。那墓碑不久丢失了，只有驮碑的石龟还在。后赵时期，此龟常常在夜晚背着碑入水，天亮之后才从水里出来。身上常沾满了浮萍和水藻。有人去偷看，果然见到龟正要入水。于是他大喊大叫，龟就跑了，碑也坠落摔断了。出自《酉阳杂俎》。

钓台石

大业七年二月，初造钓台之时，多运石者。将船兵丁，困弊于役，嗟叹之声，闻于道路。时运石者，将船至江东岸山下取石，累构为钓台之基。忽有大石如牛，十余，自山顶飞下，直入船内，如人安置，船无伤损。出《大业拾遗记》。

汾州女子

隋末筑汾州城，惟西南隅不合，朝成夕败，如此数四焉。城中一童女，年十二三，告其家人云："非吾入筑，城终无合理。"家人莫信，邻里哂之。此后筑城，败如初。童女曰："吾今日死，死后瓮盛吾，埋于筑处。"言讫而终。如其言瘗之。瘗讫，即板筑，城不复毁。出《广古今五行记》。

波斯王女

吐火罗国缚底野城，古波斯王乌瑟多习之所筑也。王初筑此城，即坏。叹曰："吾今无道，天令筑此城不成矣！"有小女名那息，见父忧恚，问曰："王有邻敌乎？"王曰："吾是波斯国王，领千余国。今至吐火罗中，欲筑此城，垂功万代，既不遂心，所以忧耳。"女曰："愿王无忧，明旦令匠视我所履之迹筑之，即立。"王异之。至明，女起步西北，自截右手小指，遗血成踪。匠随血筑之，城不复坏。女遂化为海神，其海至今犹在堡下，水澄清如镜，周五百余步。出《酉阳杂俎》。

钓台石

大业七年二月，刚建造钓台的时候，有很多搬运石头的役夫。牵拉船只的兵丁，对服劳役感到疲惫不堪，悲叹之声，路上到处都可以听见。当时运石头，要拉船到江东岸的山下搬取，然后一层一层构建起钓台的台基。一天，忽然有十多块牛一样大小的石头，从山顶飞下来，径直滚入船中，像是人安放的一样，船却没有受到什么损伤。出自《大业拾遗记》。

汾州女子

隋朝末年修筑汾州城时，只有西南角不能合拢，早晨建成晚上就倒，像这样有好几次了。城中有位女童，年龄十二三岁，告诉家里人说："如果我不参与筑城，此城终究难以合拢。"家里人不相信，邻居们也讥笑她。从这以后修筑城墙，仍像当初一样，朝成夕倒。女童说："我今天就要死了，死后你们用坛子盛殓我，埋在筑墙之处。"她说完就死了。人们就像她说的那样收葬了她。葬完，人们开始立板筑墙，那墙便再也不倒了。出自《广古今五行记》。

波斯王女

吐火罗国的缚底野城，是古波斯王乌瑟多习建成的。波斯王刚建此城时，建了马上就倒塌了。他叹息道："我如今没有德行，上天不让我筑成此城啊！"他有个小女儿名字叫那息，见父亲忧伤烦恼，便问道："父王是忧虑邻国侵扰吗？"他说："我是波斯国王，统领一千多个附属国。如今征服了吐火罗国，要建造此城，使功绩流传万代，然而却不顺心，我因此十分忧愁。"女儿说："请父王不要担忧，明天早晨命令工匠按我走的足迹筑墙，就能修成了。"波斯王觉得奇怪。第二天，女儿从西北起步，自己切断右手的小指，滴血成迹。工匠们沿着血迹筑墙，城墙就不再塌了。女儿随即变为海神，那海至今还在城堡下面，水清澈如镜，周长有五百多步。出自《酉阳杂俎》。

程　颜

程颜税居新昌里，调选不集，贫而复病。有老妪谓曰："君贫病，吾能救之，复能与君致妻。"言讫而去。是夜三更，果有人云："陈尚令持礼来。"颜莫测其由，开关，乃送绫绢数十束。颜问陈尚何人也，使者曰："医也。"乃附药一丸，令带之，能愈一切疾。颜带之，果疾愈。数日后，夕有大旋风入颜居。须臾风定，见担舆三乘，有一女，三青衣从之。问其故，曰："越州扶余县赵明经之女，父母配事前扶余尉程颜，适为大风飘至此。"颜无所遣，因纳之。既而以其事验之，信然。而越州自有人，与颜姓名同。出《闻奇录》。

文水县坠石

唐贞观十八年十月，文水县天大雷震，云中落一石下，大如碓觜，脊高腹平，县丞张孝静奏。时有西域摩伽陁菩提寺长年师到西京，颇推博识。敕问之，是龙食，二龙相争，故落下耳。出《法苑珠林》。

玄宗圣容

玄宗皇帝御容，夹纻作，本在盩厔修真观中。忽有僧如狂，负之，置于武功潜龙宫。宫即神尧故第也，今为佛宇。御容唯衣绛纱衣幅巾而已。寺僧云："庄宗入汴，明宗入洛，泊清泰东赴伊瀍之岁，额上皆有汗流。"学士张沆尝闻之而未之信，及经武功，乃细视之，果如其说。

程　颜

程颜在新昌里租了间房子住，应选授官没有成功，贫病交加。有位老妇人对他说："你贫穷而又生了病，我能救你，还能给你娶个妻子。"说完便离去了。这天夜里三更，果然有人说："陈尚让我拿礼物来了。"程颜不解其故，打开了门，那人送来了几十束绸缎。程颜问陈尚是什么人，使者说："是个医生。"于是给了他一丸药，让他带在身上，说是能治疗一切疾病。程颜带上它，果然病好了。几天之后，晚上有大旋风刮进程颜的房宅。一会儿风停了，只见三顶轿子，还有一个女子，后面跟着三个婢女。问她们为什么到这儿来，那女子回答说："我是越州扶余县赵明经的女儿，父母把我许配前扶余县尉程颜为妻，刚才被大风刮到这里。"程颜无处打发她，就娶了她。不久他根据女子所说去验证这件事，结果属实。而越州竟另有他人，与程颜姓名相同。出自《闻奇录》。

文水县坠石

唐贞观十八年十月，文水县雷电大作，云中落下一块石头，大小像捣米的杵，脊梁高高的，腹部平平的，县丞张孝静上奏了这件事。当时西域摩伽陁菩提寺有位老僧来到长安，他学识渊博，颇受尊崇。皇帝问老僧那块石头是个什么东西，他说这是龙的食物，二龙相互争斗，所以掉下来了。出自《法苑珠林》。

玄宗圣容

唐玄宗的御像，是用塑胎脱空的方法制作的。原来摆在盩厔县修真观中。忽然有一天，有个和尚疯也似地背着它，把它放到了武功潜龙宫。此宫就是唐高祖的旧宅，现在变成了佛寺。御像只穿一件绛色纱衣，用一幅绢束着头发而已。寺院的僧人说："庄宗进入开封，明宗进入洛阳，一直到清泰帝东去伊水、瀍水那年，这御像额头上都有汗水流淌。"学士张沆曾听说此事却不相信，直到经过武功时，细看了一下，果然像传说的一样。

又意其雨漏所致，而幅巾之上则无。自天福之后，其汗遂绝。高陵县又有神尧先世庄田，今亦为宫观矣。有柏树焉，相传云，高祖在襁褓之时，母即置放柏树之阴，而往饷田。比饷回，日斜而树影不移，则今柏树是也。史传不载，而故老言之。出《玉堂闲话》。

渝州莲花

渝州西百里相思寺北石山，有佛迹十二，皆长三尺许，阔一尺一寸，深九寸，中有鱼文，在佛堂北十余步。贞观二十年十月，寺侧泉内，忽出红莲花，面广三尺。游旅往还，无不叹讶。经月不灭。昔齐荆州城东天子井出锦，于时士女取用，与常锦不异，经月乃歇。亦此类也。见吴均《齐春秋》。

玉　马

沈傅师为宣武节度使。堂前忽马嘶，其声甚近，求之不得。他日，嘶声极近，似在堂下。掘之，深丈余，遇小空洞，其间得一玉马，高三二寸，长四五寸，嘶则如壮马之声。其前致碎朱砂，贮以金槽。粪如绿豆，而赤如金色。沈公恒以朱砂喂之。出《闻奇录》。

华山道侣

处士元固言，贞元初，尝与道侣游华山。谷中见一人股，袜履甚新，断处如膝头，初无痕迹。出《酉阳杂俎》。

他又怀疑那是漏雨造成的，可御像的头巾上却没有水滴。天福年间之后，御像上的汗水就没有了。高陵县还有唐高祖先辈的庄田，如今也变成寺观了。那里长着一株柏树，人们传说，唐高祖在襁褓中时，母亲把他放在柏树的树阴下，就到田地里去送饭了。待她回来时，只见日头斜了但树影却未移动，就是现在的那株柏树。这在史书上没有记载，是听老人们传说的。出自《玉堂闲话》。

渝州莲花

渝州西一百里相思寺北的石山上，有十二个佛的脚印，都三尺左右长，一尺一寸宽，九寸深，中间有鱼形花纹，就在佛堂北面十多步远的地方。贞观二十年十月，寺院旁边的泉水中，忽然长出红莲花，花朵足有三尺宽。游观者来来往往，没有不惊叹的。这莲花一个月也没有凋谢。当年齐朝荆州城东的天子井曾冒出锦缎，当时百姓们纷纷拿用，与平常的锦缎没有什么区别，经过一个月才消失。也跟这忽然长出莲花的事类似。见于吴均《齐春秋》。

玉　马

沈傅师任宣武节度使。一天，忽然听见堂前有马嘶鸣，声音很近，却又找寻不到。后来有一天，那马叫声更近了，好像就在堂下。挖了一丈多深，遇到一个小洞穴，从里面找到一只玉马，二三寸高，四五寸长，叫起来像壮马嘶鸣。在它的前面放着一些碎朱砂，装在一个金马槽里。马粪如绿豆大小，颜色赤黄如金。沈公经常用朱砂喂它。出自《闻奇录》。

华山道侣

处士元固说，贞元初年，他曾经和道友游览华山。他们在山谷中看见一条人的大腿，袜子和鞋都很新，断处像膝盖骨的头，却一点伤痕也没有。出自《酉阳杂俎》。

郑仁本弟

唐大和中，郑仁本表弟，不记姓名，常与一王秀才游嵩山。扪萝越涧，境极幽夐，忽迷归路。将暮，不知所之。徙倚间，忽觉丛中鼾声，披榛窥之，见一人布衣，衣甚洁白，枕一襆物，方眠熟。即呼之曰："某偶入此径，迷路，君知向官道无？"其人举首略视，不应复寝。又再三呼之，乃起坐，顾曰："来此。"二人因就之，且问其所自。其人笑曰："君知月七宝合成乎？月势如丸，其影多为日烁其凸处也，常有八万二千户修之，予即一数。"因开襆，有斤凿事。玉屑饭两裹，授与二人曰："分食此，虽不足长生，无疾耳。"乃起，与二人指一歧径，曰："但由此，自合官道矣。"言已不见。出《酉阳杂俎》。

楚州僧

楚州界有小山，山上有室而无水。僧智一掘井，深三丈遇石。凿石穴及土，又深五十尺，得一玉。长尺二，阔四寸，赤如榴花。每面有六龟子，紫色可爱，中若可贮水状。僧偶击一角视之，遂沥血，半月日方止。出《酉阳杂俎》。

胡氏子

洪州胡氏子，亡其名。胡本家贫，有子五人，其最小者，气状殊伟。此子既生，家稍充给，农桑营赡，力渐丰足。

郑仁本弟

唐代太和年间，郑仁本有个表弟，记不住他的姓名了，曾经和一个王秀才游嵩山。他们攀援藤萝，越过山涧，所到之处，幽深僻静，却忽然迷失了归途。将近黄昏，不知该到什么地方去。正徘徊间，忽然听到树丛中有打鼾的声音，拨开荆棘一看，只见一个穿布衣的人，衣裳很洁白，枕着一个包袱，刚刚睡熟。二人将他唤醒，说："我们偶然来到此地，迷了路，你知道去往大道该怎么走吗？"那人抬头看了他们一眼，不吱声继续睡。二人又再三喊他，他才坐起来，转过头来说道："到这里来。"二人于是走上前去，并问他来自何方。那个人笑着说："你们知道月亮是由七种宝物合成的吗？月亮的形状像圆球，上面的阴影多是太阳照在它表明凸起的地方形成的。常常有八万二千人在修凿月亮，我就是其中的一个。"于是他打开包袱，里面有斧凿等物。他拿出两包用玉屑做成的饭，送给二人说："分吃这个东西，虽然不足以长生不老，但也可以免除疾病了。"然后站起来，给二人指了一条岔道，说："只要从这儿向前走，自然就可以上大道了。"话音刚落，人已不见踪影。出自《酉阳杂俎》。

楚州僧

楚州境内有座小山，山上有房屋但是没有水。智一和尚挖了口井，挖到三丈深时遇到一块石头。凿穿石头见到土，又挖了五十尺深，找到一块玉。这玉一尺二寸长，四寸宽，像石榴花一样红。每个面都有六只小龟，紫色的，非常可爱，中间像能盛水的样子。智一和尚偶然撞击了一个角一看，那玉石开始滴血，半个月才停止。出自《酉阳杂俎》。

胡氏子

洪州胡氏有个儿子，不知道他的名字。胡家原来很贫穷，一共有五个儿子，其中最小的那个，气质容貌十分魁伟。这孩子一生下来，家里便渐渐宽裕起来，种田养蚕，日子一天比一天好。

乡里咸异之。其家令此子主船载麦，溯流诣州市。未至间，江岸险绝，牵路不通。截江而渡，船势抵岸，力不制，沙摧岸崩。穴中得钱数百万，乃弃麦载钱而归。由是其家益富，市置仆马，营饰服装。咸言此子有福。不欲久居村落，因令来往城市，稍亲狎人事。行及中道，所乘之马跪地不进。顾谓其仆曰："船所抵处得钱，今马跪地，亦恐有物。"因令左右劚之，得金五百两，赍之还家。他日复诣城市，因有商胡遇之，知其头中有珠，使人诱而狎之，饮之以酒，取其珠而去。初额上有肉，隐起如毬子形，失珠之后，其肉遂陷。既还家，亲友眷属，咸共嗟讶之。自是此子精神减耗，成疾而卒，其家生计亦渐亡落焉。出《录异记》。

王蜀先主

唐僖宗皇帝播迁汉中，蜀先主建为禁军都头。与其侪于僧院掷骰子，六只次第相重，自么至六。人共骇之。他日霸蜀，因幸兴元，访当时僧院，其僧尚在。问以旧事，此僧具以骰子为对。先主大悦，厚赐之。出《北梦琐言》。

庐山渔者

庐山中有一深潭，名落星潭，多渔钓者。后唐长兴中，有钓者得一物，颇觉难引，迤逦至岸。见一物如人状，戴铁冠，积岁莓苔裹之。意其木则太重，意其石则太轻，

乡里人都感到奇怪。一天，家里让他押着载麦子的船，逆流而上去洪州集市上卖。快要洪州前，大江两岸峭壁险绝，拉纤的人无法通过。只好横江而渡，结果船撞到岸边，怎么也控制不了，最后冲垮了堤岸。不料，从堤岸的一个洞穴中得到了好几百万钱，于是他便扔掉麦子载着钱回去了。从此他家越发富足了，雇仆人买车马，买好看的衣服。人们都说这小子有福气。他不想久居乡下，家里就让他经常往城里跑，渐渐地就学坏了。一日行至中途，他骑的马跪在地上不往前走。他回头对仆人说："上次咱们是在撞船处得到的钱，现在马跪地不起，也恐怕会有什么好宝贝。"于是让手下人挖地，结果找到五百两黄金，就拿回家去了。后来有一天他又进城去，遇到一位经商的胡人，胡商见他头上有珍珠，便让人引诱并亲近他，后来将他灌醉，把他头上的珍珠拿跑了。原来他的额头上有个肉瘤，暗暗突起如球状，失去珍珠之后，那肉瘤就陷下去了。他回到家中，亲友家人都惊叹不已。从此，他精力减退，竟患病而死，家道也渐渐衰落下来。出自《录异记》。

王蜀先主

唐僖宗皇帝流离迁徙到汉中，蜀先主王建任禁军都头。一日，他与同僚们在僧院里玩掷骰子，六只骰子点数依次相重合，从一点到六点。大家都为此事感到惊骇。后来王建在蜀地称霸，一次巡幸兴元，来到当时的那座僧院，和尚还在。问起旧事，那和尚详细地用骰子的事答对。王建非常高兴，厚厚地赏赐了他。出自《北梦琐言》。

庐山渔者

庐山中有一深潭，叫落星潭，常有人来此垂钓。后唐长兴年间，有个钓鱼人钓到一个怪物，觉得拉起来十分吃力，费了一番周折才把它拖上岸。他看见这怪物像人的样子，戴着铁帽子，被多年的青苔包裹着。说它是木头又太重，说它是石头又太轻，

渔者置之潭侧。后数日，其物上有泥滓莓苔，为风日所剥落，又经雨淋洗，忽见两目俱开，则人也。欻然而起，就潭水盥手靧面。众渔者惊异，共观之。其人即询诸渔者本处土地山川之名，及朝代年月甚详审。问讫，却入水中，寂无声迹。然竟无一人问彼所从来者。南中吏民神异之，为建祠坛于潭上。出《玉堂闲话》。

桂从义

池阳建德县吏桂从义，家人入山伐薪，常所行山路，忽有一石崩倒。就视之，有一室。室有金漆柏床六张，茭荐芒簟皆新，金翠积叠。其人坐床上，良久，因揭簟下，见一角柄小刀，取内怀中而出。扶起崩石塞之，以物为记，归呼家人共取。及至，则石壁如故，了无所见。出《稽神录》。

金精山木鹤

虔州虔化县金精山，昔长沙王吴芮时，仙女张丽英飞升之所，道馆在焉。岩高数百尺，有二木鹤，二女仙乘之。铁锁悬于岩下，非傍道所及，不知其所从。其二鹤，恒随四时而转，初不差忒。顺义道中，百胜军小将陈师粲者，能卷簟为井，跃而出入。尝与乡里女子遇于岩下，求娶焉。女子曰："君能射中此鹤目，即可。"师粲即一发而中。臂即无力，归而病卧。如梦非梦，见二女道士绕床而行。每过，辄以手拂师粲之目，数四而去。竟失明而卒。所射之鹤，自尔不复转，其一犹转如故。辛酉岁，其女子犹在。师粲之子孙，亦为军士。出《稽神录》。

钓鱼人把它扔到了潭边。几天之后，那怪物身上的淤泥和青苔因风吹日晒而剥落，又经雨水冲洗，忽然见其睁开双眼，原来是个人。他忽然站起来，走到潭边撩着水洗手洗脸。众垂钓者惊讶不已，都围上去看。那人就询问垂钓者们这里土地山川的名字，以及朝代年月等，问得很详细。问罢，转身钻入水中，便无声无迹了。但竟无一人问他从何而来。南方的官民们觉得此事怪异而神奇，为他在潭边修建起一座祠堂。出自《玉堂闲话》。

桂从义

池阳建德县吏桂从义，他的家人进山砍柴，平常行走的山路旁，忽然崩塌下来一块山石。家人上前去看，那里露出一间石室。室内有六张金漆的柏木床，草垫芒席都是新的，金银珠翠堆了很多。他在床上坐了很久，揭开席子，看见一把用兽角做柄的小刀，拿着揣进怀里就走了出来。接着，他扶起那块崩石塞住洞口，并用东西做了个记号，回家招呼人一起去拿那些财宝。等大家赶到后，只见那石壁完好如初，别的什么也没有看到。出自《稽神录》。

金精山木鹤

虔州虔化县有座金精山，当年长沙王吴芮时期，仙女张丽英就在此飞升上天，如今道观还在。此处山岩有几百尺高，还有两只木鹤，是二位仙女骑乘的。有铁锁链子悬在岩石下，不是旁边的道路能走得到的，不知它是怎么来的。那两只木鹤，总是随着四季变化而转动，一点也不差。顺义道中，百胜军有个年轻将领叫陈师粲，能将竹篮卷成井筒状，自由地跳进跳出。一次他与一个乡里女子在岩下相遇，便向她求婚。那女子说："你能射中那鹤眼，就可以。"师粲一发即中。不料他立刻觉得臂软无力，回来就病倒在床。似梦非梦中，他见两个女道士绕床而走。每走一圈就用手摸摸他的眼睛，几次之后她们才离去。师粲竟失明而死。被射中的那只鹤从此不再转动，另一只还转动如初。辛酉年，那乡里女子还在。师粲的子孙也做了军士。出自《稽神录》。

卖饼王老

广陵有卖饼王老，无妻，独与一女居。王老昼日，自卖饼所归家，见其女与他少年共寝于北户下。王老怒，持刀逐之。少年跃走得免。王老怒甚，遂杀其女。而少年行至中路，忽流血满身。吏呵问之，不知所对。拘之以还王老之居，邻伍方案验其事。王老见而识之，遂抵罪。出《稽神录》。

桃林禾

闽王审知，初为泉州刺史。州北数十里，地名桃林。光启初，一夕，村中地震有声，如鸣数百面鼓。及明视之，禾稼方茂，了无一茎。试掘地求之，则皆倒悬在土下。其年，审知克晋安，尽有瓯闽之地，传国六十年。至于延羲立，桃林地中复有鼓声。时禾已收，惟余梗在田。及明视之，亦无一茎。掘地求之，则亦倒悬土下。其年，延羲为左右所杀，王氏遂灭。出《稽神录》。

王延政

王延政为建州节度，延平村人夜梦人告之曰："与汝富，旦入山求之。"明日入山，终无所得。尔夕，复梦如前。村人曰："旦已入山，无所得也。"其人曰："但求之，何故不得？"于是明日复入。向暮，息大树下，见方丈之地独明净，试掘之，得赤土如丹。既无他物，则负之归。饰以墙壁，焕然可爱。人闻者，竞以善价，从此人求市。延政闻之，取以饰其宫室，署其人以牙门之职。数年，建州亦败。出《稽神录》。

卖饼王老

广陵有位卖饼的王老，死了妻子，独自和一个女儿居住。一天白天，王老从卖饼处回家，看见女儿和一个少年正在北窗下同床共枕。王老大怒，拿起刀就追。那少年跃起逃跑，得以幸免。王老生气极了，就杀死了自己的女儿。而少年跑在半路上，忽然满身流血。官吏斥问他，他又说不出原因。于是，便将他拘捕押到王老家里，这时邻居们正在查验王老女儿被杀之事。王老认出那位少年，于是就让他抵了罪。出自《稽神录》。

桃林禾

闽王王审知，当初任泉州刺史。在州城以北几十里处，有个地方叫桃林。光启初年，一天晚上，村中发生地震，声响很大，如几百面鼓在敲。待到天亮一看，那长得正茂盛的庄稼已不见一株。试着挖地寻找，原来那禾苗都倒悬在上下。那年，王审知攻克晋安，完全占领了瓯闽一带，传国六十年。到王延羲登基时，桃林地里又响起鼓声。这时庄稼已经收了，只剩下禾梗还在田间。等到天明去看，也没有剩一棵。挖地一找，竟然也是倒悬在土下。那年，王延羲被身边的人杀害，王氏覆灭。出自《稽神录》。

王延政

王延政任建州节度使时，延平村有个人夜里梦见有人告诉他："我想给你富贵，明天早晨进山去找吧。"第二天，那个人进了山，结果一无所获。这天晚上，又做了和之前一样的梦。村人说："我早晨已经进山，什么也没找到。"那个人说："只管去找，哪有找不到之理？"于是，他第二天又进山了。傍晚，他在大树下休息，看见前面有块一丈见方的土地特别明亮干净，他试着挖下去，找到一些色如丹砂的红土。也没有其他东西，他就将那红土背回家中。用来粉刷墙壁，光彩明亮非常可爱。人们听说了，竞相用高价来买。王延政听说了此事，拿那红土来粉刷宫室，并授予那个人军官职务。几年后，王延政也败亡了。出自《稽神录》。

洪州樵人

洪州樵人入西山岩石之下。藤萝甚密，中有一女冠，姿色绝世，闭目端坐，衣帔皆如新。众观之不能测，或为整其冠髻，即应手腐坏。众惧散去。复寻之，不能得。出《稽神录》。

洪州樵人

洪州的樵夫们到西山岩石下砍柴。那里藤萝密布，其中有一位姿色绝代的女道士，闭目端坐，衣裳霞帔都像是新的。大家看了半天不知是怎么回事，有人便上前为她整理道冠发髻，不料他手一碰，那道冠发髻就腐坏了。众人吓得四散而逃。再来寻找她，却怎么也找不到了。出自《稽神录》。

卷第三百七十五

再生一

史　姁　范明友奴　陈　焦　崔　涵　柳　苌
刘　凯　石函中人　杜锡家婢　汉宫人　李　俄
河间女子　徐玄方女　蔡支妻　陈朗婢　干宝家奴
韦讽女奴　邺中妇人　李仲通婢　崔生妻　东莱人女

史　姁

汉陈留考城史姁,字威明。年少时尝病,临死谓母曰:“我死当复生。埋我,以竹杖柱于瘗上,若杖折,掘出我。”及死埋之,柱如其言。七日往视,杖果折。即掘出之,已活。走至井上浴,平复如故。后与邻船至下邳卖锄,不时售,云欲归。人不信之,曰:“何有千里暂得归耶?”答曰:“一宿便还。即不相信,作书取报,以为验实。”一宿便还,果得报。考城令江夏鄳贾和姊病在乡里,欲急知消息,请往省之。路遥三千,再宿还报。出《搜神记》。

范明友奴

汉末人发范明友冢,冢奴死而再活。明友是霍光

史 姁

汉代陈留考城有个史姁，字威明。年少时曾经患过大病，临死时对母亲说："我死后会再生的。你们把我埋葬之后，把一根竹杖插在坟头，如果竹杖折断，就把我再挖出来。"等到他死之后，家人便把他埋了，按他说的把竹杖插在坟头。七天之后再去看，那竹杖果然断了。家人当即把他挖出来，人已经活了。他走到井边沐浴，恢复得跟原来一样。后来，他与邻家乘船到下邳卖锄头，结果卖不动，说想回趟家。邻人不相信，说："千里之遥，你怎么能说回去就回去呢？"他回答说："我一宿就可以回来。要是不信，你们写封信我给捎回去，用它作证。"结果他一宿就回来了，果然带来了回信。考城县令江夏鄳县人贾和的姐姐病在老家，贾和想早点知道消息，请求史姁去探望她的病。路途有三千里之遥，史姁两宿就回来向他报了信。出自《搜神记》。

范明友奴

汉末有人挖开范明友的坟，其家奴死而复生。明友是霍光

女婿，说光家事，废立之际，多与《汉书》相应。此奴常游走民间，无止住处，竟不知所在。出《博物志》。

陈焦

孙休永安四年，吴民陈焦死，埋之六日更生，穿土而出。出《五行记》。

崔涵

后魏菩提寺，西域人所立也，在慕义。沙门达多，发墓取砖，得一人以送。时太后与孝明帝在华林堂，以为妖异，谓黄门郎徐纥曰："上古以来，颇有此事不？"纥曰："昔魏时发冢，得霍光女婿范明友家奴，说汉朝废立，于史书相符，此不足为异也。"后令纥问其姓名，死来几年，何所饮食。答曰："臣姓崔名涵，字子洪，博陵安平人。父名畅，母姓魏，家在城西阜财里。死时年十五，今乃二十七。在地下十二年，常似醉卧，无所食。时复游行，或遇饮食，如梦中，不甚辨了。"后即遣门下录事张隽，诣阜财里，访涵父母。果有崔畅，其妻魏。隽问畅曰："卿有儿死不？"畅曰："有息子涵，年十五而亡。"隽曰："为人所发，今日苏活。主上在华林园，遣我来问。"畅闻惊怖，曰："实无此儿，向者谬言。"隽具以实闻，后遣送涵向家。畅闻涵至，门前起火，手持刀，魏氏把桃杖拒之。曰："汝不须来，吾非汝父，汝非我子。急速去，可得无殃。"涵遂舍去，游于京师，常宿寺门下。汝南王赐黄衣一通。性畏日，不仰视天，又畏水火

的女婿，这个家奴讲述霍光家的事情，以及废旧帝、迎立新帝时的事，大部分与《汉书》相符合。这个家奴常常到民间游历，没有固定的住所，后来也不知道他去了什么地方。出自《博物志》。

陈　焦

吴景帝孙休永安四年，吴国人陈焦死了，埋葬六天之后又起死回生，穿土走了出来。出自《五行记》。

崔　涵

北魏的菩提寺，是西域人修建的，建在洛阳慕义里。一个叫达多的和尚挖坟取砖，结果挖出一个活人并把他送到官府。当时太后和孝明帝在华林堂，认为这是妖异，对黄门郎徐纥说："上古以来，有过这种事吗？"徐纥说："从前曹魏时挖坟挖出霍光女婿范明友的一个家奴，他能说出汉朝废旧帝、立新帝的历史，与史书记载相符，此类事不足为奇。"太后让徐纥问那个人的姓名，死了几年，都吃些什么。那人回答说："我姓崔名涵，字子洪，博陵安平人氏。父亲名畅，母亲姓魏，家住城西阜财里。我死时十五岁，现在二十七岁。在地下活了十二年，常常像喝醉酒一样躺着，不吃什么食物。有时还到处游走，也许能遇到些吃的喝的，但如同在梦中，记得不是很清楚。"太后就派遣门下录事张隽到阜财里，寻找崔涵的父母。果然有个叫崔畅的，他的妻子姓魏。张隽问崔畅说："你有个儿子死了吗？"崔畅说："我有个儿子叫崔涵，十五岁就死了。"张隽说："他被人挖了出来，如今已经复活了。主上在华林园，派我来了解一下。"崔畅听了十分害怕，说："我实际上没有这个儿子，刚才瞎说的。"张隽把实情告诉了太后，太后便派人把崔涵送回家。崔畅听说儿子到了，就在门前点起火，拿着刀，魏氏手持桃木拐杖前来拦阻。崔畅说："你不要进来，我不是你父亲，你也不是我儿子。快点走吧，免得遭灾。"崔涵只好离去，在京城漫游，常常睡在寺院的门口。汝南王得知此事，赏赐给他黄衣一套。崔涵怕见太阳，不敢仰视天空，还畏惧水火

及兵刃之属。常走于路，疲则止，不徐行也。时人犹谓是鬼。洛阳大市北有奉终里，里内之人，多卖送死之具及诸棺椁。涵谓曰："柏棺勿以桑木为欀。"人问其故，涵曰："吾在地下，见发鬼兵。有一鬼称是柏棺，应免兵。吏曰：'尔虽柏棺，桑木为欀。'遂不免兵。"京师闻此，柏木涌贵。人疑卖棺者货涵，故发此言。出《塔寺》。

柳　苌

梁承圣二年二月十日，司徒府主簿柳苌卒，子褒葬于九江。三年，因大雨冢坏，移葬换棺。见父棺中目开，心有暖气。良久，乃谓褒曰："我生已一岁，无因令汝知。九江神知我横死，遣地神以乳饲我，故不死。今雨坏我冢，亦江神之所为也。"扶出，更生三十年卒。出《穷神秘苑》。

刘　凯

唐贞观二年，陈留县尉刘全素家于宋州。父凯，曾任卫县令，卒于官，葬于郊三十余年。全素丁母忧，护丧归卫，将合葬。既至，启发，其尸俨然如生。稍稍而活，其子踊跃举扶。将夕能言曰："别久佳否？"全素泣而叙事。乃曰："勿言，吾尽知之。"速命东流水为汤。既至，沐浴易衣，饮以糜粥，神气属。乃曰："吾在幽途，蒙署为北酆主者三十年。考治幽滞，以功业得再生。恐汝有疑，故粗言之。"

和兵器之类的东西。他经常在路上跑，累了就停下，从不会慢慢地走。当时人们还说他是鬼。洛阳大集市北边有个奉终里，里巷中的人，大多是卖殡葬用品和各类棺椁的。崔涵对他们说："柏木棺材千万不要用桑木做衬里。"人家问他为什么，他说："我在地下，曾看见征鬼兵。有个鬼说自己是柏木棺材，应当免征。有位小吏说：'你虽然是柏木棺材，却是用桑木做衬里。"结果就没有免征。"京城里听到这个传说，柏木的价格一下子就贵了。有人怀疑是卖柏木棺材的人向崔涵行贿，所以他才说出这种话。出自《塔寺》。

柳苌

梁承圣二年二月十日，司徒府的主簿柳苌死了，儿子柳褒把他埋在了九江。三年以后，大雨冲毁了坟墓，于是移葬换棺材。柳褒发现父亲在棺中睁开了眼睛，心口窝有热气。过了好一会儿，父亲对儿子说："我已经活过来一年了，没有机会让你知道。九江神知道我是因意外而死的，就派土地神用奶喂我，所以没有死。现在大雨冲坏我的坟，也是江神干的。"儿子把他扶了出来，他又活了三十年才死。出自《穷神秘苑》。

刘凯

唐贞观二年，陈留县尉刘全素居住在宋州。他父亲刘凯，曾任卫县县令，死在官任上，埋葬在郊外三十多年了。全素又遭逢母亲故去，他护送灵柩回卫县，准备同父亲合葬。到卫县后，打开棺材，只见父亲的尸体宛然如生。渐渐活了过来，全素高兴地扶起他。父亲傍晚就能说话了，问道："分别这么久一向可好？"全素哭着向他叙述这些年的事。父亲竟说："不要讲了，这些事我全知道。"他速让人取东流的河水烧好。送来后，他沐浴更衣，喝了一些粥，精神便恢复了。于是他说："我在阴曹地府，被任命为北酆都城主事三十年。考察那些未被重用的人才，因为功业卓著获得再生。恐怕你不相信，所以才把这些事粗略地说说。"

仍戒全素不得泄于人。全素遂呼为季父。后半年，之蜀不还，不知所终。出《通幽记》。

石函中人

上都务本坊，贞元中，有一人家因打墙掘地，遇一石函。发之，见物如丝满函，飞出于外。视之次，忽有一人，起于函中，披发长丈余，振衣而起，出门失所在。其家亦无他。前记中多言此事，盖道太阴炼形，日将满，人必露之。出《酉阳杂俎》。

杜锡家婢此已下妇人再生。

汉杜锡家葬，而婢误不得出。后十余年，开冢祔葬，而婢尚生。问之，曰："其始如瞑目，自谓当一再宿耳。"初婢埋时，年十五六。及开冢后，资质如故。更生十五六年，嫁之有子。出《搜神记》。

汉宫人

汉末，关中大乱。有发前汉时宫人冢者，人犹活。既出，平复如旧。魏郭后爱念之，录置宫中，常在左右。问汉时宫内事，说之了了，皆有次叙。郭崩，哭泣过礼，遂死。出《博物记》。

李 俄

汉末，武陵妇人李俄，年六十岁病卒，埋于城外已半月。俄邻舍有蔡仲，闻俄富，乃发冢求金。以斧剖棺，俄忽

并告诫儿子不能向外人泄露。全素于是叫他叔父。半年之后，刘凯去蜀地再没有回来，不知道他最后怎么样。出自《通幽记》。

石函中人

京城的务本坊，贞元年间，有一户人家因为砌墙挖地基，找到一个石匣子。打开一看，只见里面装满了丝一样的东西，飞到匣子外边。看着看着，忽然有一个人，从匣子里坐了起来，披散头发有一丈多长，抖抖衣服就站起来，一出门便不知去向了。这家倒也没遇到什么灾祸。以前的记载中大多言及此事，这大概是道教的太阴炼形之术，时间到了，就必然被人挖出来。出自《酉阳杂俎》。

杜锡家婢此篇以下为妇人再生。

汉代杜锡家在埋葬死人时，一个婢女误留在坟中没能出来。十多年之后，开坟举行合葬的时候，这个婢女还活着。人们问她，她说："刚开始时像是闭上了眼睛，以为要在坟中住上一两夜。"她刚被埋时，年龄十五六岁。到开坟时，姿容如旧。又活了十五六年，出嫁之后还生了孩子。出自《搜神记》。

汉宫人

汉朝末年，关中大乱。这时，有人掘开西汉宫女的坟，那宫女还活着。出来之后，就恢复得像原来一样。魏国郭太后十分爱怜她，将她收在宫中，常常跟随左右。问她汉时宫廷中的事，她述说得清清楚楚，都很有条理。郭太后去世，这个宫女痛哭不已，超越了平常的礼法，于是也死了。出自《博物记》。

李 俄

汉朝末年，武陵有位妇人叫李俄，六十岁那年因病而死，埋葬在城外已经半个月了。李俄的邻居有个叫蔡仲的，听说她家很富足，就去挖她的墓寻找财宝。他拿斧子劈向棺材，李俄忽然

棺中呼曰:"蔡仲护我头!"仲惊走,为县吏所收,当弃市。俄儿闻母活,来迎出之。太守召俄问状,俄对曰:"误为司命所召,到时得遣。出门外,见外兄刘文伯,惊相对泣。俄曰:'我误为所召,今复得归。既不知道,又不能独行,为我求一伴。我在此已十余日,已为家人所葬,那得自归也?'文伯即遣门卒与户曹相闻。答曰:'今武陵西界,有男子李黑,亦得还,便可为伴。兼敕黑过俄邻舍,令蔡仲发出。'于是文伯作书与儿,俄遂与黑同归。"太守闻之,即赦蔡仲。仍遣马吏,于西界推问李黑,如俄所述。文伯所寄书与子,子识其纸,是父亡时所送箱中之书矣。出《穷神秘苑》。

河间女子

晋武帝时,河间有男女相悦,许相配适。而男从军,积年不归。女家更以适人,女不愿行,父母逼之而去,寻病死。其夫戍还,问女所在,其家具说之。乃至冢,欲哭之叙哀,而不胜情。遂发冢开棺,女即苏活。因负还家,将养平复。后夫闻,乃诣官争之。郡县不能决,以谳廷尉。奏以精诚之至,感于天地,故死而更生。是非常事,不得以常理断,请还开棺者。出《搜神记》。

徐玄方女

晋时东平冯孝将,广州太守。儿名马子,年二十岁余。独卧厩中,夜梦见女子,年十八九。言:"我是太守北海徐玄方女,不幸早亡。亡来出入四年,为鬼所枉杀。案生录,

在棺材中喊道:“蔡仲,当心我的头!”蔡仲吓得转身就跑,被县吏抓了去,应当判死刑。李俄的儿子听说母亲活了,就接她出来。太守召来李俄询问情况,李俄回答说:“我误被司命官召去,到了之后又被放回来。刚出大门,就看见了表兄刘文伯,我们惊诧地相对而哭。我说:‘我是被错召去的,现在又可以回去了。可我既不认路,又不能独行,为我找个伴吧。我在这里十多天了,已经被家人埋葬了,哪能自己回去呢?’表兄就派门卒去告知户曹。户曹回答说:‘现在武陵西界,有个男子叫李黑,也要放回去,可以找他做伴。再令李黑到李俄邻舍,让蔡仲把李俄挖出来。’于是表兄写信给他儿子,我就跟李黑一块儿回来了。”太守听罢,当即赦免了蔡仲。还派一骑马小吏到西界盘问李黑,结果跟李俄说的一样。刘文伯寄给儿子的信,他儿子认识那信纸,是父亲死时陪葬在箱子中的文书。出自《穷神秘苑》。

河间女子

晋武帝时,河间有一对男女相爱,订立了婚约。但男子从军后,很多年都没回来。女子家人想把她嫁给别人,她不愿意,父母逼其从命,结果她不久便病死了。男子戍边归来,问那女子在何处,她的家人便全讲了。男子来到坟前,想大哭一场以诉哀痛,却抑制不住自己的感情。于是他挖坟开棺,那女子当即就复活了。他将她背回家,将养恢复。她的后夫听说此事,就到官府起诉,与他争妻。郡县不能决断,就上报给廷尉判决。廷尉认为,因为他们的至诚使天地感动,因此才死而复生。这是件不寻常的事,不能用常理来判决,请将她还给开棺的人。出自《搜神记》。

徐玄方女

晋代东平的冯孝将,任广州太守。他的儿子名叫马子,年龄二十多岁。一天,马子独自睡在马棚中,晚上梦见一个女子,十八九岁的年纪。她说:“我是太守北海徐玄方的女儿,不幸夭亡。已死了大约四年,是被鬼所枉杀的。根据生死簿上的记录,

当年八十余，听我更生。要当有依凭，乃得活，又应为君妻。能从所委见救活不?”马子答曰:“可尔。”与马子克期当出。至期日，床前有头发，正与地平，令人扫去，愈分明。始悟所梦者，遂屏左右。便渐额面出，次头形体顿出。马子便令坐对榻上，陈说语言，奇妙非常，遂与马子寝息。每戒云:“我尚虚。”借问何时得出，答曰:“出当待本生生日，尚未至。”遂往厩中。言语声音，人皆闻之。女计生至，具教马子出己养之方法，语毕拜去。马子从其言。至日，以丹雄鸡一只，黍饭一盘，清酒一升，醊其丧前，去厩十余步。祭讫，掘棺出。开视，女身体完全如故。徐徐抱出，着毡帐中，唯心下微暖，口有气。令婢四守养护之，常以青羊乳汁沥其两眼。始开口，能咽粥，积渐能语，二百日持杖起行。一期之后，颜色肌肤气力悉复常。乃遣报徐氏，上下尽来，选吉日下礼，聘为夫妇。生二男，长男字元庆，永嘉初为秘书郎；小男敬度，作太傅掾。女适济南刘子彦，征士延世之孙。出《法苑珠林》。

蔡支妻

临淄蔡支者，为县吏。曾奉书谒太守，忽迷路，至岱宗山下，见如城郭，遂入致书。见一官，仪卫甚严，具如太守。乃盛设酒殽，毕付一书，谓曰:“掾为我致此书与外孙也。”

我应该活到八十多岁，所以允许我复活。但应当有所依凭，我才能活过来，还应当做你的妻子。你能接受我的委托救活我吗？”马子回答说：“可以。”那女子和马子约定好了日期出来。到了这一天，马子发现床前有头发，正与地面齐平，让人扫去，结果越扫越明显。马子这才明白正是梦中之事，就让左右的仆从退下。于是那女子的颜面渐显，接着整个头和身体也露了出来。马子就与她对榻而坐，她所讲的话，非常奇妙，当晚就和马子睡在了一起。她总是告诫马子：“我的身体还很虚弱。”马子问她什么时候可以从坟中出来，她回答说：“要等到我原来的生日那天，现在时候还没到。”说完她就进了马棚。她说的话，人们都能够听见。这女子计算复活的日子到了，就详细告诉马子救出并保养自己的方法，说完便一拜而去。马子听从了她的话。到了那一天，用红公鸡一只，黄米饭一盘，祭祀用的酒一升，摆祭在她的丧灵前面，离马棚只有十多步远。祭灵完毕，把棺材挖了出来。打开一看，那女子身体完好如初。马子将她慢慢抱出，放入毡帐中，她只是心口有点温热，嘴里有呼吸。马子命婢女四面看守护理她，不断用青羊乳汁滴润她的两眼。她开始张开嘴，能咽粥，并渐渐能讲话了，二百天之后就可以拄杖行走了。一年之后，脸色肌肤气力完全恢复了正常。于是派人向徐家报告，徐家上上下下都来了，选择吉日下彩礼，二人结为夫妻。后来生了二个男孩，长子字元庆，永嘉初年任秘书郎；小儿子字敬度，做了太傅掾。他们还有个女儿嫁给了济南刘子彦，这刘子彦是隐士刘延世的孙子。出自《法苑珠林》。

蔡支妻

临淄有个蔡支，是位县吏。一次，他带着书信去拜谒太守，忽然迷了路，来到了泰山脚下，看见前面好像是座城郭，就走进去送信。他见到一个官员，仪仗侍卫很是严整，颇像太守，就把书信呈了上去。于是那官员便设宴隆重款待他，酒宴过后那官员交给蔡支一封信，对他说：“请你把这封信交给我的外孙。”

吏答曰："明府外孙为谁？"答曰："吾太山神也，外孙天帝也。"吏方惊，乃知所至非人间耳。掾出门，乘马所之。有顷，忽达天帝座太微宫殿。左右侍臣，具如天子。支致书讫，帝命坐，赐酒食。仍劳问之曰："掾家属几人？"对父母妻皆已物故，尚未再娶。帝曰："君妻卒经几年矣？"吏曰："三年。"帝曰："君欲见之否？"支曰："恩唯天帝。"帝即命户曹尚书敕司命辍蔡支妇籍于生录中，遂命与支相随而去。乃苏归家，因发妻冢，视其形骸，果有生验。须臾起坐，语遂如旧。出《列异传》。

陈朗婢

义熙四年，琅邪人陈朗婢死，已葬。府史夏假归，行冢前，闻土中有人声，怪视之。婢曰："我今更活，为我报家。"其日已暮，旦方开土取之，强健如常。出《五行记》。

干宝家奴

干宝字令升，父莹，为丹阳丞。有宠婢，母甚妒之。及莹亡，葬之，遂生推婢于墓。干宝兄弟尚幼，不之审也。后十余年，母丧开墓，而婢伏棺如生。载还，经日乃苏。言其父恩情如旧，地中亦不觉为恶。既而嫁之，生子。出《五行记》。

韦讽女奴

唐韦讽家于汝颍，常虚默，不务交朋。诵习时暇，缉园林，亲稼植。小童薙草锄地，见人发，锄渐深，渐多而不乱，

蔡支说:"府君的外孙是谁?'那官员回答说:"我是泰山神,我的外孙就是天帝。"蔡支大吃一惊,才知道这地方不是人间。他出了门,骑马而去。一会儿就到了天帝座太微宫。这里的左右侍臣,都和天子一样。蔡支呈上书函,天帝让他坐下,并赐予酒食。天帝又慰劳般地问他:"你家里几个人?"他回答说父母妻子全都死了,还未再娶。天帝又问:"你妻子死几年了?"蔡支说:"三年。"天帝说:"你想见见她吗?"蔡支说:"请天帝施恩。"天帝就命户曹尚书敕令司命官把蔡支妻子的户籍放回生录中,然后让她与蔡支一同离去。蔡支苏醒后回到家中,就挖开妻子的坟,看她的形体,果然有活过来的迹象。她一会儿便坐了起来,说起话来跟过去一样。出自《列异传》。

陈朗婢

义熙四年,琅琊人陈朗的婢女死了,已经埋葬。有位小吏休夏假回来,走到坟前,听到土中有人的说话声,便好奇地去看。那位婢女说:"我现在又活了,替我报告给家人吧。"那时天色已晚,第二天早晨才把她挖出来,其身体强健如常。出自《五行记》。

干宝家奴

干宝字令升,父亲名莹,任丹阳县丞。他有个宠爱的婢女,干宝的母亲很嫉妒她。等干莹死后下葬时,就把婢女活着推进坟中。当时干宝兄弟尚幼,不明白是怎么回事。十多年后,母亲死了,挖开那座坟,那婢女竟趴伏在棺材上像活着一样。用车将她拉回来,一天后就醒了。她说干宝的父亲对她恩爱如旧,在阴间也不觉得不舒服。不久她便嫁了人,还生了孩子。出自《五行记》。

韦讽女奴

唐代韦讽家住在汝颍间,常清虚守静,不好交朋友。诵读诗书的闲暇,便整修园林,亲自种庄稼栽树木。一天,小童割草锄地时发现了人的头发,渐渐深挖下去,头发也渐渐变多且不散乱,

若新梳理之状。讽异之，即掘深尺余。见妇人头，其肌肤容色，俨然如生。更加锹锸，连身背全，唯衣服随手如粉。其形气渐盛，顷能起，便前再拜，言："是郎君祖之女奴也，名丽容。初有过，娘子多妒。郎不在，便生埋于园中，托以他事亡去，更无外人知。某初死，被二黑衣人引去，至一处，大阙广殿，贲勇甚严。拜其王，略问事故。黑衣人具述端倪，某亦不敢诉娘子。须臾，引至一曹司，见文案积屋，吏人或二或五，检寻甚闹。某初一吏执案而问，检案，言某命未合死，以娘子因妒，非理强杀。其断减娘子十一年禄以与某。又经一判官按问，其事亦明。判官寻别有故，被罚去职，某案便被寝绝。九十余年矣，彼此散行。昨忽有天官来搜求幽系冥司积滞者，皆决遣，某方得处分。如某之流，亦甚多数，盖以下贱之人，冥官不急故也。天官一如今之道士，绛服朱冠，羽骑随从。方决幽滞，令某重生，亦不失十一年禄。"讽问曰："魂既有所诣，形何不坏？"答曰："凡事未了之人，皆地界主者以药傅之，遂不至坏。"讽惊异之，乃为沐浴易衣，貌如二十许来。其后潜道幽冥中事，无所不至，讽亦洞晓之。常曰："修身累德，天报以福。神仙之道，宜勤求之。"数年后，失讽及婢所在，亲族于其家得遗文，纪在生之事。时武德二年八月也。出《通幽记》。

如新梳理的一样。韦讽认为这事很奇异，就又挖下一尺多深。看见一颗妇人头，其肌肤和面色，宛如活的一样。再用锹往深里挖，那妇人连身带背全露了出来，只是衣服随手一摸就粉碎了。她渐渐恢复了元气，很快就能够站起来，便上前向韦讽一拜再拜，她说："我是您祖父的女仆，名叫丽容。开始有点小过错，遭娘子嫉妒。趁丈夫不在时，娘子就把我活埋在园中，并假托别的事情逃跑，根本没有外人知道。我刚死的时候，被两个黑衣人领去，走到一个地方，这里有高大的门楼和广阔的殿堂，虎贲勇士十分威严。我参拜了这里的大王，大王向我粗略地问了问情况。黑衣人详细述说了事情的原委，我也没敢控告娘子。一会儿，他们领我来到一个衙门，只见这里的文书案卷堆满屋子，小吏们三五成群，正在查寻案卷，十分喧闹。我开始被一个拿着案卷的官吏查问，查完案卷，他说我命不该死，因娘子嫉妒，无理强行杀人。因此判处削减娘子十一年寿命给我。又经过一个判官审问，这事也就明确了。不料，判官不久因为别的原因遭到处罚，被免除了职务，我的案子就被搁下了。到现在九十多年了，彼此离散，各走各的道。昨天，忽然有个天官来搜查阴曹地府中积压的案子，都判决后遣返，我的事情才得到解决。像我这样的，还有很多，大概是因为地位低下，阴曹的官吏也不急于给办吧。那天官好像现在的道士，深红色的衣服，红色的帽子，还带着一些骑马侍从。刚处理完积案，就让我复活，这样就不会减少原判给我的十一年寿命了。"韦讽问道："魂魄既然到了另外一个地方，那形体为什么不腐坏呢？"她回答说："凡是有事未了的人，都由阴间的地方长官用药敷在其身上，因此不至于腐烂。"韦讽十分惊异，就让她沐浴更衣，看容貌她好像二十来岁的样子。这以后，她便私下讲些阴间的事，什么都说了，韦讽对阴间的事也有了很清楚的了解。他常常说："修养自身积累德行，上天就会赐福于你。神仙之道，应该努力去寻求。"几年之后，不知道韦讽和婢女到哪里去了，亲戚们在他家找到了遗书，上面记载着韦讽在世时的事。当时是武德二年八月。出自《通幽记》。

邺中妇人

窦建德常发邺中一墓，无他物。开棺，见妇人，颜色如生，姿容绝丽，可年二十余。衣物形制，非近世者。候之，似有气息，乃收还军养之。三日而生，能言。云："我魏文帝宫人，随甄皇后在邺，死葬于此。命当更生，而我无家属可以申诉，遂至幽隔。不知今乃何时也。"说甄后见害，了了分明。建德甚宠爱之。其后建德为太宗所灭，帝将纳之。乃具以事白，且辞曰："妾幽闭黄壤，已三百年，非窦公何以得见今日？死乃妾之分也。"遂饮恨而卒，帝甚伤之。出《神异录》。

李仲通婢

开元中，李仲通者，任鄢陵县令。婢死，埋于鄢陵。经三年，迁蜀郫县宰。家人扫地，见发出土中，频扫不去，因以手拔之。鄢陵婢随手而出，昏昏如醉。家人问婢何以至此，乃曰："适如睡觉。"仲通以为鬼，乃以桃汤灌洗，书符御之，婢殊不惧，喜笑如故。乃闭于别室，以饼哺之，餐啖如常。经月余出之，驱使如旧。便配与奴妻，生一男二女，更十七年而卒。出《惊听录》。

崔生妻

元和间，有崔生者，前婚萧氏，育一儿卒，后婚郑氏。萧卒十二年，托梦于子曰："吾已得却生于阳间，为吾告汝母，能发吾丘乎？"子虽梦，不能言。后三日，又梦如此，子终不能言。郑氏有贤德，萧乃下语于老家人云："为吾报

邺中妇人

窦建德曾经挖开邺城中的一座坟，没有得到别的东西。开棺后看见一个妇人，面色像活人一样，容貌绝美，年纪大概二十多岁。看其衣物的样式，不是近代的人。等了一会儿，她好像有了气息，于是就带回军中养起来。三天之后她就活了，还能够说话。她说："我是魏文帝的宫女，随甄皇后在邺城，死后葬在这里。我命该当复活，但无家人进行申诉，就到了阴间。不知道现在是什么年代。"说起甄皇后遇害一事，她说得清清楚楚。窦建德很宠爱她。后来窦建德被唐太宗所灭，皇帝要招纳她进宫。她就把自己的事都禀明了，并回绝说："我被埋在黄土之下，已经三百年，没有窦公哪能见到今日？陪窦公去死是我的本分。"于是她含恨而死，皇帝十分悲伤。出自《神异录》。

李仲通婢

开元年间，李仲通任鄠陵县令。他的婢女死了，就埋在了鄠陵。三年后，他调任蜀地郫县的县令。一天，家人扫地时发现有头发从土中露出，怎么扫也扫不掉，于是就用手拔。不料那位埋在鄠陵的婢女随手就被拔了出来，昏昏沉沉像喝醉酒一样。家人问她怎么到了这里，她就说："刚才像睡觉似的。"仲通认为她是鬼，就用桃木汤浇她，写咒符镇住她，可她一点也不害怕，喜笑如常。于是就把她关进另一个房间，拿饼喂她，她吃起来跟常人一样。一个多月后将她放出，还像原来那样使唤她。后来就把她配给一男仆为妻，生一男二女，又活了十七年才死。出自《惊听录》。

崔生妻

元和年间，有位崔生，先娶了萧氏，萧氏生下一个儿子就死了，就又娶了郑氏。萧氏死了十二年后，托梦给儿子说："我已经被允许复活到阳间，替我告知你母亲，能挖开我的坟吗？"儿子虽然做了这个梦，但是没有说。三日后，又做了这个梦，但他始终没有讲。郑氏有贤德，萧氏就托梦告诉老家人说："替我报告

郑夫人，速出吾，更两日，即不及矣。”老家人叫曰：“娘子却活也！”夫人卜之曰：“无生象。”即罢。来日家人又曰：“娘子却活也！”郑夫人再占，卜人曰：“有生象。”即开坟，果活动矣。舁归，郑夫人以粥饮之，气通能言，具说幽途知抚育贤德之恩。又说：“初有一龟，环绕某遗骸而去。数日，又来环绕。将去复来，啮某足指。”则知前卜无生象者，龟止环饶而已；后云有生象者，是龟咬足指也。萧氏与郑氏为姊妹共居，情若骨肉。得十年而终。出《芝田录》。

东莱人女

东莱人有女死，已葬。女至冥司，以枉见捕得还，乃敕两吏送之。鬼送墓中，虽活而无从出。鬼亦患之，乃问女曰：“家中父母之外，谁最念汝？”女曰：“独季父耳。”一鬼曰：“吾能使来劫墓，季父见汝活，则遂生也。”女曰：“季父仁恻，未尝有过，岂能发吾冢耶？”鬼曰：“吾易其心也。”留鬼守之，一鬼去。俄而季父与诸劫贼，发意开棺，女忽从棺中起。季父惊问之，具以前白季父，季父大加惭恨。诸贼欲遂杀之，而季父号泣哀求得免，负之而归。出《广异记》。

郑夫人，快点让我出去吧，再过两天就来不及了。”老家人叫喊着：“娘子复活了！”郑夫人去占卜，卜卦人说：“没有活象。”只得作罢。第二天老家人又喊：“娘子复活了！”郑夫人再去占卜，卜卦人说：“有活象了。”就挖开坟墓，那萧夫人果然活动了。家人把她抬回来，郑夫人用粥喂她，于是气息畅通能讲话了，她详细述说在阴间也知道郑夫人对儿子的抚育之恩。又说：“开始有一只龟，围着我的尸体绕了一圈就离开了。不几天，它又来绕着我转。将要离去时又回来了，咬我的脚趾头。”这才知道前一卦说没有生象，是因为龟只是环绕而已；后一卦说有生象，是因为龟在咬脚趾头。萧氏和郑氏像姐妹一样住在一起，感情像亲骨肉。萧氏又活了十年才死。出自《芝田录》。

东莱人女

东莱有一家死了个女儿，已经埋葬。姑娘到阴曹后，因为是被错抓来的，又被放回，还派了两个官吏送她。鬼把她送到坟中，虽然活了却无法出去。鬼也挺焦虑，就问她说：“你家中除父母之外，谁最疼爱你？”姑娘说：“只有叔父。”一个鬼说：“我能让他来盗墓，叔父见你活了，你也就死而复生了。”姑娘说：“叔父仁义且有恻隐之心，不曾有过错，怎么会挖我的坟呢？”鬼说：“我换他的心。”一鬼留下看守，另一鬼便去了。一会儿，她叔父和盗墓贼们来了，决定打开棺材，这时姑娘忽然从棺材中坐了起来。叔父惊异地问她，她把之前的事都对叔父说了，叔父非常悔恨惭愧。盗墓贼们想杀死姑娘，叔父号哭着哀求，才得以幸免，背起她就回家了。出自《广异记》。

卷第三百七十六
再生二

郑　会　　王　穆　　邵　进　　李太尉军士　　五原将校
范令卿　　汤氏子　　士人甲　　李　简　　竹季贞
陆　彦

郑　会

荥阳郑会，家在渭南，少以力闻。唐天宝末，禄山作逆，所在贼盗蜂起，人多群聚州县。会恃其力，尚在庄居，亲族依之者甚众。会恒乘一马，四远觇贼，如是累月。后忽五日不还，家人忧愁。然以贼劫之故，无敢寻者。其家树上，忽有灵语，呼阿奶，即会妻乳母也。家人惶惧藏避。又语云："阿奶不识会耶？前者我往探贼，便与贼遇，众寡不敌，遂为所杀。我以命未合死，频诉于冥官，今蒙见允，已判重生。我尸在此庄北五里道旁沟中，可持火来，及衣服往取。"家人如言，于沟中得其尸，失头所在。又闻语云："头北行百余步，桑树根下者也。到舍，可以榖树皮作线，挛之。我不复来矣，努力勿令参差。"言讫，作鬼啸而去。家人至舍，依其挛凑毕，体渐温。数日，乃能视。恒以米饮

郑会

荥阳郑会，家住渭南，少年时凭着力气大而闻名。唐天宝末年，安禄山作乱，所到之处盗贼蜂拥而起，百姓们大多聚居在州县城里。郑会依仗自己的勇力，仍住在乡下，亲戚中有很多人都投靠他。郑会常骑着一匹马，四处侦察盗贼，就这样过了几个月。后来，他忽然五天没回来，家人十分忧愁。但是因为盗贼到处劫掠的缘故，谁也不敢去寻找。他家的树上，忽然有幽灵在说话，呼喊阿奶，也就是郑会妻子的奶娘。家人惶恐不安，都躲藏起来。树上又传来说话声："阿奶不认识郑会了吗？前些日子我去侦察盗贼，和盗贼相遇，寡不敌众，被他们杀害了。可我因为命不该死，屡次向冥府官员申诉，如今承蒙恩准，已经判我重生。我的尸体在这个庄子北边五里道旁的水沟中，可以拿着火和衣服来找我。"家人如他所说，在水沟中找到了他的尸体，但头却不见了。又听他说："头就在北面一百多步远的桑树根下。回到家后，可以用榖树皮作线，缝上它。我不再来了，争取别出差错。"说完，他像鬼那样叫着就走了。家人找到头带回家，照他说的缝连完毕，身体就渐渐温暖了。几天就能看见东西了。经常用米汤

灌之，百日如常。出《广异记》。

王穆

太原王穆，唐至德初为鲁炅部将。于南阳战败，军马奔走。穆形貌雄壮，马又奇大，贼骑追之甚众。及，以剑自后斫穆颈，殪而陨地。筋骨俱断，唯喉尚连。初冥然不自觉死，至食顷乃悟，而头在脐上，方始心惋。旋觉食漏，遂以手力扶头，还附颈。须臾复落，闷绝如初，久之方苏。正颈之后，以发分系两畔，乃能起坐。心亦茫然，不知自免。而所乘马，初不离穆，穆之起，亦来止其前。穆扶得立，左膊发解，头坠怀中，夜后方苏。系发正首之后，穆心念，马卧方可得上，马忽横伏穆前，因得上马。马亦随之起，载穆东南行。穆两手附两颊，马行四十里。穆麾下散卒十余人群行，亦便路求穆。见之，扶寄村舍。其地去贼界四十余里，众心恼惧，遂载还炅军，军城寻为贼所围。穆于城中养病，二百余日方愈，绕颈有肉如指，头竟小偏。炅以穆名家子，兼身徇王事，差摄南阳令，寻奏叶令。岁余，迁临汝令。秩满，摄枣阳令，卒于官。出《广异记》。

邵进

唐大历元年，周智光为华州刺史，劫剥行侣，旋欲谋反。遣吏邵进潜往京，伺朝廷御伐之意。进归告曰："朝廷

喂他，百日之后便恢复正常了。出自《广异记》。

王穆

太原王穆，唐代至德初年任鲁炅的部将。他在南阳战败了，军马四处逃散。王穆体形魁伟强健，马又异常高大，不少贼兵骑着马追他。追上之后，用剑从后面砍向王穆的脖颈，王穆被砍死，倒在地上。他的筋骨全断了，只剩喉咙还连着。开始，他迷迷糊糊不知道自己已经死了，到吃饭时才明白过来，原来头已经落到肚脐上了，心中这才一阵凄惋。随即他觉得食物从脖颈漏出，就用手用力扶着头，把它安回脖颈上。一会儿又掉下来，他又像刚才一样昏了过去，过了好久才苏醒过来。他把头重新安在颈上，将头发分开，系在两边，才能够坐起来。他心中还是很茫然，不知自己能否幸免。而他的马，怎么也不离去，见他坐起来，那马也走过来站在他的面前。王穆扶着它站立起来，系在左臂上的头发松开了，头又坠落到怀中，一夜后才苏醒。再次系发、正头之后，王穆心想，这马卧下才能骑上去，那马忽然就横卧在他面前，于是他才上了马。马也随他而起，驮着他往东南走。他两手托着两颊，骑马走了四十里。王穆部下十多个散兵聚在一起，也边走边寻找王穆。相见之后，扶他去村舍投宿。此地距离敌人四十多里，众人又烦恼又害怕，于是用马驮王穆回到鲁炅军中，军城不久被敌人围困。王穆在城中养病，二百多天才痊愈，环绕着他的脖颈长出一圈肉，像手指那么粗，头竟然稍稍偏斜了一点。鲁炅觉得王穆是名门子弟，又以身殉职，就让他代理南阳县令，不久表奏他任叶县令。一年多后，迁任临汝县令。任满，又代理枣阳县令，死在了任上。出自《广异记》。

邵进

唐代大历元年，周智光担任华州刺史，抢劫行旅钱物，不久就想谋反。他派遣手下官吏邵进偷偷地到了京城，刺探朝廷有无防范、讨伐他的意向。邵进回来之后向周智光报告说："朝廷

无疑公之心。”光怒，以其叶朝廷而给于己，遽命斩之。既而甚悔，速遣送其首付妻儿。妻即以针纫颈，俄顷复活，以药傅之。然犹惧智光，使人告光曰：“进本蒲人，今欲归葬。”光亦赗赙之。既至蒲，浃旬，其疮平愈，乃改姓他游。后三十年，崔颙为宋州牧，晨衙，有一人投刺，曰敕吏。颙召见，讯其由，进曰：“明公昔为周智光从事。”因叙其本末。颙乃省悟，与缣帛。揖之而去。出《独异志》。

李太尉军士

长安里巷说，朱泚乱时，李太尉军中有一卒，为乱兵所刃，身颈异处。凡七日，忽不知其然而自起，但觉胪骨称硬，咽喉强于昔时，而受刃处痒甚。行步无所苦，扶持而归本家。妻儿异之，讯其事，具说其所体与颈分之时，全不悟其害，亦无心记忆家乡。忽为人驱入城门，被引随兵死数千计。至其东面，有大局署，见录衣长吏凭几，点籍姓名而过。次呼其人，便云：“不合来。”乃呵责极切，左右逐出令还。见冥司一人，髡桑木如臂大，其状若浮沤钉。牵其人头身断处，如令勘合，则以桑木钉自脑钉入喉。俄而便觉，再见日月，不甚痛楚。妻儿因是披顶发而观，则见隆高处一寸已上，都非寻常。皮里桑木黄文存焉，人或谓之粉黛。元和中，温会有宗人守清，为邠镇之权将。忽话此事，守清便呼之前出。乃云是其麾下甲马士耿皓，今已七十余，

没有怀疑您的迹象。”周智光大怒,认为他这是串通朝廷欺骗自己,立即令人把他杀了。但过后很后悔,又立即派人把邵进的头送给他的妻儿。妻子就用针把他的头缝到脖颈上,不久就活了,将药涂在伤口上。但邵进还是惧怕周智光,让人告诉周智光说:“我本来是蒲州人,现在想回老家埋葬。”周智光便送了些丧葬钱物给他。邵进回到蒲州十天,他的伤口便平复愈合,于是改名换姓漫游四方。三十年后,崔颙任宋州刺史,早晨升堂时,有一个人来投递名帖,说他是上面派来的官吏。崔颙召见了他,询问其来由,邵进说:“你当年是周智光的僚属。”于是便讲述了过去的一些事情。崔颙方才省悟,赏给他一些绢帛。邵进揖拜之后离去。出自《独异志》。

李太尉军士

长安里巷传说,朱泚作乱时,李太尉军队中有一个小卒,被乱兵所杀,身首异处。过了七天,忽然不知怎么回事自己又站了起来,只觉得颅骨稍有些硬,咽喉比过去强直,而遭刀砍的地方很痒。行走倒没有什么痛苦,便扶着东西回到家中。老婆孩子都很惊异,问是怎么回事,他详细地告诉家人,当身体和头颈分离时,他全然不觉被杀,也无心回忆家乡。就记得忽然被人驱赶进一座城门,同时被赶去的战死士卒有好几千。到了城东面,有一个大衙门,只见一绿衣官吏靠在几案上,一一点录堂下人的姓名。按顺序喊到他时,那官吏说:“你不该来。”他被狠狠地责斥了一顿,左右将他赶出,让他回去。这时只见一个冥官,把一根桑木削得像胳膊那么粗,形状如同门钉。他牵住那个士卒的头身断绝处,对合在一起,然后用桑木钉从脑部钉进咽喉。不久他就苏醒过来,重见天日,并不是很痛苦。妻儿于是拨开他头顶上的头发察看,只见受伤处隆起一寸多高,的确和往常不同。皮肉里桑木上的黄纹还在,有人说像化了妆。元和年间,温会有个同宗叫守清,是邠镇的将领。一次忽然说起这件事,守清就喊那个士卒出来。他说这是麾下的甲马士耿皓,现在已经七十多岁了,

膂力犹可支数夫。会因是亲睹其异。出《定命录》。

五原将校

五原遣将校往扬子，请衣赐。校有所知，能承顾问。院官与之款曲，顾见项上有一肉环围绕，瘢痕可惧。院官与之熟，因诘其所来，具对。昔岁巡边，其众五六百，深犯榆塞，遭虏骑掩袭。众数千，悉是骑兵。此五百短兵，全军陷殁，积尸为京观，其身首已异矣。至日入，但魂魄觉有呵喝，状若官府一点巡者。至某，官怒曰："此人不合死，因何杀却？"胥者扣头求哀。官曰："不却活，君须还命。"胥曰："活得。"遂许之。良久而喝回，又更约束："须速活，勿误死者。"胥厉声唱喏。某头安在项上，身在三尺厚叶上卧，头边有半碗稀粥，一张折柄匙，插在碗中。某能探手取匙，抄致口中，渐能食。即又迷闷睡著。眼开，又见半碗粥，匙亦在中。如此六七日，能行，策杖却投本处。荏苒今日，其瘢痕是也。出《芝田录》。

范令卿缢死复再生

隋文帝开皇二年，汴州浚仪县功曹范钦子令卿，在家与族人文志校书，竞工拙。令卿以手反击文志，鼻血出不止，因即殒。文志父乃执令卿，以绳悬缢于屋梁，移时气绝。文志父母恐令卿却活，复用布重绞之。死经三日，令卿却苏，文志长逝。出《五行记》。

体力还可以抵得过好几个人。温会因此亲眼看到了那个士卒的奇异之处。出自《定命录》。

五原将校

五原派遣一个军官去扬子,请求调拨军衣赏赐。这个军官在当地有熟人,能够办好所托之事。到后,院官对他殷勤接待,看见他脖子上长了一圈肉环,疤痕十分可怕。院官和他很熟悉,便问其来由,他便详细地说了。当年巡视边境,他率部下五六百人,深入边境要塞,遭受胡虏的突然袭击。对方有好几千人,全是骑兵。自己带去的五百名持短兵器的士兵全部战死了,尸体堆积得像一座小山,他也落了个身首异处。到太阳下山后,他只觉得自己的魂魄被人呵斥,好像是官府中一个点名的官吏。来到他跟前,那官怒道:“这个人不该死,为什么杀他?”胥吏叩头哀求。那官说:“不把他复活,你就得偿命。”胥吏说:“能活。”当官的点点头。过一会儿又把胥吏喊回来,再次告诫他道:“你要快点使他复活,不要耽误死者。”胥吏大声答应着。醒来后,他发现自己的头已经安到脖子上了,身子躺在三尺厚的树叶上,头边有半碗稀粥,一把断把羹匙插在碗中。他能够伸手拿羹匙,舀粥送到嘴里,渐渐能下咽了。但马上又迷迷糊糊睡着了。再睁开眼时,又见半碗粥,碗里还是放着羹匙。这样一连过了六七天,能够行走了,便拄着拐杖回到原来军中。一直到了现在,那疤痕就是这么来的。出自《芝田录》。

范令卿勒死后再生

隋文帝开皇二年,汴州浚仪县功曹范钦之子范令卿,在家里与同宗文志勘校书籍,比较水平高低。令卿用手回击文志,打得他鼻血不止,结果一命呜呼。文志的父亲捉住令卿,用绳子把他悬吊在房梁上,一会儿就断气了。文志的父母怕令卿再活过来,又用布条勒了又勒。令卿死了三天之后,却又复活了,文志则永远死去了。出自《五行记》。

汤氏子

汤氏子者，其父为乐平尉。令李氏，陇西望族。素轻易，恒以吴人狎侮，尉甚不平。轻为令所猥辱，如是者已数四，尉不能堪。某与其兄，诣令纷争。令格骂，叱左右曳下，将加捶楚，某怀中有剑，直前刺令，中胸不深，后数日死。令家人亦击某系狱。州断刑，令辜内死，当决杀。将入市，无悴容。有善相者云："少年有五品相，必当不死。若死，吾不相人矣。"施刑之人，加之以绳，决毕气绝。牵曳就狱，至夕乃苏。狱卒白官，官云："此手杀人，义无活理。"令卒以绳缢绝。其夕三更，复苏。卒又缢之，及明复苏。狱官以白刺史，举州叹异，而限法不可。呼其父，令自毙之。及于州门，对众缢绝。刺史哀其终始，命家收之。及将归第，复活。因葬空棺，养之暗室，久之无恙。乾元中，为全椒令卒。出《广异记》。

士人甲易形再生

晋元帝世，有甲者，衣冠族姓。暴病亡，见人将上天，诣司命。司命更推校，算历未尽，不应枉召。主者发遣令还。甲尤脚痛，不能行，无缘得归。主者数人共愁，相谓曰："甲若卒以脚痛不能归，我等坐枉人之罪。"遂相率具白司命。司命思之良久，曰："适新召胡人康乙者，在西门外。此人当遂死，其脚甚健，易之，彼此无损。"主者承敕出，将易之。

汤氏子

有个汤氏的儿子，父亲任乐平县尉。县令李氏，是陇西的名门贵族。李氏平素轻浮简慢，常常因县尉是吴地人而对他戏弄侮辱，县尉对此忿忿不平。他被县令随便侮辱，已经有好几次了，实在不堪忍受。他的这个儿子便和哥哥到县令处争辩。县令又打又骂，喊左右将他们拽下，刚要施杖刑，儿子怀中有剑，径直上前刺向县令，刺中县令胸部而不深，几天后县令死了。他的家人告发了汤氏的儿子，并将其送进监狱。州里判刑，县令是在辜限内死的，应当判处死刑。行刑那天，把他带到刑场，他脸上没有一点愁容。有个善于看相的人说："这少年有五品官的相，定当不死。假如死了，我今后就不给人相面了。"行刑的人用绳子缠住他的脖子，行刑完他便气绝身亡。然后把他的尸体拉回监狱，到晚上就复活了。狱卒向狱官报告，狱官说："他亲手杀了人，按道理就不该让他活。"于是命令狱卒用绳子把他勒死。不料那天晚上三更时又活了。狱卒再勒，天亮又活了。狱官向刺史报告，全州上下惊叹不已，但限于法律非杀不可。喊来其父，让他亲手将儿子处死。其父在州城城门上，当众把儿子勒死。刺史可怜他被折腾了这么多次，就让家人收葬。等把他的尸体抬回家后，他又复活了。因而埋葬了空棺材，将他养在暗室，多少年都平安无事。乾元年间，他是在任全椒县令时死的。出自《广异记》。

士人甲改换形体后再生

晋元帝时有个人，出身士绅家庭。一天突然发病而死，被人带上天去，拜见司命。司命又推究核对，发现他的寿命未尽，不应错召上天。管事的下令将其遣返。他脚特别疼，不能走，没法回去。管事的几个人都挺发愁，互相商量说："他假如因为脚疼最后不能回去，我们就得承担冤枉他人的罪名。"于是一起向司命汇报。司命想了很久，说："方才新召来的胡人康某，在西门外。这个人已到死期，他的脚很健康，让他们二人换脚，彼此都没有什么损失。"管事的接受这个命令后出来，就要给他们换脚。

胡形体甚丑，脚殊可恶，甲终不肯。主者曰："君若不易，便长决留此耳。"不获已，遂听之。主者令二并闭目，倏忽，二人脚已各易矣。仍即遣之，豁然复生，具为家人说。发视，果是胡脚，丛毛连结，且胡臭。甲本士，爱玩手足，而忽得此，了不欲见。虽获更活，每惆怅，殆欲如死。旁人见识此胡者，死犹未殡，家近在茄子浦。甲亲往视胡尸，果见其脚著胡体。正当殡敛，对之泣。胡儿并有至性，每节朔，儿并悲思。驰往，抱甲脚号咷。忽行路相逢，便攀援啼哭。为此每出入时，恒令人守门，以防胡子。终身憎秽，未尝误视。虽三伏盛暑，必复重衣，无暂露也。出《幽明录》。

李简

唐开元末，蔡州上蔡县南李村百姓李简，痫病卒。瘗后十余日，有汝阳县百姓张弘义，素不与李简相识，所居相去十余舍，亦因病死，经宿却活，不复认父母妻子。且言："我是李简，家住上蔡县南李村，父名亮。"遂径往南李村，入亮家。亮惊问其故，言方病时，梦二人着黄，赍帖见追。行数十里，至大城，署曰"王城"。引入一处，如人间六司院，留居数日，所勘责事，委不能对。忽有一人自外来，称错追李简，可即放还。有一吏曰："李身坏，别令托生。"一时忆念父母亲族，不欲别处受生，因请却复本身。少顷，见领一人至，通曰："追到杂职汝阳张弘义。"吏又曰："张弘义

那胡人形貌十分丑陋，脚更难看，对方怎么也不肯换。管事的说："你要是不换，就得长留此间了。"他迫不得已，只好服从。管事的让他俩都闭上眼睛，很快，他们的脚就换了过来。那人当即被遣送回来，一下子就活了，详细向家人说了这事。脱鞋一看，果然是双胡人脚，汗毛丛生，而且有胡臭气。他本来是个读书人，爱摆弄手脚，但忽得这样一双脚，一点也不想看见。虽然获得再生，却常惆怅慨叹，几乎想死。旁人中有认识那个胡人的，说他死了还没有出殡，家住附近茄子浦。那个人亲自去看那胡人的尸体，果然看见自己的脚长在他的身上。正要殡殓，亲属们对着尸体哭泣。胡人的儿子们对父亲很有感情，每当过节时，儿子们都很思念父亲。他们跑到那个人家，抱住他的脚号啕大哭。走路时偶然相遇，也要拽住他啼哭。因此，他每次出入家门时，总要让人守住门，以防那胡人的儿子。他一辈子都厌恶那双脏脚，连不小心看上一眼都从来没有过。即使在三伏盛夏，也一定要穿好几层衣服，一刻也不让它露出来。出自《幽明录》。

李简

唐代开元末年，蔡州上蔡县南李村的百姓李简，患癫痫病死去。埋葬十多天之后，汝阳县有个百姓叫张弘义，与李简素不相识，且居住地相距三百多里，也因病而死，过了一宿又复活了，但不再认识父母妻儿。并说："我是李简，家住上蔡县南李村，父亲名叫李亮。"然后径直走到南李村，进了李亮家。李亮惊讶地询问这是怎么回事，张弘义说自己刚病时，梦见两个穿黄衣裳的人，手持公文追捕自己。走了几十里，到了一座大城，题名"王城"。他被领到一个地方，像人间的六司官衙，住了几天，所追查的一些事，他实在是回答不上来。一天，忽然从外面走进来一个人，说是错抓了李简，应该立即放回去。有个官吏说："李简的身体腐坏了，让他到别处托生吧。"他一时想念父母亲族，不想到别处托生，因此请求恢复本身。不一会儿，看见领进一个人来，通报说："干杂活的汝阳张弘义捉拿到了。"那官吏又说："张弘义

身幸未坏，速令李简托其身，以尽余年。”遂被两吏扶却出城。但行甚速，渐无所知，忽若梦觉。见人环泣，及屋宇，都不复认。亮问其亲族名氏，及平生细事，无不知也。先解竹作，因息入房，索刀具，破蔑盛器。语音举止，信李简也，竟不返汝阳。时段成式三从叔父，摄蔡州司户，亲验其事。昔扁鹊易鲁公扈、赵齐婴之心，及寤，互返其室，二室相咨。以是稽之，非寓言矣。出《酉阳杂俎》。

竹季贞

陈蔡间，有民竹季贞，卒十余年矣。后里人赵子和亦卒，数日忽寤，即起驰出门。其妻子惊，前讯之。子和曰："我竹季贞也，安识汝？今将归吾家。"既而语音非子和矣。妻子遂随之。至季贞家，见子和来，以为狂疾，骂而逐之。子和曰："我竹季贞，卒十一年，今乃归，何拒我耶？"其家聆其语，果季贞也。验其事，又季贞也。妻子俱骇异，诘之，季贞曰："我自去人世，迨今且一纪。居冥途中，思还省妻孥，不一日忘。然冥间每三十年，即一逝者再生，使言罪福。昨者吾所请案据，得以名闻冥官。愿为再生者，既而冥官谓我曰：'汝宅舍坏久矣，如何？'案据白曰：'季贞同里赵子和者，卒数日，愿假其尸与季贞之魂。'冥官许之。即遣使送我于赵氏之舍，我故得归。"因话平昔事，历然可听，妻子方信而纳之。自是季贞不食酒肉，衣短粗衣，

的身体幸亏没坏，快让李简托他的身体复活，以度余年。”于是，他便被两个官吏搀出那座城。他只觉走得极快，渐渐失去知觉，忽然又像做梦醒来。见不少人围着自己哭，还有那些房屋，自己都不认识。李亮问他李氏的亲族姓名，以及李简的平生小事，他没有不知道的。李简原来会编竹器，于是到内室休息时，他就找来刀具，把竹子破成篾条，然后编成竹器。言谈举止，真的就是李简，他最终没有再回汝阳去。当时段成式的堂叔为代理蔡州司户，亲自验证了这件事。当年扁鹊换鲁公扈、赵齐婴的心，等苏醒之后，都能返回对方的住处，两家人都互相惊叹。由此看来，李简的事并不是编造的。出自《酉阳杂俎》。

竹季贞

陈、蔡之间，有个百姓叫竹季贞，死了十多年了。后来乡里人赵子和也死了，过了几天又忽然苏醒过来，立即起身跑出门去。妻子和孩子惊讶地上前询问，子和说：“我是竹季贞，哪里认识你？我要回自己家去。”连声音都不是赵子和的了。妻子和孩子就跟着他。到了竹季贞家，竹家人见赵子和来了，以为这个人疯了，骂着驱赶他。子和说：“我是竹季贞，死十一年了，现在又回来了，为什么要赶我走呢？”竹家人听他的说话声，果然是竹季贞的。又通过一些事情验证，也是竹季贞。妻子和孩子们都十分惊异，追问他，他说：“我自从离开人世，至今将近十二年了。在阴曹地府里总想回来看看老婆孩子，一天也没有忘。然而，那里每隔三十年，才能让一个死者复活，让他们谈谈生前有过什么罪，行过什么善。昨天我请求管案子的人，才使自己的名字被冥官知道。我向他表示希望能够成为再生者，一会儿冥官对我说：‘你的身体已经腐烂很久了，怎么办？’管案子的人禀报说：‘竹季贞的同乡赵子和，刚死几天，我想让竹季贞的魂魄借赵子和的尸体复活。’冥官准许了。于是派人把我送到赵子和家，我这才能活转过来。”接着说起平生往事，都清清楚楚的，妻子和孩子这才相信并接纳了他。从此竹季贞不再吃酒肉，穿着粗布短衣，

行乞陈蔡汝郑间。缗帛随以修佛，施贫饿者。一还家，至今尚存。出《宣室志》。

陆彦

余杭人陆彦，夏月死十余日，见王。云："命未尽，放归。"左右曰："宅舍亡坏不堪。"时沧洲人李谈新来，其人合死。王曰："取谈宅舍与之。"彦遂入谈柩中而苏。遂作吴语，不识妻子。具说其事，遂向余杭，访得其家。妻子不认，具陈由来，乃信之。出《朝野佥载》。

在陈、蔡、汝、郑一带乞讨。得到的钱帛随时用来修造佛寺，施舍给贫穷饥饿的人。他自从回家后，到现在还活着。出自《宣室志》。

陆彦

余杭人陆彦，在夏天死了十多日后，去拜见冥王。冥王说："这个人寿命没尽，放他回去吧。"左右的人说："他的身体已经腐烂得不成样子了。"这时沧州人李谈刚到，这个人该死。冥王说："拿李谈的身体给陆彦。"陆彦就进入李谈的棺材中苏醒过来。复活后说话的口音是吴语，也不认识妻儿。陆彦将还阳的事详细讲了一遍，便前往余杭，寻访到他的家。妻儿不认他，待一一陈述经过后，妻儿才相信。出自《朝野佥载》。

卷第三百七十七

再生三

赵　泰　　袁　廓　　曹宗之　　孙回璞　　李强友
韦广济　　郄惠连

赵　泰

晋赵泰字文和，清河贝丘人也，祖父京兆太守。泰，郡察孝廉，公府辟不就。精思圣典，有誉乡里。当晚乃仕，终中散大夫。泰年三十五时，尝卒心痛，须臾而死。下尸于地，心暖不冷，屈申随意。既死十日，忽然喉中有声如雨，俄而苏活。说初死之时，梦有一人，来近心下。复有二人，乘黄马，从者二人，夹扶泰腋，径将东行。不知可几里，至一大城，崔崒高峻，城邑青黑色，遂将泰向城门入。经两重门，有瓦室，可数千间，男女大小，亦数千人。行列而吏著皂衣，有五六人，条疏姓字，云："当以科呈府君。"泰名在三十。须臾，将泰与数千人男女，一时俱进。府君西向坐，阅视名簿讫，复遣泰南入里门。有人著绛衣，坐大屋下，以次呼名。问生时何作罪，行何福善，谛汝等以实言也。此恒遣六部使者在人间，疏记善恶，具有条状，不可得虚。

赵泰

晋朝人赵泰字文和，清河贝丘人，祖父任京兆太守。郡府举荐赵泰为孝廉，官府征他为官，他却拒不应征。他精心钻研圣人经典，在乡里百姓间很有名望。直到晚年才做官，临终时任中散大夫。赵泰三十五岁时，曾突然感到心痛，片刻就死了。尸体被埋在地下，但心仍温热而不冷，四肢可随意屈伸。死后十天，忽然他的喉咙中有像下雨的声音，顷刻便苏醒过来。他说他刚死的时候，梦见有一个人来到他心下。又有两人骑着黄马，还有两个随从，一边一个扶着赵泰的两臂，径直向东走。不知走了多少里，走到一座大城，高大险峻，城墙是青黑色的，他们便带着赵泰进入城门。经过两重门后，看到数千间瓦房，还有数千男女老少。有五六个小吏排列成行，身穿黑衣，按顺序上报每个人的姓名，并说："应该分门别类地呈报给府君。"赵泰排在第三十名。一会儿，将赵泰和数千名男女一齐带进地府。府君面西而坐，看过名册后，又让赵泰向南进入里门。见有人穿着深红色衣服，坐在大屋里，按顺序呼叫名字。问他们活着的时候犯过什么罪，行过什么善事，并让他们注意一定要如实说明。地府一直派遣六部使者在人间，记录每个人的善恶，每个人的表现都有记载，不能说假话。

泰答："父兄仕官皆二千石。我少在家，修学而已，无所事也，亦不犯恶。"乃遣泰为水官监作吏，将二千余人，运沙裨岸，昼夜勤苦。

后转泰水官都督，知诸狱事。给泰兵马，令案行地狱。所至诸狱，楚毒各殊。或针贯其舌，流血竟体；或被头露发，裸形徒跣，相牵而行。有持大仗，从后催促。铁床铜柱，烧之洞然。驱迫此人，抱卧其上，赴即焦烂，寻复还生。或炎炉巨镬，焚煮罪人，身首碎坠，随沸翻转。有鬼持叉，倚于其侧。有三四百人，立于一面，次当入镬，相抱悲泣。或剑树高广，不知限极，根茎枝叶，皆剑为之。人众相訾，自登自攀，若有欣竞，而身体割截，尺寸离断。泰见祖父母及二弟，在此狱中涕泣。泰出狱门，见有二人，赍文书来，说狱吏，言有三人，其家为于塔寺中悬幡烧香，救解其罪，可出福舍。俄见三人，自狱而出，已有自然衣服，完整在身。南诣一门，名开光大舍。有三重门，朱彩照发。见此三人，即入舍中，泰亦随入。前有大殿，珍宝周饰，精光耀目，金玉为床。见一神人，姿容伟异，殊好非常，坐此座上。边有沙门，立倚甚众。见府君来，恭敬作礼。泰问此是何人，府君致敬。吏曰："号名世尊，度人之师。"有顷，令恶道中人，皆出听经。时有万九千人，皆出地狱，入百里城。在此到者，奉法众生也。行虽亏殆，尚当得度，故开经法。七日之中，随本所作善恶多少，差次免脱。

泰未出之顷，已见十人，升虚而去。出此舍，复见一城，方二百余里，名为受变形城。地狱考治已毕者，

赵泰回答说:“我父亲和我哥哥当官时都是两千石的俸禄。我年少时在家,读书学习而已,没有做什么事,也没犯过什么罪恶。”于是任命赵泰为水官监作吏,率领两千多人,运沙石修堤岸,昼夜忙碌。

后来又让赵泰任水官都督,掌管各监狱的事务。给他兵马,命他巡视地狱。他所到的各狱,酷刑各有不同。有的针穿舌头,遍身流血;有的披头散发,赤身裸足,相互牵引而行。有人拿着大棒子,在后边催促。铁床铜柱,用火烧得通红。逼迫着有罪的人抱住铁床趴在上面,身体马上被烫得焦烂,过一会儿又活过来。还有火炉和大锅烧煮罪人,身首粉碎,随着沸水翻滚。有拿着叉的鬼站在旁边。有三四百人站在一侧,按顺序进入锅内,都互相拥抱着哭泣。有非常高大宽广的剑树,无边无际,树的根茎枝叶都是用剑做成的。人们互相诋毁抱怨,自顾自地攀登,好像很高兴似的互相比赛,而身体却被截成一段一段的。赵泰看见他的祖父祖母和二弟,在这个狱中哭泣。赵泰走出了狱门,看见两个人抱着文书走来,告诉狱吏,说有三个人,他们的家人在塔寺中为他们悬幡烧香,解救了他们的罪过,可以离开监狱了。不一会儿,见三人从狱中走出,身上已经穿着原来的衣服,很齐整。向南来到一门,名叫开光大舍。有三重门,红光闪耀。见这三人进入开光大舍中,赵泰也随着进去了。前面有座大殿,用珍宝装饰,精光耀眼,用金玉做床。看见一个神人,身姿容貌魁伟出众,特别漂亮,坐在殿中座上。旁边有许多和尚站在那里。他见府君走来,恭敬地行礼。赵泰问座中人是谁,向府君施礼。狱吏说:“他号称世尊,是超度人的法师。”一会儿,命令地狱中的人都出来听经。这时有一万九千人,全都走出地狱,进入百里城。到这里的人,都是世间尊奉佛法的人。虽然他们的行为尚有不足之处,还是可以得到超度的,所以请人来讲经说法。七天之中,根据本人所做的善恶多少,按等级赦免他们的罪过。

赵泰还没出去时,已见十个人升空而去。走出大舍后又见一座城,方圆二百多里,名为受变形城。在地狱中受完拷问的人,

当于此城，更受变报。泰入其城，见有土瓦屋数千区，各有房舍。正中有瓦屋高壮，栏槛采饰。有数百局吏，对校文书。云："杀生者当作蜉蝣，朝生暮死；劫盗者当作猪羊，受人屠割；淫逸者作鹤鹜鹰麋；两舌作鸱枭鸺鹠；捍债者为骡驴牛马。"泰案行毕，还水官处。主者语泰："卿是谁者子？以何罪过而来在此？"泰答："祖父兄弟，皆二千石。我举孝廉，公府辟不行。修志念善，不染众恶。"主者曰："卿无罪，故相使为水官都督。不尔，与地狱中人无以异也。"泰问主者曰："人有何行，死得乐报？"主者言："唯奉法弟子，精进持戒，得乐报，无有谪罚也。"泰复问曰："人未事法时，所行罪过，事法之后，得以除否？"答曰："皆除也。"语毕，主者开藤箧，检年纪，尚有余算三十年在，乃遣泰还。临别，主者曰："已见地狱罪报如是，当告世人，皆令作善。善恶随人，其犹影响，可不慎乎？"时亲表内外候视泰者，五六十人，同闻泰说。

泰自书记，以示时人。时晋太始五年七月十三日也。乃为祖父母二弟，延请僧众，大设福会。皆命子孙，改意奉法，课观精进。士人闻泰死而复生，多见罪福，互来访问。时有太中大夫武城孙丰、关内侯常山郝伯平等十人，同集泰会，款曲寻问，莫不惧然，皆即奉法。出《冥祥记》。

袁　廓

宋袁廓字思度，陈郡人也。元徽中，为吴郡丞。病经

就进到这座城，接受变形的报应。赵泰进入这座城内，看见土瓦房数千处，各处都有房舍。正中的瓦房非常高大，栏杆都用彩色装饰。有数百名小吏，正在校阅文书。小吏说："前世杀生的人应变作蜉蝣，早晨生晚间就死；抢劫偷盗的人应变成猪羊，任人宰割；淫乱放荡的人应变成飞禽走兽；搬弄是非的人应变成猫头鹰一类的恶鸟；抗债不还的人应变成牛马骡驴。"赵泰巡视完之后，又回到了他的水官督府。主事的人问赵泰："你是谁的儿子？因为什么罪过到这里来的？"赵泰回答说："我的祖父和兄弟，都是两千石俸禄的官。我被乡里推举为孝廉，官府召我去任职，我没去。修养品德一心向善，从来不做各种恶事。"主事人说："你没有罪，所以才派你做水官都督。不然的话，你和地狱中的人就没什么不同了。"赵泰又问主事人说："怎样为人，死后才能得到好的报应？"主事人说："唯有尊奉佛法的弟子，努力修持，才能得到好报，而不受惩罚。"赵泰又问："人在未奉佛法时所犯的罪过，奉佛法以后能免除吗？"回答说："都可以免除。"说完，主事人打开藤箱，检视赵泰的寿命，发现他还有三十年阳寿，便叫赵泰回还人世。临别时，主事人说："你已经见过地狱中犯罪报应的情形，你应当告诉世上的人，让他们都要做善事。善恶与人相随，就像影子和回声一样，能不谨慎吗？"当时来探视赵泰的远近亲戚有五六十人，都听到了赵泰这样说。

赵泰亲自将这些事记录下来，用以告示世人。当时正是晋太始五年七月十三日。他又为祖父母、二弟请来和尚举行盛大的祈福活动。又叫自己的子孙都改奉佛法，并考核督促他们修持善法的成果。人们听说赵泰死而复生，在阴间见到了许多因果报应的事，便都来访问。当时有太中大夫武成人孙丰、关内侯常山人郝伯平等十余人，一齐聚集在赵泰家，诚恳地寻问，听后都很惧怕，都立即开始信奉佛法。出自《冥祥记》。

袁廓

南朝宋袁廓字思度，陈郡人。元徽年间，担任吴郡丞。病了

少日，奄然如死，但余息未尽。棺衾之具并备，待毕而殓。三日而能转动视瞬。自说云，有使者称教唤，廓随去。既至，有大城池，楼堞高整，阶闱崇丽。既命廓进，主人南面，与廓温凉毕，命坐。设酒炙，果粽菹者等味，不异世中。酒数行，主人谓廓曰："主簿不幸有阙，以君才颖，故欲相屈，当能顾怀不？"廓意知是幽途，乃固辞凡薄，非所克堪，加少穷孤，兄弟零落，乞蒙恩放。主人曰："君当以幽显异方，故辞耳。此间荣禄服御，乃胜君世中。甚贪共事，想必降意，副所期也。"廓复固请曰："男女藐然，并在龆龀，仆一旦供任，养视无托。父子之恋，理有可矜。"廓因流涕稽颡。主人曰："君辞让乃尔，何容相逼？愿言不获，深为叹恨。"就案上取一卷文书，勾点之。既而廓谢恩辞归。主人曰："君不欲定省先亡乎？"乃遣人将廓行，经历寺署甚众，末得一垣门，盖囹圄也。将廓入中，叙趣一隅有诸屋宇，骈阗相接。次有一屋弊陋，见其所生母羊氏在焉，容服不佳，甚异平生，见廓惊喜。户边有一人，身面伤疾，呼廓。廓惊问谁，羊氏曰："此王夫人，汝不识耶？"王夫人曰："吾在世时，不信报应。虽无余罪，正坐鞭挞婢仆过苦，受此罚。亡来痛楚，殆无暂休。今特小时宽隙耳。前唤汝姊来，望以自代，竟无所益，徒为忧聚。"言毕涕泗。王夫人即廓嫡母也，廓姊时亦在侧。有顷，使人复将廓去，经涉巷陌，闾里整顿，

没几天，便像死了似的，只有一息尚存。棺椁被子等物都已准备好，只等死后入殓。三天后他却能转动眼珠了。他自己说，有个使者说要传唤他，他便跟了去。到了之后，看到一座大城，城墙高大整齐，台阶和城门都很华丽。于是叫袁廓进去，主人面南而坐，与袁廓寒暄后，让袁廓坐下。摆下酒肉瓜果等各种食物，和人世间没有什么不同。酒过数巡后，主人对袁廓说："我这里缺少一个主簿，知道你很有才华，所以想请你屈尊担任此职，不知你是否愿意？"袁廓知道这是在阴间，于是以自己平庸浅薄为由坚决推辞此事，认为自己不能胜任，再加上从小孤苦贫穷，兄弟也都死亡凋零，所以请求开恩放他回去。主人说："你可能认为阴间与阳世很不相同，所以才推辞。这里的荣华富贵吃穿使用，要比你在世间强得多。我很想和你共事，想你必然会屈尊同意，不辜负我的期望。"袁廓又坚持请求说："家中儿女尚小，正是幼稚的年龄，我一旦在这里任职，他们就没人抚养了。父子之爱，理应得到怜悯同情。"袁廓痛哭流涕，跪在地上磕头作揖。主人说："你既然这样推辞，我怎能逼迫你？我的愿望没有实现，深感遗憾。"主人从桌案上取出一卷文书，用笔勾点。然后袁廓便要谢恩回去。主人说："你不想看一看死去的先人吗？"便派人领袁廓走，一路上衙署很多，最后到了一个门前，大概是一座监狱。把袁廓领进去，先到的一角建有很多房屋，一座连着一座。接着又有一屋比较简陋，袁廓看见自己的生母羊氏在这里，面容很脏，衣服很破，和活着时很不一样，她看见袁廓又惊又喜。门边还有一人，脸上和身上都有伤痕，招呼袁廓。袁廓很吃惊地问这人是谁，羊氏说："这是王夫人，你不认识了吗？"王夫人说："我在世的时候，不相信报应。虽然没有别的罪，却因为鞭打丫环仆人太厉害，才受到这样的惩罚。死后遭受这样的痛苦，几乎一刻也没停过。今天特别给了一点时间的宽限。前些天唤你姐姐来，本想让她代替我受苦，最终也没什么用处，只能增加更多的烦恼。"说完便痛哭流涕。王夫人是袁廓父亲的正妻，袁廓的妹妹也在旁边。一会儿，来人又将袁廓带走，经过了很多街巷，屋舍整齐，

似是民居。末有一宅,竹篱茅屋,见父凭案而坐。廓入门,父扬手遣廓曰:"汝既蒙罢,可速归去,不须迟也。"廓跪辞而归,至家即活。出《法苑珠林》。

曹宗之

高平曹宗之,元嘉二十五年在彭城,夜寝不寤,旦亡。晡时气息还通。自说所见:一人单衣帻,执手板,称北海王使者,殿下相唤,宗之随去。殿前中庭,有轻云,去地数十丈,流荫徘徊。帷幌之间,有紫烟飘飖。风吹近人,其香非常。使者曰:"君停阶下,今入白之。"须臾,传令谢曹君:"君事能可称,久怀钦迟,今欲相屈为府佐。君今年几?尝经卤簿官未?"宗之答:"才干素弱,仰惭圣恩。今年三十一,未尝经卤簿官。"又报曰:"君年算虽少,然先有福业,应受显要,当经卤簿官。乃辞身,可且归家,后当更议也。"寻见向使者送出门,恍惚而醒。宗之后任广州,年四十七。明年职解,遂还州病亡。出《述异记》。

孙回璞

唐殿中侍医孙回璞,济阴人也。贞观十三年,从车驾幸九成宫三善谷,与魏徵邻家。尝夜二更,闻外有一人,呼孙侍医者。璞谓是魏徵之命。既出,见两人谓璞曰:"官唤。"璞曰:"我不能步行。"即取马乘之。随二人行,乃觉天地如昼日光明,璞怪而不敢言。出谷,历朝堂东,又东北行六七里,至苜蓿谷。遥见有两人,持韩凤方行。

好似民房。最后有一个宅院，是竹篱笆草房，袁廓看见父亲坐在桌案前。袁廓走进门，父亲挥手打发他说："你既然被允许回去，应该赶紧走，不要迟误。"袁廓跪下辞别了父亲便回去了，到家中便活了过来。出自《法苑珠林》。

曹宗之

高平人曹宗之，元嘉二十五年时在彭城，晚间睡觉没醒过来，天亮就死了。到了下午气息相通，又活了过来。他自己述说了所见所闻：见一个人身穿单衣，扎着头巾，手拿笏板，自称是北海王的使者，说北海王要招唤曹宗之，曹宗之便随他去了。殿前的庭院中，离地数十丈处有轻云飘荡笼罩着。帷幔之间，有紫气飘摇。风吹到人前，传来阵阵异香。使者说："你在台阶下等着，我进去禀报一声。"一会儿，传令问曹宗之说："你很有才干和能力，已经钦佩你很久了，今天想请你在府中担任佐吏。你今年多大年龄？曾经做过有仪仗护卫的高官吗？"曹宗之回答："我的才干一向不高，愧对您的恩德。今年三十一岁，没当过有仪仗护卫的高官。"又对曹宗之说："你虽然年龄还小，但原先积过德，应得到显要的职务，会做高官的。你现在可以告辞暂且回家，以后再说吧。"一会儿，刚才那个使者便把他送出门，他恍惚间醒来。曹宗之后来在广州任官，年龄四十七岁。第二年卸任，回到高平便病故了。出自《述异记》。

孙回璞

唐殿中侍医孙回璞，是济阴人。贞观十三年，他跟随皇上到九成宫三善谷，与魏徵家相邻。有一天夜里二更，听到外面有一人呼唤孙侍医。孙回璞以为是魏徵的命令。出来后，见两个人对孙回璞说："当官的叫你。"孙回璞说："我不能步行。"便牵来马骑上。随着二人走，竟觉得天地间像白天一样明亮，孙回璞感觉奇怪，但不敢说。出了三善谷，经过朝堂东侧，又往东北走了六七里，到了苜蓿谷。远远地看见两个人正挟持着韩凤方而行。

语所引璞二人曰："汝等错追，所得者是，汝宜放彼。"人即放璞。璞循路而还，了了不异平生行处。既至家，系马，见婢当户眠，唤之不应。越度入户，见其身与妇并眠，欲就之而不得。但著南壁立，大声唤妇，终不应。屋内极明光，壁角中有蜘蛛网，中二蝇，一大一小。并见梁上所著药物，无不分明，唯不得就床。自知是死，甚忧闷，恨不得共妻别。倚立南壁，久之微睡，忽惊觉，身已卧床上，而屋中暗黑，无所见。唤妇，令起然火，而璞方大汗流。起视蜘蛛网，历然不殊，见马亦大汗。风方是夜暴死。

后至十七年，璞奉敕，驿驰往齐州，疗齐王佑疾。还至洛州东孝义驿，忽见一人来问曰："君是孙回璞？"曰："是。君何问为？"答："我是鬼耳。魏太监追君为记室。"因出书示璞。璞视之，则魏徵署也。璞惊曰："郑公不死，何为遣君送书？"鬼曰："已死矣。今为太阳都录太监，令我召君。"回璞引坐共食，鬼甚喜谢。璞请曰："我奉敕使未还，郑公不宜追。我还京奏事毕，然后听命，可乎？"鬼许之。于是昼则同行，夜便同宿，遂至阌乡。鬼辞曰："吾今先行，度关待君。"次日度关，出西门，见鬼已在门外。复同行，到滋水。鬼又与璞别曰："待君奏事讫，相见也。君可勿食荤辛。"璞许诺。既奏事毕，访徵已薨。校其薨日，则孝义驿之前日也。璞自以必死，与家人诀别。而请僧行道，造像写经。可六七夜，梦前鬼来召，引璞上高山，山巅有大宫殿。

他们对领孙回璞的这两个人说："你们抓错了，我们抓到的这个才是，你们应放了他。"这两个人便放了孙回璞。孙回璞顺着原路往回走，和原来走过的地方完全一样。到了家，拴好马，看见丫环在门旁睡觉，叫也不答应。他越过丫环进了屋里，看到他的身体正和妻子一齐躺着，想上床却上不去。只好靠着南墙站着，大声叫他妻子，却始终不应声。室内特别亮，墙角有蜘蛛网，网上有两个苍蝇，一大一小。还看见了房梁上放着的药物，样样分明，可就是上不去床。他知道自己死了，很忧愁，遗憾不能和妻子告别。他靠在南墙上，慢慢睡着了，又忽然惊醒，身体已躺在床上了，屋里很暗很黑，什么也看不到。叫他妻子，让她起来点燃灯火，而此时孙回璞身上大汗淋漓。起来看那蜘蛛网，和原来一样，还看到马也在流汗。韩凤方当夜暴病而死。

后来到了贞观十七年，孙回璞奉皇帝的命令乘驿马去齐州，为齐王李佑治病。回来时走到洛州东边的孝义驿站时，忽然见到一个人来问他说："你是孙回璞吗？"孙回璞回答："是的。你问我有什么事？"那人说："我是鬼。魏太监召你去当记室。"并拿出文书给孙回璞看。孙回璞一看，确是魏徵的署名。孙回璞吃惊地说："郑国公还没有死，为什么派你来送文书？"鬼说："他已经死了。现在任阴间的太阳都录太监，让我来召你。"孙回璞请鬼就座一起吃饭，鬼很高兴很感谢。孙回璞请求说："我是奉皇上的命令出使，还没有回去，郑国公不应召我。等我回京向皇上禀奏之后再听命，可以吗？"鬼允许了。于是孙回璞和鬼白天同行，夜间同宿，走到了阌乡。鬼告辞说："我先走了，过了关等你。"第二天过关后，出了西门，看见鬼已等在门外了。于是他们又同行，到了滋水。鬼又和孙回璞告别说："等你回京奏事后我们再见。你可不要吃荤腥辛辣的东西。"孙回璞答应了。孙回璞回京奏事后，打听到魏徵已死。查对魏徵死的日期，正好是他到孝义驿站的前一天。孙回璞自认为必然要死了，便和家里人诀别。并请和尚做道场，造佛像写经文。大约过了六七夜，孙回璞梦见以前遇见的那个鬼来召他，把他领上一座高山，山顶上有座大宫殿。

既入，见众君子迎谓曰："此人修福，不得留之，可放去。"即推璞堕山，于是惊悟。遂至今无恙矣。出《冥祥记》。

李强友

李强友者，御史如璧之子。强友天宝末，为剡县丞。上官数日，有素所识屠者，诣门再拜。问其故，答曰："因得病暴死，至地下，被所由领过太山。见大郎作主簿，因往陈诉，未合死至，蒙放得还，故来拜谢。"大郎者，强友也。强友闻，惆怅久之，曰："死得太山主簿，亦复何忧？"因问职事何如。屠者云："太山有两主簿，于人间如判官也，傧从甚盛。鬼神之事，多经其所。"后数日，强友亲人死，得活，复云被收至太山。太山有两主簿，一姓李，即强友也；一姓王。其人死在王下，苦自论别，年尚未尽。忽闻府君召王主簿，去顷便回。云："官家设斋，须漆器万口。"谓人曰："君家有此物，可借一用。速宜取之，事了即当放。"此人来诣强友云："被借漆器，实无手力。"强友为嘱王候，久之未决。又闻府君唤李主簿，走去却回。谓亲吏曰："官家嗔王主簿不了事，转令与觅漆器。此事已急，无可致辞，宜速取也。"其人不得已，将手力来取。拣阅之声，家人悉闻。事毕，强友领过府君，因尔得放。既愈，又为强友说之。强友于官严毅，典吏甚惧。衙后多在门外，忽传赞府出，莫不罄折。有窃视，见强友著帽，从百余人，不可复识，皆怪讶之。如是十余日，而强友卒。出《广异记》。

他们进去，看到很多人迎上来说："这个人行善修福，不能留在这里，可放他回去。"便将孙回璞推落山下，于是惊醒。至今也无病无灾。出自《冥祥记》。

李强友

李强友是御史李如璧的儿子。强友在天宝末年任剡县县丞。上任几天后，有一个他平日相识的屠夫来登门拜谢。他问为什么，屠夫回答说："我因得病突然死去，到了阴间，被人领着去拜见太山府君，看见大郎你在那里当主簿，便向你诉说。你说我还没到死的时候，我便被放了回来，所以才来向你拜谢。"大郎就是李强友。强友一听，伤感了很久，说："死后能当太山主簿，我还有什么可忧虑的？"便问屠夫在那里主簿都干些什么事。屠夫说："太山有两个主簿，和人间的判官一样，手下随从很多。鬼神的事大都由他们办。"几天后，强友的一个亲人死了，又复活了，也说他被收到太山。太山有两个主簿，一个姓李，就是强友；一个姓王。强友的亲人死在王主簿手下，他向王主簿苦苦辩白，说自己阳寿还未尽。忽然听到太山府君召王主簿，去了一会儿便回来了。王主簿说："官家要设斋，需要一万多只漆器。"他又对强友亲人说："你家有这种器皿，可借来用一用。你快回去取来，事办完就放你。"此人来找强友说："借这么多漆器，实在没有人手去取。"强友替他叮嘱王主簿等候一会儿，但很久也没有解决。又听到太山府君召唤李主簿，强友去了一会儿又回来了。他对亲近的小吏说："官家责怪王主簿没办成事，又让我去寻找漆器。这事很急，不能推辞，应该马上去取。"小吏不得已，便带领人手去取。家里人都听到了挑拣器皿的声音。事办完后，强友领亲人去见太山府君，于是被放还。他复活痊愈后，又对强友说了这件事。强友为官严厉果断，手下官吏都很惧怕他。衙役大都站在门外，忽传强友要出府，就都弯腰低头。有人偷看，见强友戴着帽子，后跟一百多人，几乎认不出来了，看的人都感到奇怪惊讶。就这样过了十几天，强友便死去了。出自《广异记》。

韦广济

韦广济，上元中暴死。自言初见使持帖，云阎罗王追己为判官。已至门下，而未见王。须臾，衢州刺史韦黄裳复至。广济拜候。黄裳与广济为从兄弟。问："汝何由而来？"答云："奉王帖，追为判官。"裳笑曰："我已为之，汝当得去。"命坐，久之，命所司办食。顷之食至，盘中悉是人鼻手指等。谓济曰："此鬼道中食，弟既欲还，不宜复吃。"因令向前人送广济还。及苏，说其事。而黄裳犹无恙，后数日而暴卒。其年，吕延之为浙东节度，有术士谓曰："地下所由云，王追公为判官。速作功德，或当得免。"延之惶惧，大造经像。数十日，术者曰："公已得免矣，今王取韦衢州，其牒已行。"延之使人至信安，遽报消息。后十日，黄裳竟亡也。出《广异记》。

郄惠连

大历中，山阳人郄惠连，始居泗上，以其父尝为河朔官，遂从居清河。父殁，惠连以哀瘠闻。廉使命吏临吊，赠粟帛。既免丧，表授漳南尉。岁余，一夕独处于堂，忽见一人，衣紫佩刀，趋至前，谓惠连曰："上帝有命，拜公为司命主者，以册立阎波罗王。"即以锦纹箱贮书，进于惠连曰："此上帝命也。"轴用琼钿，标以纹锦。又象笏紫绶、金龟玉带以赐。惠连且喜且惧，心甚惶惑，不暇顾问，遂受之。立于前轩，有相者趋入，赞曰："驱殿吏卒且至。"已而有数百人，绣衣红额，左右佩兵器，趋入，罗为数行，再拜。

韦广济

韦广济在上元年间突然死去。自己说一开始看见一个使者拿着帖子，说阎王要他去当判官。他到了阎王门前，却没看到阎王。不一会儿，衢州刺史韦黄裳也到了这里。韦广济上前拜见问候。黄裳和广济是堂兄弟。黄裳问广济：“你为什么来到这里？”广济答道：“阎王下帖，召我为判官。”黄裳笑着说：“我已经当了，你应当回去。”于是叫广济坐下，待了一会儿，命管事的人去准备饭食。很快饭菜已到，盘中都是人的鼻子、手指等物。黄裳对广济说：“这是阴间的食物，你既然要回去，就不应该再吃。”于是叫带广济来的那人把广济送回去。他醒来后，便说了他的见闻。而韦黄裳却平安无事，几天后才突然死去。那年，吕延之任浙东节度使，有个江湖术士对他说：“地狱的官吏说，阎王召你为判官。你应该赶快做些功德，或许能免除。”吕延之很害怕，便造了很多佛像。数十天后，那术士对他说：“你已经获免，如今阎王打算去召韦衢州，文书已经发出。”吕延之派人到信安，及时报告消息。十天后，韦黄裳死去。出自《广异记》。

郄惠连

大历年间，山阳人郄惠连，起初住在泗水边，因为他父亲曾在河北为官，他便随同父亲住在清河。父亲死后，他由于过度悲痛身体消瘦而闻名。观察使派人前去吊唁，赠以粮食布帛。守孝结束后，观察使上表推荐他做了漳南县尉。一年多后，一天晚上，他一人独坐堂前，忽然看见一个人，身穿紫衣腰佩刀，小步走到他面前，对他说：“上帝有命，任你为司命主者，去册封阎波罗王。”于是就把一个装着文书的锦纹箱递给惠连说：“这是上帝的命令。”公文的卷轴上镶嵌着美玉，用带花纹的锦绣装裱，又把象牙笏板和紫色绶带，以及金龟玉带都赐给惠连。他又喜又怕，心里很惶恐，没有时间细问，便接受了。他站在廊前，有个司仪小步走上前来说：“护从的吏卒马上就到了。”然后有身穿绣衣、头包红巾、佩带着兵器的几百人小步走上前来，站成数行，拜了又拜。

一人前曰："某幸得为使之吏，敢以谢。"词竟又拜。拜讫，分立于前。相者又曰："五岳卫兵主将。"复有百余人趋入，罗为五行，衣如五方色，皆再拜。相者又曰："礼器乐悬吏，鼓吹吏，车舆乘马吏，符印簿书吏，帑藏厨膳吏。"近数百人，皆趋而至。有顷，相者曰："诸岳卫兵及礼器乐悬、车舆乘马等，请使躬自阅之。"惠连曰："诸岳卫兵安在？"对曰："自有所，自有所耳。"惠连即命驾，于是控一白马至，具以金玉。其导引控御从辈，皆向者绣衣也。数骑夹道前驱，引惠连东北而去，传呼甚严。可行数里，兵士万余，或骑或步，尽介金执戈，列于路。枪槊旗旆，文绣交焕。俄见朱门外，有数十人，皆衣绿执笏，曲躬而拜者。曰："此属吏也。"其门内，悉张帷帘几榻，若王者居。惠连既升阶，据几而坐。俄绿衣者十辈，各赍簿书，请惠连判署。

已而相者引惠连于东庑下一院，其前庭有车舆乘马甚多，又有乐器鼓箫，及符印管钥。尽致于榻上，以黄纹帊蔽之，其榻绕四墉。又有玉册，用紫金填字，以篆籀书，盘屈若龙凤之势。主吏白曰："此阎波罗王之册也。"有一人具簪冕来谒，惠连与抗礼。既坐，谓惠连曰："上帝以邺郡内黄县南兰若海悟禅师有德，立心画一册，为阎波罗王礼，甚重。以执事有至行，故拜执事为司命主者，充册立使。某幸列宾掾，故得侍左右。"惠连问曰："阎波罗王居何？"府掾曰："地府之尊者也。摽冠岳渎，总幽冥之务。非有奇特之行者，不在是选。"惠连思曰："吾行册礼于幽冥，岂非身已死乎？"又念及妻子，怏怏有不平之色。府掾已察其旨，

有一人上前说:“我有幸成为你的下属,表示谢意。”说完又拜。拜完,他们分成两排站在前面。司仪又说:“五岳卫兵主将到。”又有一百多人小步走进来,站成五行,衣服为五方之色,都拜了又拜。司仪又说:“掌管礼仪用品的官、管吹奏的官、管车轿马匹的官、管符印文书的官、管库藏伙食的官到。”将近几百人,都小步走进来。过了一会儿,司仪说:“诸岳卫兵以及礼仪、车马等官,请使者亲自检阅。”惠连说:“诸岳卫兵在哪里?”回答说:“都在这里,都在这里。”惠连于是命令出发,于是有人牵一匹白马来,马身上装饰着金玉。引路驾车侍从的人,都是刚才穿着绣衣的那些人。好几个骑兵在道两旁前导,领惠连往东北方而去,传令呼喝十分庄严。队伍走出大约几里路,看见一万多士兵,有的骑马有的步行,都金甲执戈站在路旁。枪矛旗帜,交相辉映。不久,看见朱门外有数十人,都穿着绿衣,手执笏板,弯腰而拜。司仪说:“这都是你属下的官吏。”门内,悬挂着帷幔,摆设着桌几床榻,好似君王的居室。惠连走到台阶上,坐在几案旁。马上有十多个穿绿衣的人,各自带着册簿文书,请惠连裁决签署。

然后,司仪领惠连来到东厢的一个院内,庭院的前面有很多车轿马匹,又有鼓箫等乐器,以及符印钥匙等。都摆放在床榻上,用带黄纹的帕子盖着,床榻四周是墙壁。又有一个玉册,上面是用紫金写的篆体字,每个字都盘绕屈曲有龙飞凤舞之势。主管的官吏禀报说:“这是阎波罗王受册封的文书。”有一人头戴冠冕前来拜见,惠连与他行礼。就座之后,他对惠连说:“上帝因为邺郡内黄县南佛寺中的海悟禅师有德,便写下文书一册,举行册封他为阎波罗王的仪式,十分隆重。又因你有很高的品行,因此拜你为司命主者,来担任册立的使者。我有幸成为你的属下,所以能侍奉在你的左右。”惠连问道:“阎波罗王管什么事?”那属下说:“他是地府中最尊贵的人。威震五岳四渎,总管阴间的一切事务。没有奇特品行的人,是不能选上的。”惠连心想:“我在阴间掌管册封的礼仪,莫非我已经死了吗?”又想到了妻子儿女,流露出怏怏不乐的神色。那属下已经觉察出他的心思,

谓惠连曰:“执事有忧色,得非以妻子为念乎?”惠连曰:“然。”府掾曰:“册命之礼用明日,执事可暂归治其家。然执事官至崇,幸不以幽显为恨。”言讫遂起。惠连即命驾出行,而昏然若醉者,即据案假寐。及寤,已在县。时天才晓,惊叹且久。自度上帝命,固不可免,即具白妻子,为理命。又白于县令,令曹某不信。惠连遂汤沐,具绅冕,卧于榻。是夕,县吏数辈,皆闻空中有声若风雨,自北来,直入惠连之室。食顷,惠连卒。又闻其声北向而去,叹骇。因遣使往郧郡内黄县南问,果是兰若院禅师海悟者,近卒矣。出《宣室志》。

对惠连说："我看你面色忧郁，是不是挂念家中的妻子儿女？"惠连说："对。"属下又说："册封的典礼在明天举行，你可以暂时回家看看。然而您的官职非常高，希望不要因为阴阳两隔而怀有怨恨。"说完就起身走了。惠连便命令车马送他离开，却觉得昏沉沉像喝醉了似的，便伏在案上睡着了。等到醒来，已经是在县里了。当时天刚亮，他回想起这段经历惊叹了很久。他想到这是上帝的命令，自然是不可推脱的，便把这事告诉了妻儿，要立下遗嘱。他又告诉了县令，县令曹某却不相信。惠连于是沐浴，穿戴好衣冠，躺在床上。这天晚上，县里的好几个官吏，都听到了空中有刮风下雨的声音，从北边来，直入惠连屋内。一顿饭的时间，惠连便死了。又听到那声音往北去了，大家都惊叹不已。因此又派人到邺郡内黄县南面询问，果然是寺院的禅师海悟最近死了。出自《宣室志》。

卷第三百七十八

再生四

刘　宪　　张　汶　　隰州佐史　邓　俨　　贝　禧
干　庆　　陈　良　　杨大夫　　李主簿妻

刘　宪

尚书李寰镇平阳时，有衙将刘宪者，河朔人，性刚直，有胆勇。一夕，见一白衣来至其家，谓宪曰："府僚命汝甚急，可疾赴召也。"宪怒曰："吾军中裨将，未尝有过，府僚安得见命乎？"白衣曰："君第去，勿辞，不然祸及。"宪震声叱之，白衣驰去，行未数步，已亡所在。宪方悟鬼也。夜深又至，呼宪。宪私自计曰："吾闻死生有命，焉可以逃之？"即与偕往。出城数里，至一公署，见冥官在厅，有吏数十辈，列其左右。冥官闻宪至，整巾帻，降阶尽礼。已而延坐，谓宪曰："吾以子勇烈闻，故遣奉命。"宪曰："未委明公见召之旨。"冥官曰："地府有巡察使，以巡省岳渎道路，有不如法者，得以察之。亦重事，非刚烈者不可以委焉。愿足下俯而任之。"宪谢曰："某无他才，愿更择刚勇者委之。"冥官又曰："子何拒之深耶？"于是命案掾立召洪洞县吏王信讫，

刘　宪

尚书李寰镇守平阳时，手下有个军将叫刘宪，是河北人，性情刚直，十分勇敢。一天晚上，刘宪看到一个白衣人来到他家，对他说："府官召你十分急切，你应急速去应召。"刘宪愤怒地说："我是军中一员副将，不曾有过错，府官为什么召我去？"白衣人说："你只管去，不要推辞，不然就要大祸临头。"刘宪大声斥责他，白衣人急忙走了，走了没几步，便不知哪里去了。刘宪这才意识到是鬼。夜深时，白衣人又来招呼刘宪。刘宪自己寻思："我听说生死有命，怎么能逃脱呢？"便和他一同前往。出城走了数里，到了一个官署，见地府的官坐在堂上，有好几十个小吏，站在他的左右。地府的官听说刘宪来了，整理衣巾，走下台阶以礼相迎。然后请他坐下，对刘宪说："我听说你因勇敢刚烈而出名，所以派人请你。"刘宪说："不知道你为什么召我。"地府官说："地府中有巡察使，用来巡查五岳四渎的大小道路，有不守法的，就要察办。这也是个重要的职务，不是刚直勇烈的人是不能委任的。希望你屈尊就任此职。"刘宪辞谢说："我没有别的才能，请你另选刚烈勇敢的人委任。"地府官又说："你为什么这么坚决地拒绝呢？"于是命令掌管案卷的小吏立即去召洪洞县吏王信来，

即遣一吏送宪归。宪惊寤。后数日，寰命宪使北都，行次洪洞县，因以事话于县寮。县寮曰：“县有吏王信者，卒数日矣。”出《宣室志》。

张 汶

右常侍杨潜，尝自尚书郎出刺西河郡。时属县平遥有乡吏张汶者，无疾暴卒，数日而寤。初汶见亡兄来诣其门，汶甚惊，因谓曰：“吾兄非鬼耶？何为而来？”兄泣曰：“我自去人间，常常属念亲友，若瞽者不忘视也。思平生欢，岂可得乎？今冥官使我得归而省汝。”汶曰：“冥官为谁？”曰：“地府之官，权位甚尊。吾今为其吏，往往奉使至里中。比以幽明异路，不可诣汝之门。今冥官召汝，汝可疾赴。”汶惧，辞之不可，牵汶袂而去。行十数里，路曛黑不可辨，但闻马车驰逐，人物喧语。亦闻其妻子兄弟呼者哭者，皆曰：“且议丧具。”汶但与兄俱进，莫知道途之几何。因自念：“我今死矣。然常闻人死，当尽见亲友之殁者。今我即呼之，安知其不可哉？”汶有表弟武季伦者，卒且数年，与汶善，即呼之，果闻季伦应曰：“诺。”既而俱悲泣。汶因谓曰：“今弟之居，为何所也？何为曛黑如是？”季伦曰：“冥途幽晦，无日月之光故也。”又曰：“恨不可尽，今将去矣。”汶曰：“今何往？”季伦曰：“吾平生时，积罪万状，自委身冥途，日以戮辱。向闻兄之语，故来与兄言。今不可留。”又悲泣久之，遂别。呼亲族中亡殁者数十，咸如季伦，应呼而至。多言身被涂炭，词甚凄咽。汶虽前去，亦不知将止何所，但常闻妻子兄弟号哭及语音，历然在左右。因遍呼其名，则如不闻焉。

然后就派一个小吏送刘宪回家。刘宪惊醒。数日后，李寰命刘宪出使北都，走到洪洞县，便把这事告诉了县吏。县吏说："我们县有个小吏叫王信，已经死了好多天了。"出自《宣室志》。

张 汶

右常侍杨潜，曾经由尚书郎出任西河郡守。当时辖下的平遥县有个乡吏叫张汶，无病暴死，几天后又苏醒。起初张汶看到亡兄来到家门前，张汶很吃惊，就问他："哥哥莫不是鬼吗？你来干什么？"他哥哭泣着说："我自从离开人间，常常想念亲友，就像盲人渴望光明一样。思念平生的欢乐，但怎么可能得到呢？现在冥官让我回来看看你。"张汶说："冥官是谁？"他哥说："地府的官权势地位很高。我现在在他手下当小吏，经常奉命到我们村来。过去因为阴间阳间本是异途，不能随便到你家来。如今冥官要召你，你要赶紧去。"张汶害怕，推辞不去，被亡兄牵着衣袖而去。走了十多里，路很黑不能辨认，只听见车马奔跑和人们的喧闹声。又能听到妻儿兄弟呼叫哭泣的声音，都说："快准备丧葬用具吧。"张汶只知和亡兄往前走，不知走了多远。于是他自己暗想："我现在已经死了。然而常听说人死后，都能见到已死的亲友。现在我就喊他们，怎知就见不到他们呢？张汶有个表弟叫武季伦，已死多年，和张汶很好，张汶便叫他，果然听到季伦答应道："是。"随即两人都悲伤哭泣。张汶问表弟说："你现在住的是什么地方？为什么这样黑？"季伦说："阴间的路黑暗，是因为没有日月之光。"又说："悔恨难尽，现在我要走了。"张汶说："你要去哪里？"季伦说："我生时积罪很多，自从到阴间，每天都受到摧残和羞辱。方才听到你的喊声，所以才来和你说话。现在不能停留了。"又悲伤哭泣了很久才分别。张汶又喊了死去的几十个亲戚，都像季伦那样应声而到。大都说身体遭受了痛苦摧残，言辞凄惋，喉咙哽咽。张汶虽然往前走，也不知要到什么地方，只是常听到妻儿兄弟号哭和说话的声音，十分清楚，好像就在身边。于是便挨个叫他们的名字，但他们又好像没听见。

久之，有一人厉呼曰："平遥县吏张汶！"汶既应曰："诺。"又有一人责怒汶，问平生之过有几。汶固拒之。于是命案掾出汶之籍。顷闻案掾称曰："张汶未死，愿遣之。"冥官怒曰："汶未当死，何召之？"掾曰："张汶兄今为此吏，向者许久处冥途，为役且甚，请以弟代。虽未允其请，今自召至此。"冥官怒其兄曰："何为自召生人，不顾吾法？"即命囚之，而遣汶归。汶谢而出，遂独行，以道路曛晦，惶惑且甚。俄顷，忽见一烛在数十里外，光影极微。汶喜曰："此烛将非人居乎？"驰走，望影而去。可行百余里，方觉其影稍近。迫而就之，乃见己身偃卧于榻。其室有烛，果汶见者，自是寤。汶即以冥中所闻妻子兄弟号哭及议丧具，讯其家，无一异者。出《宣室志》。

隰州佐史

隰州佐史死，数日后活。云：初阎罗王追为典史，自陈素不解案。王令举其所知，某荐同曹一人，使出帖追。王问佐史："汝算既未尽，今放汝还。"因问左右："此人在生有罪否？"左右云："此人曾杀一犬一蛇。"王曰："犬听合死，蛇复何故？枉杀蛇者，法合殊死。"令某回头，以热铁汁一杓，灼其背。受罪毕，遣使送还。吏就某索钱一百千文。某云："我素家贫，何因得办？"吏又觅五十千，亦答云无。吏云："汝家有胡钱无数，何得诉贫？"某答："胡钱初不由己。"吏言："取之即得，何故不由？"领某至家取钱，胡在床上卧，

过了很久，有一人厉声喊道："平遥县吏张汶！"张汶应声回答："是。"又有一人愤怒地斥责张汶，问他平生犯过多少过错。张汶拒不回答。于是令掌管案卷的小吏取出张汶的册籍。不一会儿听到小吏说："张汶还不应该死，希望能把他送回去。"冥官愤怒地说："张汶不应当死，为什么把他召来？"小吏说："张汶的哥哥如今在这儿当小吏，之前他在阴间已经很长时间了，被驱使折磨得很厉害，想叫他弟弟替代他。虽然没允许他的请求，现在他却自己把弟弟召来了。"冥官对张汶哥哥发怒说："为什么自己随意召来活人，不顾我们的法条？"立即命人将他囚禁起来，而让张汶回去。张汶拜谢后离去，他一人独行，因为道路黑暗，他很惶恐。不一会儿，忽然看见一点烛光在数十里外，光影很微弱。张汶高兴地说："这烛光莫非是人住的地方？"他快步走，奔光影而去。走了一百多里，才感觉那光影稍近。便走近光影，这时才发现自己的身子躺在床上。屋内有烛光，果然就是张汶方才看到的，到此他才苏醒。张汶便将在阴间听到的妻儿兄弟号哭和商议丧事的事与家人对证，没有一点出入。出自《宣室志》。

隰州佐史

隰州有位佐史死了，几天后又复活了。他说：起初阎罗王召我去当典史，我说从来没办过案子。阎王又叫我举荐一个我所知道的人，我便举荐了一个同事，阎王便派人带着文书去追召。阎王对我说："你的寿数既然还没到，现在放你回去。"又问他手下人："这人在活着的时候有没有犯过罪？"手下说："这人曾杀死过一只狗和一条蛇。"阎王说："狗可以任他杀死，杀蛇是为什么？无故杀蛇的，按照法律应当处死。"让我回头，用一勺热铁汁烫我的背。受完刑后，派人送我回来。送我的小吏向我索要一百千钱。我说："我家向来贫穷，这怎么能办到？"小吏又要五十千，我也说没有。小吏说："你家有许多胡人的钱，怎么能说贫穷？"我说："那胡人的钱根本不由我支配。"小吏说："拿来就是了，怎么说不由你支配？"小吏领我到家取钱，胡人在床上躺着，

胡儿在钱堆上坐,未得取钱,且暂入庭中。狗且吠之,某以脚蹴,狗叫而去。又见其妇营一七斋,取面作饭。极力呼之,妇殊不闻。某怒,以手牵领巾,妇踬于地。久之,外人催之。及出,胡儿犹在钱上。某劲以拳拳其胁,胡儿闷绝,乃取五十千付使者。因得放,遂活。活时,胡儿病尚未愈。后经纪竟折五十千也。出《广异记》。

邓俨

会昌元年,金州军事典邓俨先死数年。其案下书手蒋古者,忽心痛暴卒,如人捉至一曹司,见邓俨,喜曰:"我主张甚重,籍尔录数百幅书也。"蒋见堆案绕壁,皆涅楮朱书,乃绐曰:"近损右臂,不能搦管。"旁有一人谓邓:"既不能书,可令还也。"蒋草草被领还,陨一坑中而觉。因病,右手遂废。出《酉阳杂俎》。

贝禧

义兴人贝禧,为邑之乡胥。乾宁甲寅岁十月,宿于茭渎别业。夜分,忽闻扣门者,人马之声甚众。出视之,见一人绿衣秉简,西面而立,从者百余。禧摄衣出迎。自通曰:"隆,姓周,弟十八。"即延入坐,问以来意。曰:"身为地府南曹判官,奉王命,召君为北曹判官尔。"禧初甚惊惧。隆曰:"此乃阴府要职,何易及此,君无辞也。"俄有从者,持床榻、食案、帷幕,陈设毕,满置酒食,对饮良久。一吏趋入白:"殷判官至。"复有一绿衣秉简,二从者捧箱随之,

胡人的儿子在钱堆上坐着，没法取钱，只好暂时到庭院中。狗狂吠，我用脚踢狗，狗叫着跑了。又看见妻子为了给我烧头七，正在拿面做饭。我用力大叫，可妻子一点也没听到。我大怒，用手扯她的领巾，她便跌倒在地上。很久，外面的小吏又催我。出来后，看见那胡人的儿子还坐在钱堆上。我使劲用拳头打他的两肋，他便昏过去了，于是拿了五十千钱给了那小吏。这才把我放了，我才活过来。活过来时，胡人儿子的病还没好。后来治疗照看他的病竟正好花了五十千。出自《广异记》。

邓俨

会昌元年，金州军事典官邓俨先前已死了数年。他手下的抄书吏蒋古忽然心痛暴死，好像被人抓到一个衙门中，看到了邓俨，邓俨高兴地说："我负责的案卷太多了，你帮我抄录几百张文书吧。"蒋古一看书案上堆着、墙边放着，满满都是黑纸红字，便欺骗他说："我近来伤了右臂，不能拿笔。"旁边有一个人对邓俨说："既然不能写字，就叫他回去吧。"蒋古便被忽忽忙忙地领了回去，掉到一个大坑中后苏醒了。后来他生了一场病，右手残废了。出自《酉阳杂俎》。

贝禧

义兴人贝禧，在本地乡间当小吏，乾宁甲寅年十月，他在茭渎的别墅中过夜。半夜时，忽然听到有人敲门，有很多人叫马嘶的声音。出去一看，见一个穿绿衣拿竹简的人，面朝西站着，随从一百多人。贝禧整好衣服出门迎接。绿衣人自我介绍说："我姓周，名隆，排行第十八。"贝禧请他到屋内坐，并询问来意。绿衣人说："我是地府南曹判官，奉阎王之命，召你去做北曹判官。"贝禧开始很惊恐。周隆说："这是地府中重要的职务，很不易得到，你不要推辞。"不久，有随从拿来床榻、饭桌、帷幔，摆设好后，又摆满了酒菜，二人对饮了很久。一个小吏小步走进来说："殷判官到。"又有一个穿绿衣拿竹简的人来了，两个随从捧箱跟随，

箱中亦绿衣。殷揖禧曰："命赐君，兼同奉召。"即以绿裳为禧衣之。就坐共饮。可至五更，曰："王命不可留矣。"即相与同行。禧曰："此去家不远，暂归告别，可乎？"皆曰："君今已死，纵归，可复与家人相接耶？"乃出门，与周、殷各乘一马，其疾如风，涉水不溺。至暮，宿一村店，店中具酒食，而无居人。虽设灯烛，如隔帷幔。云已行二千余里矣。向晓复行，久之，至一城，门卫严峻。周、殷先入，复出召禧。凡经三门，左右吏卒皆趋拜。复入一门，正北大殿垂帘。禧趋走参谒，一同人间。既出，周谓禧曰："北曹阙官多年，第宅曹署皆须整缉。君可暂止吾家也。"即自殿门东行，可一里，有大宅，止禧于东厅。顷之，有同官可三十余人，皆来造请庆贺。遂置宴，宴罢，醉卧。至晓，遍诣诸官曹报谢。复有朱衣吏，以王命至，钱帛车马饔饩甚丰备。

翌日，周谓禧曰："可视事矣。"又相与向王殿之东北，有大宅，陈设甚严，止禧于中。有典吏可八十余人，参请给使。厅之南大屋数十间，即曹局，簿书充积。其内厅之北，别室两间，有几案及数书厨，皆杂宝饰之。周以金钥授禧曰："此厨簿书，最为秘要，管钥恒当自掌，勿轻委人也。"周既去，禧开视之，书册积叠，皆方尺余。首取一册，金题其上"陕州"字。其中字甚细密，谛视之，乃可见，皆世人之名簿也。禧欲知其家事，复开一厨，乃得常州簿。阅其家籍，见身及家人世代名字甚悉，其已死者，以墨钩之。至晚，周判官复至曰："王以君世寿未尽，遣暂还。寿尽，当复居此职。"禧即以金钥还授于周。禧始阅簿时，尽记其家人

箱中也装着绿衣。殷判官向贝禧拱手说:"这是阎王命令赐给你的,同时召你去。"于是为贝禧穿上绿衣。接着便坐下共饮。大约到五更天时,殷判官说:"王命不可拖延。"于是便一起上路。贝禧说:"这儿离我家不远,暂且回去告别家人,可以吗?"二人都说:"你现在已经死了,就是回去,还能再和家人有所接触吗?"贝禧便出门,与周、殷各骑一马,行走如风,渡水不湿。到傍晚时,住在一家乡村旅店中,店中备了酒食,却无人照看。虽然点了灯烛,却像隔着帷幔一样昏暗。他们说已经走了两千多里。天亮了又继续走,走了很久,到了一座城,门卫森严。周、殷二人先进去,一会儿又出来叫贝禧。经过三道门,左右吏卒都前来揖拜。又进入一门,正北大殿悬挂着帷帘。贝禧小步走上前参拜,一切和人间一样。出来后,周隆对贝禧说:"北曹缺官多年,宅院官署都需要整修。你可暂住我家。"便出殿门向东走,约一里,有一座大宅,让贝禧住在东厅。一会儿,有三十多个同僚都来拜访庆贺。于是设宴,酒宴过后便醉卧休息。天亮时,贝禧又到各官署拜谢。又有穿红衣的官吏,奉阎王之命而来,送来了十分丰厚的钱帛车马和山珍海味。

第二天,周隆对贝禧说:"你可以办公了。"又和贝禧一起走到阎王殿东北,有座大宅院,陈设严整,让贝禧住在这里。有典吏八十多人,请求给予差使。厅南有大屋数十间,就是北曹的官署,堆满了册簿文书。内厅之北另有两间屋子,有几案和几个书柜,都装饰着各种宝物。周隆把金钥匙给贝禧说:"这柜里的簿书最为机密,钥匙要始终自己掌管,不要轻易委托他人。"周隆走后,贝禧开柜看视,书册堆积,都一尺见方。他先拿了一册,题有"陕州"两个金字。里面的字密密麻麻,仔细看,才能看清,都是世上人的名字。贝禧想知道他家的事,就又开了一个柜子,找到了常州的簿册。看他家的簿籍,见到他和家人世世代代的名字,都很详细,已死的,用墨笔勾掉。到了晚上,周隆又回来说:"阎王说你阳寿未尽,让你暂且回去。到寿尽时,再回来任此职。"贝禧便将金钥匙还给周隆。贝禧开始看簿册时,全部记住了家人

及己祸福寿夭之事，至是昏然尽忘矣。顷之，官吏俱至，告别。周、殷二人送之归。翌日夜，乃至茭渎村中。入室，见己卧于床上，周、殷与禧各就寝。俄而惊寤，日正午时，问其左右，云死始半日。而地府已四日矣。禧既愈，一如常人，亦无小异。又四十余年乃卒。出《稽神录》。

干　庆已下遇仙官再生。

晋有干庆者，无疾而终。时有术士吴猛，语庆之子曰："干侯算未穷。我为试请命，未可殡敛。"尸卧静舍，唯心下稍暖。居七日，猛凌晨至，以水激之。日中许，庆苏焉，旋遂张目开口，尚未发声。阖门皆悲喜。猛又令以水含洒，乃起，吐血数声，兼能言语。三日平复。初见十数人来，执缚桎梏到狱。同辈十余人，以次旋对。次未至，俄见吴君北面陈释，王遂敕脱械令归。所经官府，皆见迎接吴君，而吴君与之抗礼，即不知悉何神也。出《幽明录》。

陈　良

大元中，北地人陈良与沛国刘舒友善，又与同郡李焉共为商贾，曾获厚利，共致酒相庆。焉遂害良，以苇裹之，弃之荒草。经十许日，良复生归家。说死时，见一人著赤帻，引良去，造一城门。门下有一床，见一老人，执朱笔，点校籍。赤帻人言曰："向下土有一人姓陈名良，游魂而已，未有统摄，是以将来。"校籍者曰："可令便去。"良既出，

和自己的灾祸富贵、寿命长短之事，可现在却迷迷糊糊全都忘了。一会儿，官吏都到了，便相互告别。周、殷二人送贝禧回来。第二天晚上，才到茭渎村中。进入屋内，看见自己躺在床上，周、殷二人与贝禧各自就寝。一会儿贝禧惊醒，正是午时，问他身边的人，说他死了才半天。而他在地府中已经四天了。贝禧痊愈后，一切与平常人一样，没有一点不同之处。又活了四十多年才死。出自《稽神录》。

干　庆以下为遇神仙再生。

晋代有个叫干庆的人，无病而死。当时有个术士叫吴猛，他对干庆的儿子说："你父亲干侯的阳寿未尽。我想试着为他请求复生，你先不要将他装入棺材。"尸体躺在清静的屋子内，只有心窝处稍有热气。躺了七天后，吴猛凌晨到了，用水浇尸体。到了中午，干庆苏醒了，接着便能睁眼张嘴，但还不能说话。全家都又悲又喜。吴猛又叫人口中含水喷洒干庆，干庆便坐起来了，吐了几口血，也能说话了。三日后完全康复。当初，他见十几个人来，把他捉住，戴上枷锁送到狱中。和他一齐来的还有十余人，按次序接受讯问。还没有问到他，就看见吴猛向着北面陈述辩白，阎王便下令摘掉枷锁让他回家。所经过的官府，都见到有迎接吴猛的人，吴猛也与他们行对等的礼，却不知道这些都是什么神仙。出自《幽明录》。

陈　良

太元年间，北地人陈良和沛国人刘舒很要好，又与同郡的李焉共同做买卖，曾获厚利，于是共同摆酒庆贺。李焉借机杀害了陈良，用苇子包裹他的尸体，扔在荒草丛中。过了十几天，陈良又复活回家了。他说死时，见一个戴红头巾的人，领着他离去，到了一个城门。门下有张床，见一个老人手拿朱笔校点册籍。戴红头巾的人说："下界有一人姓陈名良，是个游魂，无处收他，所以带来了。"校点册籍的老人说："可叫他回去。"陈良出来后，

忽见友人刘舒，谓曰："不图于此相见。卿今幸蒙尊神所遣。然我家厕屋后桑树中有一狸，常作妖怪，我家数数横受苦恼。卿归，岂能为我说此耶？"良然之。既苏，乃诣官疏李焉而伏罪。仍特报舒家，家人涕泣云："悉如言。"因伐树，得狸杀之，其怪遂绝。出《幽明录》。

杨大夫

杨大夫者，宦官也，亡其名。年十八岁，为冥官所摄，无疾而死。经日而苏，云，既到阴冥间，有廨署官属，与世无异。阴官以案牍示之，见名字历历然。云年寿十八岁而已，杨亦无言请托。旁有一人，为其请乞，愿许再生，词意极切。久之而冥官许，即令却还。其人亦送杨数百步，将别，杨愧谢之："不知即今再生之恩，何以为报？"问其所欲，其人曰："或遗鸣砂弓，即相报也。"因以大铜钱一百余与杨，俄然而觉，平复无苦。自是求访鸣砂弓，亦莫能致。或作小宫阙屋宇，焚而报之，如是者数矣。

杨颇留心炉鼎，志在丹石，能制返魂丹。有疾疫暴病死者，研丹一粒，拗开其口，灌之即活。尝救数人。有阉官夏侯，得杨丹五粒。戒云："有急即吞一丸。"夏侯一旦得疾，状甚危笃，取一粒以服之。既而为冥官追去，责问之次，白云："某曾服杨大夫丹一粒耳。"冥官即遣还。夏侯得丹之效，既苏，尽服四丸。岁余，又见黄衣者追捕之，云非是冥曹，乃太山追之耳。夏侯随去，至高山之下，有宫阙焉。及其门，见二道士，问其平生所履，一一对答。

忽然见到好友刘舒，他对陈良说:“没想到在此相见。你如今有幸能让尊神放回来。我家厕所后面的桑树上有一只狸猫，常兴妖作怪，我家多次遭受其害。你回去，能为我跟家人说说这件事吗?”陈良答应了。苏醒之后，他去官府告了李焉，李焉伏法。又特意去刘舒家转告相托之事，刘舒家人哭着说:“都照您说的办。”于是伐掉桑树，抓住并杀了那狸猫，兴妖作怪的事便没有了。出自《幽明录》。

杨大夫

杨大夫是个做官的，不知其名。十八岁时被冥官拘捕，无病而死。过了一天又复活了，他说，到了阴间，也有官署衙门，和人世间一样。阴官拿案卷给他看，见他的名字在上面写得清清楚楚。说他的寿命只有十八岁，杨大夫也没托人为自己求情。旁边有一人，却为他求情，希望放他再生，言词十分恳切。乞求了很长时间，冥官准许了，命杨大夫回到人世间。那人把杨大夫送出几百步，临别时，杨大夫很羞愧地感谢他说:“不知你对我的再生之恩，我该如何报答呢?”问他有什么要求，那人说:“你能送我鸣砂弓，就是报答我了。”于是给了杨大夫一百多枚大铜钱。一会儿杨大夫便苏醒了，平复如初没有痛苦。杨大夫从此便去寻找鸣砂弓，并没有找到。有时做些宫殿房屋，焚烧了用来答谢再生之恩，这样做了好多次。

杨大夫喜欢炼制丹药，自己能制返魂丹。有染上瘟疫得急病暴死的，只要研碎一粒返魂丹，撬开嘴灌下就能复活。他曾救活数人。有个宦官姓夏侯，得到杨大夫的五粒返魂丹。杨大夫告诫说:“特别危急时就服一粒。”一天夏侯得病，病情危险，取了一粒服下。不久被冥官捉到阴间，责问他后，他便说:“我曾服了杨大夫一粒丹药。”冥官又叫他生还。夏侯得到丹药的效力便活了，就把那四丸都吃了。一年多后，又有黄衣使者追捕他，说不是阴曹抓他，是太山神召他。夏侯跟着去了，到了高山下，有座宫殿。走到门口，见两个道士，问他的生平经历，他都一一回答。

徐启曰："某曾服杨大夫丹五粒矣。"道士却令即回。夏侯拜谢曰："某是得神丹之力，延续年命，愿改名延，可乎？"道士许之。复活，因改名延矣。

杨自审丹之灵效，常以救人。其子暄，因自畿邑归京，未明，行二十余里，歇于大庄之上。忽闻庄中有惊喧哭泣之声，问其故，主人之子暴卒。暄解衣带中，取丹一粒，令研而灌之，良久亦活。杨物产赡足，早解所任，纵意闲放，唯以金石为务。未尝有疾，年九十七而终。晚年，遇人携一弓，问其名。云："鸣砂弓也。于角面之内，中有走砂。"杨买而焚之，以报见救之者。其返魂丹方，云是救者授之，自密修制，故无能得其术者。出《神仙感遇传》。

李主簿妻

选人李主簿者，新婚。东过华岳，将妻入庙，谒金天王。妻拜次，气绝而倒，唯心上微暖。过归店，走马诣华阴县求医卜之人。县宰曰："叶仙师善符术，奉诏投龙回，去此半驿，公可疾往迎之。"李公单马奔驰五十余里，遇之。李生下马，拜伏流涕，具言其事。仙师曰："是何魅怪敢如此？"遂与先行。谓从者曰："鞍驮速驰来，待朱钵及笔。"至店家，已闻哭声。仙师入，见事急矣，且先将笔墨及纸来。遂画符焚香，以水噀之。符化北飞去，声如旋风，良久无消息。仙师怒，又书一符，其声如雷，又无消息。少顷，鞍驮到，取朱笔等，令李左右煮少许薄粥，以候其起。乃以朱书一道符，喷水叱之，声如霹雳。须臾，口鼻有气，渐开眼能言。

他慢慢地说："我曾服用过杨大夫的五粒丹药。"道士就让他回去了。夏侯拜谢道士说："我是得了神丹之力，延年益寿，想改名叫延，可以吗？"道士答应了。他便复活了，因此改名延。

杨大夫自己明白丹药的神效，经常用它救人。他的儿子杨暄，从京城附近的县回京，天不亮就走了二十多里，在一个大庄院休息。忽然听到庄内有惊叫哭泣之声，他问是怎么回事，原来是主人的儿子暴病而死。杨暄便解开衣带，取丹药一粒，叫人研碎灌服，过了一段时间也复活了。杨大夫家产丰足，很早就解职还乡，逍遥自在，只以炼丹为事。未曾有过病，活到九十七岁才死。他晚年时，遇见一个人带着一张弓，他便问这弓叫什么名字。那人说："是鸣砂弓。在弓胎内装有流动的沙子。"杨大夫买来焚烧掉，以报答那人当年在冥府中的再生之恩。他的返魂丹药方，说是救他的人传授给他的，他自己秘密炼制，所以没人能得到他的炼制方法。出自《神仙感遇传》。

李主簿妻

候选官员李主簿刚刚结婚。东过华山时，他带着妻子进入庙中，参拜金天王。妻子参拜时，忽然断气倒在地上，唯有心窝还有些温热。带回客店，他便骑上马去华阴县城请医生占士。县令说："叶仙师会符咒之术，奉皇帝旨意去祈雨刚回来，他离这里只有半站路，你快去迎他。"李主簿自己骑马跑了五十多里，遇到了。李主簿下马，向叶仙师伏地而拜，痛哭流涕地讲了妻子得病的经过。仙师说："是什么鬼怪敢这样？"便和李主簿先走了。他告诉随从说："快用马去驮东西来，等着用朱钵和笔。"到了客店，已听到哭声。仙师走进来，见情况紧急，就先要来笔墨和纸。然后画符烧香，用水喷符。符化作一道神气往北飞去，声音像刮旋风似的，很久没动静。仙师大怒，又画一符，声音如雷，又没动静。一会儿，东西驮到了，取出朱笔等物，又让李主簿手下人煮一点稀粥，等李妻起来食用。又用朱笔画了一道符，喷水呼叫，声如霹雳。不一会儿，李妻口鼻有气，渐渐睁开眼能说话了。

问之，某初拜时，金天王曰："好夫人！"第二拜，云："留取！"遣左右扶归院。适已三日，亲宾大集，忽闻敲门，门者走报王。王曰："何不逐却？"乃第一符也。逡巡，门外闹甚。门者数人，细语于王耳。王曰："且发遣。"第二符也。俄有赤龙飞入，正扼王喉，才能出声，曰："放去。"某遂有人送。乃第三符也。李生罄装以谢，叶师一无所取。是知灵庙女子不得入也。出《逸史》。

问她，她说自己刚参拜时，金天王说："是位漂亮的夫人啊！"第二拜时，他说："把她留下！"并派手下把她扶进宅院。到第三天，亲朋都来了，忽听敲门声，守门人来报告金天王。金天王说："为何不赶走？"这就是那第一道符。很快，门外十分吵闹。好几个守门人对金天王细声耳语。金天王说："权且放回去吧。"这就是第二道符。一会儿有红色的龙飞进来，一把扼住金天王的咽喉，金天王只能勉强发出声来，说："放她回去。"就有人送她回来了。这就是第三道符。李主簿倾尽其财答谢仙师，叶仙师却一无所取。由此可以知道，神灵的庙女子是不能进的。出自《逸史》。

卷第三百七十九

再生五

刘　薜　　李　清　　郑师辩　　法　庆　　开元选人
崔明达　　王　抡　　费子玉　　梅　先

刘　薜

晋太元九年，西河离石县有胡人刘薜者，暴疾亡，而心下犹暖。其家不敢殡殓，经七日而苏。言初见两吏录去，向北行，不测远近，至十八重地狱。随报轻重，受诸楚毒。忽观世音语云："汝缘未尽，若得再生，可作沙门。今洛下、齐城、丹阳、会稽，并有阿育王塔，可往礼拜。若寿终，不堕地狱。"语竟，如坠高岩，忽然醒寤。因此出家，法名惠达，游行礼塔。次至丹阳，未知塔处。乃登越西望，见长干里有异气色，因就礼拜，果是先阿育王塔之所也。由是定知必有舍利，乃聚众掘之。入地一丈，得石碑三，下有铁函，函中复有银函，函中又有金函，盛三舍利及爪发。薜乃于此处造一塔焉。出《塔寺记》。

李　清

李清者，吴兴於潜人也，仕桓温大司马府参军督护。于府得病，还家而死，经夕苏活。说云，初见传教，

刘薛

晋太元九年，西河郡离石县有个胡人叫刘薛，患暴病死亡，心窝处却还温热。家人不敢入殓，七日后又复活了。他说，起初见两个小吏把他捉去，向北走，不知走了多远，到了十八重地狱。根据生前罪过的轻重，受各种酷刑。忽然听见观世音说："你的尘缘未尽，若能再生，可当和尚。现在洛阳、齐城、丹阳、会稽都有阿育王塔，你可前去礼拜。死了以后，就不会进地狱。"说完，他就像从高山上坠下来一样，忽然醒来。他从此出家，法名惠达，到处云游，礼拜塔庙。到了丹阳时，不知塔在何处。他便登高向西望，见长干里一带有奇异的气象，他便前往礼拜，果然是先前阿育王塔所在的地方。由此断定这里必有舍利子，就召集众人挖掘。入地一丈，得到三个石碑，下面有铁匣子，其中又有银匣，银匣中又有金匣，里面盛着三颗舍利子和指甲、头发。刘薛便在这里建了一座塔。出自《塔寺记》。

李清

李清是吴兴於潜人，任桓温大司马府参军督护。他在府中得病，回家便死了，一夜后又活了。他说，起初看见传召的差役，

持信幡唤之,云:“公欲相见。”清谓是温召,即起束带而去。出门,见一竹轝,便令入中,二人推之,疾速如驰。至一朱门,见阮敬。时敬死已三十年矣。敬问清曰:“卿何时来?知我家何似?”清云:“卿家暴恶。”敬便雨泪,言:“知吾子孙如何?”答云:“且可。”敬云:“我今令卿得脱,汝能料理吾家不?”清云:“若能如此,不负大恩。”敬言:“僧达道人是官师,甚被敬礼,当苦告之。”还内良久,遣人出云:“门前四层寺,官所起也。僧达常以平旦入寺礼拜,宜就求哀。”清往其寺,见一沙门语曰:“汝是我前七生时弟子,已经七世受福,迷著世乐,忘失本业。背正就邪,当受大罪。今可改悔。和尚明出,当相助。”清还先轝中,夜寒噤冻。至晓门开,僧达果出。清便随逐稽颡。僧达云:“汝当革为善,归命佛、法,归命比丘僧。受此三归,可得不横死。受持勤者,亦不经苦难。”清便奉受。又见昨所遇沙门,长跪请曰:“此人是僧前世弟子,忘正失法,方将受苦。先缘所追,今得归命,愿垂慈愍。”答曰:“先是福人,当易拔济耳。”便还向朱门,俄遣人出云:“李参军可去。”敬时亦出,与清一青竹杖,令闭眼骑之。清如其言,忽然至家。家中啼哭,及乡亲塞堂,欲入不得。会买材还,家人及客,赴监视之,唯尸在地。清入至尸前,闻其尸臭,自念悔还。得外人逼突,不觉入。少时,于是而活。即营理敬家,分宅以居。于是归心法宝,劝信法教,遂作佳流弟子。出《冥祥记》。

手拿幡旗叫他,并说:“主公想见你。”李清以为桓温召他,便起来扎好腰带跟着走了。一出门看见一辆竹车,让他上车,两个人推车,很快地奔跑。来到一座朱漆大门前,见到了阮敬。当时阮敬已经死了三十年。阮敬问李清:“你什么时候来的?知道我家里的情况吗?”李清说:“你家突然遭到不幸。”阮敬便流下泪来,又问:“知道我的子孙怎么样吗?”答道:“还可以。”阮敬说:“我现在让你脱身回去,你能照看好我家吗?”李清说:“若能这样,我不会辜负了你的恩德。”阮敬说:“僧达道人是冥府尊师,很受尊重,应苦苦哀求他。”阮敬进去很久,派人出来说:“门前那座四层的寺庙,是官府建造的。僧达常在每天清晨入寺礼拜,应去哀求他。”李清就去了那个寺,见一个和尚对他说:“你是我七世以前的弟子,已经享了七世福,却迷恋世间的欢乐,忘记了本业。弃正亲邪,应当受大罪。现在该改悔了。和尚明天出来,定能相助。”李清又回到竹车中,夜间寒冷,冻得直打哆嗦。天亮时门开了,僧达果然出来了。李清便跟上去伏地叩拜。僧达说:“你应该改恶行善,皈依佛、法,皈依比丘僧。你受此三皈,就不会死于非命。修习勤勉的人,也不会遇到苦难。”李清便接受了。又看到昨天遇见的和尚,向僧达长跪请求说:“这个人是我的前世弟子,忘记了正路,背离了佛法,正要受苦。由于前定因缘的追引,他才来到这里接受您的训导,愿您以慈悲之心解除他的痛苦。”和尚道:“他原先是有福之人,应当容易援救。”说完便走回朱漆大门,一会儿派人出来说:“李参军可以回去了。”阮敬这时也走出来了,给李清一根青竹杖,叫他闭眼骑上。李清照办,忽然就到家了。家人正在啼哭,乡亲们挤满了堂屋,他想进却进不去。趁买棺材回来的机会,家人和客人都去看棺材,只剩尸体在地上。李清到尸体前,闻到了尸臭味,心里后悔回来。结果被外边的人冲挤,他不自觉地进入了尸体中。不一会儿,便复活了。他立即去料理阮敬的家业,各支分宅而居。于是皈依佛法,并劝人信奉佛教,以后便成了出众的佛门弟子。出自《冥祥记》。

郑师辩

唐东宫右监门兵曹参军郑师辩，年未弱冠，暴死三日而苏。自言初有数人见收，将人入官府大门。有见囚百余人，皆重行北面立，凡为六行。其前行者，形状肥白，好衣服，如贵人。复行渐瘦恶，或著枷锁，或但去巾带，偕行连袂，严兵守之。师辩至，配入第三行，东头第三立，亦去巾带，连袂。辩忧惧，专心念佛。忽见平生相识僧来，入兵团内，兵莫之止。因至辩所，谓曰："平生不修福，今忽如何？"辩求请救。僧曰："吾今救汝得出，可持戒耶？""诺。"须臾，吏引入诸囚至官前，以次诘问。寻于门外，僧为授五戒，用瓶水灌其额，谓曰："日西当活。"又以黄帔一枚与辩，曰："披此至家，置净处也。"仍示归路，辩披之而归。至家，掖帔至床角上，既而目开身动，家人惊散，谓尸欲起。唯母不去，问曰："汝活耶？"辩曰："日西当活。"辩意时疑日午，问母，母曰："夜半。"方知死生相违，昼夜相反。既到日西，能食而愈，犹见帔在床头。及辩能起，帔形渐灭，而尚有光，七日乃尽。辩遂持五戒。

后数年，有友人劝食猪肉。辩不得已，食一脔。是夜，梦已化为罗刹，爪齿各长数尺，捉生猪食之。既晓，觉口醒唾血。使人视口，尽是凝血。辩惊，不敢复食肉。又数年，娶妻，家逼食，后乃无验。然而辩自五六年来，身臭有大疮，溃烂不愈，或恐以破戒之故也。唐临昔与辩同直东宫，见其自说。出《冥报记》。

郑师辩

唐朝东宫右监门兵曹参军郑师辩，年龄不到二十，暴病而死三日后又复活了。他自己说，起初有很多人来收捕他，把他带进官府大门。看见囚徒一百多人，都排成一行一行地向北面站着，共六行。排在前行的人个个身体肥胖白皙，穿着漂亮衣服，像富贵之人。后面几行越往后越瘦，有的戴枷锁，有的只是去掉了头巾腰带，他们并肩站立，有士兵严加看管。师辩去了，被排在第三行，东数第三位，也去掉头巾腰带，与其他人并肩站立。师辩忧虑恐惧，于是专心念佛。忽然看到一个生时认识的僧人走过来，进入守兵的包围圈内，守兵没有阻止他。他走到师辩那里，对师辩说："你生时不修福，现在怎么样？"师辩求僧人救他。僧人说："我现在救你出去，你能严守戒律吗？"师辩答道："能。"片刻，差役领各囚犯到官员面前，依次盘问。一会儿到了门外，僧人为师辩传授佛门五戒，用瓶中的水浇他的额头，对他说："日落西山时就可以活了。"又拿一件黄披肩给师辩，说："披着这个到家，然后放在洁净的地方。"又告诉他回去的路，师辩就披着披巾回去了。到家，把黄披肩塞在床角，然后他就睁开了眼睛，身子也会动了，家里人被吓咆了，以为要诈尸。只有他母亲没走，问："你活啦？"师辩说："日落西山时就活了。"师辩认为当时是正午，问母亲，母亲说："现在是半夜。"他才知道阴间和阳间是相违背的，白天和黑夜是相反的。到日头西落时，他能吃东西了，便痊愈了，那黄披肩还在床头。等到师辩能起来时，黄披肩的形象逐渐消失了，但还有光在，七天后才完全消失。从此师辩严守五戒。

数年后，有朋友劝他吃猪肉。师辩不得已吃了一块。当夜，梦见了自己变成了一个罗刹恶鬼，爪子、牙齿都好几尺长，捉生猪吃。天亮时，觉得口中有血腥味。叫人看自己口中，都是凝结的血块。师辩很吃惊，不敢再吃肉了。又过了几年，娶了妻，家人逼他吃肉，也没出现什么反应。然而师辩这五六年以来，身上发臭生大疮，大疮溃烂总也长不好，这恐怕是破戒的缘故吧。唐临以前和师辩同在东宫当值，听师辩自己说的。出自《冥报记》。

法　庆

凝观寺有僧法庆，造丈六挟纻像，未成暴死。时宝昌寺僧大智，同日亦卒。三日并苏。云，见官曹，殿上有人似王者，仪仗甚众。见法庆在前，有一像忽来，谓殿上人曰："庆造我未成，何乃令死？"便检文簿，云："庆食尽，命未尽。"上人曰："可给荷叶以终寿。"言讫，忽然皆失所在，大智便苏。众异之，乃往凝观寺问庆，说皆符验。庆不复能食，每日朝进荷叶六枝，斋时八枝，如此终身。同流请乞，以成其像。出《两京记》。

开元选人

吏部侍郎卢从愿父素不事佛。开元初，选人有暴亡者，以筭未尽，为地下所由放还。既出门，逢一老人著枷，谓选人曰："君以得还，我子从愿，今居吏部。若选事未毕，当见之。可为相谕，己由不事佛，今受诸罪，备极苦痛。可速作经像相救。"其人既活，向铨司为说之。从愿流涕请假，写经像相救毕。却诣选人辞谢，云："已生人间，可为白儿。"言讫不见。出《广异记》。

崔明达

崔明达，小字汉子，清河东武城人也。祖元奖，吏部侍郎、杭州刺史。父庭玉，金吾将军、冀州刺史。明达幼于西京太平寺出家，师事利涉法师。通《涅槃经》，为桑门之魁柄。开元初，斋后，房中昼寝。及寤，身在檐外。还房，

法 庆

凝观寺有个僧人叫法庆，在建造一丈六尺高的塑胎脱空佛像时，没完成便暴病而死了。当时宝昌寺的僧人大智，也在同一天死去。三日后又都苏醒过来。大智说，他看见一座官署，大殿上有个像君王的人，仪仗很多。看见法庆在前，有一尊像忽然走来，对殿上的人说："法庆造我的像未成，为什么叫他死？"便检视文簿，说："法庆的饭食已尽，但寿命没尽。"殿上人说："可给他荷叶吃，让他寿终。"说完，忽然什么都没有了，大智便苏醒了。众人感到惊异，便去凝观寺问法庆，说法都一样。法庆从此不能再吃饭了，每天早晨吃六枝荷叶，进斋时吃八枝，就这样度过终生。他在同寺僧人的帮助下，完成了塑像。出自《两京记》。

开元选人

吏部侍郎卢从愿的父亲从来不信佛。开元初年，应选官员中有个得暴病死亡的，因为阳寿未尽，被阴间的官员放回。刚出门，遇到一个戴枷的老人，对应选官员说："你能回到人间了，我儿子从愿，在吏部当官。若是选官的事没结束，你应当能见到他。替我告诉他，我由于不信佛，现在受了很多罪，饱尝各种痛苦。叫他赶快修造佛像、抄写佛经来救我。"这个人活了之后，便向负责选官的衙署说了此事。卢从愿听后痛哭流涕，马上请假写经造像救他的父亲。事办完后，卢从愿的父亲到应选官员处致谢，说："我已经生还人间，可以替我告诉我的儿子。"说完就不见了。出自《广异记》。

崔明达

崔明达，小字汉子，是清河东武城人。他的祖父崔元奖，曾任吏部侍郎、杭州刺史。父亲崔庭玉，任金吾将军、冀州刺史。崔明达幼年时于长安太平寺出家，拜利涉法师为师。通晓《涅槃经》，是众僧中的佼佼者。开元初年，有一天，崔明达吃完斋饭后在房中午睡。睡醒之后，他发现自己身在屋外。回屋后，

又觉出。如是数四，心甚恶之。须臾，见二牛头卒，悉持死人，于房外炙之，臭气冲塞。问其所以，卒云："正欲相召。"明达曰："第无令臭，不惮行。"卒乃于头中拔出其魂，既而引出城中。所历相识甚众，明达欲对人告诉，则不可。既出城西，路径狭小，俄而又失二卒，有赤索系片骨，引明达行，甚亲之。行数里，骨复不见。明达惆怅独进，仅至一城，城壁毁坏。见数百人，洋铁补城。明达默然而过，不敢问。更行数里，又至一城。城前见卒吏数十人，和墼修方丈室。有绯衫吏，呵问明达，寻令卒吏推明达入室。累墼塞之，明达大叫枉。吏云："聊欲相试，无苦也。"须臾，内传王教，召明达师。明达随入大厅，见贵彩少年，可二十许。阶上阶下，朱紫罗列，凡数千人。明达行入庭，窃心念："王召我，不下阶。"忽见王在阶下，合掌虔敬，谓明达曰："冥中深要阳地功德，闻上人通《涅槃经》，故使奉迎，开题延寿。"明达又念："欲令开讲，不致塔座，何以敷演？"又见塔座在西廊下，王指令明达上座开题，仍于塔下设席。王跪，明达说一行，王云："得矣。"明达下座至，王令左右送明达法师还。临别，谓明达："可为转一切经。"

既出，忽于途中见车骑数十人，云是崔尚书。及至，乃是其祖元奖。元奖见明达不悦。明达大言云："已是汉子，阿翁宁不识耶？"元奖引至厅，初问蓝田庄，次问庭玉，明达具以实对。元奖云："吾自没后，有职务，未尝得还家，存亡不之知也。"寻有吏持案至元奖处。明达窃见籍有明达名，云："太平寺僧，嵩山五品。"既毕，元奖问明达："得窥也？"

又觉得出去了。反复了好几次，心里很烦。一会儿，他看见两个牛头小卒，都抱着死人，在房外烤，臭气冲天。他问是怎么回事，小卒说："正想召你。"明达说："只要不再出臭味，就敢跟你们走。"小卒便从明达的头上拔出他的灵魂，随后便领他走出城外。一路遇见很多熟人，明达想告诉他们，但却做不到。走出城西，路很狭窄，突然两个牛头卒又不见了，有红绳拴着骨片，领着明达走，相距很近。走了数里，骨片又不见了。明达惆怅地独行，到了一座城，城墙已毁坏。看到数百人，正在熔铁补城。明达默默地走过去，不敢问。又走了数里，又到了一座城。在城前看见卒吏数十人，正在做砖坯修建一间一丈见方的小屋。有个穿红衣的官吏，呵斥着问明达，随即命令卒吏把明达推进屋内。用砖坯将门堵住，明达大叫冤枉。卒吏说："只是想试一下，没什么痛苦。"一会儿，里边传出王命，召明达法师。明达便跟着进入一间大厅，看见一个衣着华丽的少年，约二十岁。台阶上下排列着数千穿红穿紫的人。明达走进庭院，心中暗想："王召见我，却不下台阶。"忽然看见王在台阶下，双手合十虔诚恭敬地对明达说："冥府中也十分需要阳间的功德，听说你通晓《涅槃经》，所以派人迎接你，请你开坛讲经，为人增寿。"明达又想："让我讲经，却不设置塔座，如何讲演呢？"又忽然看见塔座已在西廊下，王指示明达上塔座开讲，又在塔座下设了很多席位。王跪下，明达讲了一遍，王说："我懂了。"明达下了塔座，王派手下人送明达法师回去。临别时对明达说："你真的能为我们传授一切经典啊。"

明达走出来之后，在途中忽然看见车马数十人，说是崔尚书。走到近前一看，原来是他的祖父崔元奖。元奖见了明达不太高兴。明达大声地说："我是汉子，爷爷难道不认识我了吗？"元奖将明达领进厅内，一开始询问蓝田庄，又问其父崔庭玉，明达都以实相告。元奖说："我死之后，便有了职务，还一直没回过家，家里生死存亡的情况我都不知道。"随即有小吏拿着案卷走到元奖面前。明达偷偷看见案卷上有自己的名字，上面写道："太平寺僧，嵩山五品。"看完之后，元奖问明达："你看见了吗？"

明达辞不见。乃令二吏送明达诣判官，令两人送还家。判官见，不甚致礼。左右数客云：“此是尚书嫡孙，何得以凡客相待？”判官乃处分二吏送明达，曰：“此辈送上人者，岁五六辈，可以微贶劳之。”出门，吏各求五百千。吏云：“至家，宜便于市致焚之，吾等待钱方去。”及房，见二老婢披发哭，门徒等并叹息。明达不识其尸，但见大坑。吏推明达于坑，遂活。尚昏沉，未能言，唯累举手。左右云：“要纸钱千贯？”明达颔之。及焚钱讫，明达见二人各持钱去，自尔病愈。初明达至王门，见数吏持一老姥，至明达所居，云是鄠县灵岩人。及入，王怒云：“何物老婢，持菩萨戒，乃尔不洁。令放还，可清洁也。”及出，与明达相随行，可百余步，然后各去。明达疾愈，往诣灵岩，见姥如旧识也。出《广异记》。

王　抡

天宝十一年，朔方节度判官、大理司直王抡，巡至中城，病死。凡一十六日而苏。初疾亟属纩之际，见二人追去，恍惚以为人间，不知其死也。须臾入大城门，见朔方节度李林甫，相见拜揖，以为平生时也。又见李邕、裴敦复数人，于一府庭言责林甫命。抡方悟死耳。林甫手持纸笔，与邕等辨对。俄而见其案，冥司断曰：“林甫死后破家，杨国忠代为相。”其冬，林甫死，杨国忠果代之。抡兄摄，亡已六年，时见之。摄云：“尔未当死，若得钱三千贯，即重生也。”抡家在西定远，去中城数百里。便见一山下有崎岖小道，驰归其家。斯须而升堂告妻曰：“我已死矣，

明达说没看见。便令两个小吏送明达去见判官，又令两个人送明达回家。判官见到明达，不太以礼相待。身边几位客人说："这是尚书的嫡孙，怎能以普通客人相待？"判官便吩咐两个小吏送明达，说："这些送回阳间的，每年有五六次，可以给点报酬慰劳他们。"出门后，两个小吏每人向明达要钱五百千。小吏说："到家了，可以到市上买纸钱烧了，我们拿到钱就回去。"明达回到家中，看见两个老奴婢披头散发地哭，弟子们也都在叹息。明达不认识自己的尸体，只见有个大坑。小吏将明达推进坑，明达便活了。但是他神志还有些昏迷，不能说话，只是不停地举手。旁边人说："要纸钱一千贯？"明达点头。等烧了纸钱，明达看见那两个小吏各自拿钱走了，从此病就痊愈了。开始时明达到王门前，看见好几个小吏挟持着一个老太婆到明达居处，说是鄠县灵岩人。进去后，王很生气地说："你这个老奴婢，虽然持守菩萨戒，却这样不洁净。放你回去，便可洁净了。"出来后，这老太婆跟在明达后面走，走了一百多步后就各自去了。明达病愈后去灵岩，看到这老太婆好像是旧日相识。出自《广异记》。

王抡

天宝十一年，朔方节度判官、大理司直王抡，巡视到中受降城时病死了。十六天后又复活了。当初病危即将死去时，被两个人捉去，恍恍惚惚以为还在人间，不知自己已经死了。不一会儿，进了一座大城门，看见朔方节度使李林甫，见面后互相揖拜，以为还在人世间。又见到李邕、裴敦复等数人，在一个衙门中指责李林甫，让他偿命。王抡才意识到自己死了。李林甫手拿纸笔，向李邕等人申辩。一会儿，看见了李林甫的案卷，冥府判词说："李林甫死后家庭破落，杨国忠代替他当宰相。"这年冬天，李林甫死，杨国忠果然代替了他。王抡之兄王摄已死六年，王抡当时见到了他。王摄说："你不该死，若拿出三千贯钱，就能重生。"王抡家在西边的定远，离中受降城数百里。他见山下有条崎岖小路，便疾驰回家。不一会儿他进屋告诉妻子说："我已经死了，

若得钱三千贯，即再生。”其夕，举家咸闻窗牖间窣然有物声，犬亦迎吠。既明，其妻泣言，梦抡已死，求钱三千贯。即取纸剪为钱财，召巫者焚之。抡得之，即与人间钱不殊矣。冥中无昼夜，长如十一月十二月太阴雪时。有鬼王，衣紫衣，决罪福，判官数十人。其定罪以负心为至重，其被考理者，多僧尼及衣冠。抡在生时无他过，及定罪，唯举食肉罪。旁见小吏，曰：“此人虽食肉，不故杀。”然食肉者信罪矣，杀而食之，罪又甚焉。

抡未病时，曾解衣写《金光明经》，手自封裹，置于佛堂内。及冥中，以此业得见地藏菩萨。“汝由此善，当得更生。”即令取经，经即抡所封裹之经也。鬼王判官数人，皆平生相友善，相见恍惚，不叙故。亦见其先府君夫人，拜伏之后，都无问讯，如不相识。又见诸先亡兄弟，亦无兄弟情。兄摄近亡，相睦如生，当以日近故也。至其视事之所，见亲故有当贵及寿夭，皆宿命先定，不可移改。俄而放归，有一吏曰：“君有禄及寿，然此中之事，必不得泄之。”言毕，奄然而活，亡已十六日也。出《通幽记》。

费子玉

天宝中，犍为参军费子玉官舍夜卧，忽见二吏至床前。费参军子玉惊起，问谁。吏云：“大王召君。”子玉云：“身是州吏，不属王国，何得见召？”吏云：“阎罗。”子玉大惧，呼人鞴马，无应之者，仓卒随吏去。至一城，城门内外各有数千人。子玉持诵《金刚经》，尔时恒心诵之。又切念云：“若遇菩萨，当诉以屈。”须臾，王命引入。子玉再拜，甚欢然。

如果拿出三千贯钱，即可再生。”这天晚间，全家都听到窗户间好像有什么东西窸窣作响，狗也朝着那里叫。到天亮，他妻子哭着说，梦见王抡已死，要三千贯钱。于是取纸剪成纸钱，叫来巫师焚烧。王抡得到钱，和人间的钱一样。阴间无昼夜之分，总像阳间十一月十二月冬季下雪时。有个鬼王穿着紫衣，管判决祸福，还有判官数十人。他们定罪时以负心罪为最重，被他们拷问的人，多是僧人尼姑和士大夫阶层。王抡生时没有什么大过错，定罪时，只举了一条吃肉的罪。旁边的小吏说：“这人虽然吃肉，但没有故意杀生。”然而吃肉的人本身就是有罪的，如果又杀又吃，罪就更重了。

王抡没病时，曾解下衣服抄写《金光明经》，并亲手封裹，放在佛堂内。到了阴间，因这一行为而见到了地藏菩萨。地藏菩萨说：“你有此善举，应当再生。”于是叫人取经，这经就是王抡所封裹的经。几个鬼王判官，都是王抡生时好友，见面时都恍恍惚惚的，没有叙说旧事。也见到了他死去的母亲，揖拜之后，什么也没问，像不认识似的。又见到先死的兄弟们，也没有了兄弟之情。他哥哥王摄是最近死的，还像生时一样和睦，是因死的日子近的缘故。到了他办公的地方，看见亲属故旧有富贵的和长寿、短命的，都是命中注定，不可更改。一会儿便放他回来，有一小吏说：“你有福有寿，但这里的事，一定不要泄露。”说完，他一下子就活了过来，已死了十六天了。出自《通幽记》。

费子玉

天宝年间，犍为参军费子玉晚上在官舍中睡觉时，忽见两个小吏来到床前。费子玉惊起，问是谁。小吏说：“大王召见你。”子玉说：“我是州官，不属于你们王国，怎能召见我？”小吏说：“是阎罗王。”子玉很害怕，招呼人备马，可没人应声，便匆匆忙忙地跟他们走了。到了一座城，门内外各有数千人。子玉平日总念《金刚经》，这时就专心地念诵。又心想：“若遇菩萨，应去诉说冤屈。”片刻，阎王命人领他进去。子玉拜了又拜，很高兴。

俄见一僧从云中下，子玉前致敬。子玉复扬言，欲见地藏菩萨。王曰："子玉，此是也。"子玉前礼拜。菩萨云："何以知我耶？"因谓王曰："此人一生诵《金刚经》，以算未尽，宜遣之去。"王视子玉，忽怒问其姓名。子玉对云："嘉州参军费子玉。"王曰："犍为郡，何嘉州也？汝合死，正为菩萨苦论，且释君去。"子玉再拜辞出，菩萨云："汝还，勿复食肉，当得永寿。"引子玉礼圣容，圣容是铜佛，头面手悉动。菩萨礼拜，手足悉展。子玉亦礼，礼毕出门。子玉问："门外人何其多乎？"菩萨云："此辈各罪福不明，已数百年为鬼，不得托生。"子玉辞还舍，复活。后三年，食肉又死，为人引证。菩萨见之，大怒云："初不令汝食肉，何故违约？"子玉既重生，遂断荤血。初子玉累取三妻，皆云被追之，亦悉来见。子玉问："何得来耶？"妻云："君勿顾之耳。"小妻云："君于我不足，有恨而来。所用己钱，何不还之？"子玉云："钱亦易得。"妻云："用我铜钱，今还纸钱耶？"子玉云："夫用妇钱，义无还理。"妻无以应，迟回各去也。出《广异记》。

梅　先

钱塘梅先恒以善事自业，好持佛经，兼造生七斋，邻里呼为居士。天宝中，遇疾暴卒而活。自说，初死为人所领，与徒十余辈见阎罗王。王问："君在生复有何业？"先答曰："唯持经念佛而已。"王曰："此善君能行之，冥冥之福，不可虚耳。"令检先簿，喜曰："君尚未合死，今放却生，宜崇本业也。"再拜。会未有人送，留在署中。王复讯问，次至钱塘里正包直。问："何故取李平头钱？不为属户。"直曰："直为

一会儿见一个僧人从云中下来，子玉便上前致敬。又高声叫喊，说想见地藏菩萨。阎王说："子玉，这就是。"子玉上前致礼揖拜。菩萨说："你怎么知道我呢？"又对阎王说："此人一生念诵《金刚经》，因为他的寿命没尽，应该让他回去。"阎王看了看子玉，忽然愤怒地问他的姓名。子玉回答说："嘉州参军费子玉。"阎王说："是犍为郡，为什么说嘉州？你本该死，因为菩萨苦苦讲情，暂且放你回去。"子玉连连拜谢告辞出来，菩萨说："你回去不要再吃肉，就能长寿。"领子玉到圣容前礼拜，圣容是一尊铜佛，头、脸、手都能动。菩萨礼拜时，手和脚都舒展开了。子玉也上前礼拜，然后出门。子玉问："门外怎么这么多人？"菩萨说："这些人都是因为罪福不明，已经当了几百年鬼了，不能托生。"子玉告辞回家，便复活了。三年后，他因为吃肉又死了，被人带到阴间去对证。菩萨见了他，很愤怒地说："当初我不叫你吃肉，你为什么违约？"子玉又重生后，便断绝荤腥。当初子玉先后娶了三个妻子，都被捉到阴间，也都来见他。子玉问："为什么来？"妻子说："你别管。"小妾说："你对不起我，我含恨而来。你用我的钱，为什么不还？"子玉说："钱很容易得到。"小妾说："当初用我的铜钱，现在还我纸钱吗？"子玉说："丈夫用妻子的钱，没有还的道理。"妻子们无话可说，迟疑了一会儿就各自走了。出自《广异记》。

梅先

钱塘梅先一贯坚持做善事，喜欢持念佛经，兼做生七斋，邻里称他为居士。天宝年间暴病而死，之后又复活了。他自己说，刚死时被人领着，和十多人一起去见阎王。阎王问："你在世时都做过什么事？"梅先答道："只有诵经念佛而已。"阎王说："你能做这样的善事，冥冥之中可以得福，不会白做的。"令人检看梅先的生死簿，高兴地说："你还不该死，现在放你复生，你应该继续坚持做以前的事。"梅先拜了又拜。恰巧没人送他，他便留在了阴府中。阎王继续讯问，下面轮到钱塘的里长包直。问他："你为什么拿李平头的钱？他又不是你辖下的民户。"包直说："我是

里长团头，身常在县，夜归早出，实不知，乞追子问。”王令出帖追直子。须臾，有使者至，令送直还，遂活。说其事，时其子甚无恙，众人皆试之。后五六日，直子果病，即二日死矣。出《广异记》。

里长的头领，常在县里，早出晚归，实在不知道这事，请把我儿子召来问问他。”阎王又令人持帖去追捕包直的儿子。一会儿，有使者到，叫送包直还阳，包直便活了。说了这事，当时他儿子什么病也没有，大家都想看看这事的结果。五六天后，包直的儿子果然病了，两天后就死了。出自《广异记》。

卷第三百八十

再生六

王　琇　　魏　靖　　杨再思　　金坛王丞　韩朝宗
韦延之　　张　质　　郑　洁

王　琇

唐尚书刑部郎中宋行质，博陵人也。性不信佛，有慢谤之言。永徽二年五月病死。至六月九日，尚书都官令史王琇暴死，经二日而苏。言初死之时，见四人来云："官府追汝。"琇随行。入一大门，见厅事甚壮。西间有一人坐，形容肥黑。东间有一僧坐，与官相当。皆面向北，各有床几案褥。侍童二百许人，或冠或弁，皆美容貌。阶下有吏执文案。有一老人，著枷被缚，立东阶下。琇至庭，亦已被缚。吏执纸笔问琇曰："贞观十八年，在长安佐史之日，因何改李须达籍？"答曰："琇前任长安佐史，贞观十六年转选。至十七年，蒙授司农寺府史。十八年改籍，非琇罪也。"厅上大官，读其辞辩，顾谓东阶下老囚曰："何因妄诉耶？"囚曰："须达年实未至，由琇改籍，加须达年，岂敢妄耶？"琇云："至十七年改任告身见在，请追验之。"官呼领琇者三人解琇缚，将取告身。既至，大官自读之，谓老囚曰：

王　琇

唐尚书刑部郎中宋行质是博陵人。平生不信佛，还常有诽谤神佛的言词。永徽二年五月病死。到六月九日，尚书都官令史王琇也暴病而死，两天后又苏醒过来。他说刚死时，看见四个人来对他说："官府召你。"王琇便跟他们走了。进入一个大门，见厅堂高大。西间坐着一个人，又胖又黑。东间坐着一个僧人，像官一样。二人都面向北，各自都有床褥几案。侍童有二百多人，有的戴着普通帽冠，有的戴着皮帽，容貌都很美。阶下有小吏拿着文案。有一个老人，戴着枷锁被绑着，站在东面阶下。王琇到庭时也被绑着。小吏拿着纸笔问王琇："贞观十八年，你在长安任佐史的时候，为什么给李须达改簿籍？"王琇回答："我以前担任过长安佐史，贞观十六年就改任别的官职了。到贞观十七年，授我司农寺府史。十八年改簿籍，不是我的罪过。"厅上的大官听了王琇的辩辞，回头对东阶下的老囚说："为什么要诬告？"老囚说："须达年寿实在没到，由于王琇改了簿籍，增加了须达的年龄，我怎敢诬告？"王琇说："贞观十七年改任司农寺府史的文告现在还在，请派人查验。"大官命令押解王琇的三个人解了他的绑绳，去取文告。取回后，大官亲自读过，对老囚说：

“他改任分明，汝无理。”令送老囚出门外。门外昏暗有城，城上皆有女墙，似是恶处。大官因书案上，谓琦曰：“汝无罪，放汝去。”琦辞拜。吏引琦至东阶拜辞。

僧印琦臂曰：“好去。”吏引琦出，东南行，度三重门，皆勘视臂印，然后出。至四门，门甚壮大，重楼朱粉，三户并开，状如城门，守卫严切。又验印，听出门。东南行数十步，闻有人从后唤琦，琦回顾，见郎中宋行质，面色惨黑，色如湿地，露头散腰，著故绯袍，头发短垂，如胡人者，立于厅事阶下，有吏主守之。西近城，有一大木牌，高一丈二尺许。大书牌曰：“此是勘当拟过王人。”其字大方尺余，甚分明。厅上有床座几案，如官府者，而无人坐。行质见琦悲喜，云：“汝何故得来？”琦曰：“官追，勘问改籍，无事放还。”行质捉其两手，谓琦曰：“吾被官责问功德簿，吾平生无，受此困苦，加之饥渴寒苦不可说。君可努力至我家，急语令作功德也。”如是殷勤数四嘱之，琦乃辞去。行数十步，又呼琦还。未及言，厅上有官人来坐，怒琦曰：“我方勘事，汝何人，辄至囚处？”使卒搭其耳，推令去。

琦走，又至一门。门吏曰：“汝被搭耳，耳当聋，吾为汝却其中物。”因以手挑其耳，耳中鸣，乃验印放出。门外黑如漆，琦不知所在，以手摸西及南，皆是墙壁，唯东无障碍，而暗不可行。立待少时，见向者追琦之吏从门来，曰：“君尚能待我，甚善。可乞我钱一千？”琦因愧谢曰：“依命。”吏曰：“吾不用铜钱，欲得白纸钱，期十五日来取。”

“他改任的事很清楚，是你没理。”便派人送老囚出门。门外很昏暗，有一座城，城上都有矮墙，像是个凶恶的地方。大官在案上写了写，对王琦说：“你没罪，放你回去吧。”王琦拜谢告辞。小吏领王琦到东阶去拜谢告辞。

僧人在王琦臂上印了一个印记说：“好好走吧。”小吏领王琦出去，往东南走，过了三道门，都查验臂上的印记，然后才出来。走到第四道门，门很高大，有几层高的门楼，都是粉红色的，三个门一齐开着，样子像城门，守卫严密。又检验印记，验后才让出门。往东南走了几十步，听有人从后边叫王琦，王琦回头看，是刑部郎中宋行质，他面色很黑，像潮湿的土地，露着头发松开腰带，穿一件旧的红色袍子，头发短而下垂，像胡人一样，站在厅堂阶下，有差吏看守。西面靠近城墙处，有一个大木牌，高一丈二尺左右。上面用大字写着：“这里是经阎王审核议定过的罪人。”每个字都一尺见方，特别清楚。厅上有床座几案，好像官府，但没有人坐。宋行质见了王琦又悲又喜，说：“你为什么事来的？”王琦说：“是官府捉来的，查问改簿籍的事，没什么事就放我回去了。”行质握住王琦的双手，对王琦说：“我是被官府责问功德簿的事，我平生没做什么功德，所以就受了这样的苦，再加上饥饿寒冷，实在是苦不堪言。请你尽量去趟我家，马上告诉我家人，让他们诵经布施做些功德。”像这样殷勤地嘱咐再三，王琦最后辞别而去。走了几十步，又叫王琦回来。没等说话，厅上有官员来坐堂了，怒斥王琦：“我们正在审案，你是什么人，擅自到囚犯待的地方？”叫士卒打王琦的耳光，推他走。

王琦继续往前走，又到一门。门吏说：“你被打了耳光，耳朵应当聋，我为你去掉耳中的东西。”他便用手掏他的耳朵，耳中鸣响，又查验了臂上的印记，然后放他出去。门外漆黑，王琦不知在哪里，用手摸西面和南面，都是墙壁，唯有东面没有障碍，却黑暗没法走。站着等了一会儿，看见以前追捕他的小吏从门中出来，说：“你还能等我，很好。能给我一千钱吗？”王琦愧谢地说：“可以。”小吏说：“我不用铜钱，想要白纸钱，等十五天后来取。”

铸许，因问归路。吏曰：“但东行二百步，有墙穿破见明，可推倒，即至君家。”铸如言，已至所居隆政坊南门矣，于是归家。见人坐泣，入户而苏。至十五日，铸忘与钱，明日复病，困绝。见吏来怒曰：“君果无行，期与我钱，遂不与，今复将汝！”因即驱行，出金光门，令入坑。铸拜谢百余，遂即放归，又苏。铸告家人，买纸百张，作钱送之。明日，铸又病困，复见吏曰：“君幸能与我钱，而钱不好。”铸辞谢，请更作，许之，又苏。至二十日，铸令用钱，别买白纸作钱，并酒食，自于隆政坊西渠水上烧之。既而身轻体健，遂平复如故。出《冥报记》。

魏靖

魏靖，钜鹿人，解褐武城尉。时曹州刺史李融，令靖知捕贼。贼有叔为僧，而止盗赃。靖案之，原其僧。刺史让靖以宽典，自案之。僧辞引伏，融命靖杖杀之。载初二年夏六月，靖会疾暴卒，权殓已毕，将冥婚舅女，故未果葬。经十二日，靖活，呻吟棺中，弟侄惧走。其母独命斧开棺，以口候靖口，气微暖。久之目开，身肉俱烂。徐以牛乳乳之。既愈，言初死，经曹司，门卫旗戟甚肃。引见一官，谓靖何为打杀僧。僧立于前，与靖相论引，僧辞穷。官谓靖曰：“公无事，放还。”左右曰：“肉已坏。”官令取药，以纸裹之，曰：“可还他旧肉。”既领还。至门闻哭声，惊惧不愿入，使者强引之。及房门，使者以药散棺中，引靖臂推入棺，

王琦答应了，又问了回去的路。小吏说："只要向东走二百步，那里有堵墙，穿破墙就能看到光明，推倒墙，就到你家了。"王琦按他说的办，就已经到了他住的隆政坊的南门，于是回家。他看见人们坐着哭，进门后便苏醒过来了。到了第十五天，王琦忘了给小吏送钱，结果第二天又犯病了，生命垂危。看见小吏来愤怒地说："你果然没有德行，答应给我钱，又不给了，今天再把你带走！"立即驱赶他走，出了金光门，叫他进一个大坑。王琦跪拜了一百多次，才把他放回来，又苏醒了。王琦告诉家里人，买了一百张纸，剪成纸钱送去。第二天，王琦又病危，又见到了那小吏，小吏说："有幸你能给我钱，但这钱不好。"王琦道歉，请求重做，小吏允许，就又苏醒了。到第二十天，王琦叫人用钱另买了白纸做钱，并备了酒食，亲自在隆政坊西的水沟旁烧了。烧完后便感到身轻体健，恢复得像过去一样。出自《冥报记》。

魏靖

魏靖是钜鹿人，任官武城尉。当时曹州刺史李融令魏靖负责捕捉盗贼。此贼有个叔叔当和尚，只是盗窃了一些财物。魏靖查究后，赦免了和尚。李融责备魏靖用刑太宽，便亲自查办。和尚供认了罪行，李融命令魏靖用杖打死和尚。载初二年夏六月，魏靖得病暴死，暂时入殓完毕，为了和他舅舅的女儿举行冥婚，所以没马上下葬。十二天后，魏靖又活了，在棺材中呻吟，弟弟和侄子都吓跑了。他母亲却叫人用斧子砍开棺材，把嘴靠近魏靖嘴边，感觉到他呼出的气尚温热。过了很久眼也睁开了，身上的肉都烂了。只能慢慢地喂些牛奶。痊愈后，他说刚死时，到了地府，门卫执旗执戟很威严。领他见一个官，问他为什么要打死和尚。和尚就站在面前，和魏靖辩论，和尚理亏词穷。那官对魏靖说："你没事了，放你回去。"左右人说："他的肉已经烂了。"那官叫人取药，用纸包裹着，说："可以还他旧肉。"于是领他回去。到门口听见哭声，他很害怕不愿进去，使者强领他进去。到了房门，使者把药撒在棺中，拉他的胳臂，把他推进棺中，

颓然不复觉矣。既活，肉蠹烂都尽，月余日如故。初至宅中，犬马鸡鹅悉鸣，当有所见矣。出《广异记》。

杨再思

神龙元年，中书令杨再思卒，其日中书供膳亦死，同为地下所由引至王所。王问再思："在生何得有许多罪状？既多，何以收赎？"再思言："己实无罪。"王令取簿来。须臾，有黄衣吏持簿至，唱再思罪云："如意元年，默啜陷瀛、檀等州，国家遣兵赴救少，不敌。有人上书谏，再思违谏遣行，为默啜所败，杀千余人。大足元年，河北蝗虫为灾，烝人不粒。再思为相，不能开仓赈给，至令百姓流离，饿死者二万余人。宰相燮理阴阳，再思刑政不平，用伤和气，遂令河南三郡大水，漂溺数千人。"如此者凡六七件，示再思，再思再拜伏罪。忽有手大如床，毛鬣可畏，攫再思，指间血流，腾空而去。王问供膳何得至此。所由对云："欲问其人。"云："无过，宜放回。"供膳既活，多向人说其事。为中宗所闻，召问，具以实对。中宗命列其事迹于中书厅记之云。出《广异记》。

金坛王丞

开元末，金坛县丞王甲，以充纲领户税在京，于左藏库输纳。忽有使者至库所云："王令召丞。"甲仓卒随去。出城行十余里，到一府署。入门，闻故左常侍崔希逸语声。王与希逸故三十年，因问门者，具知所以，求为通刺。门者入白。希逸问此人何在，遽令呼入，相见惊喜。谓甲曰："知此是地府否？"甲始知身死，悲感久之。复问

他就萎靡不振地没有知觉了。复活后，肉几乎都烂了，一个多月后才和原来一样。他初到宅院时，狗、马、鸡、鹅都叫了起来，它们可能是看见了什么。出自《广异记》。

杨再思

神龙元年，中书令杨再思死了，同日中书供膳也死了，一同被地府差役领到阎王那里。阎王问再思："生时为什么有那么多罪状？这么多，怎么能赎回来？"再思说："我实在没有罪。"阎王令取簿册来。一会儿，有黄衣吏拿簿册来，大声念再思的罪状说："如意元年，默啜攻陷瀛、檀等州，朝廷准备派去救援的士兵太少，敌不过默啜。有人上书进谏，杨再思违背谏言派兵前往，被默啜所败，被杀千余人。大足元年，河北发生蝗灾，百姓颗粒无收。再思身为宰相，不能开仓赈济灾民，使百姓流离失所，饿死两万余人。宰相应调理阴阳，但再思执法理政不能公平，大伤平和之气，使得河南三郡遭遇洪水，淹死数千人。"这样的罪状有六七件，给再思看，再三叩拜认罪。忽然有一只手像床那样大，长着毛很可怕，抓再思，手指间流出了血，腾空而去。阎王问中书供膳为什么到这里。差役回答说："要问他本人。"阎王说："无过错，应放回。"供膳便活了，经常向人说起这件事。后来被唐中宗听到，召他去问，他都据实回答。唐中宗命令把这件事记录在中书厅。出自《广异记》。

金坛王丞

开元末年，金坛县丞王甲，因负责运送税款而在京城，到左藏库缴纳。忽然有使者到库房说："阎王命我召你。"王甲匆忙地跟着去了。出城走了十多里，到一处官府。进门，听到故去的左常侍崔希逸的声音。王甲与希逸是三十年故交，就问看门人，说自己与他有交情，请代为通报。看门人进去说了。希逸问此人在哪儿，便急忙叫他进去，二人相见又惊又喜。希逸对王甲说："知道这是地府吗？"王甲才知自己死了，悲伤了很久。希逸又问

曾见崔翰否，翰是希逸子。王云："入城已来，为开库司，未暇至宅。"希逸笑曰："真轻薄士，以死生易怀。"因问其来由。王云："适在库中，随使至此，未了其故。"有顷，外传王坐。崔令传语白王云："金坛王丞，是己亲友，计未合死。事了，愿早遣。时热，恐其舍坏。"王引入，谓甲曰："君前任县丞受赃相引。"见丞着枷，坐庭树下。问云："初不同情，何故见诬？"丞言："受罪辛苦，权救仓卒。"王云："若不相关，即宜放去。"出门，诣希逸别。希逸云："卿已得还，甚善。传语崔翰，为官第一莫为人作枉，后自当之，取钱必折今生寿。每至月朝、十五日，宜送清水一瓶，置寺中佛殿上，当获大福。"甲问此功德云何，逸云："冥间事，卿勿预知，但有福即可。"言毕送出，至其所，遂活。出《广异记》。

韩朝宗

天宝中，万年主簿韩朝宗，尝追一人来迟，决五下。将过县令，令又决十下。其人患天行病而卒。后于冥司下状，言朝宗，宗遂被追至。入乌颈门极大，至中门前，一双桐树。门边一阁，垂帘幕。窥见故御史洪子舆坐。子舆曰："韩大何为得此来？"朝宗云："被追来，不知何事。"子舆令早过大使。入屏墙，见故刑部尚书李乂，朝宗参见。云："何为决杀人？"朝宗诉云："不是朝宗打杀，县令重决，因患天行病自卒，非朝宗过。"又问："县令决汝，何牵他主簿？朝宗无事，然亦县丞，悉见例皆受行杖。"亦决二十，

曾见到崔翰没有，崔翰是希逸的儿子。王甲说："进入京城后就在忙碌库中事务，没有时间到你家。"希逸笑着说："你真是个轻薄的人，因为生死就改变了想法。"便问他为什么到这里来。王甲说："我正在库中，随使者到了这里，不知原因。"过了一会儿，外面传话说阎王已入坐。希逸便叫人传话告诉阎王说："金坛王县丞是我的好友，他还不应该死。事完后，愿早点送他回去。现在天热，恐怕他的身体腐烂。"带进去后，阎王对王甲说："你的前任县丞收受赃物，牵涉到你，才把你带到这里。"只见前任县丞戴着枷，坐在院中树下。王甲问他："我和你的事毫不相干，你为什么诬告我？"县丞说："受罪太苦，得想办法解救自己，仓促间说出了你。"阎王说："若和他没关系，就应该放他回去。"出门后，王甲到崔希逸处告别。希逸说："你已经能回去了，很好。你告诉崔翰，为官第一件事是别冤枉别人，以后要好自为之，贪不义之财必然折寿。每到初一、十五，要送一瓶清水到寺中佛殿上，就能得到大福。"王甲问这种功德是什么意思，希逸说："阴间的事，你不必预先知道，只要有福就行。"说完送出王甲，王甲到家便复活了。出自《广异记》。

韩朝宗

天宝年间，万年县主簿韩朝宗，曾因一人迟到而追究责任，打了他五板子。见过县令，又打了十板子。这人因得了传染病而死。后来他到冥府中去告状，说到了韩朝宗，朝宗便被冥府捉去。进了一座黑大门，到中门前，有两棵梧桐树。门边还有个小门，挂着帘幕。朝宗偷偷看见死去的御史洪子舆坐在那里。子舆说："朝宗为什么到这儿来？"朝宗说："被捉来，不知什么事。"子舆叫他早些去见大使。走到影壁后，见到死去的刑部尚书李乂，朝宗上前参拜。李乂说："为什么打死人？"朝宗申辩说："不是我打死的，是县令判重了，又因得了传染病自己死的，不是我的错。"又问那个人："是县令重判打的你，为什么牵连到主簿？朝宗虽然没事，但也是县官，按惯例都要受杖刑。"也打了二十下，

放还。朝宗至晚始苏，脊上青肿，疼痛不复可言，一月已后始可。于后巡检坊曲，遂至京城南罗城。有一坊，中一宅，门向南开，宛然记得追来及吃杖处。其宅空无人居，问人，云："此是公主凶宅，人不敢居。"乃知大凶宅，皆鬼神所处，信之。出《朝野佥载》。

韦延之

睦州司马韦延之，秩满，寄居苏州嘉兴。大历八年，患痢疾。夏月独寐厅中，忽见二吏云："长官令屈。"延之问："长官为谁？"吏云："奉命追公，不知其他。"延之疑是鬼魅，下地欲归。吏便前持其袂，云："追君须去，还欲何之？"延之身在床前，神乃随出。去郭，复不见陂泽，但是陆路。行数十里，至一所，有府署。吏将延之过大使，大使传语领过判官。吏过延之。判官襕笏下阶敬肃甚谨，因谓延之曰："有人论讼，事须对答。"乃令典领于司马对事。典引延之至房，房在判官厅前，厅如今县令厅。有两行屋，屋间悉是房，房前有斜眼格子，格子内板床坐人。典令延之坐板床对事。须臾，引囚徒六七人，或枷或鏁或露首者，至延之所。典云："汝所论讼韦司马取钱，今冥献酬自直也。"问云："所诉是谁？"曰："是韦冰司马，实不识此人。"典便贺司马云："今得重生。"甚喜。乃引延之至判官所，具白。判官亦甚相贺，处分令还，白大使放司马回。典复领延之至大使厅，大使已还内，传语放韦司马去，遣追韦冰。须臾，绿衫吏把案来，呵追吏，何故错追他人。各决六十，流血被地，

就放他回去了。朝宗到晚上才苏醒，脊背上又青又肿，那疼痛简直没法说，一月后才完全恢复。后来他在街巷巡视时，到了京城南边的外城。在一个居民区中有一座宅院，门向南开，他清楚地记得这里就是被捉去受杖刑的地方。这宅院已无人居住，问别人，说："这是公主的凶宅，人们不敢住。"他这才知道凡是大凶宅，都是鬼神住的地方，他相信了。出自《朝野佥载》。

韦延之

睦州司马韦延之，任满之后，曾寄居在苏州的嘉兴县。大历八年，他得了痢疾。夏天时他独自睡在厅中，忽然看见两个小吏说："长官让我们来请你。"延之问："长官是谁？"小吏说："奉命召你，别的事不知道。"延之怀疑他们是鬼，便下地要回去。小吏便上前拉住他的袖子说："召你就必须去，还想到哪儿去？"延之身体虽然仍在床前，魂却随着出去了。走出城，看不见湖泽，只有陆路。走了数十里，到了一个有官署的地方。小吏带延之去见大使，大使传话叫领着他去见判官。小吏便领延之去见判官。判官穿长袍执笏板走下台阶，很恭敬严肃地对延之说："有人告你，有些事需要你来回答。"便令主管领韦司马去对答。主管领延之来到一个房间，房间在判官厅前，厅像现在县令的厅堂。有两行屋子，屋子之间都是房间，房间前有斜眼窗格，窗格内的板床上坐着人。主管叫延之坐在板床上对答。一会儿，领来六七个囚徒，有的戴枷，有的戴锁，有的露着脑袋，到延之所在的地方。主管说："你们状告韦司马索取过你们的钱财，今天冥司召来当事人让你们自己当面对质。"他问囚徒："你们告的是谁？"囚徒说："是韦冰司马，实在不认识这个人。"主管便向延之祝贺说："你现在可以重生了。"延之很高兴。便领延之到判官处，把方才的经过说了。判官也为延之祝贺，判他回去，并告诉大使放延之回去。主管又领延之到大使的厅堂，大使已回内室，传话放韦司马回去，又派人去追捕韦冰。一会儿，穿绿衣的官吏拿着案卷过来，呵斥追捕吏，为什么错抓了人。各打六十板，血流遍地，

令便送还。延之曰："欲见向后官职。"吏云："何用知之？"延之苦请。吏开簿，延之名后，但见白纸，不复有字。因尔遂出。行百余步，见吏拘清流县令郑晋客至，是延之外甥。延之问："汝何故来？"答曰："被人见讼。"晋客亦问延之云："何故来？"延之云："吾错被追，今得放还。"晋客称善数四，欲有传语，吏拘而去，意不得言，但累回顾云："舅氏千万！"延之至舍乃活。问晋客，云死来五六日。韦冰宅住上元，即以延之重生其明日韦冰卒。出《广异记》。

张质

张质者，猗氏人，贞元中明经，授亳州临涣尉。到任月余，日暮，见数人执符来追，其仆亦持马俟于阶下，乘马随之出县门。县吏列坐门下，略无起者。质怒曰："州司暂追，官不遽废，人吏敢无礼耶？"人亦不顾。出数十里，至一柏林，使者曰："到此宜下马。"遂步行百余步，入城，直北有大府门，署曰"北府"。入府，径西有门，题曰"推院"，吏士甚众。门人曰："临涣尉张质。"遂入。见一美须髯衣绯人，据案而坐，责曰："为官本合理人，因何曲推事，遣人枉死？"质被捽抢地。呼曰："质本任解褐得，到官月余，未尝推事。"又曰："案牍分明，诉人不远，府命追勘，仍敢言欺！"取枷枷之。质又曰："诉人既近，请与相见。"曰："召冤人来。"有一老人眇目，自西房出，疾视质曰："此人年少，非推某者。"仍刺录库检猗氏张质，贞元十七年四月二十七日上临涣尉。

令马上送回延之。延之说:“我想看看我以后还能任什么官职。”官吏说:“知道这个干什么?”延之苦苦请求。官吏便打开簿子,延之名字的后边,只见白纸,没有字。于是延之便出来了。走了百余步,看到有小吏拘捕清流县令郑晋客到这儿,他是延之的外甥。延之问:“你为什么被抓来?”晋客答道:“被人告了。”晋客也问延之:“您是什么原因来的?”延之说:“我被错抓了,现在放回去。”晋客不断说好,想叫延之传话,但被小吏带走,心里的话没有说出来,只得频频回头说:“舅舅千万保重!”延之回到家便活了。打听郑晋客,说死了五六天了。韦冰家住在上元,在延之重生的第二天韦冰就死了。出自《广异记》。

张　质

张质是猗氏人,贞元年间以明经中举,授官亳州临涣县尉。到任一月多的一天傍晚,他看见很多人拿着符来追捕他,他的仆人也牵马在阶下等着,他便骑马跟着这些人出了县衙的门。县里的官吏们都坐在门前,没有一个站起来的。张质生气地说:“州衙门刚刚追捕我,我的官职并没有马上被罢免,你们这些小吏怎敢这样无礼?”他们仍然不理他。走出数十里,到了一片柏树林,使者说:“到这儿应该下马。”便步行了一百多步,进了城,正北面有座大府门,署名“北府”。进了府,径直往西有门,题名“推院”,官吏士卒很多。守门人叫:“临涣县尉张质。”他便进去了。见一个穿红衣、胡须很漂亮的人靠着案桌坐着,斥责地问:“为官本应治理百姓,为什么不能公正处理事情,以致使人冤枉而死?”张质被拽倒在地上。他大声呼叫:“我任官到现在才一个月,还没处理过案件。”红衣人又说:“案卷很清楚,告状的人离这儿又不远,上面下令追查,你还敢欺骗本官!”于是用枷锁上。张质又说:“告状的既然在这附近,我要和他见面。”红衣人说:“把受冤人召来。”有一个瞎了一只眼的老人从西房走出,很快地看了一眼张质,说:“这个人年轻,不是办我案子的人。”便命令案卷库查看猗氏张质的案卷,是贞元十七年四月二十七日任临涣县尉。

又检诉状被屈事，又牒阴道亳州，其年三月临涣见任尉年名，如已受替，替人年名，并受上月日。得牒，其年三月，见任尉江陵张质，年五十一。贞元十一年四月十一日任，十七年四月二十一日受替。替人猗氏张质，年四十七。检状过，判官曰："名姓偶同，遂不审勘。本典决十下，改追正身。"执符者复引而回，若行高山，坠于岩下，如梦觉，乃在柏林中，伏于马项上。两肋皆痛，不能自起，且不知何处。隐隐闻樵歌之声，知其有人，遂大呼救命。樵人来，惊曰："县失官人及马，此非耶?"竞来问，质不能对。扶正其身，策以送归县。质之马为鬼所取，仆人不知。县既失质，其宰惑之，且疑质之初临，严于吏，吏怨而杀之。是夜坐门者及门人当宿之吏，莫不禁锢。寻求不得者，已七日矣。质归，憩数日，方能言，然神识遂阙。出《续玄怪录》。

郑洁

郑洁，本荥阳人，寓于寿春郡，尝以假摄丞尉求食。婚李氏，则善约之犹子也。洁假摄停秩，寄迹安丰之里。开成五年四月中旬，日向暮，李氏忽得心痛疾，乃如狂言，拜于空云："且更乞!"须臾间而卒，唯心尚暖耳。一家号恸，呼医命巫，竟无效者，唯备死而已。至五更，鸡鸣一声，忽然回转，众皆惊捧。良久，口鼻间觉有嘘吸消息。至明，方语云，鬼两人，把帖来追。初将谓州县间，犹冀从容。而俄被使人曳将，怕惧，行亦不觉甚难。至一城郭，引入，见一官人，似曹官之辈。又领入曹司，聆读元追之由。

又查看诉状中被冤屈的事实，并下文书去阴府中的亳州查阅下列信息：那年三月到临涣任县尉者的年龄、姓名，如果已更替，更替者的年龄、姓名，以及替任的日期。文书回来了，那年三月任县尉的是江陵的张质，年龄五十一岁。他于贞元十一年四月十一日上任，十七年四月二十一日被接替。替职的人是猗氏的张质，年龄四十七岁。核查后，判官说："因为姓名碰巧相同，便不再审查了。按照法典要打十板，改捕正犯。"执符者于是又领张质回去，好像走在高山上，忽然掉到崖下，如梦初醒，原来在柏树林中，趴在马脖子上。他两肋痛得直不起身，而且不知现在何处。隐隐约约听到砍柴人的歌声，知道这里有人，便大呼救命。砍柴人来了，吃惊地说："县里丢失了当官的和马匹，莫非这就是？"大家都来问，张质不能回答。大家把他身子扶正，赶着马送回县里。张质的马被鬼牵走，仆人竟不知道。县里找不到张质，县令很疑惑，怀疑张质刚刚到任，对下属官吏太严，官吏怨恨他把他杀了。那夜坐在门前的和守门值宿的小吏，都被监禁起来了。已经七天了，还没找到。张质回来后，休息了数日，才能说话，然而神智已经有所损伤。出自《续玄怪录》。

郑洁

郑洁，本是荥阳人，寄居在寿春郡，曾以代理县丞县尉谋生。与李氏婚配，李氏是李善约的侄女。郑洁做代理官员任期满后，寄居在安丰县的里巷中。开成五年四月中旬的一天傍晚，李氏忽然心痛，像疯子一样说胡话，向空中边拜边说："乞求再给一次机会！"片刻就死了，唯有心窝尚温热。全家人悲痛哭叫，找医生找巫婆，都无效果，只能为她准备后事了。到五更，鸡叫一声，她竟忽然好转，众人吃惊地簇拥过来。良久，口鼻间便觉得有呼吸了。到天亮才能说话，她说，有两个鬼，拿着帖子追捕自己。开始以为到州县里来，还希望没什么大事。一会儿便被使者拉着走，很害怕，走路时也不觉太困难。到了一座城，被领进去，见到一个官员，像衙门里的官。又领进官衙，听他宣读追捕的理由。

云某前生姓刘，是丈夫，有妻曰马氏。马氏悍戾，刘乃杀而剔其腹，令马氏无五脏，不可托生。所诉者马母。某便告本司云："居欲得马氏托生，即放某回。尽平生所有，与作功德，为计即可也。若今追某，徒置于无间狱，亦何裨于马氏哉？"本司云："此则自辨之。"须臾，马氏者到。李恐马氏无礼，遂对官人云："何得如此狡毒？"李具以私中之言对之。官人问马氏曰："何如？"马氏曰："冤系多年，别罪受毕，合归生路无计，伏取裁断。"李氏又云："且请检某算寿几何。若未合来，即请依前说；若合命尽，伏听处分。"官人云："灼然有理。"遂召司命。须臾，一主者抱案入来，云："李未合来，昨追时已检讫。"须臾更检，检出，捧呈官云："更有十八年合在人间。"本司云："且令随衙勘责，夜则放归耳。"彼处欲夜，所司放出，似梦而归也。自是人间日暮，追使即来，鸡鸣即放回，如常矣。

郑虽贫苦，百计祇待来使。三五日后，使人惭谢郑曰："百味之物，深所反侧，然不如赐茶浆水粥耳，茶酒不如赐浆水。又贫居之易辨。"自是每晚则备浆水及粥，纸钱三五张。月十日后，每来皆语言商议，出拔李氏。李氏初每归来，并不敢言。自使人同和，兼许微说冥间事。常言人罪之重者，无如枉法杀人而取金帛。又曰："布施者，不必造佛寺，不如先救骨肉间饥寒。如有余，即分锡类。更有余，则救街衢间也。其福最大。"郑君兼凭问还往间一人寿命官爵，回报云："此人好受金帛，今被折寿，已欲尽矣。然更有一官，如能改，即得终此秩。若踵前，则不离任矣。"又云：

说自己前生姓刘，是个男的，有妻子马氏。马氏性情凶狠不讲理，刘氏便杀了她，剖腹取出五脏，叫她不能托生。告状者是马氏的母亲。她便问本衙门的官员说："要想让马氏托生，就立刻放我回去。我用平生所有的财物为她做功德，这个办法是可行的。若是现在把我捕来，只能关在无间地狱里，对马氏有什么好处？"官员说："这事你自己去向她解释。"一会儿马氏到了。李氏害怕马氏对她无理，便对官员说："怎能这样狠毒？"李氏又把对官员说的话说了一次。官员问马氏说："怎么样？"马氏说："冤枉了这么多年，各种罪都受过，想托生又没办法，我听您的裁决。"李氏又说："请查验一下我的阳寿还有多少。若是没到寿限，就请按我前边说的办；若是我的寿命已尽，我听从处分。"官员说："很有道理。"便召来司命官。一会儿，一个主事官抱着案卷进来，说："李氏还不应该来，昨天追捕时已查验过。"马上又查，查完后捧给官员说："还有十八年在人间。"官员说："暂且让她随衙听查，晚上就放她回去。"那里快黑夜了，她便被衙门放出，像做了个梦似的回来了。从此每当人间日落时，追捕的使者就来了，鸡叫就放回去，如此已成常例。

郑家虽然贫苦，却想尽办法款待来使。三五天之后，使者惭愧地感谢郑洁说："各种味道的东西都是我很想吃的，但不如给些茶水稀粥，给茶酒不如给些汤水。而且这是贫苦人家容易办到的。"以后每晚都准备汤水和粥，还有纸钱三五张。四十天后，每次来都和他商议，怎样救出李氏。李氏最初每次回来，都不敢说什么。自从使者和她比较和气，才允许她稍微说点阴间的事。常说人最重的罪，莫过于枉法杀人而获取别人的财物。又说："若想布施，不一定要造佛寺，不如先解救骨肉间的饥寒。如有余力，就把钱财分给朋友。还有余力，就解救那些沿街乞讨的人。这样做福最大。"郑洁还让她顺便问问一个朋友的寿命和官职，回报说："这个人好接受别人的财物，现在被折寿，已经要寿尽了。但是他还有一任官职，如果能改正，就可以做完这一任官。若是还和以前一样，就只能在现在的官职上死去。"又说：

“每烧钱财，如明旦欲送钱与某神祇，即先烧三十二张纸钱，以求五道，其神祇到必获矣。如寻常烧香，多不达。如是春秋祭祀者，即不假告报也。其烧时，辄不得就地，须以柴或草荐之，从一头以火爇，不得搅碎，其钱即不破碎，一一可达也。”

至八月中，李却回，忽喜曰：“已有计可脱矣。”郑询之曰：“奈何？”“然须致纸钱三五万，令他行下可矣。”郑乃求于还往，一邑官吏并知之，共与同力，依言救之。后数日，方肯说。因云：“冥司又有剔五脏而杀人者，冥司勘覆未毕，且取彼五脏，置诸马氏腹，令托生矣。”自是追乎稍稀，或十日方一去。但云：“磨勘文案未毕，所言受罪亦不见，其余但拷问科决而已。”又尝言当邑某坊曲某姓名人，合至某月日卒，至时更无差谬。又郑君自云：“某即合得摄安丰尉。”至明年正月三日，果为崔中丞邀摄安丰县尉，皆其妻素知之。自正月已后，更免其追呼矣。郑君自有记录四十余纸，此略而言也。出《博异记》。

"每次烧纸钱,如果白天想送给某位神灵,就先烧三十二张纸钱,以求五道将军,那位神灵必定能得到。像平常那样烧香,多半得不到。如果是春秋时祭祀,就不用先告知五道将军。但烧的时候不能就地烧,需要用柴草垫上,从一头开始点燃,不能用棍棒搅碎,这样钱就不破碎,便都可以送到了。"

到八月,李氏回来后忽然高兴地说:"已有办法可以脱身了。"郑洁问她:"怎么办?"她说:"要送去三五万纸钱,让阴间另下文书才可以。"郑洁就求助于亲朋,一城的官吏全知道了,和他共同努力,按他所说的去救助。几天以后,李氏才肯说出真相。她说:"冥府又有挖人五脏杀人的,审理还没结束,暂且取那个人的五脏,放到马氏的肚子里,马氏就托生了。"从此以后对她的追召放松了,有时十天才去一次。只是说:"审理文案还没完,那些应受的罪也没受,其余的也就是拷问判决罢了。"又曾说城里某街某人,应该到某月某日死,到了那时毫无差错。郑洁还自己说:"我应该得到代理安丰县尉的职务。"到了第二年正月初三,他果然被崔中丞邀请去代理安丰县尉,这都是他妻子事先知道的。自正月以后,便免去了来追召的事。郑洁自己有记录四十余页,在此只是简略地说说而已。出自《博异记》。

卷第三百八十一

再生七

赵文若　孔　恪　霍有邻　皇甫恂　裴　龄
六合县丞　薛　涛　赵　裴　邓　成　张　瑶

赵文若

隋大业中，雍州长安县人赵文若，死经七日，家人大殓，将欲入棺，乃缩一脚。家人惧怕，不敢入棺，文若得活。眷属喜问所由。文若云，初有人引至王所。王问："汝生存之时，作何福业？"文若答王："受持《金刚般若经》。"王叹云："善哉！此福第一。汝虽福善，且将示汝其受罪之处。"令一人引文若北行十步，至一墙孔，令文若入。隔壁有人引手，从孔中捉文若头引出，极大辛苦，得度墙外。见大地狱，镬汤苦具，罪人受苦，不可具述。乃有众多猪羊鸡鸭之属，竞来从文若债命。文若云："吾不食汝身，何故见逼？"诸畜生云："汝往时某处食我，头脚四肢，节节分张，人各饮啖。何讳之？"文若一心念佛，深悔诸罪，不出余言，求为修福报谢。诸畜各散，使人将文若却至王所。王付一碗钉，令文若食之，并用五钉钉文若头顶及手足，然后放回。

赵文若

隋朝大业年间，雍州长安县人赵文若，死了七天，家人准备把他入殓，将要放在棺材里时，竟然有一只脚缩了回来。家里人都很害怕，不敢把他放入棺中，文若便活过来了。家里的亲戚们惊喜地问他怎么回事。文若说，开始时有人领着他到阎王处。阎王问他："你在活着的时候，做过什么好事？"文若回答阎王的话说："我常念《金刚般若经》。"阎王感叹地说："好啊！这是头等的好事。你虽然做了好事，但要让你看看受罪的地方。"叫一个人领文若向北走了十步，来到一个墙洞，叫文若钻进去。隔壁有人伸过手来，从墙洞中捉住文若的头拉他出去，十分痛苦，才到了墙外。看见一个很大的地狱，油锅开水等各种残酷的刑具，罪人受的苦，不可一一述说。还有很多猪羊鸡鸭之类的家畜，争先恐后来向文若讨命。文若说："我没有吃你们，为什么相逼？"那些畜生都说："你以前在某个地方吃过我们，头脚四肢，处处分解，各个吃肉喝汤。为什么不敢承认？"文若一心念佛，深深地悔恨各种罪恶，不多说一句话，请求修行福业，回报恩德。那些畜生各自散去，使者带着文若回到阎王处。阎王给他一碗钉子，叫文若吃了，并用五颗钉子钉文若的头和手脚，然后放他回去。

文若得苏。其说此事,然患头痛及手足。久后修福,痛渐得差。后尔已来,精勤诵持《金刚般若》,不敢遗漏寸阴。但见道俗亲疏,并劝受持。后因使,至一驿厅上,暂时偃息。于时梦见一青衣妇女,急来乞命。文若惊寤,即唤驿长问曰:“汝为吾欲杀生不?”驿长答云:“实为公欲杀一小羊。”文若问云:“其羊作何色?”答云:“是青牸羊。”文若报云:“汝急放却,吾与价直。”赎取放之。良由《般若》威力,冥资感应也。出《冥祥记》。

孔恪

唐武德中,遂州总管府记室参军孔恪暴病死,一日而苏。自说,被收至官所,问何故杀牛两头。恪云:“不杀。”官曰:“汝弟证汝杀,何故不承?”因呼恪弟,死已数年矣。既至,枷械甚严。官问:“汝所言兄杀牛虚实?”弟曰:“兄前奉使招慰獠贼,使某杀牛会之,实奉兄命,非自杀也。”恪曰:“使弟杀牛会是实,然国事也,恪有何罪?”官曰:“汝杀牛会獠,以招慰为功,用求官赏,以为己利,何为国事也?”因谓恪弟曰:“汝以证兄故久留。汝兄既遣杀,汝便无罪,放任受生。”言讫,弟忽不见,亦竟不得言叙。官又问恪:“因何复杀两鸭?”恪曰:“前任县令杀鸭供客,岂恪罪耶?”官曰:“客自有料,杀鸭供之,将求美誉,非罪而何?”又问:“何故杀鸡卵六枚?”曰:“平生不食鸡卵。唯忆九岁时寒食日,母与六枚,因煮食之。”官曰:“然欲推罪母也?”恪曰:“不敢,但说其因耳。”官曰:“汝杀他命,当自受之。”

文若得以苏醒。他说起这件事，头和手脚还都痛。以后便做起好事，疼痛便逐渐减轻了。从此以后，诚心勤勉地念诵《金刚般若经》，不敢浪费一寸光阴。看见的人不论是僧是俗，是亲是疏，都劝他们念经。后来因为公差，到了一个驿站，暂时躺下休息。梦见一个青衣女子，急急忙忙地来讨命。文若惊醒，立即招呼驿站的长官问道："你是不是为我杀生了？"驿长回答说："确实想为你杀一头小羊。"文若问道："这个羊是什么颜色的？"回答说："是青色的母羊。"文若告诉他说："你赶快把羊放了，我给你钱。"就把羊赎回放了。这都是由于《般若经》的威力，冥冥之中给予的感应。出自《冥祥记》。

孔恪

唐武德年间，遂州总管府记室参军孔恪暴病而死，一天后又苏醒过来。他自己说，被抓到一个官府，问他为什么杀了两头牛。孔恪说："没杀。"官说："你弟弟证明你杀了，为什么不承认？"于是招呼孔恪的弟弟，他已死了多年了。来到后，看他身上戴着十分沉重的枷锁刑具。官问："你说你哥哥杀牛是真是假？"弟弟说："我哥哥以前奉命招抚蛮贼，让我杀牛宴请他们，确实是奉兄命，不是我自愿杀的。"孔恪说："让弟弟杀牛宴请是事实，但那是为了国家大事，我有什么罪过？"官说："你杀牛宴请蛮贼，以招抚为功，用来求得官府的奖赏，来为自己谋利，怎么是为国家的事呢？"于是对孔恪的弟弟说："你为证实你哥哥，所以久留于此。既然是他派你杀的，你便无罪，放你去托生。"说完，弟弟忽然不见了，最终也来不及再说什么。官又问孔恪："为什么又杀两只鸭子？"孔恪说："前任县令杀鸭请客，难道是我的罪过吗？"官说："客人自有吃的东西，杀鸭子请他们，想得到他们的赞誉，不是罪过是什么？"又问："为什么杀鸡蛋六枚？"孔恪说："我平生不吃鸡蛋。只记得九岁寒食节那天，母亲给我六个鸡蛋，就煮着吃了。"官说："难道你想把罪过推给母亲吗？"孔恪说："不敢，只是说出原因。"官说："你杀了别的生命，自己应该受到惩罚。"

言讫，忽有数十人来执恪，将出去。恪大呼曰："官府亦大枉滥！"官闻之，呼还曰："何枉滥？"恪曰："生来有罪皆不遗，生来修福，皆不见记者，岂非滥耶？"官问主司："恪有何福，何为不录？"主司对曰："福亦皆录，量罪多少。若福多罪少，先令受福；罪多福少，先令受罪。然恪福少罪多，故未论其福。"官怒曰："虽先受罪，何不唱福示之？"命鞭主司一百。倏忽鞭讫，血流溅地。既而唱恪生来所修之福，亦无遗者。官谓恪曰："汝应先受罪，我更令汝归七日，可勤追福。"因遣人送出，遂苏。恪大集僧尼，行道忏悔，精勤苦行，自说其事。至七日，家人辞诀，俄而命终也。出《冥报记》。

霍有邻

开元末，霍有邻为汲县尉，在州直刺史。刺史段崇简严酷，下寮畏之。日中后索羊肾，有邻催促，屠者遑遽，未及杀羊，破肋取肾。其夕，有邻见吏云："王追。"有邻随吏见王。王云："有诉君云，不待杀了，生取其肾。何至如是耶？"有邻对曰："此是段使君杀羊，初不由己。"王令取崇简食料，为阅毕，谓羊曰："汝实合供段使君食，何得妄诉霍少府？"驱之使出，令本追吏送归。有邻还，经一院，云御史大夫院。有邻问吏："此是何官乎？"吏云："百司并是，何但于此？"复问大夫为谁，曰："狄仁杰也。"有邻云："狄公是亡舅，欲得一见。"吏令门者为通，须臾召入。仁杰起立，

说完，忽然有数十人来抓孔恪，带他出去。孔恪大叫道："官府冤枉好人滥罚无辜！"那官听了，叫他回来说："哪里冤枉好人滥罚无辜了？"孔恪说："生来所有罪过都不遗漏，生来做的好事，却都不见有记载，这岂不是滥罚无辜吗？"那官问主事官说："孔恪做过什么好事，为什么不给记录？"主事官回答说："好事也都记录了，这要看罪过的多少。如果好事多罪过少，就先让他享受福份；罪过多好事少，就先让他受罪。然而孔恪做的好事少而罪过多，所以没有考虑他做的好事。"官大怒说："虽然要先受罪，但为什么不把好事告诉人家？"叫人鞭打主事官一百下。很快便鞭打完，血流满地。随即宣读孔恪生来所做的好事，也没有遗漏的。那官对孔恪说："你应当先受罪，我再叫你回去七天，你要努力补做好事。"于是派人送他出去，他就苏醒了。孔恪请来很多僧尼，做法事进行忏悔，精心勤勉地修行，并自己说了这些事。到了第七天，家人与他诀别，一会儿他便死去了。出自《冥报记》。

霍有邻

开元末年，霍有邻任汲县县尉，在州中为刺史值勤。刺史段崇简凶狠残酷，下属们都很害怕他。午后，刺史突然索要羊肾，有邻急忙催促，杀羊的人惊慌害怕，没待把羊杀死，就剥开肋骨取出羊肾。当晚，有邻看见一个差役说："阎王追捕你。"有邻跟随差役去见阎王。阎王说："有人告你的状说，你不待杀死，就活生生地取出羊肾。怎么残忍到了如此程度？"有邻回答说："这是段刺史杀的羊，根本由不得我。"阎王叫人拿来段崇简吃的东西，看完后，对羊说："你确实应该供给段使君吃，为什么乱告霍县尉？"把羊驱赶出去，叫原来追捕的差役送有邻回去。有邻回去时，经过一个院落，叫御史大夫院。有邻问差役："这是什么官署？"差役说："官署到处都是，你为什么只问这一处？"又问大夫是谁，说："狄仁杰。"有邻说："狄公是我已故的舅舅，想见上一面。"差役叫守门的人通报，一会儿便召他进去。仁杰站起身，

见有邻,悲哭毕,问:“汝得放还耶?”呼令上坐。有佐史过案,仁杰问是何案,云:“李適之得宰相。”又问天曹判未,对曰:“诸司并了,已给五年。”仁杰判纸余,方毕,回谓有邻:“汝来多时,屋室已坏。”令左右取两丸药与之:“持归,可研成粉,随坏摩之。”有邻拜辞讫,出门十余里,至一大坑,为吏推落,遂活。时炎暑,有邻死经七日方活,心虽微暖,而形体多坏。以手中药作粉,摩所坏处,随药便愈,数日能起。崇简占见,问其事,嗟叹久之。后月余,李適之果拜相。出《广异记》。

皇甫恂

安定皇甫恂,以开元中初为相州参军,有疾暴卒,数食顷而苏。刺史独孤思庄,好名士也。闻其重生,亲至恂所,问其冥中所见。云:“甚了了,但苦力微,稍待徐说之。”顷者,恂初至官,尝摄司功。有开元寺主僧,送牛肉二十斤。初亦不了其故,但受而食之。适尔被追,乃是为僧所引。既见判官,判官问何故杀牛。恂云:“生来蔬食,不曾犯此。”判官令呼僧,俄而僧负枷至,谓恂曰:“已杀与君,君实不知。所以相引,欲求为追福耳。”因白判官:“杀牛己自当之,但欲与参军有言。”判官曰:“唯。”僧乃至恂所,谓恂曰:“君后至同州判司,为我造陁罗尼幢。”恂问:“相州参军何由得同州掾官?且余甚贫,幢不易造,如何?”僧云:“若不至同州则已,必得之,幸不忘所托。然我辩伏,今便受罪。

看见有邻，放声大哭，哭完问："你被放还了吗？"招呼他坐下。有佐史拿过案卷，仁杰问是什么人的案卷，说："李適之要做宰相。"又问天庭批了没有，回答说："各衙门都通过了，已给五年任期。"仁杰在纸上批答，批完后，回头对有邻说："你来了已经好长时间，形体已经腐坏。"叫手下拿出两丸药给有邻说："拿回去，可以磨成粉末，往坏的地方擦上它。"有邻拜谢告辞，出门走了十多里，到了一个大坑边，被差役推下去，便活了。当时正是炎热的夏季，有邻死后经过七天才活过来，心头虽然微微有点暖气，然而形体大部分已腐坏。把手中的药磨成粉末，擦在腐坏的地方，药到之处便好了，数日就能起来。崇简召见他，问起这件事，感叹良久。一个多月以后，李適之果然当了宰相。出自《广异记》。

皇甫恂

安定皇甫恂，开元年间刚刚任相州参军，便暴病而死，过了几顿饭的工夫又苏醒过来。刺史独狐思庄，是个喜欢名士的人。听说皇甫恂死而复生，就亲自到他的住处，问他在阴间所见到的一切。皇甫恂说："记得很清楚，但我苦于没有力气，稍等一下慢慢说给你听。"当初，皇甫恂刚上任时，曾做过代理司功。有一个开元寺的住持，送了他二十斤牛肉。开始他也不知道其中的缘故，只是接受并吃了这牛肉。此前被追捕就是被这个僧人供出来的。去见判官，判官问为什么杀牛。皇甫恂说："我平生都吃素，不曾杀牛。"判官招呼那僧人过来，不一会儿僧人戴着枷锁来到，对皇甫恂说："我杀牛给了你肉，你确实不知。把你供出来，是想求你为我做些功德。"于是对判官说："杀牛的罪过我自己承担，但是我想和参军说几句话。"判官说："行。"和尚就来到皇甫恂的身边，对他说："你以后做同州判司时，为我制作一个陁罗尼经幢。"皇甫恂问："相州的参军怎么能够成为同州的属官呢？而且我又十分贫寒，经幢是不容易制作的，那该怎么办呢？"僧人说："如果不到同州当官也就罢了，一定能当上的话，希望不要忘记我所嘱托的事。当然我甘愿伏罪，现在就可以受罪。

及君得同州，我罪亦毕，当托生为猪。君造幢之后，必应设斋庆度。其时会有所睹。"恂乃许之。寻见牛头人以股叉叉其头去。恂得放还。思庄素与僧善，召而谓之。僧甚悲惧，因散其私财为功德。后五日，患头痛，寻生三痈，如叉之状，数日死。恂自相州参军迁左武卫兵曹参军。数载，选受同州司士。既至，举官钱百千，建幢设斋。有小猪来师前跪伏，斋毕，绕幢行道数百转，乃死。出《广异记》。

裴龄

开元中，长安县尉裴龄常暴疾数日。至正月十五日夜，二更后，堂前忽见二黄衫吏持牒，云："王追。"龄辞己疾病，呼家人取马，久之不得，乃随吏去。见街中灯火甚盛，吏出门行十余里，烟火乃绝，唯一径在衰草中。可行五十里，至一城，墙壁尽黑，无诸树木。忽逢白衣居士，状貌瑰伟，谓二吏曰："此人无罪，何故追来？"顾视龄曰："君知死未？"龄因流涕，合掌白居士："生不曾作罪业，至此，今为之奈何？求见料理。"居士谓吏曰："此人衣冠，且又无过，不宜去其巾带。"吏乃还之，因复入城。数里之间，见朱门爽丽，奇树郁茂。前谒一官，云是主簿。主簿遣领付典，勘其罪福。典云："君无大罪，理未合来。"龄便苦请救助。检案云："杀一驴，所以追耳。然其驴执是市吏杀，君第不承，事当必释。"须臾，王坐，主簿引龄入。王问何故追此人，

等到你得到同州官职后，我受的罪也就结束了，该托生为猪。你造完经幢之后，必定会办斋会超度祈福，到时会有所见。”皇甫恂于是答应了。随即看见牛头人用股叉叉着和尚的头离开。皇甫恂得以放还。独孤思庄平时与那和尚要好，招呼他并对他说了这件事。和尚特别悲伤害怕，因而散发他的私有财产以积功德。五天后，和尚头痛，随即生了三个疮。像是被钢叉叉过的样子，几天后就死了。皇甫恂从相州参军升迁到左武卫兵曹参军。数年后被选为同州司士。上任后，他拿出官钱一百千，用来建经幢设斋。有一头小猪来到法师面前跪下，斋会结束，围绕着经幢做法事数百圈，然后就死了。出自《广异记》。

裴龄

开元年间，长安县尉裴龄曾突然患病好多天。到正月十五日，二更以后，忽然看见堂前有两个穿黄衫的差役拿着公文说："阎王抓你。”裴龄说自己有病，呼唤家人把马牵来，过了很久也不见来，于是就随差役去了。看见街上灯火辉煌，差役带着他出门走了十多里，灯火就没了，只在枯草中有条小路。约走了五十里，到了一座城，墙壁全是黑色的，周围也没什么树木。忽然又遇到一位白衣居士，身材魁梧，相貌堂堂，对两个差役说："这个人没有罪，为什么抓来？”回过头来看看裴龄说："你知道自己死了吗？”裴龄痛哭流涕，合掌作揖告诉白衣居士："生来不曾做过有罪的事情，就到了这里，现在该怎么办？请帮我想想办法。”居士对差役说："这个人是位官员，而且又没有罪过，不应该拿去他的头巾衣带。”差役于是还给了他，接着又进了城。走了几里，看见一座华丽的红漆大门，四周奇树繁茂。上前拜见一个官员，说是主簿。主簿派人带裴龄去见主管官，审查他的罪福。主管官说："你没有大罪过，按理不应该来。”裴龄便苦苦请求他帮助和解救。检查案卷的人说："杀过一头驴，所以抓你。然而这头驴实际上是管市场的小吏杀的，你只要不承认，事情一定能解决。”一会儿，阎王入坐，主簿领裴龄进来。阎王问为什么抓这个人，

主簿云："市吏便引，适以诘问，云实求肠，不遣杀驴。"言讫，见市吏枷项在前，有驴、羊、鸡、豕数十辈，随其后。王问市吏，何引此人。驴便前云："实为市吏所杀，将肉卖与行人，不关裴少府事。"市吏欲言，其他羊豕等各如所执。王言："此人尚有数政官录，不可久留，宜速放去。若更迟延，恐形骸隳坏。"因谓龄曰："令放君回，当万计修福。"

龄再拜出，王复令呼，谓主簿："可领此人观诸地狱。"主簿令引龄前行，入小孔中。见牛头卒以叉刺人，随业受罪。龄不肯观，出小孔，辞主簿毕，复往别吏。吏云："我本户部令史。"一人曰："我本京兆府史，久在地府，求生人间不得。君可为写《金光明经》《法华》《维摩》《涅槃》等经，兼为设斋度，我即得生人间。"龄悉许之。吏复求金银钱各三千贯。龄云："京官贫穷，实不能办。"吏云："金钱者，是世间黄纸钱；银钱者，白纸钱耳。"龄曰："若求纸钱，当亦可办，不知何所送之？"吏云："世作钱于都市，其钱多为地府所收。君可呼凿钱人，于家中密室作之。毕，可以袋盛。当于水际焚之，我必得也。受钱之时，若横风动灰，即是我得。若有风飏灰，即为地府及地鬼神所受。此亦宜为常占。然鬼神常苦饥，烧钱之时，可兼设少佳酒饭，以两束草立席上，我得映草而坐，亦得食也。"辞讫，行数里，至舍。见家人哭泣，因尔觉痛。遍身恍惚，迷闷久之，开视遂活。造经像及烧钱毕，十数日平复如常。出《广异记》。

主簿说："是管市场的小吏攀扯上他的，刚才已经盘问过，说其实是要肠子，没让杀驴。"说完，看见那小吏脖子上带着枷锁在前面走，有驴、羊、鸡、猪数十只跟在他的后边。阎王问那小吏，为什么攀扯这个人。驴便走上前去说："我实际上是被这小吏所杀，他把肉卖给了过路的人，这件事与裴县尉没有关系。"小吏刚想说话，其他的羊、猪等纷纷上前，说它们也是被他杀死的。阎王说："这个人还有几任官要做，不可久留，应该赶快把他放回去。如果再拖延下去，恐怕他的身体会腐烂变坏。"于是对裴龄说："叫人放你回去，应该千方百计修善造福。"

裴龄拜了又拜走了出来，阎王又招呼他回来，对主簿说："可以领着这个人去看看地狱。"主簿叫人领着裴龄往前走，进了一个小洞中。看见牛头卒正用叉子刺人，按照所犯的罪受不同的惩罚。裴龄不肯看，走出小洞，告别主簿后，又到其他差役那里。差役说："我原来是户部令史。"另一个说："我原来是京兆府史，长期生活在地府，请求托生到人间，得不到允许。你可为我抄写《金光明经》《法华》《维摩》《涅槃》等经，再为我设斋超度，我就能到人间托生了。"裴龄都答应了。差役又请求给他们金银钱各三千贯。裴龄说："京官贫穷，实在没有办法。"差役说："金钱，就是人间的黄纸钱；银钱，就是白纸钱。"裴龄说："如果要纸钱，那还可以办到，不知道如何送给你们？"差役说："人世间在城中集市上制作纸钱，这些钱大多数被地府收去了。你可以叫制钱的人，到家中密室里做。做完后，用袋子装好。要在水边烧了它，我们一定能收到。给钱时，如果看见横风吹动纸灰，那就是我们收到了。如果有大风把纸灰扬起来，那就是被地府及地下的鬼神所收。情况一般都是这样。然而鬼神常常挨饿，烧钱时还可以再备办一些好酒饭，把两束草立在席子上，我们就能用草作遮蔽坐在那里，这样就能吃到食物了。"辞别后，走了几里回到家。看见家人都在哭泣，因而感觉到身上很痛。他整个身子忽忽悠悠的，迷糊了很久，才睁开眼睛，于是活了。造佛像、抄佛经、烧纸钱完毕后，十几天就恢复到和平常一样了。出自《广异记》。

六合县丞

六合县丞者，开元中暴卒，数日即苏。云初死，被拘见判官，云是六合刘明府，相见悲喜。问家安否，丞云："家中去此甚迩，不曾还耶？"令云："冥阳道殊，何由得往？"丞云："郎君早擢第，家甚无横。但夫人年老，微有风疾耳。"令云："君算未尽，为数羊相讼，所以被追。宜自剖析，当为速返。"须臾，有黑云从东来，云中有大船，轰然坠地，见羊头四枚。判官云："何以枉杀此辈？"答云："刺史正料，非某之罪。"二头寂然。判官骂云："汝自负刺史命，何得更讼县丞？"船遂飞去。羊大言云："判官有情，会当见帝论之。"判官谓丞曰："帝是天帝也，此辈何由得见？如地上天子，百姓求见，不亦难乎？然终须为作功德尔。"言毕，放丞还。既出，见一女子，状貌端丽，来前再拜。问其故，曰："身是扬州谭家女，顷被召至，以无罪蒙放回。门吏以色美，曲相留连。离家已久，恐舍宅颓坏。今君得还，幸见料理。我家素富，若得随行，当奉千贯，兼永为姬妾，无所吝也，以此求哀。"丞入白判官，判官谓丞曰："千贯我得二百，我子得二百，余六百属君。"因为书示之。判官云："我二百可为功德。"便呼吏问："何得勾留谭家女子？"决吏二十，遣女子随丞还。行十余里，分路各活。丞既痊平，便至谭家访女。至门，女闻语声，遽出再拜。辞曰："尝许为妾，身不由己，父母遣适他人。今将二百千赎身，余一千贯如前契。"

六合县丞

六合县的县丞在开元年间突然死去，几天后又苏醒了。他说刚死的时候，被拘捕去见判官，说是六合县的刘县令，见面后悲喜交加。县令问自己家中是否平安，县丞说："你家离这儿特别近，不曾回去吗？"县令说："阴间和阳间的路不同，怎么能回去呢？"县丞说："您儿子早已及第，家里也没有什么意外发生。只是夫人年势已高，轻微患有风湿症。"县令说："你阳寿未尽，只因为几只羊告你，所以被追捕。你应当自己去解释清楚，这样就能尽快回去。"不一会儿，有黑云从东边来，云中有条大船，轰隆一声落在地上，看见有四颗羊头。判官说："为什么无故杀死这些羊？"县丞回答说："这是刺史要吃的东西，不是我的罪过。"两颗羊头沉默无言。判官大骂说："你们本来就欠刺史的命，为什么又告县丞呢？"于是，船就飞走了。羊大声说："判官徇私情，我们要到帝那里理论这件事。"判官对县丞说："帝是指天帝，这些羊怎么能见得着呢？就像人间的天子，百姓要想求见，不也是很难吗？然而，最终还是要为它们做些功德。"说完，放县丞回去。刚出去，看见一个女子，身材相貌端庄秀丽，上前拜见。问她为什么到这儿来，说："我是扬州谭家的女儿，刚才被召到这里来，因没有罪而被放回。守门的差吏看我长得美丽，想尽办法挽留我。我离开家已经很久，恐怕尸体腐烂。现在你能够回去，希望能得到你的帮助。我家素来富有，如果能跟你一起走，一定奉送一千贯钱，并永做你的姬妾，没有什么舍不得的，以此来求得你的同情。"县丞进去对判官说这事，判官对县丞说："一千贯钱得给我二百贯，给我儿子二百贯，余下六百贯归你。"于是写在纸上让他看。判官说："我的二百贯钱可用来做功德。"就喊门吏问道："为什么扣留谭家女子？"打了门吏二十杖，让女子随县丞回去。走了十余里，分路各回各的家，便都活了。县丞痊愈后，就到谭家拜访那女子。到了门口，女子听到说话声，就出来拜见。她却推辞说："曾答应与你为妾，但身不由己，父母已将我许给他人。现在我用二百贯来赎身，那一千贯还按以前的约定。"

丞得钱，与刘明府子，兼为设斋功德等。天宝末，其人尚在焉。出《广异记》。

薛涛

江陵尉薛涛，以乾元中，死三日活。自言初逢一吏，持帖云："王使追。"押帖作"祜"字。涛未审是何王，鞴马便去。行可十余里，至一城，其吏排闼便入。厅中一人羽卫如王者。涛入再拜。王问："君是荆州吏耶?"涛曰："是。"王曰："罪何多也？今诉君者，不可胜数。"对曰："往任成固县尉，成固主进鹰鹞，涛典其事，不得不杀，杀多诚有之。"王曰："杀有私乎?"曰："亦有之。""公私孰多?"曰："私少于公。"王曰："诚之，然君禄福有厚，寿命未已。彼亦无如君何，不得不追对耳。"令涛出门，遍谢诸命。涛至，见雉兔等遍满数顷，皆飞走逼涛。涛云："天子按鹰鹞，非我所为。观君辈意旨，尽欲杀我，其何故也？适奉命为君写经像，使皆托生，何必众人杀一命也?"王又令人传语。久之，稍稍引去。涛入，王谓之曰："君算未尽。故特为君计，还宜作功德，以自赎耳。"涛再拜数四。王问："君读书否?"曰："颇常读之。"又问："知晋朝有羊祜否?"曰："知之。"王曰："即我是也。我昔在荆州，曾为刺史，卒官舍。故见君江陵之吏，增依依耳。"言讫辞出，命所追之吏送之归舍，遂活。出《广异记》。

县丞得到钱，给刘县令的儿子，又为那四只羊设斋做功德。天宝末年，这个人还在世。出自《广异记》。

薛涛

江陵县尉薛涛，在乾元年间死后三天又复活了。他自己说，一开始遇见一个差役，拿着帖子说：“王让我拘捕你。”帖子上签了一个“祜”字。薛涛不清楚是哪个王，就备马跟着这个差役去了。走了大约十几里，到了一座城，差役推开门便走了进去。来到一座厅堂，厅内有一人，从仪仗侍卫来看，像是个当王的。薛涛进去后拜了又拜。王问：“你是荆州的官吏吗？”薛涛说：“是的。”王说：“你的罪过为什么那么多？现在告你状的都数不过来。”薛涛回答说：“我以前任成固县尉，成固负责进贡老鹰和鹞子，我是主管这件事的人，不得不杀生，确实杀得比较多。”王说：“有为私事而杀的吗？”说：“也有。”“公和私哪个多？”说：“私少于公。”王说：“确实如此，然而你的福禄还很长，寿命还没完。它们也不能把你怎么样，只是不得不拘捕你来对证罢了。”叫薛涛出门，挨个向被杀的生命道歉。他来到外面，看见鸡、兔等站满了好几顷地，都飞腾奔走，逼近薛涛。薛涛说：“天子要调驯老鹰和鹞子，不是我要做的。看你们的意思，都想杀死我，这是为什么呢？刚才奉命为你们抄佛经造佛像，使你们都能托生，何必大家一齐杀我一个人呢？”王又叫人传下话去。过了好长时间，它们才渐渐离开。薛涛进来，王对他说：“你的阳寿未尽。所以特地为你考虑，回去之后应该做功德，以自赎其罪。”薛涛连连拜谢。王问：“你读书吗？”说：“我经常读书。”又问：“知道晋朝有个叫羊祜的人吗？”薛涛说：“知道。”王说：“那就是我呀。我以前在荆州，曾经当过刺史，死在官府里。所以看见你这个江陵的小官，就更有感情了。”说完告辞出去，羊祜叫拘捕他的差役送他回家，他就复活了。出自《广异记》。

赵裴

明经赵裴，贞元中，选授巴州清化县令。失志成疾，恶明，不饮食四十余日。忽觉室中雷鸣，顷有赤气如鼓，轮转至床，腾空上，当心而住。初觉精神游散，奄如梦中。有朱衣平帻者，引之东行。出山断处，有水东西流，久立视之。又东行，一桥饰以金碧。过北，入一城，至曹司中，人吏甚众。见妹婿贾奕，与己争杀牛事。疑是冥司，遽逃避至一壁间。墙如石，黑，高数丈。厅有呵喝声，朱衣者遂领入大院。吏通曰："司命过人。"复见贾奕，因与辨对。奕固执之，无以自明。忽有巨镜径丈，虚悬空中，仰视之，宛见贾奕鼓刀，赵负明，有不忍之色。奕始伏罪。朱衣人又引至司，入院，一人褐帔紫霞冠，状如尊像。责曰："何故窃他襆头二事？在滑州市，隐橡子三升。"因拜之无数。

朱衣复引出，谓曰："能游上清乎？"乃共登一山，下临流水，其水悬注腾沫。人随流而入者千万，不觉身亦随流。良久，住大石上，有青白晕道。朱衣者变成两人，一导之，一促之。乃升石崖上立，坦然无尘。行数里，旁有草如红蓝，茎叶密，无刺，其花拂拂然，飞散空中。又有草如苣，附地，亦飞花，初出如马勃，破，大如叠，赤黄色。过此，见火如山，横亘天，候焰绝乃前。至大城，城上重谯，街列果树，仙子为伍，迭谣鼓乐，仙姿绝世。凡历三重门，

赵 裴

贞元年间，以明经中举的赵裴被选任为巴州清化县令。结果仕途不得志，酿成疾病，怕见光亮，四十多天不吃不喝。忽然听见屋里有像雷鸣一样的声音，片刻间又有红色的气团像鼓一样，旋转翻滚到床前，腾跃上床，到赵裴心口上才停住。他起初觉得精神恍惚，像在梦中。有个穿红衣服戴平顶头巾的人，领他往东走。走到山崖处，有一条河自东向西流，他们站在这里看了好久。又往东走，有一座用黄金碧玉装饰的桥。走过桥再朝北，进了一座城，到了官府里，百姓和官吏特别多。赵裴看见妹夫贾奕正在与自己争论杀牛的事。他怀疑是阴间，便急忙躲到一堵墙壁间。墙像石头砌的，很黑，高数丈。厅里边有大声喝斥的声音，穿红衣服的人于是将赵裴领进一个大院。差役通报说："司命官提审犯人。"又看见贾奕，就与贾奕当面对质。贾奕坚持己见，赵裴无法自证清白。忽然有一面直径一丈的大镜子，虚悬在空中，抬头看，清楚地看见贾奕在舞刀杀牛，赵裴背过身去，脸上露出不忍心的表情。贾奕这才认罪。红衣人又领赵裴到官府，进院，一个人披着褐色披肩，戴着紫霞冠，状貌如同一尊佛像。这个人指责说："为什么偷别人的两条头巾？又在滑州街市藏匿橡子三升。"赵裴于是认错，叩拜无数。

红衣人再次领他出去，对他说："能游上清仙境吗？"于是一同登上一座山，山下就是激流，那水飞流直下，腾起水花。顺流而下的人千千万万，不知不觉自己也随着水漂流了。过了很久，停在一块大石上，上边有青白两条模糊的道路。红衣人变成两个人，一人在前领路，一人在后督促。于是又登上石崖站着，上面平坦干净没有尘土。走了数里，路旁有草像红花，茎叶茂密，无刺，花瓣飘飘洒洒，飞散在空中。又有草像苣荬菜，贴地生长，也有花在飞散，刚开时像马勃，等到完全开放，大如碟子，赤黄色。过了这地方，看见大火像山一样，横贯天空，等火熄了才向前走。到了一座大城，城上有双层望楼，街道两旁果树成行，仙女们聚在一起，轮翻唱歌奏乐，姿容绝伦，盖世无双。一共走过三道门，

丹雘交焕，其地及壁，澄光可鉴。上不见天，若有绛晕都覆之。正殿三重，悉列尊像。见道士一人，如旧相识。赵求为弟子，不许。诸乐中有如琴者，长四尺，九弦，近头尺余方广，中有两道横，以变声。又一如酒榼，三弦，长三尺，腹面上广下狭，背丰隆。顷有过录，乃引出。阙南一院，中有绛冠紫帔，命与二朱衣人坐厅事。乃命先过戊申录。录如人间辞状，首冠人生辰，次言姓名年纪，下注生月日。别行横布六旬甲子，所有功过，日下具之。如无，即无字。赵自视其录，姓名生辰日月，一无差也。过录者，数盈亿兆。朱衣人言："每六十年，天下人一过录，以考校善恶，增损其算也。"朱衣者引出北门，至向路，执手别曰："游此是子之魂，可寻此行，勿反顾，当达家矣。"依其言，行稍急，蹶倒，如梦觉，死已七日矣。赵著《魂游上清记》，叙事甚该悉。出《酉阳杂俎》。

邓成

邓成者，豫章人也，年二十余，曾暴死。所由领至地狱，先过判官。判官是刺史黄麟，麟即成之表丈也。见成悲喜，具问家事。成语之，悉皆无恙。成因求哀，麟云："我亦欲得汝归，传语于我诸弟。"遂入白王。既出曰："已论放汝讫。"久之，王召成问云："汝在生作何罪业？至有尔许冤对。然算犹未尽，当得复还。无宜更作地狱冤也。"寻有畜生数十头来噬成。王谓曰："邓成已杀尔辈，复杀邓成，无益之事。我今放成却回，令为汝作功德，皆使汝托生人间，

朱门红光辉映，地面和墙壁光可照人。向上看不见天，好像有红色的光晕笼罩着。有三重正殿，全都供奉着神像。看见一个道士，好像是熟人。赵裴请求做他的弟子，道士没答应。在各种乐器中有一种像琴的东西，长四尺，九根弦，靠近头的地方有一尺多宽，中间有两道横梁，用来调节声音。又有一种乐器像酒具，三根弦，长三尺，腹部上宽下窄，背部丰满。一会儿，有审查簿录的，于是领他出去。门楼南边有一个院子，院中有一个戴红色帽子披紫色披肩的人，叫他与两个穿红衣服的人坐在大厅里。于是叫人先审查戊申年的簿录。这本簿录就像人间的供词一样，首先记载人的生辰，其次是姓名年龄，下面注明出生日期。另起行横列六十年甲子，所有功过都在日期下边记载下来。如果没有功过，就没有字。赵裴亲自看他的记录，姓名和出生日期，一点不差。登记在册的人超过亿兆。红衣人说："每六十年，天下所有的人都要记录一次，用来考评善恶，据此增减寿限。"红衣人把赵裴领出北门，到了原路上，拉着手告别说："在这里游荡的是你的灵魂，可沿着这条路走，不要回头，就能到家。"赵裴按照他的话，走得稍急了一点，突然摔倒，如梦方醒，死了已经七天了。赵裴著有《魂游上清记》，叙述此事特别详尽。出自《酉阳杂俎》。

邓成

邓成是豫章人，二十多岁时，曾突然死去。差役领他到地狱，先见过判官。判官是刺史黄麟，也就是邓成的表伯父。黄麟看见邓成悲喜交加，详细询问家中的事。邓成对他说，一切都好。邓成于是哀求他，黄麟说："我也想让你回去，传话给我兄弟们。"于是进去向王说明。出来后说："已决定放你回去了。"过了很久，王召见邓成问道："你活着时做了什么有罪的事？以至有这么多冤家对头。但你寿命还没完，可以再回去。回去后不要再给地狱增添冤鬼了。"一会儿有畜牲数十头前来咬邓成。王对他们说："邓成已经杀了你们，反过来再杀邓成，这样对谁都没有好处。我现在放邓成回去，让他为你们做功德，让你们都托生人间，

不亦善哉！”悉云：“不要功德，但欲杀邓成耳。”王言：“如此于汝何益？杀邓成，汝亦不离畜生之身。曷若受功德，即改为人身也。”诸辈多有去者，唯一驴频来踢成，一狗啮其衣不肯去。王苦救卫，然后得免。遂遣所追成吏送之。出过麟，麟谓成曰：“至喜莫过重生。汝今得还，深足忻庆。吾虽为判官，然日日恒受罪。汝且住此，少当见之。”俄有一牛头卒，持火来，从麟顶上然至足，麟成灰，遂灭，寻而复生。悲涕良久，谓成曰：“吾之受罪如是，其可忍也！汝归，可传语弟，努力为造功德，令我得离此苦。然非我本物，虽为功德，终不得之。吾先将官料置得一庄子，今将此造经佛，即当得之。或恐诸弟为恍惚，不信汝言，持吾玉簪还，以示之。”因拔头上簪与成。麟前有一大水坑，令成合眼，推入坑中，遂活。其父母富于财，怜其子重生，数日之内，造诸功德。成既愈，遂往黄氏，为说麟所托，以玉簪还之。黄氏识簪，举家悲泣，数日乃卖庄造经也。出《广异记》。

张瑶

东阳张瑶病死，数日方活。云被所由领过一府舍，中有贵人，傧从如王者。瑶至庭内，见其所杀众生尽来对。瑶曾杀一牛，以布两端，与之追福。其牛亦在中庭，角戴两布。又曾供养病僧，其僧亦来，谓所司曰：“张瑶持《金刚经》，满三千遍，功德已入骨；又写《法华经》一部，

不也是好事吗?”畜牲们都说:“我们不要功德,只想杀了邓成。”王说:“这样做对你们有什么好处?杀了邓成,你们也脱离不了畜牲的身子。你们倒不如接受功德,就可以改为人身了。”这些畜牲多数走开了,只有一头驴频频来踢邓成,一只狗咬住他的衣服不肯放开。王极力救助保护邓成,才得到幸免。于是派拘捕邓成的的差役送他回去。出去见过黄麟,黄麟对邓成说:“再大的喜事也没有超过重生的。你今天能够回去,很值得庆贺一番。我虽然是判官,然而天天在受罪。你暂且待在这里,一会儿就能看个明白。”很快有一个牛头小卒,拿着火走来,从黄麟头顶上一直烧到脚,黄麟变成了灰,火才灭了,一会儿又活过来。他悲伤哭泣了很长时间,对邓成说:“我受的罪就是这样,怎么可以忍受呢!你回去之后,可传话给我弟弟,努力为我做些功德,让我能够脱离这些苦难。然而如果不是我自己的东西,即使做了功德,也终究得不到。我以前用做官得到的薪俸购置了一个庄园,现在卖了它来抄写佛经修造佛像,我就可以得到。恐怕弟弟们认为你神志不清,不相信你的话,你拿着我的玉簪回去,给他们看。”于是拔了头上的簪子给邓成。黄麟面前有一个大水坑,叫邓成闭上眼睛,把他推进坑里,于是就复活了。他的父母很有钱,可怜自己的儿子能够重生,数日之内就做了许多功德。邓成痊愈后,就到黄家去向他家人说黄麟委托的事情,把玉簪还给他们。黄家认识簪子,全家悲痛哭泣,数日后就卖掉了庄园写经造像。出自《广异记》。

张瑶

东阳张瑶病死,数日后又活了。他说被差役领到一个官府,里边有个身份高贵的人,从左右侍从来看像个大王。张瑶来到院子中,看见他所杀的众多生灵都来和他对质。张瑶曾杀过一头牛,用两卷布为它祈福。这头牛也在院子中,角上挂着两块布。又曾供养过有病的僧人,这个僧人也来了,对主管官员说:“张瑶念诵《金刚经》已满三千遍,功德很深;又抄写《法华经》一部,

福多罪少，故未合死。"所司命秤之，畜生尽起，而瑶犹在地上。所司取司命簿勘之，一紫衣引黄衫吏抱黄簿至，云："张瑶名已掩了，合死。"视簿，有纸帖掩其名。又命取太山簿。顷之，亦紫衣吏人引黄衫吏持簿至，云："张瑶掩了，合死。"又命取阁内簿检，使者云："名始掩半，未合死。"王问瑶："汝名两处全掩，一处掩半。六分之内，五分合死，故不合复生。以功德故，放汝归阎浮地，勿复杀生。"命瑶入地狱，遍见受罪，火坑镬汤，无不见有。僧曰："汝勿复为罪。"遂即以印印其股，曰："将此为信。"既活，印甚分明，至今未灭。出《广异记》。

福多罪少，所以不应该死。”主管官员命人权衡一下张瑶的罪与福，畜牲们都站了起来，而张瑶还跪在地上。主管官员叫人拿来司命簿检查，一个穿紫色衣服的人领着一个穿着黄衫、抱着黄色簿册的差役来到，说：“张瑶的名字已经被盖上了，该死。”再看司命簿，有纸帖盖上了他的名字。又叫拿太山簿。很快，也是紫衣人领着黄衫差役拿着簿子来到，说：“张瑶的名字盖上了，该死。”又叫拿阁内簿检查，使者说：“名字才盖上一半，不该死。”王问张瑶：“你的名字两处全盖上了，一处盖上一半。六分之中，五分该死，所以不应该再生。因为你有功德的缘故，放你回到人间世界，不要再杀害生灵。”叫张瑶去地狱，挨个看看那些受罪的人，火坑油锅等各种酷刑无一不有。僧人说：“你不要再犯罪了。”于是就用印印在他的大腿上，说：“用这个作为记号。”复活以后，印的地方仍然很清楚，至今还在。出自《广异记》。

卷第三百八十二

再生八

支法衡　程道惠　僧善道　李　旦　梁　甲
任义方　齐士望　杨师操　裴则子　河南府史
周　颂　卢　弁

支法衡

晋沙门支法衡，得病旬日亡，经三日而苏。说死时，有人将去。见如官曹舍者数处，不肯受之。俄见有铁轮，轮上有爪，从西转来，无持引者，而转駃如风。有一吏呼罪人当轮立，轮转来轹之，翻还，如此数，人碎烂。吏呼衡道人来当轮立。衡恐怖自责："悔不精进，今当此轮乎？"语毕，吏谓衡曰："道人可去。"于是仰首，见天有孔，不觉倏尔上升，以头穿中，两手搏两边，四向顾视，见七宝官船及诸天人。衡甚踊跃，不能得上，疲而复下。所将衡去人笑曰："见何物，不能上乎？"乃以衡付船官，船官行船，使为舵工。衡曰："我不能持舵。"强之。有船数百，皆随衡后。衡不晓捉舵，跄沙洲上。吏司推衡，以法应斩。引衡上岸，雷鼓将斩，忽有五色二龙，推船还浮。吏乃原之，衡大恐惧。

支法衡

晋代和尚支法衡，得病十来天后死了，三天后又苏醒过来。他说死时，有人带着他走。看见很多处像官府一样的房舍，都不肯接纳他。不久看见一个铁轮子，上边有很多爪，从西面滚来，没人推它，它却转动如风。有个差吏喊罪犯站在轮前，轮子轧过来又轧过去，如此数次，人已被压碎。那差吏又招呼支法衡站在轮前。支法衡又恐惧又自责："后悔生前没有精勤上进，如今要被轮子碾轧了？"说完，差吏对他说："你可以走了。"于是支法衡抬头，看见天上有个洞，不知不觉身体一下子就升了上去，用脑袋穿过洞，两手把住洞的两边，向四周看，看见了七宝官船和诸位仙人。支法衡使劲往上跳，也没上去，最后因为太累就下来了。把支法衡带去的人笑着对他说："看见什么了，上不去吗？"于是就把他送到船官那里，船官驾船，让他掌舵。支法衡说："我不会掌舵。"船官强迫他掌舵。有数百条船都跟在支法衡的身后。由于他不会掌舵，船搁浅在了沙滩上。官府追究他的责任，依法应当斩首。把他带上岸，正擂鼓准备斩首时，忽然有两条五彩的龙，把船重新推浮到水上。官吏于是赦免了他，他非常恐惧。

望见西北有讲堂，上有沙门甚众。闻经呗之声，衡遽走趣之。堂有十二阶，始蹑一阶，见亡师法柱，踞胡床坐。见衡曰："我弟子也，何以而来？"因起临阶，以手巾打衡面曰："莫来。"衡甚欲上，复举步登阶，柱复推令下。至三乃上，见平地有一井，深三四丈，砖无隙际。衡心念言，此井自然。井边有人谓曰："不自然者，何得成井？"尚见法柱，故倚望之。谓衡："可复道还去，狗不啮汝。"衡还水边，亦不见向来船也。衡渴，欲饮水，乃堕水中，因便得苏。于是出家，持戒菜食，尽夜精思，为至行沙门。比丘法桥，衡弟子也。出《冥祥记》。

程道惠

程道惠，字文和，武昌人也。世奉五斗米道，不信有佛。常云："古来正道，莫逾李老，何乃信惑胡言，以为胜教？"太元十五年，病死。心下尚暖，家不殡殓，数日得苏。说初死时，见十许人，缚录将去。逢一比丘云："此人宿福，未可缚也。"乃解其缚，散驱而去。道路修平，而两边棘刺森然，略不容足。驱诸罪人，驰走其中，身随著刺，号呻聒耳。见道惠行在平路，皆叹羡曰："佛弟子行路，复胜人也。"道惠曰："我不奉法。"其人笑曰："君忘之耳。"道惠因自忆先身奉佛，已经五生五死。忘失本志，今生在世，幼遇恶人，未达邪正，乃惑邪道。既至大城，径进厅事。见一人，年可四五十，南面而坐。见道惠惊曰："君不应来。"有一人著单衣帻，持簿书，对曰："此人伐社杀人，罪应来此。"

看见西北方有个讲堂，那里有很多僧人。远远传来念经之声，他就赶紧走过去。讲堂有十二级台阶，刚走到第一阶，就看见死去的师父法柱正在胡床上坐着。法柱见了支法衡说："我的弟子为什么来到这里？"说完便起身走到台阶前，用手帕打支法衡的脸说："不要过来。"支法衡很想走上去，就又抬步登阶，法柱又推他下来。这样反复三次才上去，看见平地上有一口井，井深三四丈，井里的砖一点缝隙也没有。支法衡心想，这个井大概是天然形成的。井边有个人对他说："不是天然的，怎能成为井？"支法衡尚能看见法柱，因此希望得到他的指点。法柱对他说："你可以原道返回，狗不会咬你。"支法衡回到水边，也没看见原来的船。他渴了想喝水，就掉到了水里，因此就醒过来了。从此他便出家修炼，严守戒律，只吃素食，整夜专心思索，成为德行极高的僧人。法桥和尚就是他的弟子。出自《冥祥记》。

程道惠

程道惠，字文和，武昌人。世代信奉五斗米道，不信有佛。他常说："自古正道，没有超过老子的，为什么要迷信胡人之言，把佛教视为好的宗教？"太元十五年，程道惠病死。心口尚暖，家人就没有入殓，几天后就苏醒过来了。他说刚死时，见十多个人，捆绑着将他带走。碰见一个和尚，和尚说："此人前世积德，不能绑他。"于是给他松绑，赶着他走。道路很平，但两边荆棘茂密，不能涉足。驱赶着罪人在荆棘里走，荆棘划破他们周身，号哭、呻吟之声不绝于耳。他们看见道惠走在平路上，都感叹羡慕地说："佛家弟子走路，就是胜过一般人。"道惠说："我不信佛。"和尚笑了笑说："只是你忘了而已。"道惠就回想起前世曾经信佛，已经历五生五死。由于忘记了本来的信仰，所以今生在世从小就遇到了恶人，分不清邪与正，才被邪道所迷惑。来到一座大城，径直走到一座官署厅堂。看见一个人，约四五十岁，面朝南坐着。看见道惠惊讶地说："你不该来。"有个穿单衣戴头巾的人，拿着簿册，回答说："这个人毁坏土地庙还杀人，按罪应该来这儿。"

向逢比丘，亦随道惠入，申理甚至，云："伐社非罪也，此人宿福甚多，杀人虽重，报未至也。"南面坐者曰："可罚所录人。"命道惠就坐，谢曰："小鬼谬滥，枉相录来，亦由君忘失宿命，不知奉正法故也。"将遣道惠还，乃使暂兼覆校将军，历观地狱。道惠欣然辞出，导从而行。行至诸城，皆是地狱，人众巨亿，悉受罪报。见有猘狗，啮人百节，肌肉散落，流血蔽地。又有群鸟，其嘴如锋，飞来甚速，入人口中，表里贯洞。其人宛转呼叫，筋骨碎落。观历既遍，乃遣道惠还。复见向所逢比丘，与道惠一铜物，形如小铃。曰："君还至家，可弃此门外，勿以入室。某年月日，君当有厄。诚慎过此，寿延九十。"

时道惠家于京师大桁南，自还，达皂荚桥，见亲表三人，驻车共语，悼道惠之亡。至门，见婢行哭而市。彼人及婢，咸弗见也。道惠将入门，置向铜物门外树上，光明舒散，流飞属天，良久还小，奄尔而灭。至户，闻尸臭，惆怅恶之。时宾亲奔吊，哭道惠者多。不得徘徊，因进入尸，忽然而苏。说所逢车人及市婢，咸皆符同。道惠后为廷尉，预西堂听诵，未及就列，欻然顿闷，不识人，半日乃愈。计其时日，即道人所戒之期。顷之，迁为广州刺史。元嘉六年卒，八十九矣。出《广异记》。

僧善道

僧善道者，在新野时，见有一人来寺中会，叉手恭敬，精进过常。善道问："贤者何乃用心如此？"其人曰：

原来遇到的和尚，也随道惠进来了，极力为道惠申辩，说："毁坏土地庙不是他的罪过，这个人前生修福很多，虽然杀人多，但报应还没到。"面朝南坐着的人说："应该惩罚逮捕他的人。"让道惠坐下，并赔礼说："小鬼乱来，错抓了你，但也是因为你忘记了前世的信仰，不知信奉佛法的缘故。"准备送道惠回去，先让他暂时兼任覆校将军，逐一看看地狱。道惠欣然接受并告辞出去，在向导的引导下到地狱去。所到达的各城，都是地狱，很多罪人正在遭受犯罪的报应。看见有疯狗，正在撕咬人的各个关节，骨肉散落，血流满地。又看见一群鸟，嘴像刀尖，快速飞来，钻进罪人的嘴里，从里往外啄洞。那个罪人翻来覆去地惨叫，筋骨碎落。看遍了各地狱，就送道惠回去。又看见一开始碰见的那个和尚，和尚赠给道惠一个铜的东西，形状像小铃铛。和尚说："你回家时，可以把它丢在门外，不要带进屋内。某年某月某日，你将有灾难。要谨慎地度过此难，就可以活到九十岁。"

当时道惠家住在京城朱雀桥南，他自己回家，走到皂荚桥，看见三个亲人，正停下车来说话，悼念自己的死亡。到了家门口，看见婢女们正哭着出去买东西。刚才的亲人和婢女都没有看见他。道惠进门前，就把之前和尚给的铜的东西放在门外的树上，那东西便发出光亮，飞射满天，很长时间后又逐渐变小，突然又消失了。进屋后，闻到尸体的臭味，他心中惆怅而厌恶。当时亲人朋友都来吊丧，哭道惠的人很多。他不能再徘徊，便进入尸体中，忽然苏醒过来。说起刚才遇见的停下车的亲人以及在街上哭的婢女，都完全相同。后来道惠做了廷尉，一次他在西堂审案，没等坐下就突然觉得很闷，也认不清人，半天才好。计算这个时间，正是和尚告戒的那个日期。不久，他升任广州刺史。元嘉六年死去，终年八十九岁。出自《广异记》。

僧善道

善道和尚在新野时，见一个人来寺中礼拜，合掌交叉，十分恭敬，其虔诚超过常人。善道问："您为什么这样用心？"那人说：

"我曾死三日,见有十余间瓦屋,下有数吏。有一轮,如作瓮均,径广二丈余。有铁叉,叉著均上,均转如风。求死不得,一宿二日,眼眩心闷。有赤帻吏来,捉数枚简及一笔,问此是何人。均边人曰:'佛弟子,时不精进,但持生礼行就人,无有慈心。'吏问曰:'此人罪略当毕,遣归。'于是得去,乃活。弟子未更此一死,实喜以生礼行就人。嫁女取妇家,恒五升面二双鸡,礼士大夫。今日叉手呼佛,手适相离,已后恐堕均上。"出《神鬼传》。

李　旦

宋李旦,字世则,广陵人也。以孝谨质素,著称乡里。元嘉三年正月十四日,暴病,心不冷,七日而苏。唅以饮粥,宿昔复常。云有一人,将信幡来至床头,称府君教唤,旦便随去。直向北行,道甚平净。既至,城阙高丽,似今宫阙。遣传教慰劳,呼旦可前。至大厅上,见有三十人,单衣青帻,列坐森然。一人东坐,被袍隐几,左右侍卫,可有百余。视旦而语坐人云:"当示以诸狱,令世知也。"旦闻言已,举头四视,都失向处,乃是地狱中。见群罪人,受诸苦报,呻吟号呼,不可忍视。寻有传教称:"府君放君还去,当更相迎。"因此而还。至六年正月复死,七日又活。述所见事,较略如先。或有罪人寄语报家,道生时犯罪,使为作福。稍说姓字亲识乡伍,旦依言寻求,皆得之。又云甲申年当行疾疠,杀诸恶人。佛家弟子,作八关斋,修心善行,

"我曾死去三天，看见有十多间瓦房，房下有好多官吏。有个大轮子，像做瓮的转轮，直径有两丈多。有铁叉安在轮上，那轮旋转如风。我求死不得，这样一夜两天，我眼花心闷。来了一个戴红头巾的官吏，拿着几片竹简和一支笔，问我是谁。轮子旁一个人回答说：'他是佛家弟子，修行不够精勤，一味地拿活物当礼品送给别人，没有慈悲之心。'官吏说：'这个人罪不大，放他回去吧。'于是我得以离开并复活。我没经过这次死亡之前，确实喜欢拿活物当礼品送人。嫁女儿娶儿媳，都是用五升面和四只鸡来礼敬士大夫。今日合掌叉手专心念佛，是害怕双手刚刚分开，就会再掉到那轮子上。"出自《神鬼传》。

李旦

南朝宋李旦，字世则，广陵人。因为孝顺恭谨质朴而闻名乡里。元嘉三年正月十四日，他暴病而死，心口尚有余温，七天后又苏醒过来。他喝了一点粥，过了一夜便恢复正常了。他说有一个人，拿着幡旗来到床前，说府君叫他去，他就跟着走了。一直向北走，道路很平坦干净。到了要去的地方，只见城楼高大壮丽，很像现在的宫殿。府君派人慰劳，并叫李旦上前边来。到大厅上，看见有三十人，都是穿单衣戴青头巾，排列而坐，非常整齐。有一人面朝东而坐，披着袍子坐在几案后面，左右侍卫足有百余人。那个人看着李旦对在座的人说："应该让他看看各个地狱，让世人也了解这里。"李旦听到他说的话后，抬头四顾，原来的一切都消失了，竟然已在地狱中。看见一群罪人，正在受到各种痛苦的报应，呻吟呼喊，不忍目睹。一会儿有人传话说："府君放你回去，以后冉来接你。"因此才得以活过来。到了元嘉六年正月他又死了，七天后又复活。叙说死时所见到的事，与前一次大致相同。有的罪人让他传话给自己家里人，说自己活着时犯了罪，让家人为他修福。那些罪人简单地说了自己的姓名、亲朋、街坊邻居，李旦按他们说的去找，都找到了。李旦又说甲申年要有瘟疫，会除掉一些恶人。又说佛家弟子，做八关斋，修心行善，

可得免也。旦本作道家祭酒，即欲弃录本法，道民谏制，故遂两事，而常劝化作八关斋。出《冥报记》。

梁甲

北齐时，有仕人姓梁，甚豪富。将死，谓其妻子曰："吾平生所爱奴马，使用日久，称人意。吾死，可以为殉。不然，无所乘也。"及死，家人囊盛土，压奴杀之，马犹未杀。奴死四日而苏，说云，初不觉去，忽至官府，留止在门。经宿，见亡主被鏁，兵卫引入。见奴谓曰："我谓死人得使奴婢，故遗言唤汝。今各自受其苦，全不相关。今当白官放汝。"言毕而入。奴从屏外窥之，见官问守卫人曰："昨日压脂多少乎？"对曰："得八斗。"官曰："更将去，压取一斛六斗。"主则被牵出，竟不得言。明旦又来，有喜色，谓奴曰："今当为汝白也。"又入。官问："得脂乎？"对曰："不得。"官问何以，吏曰："此人死三日，家人为请僧设会，每闻经呗声，铁梁辄折，故不得也。"官曰："且将去。"吏白官："请放奴。"官即令放。与主俱出门，主遣传语妻子曰："赖汝追福，获免大苦。然犹未脱，更能造经像以相救，冀因得免。自今无设祭，既不得食，而益无罪。"言毕而别。奴遂重生，而具言之，家中果以其日设会。于是倾家追福，合门练行。出《法苑珠林》。

可以免除这场灾难。李旦本是道教的祭酒，于是想放弃道教信仰，信道教的人劝阻他，他便兼信佛、道二教，常常劝别人做八关斋。出自《冥报记》。

梁甲

北齐时，有个做官的人姓梁，非常富有。快死的时候，对他的妻儿说："我平生喜爱的奴仆和马匹，经常使用，他们很称我的心意。我死后就让他们殉葬。不然，我没有可以骑乘的。"等到姓梁的死时，家人就用袋子装上土，把奴仆压死，马没有杀死。奴仆死后四天又苏醒过来，说开始时并不觉得自己死了，忽然来到一座官府，被留在门外住了一宿。第二天，看见故去的主人被锁着，由卫兵领进府。姓梁的见了奴仆说："我以为死人也可以使用奴仆，才留下遗言叫你来。现在各自受苦，各不相关。我现在去请求官吏放你回去。"说完就进去了。奴仆从屏风外窥视，看见官吏正问守卫人员说："昨天去压取了多少油水？"守卫人员说："有八斗。"官吏说："再把他带走，压取他一斛六斗。"于是姓梁的被领出来，竟没有机会说话。第二天他又来了，面带喜色，对奴仆说："今天可以为你求情了。"又进入屋内。官吏问："压到油水了没有？"回答说："没有。"官问为什么，差吏说："这个人已死三天了，家人为他请和尚设道场，每当听到念经的声音，铁梁就会折断，所以没有收获。"官吏说："先带他走吧。"差吏向那官吏禀告说："请放了那个奴仆。"官吏就答应放了他。于是奴仆与主人一同出门，主人让奴仆传话给他的妻儿说："多亏你们设道场为我追福，才免除了更大的痛苦。但我仍然没有解脱，还要造佛像来解救我，希望因此而免除灾难。从这以后不要再祭祀，我得不到，都让那些无罪的人享用了。"说完就分别了。奴仆复生后，把这一切都说了，家中果然是在他死后第三天为他设了道场。于是全家为他追福，都念佛修行了。出自《法苑珠林》。

任义方

唐括州刺史乐安任义方,武德年中死经数日而苏。自云被引见阎罗王,王令人引示地狱之处,所说与佛经不殊。又云地下昼日昏暗,如雾中行。时其家以义方心上少有温气,遂即请僧行道,义方乃于地下闻其赞呗之声。王检其案,谓吏曰:“未合即死,何因错追?”遂放令归。义方出,度三关,关吏皆睡。送人云:“但寻呗声,当即到舍。”见一坑当道,意欲跳过,遂落坑中,应时即起。论说地狱,画地成图。其所得俸禄,皆造经像,曾写《金刚般若》千余部。义方自说。出《法苑珠林》。

齐士望

魏州武强人齐士望,贞观二十一年,死经七日而苏。自云,初死之后,被引见王,即付曹司,别遣勘当。经四五日,勘簿云:“与合死者同姓字,然未合即死。”判官语士望曰:“汝生平好烧鸡子,宜受罪而归。”即命人送其出门。去曹司一二里,即见一城门,城中有鼓吹之声,士望忻然趋走而入之。入后,城门已闭,其中更无屋宇,遍地皆是热灰。士望周章不知所计,烧灼其足,殊常痛苦。士望四顾,城门并开,及走向门,其扉即掩。凡经一日,有人命门者曰:“开门,放昨日罪人出。”即命人送归。使者辞以路遥,迁延不送之,始求以钱绢,士望许诺。遂经历川涂,践履荆棘。行至一处,有如环堵,其中有坑,深黑。士望惧之,使者推之,遂入坑内,不觉渐苏。寻乃造纸钱等待焉,使者依期还到,士望妻亦同见之。出《法苑珠林》。

任义方

唐朝括州刺史乐安任义方，武德年间死后数日又复活了。他自己说被领去见阎王，阎王命人带他去看地狱，他所说的地狱与佛经里说的没有什么不同。又说阴间白天黑夜都很昏暗，就像在雾中行走一样。当时家人因为他死后心口处还有些温暖，就立即去请和尚做法事，义方就在地下听到了和尚为他念经的声音。阎王核验了生死簿，对差吏说："他不应该现在死，为什么错抓了他？"于是就让放他回去。义方离开地府，连过了三道关，守卫关口的差吏都睡着了。送他的人说："只要你按照念经的声音一路寻去，就能到家。"任义方看见一个坑挡住了去路，想跳过去，却掉在坑中，马上就活过来了。之后他诉说起地狱的情形，并在地上画图解说。他所得到的俸禄，都用来修造佛像，并抄写《金刚般若经》千余部。这是义方自己说的。出自《法苑珠林》。

齐士望

魏州武强人齐士望，贞观二十一年，死后七天又复生。他自己说，刚死之后，被领去见阎王，阎王又把他交给官署，让官署另外审问核查。过了四五天，查看名册的人说："他与该死的人同名同姓，不该现在死。"判官对士望说："你生平喜欢烧小鸡，应当受罪后再回去。"于是派人把他送出门。离官署一二里的地方，看见一座城门，城中有鼓乐吹奏之声，士望欣然地走了进去。进去后，城门就关上了，城中根本没有屋子，遍地都是热灰。士望惊恐不知所措，热灰烧灼他的脚，非常痛苦。士望环顾四周，城门都开了，等走到门口，门又马上关闭。这样过了一天，有人命令看门的人说："把门打开，放昨天的罪人出来。"于是就派人送他回来。差役推说路太遥远，拖延很长时间也不送他，并向士望索求钱物，士望答应了他。之后，他们跋山涉水，披荆踏棘。走到一个地方，好像四周都是围墙，其中还有一个坑，又深又黑。士望很害怕，使者推他，他就掉进坑内，不知不觉苏醒过来。之后，他就找纸造钱等待使者来取，使者如期来到，士望的妻子也一同见到了使者。出自《法苑珠林》。

杨师操

雍州醴泉县人杨师操，贞观中任蓝田县尉。尉后以身老还家，躬耕为业。然立性毒恶，喜见人过，每乡人有事，无问大小，即录告官。县令裴瞿昙，用为烦碎，初不与理。师操或上表闻天，人皆不喜。每谓人曰："吾性虽急暴，从武德已来，四度受戒，日诵经论。然有人侵己，则不能忍。"至永徽元年四月七日夜，见著青衣人，骑白马从东来，云："东阳大监追汝。"须臾不见。师操身忽倒，已到东阳都录处。于时府君大衙未散，师操遂私行曹司，皆有几案床席。见囚人，或著枷鏁，露头散腰，或坐立行住。如是不可算数。师操向东行，到一处，有孔极小，唯见小星流出，臭烟蓬勃。有两人手把铁棒，修理门首。师操问："此是何曹司？"答云："是猛火地狱，拟著持戒不全人。闻有杨师操，一生喜论人过，逢人诈言惭愧，有片言侵凌，实不能忍。欲遣入此，故修理之。今日是四月八日，其家为师操身死，布施斋供，曹司平章欲放归，未得进止。我在此待。"师操便叩头礼谢云："杨师操者，弟子身是，愿作方便。"答云："尔但志礼十方佛，勤心忏悔，改却毒心，即往生乐处。"师操依语声发愿，遂蒙放还，经三日却活。操具述于慧靖禅师，改过忏悔。今见年七十五，每一食长斋，六时礼念。后梦前追使者云："尔既止恶，更不来追。但勤诚修善而已。"出《冥祥记》。

裴则子

唐曹州离狐人裴则男，贞观末，年二十，死经三日而

杨师操

雍州醴泉县人杨师操，贞观年间任蓝田县尉。后来他告老还乡，以耕田为生。然而他生性恶毒，喜欢抓别人的过错，每当乡里人有事，不论大小，他都记下来去报告官府。县令裴瞿昙，因为他报告的都是小事，根本不予受理。师操有时就上书皇帝，人们都不喜欢他。师操常对人说："我虽性情暴虐，但从武德年间以来，四次受戒，日日诵经。然而如果有谁侵犯我，我就不能忍受。"到了永徽元年四月七日夜，他看见一个穿青衣的人，骑白马从东边来，说："东阳大监追捕你。"片刻就不见了。师操忽然倒地而亡，就到了东阳都录那里。当时府君还没散衙，师操就私下来到官署，那里都设有几案床席。见有囚犯，有的戴着枷锁，有的没扎头巾和腰带，有坐着的，也有行走或停留的。像这样的犯人不可胜数。师操向东走，到了一个地方，有一个很小的孔，只见有小火星流出，臭烟熏天。有两个人手拿着铁棒，正在修理大门。师操问："这是什么官署？"回答说："是猛火地狱，准备惩罚那些不严守戒律的人。听说有个叫杨师操的，一生喜欢举报别人的过错，遇到被自己举报过的人还假惺惺地说惭愧，一句话触犯了他，他就不能容忍。打算把他关到这里，所以才修理这门。今天是四月八日，他的家人因他已死，正为他布施财物、设斋供奉，官署正商量着想放他回去，还没有最后判定。我们在这儿等待。"师操听后叩头谢罪说："我就是杨师操，请你们指点赐教。"他们回答说："你只要诚心礼拜各方神佛，专心忏悔，改掉毒心，就会投生到乐土。"师操依言发誓，于是被放还，三天后就复活了。师操把这些经过都对慧靖禅师说了，从此改过忏悔。现在他已经七十五岁了，长期坚持过午不食，一天到晚礼佛念经。后来，他梦见以前追捕他的使者对他说："你已经不再做恶，就不再来追捕你了。只要你诚心勤勉地修善积德就可以了。"出自《冥祥记》。

裴则子

唐曹州离狐县人裴则之子，贞观末年，二十岁，死后三天又

苏。自云，初死，被一人将至王所，王遣将牛耕地。诉云："兄弟幼小，无人扶侍二亲。"王即愍之，乃遣使将向南。至第三重门，入见镬汤及刀山剑树，数千人头皆被斩，布列地上，此头并口云大饥。当村有一老母，年向七十，时有未死，见在镬汤前燃火。观望讫，还至王前，见同村人张成，亦未死。有一人诉成云："毁破某屋。"王遣使检之，报云："是实。"成曰："犁地，不觉犁破其冢，非故然也。"王曰："汝虽非故心，终为不谨。"且遂令人杖其腰七下。有顷，王曰："汝更无事，放汝早还。"乃使人送去，遣北出逾墙。及登墙，望见己舍，遂闻哭声，乃跳下墙，忽觉起坐。既苏之后，具为乡曲言之。邑人视张成，腰上有杖迹，迹极青黑。问其毁墓，答云："不虚。"老母寻病，未几而死。出《冥报拾遗》。

河南府史

洛阳郭大娘者，居毓财里，以当垆为业，天宝初物故。其夫姓王，作河南府史。经一年，暴卒，数日复活。自说，初被追见王，王云："此人虽好酒，且无狂乱，亦不孤负他人，算又未尽，宜放之去。"处分讫，令所追人引入地狱，示以罪报。初至粪池狱，从广数顷，悉是人粪。见其妻粪池中受秽恶，出没数四，某悲涕良久。忽见一人头，从空中落，堕池侧，流血滂沱。某问此是何人头也，使者云："是秦将白起头。"某曰："白起死来已千余载，那得复新遇害？"答曰："白起以诈坑长平卒四十万众，天帝罚之，每三十年一斩其头，迨一劫方已。"又去一城中，悉是煻煨火，

复活了。他自己说，刚死时，被一个人带到阎王那里，阎王派他驾牛耕地。他申诉道："我兄弟幼小，没人服侍父母。"阎王怜悯他，就派人带他向南走。过了第三道门，进去后看见大油锅及刀山剑树，数千人的头被斩掉，堆在地上，这些头上的嘴都说非常饥饿。同村有一个老妇人，年近七十，当时还没死，在油锅前烧火。看完这些后，他又回到阎王跟前，看见同村人张成，也还未死。有一人告张成说："他毁坏了我的房屋。"阎王派人查验这件事，回报说："是事实。"张成说："我犁地时，无意间犁破了他的坟墓，不是故意的。"阎王说："你虽不是故意的，但毕竟是不谨慎。"于是命人打张成的腰七下。过了一会儿，阎王对裴则的儿子说："你已经没事了，放你早点回去。"就派人送他走，让他向北越过一道墙。他登上墙头，看见了自己的家，并且听到哭声，就跳下墙，忽然间苏醒并坐了起来。活了之后，和乡里人详细说了这中间的经过。乡里人看张成的腰，果然有被打的伤痕，痕迹青黑明显。问他毁墓的事，他说："不假。"张成的老母亲不久便得了病，没过多久就死了。出自《冥报拾遗》。

河南府史

洛阳郭大娘住在毓财里，以卖酒为生，天宝初年病故。她的丈夫姓王，是河南府史。一年后，她丈夫暴死，几天后又复活了。他自己说，刚死时被捕去见阎王，阎王说："这个人虽好喝酒，但并不胡作非为，也不愧对他人，命数又未尽，应该放他回去。"阎王处理完毕，就命追捕他的人把他带进地狱，让他看看犯罪的报应。首先带他到粪池地狱，有数顷地那么大，都是人粪。看见他的妻子正在受污秽罪，在粪池中沉浮多次，他悲痛地哭了很久。忽然看见一个人头，从空中坠落到粪池旁，血流如注。他问这是什么人的头，使者说："这是秦朝大将白起的头。"他又说："白起已死了一千多年，怎么能重新遇害？"使者答："白起用欺诈手段坑杀长平之战中的四十多万士卒，天帝惩罚他，每三十年斩一次头，直到满一劫为止。"又来到一座城中，这里遍地都是炭火灰，

有数千人奔走其间。遥望城间驰欲出，至辄已闭。盘回其间，苦痛备急。事了别王，王言："汝好饮酒，亦是罪。终须与一疾，不然无诫将来。"令左右以竹杖染水，点其足上，因推坑中，遂活。脚上点处，成一钉疮，痛不可忍。却后七年方死。出《广异记》。

周 颂

周颂者，天宝中进士登科。永泰中，授慈溪令。在官，夜暴卒，为地下有司所追。至一城，其人将颂见王。门外忽逢吉州刺史梁乘，问颂："何以至此地狱耶？"初颂虽死，意犹未悟。闻道地狱，心甚凄然，因哽咽悲涕，向乘云："母老子幼，漂寄异城，奈何而死？求见修理。"乘言："当相为白，君第留此。"入门，闻呵叱云："判官见王。"久之乃出，谓颂曰："已论遣，君宜暂见王，无苦也。"有顷，使者引颂入见王。王形貌甚伟，头有两角。问颂曰："公作官，不横取人财否？"颂云："身是平时进士出身，官至慈溪县令，皆是累历，未常非理受财。"王令检簿，检讫，云："甚善，甚善，既无勾当，即宜还家。衣裳得无隳坏耶？"颂意谓衣裳是形骸，便答云："适尔辞家，衣裳故当未损。"再拜辞出。乘甚喜云："王已相释，理可早去。"颂云："道路茫昧，何尔归去？"乘令追人送颂。行数里，其人大骂云："何物等流，使我来去迎送如是！独不解一言相识，孤恩若是？如得五千贯，当送汝还。"颂云："纸钱五千贯，理易办。"因便许之。使者乃行十余里，至一石井，坐其侧，复求去。人言："入井

有数千人奔走在里面。他们远远地看见城门想跑出去，等跑到门口，城门就关闭了。他们徘徊在炭火中，痛苦万分。看完地狱，他告别阎王，阎王说："你好饮酒，也有罪。终究该让你得点病，否则无以告诫后人。"于是命手下人用竹杖沾上水，点在他的脚上，并把他推到坑中，这样就复活了。脚上被点的地方，从此长了一个疔疮，痛不可忍。回去后七年他才死。出自《广异记》。

周颂

周颂，天宝年间考取进士。永泰年间，授官慈溪县令。在任期间，一天夜里突然死去，被地府官吏追捕。到了一座城，这个官吏将周颂带去见阎王。在门外忽然遇到吉州刺史梁乘，问周颂："为什么来到这个地狱？"当初周颂虽死，但还没意识到自己已死。听说这是地狱，心里很凄楚悲伤，因此流泪哽咽地对梁乘说："我母亲岁数大了，孩子还小，我又漂泊在他乡，为什么让我死呢？请你求见阎王述说其理。"梁乘说："应当为你说情，你先留在这里。"梁乘进门，听到呵叱声说："判官进见阎王。"很久梁乘才出来，对周颂说："已决定让你回去，你先见见阎王，不会受苦的。"过了一会儿，使者带周颂进去见阎王。阎王形貌魁伟，头上有两只角。阎王问周颂说："你做官时，不强取百姓的钱财吗？"周颂说："我在太平时期以进士出身，官至慈溪县令，都是正常升迁，从未收过不义之财。"阎王令查看簿册，查看之后说："很好，很好，既然没做坏事，就该马上放你回家。衣裳没有损坏吧？"周颂以为衣裳就是形骸，便回答说："刚刚离开家，衣裳没有损坏。"拜了又拜便告辞了。梁乘很高兴地说："阎王已经放了你，应该早些回去。"周颂说："道路遥远迷茫，怎么回去呢？"梁乘就派追捕他的人送他回去。走了几里，送他的人大骂说："你算什么东西，让我这样回去送迎你！你就不会说一句感谢的话，如此忘恩负义？如果你给我五千贯，我就送你回去。"周颂说："纸钱五千贯，容易办到。"于是就答应了。使者就又带他走了十多里路，来到一口石井边，坐在井旁，周颂还想再走。那人说："入井

即活，更何所之？”遂推颂落井而活。出《广异记》。

卢弁

卢弁者，其伯任湖城令。弁自东都就省，夜宿第二谷。梦中见二黄衣吏来追，行至一所，有城壁。入城之后，欲过判官。属有使至，判官出迎。吏领住一舍下，其屋上有盖，下无梁。柱下有大磨十枚，磨边有妇女数百，磨恒自转。牛头卒十余，以大箕抄妇人，置磨孔中，随磨而出，骨肉粉碎。苦痛之声，所不忍闻。弁于众中见其伯母，即湖城之妻也，相见悲喜，各问其来由。弁曰：“此等受罪云何？”曰：“坐妒忌，以至于此。”弁曰：“为之奈何？”伯母曰：“汝素持《金刚经》，试为我诵，或当灭罪。”弁因持经，磨遂不转，受罪者小息。牛头卒持叉来弁所，怒曰：“何物郎君，来此诵经，度人作事？”弁对曰：“伯母在此。”卒云：“若惜伯母，可与俱去。”弁遂将伯母奔走出城，各归就活。初，弁唯一小奴同行，死已半日，其奴方欲还报，会弁已苏。后数日，至湖城，入门，遇伯设斋。家人见弁，惊喜还报。伯母迎执其手曰：“不遇汝，当入磨中。今得重生，汝之力也。”出《广异记》。

就活了,你还要去哪里?”便把周颂推入井中,他便复活了。出自《广异记》。

卢弁

卢弁的伯父任湖城县令。卢弁从东都前去省亲,晚上住在第二谷。梦中看见两个穿黄衣的差役来追捕他,把他带到一个地方,那里有城墙。入城之后,要去见判官。正好有使臣来到,判官出迎。差役领卢弁在一座房子里住下,房子有盖,但没有梁。柱子下有十个大磨,磨边有妇女数百人,磨一直自己转动。有十多个牛头卒,用大簸箕撮起妇人,倒入磨眼中,随磨的转动而流出粉碎的骨肉。痛苦之声,惨不忍闻。卢弁在人群中看见他的伯母,就是湖城县令的妻子,两人相见悲喜交加,互问来这里的原因。卢弁说:“受这样的罪是因为什么?”伯母说:“是因为嫉妒,才到这地步。”卢弁说:“这怎么办呢?”伯母说:“你平时持念《金刚经》,试着为我念诵,或许可以给我减罪。”卢弁就开始念经,磨便不转了,受罪的妇女也暂时可以停止受苦。牛头卒拿着叉来到卢弁跟前,愤怒地说:“你是什么人,来此念经,替别人超度亡灵?”卢弁说:“我伯母在这里。”牛头卒说:“如果心疼你的伯母,可以带她一起走。”卢弁就带着伯母跑出城,各自回家,得以复活。当初,卢弁只与一个小奴同行,卢弁已经死了半天,小奴正准备回去报告,恰好卢弁已苏醒。几天后,卢弁到了湖城,进门时正赶上伯父设斋。家人看见卢弁,惊喜地回报。伯母迎出来拉着卢弁的手说:“不遇见你,我就得进入磨孔中。今日得以重生,都是你出的力呀。”出自《广异记》。